중·고등학생이 꼭 읽어야 할

수능·논술대비
세계단편 34

내신 · 수능 · 논술 · 면접, 네 마리 토끼를 모두 잡는 세계 문학 읽기!

중 · 고등학생이 꼭 읽어야 할

수능 · 논술대비
세계단편 34

오 헨리 외 21명 지음
박인기(문학박사) 감수 | 박철규 번역

홍신문화사

중 · 고등학생이 꼭 읽어야 할
수능 · 논술대비 세계단편 34

초판 1쇄 발행 2006년 7월 31일
1판 2쇄 발행 2007년 1월 10일

지은이 오 헨리 외 21명
펴낸이 지윤환
펴낸곳 홍신문화사

편집 이말숙 | 디자인 진정희
마케팅 박혁, 지재진 | 관리 지길원, 곽기현, 박정선

출판 등록 1972년 12월 5일(제6-0620호)
주소 서울시 동대문구 용두2동 730-4(4층)
대표 전화 (02)953-0476
팩스 (02)953-0605

ISBN 89-7055-456-4 43840

ⓒ Hong Shin Publishing Co. Printed in korea.

책머리에

　　국경을 넘어 정보를 교환하는 인터넷이 보편화되고 있는 데에서 알 수 있듯이, 21세기는 지역에 국한되는 민족이나 국가를 뛰어넘어 세계화·지구화가 이루어지는 시대이다. 이 책은 세계 각국의 훌륭한 문학작품들을 엮어서, 중·고등학생이 앞으로 펼쳐질 시대에 어울리는 삶에 대한 넓은 이해와 바른 읽기 방법을 지닐 수 있도록 하려는 책이자, 논술고사나 대학수학능력시험을 준비하는 수험생에게 실질적 도움을 주고자 한 책이다.

　　나아가 삶에 대한 진실을 말하고 있어서, 읽을 만한 가치가 있다고 평가되고 예술성도 인정받는 세계적인 문학작품들을 폭넓게 수록해서, 일반 독자나 중·고등학생이 세계시민으로 살아가는 데 필요한 교양을 갖출 수 있도록 꾸며진 책이다.

　　지난 20세기 중기 이래로 문학에 대한 이해가 많이 변하고 있다. 그 결과로 문학작품은 더 이상 단일한 의미를 변함없이 담고 있는 그릇으로 여기지 않는다. 독자도 더 이상 아무것도 씌어 있지 않은 백지 같은 존재로 여기지 않는다. 작품은 읽어가는 맥락이나 독자가 처한 문화적 배경에 따라 달리 읽혀질 수 있는 다양한 세계를 갖고 있다.

읽는 행위는 더 이상 수동적으로 지식을 얻는 수단이 아니다. 작품을 읽고 이해하는 것은 쓰는 주체인 작가와 읽는 주체인 독자가 어우러져 이루어내는 행위이다. 시대가 바뀌어도 독자들이 계속 찾아 읽는 작품의 세계나 그 의미는 언제나 읽는 과정에서 다시 발견된다. 문학작품의 세계는 고정되어 변하지 않는 세계가 아니다. 무한한 가능성을 지니고 독자를 향해 열려져 있는 의미의 바다이다.

이 책은 지난 세기 이래로 바뀌어 온 문학에 대한 이해를 바탕으로 삼고, 21명의 세계적인 유명 작가의 작품 34편을 통해, 읽는 주체인 독자가 능동적으로 작품을 읽어가며 스스로 그 세계를 이해하고 의미를 파악할 수 있도록 엮어져 있다.

이를 위해 각 작품마다 먼저, 작가의 생애와 작품세계의 특색을 소개하고, '읽기 전에' 부분에서 독자가 작품을 읽으며 유의해야 할 점을 제시하고 있다. 각 작품의 뒤에는 '핵심정리', '줄거리 및 작품 해설'을 두어 독자가 이미 갖고 있거나 갖게 된 배경적 지식을 활용할 수 있도록 배려하고 있다. 끝으로, '생각해 볼 문제'에서 독자가 작품을 이해하는 데 필요한 사항들을 간명하게 제시하고 있다.

작품 내용에 관한 핵심적인 질문들을 통해, 중·고등학생이 '제7차 교육과정'의 시행에 따라 강화된 문학교육이나 논술교육에, 나아가 대학수학능력시험에 보다 능동적으로 대처할 수 있도록 한 면은 이 책의 참신한 특색이라고 본다.

문학작품은 단 하나의 고정된 의미를 갖고 있지 않다. 독자에 따라, 시대에 따라 다시 읽혀지며 작품의 의미를 새로 찾아내곤 한다. 때문에 독자의 읽기 행위는 중요하다. 이를 위해서 정평 있는 문학작품들을 많이 읽을 필요가 있으며, 작품의 다양성을 이해할 필요가 있다. 독자가 자신의 판단에 따라 작품을 읽는 행위는, 읽는 과정에서 독자가 주체가 되어 작품 세계 및 그 의미를 다시 만들어내는 적극적인 실천행위이다. 동시에 작가도 파악하지 못한 작품의 다원성을 찾아내 작품을 근본적으로 읽어내는 행위이다.

이 책은 이러한 읽기 행위를 적극적으로 펼쳐 볼 수 있는 터전이 될 뿐만 아니라, 논술고사나 수능시험과 같은 실제적인 문제에도 대처할 수 있는 터전이 되리라고 본다. 힘들여 좋은 책을 만들어낸 홍신문화사 여러분들의 노고에 감사드린다.

2006년 7월
감수자 씀

차례

☀ 일러두기

1. 21명의 작가와 34편의 작품을 가나다순으로 수록하였습니다.

2. 21명의 작가는 생몰 연대와 대표 작품, 작품 세계의 특징을 중심으로 소개했습니다.

3. 본문 구성을 살펴보면, 먼저 작가 소개를 한 다음 1~4작품을 순서대로 수록하였습니다. 본문을 읽기 전에 먼저 〈읽기 전에〉를 보면 내용 이해가 한결 쉬울 것입니다. 특히 각 작품마다 뒤쪽에 〈핵심 정리〉〈줄거리 및 작품 해설〉〈생각해 볼 문제〉 등을 두어 학생들의 이해를 도왔습니다.

4. 본문은 가능한 원문을 살리려고 노력했으며, 한자와 영문은 괄호 표기를 원칙으로 했습니다.

5. 현재의 한글맞춤법과 띄어쓰기를 기준으로 표기하였습니다.

오 헨리

― 미국편 ―

오 헨리(O. Henry, 1862~1910)

　미국의 소설가. 미국 노스캐롤라이나 주 그린스버러에서 태어났다. 본명은 윌리엄 시드니 포터. 어려서 부모를 여의어 정규 교육은 거의 받지 못했다. 삼촌의 약국에서 약제사 일을 거들다가, 21세 되던 해에 텍사스 주로 가서 점원 등 여러 가지 일을 했다. 25세 되던 1887년에 17세의 애설 에스티스 로치와 결혼하고, 1891년부터 오스틴 국립은행에서 출납계 일을 보았다. 그러는 한편 주간지를 창간하고 지방신문에 기고하는 등 문필 생활을 시작했다. 1896년 2년 전에 그만둔 은행에서 공금 횡령 혐의로 고발당해, 5년 실형을 선고받고 3년 3개월 동안 옥고를 치르면서부터 소설을 쓰기 시작했다. 아내는 그가 수감되기 직전 병에 걸려 죽고 딸은 처가에 맡겨졌는데, 그 딸에게 선물할 비용을 마련하기 위해 소설을 써서 친구에게 보냈고, 그가 감옥에 있다는 사실을 딸에게 숨기기 위해 오 헨리라는 필명을 썼다고 전해진다. 10여 년 남짓한 동안 3백여 편의 단편만을 발표한 순수한 단편 작가다.

　그의 작품에 등장하는 주인공들은 대개 가난하고 힘없고 불쌍한 사람들이지만 한결같이 마음씨가 착하다. 이것은 그가 인생을 얼마나 낙관적으로 생각하고 서민의 삶을 따뜻한 시선으로 바라보았는지 말해 주는 것으로, 많은 평자들은 오 헨리가 미국 문학에 인간미를 불어넣었다고 평한다. 미국이 낳은 가장 위대한 단편작가로, 모파상, 체호프와 더불어 세계 3대 단편작가로 일컬어지기도 한다.

　주요 작품으로는 단편집 《4백만》, 《심지 자른 램프》, 《서부의 심장》, 《양배추와 왕》, 《구르는 돌》, 《떠돌이꾼》 등이 있고, 〈크리스마스 선물〉, 〈마지막 잎새〉, 〈20년 후〉 등의 작품이 있다.

크리스마스 선물

 읽기 전에

≫ 이 작품이 주는 교훈이 무엇인지 생각해 보자.

≫ 진실한 사랑에 대해 생각해 보자.

1달러 87센트. 이게 다였다. 그것도 60센트는 1센트짜리였다.

지독하게 물건값을 깎다 보니 스스로도 너무하다는 생각이 들어 얼굴을 붉히면서까지 식료품 가게 주인, 야채상, 정육점 주인을 괴롭히면서 한 푼 두 푼 모은 것이었다. 델라는 세 번이나 돈을 세어 보았다. 돈은 여전히 1달러 87센트였다.

그런데 내일은 크리스마스였다. 그저 초라하고 작은 침대에 엎드려 우는 것 말고 무슨 수가 있겠는가. 그래서 델라는 침대에 뛰어올라 가 울기 시작했다. 이런 때면 인생이란 눈물과 웃음으로 점철된 것이라는 말이 생각났다. 하기야 훌쩍거리는 때가 더 많지만……

격한 감정이 가라앉자 흐느낌이 훌쩍임으로 변했다. 이 집 안주인은 천천히 방 안을 둘러보았다. 가구를 포함한 집세가 주당 8달러. 이 아파트는 아주 형편없는 곳은 아니었지만, 거지들이 찾아들지 않을까 걱정될 정도로 초라했다.

아래층 현관에 우편함이 하나 있기는 했으나 이 집에 편지가 온 일이라곤 한번도 없었다. 초인종도 있었지만 누구 한 사람 눌러본 적도 없었다. 거기에는 또 '제임스 딜링햄 영'이라는 명함이 붙어 있었다.

'딜링햄'이란 이름은 주인이 주급 30달러를 받아 형편이 좋던 시절에는 산들바람에 광채를 띠며 휘날렸으나, 이제 주급 20달러로 수입이 줄어들자 글자 자체가 겸손하여 눈에 띄지 않는 D자 하나로 줄어들기를 심각하게 생각하고 있는 것처럼 보였다. 아무튼 제임스 딜링햄 영 씨가 집에 돌아와 이층으로 올라오면, 이미 여러분에게 델라라고 소개된 제임스 딜링햄 영 부인께서 '짐!' 하고 다정하게 부르며 그를 따뜻하게 안아준다. 이건 참으로 흐뭇한 일이 아닐 수 없다.

델라는 눈물을 닦고 분첩으로 뺨을 두드렸다. 그녀는 창가에 서서 음산한 뒤뜰의 잿빛 담장 위를 걸어가는 잿빛 고양이를 맥없이 바라보고 있었다. 내일이 크리스마스인데 짐에게 줄 선물을 살 돈이 겨우 1달러 87센트밖에 없다. 벌써 몇 달 동안 한 푼 두 푼 모은 돈이 그것뿐이었다. 1주일에 20달러 가지고는 어쩔 도리가 없었다. 지출은 언제나 그녀가 생각했던 것보다 많았다.

사랑하는 남편의 선물을 살 돈이 겨우 1달러 87센트. 그녀는 몇 시간 동안이나 남편을 위해 무엇인가 좋은 선물이 없을까 궁리하면서 즐거운 시간을 보냈다. 귀하고 값비싼 선물―남편이 가지고 있으면 영광스러울 만한 그런 가치 있는―을 사고 싶었던 것이다.

창문과 창문 사이에 거울이 하나 있었다. 8달러짜리 셋방에 걸려 있는 거울이라면 아마 짐작이 되겠지만, 몸이 몹시 야위고 동작이 빠른 사람이라면 얼굴을 모로 돌림으로써 대강의 윤곽이나마 잡을 수 있는 그런 거울이었다. 델라는 몸이 야윈 편이었기 때문에 그런 기술을 잘 터득하고 있었다.

그녀는 재빨리 창가에서 물러나 거울 앞에 섰다. 그녀의 눈은 맑게 빛나고 있었으나 얼굴에서는 자기도 모르게 핏기가 가셨다.

그녀는 긴 머리를 풀어 어깨 위로 늘어뜨려 보았다.

제임스 딜링햄 영 씨 부부에게는 두 가지 대단한 자랑거리가 있었다. 하나는 짐의 할아버지 때부터 물려 내려온 금시계였고, 다른 하나는 델라의 머리였다. 만일 시바의 여왕이 통풍구를 사이에 둔 옆집에 살고 있었다면, 그리고 델라가 창 밖으로 그 윤기 흐르는 머리를 내놓았다면, 여왕의 보석과 그 미모는 당장 빛을 잃었을 것이다.

또 만일 솔로몬 왕이 이 집 관리인이 되어 지하실에 보물을 산더미처럼 가지고 있었다면, 짐은 그 앞을 지나갈 때마다 자기 시계를 꺼내어 왕으로 하여금 샘이 나서 수염을 자꾸 쓰다듬게 만들었을지도 모른다.

그렇게 아름다운 델라의 머리카락이 그 어깨 위에 늘어져 빛나는 모습은 마치 황금의 폭포가 잔물결을 일으키고 있는 것 같았다. 머리카락은 무릎 아래까지 내려와 마치 옷처럼 그녀를 감싸고 있었다.

이윽고 그녀는 불안한 듯 다시 머리를 재빨리 빗어올렸다. 그러다가 머뭇거리면서 그 자리에 가만히 서 있었는데, 다 해진 붉은 양탄자에 눈물이 한두 방울 떨어졌다.

그녀는 낡은 갈색 재킷에 갈색 모자를 쓰고 눈에는 여전히 눈물이 괸 채 스커트를 펄럭이며 계단을 내려가 거리로 나갔다. 그녀가 걸음을 멈춘 것은 '마담 소프로니 상점, 각종 미용·이발용품상'이란 간판이 붙은 집 앞이었다. 단숨에 계단을 뛰어올라 간 델라는 가쁜 숨을 몰아쉬며 정신을 가다듬었다.

큰 몸집에 흰 살결, 쌀쌀맞은 인상의 마담은 '소프로니'라는 귀여운 이름과는 전혀 어울리지 않았다.

"제 머리카락을 사시겠어요?"

델라가 물었다.

"물론 사죠."

마담이 말했다.

"모자를 벗고, 어디 한번 보여주시지."

갈색의 폭포가 스르르 흘러내렸다.

"20달러."

마담은 능숙한 솜씨로 머리채를 만지면서 말했다.

"얼른 계산해 주세요."

델라가 말했다.

아아, 그 후 두 시간은 꿈같이 흘러갔다. 이런 어울리지 않는 표현은 잊어버리자! 그녀는 짐에게 줄 선물을 사기 위해 온 상점을 쏘다녔다.

마침내 그녀는 그것을 찾아냈다. 그것은 그야말로 짐만을 위해서 만든 것 같았다. 어떤 상점에도 그런 것은 달리 없었다. 사실 그녀는 모든 상점을 샅샅이 뒤지고 다녔던 것이다. 그것은 백금으로 된 시곗줄이었다. 모양은 간결하고 산뜻했고, 모든 좋은 물건들이 그렇듯이 속된 장식물이 아니라 품질만으로 값이 나가는 그런 종류였다. 게다가 짐의 시계에 어울릴 것 같았다. 그녀는 그것을 보자마자 곧 자기 남편에게 맞는 것임을 알았다. 그것은 꼭 짐과 닮았다. 무게 있고 귀하고 — 이것은 사람과 물건에 다 들어맞는 형용사다. 그 시곗줄은 21달러였다.

그녀는 나머지 87센트를 가지고 집을 향해 서둘러 걸었다. 이 시곗줄을 시계에 매기만 하면 짐은 어떤 모임에 가서라도 부끄럽지 않게 시계를 꺼내볼 수 있을 것이다. 시계는 더할 수 없이 훌륭한 것이었지만, 쇠줄 대신 낡은 가죽끈을 매고 있었기 때문에 다른 사람 눈치를 보며 시계를 몰래 꺼내보곤 했던 것이다.

집에 돌아오자 델라는 황홀했던 기분이 가라앉으면서 침착하고 냉정해졌다. 그녀는 머리를 다듬는 컬 아이론을 꺼내고 가스등을 켠 다음, 사랑과 희생이 남긴 상처를 손질하기 시작했다. 사랑과 희생이란 언제나 몹시 요란한 일이다. 거창한 일이다.

40분쯤 지나자, 그녀의 머리는 짧게 지져 마치 개구쟁이 남학생 같은 얼굴이 되었다. 그녀는 거울에 비친 자기 모습을 오랫동안 자세히 들여다보았다.

"설마 짐이 화를 내진 않겠지?"

그녀는 혼잣말을 했다.

"그이는 아마 나더러 코니아일랜드 합창단의 소녀 같다고 말할 거야. 하지만 단돈 1달러 87센트를 가지고서야 난들 어떻게 할 수가 있겠어!"

일곱 시에 커피를 끓이고 스토브 위에 프라이팬을 얹고 폭찹 만들 준비를 했다.

짐은 늦게 오는 일이 없었다. 델라는 시곗줄을 손에 집어든 채 짐이 늘 들어오는 문 가까이의 식탁 모퉁이에 앉아 있었다. 이윽고 계단을 올라오는 발소리가 들렸다. 그 순간 그녀의 얼굴은 하얗게 질렸다. 그녀는 아무것도 아닌 일상생활의 일들에 관해서도 마음속으로 기도를 드리는 버릇이 있었는데, 지금 그녀의 기도는 '하느님, 제발 남편이 여전히 저를 예쁘다고 생각하게 해주세요.' 하는 것이었다.

문이 열리고 짐이 들어왔다. 그는 몹시 여위고 우울해 보였다. 이 가엾은 친구는 겨우 스물두 살인데, 한 가정을 꾸려가는 일에 괴로움을 겪고 있는 것이다. 그는 새 외투가 필요했고 장갑도 없었다.

짐은 문 안에 들어서자 메추라기의 냄새를 맡은 사냥개처럼 꼼짝도 하지 않고 서 있었다. 그의 시선이 델라에게 가서 멎었다. 그 눈에는 그녀가 헤아릴 수 없는 표정이 어려 있어서 그녀를 두렵게 했다. 그것은 분노도, 놀라움도, 실망도, 공포도 아니었으며, 또 그녀가 짐작했던 어떤 감정도 아니었다. 그는 그 독특한 표정으로 그녀를 뚫어지게 바라보고 서 있었다.

그녀는 천천히 식탁에서 몸을 일으켜 그에게로 갔다.

"여보!"

그녀는 소리쳤다.

"저를 그런 눈으로 보지 마세요. 당신에게 크리스마스 선물을 드리지 않고는 견딜 수가 없어서 머리카락을 잘라 팔았어요. 머리야 또 자라지 않겠어요? 그렇지요? 전 그렇게 할 수밖에 없었어요. 제 머리는 아주 빨리 자라는걸요. 여보, 어서 '메리 크리스마스'라고 해줘요. 그리고 유쾌하게 지

내요, 우리. 아마 당신은 짐작도 못하실 거예요. 제가 얼마나 멋진 당신의 선물을 샀는지 말예요."

"당신, 머리카락을 잘랐단 말이지?"

아무리 애를 써도 아직 이 엄연한 사실을 믿지 못하겠다는 듯 짐이 더듬거리면서 물었다.

"머리를 잘라서 팔았어요."

델라는 말했다.

"하지만 당신은…… 전처럼 저를 사랑하지 않는 건 아니겠죠? 머리카락이 없어도 전 여전히 당신 아내예요. 그렇지요?"

짐은 이상하다는 듯 방 안을 둘러보았다.

"당신 머리카락이 없어졌단 말이지?"

그는 거의 얼빠진 표정으로 말했다.

"찾아봐야 소용없어요."

델라가 말했다.

"팔았다고 했잖아요. 여보, 오늘은 크리스마스 이브예요. 제발 상냥하게 대해 주세요. 머리카락은 당신을 위해 팔았으니까요. 내 머리카락은 셀 수 있을지 몰라도 당신에 대한 내 사랑은 누구도 셀 수 없어요."

그녀는 갑자기 아주 다정한 목소리로 말했다.

"폭찹을 드릴까요, 여보?"

짐은 문득 얼빠진 상태에서 깨어난 것 같았다. 그는 델라를 껴안았다.

한 10초 동안 우리는 돌아앉아서 이것과는 관계가 없는 어떤 문제를 자세히 살펴보기로 하자. 일주일에 8달러와 일년에 백만 달러 — 여기에는 어떤 차이가 있는가? 수학자가 주는 답은 이 경우에는 맞지 않는다. 동방 박사들은 귀한 선물을 가지고 왔지만, 그들의 선물 속에도 그 해답은 들어 있지 않았다. 이 엉뚱한 이야기는 나중에 밝혀질 것이다. 짐은 외투 주머니에서 상자 하나를 꺼내어 식탁 위에 놓았다.

"델라, 오해는 말아요."

그는 말했다.

"당신이 머리를 깎든 머리를 감든 그런 것이 당신에 대한 내 사랑을 변하게 할 수는 없소. 하지만 저 상자를 풀어보면 내가 왜 한동안 얼빠진 것처럼 서 있었는지 알게 될 거야."

하얗고 재빠른 손가락이 끈과 포장지를 풀어헤쳤다. 그러자 기뻐서 어쩔 줄 모르는 소리가 튀어 나왔다. 뒤이어 가엾게도, 갑작스런 여성의 히스테릭한 통곡이 시작되는 바람에 이 방의 주인은 있는 힘을 다해서 위로하지 않을 수 없었다.

눈앞에 놓여 있는 것은 머리빗이었다. ─ 델라가 오래 전부터 브로드웨이의 쇼윈도에 놓인 것을 부럽게 바라보기만 하던 것, 좌우에 빗살이 달린 빗 한 세트였다. 가장자리에 보석을 박고 진짜 대모갑으로 만든 아름다운 ─ 지금은 잘라버린 그 아름다운 머리채에 꽂으면 잘 어울릴 빗이었다. 워낙 값이 비싸서 그녀는 감히 가져볼 생각도 못한 채 그저 안타깝게 바라보기만 하던 물건이었다. 그러던 것이 이제 자기 물건이 되었는데, 그 기다리던 장식물에 빛을 주어야 할 머리카락이 사라져 버린 것이다.

그러나 그녀는 그 한 쌍의 빗을 가슴에 품었다. 한참 만에 그녀는 눈물어린 눈으로 짐을 쳐다보며 미소를 띠고 말했다.

"여보, 내 머리카락은 무척 빨리 자라는걸요!"

그리고 델라는 꼬리에 불이 붙은 새끼고양이처럼 발딱 일어나더니,

"참! 내 정신 좀 봐!"

하고 소리를 질렀다.

아직 짐에게 줄 그 아름다운 선물을 보여주지 않았던 것이다. 그녀는 시곗줄을 반듯이 편 손바닥 위에 얹어서 그에게 내밀었다.

그 광채가 거의 없는 귀금속은 그녀의 맑고 열렬한 마음의 빛을 반사하여 빛나는 것 같았다.

"멋있죠, 짐? 이걸 찾느라고 온 시내를 돌아다녔어요. 이젠 하루에 백 번도 더 시계를 볼 수 있을 거예요. 자, 당신 시계 이리 주세요. 얼마나 잘 어울리는지 보고 싶어요."

그 말대로 하지 않고 짐은 침대에 누워 팔베개를 하고는 빙그레 웃었다.

"델라, 크리스마스 선물은 우선 치워두기로 합시다. 지금 사용하기에는 너무 소중하니까. 나는 당신에게 머리빗을 사주기 위해 내 시계를 팔아 버렸소. 자, 그러면 폭찹이나 좀 먹어 볼까?"

다 아시다시피 동방 박사는 말구유에 누워 있는 아기 예수에게 선물을

가져온 현인들이었다. 그들은 크리스마스에 선물을 주고받는 법을 만든 사람들이다. 현명하기 때문에 그들의 선물 또한 현명한 선물이었으며, 아마 중복되었을 때는 교환할 특전도 마련했을 것이다. 나는 여기서 여러분에게 서로를 위해 현명하지 못하게 자기 집안의 가장 소중한 보물을 희생시켜 버린 셋방에 사는 두 젊은이의 싱거운 이야기를 늘어놓았다.

그러나 현대의 현인들에게 마지막으로 하고 싶은 이야기는 이 두 사람이야말로 가장 현명한 사람이라는 사실이다. 선물을 주고받는 모든 사람 중에서 그들이 가장 현명하다. 온 세상에서 가장 현명하다. 그들이야말로 동방 박사들인 것이다.

핵심 정리

- **갈래** : 단편소설
- **시점** : 전지적 작가 시점
- **주제** : 부부간의 진실한 사랑
- **배경** : 시간적 – 1800년대 후반 / 공간적 – 미국의 한 소도시
- **등장인물** : 델라 – 짐의 아내. 초라한 셋방에서 가난하게 살지만 남편을 사랑하는 마음은 지극하다. 크리스마스 선물로 남편 짐의 시계에 잘 어울릴 시곗줄을 사기 위해 자랑으로 여기는 긴 머리카락을 잘라서 판다.

  짐 – 주급 20달러를 받는 가난한 가장. 크리스마스에 아내 델라의 긴 머리에 잘 어울릴 머리빗을 선물하려고 할아버지 때부터 내려온 금시계를 판다.

- **구성** : 발단 – 델라는 남편의 크리스마스 선물을 사려고 몇 달 동안이나 돈을 모으지만, 그 돈으로는 마음에 드는 선물을 살 수 없어 고민한다.

  전개 – 마침내 델라는 자랑으로 여기는 자신의 탐스러운 머리카락을 팔기로 한다.

  위기 – 델라는 마담 소프로니의 가게에서 머리카락을 팔고 그 돈으로 남편의 시계에 잘 어울릴 백금 시곗줄을 산다.

  절정 – 크리스마스 이브, 집에 돌아온 짐은 아내의 짧아진 머리를 보고 얼빠진 표정을 짓는다. 델라는 짐이 자신의 머리빗을 사기 위해 할아버지 때부터 물려 내려온 시계를 팔았다

는 것을 알게 된다.

결말 – 델라와 짐은 서로의 사랑을 확인하고 눈물을 흘리며 껴
안는다.

◉ 줄거리 및 작품 해설

델라와 짐은 가난하지만 서로를 지극히 사랑하는 부부다. 크리스마스를
앞두고 델라는 남편 짐에게 선물을 사주고 싶어서 몇 달 동안 한 푼 두
푼 모은다. 그렇게 모은 돈이 겨우 1달러 87센트. 그 돈으로는 마음에 드
는 선물을 살 수 없다. 속상해서 훌쩍거리던 델라는 밖으로 나간다. 그리
고 마담 소프로니의 가게에서 자랑으로 여기던 긴 머리카락을 잘라 20달
러에 판다. 그녀는 거기에 가지고 있던 돈을 합해서 남편의 금시계에 어울
릴 백금 시곗줄을 산다.

그날 저녁, 퇴근해서 집으로 돌아온 짐은 델라의 짧은 머리를 보고 놀
란다. 그도 그럴 것이, 그는 할아버지 때부터 내려온 자신의 금시계를 팔
아 델라의 긴 머리에 잘 어울릴 빗을 샀던 것이다. 이윽고 두 사람은 서로
의 사랑을 확인하고 행복해한다.

이 작품은 크리스마스를 시간적 배경으로 하여, 가난하지만 근본적으
로 착하고, 서로를 사랑하는 마음이 지극한 젊은 부부의 에피소드를 전지
적 작가 시점에서 묘사했다. 오 헨리의 작품이 오늘날에도 읽는 이들에게
변함없이 감동을 주는 것은 인간을 보는 그의 따뜻한 시선 때문이다. 이
작품 역시 두 젊은 부부가 어이없이 선물을 잘못 선택한 이야기가 아니

다. 가난으로 빚어진 슬픈 상황 가운데 서로를 지극히 아끼는 부부의 사랑, 삶의 의미를 새롭게 조명한 것이다. 특히 결말 부분의 반전 기법이 인상적이다.

생각해 볼 문제

1. 이 작품의 표현상의 특징은?
2. 이 작품에서 평범한 사람들의 행복을 그리기 위한 소재로 사용한 것은?

해 답

1. 빈틈없는 구성, 독특한 문체, 극적인 반전
2. 머리빗, 시곗줄

마지막 잎새

 읽기 전에

》 이 작품의 주된 특징인 반전에 대해 살펴보자.
》 모파상, 체호프의 작품과 비교해 보자.

워싱턴 스퀘어(뉴욕 맨해튼 5번가에 있는 공원—옮긴이 주) 서쪽에 있는 조그만 구역에 가면, 길이 이리저리 마구 얽혀서 '플레이스'라고 부르는 좁은 도로들로 갈라진 곳이 있다. 이 '플레이스'들은 기묘한 각과 곡선으로 구부러져 있어, 어떤 길은 제 길과 다시 한두 번씩 교차하기도 한다. 일찍이 한 화가가 이 거리에서 재미있는 일이 생길 수 있을 것 같다는 생각을 했다. 물감과 종이와 캔버스 등의 계산서를 든 수금원이 거리에 들어서더라도 길이 복잡해서 돈 한푼 받지 못하고 어느새 온 길로 되돌아가게 될 거라는 것이었다.

그래서 이 색다르고 예스러운 그리니치 빌리지(워싱턴 스퀘어 서쪽에 있는 구역. 빌리지라고 하지만 시의 일부이며, 화가나 작가들이 모여 산다—옮긴이 주)에 곧 애호가들이 몰려들어서, 북쪽으로 난 창문과 18세기풍 박공과 네덜란드풍 다락방과 싸구려 방을 찾아서 돌아다니기 시작했다. 이윽고 그들이 6번가에서 백랍(白蠟)컵과 탁상용 풍로 한두 개를 들고 들어오자, 여기에 '예술인 마을'이 하나 생긴 것이다.

수와 존시는 나지막한 3층 벽돌집 꼭대기에 화실을 갖고 있었다. 존시는 조애너의 애칭이다. 수는 메인 주 출신이고 존시는 캘리포니아 출신으로, 두 사람은 8번가에 있는 '델모니아' 식당에서 점심을 먹다가 만나, 예술감각이나 꽃상추 샐러드랑 작업복에 대한 취미가 일치한다는 것을 알고, 함께 쓸 화실을 마련하게 되었던 것이다. 5월에 있었던 일이었다.

11월이 되자 의사들이 폐렴이라 부르는 차갑고 눈에 보이지 않는 손님이 이 마을을 쏘다니며, 그 얼음 같은 손가락으로 여기저기서 사람들을 만지고 다녔다. 저편 동쪽에서 이 파괴자가 대담하게 으스대고 다니면서 수많은 사람들을 쓰러뜨린 다음 이 좁고 이끼낀 '플레이스'의 미로(迷路)까지 어슬렁거리며 거닐고 있었다.

폐렴 씨는 기사도를 갖춘 노신사라고 부를 만한 인물이 아니었다. 캘리포니아의 미풍(微風) 속에서만 살아 핏기를 잃은 작고 가냘픈 어린 처녀는, 피묻은 주먹에 숨결이 거친 이 늙은 협잡꾼의 적당한 사냥감이 될 만한 대상은 도저히 아니었다. 그런데도 그는 존시를 덮친 것이다. 그래서 그녀는 페인트를 칠한 철제 침대에 누운 채 거의 꼼짝도 못하고, 조그만 네덜란드풍 창 너머로 옆에 있는 벽돌집의 텅 빈 벽만 바라보고 있었다.

어느 날 아침, 짙은 회색 눈썹의 의사가 수를 복도로 불러냈다.

"저 아가씨가 살아날 가망은…… 글쎄, 열에 하나야."

그는 체온계를 뿌려 수은주를 떨어뜨리면서 말했다.

"그리고 그 가망이라는 것도 저 아가씨가 살고자 하는 소망이 없으면 아무 소용이 없단 말씀이야. 지금처럼 스스로 장의사한테 달려갈 기분이어서야, 처방이고 뭐고 다 바보 같은 것이 되고 말지. 저 아가씨는 스스로 회복하지 못할 거라고 결정해 버리고 말았더군. 무언가 마음속에 두고 있는 일 없나?"

"……언젠가는 나폴리 만(灣)을 그려보고 싶다고 했어요."

"그림을 그려? 바보 같군! 무언가 골똘히 생각할 만한 것은 없을까? 이를테면 남자 친구 같은 것 말이야."

"남자요?"

수는 유대인들의 하프 같은 소리를 냈다.

"남자가 그럴 값어치가 있나…… 없어요, 선생님. 남자 같은 건 전혀 없어요."

"음, 그렇다면 그게 좋지 않은 점이군. 나는 내 힘이 미치는 한 의술의 능력을 다 동원해 보겠어. 하지만 환자가 자기 장례행렬의 마차가 몇 대나 될지 세기 시작하게 되면, 치료 효과가 반으로 줄어들 거요. 아가씨를 잘 구슬러서 이번 겨울 외투 소매는 어떤 게 유행할지 궁금하게 생각할 만큼 의욕을 갖게 만든다면, 살아날 가망이 열에 하나가 아니라 다섯에 하나라고 약속하지."

의사가 돌아간 뒤 수는 작업실로 들어가서 종이 내프킨이 흠뻑 젖을 정도로 울었다. 그런 다음 화판을 들고 기분 좋은 듯 휘파람을 불면서 힘차게 존시의 병실로 들어갔다.

존시는 이불 속에 잔잔한 파도 하나 일으키지 않고, 얼굴을 창문으로 돌린 채 누워 있었다. 수는 그녀가 잠든 줄 알고 휘파람을 그쳤다. 수는 화판을 세워 어떤 잡지 소설의 삽화로 쓸 펜화를 그리기 시작했다.

젊은 화가는, 젊은 문인들이 문학의 길을 개척해 나가기 위해서 쓰는 잡지 소설에 삽화를 그려주는 것으로 화가의 길을 개척해야만 한다. 수가 소설의 주인공인 아이다호 카우보이의 말 품평회에 입고 나갈 멋진 승마 바지와 외알박이 안경을 그리려고 하는데 몇 번 되풀이되는 나지막한 소리가 들렸다. 그녀는 얼른 침대 곁으로 다가갔다.

존시는 눈을 커다랗게 뜨고 창 밖을 바라보며 수를 세고 있었다.

"열둘." 하고 조금 있다가 "열하나." 이어 "열, 아홉." 그러다가 거의 동시에 "여덟, 일곱." 하고 세었다.

수는 궁금해서 창 밖을 내다보았다.

'뭐가 있어서 그러지?'

그곳에는 그저 살풍경하고 쓸쓸한 안마당과 저편 벽돌집의 텅 빈 벽면이 보일 뿐이었다. 뿌리가 뒤틀리고 썩은 해묵은 담쟁이덩굴 한 그루가 벽 중간쯤까지 기어올라가 있었다.

차가운 가을바람 탓인지 잎이 몇 남지 않은 발가숭이 가지가 허물어져 가는 벽돌에 매달려 있었다.

"뭐니, 애?"

수가 물었다.

"여섯."

존시는 거의 속삭이듯이 말했다.

"이제는 빨리 떨어지기 시작했어. 사흘 전에는 거의 100개쯤이었는데. 세고 있으면 머리가 다 아팠는데. 하지만 이젠 쉬워. 아, 또 하나 떨어지네. 이제 남은 것은 다섯 잎뿐이야."

"뭐가 다섯 잎이지? 얘기해 봐."

"잎사귀야, 담쟁이덩굴의 잎. 마지막 한 잎이 떨어질 때는 나도 가는 거야. 사흘 전부터 알고 있었어. 의사 선생님이 그러시지 않아?"

"들은 적도 없다, 그런 바보 같은 소린, 애."

수는 몹시 비웃는 투로 투덜거렸다.

"마른 담쟁이 잎사귀와 네가 낫는 게 무슨 관계가 있다고 그러니? 넌 저 덩굴 아주 좋아했잖아, 이 말괄량이야. 바보 같은 소리 작작해. 선생님은 말이야, 오늘 아침에 네가 곧 완쾌할 가망은…… 선생님 말씀대로 정확히 말한다면…… 십중팔구라고 하셨어! 뉴욕 시내에서 전차를 타거나 신축 빌딩 밑을 지나갈 때 당할 위험률과 같은 거야. 자, 이제 수프 좀 마셔봐. 그래야 내가 안심하고 그림을 계속 그릴 수 있지. 잡지사 편집자에게 그림을 팔아야 앓아누운 우리 아기에겐 포도주를, 먹성 좋은 나한테는 돼지고기를 사올 수가 있잖아?"

"포도주는 이제 살 필요 없어."

존시는 계속 창 밖을 바라보면서 말했다.

"또 한 잎 떨어지네! 아니, 수프도 먹고 싶지 않아. 이젠 네 잎뿐이야. 어둡기 전에 마지막 한 잎이 떨어지는 걸 보고 싶어. 그러면 나도 가는 거야."

"존시."

수는 그녀 위에 몸을 숙이며 말했다.

"내가 그림 다 그릴 때까지 눈 감고 창 밖을 보지 않겠다고 약속해 줄래? 난 이 그림 내일까지 넘겨줘야 한단 말이야. 광선이 필요해서 그래. 아니면 커튼을 내리고 싶다만."

"다른 방에서 그릴 수는 없어?"

존시는 차갑게 물었다.

"난 네 옆에 있고 싶어서 그래. 게다가 네가 줄곧 저 쓸데없는 담쟁이 잎을 바라보고 있는 게 싫어서 그런다."

"다 그리고 나면 금방 알려줘야 해."

존시는 눈을 감고 쓰러진 조각처럼 창백한 얼굴로 조용히 누워서 말했다.

"마지막 한 잎이 떨어지는 걸 보고 싶으니까. 난 이제 기다리기에 지쳤어. 생각하는 것도 지쳤고. 모든 것에 대한 집착에서 떠나, 꼭 저 가엾고 고달픈 나뭇잎처럼 아래로 아래로 떨어져 내리고 싶어."

"좀 자도록 해봐. 나는 베어먼 할아버지 불러다가, 숨어 사는 늙은 광부 모델이 되어달라고 부탁해야겠어. 곧 돌아올게. 내가 돌아올 때까지 움직이지 마."

베어먼 노인은 존시와 수의 집 바로 아래층에 살고 있는 화가였다. 나이는 60이 넘었고, 도깨비 같은 체구에 반수신(半獸身) 같은 머리, 미켈란젤로가 조각한 모세의 수염처럼 곱슬곱슬한 턱수염을 하고 있었다. 그는 실패한 예술가였다. 40년 동안 그림을 그려왔지만, 예술의 여신 치맛자락도 잡아보지 못했다. 언제나 걸작을 그린다고 하면서도 아직도 시작해 본 적이 없다. 지난 몇 해 동안 상업용이나 광고용의 싸구려 그림을 이따금 그린 것뿐이다. 그는 직업 모델을 쓸 능력이 없는 젊은 화가들의 모델이 되어 주고는 조금씩 돈을 얻어 쓰는 형편이다. 그러면서도 술을 많이 마시면 여전히 머지않아 걸작을 그린다는 말을 하곤 했다. 성품이 거칠고 왜소한 그는 누구든 나약한 모습을 보이면 사정없이 비웃었다. 특히 윗층 화실에 있는 두 젊은 예술가를 지키는 감시견으로 스스로를 생각하고 있었다.

수가 보니 베어먼은 아래층의 어둠침침한 골방에서 노간주나무 열매(열매에서 짠 기름은 진의 향료로 씀—옮긴이 주) 냄새를 물씬하게 풍기며 앉아 있었다. 한쪽 구석에는 아무것도 그리지 않은 캔버스가 이젤에 얹혀 있었는데, 장차 걸작으로 남을 그림의 붓질이 시작되기를 25년 동안이나 기다려 온 것이었다.

수는 노인에게 존시의 망상을 얘기하며, 존시는 정말 나뭇잎처럼 가볍고 연약해서, 이 세상에 대한 가냘픈 집착이 더 약해지면 둥둥 떠서 날아가 버리지 않을까 걱정스럽다고 말했다. 베어먼 노인은 핏발선 눈에 눈물을 글썽이면서, 그 어이없는 망상에 큰 소리로 모멸과 조소를 퍼부었다.

"뭐라고!"

그는 소리쳤다.

"아니 그래, 다 썩은 덩굴에서 잎이 떨어진다고 저도 죽는다는 그런 얼빠진 소릴 하는 놈이 이 세상에 어딨어? 나는 그 따위 소린 살다가 첨 듣겠다. 싫어, 나는 수의 그 쓸데없는 광부, 숨어 사는 그런 숙맥 같은 모델이 되기는 싫다고. 어째서 수는 그런 어처구니없는 생각을 하게 내버려두는 거지? 아아, 가엾은 존시……."

"존시는 몹시 앓아서 쇠약해졌어요. 그리고 열 때문에 마음이 병들어서, 별의별 이상한 망상이 가득 찬 걸요. 좋아요, 베어먼 할아버지, 제 모델이 되기 싫으시다면 필요 없어요. 하지만 정말 변덕스러운 할아버지라고 생각할 테예요."

"여자란 금방 저래서 탈이야!"

베어먼은 소리쳤다.

"누가 모델이 안 돼 준다고 그랬나? 가자구. 나는 언제라도 모델이 되어주겠다고 말하려고 했었지. 어, 참! 여긴 존시 양 같은 착한 처녀가 병들어 누워 있을 자리가 못 된다구. 머지않아 나는 걸작을 그릴 거야. 그러면 우리 모두 다른 데로 옮기자구. 정말이야! 그렇게 하자구."

두 사람이 윗층에 올라가 보니 존시는 잠들어 있었다. 수는 커튼을 창턱까지 내리고, 베어먼에게 옆방으로 가자고 몸짓을 했다. 방에 들어간 두 사람은 겁먹은 듯이 창문으로 담쟁이덩굴을 바라보았다. 그리고 잠시 서로 말없이 쳐다보았다. 차가운 진눈깨비가 쉴새없이 내리고 있었다. 베어먼은 낡은 푸른 웃옷을 입고는, 바위 대신 엎어놓은 큰 솥 위에 걸터앉아 세상을 등진 광부의 자세가 되었다.

이튿날 아침 수가 한 시간쯤 자고 눈을 떠보니, 존시는 흐릿한 눈을 크게 뜨고 내려진 녹색 커튼을 바라보고 있었다.

"열어줘. 보고 싶으니까."

그녀는 속삭이듯 말했다. 마지못해 수는 하라는 대로 했다.

그런데 어찌된 일인가! 밤새도록 비가 내리치고 바람이 휘몰아쳤는데도, 벽에는 담쟁이덩굴의 잎 하나가 아직도 남아 있지 않는가! 그것은 담쟁이의 마지막 잎이었다. 잎자루 가까이는 아직도 진한 초록빛이었지만, 톱니 모양의 잎 가장자리는 풍상(風霜) 때문에 누렇게 퇴색해 있었다. 그러나 여전히 땅 위에서 6미터쯤 되는 가지에 당당히 매달려 있었다.

"저게 마지막 잎새야. 밤중에 틀림없이 떨어질 줄 알았는데. 바람 소리를 들었거든. 오늘은 떨어질 거야. 그러면 동시에 나도 떨어지는 거야."

"뭐라고!"

수는 지친 얼굴을 존시에게 돌리면서 말했다.

"네 자신을 생각하고 싶지 않으면 내 생각이나 좀 해 줘. 난 어쩌란 말이야?"

그러나 존시는 대답하지 않았다. 이 세상에서 가장 고독한 것은, 신비로운 곳으로 먼 여행을 떠날 채비를 하고 있는 영혼이다. 그녀를 연결하고 있는 우정과 이 땅의 기반이 하나하나 풀어지면서 죽음에 대한 망상이 점점 더 억세게 그녀를 휘어잡는 것 같았다.

그날도 다 지나가고 해거름이 되었는데도, 그 외로운 담쟁이 잎 하나는 벽 위의 줄기에 그대로 매달려 있는 것을 볼 수 있었다. 밤이 되더니 북풍이 다시 사납게 휘몰아치기 시작하고, 비는 줄기차게 창문 쪽으로 들이쳐 시끄러운 소리를 내며 나직한 네덜란드풍 처마에서 '뚜두둑' 흘러 떨어졌다.

이윽고 날이 새자, 존시는 커튼을 올리라고 졸라댔다. 담쟁이 잎은 여전히 그 자리에 있었다. 존시는 드러누워서 가스 스토브 위의 닭고기 수프를 젓고 있는 수에게 말을 건넸다.

"난 나쁜 애였어, 수. 내가 얼마나 나쁜 애였는지 알려주려고, 저 마지막 잎새를 남겨둔 거야. 죽고 싶어하다니 죄받을 일이지. 자, 그 수프 좀 갖다 줘. 우유에 포도주를 탄 것도 좀 주고. 아냐, 손거울부터 갖다줄래? 그리고 내 등에다 베개도 몇 개 받쳐줘. 일어나 앉아서 네가 요리하는 걸 보고 있을 테야."

한 시간 뒤 그녀는 말했다.

"수, 난 언젠가 나폴리 만을 그리고 싶어."

오후에 의사가 왔다. 의사가 돌아갈 때 수는 슬그머니 뒤따라 나왔다.

"희망은 반반이야."

의사는 수의 떨고 있는 여윈 손을 잡고 말했다.

"간호만 잘해 주면 당신이 이겨요. 그럼 이제 아래층에 있는 환자를 보러 가야지. 베어먼인가 하는 사람인데 화가 같더군. 역시 폐렴이야. 나이가 많고 몸도 약한 사람인데 갑자기 당했어. 살 가망은 전혀 없지만, 오늘 입원시키면 좀 편해지겠지."

이튿날, 의사는 수에게 말했다.

"이제 위험은 벗어났어. 당신이 이겼어. 앞으로는 영양과 뒷바라지뿐이야."

그날 오후, 존시는 누운 채 짙은 파란색 털실로 도무지 쓸모도 없어 보이는 숄을 만족스러운 표정으로 짜고 있었다. 수는 침대로 다가가 한 쪽 팔로 베개째 그녀를 껴안았다.

"너한테 할 얘기가 있어, 귀여운 아가씨. 베어먼 할아버지가 오늘 병원에서 폐렴으로 돌아가셨대. 겨우 이틀을 앓으셨을 뿐이야. 첫날 아침, 관리인이 아랫층에 있는 그분 방에 가봤더니 할아버지가 몹시 괴로워하고 계시더래. 신발과 옷은 흠뻑 젖어서 얼음처럼 차갑고. 날씨가 그렇게 험한 날 밤에 대체 어디를 갔다오셨는지 아무도 짐작하지 못했어. 그러다가 아직도 불이 켜져 있는 네모등과 언제나 놓아두던 곳에서 꺼내온 사다리, 흩어진 붓과 초록과 노랑 물감을 섞은 팔레트를 발견한 거야. 그리구 애, 창 밖으로 저 벽에 있는 마지막 담쟁이 잎 좀 쳐다봐. 바람이 부는데도 조금도 흔들리지 않고 움직이지도 않는 게 이상하지 않니? 아아, 저건 베어먼 할아버지의 걸작이란다. 마지막 잎사귀가 떨어진 날 밤, 그분이 저 자리에 그려 놓으셨단다."

◎ 핵심 정리

- **갈래** : 단편소설
- **시점** : 전지적 작가 시점
- **주제** : 따뜻한 인간애와 희망의 중요성
- **배경** : 시간적 – 1900년 가을 / 공간적 – 미국 뉴욕 그리니치 빌리지
- **등장인물** : 존시 – 이름 없는 화가 지망생. 가난 속에서 그림 공부에 열
  중하다가 폐렴에 걸려 앓아눕는다. 창 밖으로 보이는 담쟁이
  덩굴 잎을 자신의 생명과 연결시켜, 한 잎 두 잎 떨어지는
  것을 보며 슬퍼한다.

  베어먼 – 존시와 같은 건물 2층에 사는 늙은 화가. 40년이
  나 손에 화필을 잡고 살아왔으나 이렇다 할 작품을 그리지
  못한 예술의 낙오자. 존시를 위해 마지막 잎새를 걸작으로
  남기고 폐렴으로 죽는다.

  수 – 존시와 같은 화실을 쓰는 친구. 존시가 폐렴에 걸리자
  정성껏 간호한다.

- **구성** : 발단 – 미국 뉴욕의 가난한 예술가촌인 그리니치 빌리지에 사는
  화가 지망생 존시가 폐렴에 걸려 자리에 눕는다.

  전개 – 존시는 삶의 의욕을 잃은 채 창 밖으로 담쟁이덩굴을 바
  라보며, 그 잎이 다 떨어지면 자신의 생명도 끝날 것이라고
  생각한다. 불안해진 친구 수는 2층에 사는 늙은 화가 베어
  먼에게 존시 이야기를 한다.

  위기 및 절정 – 밤새 세찬 비바람이 불어 담쟁이덩굴을 뒤흔든

다. 그 바람에 모든 잎이 다 떨어졌으나 잎새 하나는 끝내 떨어지지 않고 덩굴에 그대로 붙어 있었다.

결말 – 그 마지막 잎새를 보며 존시의 병세는 차츰 나아진다. 그 반면 베어먼은 폐렴에 걸려 죽는다. 그날 오후, 수는 존시에게 베어먼의 죽음을 알리며 그가 담장에 마지막 잎새를 그렸다는 사실을 말해 준다.

줄거리 및 작품 해설

뉴욕 그리니치 빌리지의 가난한 예술가촌. 이름 없는 화가 지망생 존시는 심한 폐렴에 걸린다. 그녀는 살려는 의지를 보이지 않은 채 창 밖의 담쟁이덩굴 잎만 세고 있었다. 그리고 간호해 주는 친구 수에게 마지막 잎새가 떨어지면 자신도 죽을 것이라는 말을 한다.

그들의 아래층에 사는 늙은 화가 베어먼은 40년 동안을 그림을 그리며 살았지만 아직 걸작을 그려보지 못했다. 수는 베어먼에게 존시가 한 이야기를 하며 그녀의 말처럼 마지막 잎새와 함께 떠나가면 어쩌나 하고 걱정한다.

다음날 아침 수가 창문의 커튼을 올려보니, 밤새도록 세찬 비와 사나운 바람이 불었는데도 불구하고 담쟁이 잎새 하나가 담장에 그대로 붙어 있었다. 다음날이 지나도 그 잎새는 여전히 붙어 있었다. 그 마지막 잎새에 존시는 삶의 희망을 되찾고, 차츰 병세가 나아지기 시작했다. 의사는 베어먼도 폐렴으로 앓고 있다는 말을 해준다. 그날 오후 수는 존시에게 베어먼이 죽었다는 것을 알리며, 그가 담장에 마지막 잎새를 그렸다고 이야기한다.

　이 작품은 〈크리스마스 선물〉과 함께 오 헨리의 대표작이다. 삶의 의욕을 잃고 죽어가는 화가 지망생 존시를 위해 희생하는 늙은 화가 베어먼의 고귀한 사랑이 삭막한 현대를 사는 우리에게 신선한 감동을 준다. 세찬 비바람이 몰아치는 밤, 베어먼은 존시를 위해 생애 최고의 걸작인 마지막 잎새를 그린다. 그 마지막 잎새를 보고 존시는 삶에 대한 희망을 되찾는다. 즉, 한 사람은 벽에 그린 마지막 잎새를 통해 삶을 얻지만, 그를 구하기 위해 그것을 그린 화가는 폐렴에 걸려 죽는 것이다. 마지막의 이 감동적인 반전이 바로 이 작품의 특징이다.

◉ 생각해 볼 문제

1. 담쟁이 잎새는 존시에게 어떤 의미가 있는가?
2. 베어먼이 그린 마지막 잎새가 걸작인 이유는?

해답

1. 담쟁이 잎새가 곧 자신이라고 생각한다. 비바람에 힘없이 떨어지는 모습을 보며 자신의 생명도 그렇게 스러지지 않을까 걱정한다.
2. 자신의 생명을 희생하여 한 생명을 살린 그림이기 때문이다. 그는 알코올에 찌든 채 40년 간 광고용 그림 몇 장 외에는 그림다운 그림을 그리지 못했다. 그러나 목숨을 걸고 그린 그 마지막 잎새를 보고 존시는 삶의 의욕과 희망을 되찾는다.

20년 후

  읽기 전에

» 오 헨리의 다른 작품과 비교해 보자.

» 20년 동안 두 친구에게 일어난 일에 대해 생각해 보자.

순찰 경관이 의젓한 걸음걸이로 걸어왔다. 다소 거드름을 피우는 것처럼 보이기도 했지만, 일부러 그러는 것은 아니었다. 그저 오랜 습관일 뿐이었다. 사실 거드름을 피운다 해도 누가 봐 줄 사람도 없었다. 밤 10시가 조금 못 된 시간이었지만, 가랑비가 섞인 찬바람이 불고 있어서 거리엔 사람이 거의 보이지 않았다.

경관은 익숙한 솜씨로 경찰봉을 빙빙 돌리면서 이따금 조심스럽게 길거리와 집들을 살폈다. 체격이 좋고 걸음걸이가 의젓한 그는 시민의 치안을 담당한 경찰관의 훌륭한 모범이라고 할 만했다. 이 근처 사람들은 모두 일찍 자고 일찍 일어나는 분위기였다. 가끔 담배 가게나 밤새 문을 여는 노점의 불이 보이기도 했다. 그러나 회사나 사무실 등은 대개 일찌감치 문을 닫은 상태였다. 거리 어느 지점에 이르자 경관은 갑자기 걸음을 멈추었다. 캄캄한 철물점 점포 앞에 한 사나이가 불을 붙이지 않은 담배를 물고 벽에 기대 서 있었다.

경관이 다가가자 그 사나이가 재빨리 먼저 말했다.

"아무것도 아닙니다. 전 지금 그저 친구를 기다리고 있을 뿐입니다. 20년 전에 한 약속이 있거든요. 좀 이상하게 생각되죠? 거짓말인지 의심스럽다면 사정을 얘기하죠. 20년 전 바로 이 자리에 음식점이 있었어요. '빅 조'라는 별명을 가진 브레디가 하던 음식점 말입니다."

"5년 전까지도 이 자리에 있었죠."

경관이 고개를 끄덕였다.

거리에 서 있던 사나이는 성냥을 켜서 담배에 불을 붙였다. 그 불빛에, 눈이 날카롭고 턱이 네모진 창백한 얼굴이 드러났다. 그 얼굴 오른쪽 눈썹 옆에는 조그만 상처 자국이 있었다. 넥타이핀에는 묘한 방식으로 끼운 큼지막한 다이아몬드가 달려 있었다.

"지금으로부터 꼭 20년 전 오늘밤……."

사나이가 말했다.

"나는 '빅 조' 브레디의 음식점에서 지미 웰스와 식사를 했습니다. 이 세상에서 가장 훌륭한 친구, 나의 가장 다정한 친구였습니다. 그 친구와 나는 이 뉴욕에서 함께 자랐습니다. 형제나 마찬가지였어요. 그때 나는 열여덟 살, 지미는 스무 살이었죠. 나는 그 다음날 서부로 떠날 예정이었습니다. 나도 한 밑천 잡고 싶었거든요. 하지만 지미는 무슨 일이 있어도 뉴욕을 떠나지 않겠다고 하더군요. 그 친구는 이 세상에 뉴욕보다 더 좋은 곳은 없다고 생각했으니까요. 그래서 그날 밤 우리는 약속을 했습니다. 그날 밤 그 시간부터 꼭 20년이 지난 뒤에 바로 이 자리에서 다시 만나자는 약속이었죠. 우리가 서로 어떤 신분이 되어 있더라도, 아무리 먼 곳에 가 있을지라도 반드시 여기서 만나자고 말입니다. 20년 후에는 우리 서로 운이 열려서 한 밑천 만들게 되겠지 하는 생각이었습니다. 우리가 어떤 길로 가든지 말이에요."

"그거 참 재미있는 얘기군요."

경관이 말했다.

"하지만 다시 만날 때까지 20년이라는 세월은 좀 긴 것 같군요. 그래, 헤어진 뒤에 그 친구한테서 무슨 소식은 없었소?"

"물론 있었지요. 얼마 동안은 서로 편지 왕래가 있었습니다."

사나이는 말했다.

"하지만 그러다가 몇 년 지나자 소식이 끊어지게 되더군요. 아시겠지만, 서부는 엄청나게 넓고 바쁜 곳입니다. 이것저것 일거리도 많구요…… 저도 부지런히 돈벌이를 했죠. 하지만 어쨌든 지미는 반드시 나를 만나러 여기올 겁니다. 살아 있기만 하다면요. 지미는 정말 고지식할 정도로 정직한 사람이었으니까요. 약속을 잊을 리가 없습니다. 나는 오늘 이 자리에서 그 친구를 만나려고 천 마일이나 여행을 해서 여기까지 왔어요. 하지만 그 친구가 나타나기만 하면 천 마일을 달려온 값어치는 충분하고도 남습니다."

친구를 기다리는 사나이는 주머니에서 시계를 꺼냈다. 뚜껑에 작은 다이아몬드가 박혀 있었다.

"10시 3분 전이군요."

사나이가 말했다.

"우리가 여기서 작별을 한 건 정각 10시였죠."

"그래, 서부에 가서 재미는 좋았소? 한 밑천 잡았겠지요?"

경관이 물었다.

"그야 물론이지요. 지미도 아마 나의 절반쯤은 성공했겠지요. 하지만 그 친구는 좀 느린 편이었습니다. 너무 착하거든요. 서부에서는 남의 돈을 빼앗으려고 덤비는 약삭빠른 놈들과 싸워야 했습니다. 뉴욕에서야 판에 박힌 것처럼 날마다 똑같은 일만 하면 되지만, 서부에서 살아남으려면 잠시도 마음을 놓아서는 안 되죠……."

경관은 경찰봉을 빙빙 돌리면서 두세 걸음 내디뎠다.

"나는 그만 가보겠소. 당신 친구가 약속대로 오면 좋겠군요. 그런데 약속 시간에서 1분도 더 기다리지 않을 생각입니까?"

"아니, 기다려야죠!"

사나이는 말했다.

"최소한 30분 정도는 기다릴 겁니다. 만일 지미가 살아 있기만 하다면 그때까지는 올 테니까요. 안녕히 가십시오, 경관 나리."

"그럼……."

경관은 사나이와 헤어져 자기 순찰 구역을 살펴보면서 걸어갔다.

이제는 차가운 이슬비가 제법 세차게 내리기 시작했다. 바람도 거칠어졌다. 이따금 지나가는 사람들은 옷깃을 여미고 호주머니에 손을 찌른 채 걸음을 재촉했다. 20년 전의 약속을 지키기 위해 천 마일을 달려온 사나이는 철물점 앞에서 담배를 피우며 친구를 기다리고 있었다.

그로부터 20분쯤 지났을 때였다. 긴 외투를 입고 귀밑까지 깃을 세운 키가 큰 사나이가 길 저쪽에서 나타났다. 그는 급히 길을 건너오더니 곧장 기다리고 있는 사나이에게 다가갔다.

"자네가 보브인가?"

그가 물었다.

"지미 웰스?"

철물점 앞에서 기다리던 사나이가 큰소리로 물었다.

"이거 참!"

새로 온 사나이가 상대의 두 팔을 붙잡았다.

"틀림없는 보브군. 우리가 살아 있는 한 반드시 여기서 다시 만날 줄 알았지. 어쨌든 20년이야! 정말 긴 세월이지. 옛날에 있던 식당은 없어졌어, 보브. 있었으면 훨씬 더 좋았을 텐데. 그랬다면 여기서 또 같이 식사를 할 수 있었을 텐데 말이야. 그래, 서부는 어떻던가?"

"그야 정말 대단하지. 내가 바라는 건 뭐든지 다 있으니까 말이야. 그런데 자네 꽤 많이 변했군. 내가 생각했던 것보다 키가 몇 인치는 더 큰 것 같군."

"음, 나는 스무 살이 넘어서도 키가 자랐어."

"그랬군. 뉴욕에서는 어떻게 지내나, 지미?"

"그럭저럭 잘 지냈지. 난 시청에서 일하고 있다네. 자, 가세, 보브. 내가 잘 아는 집이 있거든. 거기 가서 우리 천천히 옛날 애기나 하세."

두 사람은 팔짱을 끼고 길을 걸어갔다. 서부에서 온 사나이는 자기가 성공하고 출세한 이야기를 자랑스럽게 늘어놓기 시작했다. 상대는 외투 깃에 얼굴을 파묻은 채 흥미로운 표정으로 묵묵히 듣고 있었다.

이윽고 그들은 환하게 불을 밝힌 길모퉁이 약국 앞까지 갔다. 그 등불 밑에 이르자 두 사람은 서로 동시에 얼굴을 돌려 상대방을 바라보았다.

서부에서 온 사나이는 걸음을 우뚝 멈추더니 팔짱을 풀었다.

"자넨 지미 웰스가 아냐."

그는 성난 목소리로 말했다.

"아무리 20년이라는 세월이 길다지만, 매부리코가 이렇게 납작하게 주저앉을 리는 없지."

"하지만 그 20년 동안에 착한 사람이 악당이 되는 일은 얼마든지 있겠지."

키 큰 사나이가 말했다.

"넌 지금 나에게 끌려가고 있는 거야, 보브. 실은 네가 이쪽으로 올 것 같다고 시카고에서 전보가 왔지. 얌전히 따라가겠나? 그 편이 훨씬 좋을 거야. 자네에게 전해 달라고 부탁받은 편지가 하나 있어. 경찰서에 가기 전에 여기 이 창 밑에서 읽어 보게나. 외근 중인 내 동료 지미 웰스 경관이 쓴 편지라네."

서부에서 온 사나이는 작은 종이쪽지를 펼쳤다. 처음 읽을 때는 아무렇지도 않았다. 그러나 그 편지를 다 읽기 전에 손이 떨리기 시작했다. 편지는 비교적 짧았다.

　　보브, 나는 우리가 20년 전에 약속한 장소에 시간 맞추어 나갔었네. 자네가 성냥을 켜서 담배에 불을 붙일 때, 나는 시카고에서 지명 수배된 사나이의 얼굴을 보았네. 하지만 어떻게 내 손으로 자네를 체포할 수 있겠나. 그래서 이렇게 다른 형사에게 부탁을 했다네.

　　　　　　　　　　　　　　　　　　　　　　　지미로부터

핵심 정리

- **갈래** : 단편소설
- **시점** : 전지적 작가 시점
- **주제** : 수배자와 경관으로 신분이 달라진 두 옛 친구의 만남과 우정
- **배경** : 시간적 – 20세기 초반 / 공간적 – 뉴욕 뒷골목
- **등장인물** : 보브 – 한 밑천 잡기 위해 서부로 갔던 친구. 20년 전 지미 웰스와의 약속을 지키기 위해 뉴욕으로 왔다가, 지명 수배자라는 사실이 밝혀져 체포된다.

  지미 – 뉴욕에서 경찰관이 된 친구. 옛 친구 보브를 만나기 위해 약속 장소에 갔다가, 그가 바로 시카고에서 지명 수배된 범죄자임을 알게 된다. 나중에 동료 형사를 시켜 보브를 체포하게 한다.

- **구성** : 발단 – 뉴욕 뒷골목, 밤 10시 가까운 시간에 자신이 담당한 거리를 순찰하던 경관은 어두운 철물점 앞에 한 낯선 사나이가 서 있는 것을 보았다.

  전개 – 낯선 사나이는 경관에게 20년 전 친구와의 약속을 지키기 위해 서부에서 먼 길을 달려왔다고 이야기한다. 사나이의 이야기를 듣고 난 경관은 순찰을 계속하기 위해 그 자리를 떠난다.

  절정 – 10시가 조금 넘었을 때, 철물점 앞에서 기다리던 사나이 앞에 키 큰 사나이가 나타난다. 두 사람은 반갑게 인사를 하며 골목길을 빠져나온다.

위기 – 불빛이 환한 약국 앞에 이르렀을 때, 서부에서 온 사나이는 키 큰 사나이가 자신이 기다리던 친구 지미 웰스가 아니라는 사실을 깨닫는다.

결말 – 키 큰 사나이는 서부에서 온 사나이에게 동료 경관 지미 웰스의 편지를 전해주고 체포한다. 지미 웰스는 20년 전의 약속을 지키기 위해 약속 장소에 나갔으나, 친구가 시카고에서 지명 수배된 범죄자임을 알고 동료 형사를 대신 내보냈던 것이다.

◎ 줄거리 및 작품 해설

뉴욕에 살던 두 친구 보브와 지미가 '20년 후에' 다시 만날 것을 약속하고 헤어진다. 보브는 한 밑천 잡을 꿈을 안고 서부로 가고, 지미는 그대로 뉴욕에 남는다. 그리고 20년 후, 서부로 갔던 보브는 궂은 날씨 속에서 두 사람이 마지막으로 식사를 했던 식당 앞에 서서 지미가 오기를 기다린다.

약속 시간이 가까워졌을 때, 순찰 중이던 경관이 보브에게 다가온다. 그는 그 경관에게 지미에 대해, 그리고 20년 전의 약속에 대해 이야기한다. 경관은 떠나고, 보브는 그 자리에서 계속 지미를 기다린다.

이윽고 지미가 오자, 두 친구는 반갑게 인사를 하고 나란히 골목길을 빠져나온다.

그러나 환한 불빛 아래 이르렀을 때, 보브는 그가 자신이 기다리던 옛 친구가 아니라는 사실을 깨닫는다. 그는 바로 시카고에서 지명 수배된 범죄자 보브를 잡으러 온 형사였던 것이다.

이 작품의 소재는 20년 후 다시 만나기로 약속하고 헤어진 두 친구의 만남이다. 두 친구는 20년 후 약속대로 만나게 되지만, 한 친구는 지명 수배자, 다른 한 친구는 경관이 되어 있었다. 이러한 기본 줄거리에 따라 이야기가 전개되다가, 극적인 반전이 이루어짐으로써 작품은 예상치 못한 결말로 끝나게 된다.

◉ 생각해 볼 문제

1. 이 작품의 구성상 특징은?
2. 우정과 의무 사이의 갈등이 가장 잘 나타난 부분은?

해 답

1. 시간적 순서를 교묘하게 배치하여 극적인 감동을 자아내도록 했다.
2. "나는 그만 가보겠소. 당신 친구가 약속대로 오면 좋겠군요. 그런데 약속 시간에서 1분도 더 기다리지 않을 생각입니까?"

인생 유전

 읽기 전에

>> 인간이 추구해야 할 진정한 가치에 대해 생각해 보자.

>> 5달러와 함께 돌고 도는 주인공들의 마음의 흐름을 살펴보자.

치안 판사 베너저 위더프는 딱총나무 줄기로 만든 낡은 파이프를 피우며 사무실 문 옆에 앉아 있었다. 오후의 아지랑이 속에서 컴벌랜드 산맥이 하늘을 반쯤 가린 채 청회색으로 치솟아 있었다. 얼룩무늬 암탉 한 마리가 미련하게 꼬꼬댁거리면서 개척지 마을 한길을 지나갔다.

길 아래쪽에서 삐걱거리는 바퀴 소리가 들려왔다. 이어 흙먼지가 날리더니 랜지 빌브로와 그의 아내를 태운 마차가 나타났다. 마차는 치안 판사 사무실 문 앞에서 멈추었다. 마차에서 두 사람이 내렸다. 랜지는 누르스름한 피부에 노란 머리카락, 6피트 정도의 키에 여윈 편이었다. 산간 지방 사람 특유의 침착함이 갑옷처럼 그를 감싸고 있었다. 사라사 무명옷을 입은 그의 아내는 얼굴은 각이 진 데다가 코담배에 절어 있었고, 뭔지 알 수 없는 욕망에 지친 듯했다. 그녀의 몸 전체에서는 자신도 모르는 사이에 잃어버린, 기만당한 젊음에 대해 원망하고 항의하는 것 같은 분위기가 느껴졌다.

치안 판사는 위엄을 갖추느라 재빨리 벗어두었던 구두를 신고 자리에서 일어났다.

"우리 두 사람은……."

여자가 말했다. 소나무 가지를 스쳐 지나가는 바람 소리와 비슷한 목소리였다.

"헤어지고 싶어서 왔어요."

그녀는 남편이 주의 깊게 듣고 있는지 힐끗 쳐다보았다. 자신이 지금 밝힌 용건에 어떤 잘못이 없나 남편이 잘 살피고 있는지 궁금했다. 이것은 두 사람이 직면한 공통의 문제이기 때문이다.

"이혼하고 싶습니다."

랜지가 고개를 끄덕이면서 엄숙하게 맞장구를 쳤다.

"우리 둘 다 이런 상태로는 이제 도저히 함께 살 수가 없습니다. 남녀가 서로 좋아할 땐 산골에 살아도 외롭지 않지요. 하지만 여자가 살쾡이처럼 으르렁거리거나 올빼미처럼 볼이 뿌루퉁해 있어서야 어디 같이 살 수가 있겠습니까?"

"남편이란 작자가 아무짝에도 쓸모없는 데다가……."

여자는 별로 화내는 기색도 없이 말했다.

"놈팡이나 밀주꾼들하고 어울려 다니면서 싸구려 위스키나 마시고, 말라빠진 개들이나 끌고 와서 귀찮게 먹이를 주라고 성화니, 어디 집에 있는 사람이 견딜 수 있겠어요?"

"마누라가 툭하면 프라이팬 뚜껑을 집어던지면서……."

이번에는 랜지가 반박할 차례였다.

"컴벌랜드 일대에서 제일가는 너구리 사냥개에게 뜨거운 물이나 끼얹고, 남편 끼니는 챙겨주지도 않고, 밤새도록 남편 하는 일에 불평이나 하면서 잠도 못 자게 하니, 빌어먹을 일 아닙니까?"

"이 산골에서 밤낮 세무서 관리들과 싸움이나 하는 걸로 악명 높은 사람이 밤에 편히 자기를 바라다니, 말이 되나요?"

치안 판사는 침착하게 자기 일을 시작했다. 그는 하나밖에 없는 걸상과 등받이 없는 걸상 하나를 민원인들에게 내놓고, 책상 위에 법전을 펼쳐놓고 색인을 자세히 살펴보았다. 그러고 나서는 안경을 닦으며 필기도구를 옆으로 옮겨놓았다.

"이 법전의 법률이나 법령에는, 이혼 문제에 대해서는 한 마디도 언급이 없네. 하지만 법률의 형평성, 헌법이나 그밖의 상식에 의거할 때, 서로 관련된 두 가지 일 중 하나만 할 수 있다는 법은 말이 안 되는 거지. 치안 판사가 한 쌍의 남녀를 결혼시킬 수 있다면, 그 두 사람을 이혼시킬 권한도 당연히 있다 그 말이야. 따라서 본 법정은 이혼 판결을 선고할 것이고, 그것이 유효한지는 배심원의 결정에 따르기로 하겠네."

랜지 빌브로는 바지 주머니에서 작은 담배 쌈지를 꺼냈다. 그는 쌈지를 흔들어 5달러짜리 지폐를 내놓으며 말했다.

"곰가죽 한 장과 여우 모피 두 장을 팔고 받은 돈입죠. 제가 가진 돈의 전부입니다."

"본 법정의 이혼 소송 수수료는 5달러일세."

치안 판사가 말했다. 그리고 그는 5달러를 굵은 털실로 짠 조끼 주머니에 쑤셔넣었다. 이리저리 몸을 움직이고 머리를 쥐어짠 끝에 그는 커다란 종이 반 장에 이혼 판결문을 작성했고, 나머지 절반에는 사본을 작성했다. 랜지 빌브로와 그의 아내는 판사가 자기들에게 자유를 주기 위해서 작성한 문서를 읽기 시작하자 귀를 기울였다.

"랜지 빌브로와 그의 아내 에어리얼러 빌브로는 오늘 본 치안 판사 앞에 출두하여, 앞으로는 어떠한 경우에도 서로 사랑하거나 존경하거나 복종하지 않을 것을 서약했다. 이에 주의 평화와 존엄성에 의거하여 이혼 청원을 받아들인다는 것을 공고한다. 그대들에게 신의 가호가 있기를 빈다. 테네시 주 피드먼트 카운티 치안 판사 베너저 위더프."

치안 판사가 랜지에게 판결서 한 통을 막 건네주려고 할 때, 에어리얼러가 그것을 저지했다. 판사는 움찔하며 잠시 멈추었다. 두 남자는 동시에 그녀를 쳐다보았다. 진지하지만 우둔한 두 남자가 한 여자가 제기한 갑작스럽고 예기치 않은 그 무엇과 맞부딪친 것이다.

"판사님, 그 남자에게 그 판결서를 주지 마세요. 아직 모든 게 다 해결된 건 아니잖아요. 전 제 권리를 먼저 찾아야겠어요. 위자료 말이에요. 남편이 이혼하면서 아내에게 한 푼도 주지 않는다는 건 말이 안 되죠. 전 저 호그백 산에 사는 에드 오빠네로 갈 겁니다. 그러니 신발도 한 켤레는 있어야 하고, 코담배와 또 다른 물건도 필요해요. 전 랜지가 저와 이혼하려면 위자료를 지불해야 한다고 생각해요."

랜지 빌브로는 한 대 맞은 것처럼 잠자코 있었다. 지금까지 두 사람 사이에 위자료 따위의 이야기는 한마디도 오간 적이 없었기 때문이다. 여자들이란 항상 남자들이 생각지도 못한 순간에 깜짝 놀랄 만한 난제를 내놓는 법이다. 베너저 위더프 판사는 이 문제를 법적으로 처리해야 한다고 생각했다. 판례집 같은 곳에도 위자료에 대해서는 나와 있지 않았다. 그러나 지금 여자는 신발을 신고 있지 않았다. 게다가 호그백 산까지 가는 길은 돌투성이에 가파른 길이었다.

"에어리얼러 빌브로, 본 법정에 제소한 이 사건에서 위자료가 얼마 정도면 충분하고 또 타당하다고 생각하는가?"

치안 판사가 엄숙한 목소리로 물었다.

"신발도 사야 하고, 또 다른 것도 사려면 5달러는 있어야 해요. 위자료랄 것도 없지만, 그 정도면 호그백 산의 에드 오빠네까지 갈 수는 있을 거예요."

그녀는 선뜻 대답했다.

"그 정도 액수라면 부당한 요구라고는 할 수 없지. 랜지 빌브로, 본 법정은 이혼 판결서를 주기에 앞서 당신이 원고에게 5달러를 지불할 것을 명령한다."

랜지는 땅이 꺼질 듯 한숨을 쉬었다.

"전 더 이상 가진 돈이 없습니다. 제가 가진 돈은 모두 이혼 수수료로 판사님께 드렸습니다."

"만일 위자료를 지불하지 않는다면⋯⋯."

판사는 안경 너머로 무섭게 그를 쏘아보았다.

"법정 모독죄를 범하는 게 되네."

"내일까지 시간을 주신다면 어떻게 해서라도 돈을 마련할 수 있을 겁니다. 전 위자료에 대해서는 꿈에도 생각 못했습니다요."

남편이 간청했다.

"그럼 이 사건은 내일 두 사람이 함께 출두해서 본 법정의 명령을 지킬 때까지 연기하기로 하겠네. 그 결과를 본 후에 이혼 판결서가 교부될 걸세."

베너저 위더프 판사가 말했다. 그리고 그는 문간에 앉아 구두끈을 풀기 시작했다.

"우린 자이어 아저씨네로 가서 자는 게 좋겠군."

마차의 한쪽에 올라타며 랜지가 말했다. 에어리얼러는 그 반대편에 올라 탔다. 랜지가 고삐를 흔드는 대로 작고 붉은 황소는 천천히 방향을 바꾸었고, 마차는 뿌연 먼지를 일으키면서 느릿느릿 사라져갔다.

치안 판사 베너저 위더프는 파이프를 입에 물었다. 그는 저녁 어스름에 글자가 더 이상 보이지 않을 때까지 주간 신문을 펼쳐들고 읽었다. 그 후에는 책상 위에 촛불을 켜고, 달이 떠서 저녁 식사 시간을 알릴 때까지 계속 신문을 읽었다. 그의 집은 산비탈의 나무껍질을 둥글게 벗겨낸 포플러나무 근처의 통나무집이었다.

그날 저녁 그는 식사를 하러 집으로 가는 길에 월계수 덤불로 가려져 어두컴컴한 작은 개울을 건너야 했다. 그때 검은 그림자 하나가 갑자기 월계수 덤불에서 뛰어나오더니 그의 가슴에 총을 겨누었다. 그 사람은 얼굴 대부분을 깊숙이 눌러쓴 모자로 가리고 있었다.

검은 그림자가 말했다.

"잔말 말고 가진 돈을 다 내놔. 난 지금 몹시 흥분되어 있어. 이 방아쇠를 당기고 싶어서 손가락이 근질근질하다고."

"내가 가진 건⋯⋯ 5.5, 5달러밖에는⋯⋯."

치안 판사는 벌벌 떨며 조끼 주머니에서 지폐를 꺼냈다.

"그걸 말아서 이 총구에 꽂아."

사나이가 명령했다.

지폐는 새 돈이라 빳빳했다. 그래서 벌벌 떨리는 손가락으로도 쉽게 돌돌 말아서 총구 속에 밀어넣을 수 있었다.

"이젠 여기서 어물거리지 말고 꺼져."

강도가 말했다.

치안 판사는 서둘러 그 자리에서 도망쳤다.

그 다음날, 작고 붉은 황소가 마차를 끌고 치안 판사의 사무실 앞에 나타났다. 베너저 위더프는 그들이 올 것을 미리 알고 있었기 때문에 이번에는 구두를 신고 있었다. 랜지 빌브로는 치안 판사가 보는 앞에서 아내에게 5달러짜리 지폐를 건네주었다. 치안 판사는 날카롭게 그 지폐를 살펴보았다. 그 돈은 어제 치안 판사가 총구에 넣었던 것처럼 말린 자국이 남아 있었다. 그러나 치안 판사는 그 점에 대해 아무 말도 하지 않았다. 다른 지폐도 그렇게 말려 있을 수 있을 테니 말이다. 그는 두 사람에게 각각 이혼 문서를 건네주었다. 그들은 자유를 보장하는 그 종이를 천천히 접으면서 겸연쩍은 듯 가만히 서 있었다. 에어리얼러는 랜지에게 몹시 어색한 태도로 수줍은 눈길을 보내며 말했다.

"이제 당신은 마차를 타고 집으로 돌아가겠군요. 빵은 선반 위의 깡통에 들어 있어요. 그리고 베이컨은 개들이 훔쳐먹지 못하게 냄비 안에 넣어뒀고요. 매일 밤 시계 태엽 감는 거 잊지 말아요."

"당신은 에드 오빠네로 가는 거야?"

랜지가 무심한 척 물었다.

"어두워지기 전에 거기 도착해야 해요. 그 집 식구들이 별로 반겨줄 것 같지도 않지만, 달리 갈 만한 데가 없으니까요. 이제 그만 가봐야 되겠어요. 랜지, 작별 인사를 할게요. 당신만 괜찮다면 말예요."

"작별 인사도 안 하는 그런 나쁜 인간이 되고 싶진 않아."

랜지가 마치 순교자 같은 목소리로 대꾸했다.

"당신이 빨리 가 버리고 싶어서, 내가 작별 인사 하는 걸 원치 않는다면 얘기가 다르지만."

에어리얼러는 아무 말도 하지 않았다. 그녀는 5달러짜리 지폐와 이혼 판결문을 조심스럽게 접어서 품속에 넣었다. 치안 판사 베너저 위더프는 돈이 사라지는 것을 서글픈 표정으로 지켜보았다. 그리고 그는 자기 딴에는 이 세상의 많은 무리의 동조자나, 아니면 어떤 일에서도 돈을 우려낼 수 있는 소수의 대자본가 축에 낄 수 있는 말을 중얼거렸다.

"오늘 밤은 혼자서 낡은 오두막을 지키겠군, 랜지."

랜지 빌브로는 에어리얼러를 외면한 채 햇빛 속에서 맑고 푸르게 보이는 컴벌랜드 산골짜기를 바라보며 말했다.

"쓸쓸할 테지요. 그렇지만 제가 싫다고 화를 내며 헤어지고 싶어하는 사람에게 함께 있어 달라고 붙잡을 수는 없는 거죠."

"헤어지고 싶어한 건 당신 쪽이었어요."

에어리얼러가 나무 걸상에다 대고 말했다.

"그리고 어느 누구도 제가 머물러 있기를 원하지 않는걸요."

"누가 원하지 않는다고 그랬나!"

"원한다고 말한 사람도 없잖아요. 이제 에드 오빠네로 갈 거예요."

"이젠 그 낡은 시계의 태엽을 감아줄 사람도 없겠군."

"랜지, 당신은 내가 당신과 마차를 함께 타고 가서 태엽을 감아주기를 바라는 건가요?"

산골 사나이의 표정은 감정에 전혀 흔들리지 않았다. 그러나 그는 큰 손을 내밀어 에어리얼러의 검붉게 그을린 가는 손을 덥석 잡았다. 그녀의 무감각한 얼굴에 한순간 흔들리는 흔적이 살짝 나타났다 사라졌다. 그 순간 그녀의 표정은 매우 행복해 보였다.

"더 이상 그 개들을 데리고 와서 당신을 괴롭히지 않겠어."

랜지가 말했다.

"난 정말 보잘것없는 못된 인간이었던 것 같아. 하지만 에어리얼러, 시계 태엽은 당신이 감아주구려."

"랜지, 내 마음은 벌써 당신과 함께 우리 오두막에 가 있어요."

그녀가 속삭이듯 말했다.

"더 이상 화내지 않을게요. 자, 랜지, 이제 출발해요. 그럼 해가 지기 전에 도착할 수 있을 거예요."

치안 판사 베너저 위더프는 그들이 자기의 존재는 까맣게 잊은 채 문 밖으로 나가려 하자 그 앞을 가로막았다.

"테네시 주 정부의 이름으로……."

치안 판사가 말했다.

"본인은 당신들이 주의 법률과 법령에 도전하는 것을 금한다. 본 법정은 두 사람이 사랑을 회복하고 불화와 오해를 극복한 것을 진심으로 기뻐하고 환영하는 바이다. 그러나 주의 도덕과 질서를 유지해 나가는 것이 본 법정의 의무이다. 그러므로 본 법정은 당신들이 더 이상 부부가 아니고 정식 판결에 의해 이혼한 상태이며, 따라서 혼인 관계에 따르는 이익과 특전을 누릴 자격이 없다는 사실을 상기시키는 바이다."

에어리얼러는 걱정스러운 듯 랜지의 팔을 잡았다. 치안 판사가 지금 한 말은 그녀가 그를 잃어야 한다는 뜻일까? 지금 막 두 사람은 인생의 교훈을 배운 참인데 말이다.

치안 판사는 말을 이었다.

"하지만 본 법정은 이혼 판결에 의해 확정된 자격 상실을 취소할 용의가 있다. 본 법정은 엄숙한 결혼 예식을 거행할 권한이 있으며, 그럼으로써 사태를 수습하고 본 소송의 당사자들이 원하는 명예롭고 고귀한 부부 관계를 회복시켜 줄 수 있는 것이다. 이상 말한 예식을 거행하는 데 드는 수수료는 이번 경우도 5달러이다."

에어리얼러의 손은 재빨리 가슴께로 갔다. 치안 판사의 말에서 어렴풋하게나마 희망의 빛을 찾아낸 것이다. 5달러짜리 지폐는 치안 판사의 책상 위에 사뿐히 내려앉았다. 에어리얼러는 랜지의 손을 잡고 서서 그들을 다시 부부로 인정해 주는 치안 판사의 말을 들었다. 그녀의 두 뺨이 상기되었다. 잠시 후 랜지는 아내를 부축해 마차에 태우고 자신도 그 곁에 올라탔다. 작고 붉은 황소는 또다시 방향을 바꾸어, 두 손을 꼭 잡은 부부와 함께 산골로 떠났다.

치안 판사 베너저 위더프는 사무실 문 옆에 앉아서 구두끈을 풀었다. 그는 책상 위의 5달러짜리 지폐를 집어 조끼 주머니에 넣었다. 그리고 다시 파이프를 피워 물었다. 얼룩무늬 암탉 한 마리가 다시 미련스럽게 꼬꼬댁거리며 개척지 마을 한길을 지나갔다.

핵심 정리

- **갈래** : 단편소설
- **시점** : 전지적 작가 시점
- **주제** : 진정한 사랑의 영원함
- **배경** : 테네시 주 피드먼트의 산골
- **등장인물** : 베너저 위더프 – 한적한 산골 마을의 치안 판사. 랜지 빌브로와 그 아내 에어리얼러의 이혼 판결을 내리며 수수료로 5달러를 요구한다.

  랜지 빌브로 – 산간 사람 특유의 무뚝뚝함을 지닌 남자. 내 에어리얼러가 자신이 하는 일에 일일이 불평을 하자 이혼하기로 결심하고 치안 판사 베너저 위더프를 찾아온다.

  에어리얼러 – 랜지 빌브로의 아내. 남편이 친구들과 어울려 다니며 술이나 마시고, 사냥개들을 끌고 와 키우라고 하는 등 귀찮게 하자 이혼을 결심한다. 남편에게 이혼 위자료로 5달러를 요구한다.

- **구성** : 발단 – 랜지 빌브로와 그 아내 에어리얼러가 치안 판사 베너저 위더프에게 와서 도저히 함께 못 살겠다며 이혼을 하겠다고 한다. 치안 판사는 이혼을 하려면 수수료로 5달러를 내라고 한다.

  전개 – 이혼 판결문을 받기 직전, 에어리얼러가 남편에게 위자료로 5달러를 요구한다. 랜지 빌브로는 가진 돈이 없다며 하루만 시간을 달라고 말한다.

위기 – 치안 판사 베너저 위더프가 집으로 가는 길에 강도를 만
난다. 강도가 돈을 내놓으라고 하자 치안 판사는 랜지 빌브로
에게서 받은 5달러짜리 지폐를 돌돌 말아 총구에 끼워 준다.
절정 – 다음날 랜지 빌브로가 돌돌 말린 흔적이 있는 5달러짜리
지폐를 아내 에어리얼러에게 위자료로 준다. 마침내 이혼이
성립된다.
결말 – 작별 인사를 하는 순간, 랜지 빌브로와 에어리얼러의 마
음에 서로에 대한 사랑이 되살아난다. 두 사람이 다정하게
돌아가려고 하자 치안 판사가 이혼을 취소하려면 수수료 5
달러가 있어야 한다고 한다. 에어리얼러는 위자료로 받은 5
달러를 내놓는다.

◉ 줄거리 및 작품 해설

베너저 위더프는 한적한 산골 마을의 치안 판사다. 어느 날 오후, 랜지 빌
브로와 에어리얼러 빌브로 부부가 베너저 위더프에게 와서 이혼을 하겠다
고 한다. 두 사람은 각자 서로에 대한 불만을 털어놓으며 도저히 함께 못
살겠다고 한다. 베너저 위더프는 잠자코 듣고 있다가, 이혼을 하려면 수수
료 5달러가 든다고 말한다. 랜지는 자신이 가진 돈 전부인 5달러를 내놓
는다. 베너저 위더프가 랜지에게 이혼 판결문을 내주려는 순간, 에어리얼
러가 남편에게 위자료를 받아야겠다고 말한다. 랜지는 돈이 없다며 하루
만 시간을 달라고 말한다.

그날 저녁, 베너저 위더프는 집으로 돌아가다가 강도를 만난다. 강도가

총을 들이대며 돈을 내놓으라고 하자, 그는 랜지에게 수수료로 받은 5달러를 꺼낸다. 그리고 강도가 시키는 대로 지폐를 돌돌 말아 그 총구에 꽂아 준다.

이튿날, 랜지는 베너저 위더프 앞에서 에어리얼러에게 말린 자국이 있는 5달러짜리 지폐를 건넨다. 모든 절차가 끝나 작별 인사를 하고 헤어지려는 순간, 두 사람은 서로에 대한 사랑을 회복한다. 화해한 두 사람이 다정하게 함께 돌아가려고 하자, 베너저 위더프는 두 사람을 불러 세운다. 이미 이혼을 했기 때문에 다시 결합하려면 이혼 취소를 해야 하는데, 그러려면 수수료 5달러를 내라고 말한다. 에어리얼러는 얼른 위자료로 받은 5달러를 치안 판사에게 주고 남편 랜지와 함께 집으로 돌아간다.

오 헨리의 작품이 오늘날까지 독자들로부터 많은 사랑을 받는 것은 진한 휴머니티, 곧 인간에 대한 동정과 이해, 다시 말하면 인간을 보는 그 따뜻한 눈길 때문이다. 그는 가난하고 외로운 사람들을 푸근한 마음으로 감싸안고, 그들의 약점과 한계를 너그러운 마음으로 이해하려고 한다.

그의 작품이 뛰어난 평가를 받는 또 다른 이유는 교묘하고 활기차고 유머러스한 화술, 그리고 끝에 가서 갑자기 이야기를 뒤트는 그 결말의 기교 때문이다.

이 작품에서도 오 헨리의 그와 같은 특기는 유감 없이 발휘된다. 한적한 산골 마을의 치안 판사 베너저 위더프, 그 앞에 나타난 가난한 부부 랜지 빌브로와 에어리얼러 부부의 이혼과 재결합 과정을 유머러스하게 풀어내어, 읽는 이로 하여금 자기도 모르게 따뜻한 미소를 짓게 만든다.

이 작품을 통해 오 헨리가 말하고 싶었던 것은, 5달러짜리 지폐라는 소재를 통해 인간이 추구해야 할 참된 가치는 물질이 아니라 서로를 향한 영원한 사랑이라는 사실이다.

◉ 생각해 볼 문제

1. 이 작품이 말하고자 하는 바는?
2. 이 작품에서 5달러의 의미는?

해답

1. 인생에서 중요한 것은 물질이 아니라 진정한 사랑과 믿음이다.
2. 5달러짜리 지폐는 이 사람 손에서 저 사람 손으로 계속 옮겨 다닌다.
   따라서 5달러는 인생의 참된 의미가 무엇인지 생각하게 하기 위한 매
   개물이다.

에 드 가 앨 런 포

에드가 앨런 포(Edgar Allan Poe, 1809~1849)

미국의 시인, 작가, 비평가. 매사추세츠 주 보스턴에서 태어났다. 두 살 때 배우였던 어머니는 죽고 아버지는 행방불명이 되어 양부모 밑에서 자랐다. 버지니아 대학에 들어갔으나 도박으로 중퇴, 다시 육군사관학교에 들어갔으나 거기서도 견디지 못하고 불량 학생으로 찍혀 쫓겨났다.

27세 때 14세밖에 안 된 조카 버지니아와 결혼했다. 그녀는 폐결핵으로 끊임없이 포를 괴롭히고 불안에 떨게 하다가, 20세에 기관지 파열로 숨졌다. 포는 절망과 가난 속에서 술과 아편으로 세월을 보냈고, 그 2년 후인 1849년 10월, 볼티모어의 길거리에서 쓰러져 40세의 젊은 나이로 세상을 떠났다.

그의 시와 소설들은 우울, 공포, 전율, 음산의 이미지를 통하여 현실, 시간, 공간이 배제된 인간의 원형 및 사람 사는 일의 본모습을 드러내 보인다. 이러한 그의 문학적 특성은 흔히 '예술을 위한 예술'로 불리기도 하며, 프랑스 상징주의에 깊은 충격을 주기도 했지만, 그가 제시하는 것이 시간, 공간을 초월한 인간의 원형이었기 때문에 그의 작품은 오늘에 이르러서도 고전으로 설 수 있는 것이다.

주요 작품으로는 단편 〈검은 고양이〉, 〈어셔 가의 붕괴〉, 〈황금벌레〉, 〈모르그 가의 살인〉, 〈빨간 죽음의 가면 무도회〉, 〈도난당한 편지〉 등이 있고, 시집 《까마귀 기타 시편》, 《포 시집》 등이 있다. 그리고 평론으로 〈시의 원리〉 등이 있다.

검은 고양이

 읽기 전에

≫ 작가의 실제 삶과 작품을 연결시켜 살펴보자.

≫ 작품에 나타난 환상적 이미지를 살펴보자.

내가 지금 쓰려고 하는 이 끔찍스러운, 그러나 아무런 꾸밈이 없는 이야기를 독자들이 믿어주리라고는 생각지 않으며 또 믿기를 바라지도 않는다. 나의 오관(五官)조차도 직접 보고 들은 것을 믿으려 하지 않는데 독자가 믿어줄 것이라고 기대한다는 건 미친 짓이 아니겠는가.

그러나 나는 미쳐 있는 것도 아니고 더군다나 꿈을 꾸고 있는 것도 아닌 것은 확실하다. 그렇지만 나는 내일 죽을 몸이다. 그래서 오늘 중에 영혼의 무거운 짐을 내려놓고 싶은 심정이다. 무엇보다도 나는 집 안에서 일어난 일련의 사건을 있는 그대로, 구구한 주석(註釋)도 붙일 것 없이 간결하게 세상 사람들 앞에 공개하려는 것이다.

그러한 사건들의 결과는 나를 위협하고 괴롭혔으며 파멸시켜 버렸다. 그러나 구구하게 설명하지 않겠다. 내게 있어서 이 사건은 '공포' 이외에 아무것도 아니었으나, 세상 모든 사람들에게는 무섭다기보다는 오히려 기괴한 일이라고 생각될 것이다.

아마도 언젠가는 내가 보았던 환상을 흔히 있을 수 있는 사실이라고 간주해 버릴 그런 지성의 소유자가 나타날지도 모른다. 그는 나보다 냉철하고 논리적이며 또한 쉽게 흥분하지 않는 지성의 소유자로서, 내가 무서워 떨면서 이야기하는 이 사건 속에서 지극히 당연한 일련의 결과를 발견할 것이다.

나는 어릴 때부터 온순하고 인정이 많은 아이였다. 나의 온순함은 친구들로부터 놀림거리가 될 만큼 두드러진 것이었다. 그리고 유난히 동물을 좋아해서, 양친은 온갖 애완동물을 내가 갖고 싶은 대로 사주었다. 나는 이 동물들과 대부분의 시간을 보냈는데, 이들에게 먹이를 주거나 쓰다듬어 주는 것보다 즐거운 일은 없었다.

오랫동안 몸에 밴 이런 버릇은 해가 갈수록 더해져서 어른이 되어서는 그것이 내 가장 큰 기쁨의 원천이 되었다. 충실하고 영리한 개한테 애정을 준 경험이 있는 사람이라면 이런 데서 오는 만족감이 어떤 것인지, 또 얼마나 강렬한 것인지를 굳이 설명할 필요가 없을 것이다. 동물의 사심(私心)이 없는 헌신적인 애정이야말로, 인간이라는 이름뿐인 무리들의 경멸할 만한 우정이나 하잘것없는 신의(信義)를 지겹도록 맛본 자의 마음에 위안을 줄 수 있을 것이다.

나는 젊어서 결혼했는데 다행히 아내에게는 나와 죽이 잘 맞는 성질이 있었다. 내가 동물이라면 무조건 좋아하는 것을 보고 아내는 기회 있을 때마다 귀여운 동물들을 사들였다. 이렇게 해서 우리 집에서는 새, 금붕어, 멋진 개, 토끼, 작은 원숭이, 그리고 고양이 한 마리를 길렀다.

이 고양이는 굉장히 크고 아름다운 놈으로 온몸이 새까맣고 놀랄 만큼 영리했다. 이 고양이가 영리하다는 것이 화제가 되면, 적잖이 미신에 물들어 있는 아내는 검은 고양이는 모두 마녀(魔女)가 둔갑을 한 것이라는 옛 전설을 끄집어내곤 했다. 그렇지만 아내가 진심으로 그렇게 말했다는 것은 아니다. 단지 지금 와서 문득 생각이 나서 말했을 뿐이다.

플루토〔그리스 신화의 명부(冥府)의 왕인 플로우톤의 영어 이름 —옮긴이 주〕 —이것이 그 고양이의 이름이었는데— 는 내가 가장 귀여워하는 동물이었고 또한 장난 친구이기도 했다. 이 고양이에게 밥을 주는 것은 나밖에 없었으며 고양이 또한 집 안 어디서든지 내 뒤를 따라다녔다. 외출할 때조차 따라오는 그 녀석을 쫓아 버리기란 쉬운 일이 아니었다.

우리들의 우정은 이런 상태로 몇 년간이나 계속되었으나, 그러는 동안에 나의 기질과 성격은 음주벽(飮酒癖)이라는 악마 때문에(입에 올리기에도 얼굴이 붉어지지만) 완전히 악화되어 가고 있었다. 나는 날이 갈수록 까다로워지고 발끈해서 화를 냈으며 남의 기분 따위는 아랑곳하지 않게 되었다. 아내한테도 폭언을 하게 되고 어느새 폭력까지 휘두르게 되었다. 귀여운 동물들도 물론 내 기질의 변화를 몸으로 직접 맛보게 되었다. 나는 동물들을 돌봐주기는커녕 학대를 했다. 토끼나 원숭이, 그리고 개가 우연히, 아니면 내가 좋아서 따라오다가 혹 내 발에 걸리적거리기라도 하면 나는 용서 없이 호되게 다뤘다.

그러나 플루토에게만은 학대를 할 마음이 아직 없었다. 하지만 나의 병은 점점 심해졌다. 알코올보다 무서운 병이 있을까? 끝내는 플루토조차도, 나이를 먹어서 다소 까다로워진 플루토까지도 나의 괴팍한 성미에 희생되기 시작했다.

어느 날 밤, 거리의 잘 가는 술집에서 잔뜩 취해서 돌아오니 고양이가 나를 피하는 것 같은 느낌이 들었다. 내가 고양이를 잡아 낚아채자 나의 난폭한 짓에 놀란 그놈이 손을 할퀴는 통에 상처가 났다. 그 순간, 격분한 나머지 나는 당장 악귀로 변했다. 나의 본래의 혼이 순식간에 나의 육체에서 빠져나간 듯싶었다. 독한 진의 술기운으로 잔인하기 이를 데 없는 증오가 나의 전신을 떨게 했다.

나는 조끼 주머니에서 주머니칼을 꺼내 날을 빼 가지고는 가엾은 고양이의 모가지를 움켜잡아 한쪽 눈알을 눈구멍까지 천천히 도려냈다! 이 끔찍한 잔학 행위를 펜으로 쓰고 있는 지금 나는 얼굴이 붉어지고 몸은 달아오르고 덜덜 떨리는 것을 어떻게 할 도리가 없다.

아침이 되어 이성이 되돌아왔을 때—푹 자고 전날 밤의 취기가 가셔버리자—나는 내가 저지른 죄에 대해서 반은 공포, 반은 회한에 젖게 되었다. 그러나 그것도 기껏해야 막연하고 미약한 감정에 지나지 않을 뿐, 나의 영혼을 움직이지는 못했다. 나는 다시금 방종한 생활에 빠졌고 어느덧 이 흉측한 행위의 기억을 깡그리 술 속에 빠뜨려 버렸다.

그럭저럭 고양이의 상처는 아물어 가고 있었다. 눈알을 도려낸 눈구멍은 진짜 섬뜩한 몰골을 하고 있었으나 고양이는 이제 고통을 느끼지 않는 것 같았다. 고양이는 여느 때처럼 집 안을 돌아다니고 있었으나, 아니나다를까 내가 가까이 가자 몹시 겁을 내면서 달아나 버렸다. 이전에는 그토록 나를 좋아하던 동물이 이렇게 나를 싫어하는 모습을 보자, 고양이에 대한 미안함과 함께 슬픈 생각이 들었다. 그러나 이런 감정도 어느덧 초조함으로 바뀌었다.

그리고 그때부터 나를 돌이킬 수 없는 파멸로 몰아넣듯 그 '비뚤어진 심술' 근성(根性)이 엄습해 왔다. 이 근성이 아직 철학적으로 취급되지는 않고 있으나 내가 믿고 있는 한, 비뚤어진 심술 근성이라는 것은 인간 심리의 원초적 충동의 하나로서 인간의 성격에 방향을 제시하는 불가분의 근원적 기능의 하나이다. 이것은 내 혼의 실재와 마찬가지로 틀림없는 사실이다.

해서는 안 된다는 것을 알고 있다는 단지 그 이유 때문에 오히려 비열하고 어리석은 행위를 수없이 거듭한 자신을 깨닫지 못하는 인간이 대체 이 세상에 있을까? 훌륭한 판단력을 가졌으면서 '규정'이라는 것을 규정이라고 알고 있는 그 이유만으로 파괴하고 싶어지는 경향이 언제나 우리들 내부에는 존재하는 것이 아닐까? 바로 이 비뚤어진 심술 근성이란 놈이 엄습해 와서 나를 결정적으로 파멸시킨 것이다.

스스로를 못 견디게 자책하고 자기 천성을 모질게 학대하며 단지 악을 위해서 악을 저지르고 싶은 인간 혼의 이 이해하지 못할 욕망이야말로 바로 그 아무 죄도 없는 동물에게 계속 학대를 가하고 마침내는 극단에 이르게 한 원인이다.

어느 날 아침, 나는 냉엄하면서도 침착하게 고양이의 목에 올가미를 걸고 나뭇가지에 매달았다. 눈에서는 눈물을 흘리고 마음속으로는 회한을 느끼면서도 고양이의 목을 매달았다. 고양이가 나를 따랐다는 것을 알고 있기 때문에, 그리고 나를 화나게 할 짓은 아무것도 하지 않았다는 것을 알고 있기 때문에 목을 매달았다. 이런 짓은 나의 불멸의 영혼에(이런 일이 있을 수 있다는 가정하의 이야기지만) 참으로 자애롭고 경외(敬畏)할 신의 무한한 자애의 손길조차 미치지 않을 죄라는 것을 알면서도 나는 고양이의 목을 매달았다.

이 잔인무도한 짓을 저지른 날 밤, 나는 "불이야!" 하는 소리에 잠에서 깨어났다. 내 침실의 커튼이 불길에 싸여 있었다. 집 전체가 불타고 있었다. 아내와 하인 하나와 나는 가까스로 불길에서 빠져나올 수가 있었다. 남은 것은 아무것도 없었다. 나의 재산은 모두 사라져 버렸다. 나는 절망에 빠져 버렸다.

하지만 나는 이 재난과 그 잔인한 행위와의 사이에 인과 관계를 발견하려 들 만큼 마음 약한 인간은 아니다. 그렇다고 그 사실의 연쇄(連鎖)를 이루고 있는 어느 한 고리일망정 불분명한 채로 두고 싶지 않았다.

화재가 난 이튿날, 나는 불탄 자리에 가 보았다. 벽은 단지 한 군데만 남겨놓고 모조리 무너져 있었다. 그 한 군데란, 집 한가운데쯤에 있는 내 침대의 머리맡 가까이에 있는 그다지 두껍지 않은 칸막이 벽이었다. 회칠을 한 벽이 불의 맹위에도 굳건히 견뎌내고 남아 있었다. 이것은 최근에 새로 칠했기 때문인 것 같았다. 이 벽 주위에 사람들이 산더미처럼 몰려와 있었는데, 벽의 일부분을 수많은 사람들이 열심히 살피고 있는 모양이었다. '이상한데!' '괴상한 일이야!' 라고 말하는 듯한 그들의 모습이 나의 호기심을 끌었다. 가까이 간 나의 눈에 비친 것은 흰 벽면에 돋을새김한 것 같은 거대한 고양이의 모습이었다. 그 모습은 참으로 놀랄 만큼 또렷하게 나타나 있었다. 고양이의 목 둘레에는 밧줄이 걸려 있었다.

이 유령 — 솔직히 나에게는 그렇게밖에 생각되지 않았다 — 을 본 순간의 나의 놀라움과 두려움은 엄청난 것이었다. 그러나 곰곰이 생각해 보니 나는 구원을 받은 느낌이었다. 그 고양이를 정원에 있는 나무에 매달았던 것을 나는 생각해 냈다.

불이 났다는 소리에 이 정원도 당장 군중으로 가득 찼을 것이다. 그중의 누군가가 고양이를 나무에서 떼내어 열려 있는 창을 통해 나의 방 안에 집어던진 것이 틀림없다. 아마도 그렇게 해서 나를 깨우려고 했던 모양인데, 다른 벽이 무너지는 바람에 내 잔인한 행위에 희생된 고양이가 칠한 지 얼마 안 된 그 벽 밑에 깔려 버리게 된 것 같았다. 칠 속의 석회가 불꽃과 고양이의 시체에서 나온 암모니아와 작용해서 내가 본 것과 같은 자태를 그려낸 것임에 틀림없다.

자신의 양심에 대해서라고까지는 하지 않더라도 이성에 대해서 지금 상세히 언급한 놀라운 사실의 원인을 이런 식으로 설명했지만, 이 사실은 나의 마음에 역시 깊은 인상을 남기지 않을 수 없었다. 그리고 그 동안에 회한이라고는 할 수 없으나 무언가 그와 비슷한 막연한 기분이 다시 밀려왔다.

나는 그 고양이를 잃어버린 것을 애석하게 생각하고, 얼마 동안 이전의 고양이와 비슷한 모양에 대신 잘 따를 만한 고양이를 내가 잘 드나드는 술집 같은 데서 찾아보게까지 되었다.

어느 날 밤, 아주 형편없는 주점에서 멍한 상태로 앉아 있으려니까 그 방의 유일한 가구라고 해도 될, 진인지 럼 주(酒)인지의 큰 술통 위에 뭔가 시커먼 것이 웅크리고 있는 것이 보였다. 나는 그때까지 몇 분 동안 이 술통 위를 계속 바라보고 있었는데, 거기 누워 있는 것에 대해 왜 진작 알아채지 못했는지 이상했다. 나는 가까이 가서 손으로 건드려보았다. 그것은 검은 고양이였다. 플루토와 똑같은 크기의 커다란 고양이로 단지 한 군데만 제외하고는 모든 점에서 플루토와 꼭 같았다. 플루토는 몸뚱이 어디에도 흰 털이 없었는데 이 고양이는 가슴 근처가 거의 전부 희미한 흰 반점으로 덮여 있었다.

내가 손으로 건드리자 고양이는 금세 일어나 나의 손에 몸뚱이를 비비면서 내 눈에 띈 것이 반갑다는 듯한 시늉을 했다. 나는 당장 술집 주인에게 그 고양이를 사고 싶다고 말했다. 주인은 자기 것이 아니라 전혀 모르는 것이며 지금까지 본 적도 없는 고양이라고 했다.

내가 계속 고양이를 보듬다가 집에 돌아오려고 일어서자 고양이는 나를 따라오고 싶은 눈치를 보였다. 나는 고양이가 따라오도록 내버려두었다. 그리고 걸으면서 때때로 몸을 굽혀서 가볍게 등을 두드려주었다. 집에 도착하자 고양이는 곧 잘 따랐고, 어느새 아내에게도 몹시 귀여움을 받았다.

하지만 얼마 안 가 나는 그 고양이에 대해 혐오감이 끓어오르는 것을 느꼈다. 이것은 내가 예기한 것과 정반대의 감정이었다. 도대체 왜 그런지, 또한 어떻게 되어서 그런 것인지는 알 수 없으나, 그 고양이가 나를 좋아하고 있다는 사실이 오히려 나를 지긋지긋하고 안절부절못하게 했다. 이런 혐오와 초조한 감정은 서서히 격렬한 증오로 변했다.

나는 그 고양이를 피하게 되었다. 무언가 부끄러운 기분과 이전에 범한 그 잔혹한 행위의 기억이, 고양이를 학대하는 짓은 삼가게 하였다. 몇 주일 동안은 그 고양이를 난폭하게 다루지 않았다. 그러나 차츰, 나도 모르게 구역질이 날 것 같은 말할 수 없는 혐오감으로 그 녀석을 보게 되었고, 마치 전염병 환자의 숨결을 피하듯이 그 짐승의 소름끼치는 모습을 슬슬 피하게 되었다.

이 고양이에 대한 나의 혐오를 더욱 부채질한 것은, 틀림없이 그 녀석을 집에 데리고 왔던 이튿날 아침에 그놈도 플루토처럼 한쪽 눈이 없다는 것을 알았기 때문이다. 그러나 이 사실이 아내에게는 고양이를 더욱 가련하게 여기게 했을 뿐이었다. 앞에서도 말했듯이, 옛날에는 나라는 인간의 커다란 특징이었고 나의 소박하고 순수한, 많은 기쁨의 원천이기도 했던 그 따뜻한 인정을 아내는 여전히 가지고 있었기 때문이다.

그런데 내가 이 고양이를 싫어하면 싫어할수록 고양이 편에서는 내가 좋아서 견딜 수 없는 모양이었다. 그놈이 내 뒤를 얼마나 끈질기게 따라다녔는지 독자로서는 짐작할 수도 없을 것이다. 내가 앉아 있으면 의자 밑에 웅크리거나 무릎 위에 뛰어올라서 징그럽게 나의 몸에 자기 몸을 기대어 왔다. 내가 일어서서 걸으면 나의 양다리 사이에 끼어들어 나는 하마터면 곤두박질할 뻔하기도 했다. 또 길고 날카로운 발톱으로 나의 옷에 달라붙어 가슴 가까이까지 기어 올라오기도 했다. 그럴 때에 나는 당장 때려죽이고 싶었지만 참았다. 그것은 한편으로 이전에 내가 저지른 그 죄악이 생각났기 때문이었으나, 솔직히 말해서 무엇보다도 그 고양이가 무서워서 어쩔 수가 없었기 때문이다.

이 공포는 반드시 육체적인 해를 입는 것을 겁낸다는 뜻은 아니다. 하지만 달리 뭐라고 표현해야 좋을지도 모르겠다.

스스로 고백하기조차도 부끄러운 노릇이지만 — 그렇다, 지금 이 중죄인의 독방에 갇혀 있으면서도 고백하기가 부끄럽지만 — 그 고양이가 나에게 준 공포와 전율은 그야말로 걷잡을 수 없는 망상 때문에 더욱 심해졌다. 내가 이미 말했던 이 고양이의 흰색 반점 — 이 이상한 고양이와 내가 죽인 플루토와의 사이에 유일하게 눈에 띄는 다른 점이지만 — 에 대해서 아내는 여러 번 내 주의를 환기시켰다. 이 반점이 모양은 크지만 처음에는 윤곽이 희미했던 것이라고 독자는 기억할 것이다. 그러나 이 반점은 눈에 띄지 않을 정도로 서서히 짙어져 갔으며 나의 이성이 다만 느낌 탓이라고 열심히 부정하는 사이에 마침내 뚜렷한 윤곽을 이루게 된 것이다. 그것은 입에 담기조차 소름끼치는 어떤 물체의 형상을 나타내고 있었다. 나는 그 형상을 혐오하고 무서워한 나머지 될 수 있으면 이 고양이를 죽여 버리고 싶었다. 그렇다, 그것은 머리끝이 쭈뼛해지고 몸서리쳐지는 밧줄의 형상을 나타내고 있었다! 오오, 공포와 범죄의, 고뇌와 죽음의, 처참하게도 무서운 교수대의 모습이었던 것이다!

이렇게 해서 나는 세상의 보통 사람들이 맛볼 수 없는 처참함 속에 던져졌다. 기껏 한 마리의 짐승이, 내가 아무 생각없이 죽인 적이 있는 한 마리의 짐승과 같은 종류의 짐승이, 신의 모습과 비슷하게 창조된 인간인 나에게 견딜 수 없는 고통을 안겨주다니! 아아, 낮이나 밤이나 나는 이제 안식(安息)이라는 하늘의 은혜를 입을 수 없게 되었구나! 낮에는 고양이가 잠시도 나의 곁에서 떠나지 않고, 밤에는 말할 수 없이 무서운 악몽을 꾸어 수시로 소스라쳐 놀라 깨었다. 그 무거운 몸뚱이가, 내 힘으로는 밀어낼 수조차 없는 악몽의 화신(化身)이 나의 가슴 위에 버티고 앉아 있는 것이 아닌가!

이런 고뇌에 짓눌려서 나의 내부에 남아 있던 미약한 선(善)마저 점점 사라져 가고 있었다. 흉악한 생각이, 음침하고 참으로 사악한 생각만이 나의 유일한 친구가 되었다. 평소의 까다로운 기질은 점점 더 심해져서 모든 사물, 모든 인간에 대한 증오로 변했다. 때때로 느닷없이 엄습해 오는 억제할 수 없는 분노의 발작에 이제는 맹목적으로 내 몸을 맡기게 되었는데, 그것을 언제나 꾹 참고 받아주는 것은 아아, 불평 하나 없는 나의 아내였다.

어느 날 아내는 집안일 때문에, 그 무렵 우리들이 가난해서 어쩔 수 없이 살게 된 헐어빠진 건물의 지하실까지 나를 따라 내려왔다. 고양이도 나를 따라 몹시 가파른 계단을 내려오다가 발치에 휘감겨서 나는 자칫하면 곤두박질을 할 뻔했다. 순간 나는 미칠 것같이 화가 치솟았다. 그때까지 나를 억제하고 있었던 어린애 같은 공포도 잊어버리고 울컥 치민 분노 때문에 도끼를 쳐들고 고양이를 향해 내리찍으려 했다. 이 도끼질이 생각대로 되었더라면 물론 고양이는 단숨에 숨이 끊어졌을 것이다. 그러나 도끼를 든 손이 아내의 손에 저지당했다. 방해를 받자 악마에 사로잡힌 것 이상으로 격분에 휩싸인 나는 아내의 손을 뿌리치고 아내의 정수리에 도끼를 내리찍고 말았다. 아내는 한 마디 비명조차 지르지 못하고 그 자리에 쓰러져 버렸다.

이 무서운 살인을 저지르고 나서 나는 곧장 신중하게 시체를 숨기는 일에 착수했다. 낮이건 밤이건 이웃 사람들에게 들킬 위험 없이 집에서 시체를 운반해 내기란 불가능하다는 것을 알고 있었다. 온갖 계획이 머리에 떠올랐다. 시체를 불에 태워 없앨까 생각했다. 지하실 바닥에 구덩이를 파서 시체를 매장할 생각도 해보았다. 혹은 정원의 우물에 시체를 던져넣는다든가 상품처럼 상자 속에 넣어 포장을 해서 운반인을 시켜 집에서 내가는 일도 궁리해 보았다.

그러나 마침내 그 어떤 수단보다 훨씬 좋은 방법을 생각해 냈다. 중세의 수도자들이 시체를 벽 속에 넣고 발라 버렸다는 기록이 남아 있는데, 나는 아내의 시체를 지하실 벽 속에 넣고 발라 버릴 것을 결심했던 것이다.

이런 목적을 위해서는 우리 집의 지하실이 안성맞춤이었다. 허술하게 쌓아올린 사면의 벽은 최근 회칠을 한 데다가 그것이 습기 찬 공기 때문에 아직 굳어 있지 않았다. 그뿐 아니라 한쪽에 원래는 장식용 굴뚝이나 난로였던 것 같은 불쑥 불거져 나와 있는 자리를 메워서 지하실의 다른 부분과 같도록 만들어 놓았다. 이 부분의 벽돌을 빼내고 시체를 밀어넣은 다음 벽 전체를 전과 같이 발라 버려 누구의 눈에도 이상하게 보이지 않도록 하는 것은 쉬운 일이라고 나는 확신했다.

이 추측은 틀리지 않았다. 쇠지렛대를 사용하여 힘들이지 않고 벽돌을 빼내어 시체를 조심스럽게 벽 속에다 세운 다음 벽돌 전체를 감쪽같이 원래 대로 다시 쌓았다. 될 수 있는 한 조심해서 몰타르와 모래와 터럭을 손에 넣고 이전의 것과 똑같은 칠을 만들어 새로 쌓은 벽돌 위에 꼼꼼하게 발랐다. 일을 다 마치자 나는 만사 이것으로 잘됐다고 만족했다. 벽에 손질을 한 흔적 같은 것은 전혀 눈에 띄지 않았다. 바닥에 떨어진 부스러기도 세심한 주의를 기울여 주웠다. 나는 의기양양하게 주위를 둘러보며 중얼거렸다.

"자, 이만하면 헛수고는 안 했겠지."

다음으로 할 일은 이런 비참한 사건의 원인이 된 짐승을 찾아내는 일이었다. 마침내 나는 그놈을 죽여 버릴 결심을 굳혔기 때문이다. 이때 고양이를 만날 수 있었다면 그놈의 운명도 이미 끝났을 것이다. 그런데 교활한 그놈은 나의 치열한 분노에 겁을 먹었는지 내 앞에 모습을 나타내지 않았다. 그 지긋지긋한 고양이가 없어졌다는 사실이 나의 가슴에 불러일으킨 깊은 안도감은 표현할 수조차, 상상할 수조차 없다. 고양이는 그날 밤 계속 모습을 나타내지 않았다. 이렇게 해서, 그 고양이를 집에 데려온 이래 처음으로 나는 편하게 잠을 잘 수 있었다. 그렇다, 나의 영혼에 살인의 무거운 짐을 지고서도 잘 수가 있었던 것이다.

이틀, 또 사흘이 지났으나 나를 괴롭히던 놈은 여전히 모습을 나타내지 않았다. 나는 다시금 자유로운 인간으로서 호흡했다. 그 괴물은 너무나 무서워 이 집으로부터 영원히 도망간 것이다! 다시는 그 짐승을 보지 않게 되겠지! 이것이야말로 다시없는 행복이다! 나는 자신의 음흉한 범죄 행위에 대해서도 마음의 괴로움을 거의 느끼지 않았다. 몇 차례 심문을 받았으나 즉시 대답을 해낼 수 있었다. 가택 수색까지 당했으나 물론 아무것도 발각될 리가 없었다.

나는 이것으로 내 장래의 행복은 틀림없다고 생각했다.

아내를 죽인 지 나흘째 되는 날, 한 떼의 경관이 뜻밖에 집에 들이닥쳐 또 다시 집 안을 샅샅이 수색하기 시작했다. 그러나 시체를 숨긴 장소를 알 턱이 없다고 확신하고 있었던 나는 당황할 것이 전혀 없었다. 경관들은 나에게 수색하는 데 입회할 것을 명령했다. 그들은 집 전체를 구석구석 빠짐없이 수색했다.

마침내 이번까지 세 번째인지 네 번째인지 다시 지하실로 내려갔다. 나는 얼굴의 근육 하나 움직이지 않았다. 나의 심장은 아무런 불안도 없이 잠자는 인간처럼 조용히 고동치고 있었다. 나는 팔짱을 낀 채 지하실을 이리저리 태연하게 돌아다녔다. 경관들은 충분히 납득이 갔는지 떠날 태세를 보였다. 나는 기쁨을 억제할 수가 없었다. 나는 승리를 자축하기 위해서, 그리고 나의 무죄를 한층 더 그들에게 확신시키기 위해서 무엇인가 한 마디 하고 싶어 견딜 수가 없었다.

"여러분!"

경관들이 계단을 올라갈 때 나는 마침내 입을 열었다.

"여러분들의 의심을 풀어드릴 수 있어서 기쁘게 생각합니다. 여러분들의 건투를 빌겠습니다만 좀더 예의를 지켜주실 것을 바라고 싶습니다. 그런데 여러분, 이 집은 참으로 단단히 지은 집입니다(무언가 술술 말해 버리고 싶다는 세찬 욕망 때문에 나는 자신이 무엇을 말하고 있는지도 몰랐다). 엄청나게 잘 지은 집이지요. 이 벽도, 아니 여러분, 벌써 가시려구요? 이 벽도 튼튼하게 되어 있지요."

여기까지 말하고 나는 이제 단지 허세를 부리고 싶어서 견딜 수 없는 기분으로 내 사랑하는 아내의 시체가 숨겨져 있는 바로 그 부분을 손에 들고 있던 지팡이로 힘껏 두들겼다.

그러나 오오, 하느님 맙소사! 마귀의 이빨로부터 나를 구해 주소서! 두드린 지팡이의 울림이 멎고 조용해지자 그 무덤 속에서 응답이 들려온 것이다. 처음에는 어린애의 흐느껴 우는 소리와 비슷한, 억누르며 끊어질 듯한 소리였다. 드디어 그것은 갑자기 높아지더니 참으로 괴상한, 인간의 소리라고는 여겨지지 않는 길고 크고 연속적인 절규가 되어 들려왔다. 포효라고 해야 할까. 아니면 견딜 수 없는 괴로워하는 지옥의 망자(亡者)들과, 그들이 지옥에 떨어진 것을 미칠 듯이 기뻐하는 악귀들이 함께 어우러져 내는 소리라고 해야 할까. 끓어오르는 공포와 승리가 뒤얽힌, 오직 지옥에서만 들을 수 있는 듯한 울부짖음이었다.

내가 어떤 심정이었는지 말하는 것조차 어리석은 짓이리라. 나는 실신한 채 반대편 벽으로 비틀거리며 걸어갔다. 그 순간, 계단을 올라가던 경관들은 공포에 사로잡혀 더 이상 꼼짝도 못했다. 다음 순간, 열두 개의 억센 팔이 벽을 부수고 있었다. 벽은 모두 무너졌다.

　이미 완전히 썩어서 피가 엉겨붙은 시체가 그들의 눈앞에 우뚝 서 있었다. 그 머리 위에는 새빨간 입을 벌린 채 타는 듯한 외눈을 번뜩이면서 그 혐오스러운 고양이가 앉아 있었다. 그 악랄한 꾀에 넘어가 나는 사람을 죽이고, 또 이 악독한 놈이 방금 지른 울음소리 때문에 사형 집행인의 손에 넘어가게 된 것이다. 나는 그 괴물을 무덤 속에 넣고 발라 버렸던 것이다.

핵심 정리

- **갈래** : 단편소설
- **시점** : 1인칭 주인공 시점
- **주제** : 인간의 이중성과 드러나지 않은 악마성에 대한 탐구
- **배경** : 시간적 - 1800년대 / 공간적 - 어느 집과 지하실
- **등장인물** : 나 - 어린 시절에는 동정심과 인정이 많고 마음이 여린 소년으로, 애완동물을 좋아했다. 어른이 되어 알코올에 중독되면서 성격이 변해, 집에서 기르던 고양이를 죽이고, 결국 아내마저 살해한다.

  아내 - '나'와 비슷한 성격의 소유자. 남편이 애완동물을 얼마나 좋아하는지 알고 있었으므로 새, 금붕어, 개 등 여러 종류의 동물을 사들인다. 고양이를 죽이려던 남편을 말리다가 죽음을 당한다.

- **구성** : 발단 - 나를 공포에 빠뜨리고 괴롭혀서 끝내는 파멸에 이르게 만든 괴기스러운 일을 세상 사람들에게 이야기하고 싶다.

  전개 - 소년시절의 나는 동정심 많고 인정 많은 소년으로 애완동물을 사랑하는 여린 마음의 소유자였다. 어른이 되어서는 나와 비슷한 성격의 아내를 만나 결혼하고, 많은 애완동물을 기르며 살게 되었다. 그 가운데 내가 특히 귀여워하는 동물은 '플루토'라는 검은 고양이다.

  위기 - 나는 지나친 음주로 알코올 중독이 되면서 성격이 변해, 아내는 물론이고 동물들까지 학대하기 시작했다. 그러다가

플루토의 눈을 도려내고, 결국은 목매달아 죽인다.

절정 – 나는 술집에서 플루토와 닮은 고양이를 데려다 키운다. 어느 날, 나는 미친 듯이 흥분하여 고양이에게 도끼를 휘두르다가, 말리는 아내를 죽인다. 그리고 그 시체를 지하실 벽 속에 넣고 발라 버린다.

결말 – 아내를 죽인 지 나흘째 되는 날, 한 무리의 경관들이 몰려와 온 집 안을 수색한다. 아내의 시체를 찾지 못한 경관들이 돌아가려는 순간, 벽 속에서 들려온 고양이 울음소리 때문에 범죄 사실이 밝혀진다.

◉ 줄거리 및 작품 해설

어린 시절의 나는 동정심 많고 인정 많은 소년이었다. 마음이 여려 항상 친구들에게 놀림감이 되곤 했는데, 그런 나를 위로해 준 것은 애완동물들이었다. 나는 일찍 결혼했는데, 다행히도 아내는 나와 비슷한 성격의 소유자였다. 나와 아내는 애완동물을 많이 길렀다. 그 가운데 내가 가장 귀여워하는 동물은 검은 고양이 '플루토'였다.

나는 지나친 음주로 알코올 중독자가 되었다. 성격이 변한 나는 동물들을 학대하고, 아내에게도 폭언을 퍼붓고 폭력을 휘둘렀다. 어느 날, 나는 술을 마시고 홧김에 플루토의 한쪽 눈을 도려냈다. 그 얼마 후에는 결국 플루토를 나무에 목매달았다.

그 몇 달 뒤, 나는 술집에서 플루토를 닮은 검은 고양이를 발견하여 데려다 키웠다. 나는 여전히 술에 빠져 살며 돌발적인 발작에 몸부림쳤지만,

아내는 그 모든 것을 말없이 참고 견뎠다.

그러던 어느 날, 나는 볼일이 있어 아내와 함께 지하실로 내려갔다. 그런데 나를 따라온 고양이 때문에 가파른 층계에서 떨어질 뻔했다. 나는 미친 듯이 흥분해서 고양이를 도끼로 내리찍으려 했지만, 아내가 제지했다. 이에 나는 악마도 당하지 못할 분노에 휩싸여 아내의 머리를 도끼로 내리찍었다. 아내는 비명도 지르지 못한 채 그 자리에서 죽었다. 나는 아내의 시체를 지하실 벽 속에 집어넣고 발라 버렸다.

아내가 죽은 지 나흘째 되는 날, 집을 수색하러 온 경관들을 태연하게 대하며 보란 듯이 아내를 집어넣고 쌓은 벽을 내리쳤다. 그때 벽 속에서 고양이 울음소리가 들려왔다. 아내의 시체와 함께 그놈을 처넣고 그대로 발라 버렸던 것이다.

〈검은 고양이〉는 인간이 어디까지 악해질 수 있는가를 보여주는 한편, 내면에 잠재된 한 가닥 양심과 끝없이 싸워 나가는 인간의 모습을 대조적으로 그려낸 포의 대표작이다. 이 작품에 나오는 검은 고양이, 곧 지하 세계의 마왕 이름을 딴 플루토는 주인공의 병적인 범죄 심리와 공포 분위기를 상징한 것으로, 인간의 악마적이고 잔인한 속성을 드러내고자 하는 작가의 의도가 만들어낸 산물이다.

주인공은 동물을 무척 좋아하여, 어렸을 때는 대부분의 시간을 부모님이 사다준 애완동물과 함께 보내는 온순하고 인정 많은 사람이었다. 다행히 자신과 비슷한 성격의 여자를 만나 결혼하여 새, 개, 금붕어, 고양이 등의 동물들과 함께 비교적 평탄한 나날을 보냈다. 그러나 알코올 중독에 의해 차츰 광적이며 집요한 성격으로 변하여, 마침내 무서운 범죄를 저지르기에 이른다.

이러한 주인공의 성격은 이 작품 처음부터 끝까지 일관되게 나타난다. 그 성격을 중심으로 검은 고양이, 애꾸가 된 고양이, 아내의 죽음, 아내의 시체를 벽 속에 넣고 바름, 벽 속에서 들려오는 고양이의 울음소리로 이미지가 연결된다.

이 작품의 재미는 그 이미지 연결의 과정에 나타나는 공포, 분노, 전율, 우울, 슬픔 등의 복잡하고 미묘한 감정 표현에 있다.

이 작품은 포의 다른 추리소설처럼 범인을 찾는 형식을 취함으로써 논리적인 추리가 가능하다. 특히 주인공의 자의식을 따라가며 스스로 절제할 수 없는 광포함을 의식하고 범죄를 감추려 하지만 어느 결에 탄로가 나는, 다시 말하자면 일반적인 추리소설의 형식을 곁들인 자의식의 서술로 이루어져 있다. 바로 그 점이 현실과 환상의 경계를 무너뜨림으로써, 독자들로 하여금 환상적 이미지를 느끼게 하는 역할을 하고 있다.

◉ 생각해 볼 문제

1. 작품 속의 검은 고양이가 상징하는 것은?
2. 1인칭 주인공 시점을 택함으로써 얻는 효과는?

해답

1. 주인공의 악마적이고 잔인하고 병적인 심리 상태
2. 극적인 긴장감과 극대화된 공포. 이 작품에서는 특히 주인공의 내면 세계가 중요한 모티브이자 소재이므로, 관찰자의 입장에서 써내려간다면 그만큼 긴장감이 떨어질 것이다.

어셔 가의 몰락

읽기 전에

» 주인공들에게 투사된 작가의 심리 상태를 살펴보자.

» 〈검은 고양이〉와 비교하며 읽어보자.

하늘엔 먹구름이 끼어 있고 모든 것이 착 가라앉은 어둡고 적막한 어느 가을날, 나는 이상하게 황량한 어느 지방을 하루 종일 혼자서 말을 타고 지나가고 있었다. 이윽고 땅거미가 내릴 무렵 음울한 어서 가(家)의 저택이 보이는 곳에 이르렀다.

어째서 그랬는지 모르지만 그 건물을 보는 순간 견딜 수 없는 우울한 기분이 내 마음속에 스며들었다. 이렇게 말하는 것은, 황량한 것이라든가 무서운 것이 자연 속에서 나타내는 엄숙한 모습에 접했을 때라도 대개 사람의 마음은 어떤 시적(詩的)인, 그럼으로써 거의 쾌적한 정서를 느끼게 마련인데, 이번 경우 내 우울한 감정은 그런 정서에 의해서 조금도 누그러지지 않았기 때문이다.

나는 눈앞에 펼쳐진 광경, 즉 아무런 특징도 없는 저택, 저택 안의 평범한 물건과 꾸밈새, 으스스한 벽, 퀭하게 열린 눈을 연상케 하는 창들, 몇 무더기의 무성한 사초(莎草), 또한 몇 그루 늙고 썩은 나무들의 허연 가지들을 침울하기 짝이 없는 기분으로 바라보았다.

이 기분에 가장 잘 어울리는, 이 세상의 감각으로 말하면 아편 중독자가 아편 기운에서 깰 때의 나른한 허탈감, 현실 생활로 돌아올 때의 그 쓰디쓴 기분, 신비의 베일이 벗겨져 버렸을 때의 그 절망감 같은 것일지 모르겠다. 얼음장처럼 차디차고, 가라앉는 것 같고, 구역질이 날 것 같은 심정이었다. 아무리 상상력을 발휘해 보아도 숭고한 감정 따위로는 바꾸어지지 않는 어쩔 수 없는 그런 심정이었다. 이것은 대체 무슨 까닭일까? 나는 멈춰서서 생각해 보았다.

어서 가를 바라보는 데 있어서 나를 이처럼 우울하게 만드는 것은 무엇일까? 그것은 풀기 어려운 수수께끼였다. 그렇다고 해서 이렇게 상념에 빠져 있는 나에게 몰려오는 막연한 환상(幻想)과 싸울 수도 없었다. 그래서 나는, 아무것도 아닌 자연물들의 결합이 지금과 같은 인상을 낳는 힘을 갖는 것이 이 세상에는 틀림없이 있으며, 이 힘을 분석하기란 우리들의 사고력으로써는 미치지 못하는 것이라고, 마음에 차지는 않지만 그렇게 결론을 내릴 수밖에 없었다.

눈앞의 광경을 이루고 있는 미세한 부분을, 그 풍경의 부분을 다르게 배열하기만 해도, 이 광경이 이토록 슬픈 인상을 주는 힘을 좀 부드럽게 하거나, 어쩌면 혹시 그 힘을 아주 없애버릴 수도 있지 않을까, 나는 생각해 보았다.

이러한 생각에 이끌려 나는 저택 옆에 있는, 잔물결 하나 일지 않는 시커멓고 음산하게 빛나는 늪의 깎아세운 듯한 기슭까지 말을 몰아갔다. 잿빛 사초와 엄청난 나무 둥치, 퀭하게 열린 눈을 연상시키는 창이 수면(水面)에 거꾸로 떨어져 있는 것을 지그시 내려다보노라니 아까보다 더 심한 전율이 밀어닥칠 뿐이었다.

그럼에도 불구하고 나는 이 음산한 저택에서 지금부터 몇 주일 동안 머무를 예정이었다. 이 저택의 주인인 로데릭 어셔는 나의 소년시절의 친구였는데, 헤어진 후로 오랜 세월이 흘렀다. 그런데 얼마 전에, 멀리 떨어진 지방에서 살고 있던 나는 그에게서 한 통의 편지를 받았다. 그것은 아주 애원조의 편지였기 때문에 나는 이곳에 오지 않을 수가 없었다. 편지의 주인은 극심한 육체의 질환─자신을 괴롭히고 있는 정신적인 혼란을 호소하면서, 내가 옆에 있어 준다면 기분도 밝아지고 나아가서 자신의 병도 어느 정도 가벼워질 테니까, 자신이 제일 친한, 아니 유일한 친구인 나를 꼭 만나고 싶다는 내용의 편지였다. 이런 식의 사연과, 그리고 이 밖에도 여러 가지 사정을 쓰고 있었는데, 그의 진정(眞情)이 담긴 간청은 나에게 주저할 여지를 주지 않았다. 그래서 나는 더욱더 묘한 초청이라고 느꼈으면서도 곧 그의 청에 응하기로 했다.

소년시절에 친하게 지냈다고 해도 사실 나는 이 친구에 대해서 거의 아는 것이 없었다. 그의 내성적인 기질은 지나칠 정도로 거의 체질화되어 있었다. 내가 아는 바로는 아주 오래된 가문인 그의 집안은 오랜 옛날부터 감수성이 풍부한 자질을 갖춘 점 때문에 세상에 알려져 왔다. 그 자질은 오랜 시대에 걸쳐서 많은 뛰어난 예술 작품이 되어 나타났고, 또한 최근에는 대범하면서도 드러내지 않는 여러 가지 자선 사업으로 나타났다. 게다가 그 일족(一族)은 음악에 있어서 이해하기 쉬운 정통적인 아름다움보다는 그 복잡 미묘한 맛에 심취해 있다는 사실에도 나타나 있는 것이다.

어셔 가의 혈통은 아주 유서가 깊지만 어느 시대에도 오래 지속된 분가(分家)가 나타난 적이 없었다. 다시 말해 이 일족은 직계로만 계속 이어졌고 아주 미미한 극히 일시적인 예외가 있긴 했지만 대대로 항상 그런 식으로 이어져 왔다는 놀라운 사실도 나는 알고 있었다.

이 저택의 성격과 이곳에 살고 있는 사람들의 세상에 알려진 성격이 완전히 조화되어 있다는 생각을 갖게 되고, 또한 수백 년이라는 세월이 흐르는 동안 이 저택이 거기에 살고 있는 인간에게 영향을 주지 않았을까 하고 추측하는 동안에 나는 이런 생각을 했다. 즉, 이처럼 방계(傍系)의 자손이 없이, 다시 말해 어셔 가의 상속인이 아버지에서 아들에게로 똑바로 이어져 왔다는 사실이 마침내는 저택과 거기에 살고 있는 사람들을 동일시하게 되고, 이 영지의 원래의 명칭을 '어셔 가'라는 고풍스러운, 두 가지 의미를 가진 이름으로 바꾸어 버린 것이 아닌가 하고 말이다. '어셔 가'라고 부를 때 소작인들의 머릿속에서는 그 일족과 저택, 양쪽 모두를 의미하는 것으로 굳어져 있는 것이다.

이미 말했듯이 나의 좀 어린애 같은 시도, 즉 늪 속을 내려다본다는 시도는 결과적으로 최초의 기괴한 인상을 더 짙게 했을 뿐이다. 틀림없이 나의 미신적인 기분—이렇게 말해서 나쁠 것이 있겠는가—이 급속히 심해진다는 것을 자각하는 그 자체가 또한 나의 미신적인 기분을 더욱 부채질하는 역할을 한 것이다. 이것이 공포라는 것을 밑받침으로 하는 일체의 감정이 갖는 역설적 법칙이라는 것을 나는 오래 전부터 알고 있었다.

늪에 떨어져 있는 그 영상(映像)에서 눈을 들어 저택을 바라보았을 때 기묘한 망상이 떠오른 것도 순전히 방금 말한 원인에 의한 것인지도 모른다.

참으로 기괴한 망상이었던, 나에게 고통스럽게 짓눌러 오던 감각의 생생한 위력을 표시하기 위해서만 여기에 기술할 따름이다. 이 저택과 영지 전체, 즉 저택과 그 부근에는 특이한 분위기가 감돌고 있는 것이다. 하늘의 대기(大氣)와는 전혀 동떨어진 분위기, 썩어빠진 나무들과 잿빛 벽과 고요한 늪에서 솟아오르는 독기, 겨우 알아볼 듯 말 듯 희미한 납빛 독기를 품은 신비스러움이 서려 있는 것이다. 나는 나의 상상력이 이끄는 대로 이런 것을 실제로 믿는 기분이 되어 있었다.

악몽으로밖에 여길 수 없는 이런 망상을 떨쳐버리자 나는 눈앞에 있는 건물의 모습을 보다 더 자세히 관찰할 수 있었다. 무엇보다도 눈에 띄는 것은 놀랄 만큼 오래된 저택이라는 것이다. 오랜 세월이 흐르면서 건물은 몹시 퇴색해 있었다. 여러 해를 묵은 건물 외부는 나무덩굴로 완전히 뒤덮여 있고, 그것이 가늘게 엉킨 거미줄처럼 처마 끝에 늘어져 있었다. 그렇다고 해서 건물이 아주 황폐해져 버린 것은 아니다. 석조 건물 어느 부분도 허물어져 있지는 않았다. 그리고 건물의 각 부분이 아직 서로 꽉 짜여져 있는 상태와 개개의 돌이 부슬부슬 부서질 것 같은 상태 사이에는 어딘지 기괴한 부조화(不調和)가 있는 것처럼 생각되었다.

오래도록 버려진 채 돌봐지지 않았던 어딘가의 지하 납골당에 바깥 공기가 전혀 들어오지 않아서 이미 긴 세월 썩어가고 있는 낡은 나무관의 겉모양은 완전한 것을 연상케 하는 그런 것이 여기에는 분명히 있었다. 그러나 이와 같은 광범한 부패의 징후를 제외하고는 건물에서 무엇 하나 위험한 모습이라고는 보이지 않았다. 하지만 자세히 관찰하는 사람의 눈에는, 아마도 간신히 알아볼 수 있을 정도의 미세한 금이 건물 정면의 지붕에서부터 번개 줄기처럼 벽을 타고 내려와 음산한 늪 속으로 사라지고 있는 것이 보였을 것이다.

이러한 것들을 보면서 나는 저택으로 통하는, 흙으로 된 돋워놓은 짧은 길로 말을 몰았다. 마중 나온 하인에게 말을 맡기고 현관의 고딕풍 아치 문으로 들어갔다. 거기서부터는 하인이 조심스럽게 발소리를 죽이며 어둡고 복잡한 복도를 지나 주인의 서재까지 나를 안내했다. 왜 그런지 알 수 없으나 안내를 받아서 가는 도중에 눈에 띄는 많은 것들이 내가 이미 말한 막연한 공포감을 불러일으켰다. 내 주위의 온갖 것들—천장의 조각, 벽에 걸린 우중충한 벽걸이, 흑단처럼 새까만 바닥, 내가 걸음을 옮길 때마다 덜거덕거리고 환상적인 문장(紋章)이 박힌 전리품(戰利品)—이러한 것들은 내가 소년시절부터 보아온 낯익은 것이거나 혹은 그런 것에 가까운 것일 텐데도 불구하고 이런 평범한 것들이 불러일으키는 기괴한 망상에 의아해하지 않을 수 없었다. 계단을 오르다가 나는 이 집의 주치의와 마주쳤다. 그 얼굴에는 천한 교활함과 곤혹감이 뒤섞인 표정이 떠 있는 듯했다. 주치의는 당황해하면서 먼저 인사를 하고는 사라져 버렸다. 마침내 하인이 문 하나를 열고는 주인 앞으로 나를 안내했다.

내가 들어간 방은 굉장히 크고 천장이 높았다. 창문은 좁고 길며 끝이 뾰족하고, 검은 참나무 바닥에서 멀리 떨어진 곳에 있었기 때문에 방 안에서는 아무래도 손이 닿을 것 같지 않았다. 검붉은 빛의 약한 햇살이 유리창을 통해서 흘러들어와 방 안의 물건들을 뚜렷이 드러내 보이고 있었다. 그러나 방의 구석구석과 둥근 천장의 안쪽 깊은 곳은 아무리 눈을 크게 뜨고 보려 하여도 보이지 않았다. 벽에는 거무스름한 벽걸이가 걸려 있었다. 가구류는 많이 놓여 있었는데 고풍스러운 반면 칙칙하고 너덜너덜 낡아 있었다. 책과 악기가 주위에 널려 있었으나 그것들이 이 방에 생기를 불어넣어 주지는 못했다. 나는 우울한 공기를 호흡하고 있는 듯한 느낌이 들었다. 엄숙하고 헤어날 수 없는 우울한 기분이 모든 것을 뒤덮고 그 모든 것에 스며들어 있었다.

내가 들어가자 어서는 소파에서 일어나며 쾌활하고도 다정한 태도로 인사를 건넸다. 그의 그러한 태도에서 과장된 우정과 온갖 풍상을 겪은 나머지 인생에 권태를 느끼고 있는 인간의 부자연스런 노력이 담겨 있는 것 같다는 생각을 했다. 그러나 그의 얼굴을 보는 순간, 그는 진심으로 나를 대하고 있다는 것을 알았다. 우리들은 자리에 앉았다. 그리고 상대가 말을 꺼내기까지 잠시 동안 연민과 두려움이 뒤섞인 기분으로 그를 지그시 바라보았다. 분명코 이토록 짧은 세월 동안에 로데릭 어서만큼 무서운 변모를 가져온 사람은 아무도 없을 것이다. 내 앞에 있는 사람이 내 어린시절의 친구와 동일인물이라고 믿기란 쉬운 일이 아니었다. 그러나 그의 얼굴의 특징은 여전히 사람의 눈을 끄는 데가 있었다. 창백한 안색, 견줄 데 없을 만큼 크고 빛나는 눈, 창백하지만 놀랄 만큼 아름다운 입술, 우아한 유태인 형이면서도 콧구멍이 옆으로 당겨진 코, 어딘지 정신력의 결여를 느끼게 하는 아름다운 턱, 거미줄처럼 부드럽고 가는 머리카락—이런 특징은 관자놀이 윗부분이 유난히 넓은 것과 어울려 인상적인 얼굴을 하고 있었다. 그런데 지금 내가 누구 이야기를 하고 있는 것인지 의아하게 생각하게 만든 그의 변화는 위에 말한 특징과 그런 얼굴 생김새에서 풍기는 표정이 옛날보다 훨씬 더 뚜렷해졌다는 사실 이외에 아무것도 아니었다. 지금은 섬뜩할 만큼 창백한 피부색, 그리고 이상한 빛을 뿜는 눈이 무엇보다 나를 놀라고 두렵게 했다. 게다가 명주실 같은 머리칼은 자랄 대로 자라 엉킨 거미줄처럼 얼굴에 늘어졌다기보다는 공중에 날리고 있는 것 같은 몰골을 하고 있었다. 이 기괴한 풍모를 보통 인간이라는 관념과 결부시키기는 매우 어려웠다.

이 친구와 몇 마디 주고받으며 내가 눈치챈 것은, 묘하게 조리가 맞지 않는 곳—앞뒤가 일관되지 않는 데가 있다는 사실이었다. 이것은 잠시도 멈추지 않는 신체의 떨림—극도의 흥분을 이겨내려는 헛된 노력을 가까스로 지속하기 때문에 일어나는 것임을 알아차렸다. 그의 편지를 읽어봐도, 소년시절의 어떤 성격을 상기해 봐도, 그의 특이한 성질이나 기질에서 끌어낸 결론을 생각해 봐도, 이런 종류의 일은 당연히 예상할 수 있는 것이었다. 그는 금방 쾌활하다가도 금방 침울해졌다. 그의 목소리는 (생기가 완전히 없어진 것과 같은) 우유부단하고 떨리다가도 갑자기 생기 있고 시원시원하며 분명한 어조로 바뀌기도 하고, 당돌하고도 묵직하며 침착하고 공허하게 울리는 어조로 바뀌기도 했다. 또 주정뱅이 아편 중독자가 극도로 흥분했을 때처럼 그 무겁게 늘어져 버린 억양의 목소리로 변하기도 했다.

그는 이런 어조로, 나에게 와달라고 한 목적이라든가 나를 꼭 만나고 싶었던 것, 나를 만나면 틀림없이 위로를 받을 것이라고 생각했다는 것 등을 이야기하였다. 자신의 병에 대해서 스스로는 어떻게 생각하고 있는가를 상당히 상세하게 이야기해 주었다. 자신의 병은 체질적인 것으로 그의 가문에 유전하는 병인데, 그 치료법을 찾아낼 가망이 거의 없다는 것이었다. 그러나 그는 즉시 이것은 단지 신경성일 뿐, 아마 곧 나을 것이라고 덧붙였다. 그의 병적인 증세는 일정한 형태를 띠고 나타났다. 그가 들려준, 자신의 병과 관련된 이야기는 나의 흥미를 끌고 또한 몹시 놀라게도 했다. 아마도 그가 사용한 말이나 전체적인 이야기의 분위기가 그런 효과를 냈을 것이다.

병으로 인해 예민해진 감각 때문에 그는 몹시 괴로워했다. 아주 싱거운 음식 이외에는 어떤 음식도 먹을 수가 없다고 했다. 옷도 특정한 천으로 만든 것만 입는데, 꽃향기조차 괴롭게 느껴진다고 했다. 그에게 공포감을 주지 않는 것은 특별한 소리, 즉 현악기뿐이라고 했다.

나는 그가 어떤 이상한 공포의 포로가 되어 있는 것을 알았다.

"나는 죽어가고 있어."

라고 그가 말했다.

"이런 비참한 어리석음 속에서 나는 죽어가지 않으면 안 돼. 나는 단지 이렇게 무너져가는 수밖에 없어. 나는 장차 일어날 사건 그 자체보다는 그 결과가 두려워. 이 견딜 수 없는 마음의 동요에 영향을 끼칠 거라는 생각만 해도 오싹하네. 솔직히 말해서 위험을 겁내는 것은 아니야. 단지 궁극적인 결과인 공포가 두렵네. 이렇게 기력이 쇠진한, 이렇게 가련한 상태에 있는 나에게 '공포'라고 하는 그 엄청난 망령과의 격투 속에서 목숨도 이성(理性)도 포기하지 않으면 안 될 시기가 조만간 닥쳐올 것 같은 느낌이 들어."

이것만이 아니다. 그가 이야기하는 중에 때때로 띄엄띄엄 이어지는 애매한 이야기에서 그의 정신 상태의 또 한 가지 묘한 특징을 알아냈다. 그것은 그가 이미 몇 년이나 외출할 용기조차 없이 살고 있는 현재의 저택에 대해서 어떤 미신적인 생각에 사로잡혀 있다는 사실이었다. 그는 어떤 괴이한 힘이 지니는 터무니없는 지배력을 지금 여기서 표현할 수 없을 지경으로 넋을 잃은 말투로 말했다. 그의 집인 저택의 형태와 유서 깊은 세월 속에 내포되어 있는 어떤 특이한 성질이 오랫동안 삶을 견디고 있는 동안 어느새 자신의 정신을 지배하게 된 것이다. 다시 말해 저택의 회색 벽과 작은 탑, 그런 것들이 그림자를 던지고 있는 어두컴컴한 늪, 이런 것들의 형태가 마침내 자기라는 존재의 정신에 영향을 끼치게 되었다고 그는 말했다.

그러나 그가 주저하면서 그를 그토록 괴롭히고 있는 이상한 우울증의 직접적인 원인은, 오랜 세월 그의 유일한 반려이며 지상에 남아 있는 단 하나의 혈육인 누이동생의 오래되고 깊은 병, 시시각각 다가오는 누이동생의 죽음에 원인이 있다고 인정하였다.

"누이동생이 죽어버린다면……."

그는 나에게 비통한 어조로 말했다.

"이제 아무 희망도 없고 쇠잔한 내가 유서 깊은 어셔 가의 피를 받은 최후의 인간이 되네."

그가 이렇게 말하고 있을 때, 마델라인(이것이 그의 누이동생의 이름이었다)이 마치 약속이라도 한 것처럼 방 저쪽을 천천히 지나가고 있었는데 내가 거기 있는 것도 모르는 듯했다.

나는 공포와 놀람으로 그녀를 자세히 바라보고 있었는데, 왜 그런 감정이 생겼는지 나 자신도 설명할 수가 없다. 멀어져 가는 그녀의 모습에 눈길을 보내고 있으려니 마음이 텅 비는 것 같은 기분이 나를 억눌렀다. 이윽고 그녀의 모습이 사라지고 문이 닫히자 나의 시선은 본능적으로 오빠의 얼굴

쪽으로 쏠렸다. 그는 양손으로 얼굴을 가리고 이상하게 창백하고 여윈 그 손가락 사이로 뜨거운 눈물을 흘리고 있었다.

마델라인의 병은 이미 오랫동안 유명한 의사들의 치료로도 어쩔 도리가 없이 되어 있었다. 만성화된 무지각(無知覺), 점점 더해가는 육체의 쇠약, 일시적이지만 자주 일어나는 강박증, 이런 것이 그 증상이었다. 지금까지 그녀는 악착같이 병마와 싸우고 있었다. 아무리 힘들어도 절대로 눕는 법이 없었다고 한다. 그러나 내가 저택에 도착한 그날 어둠이 내릴 무렵부터 (그날 밤 그녀의 오빠가 말할 수 없는 마음의 동요를 일으키면서 이야기한 것에 의하면) 병마의 파괴적인 힘 앞에 쓰러졌다고 했다. 조금 전 내가 언뜻 본 그녀의 자태가 아마도 마지막이 되어, 적어도 살아 있는 그녀의 모습을 보는 일은 두 번 다시 없을 것이라고 생각했다.

그로부터 며칠 동안, 어서도 나도 그녀의 이름을 입에 올리지 않았다. 그리고 그 동안 내 친구를 우울증에서 조금이나마 벗어나게 해주려고 갖은 노력을 다했다. 함께 그림을 그리기도 하고 책을 읽기도 했다. 또 어떤 때는 그가 즉흥적으로 연주하는, 가슴을 울리는 광기 어린 기타 소리에 귀를 기울이곤 했다. 이렇게 해서 점점 친밀해졌고, 나는 점점 더 깊이 그를 이해할 수 있게 되었으나, 그의 마음을 밝게 해줄 수 있는 어떤 시도도 끝내는 소용이 없다는 사실을 절실히 깨달았을 뿐이다. 그의 마음속에 자리잡은 어둠이 천성이라도 되는 것처럼 정신과 물질의 모든 대상에 대해 끊임없는 암울한 방사선(放射線)이 되어 내뿜어지는 것이었다.

그와 단둘이 보낸 많은 엄숙한 시간의 추억을 나는 언제까지나 잊지 못할 것이다. 그러나 그가 나를 이끌었던 혹은 나의 길잡이가 된 연구나 일이 어떤 것들이었는지 정확하게 전할 도리가 없다. 흥분되고 몹시 병적인 상상력이 모든 것 위에 푸른빛을 던지고 있었다. 그가 즉흥적으로 불러준 긴 비가(悲歌)는 언제까지나 나의 귓전에서 사라지지 않을 것이다. 특히 베버(18세기 독일 낭만파 음악의 창시자 ― 옮긴이 주)가 마지막으로 만든 왈츠의 분방한 선율을 기묘하게 편곡하여 과장된 연주로 들려준 것을 나는 지금까지도 뼈저리게 마음에 새기고 있다. 그는 때때로 그림에 몰두했는데, 그가 정교하고도 치밀한 공상력을 마음껏 구사하여 그린 그림은 붓을 한 번 놀릴 때마다 애매모호해서 나는, 그것을 볼 때마다 까닭 모를 전율을 느꼈다. 그

까닭 모를 전율 때문에 마침내는 격렬하게 몸을 떨었다. 그가 그린 그림의 이미지는 지금까지도 내 머릿속에 뚜렷이 남아 있으나 말로써 전할 수 있는 것은 단지 그 작은 일부분에 지나지 않고, 그 이상의 것을 전하려고 애써봐도 끝내는 불가능한 일이다.

그의 그림은 단순하고 명확한 구도로 보는 이의 주의를 끌고 매우 위압적이었다. 관념을 그림으로 표현한 인간이 있다면 로데릭 어서야말로 바로 그 사람이다. 적어도 나에게 있어서는, 당시 나를 둘러싸고 있는 사정으로서는, 이 우울병 환자가 화폭 위에 묘사해 보인 수많은 순수한 추상 관념 속에서 견딜 수 없이 격렬한 감정이 끓어오르는 것을 느꼈다. 푸젤리(스웨덴의 화가—옮긴이 주)가 그린 타오르는 듯한, 그러나 너무도 구상적(具象的)인 환상화(幻想畵)를 가만히 들여다보았을 때도 이런 격렬한 감정은 느끼지 않았었다.

엄밀한 의미에서 추상적 정신을 갖추고 있다고는 말할 수 없으나 어쨌든 어서의 환상적이고 변화무쌍한 구상 중의 한 가지만은 어렴풋이나마 말로써 전할 수 있을지 모르겠다. 굉장히 긴, 장방형의 지하실이나 지하도의 내부를 묘사한 작은 그림으로 평평하고 흰, 아무런 장식도 없는 낮은 벽이 끝없이 뻗어 있다. 그림의 일부인 동굴은 지표에서 훨씬 깊은 곳에 있었고, 그 거대한 공간의 어떤 부분에서도 출구를 찾을 수 없고, 햇불이나 그 이외의 인공적인 빛도 보이지 않는다. 그런데도 강렬한 광선이 전체에 넘쳐흐르고, 모든 것이 기분 나쁜 이상한 빛 속에 잠겨 있는 것이다.

조금 전에 말한 것처럼 그의 모든 신경은 병적인 상태여서, 현악기의 연주 소리 이외에는 어떤 음악도 견딜 수 없게 되어 있었다. 기타를 연주할 때도 한정된 범위의 곡만을 택했다. 그의 탁월한 연주 실력은 도저히 글로 설명을 할 수 없다. 그는 연주하면서 즉흥적으로 가사를 읊고는 했는데, 그 환상곡의 가사는 물론 곡조도 인공적인 흥분이 극도에 달했을 때만 볼 수 있는 것들이었다. 이런 광상곡(狂想曲) 가운데 하나의 가사를 나는 별로 힘들이지 않고 외웠다. 그가 읊조리는 것을 들으면서 나는 깊은 감명을 받았는데, 어서 자신이 충분히 의식하고 있었으며, 나 역시 그러한 사실을 지각하고 있었다. '마(魔)의 궁전'이라는 제목의 이 시는 다소 부정확할지 모르지만 대개 다음과 같은 것이었다.

1

초록빛이 짙은 골짜기에
아리다운 천사들이 살고 있었네
그 옛날 그곳에는 화려한 궁전이
찬란하게 빛나는 궁전이 솟아 있었다.
'사색(思索)'이라고 부르는 왕의 영토
궁전은 서 있었다!
대(大) 천사조차 이토록 우아한 집 위에
그 날개를 펼친 일이 없었다.

2

황금으로 찬란하게 빛나는 노란 깃발은
그 지붕 위에 펄럭이고 있었다.
(이것은 모두가 아주 옛적 일)
그 즐겁던 날에
깃털 장식이 나부끼는 흰 성벽에
희롱하듯 부는 솔솔바람은
향기로운 냄새를 실어가고 있었다.

3

이 행복한 골짜기를 헤매는 자들은
빛나는 두 개의 창을 통해 보았다.
류트의 아름다운 선율에 맞추어
옥좌(玉座) 주위를 뛰노는 요정들은 춤을
옥좌에 앉아 있는 이는
(황제 피오피로진!)
그 영예에 걸맞게 당당히 위풍을 떨치고 있는 것은,
그 나라를 지배하는 자였다.

4

화려한 궁전의 문에는
진주와 루비가 반짝이고
그 문으로 흐르듯이
항상 번쩍이면서 들어오는 것은
'메아리'의 무리.
왕(王)의 슬기와 지혜를
더없이 아름다운 목소리로 노래하는 것이
'메아리'의 즐거운 의무였다.

5

그러나 슬픔의 옷을 두른 악마들이
왕의 옥좌를 습격했다.
(아아, 모두 슬퍼하자,
고독한 왕에게 내일이라는 날이
더는 밝아오지 않으니!)
지난날 왕의 궁전 주위에
빛나던 영광도
지금은 묻혀 버린 옛날의
덧없는 이야기가 되어 버렸다.

6

지금 이 골짜기를 찾아오는 자들은
붉은 불빛이 비치는 창 너머로 본다.
멋대로 울리는 음악 소리에 맞춰
미친 듯이 춤추는 거대한 괴물들의 모습을.
그리고 또한 푸르스름한 문으로는
세찬 물줄기처럼
꺼림칙한 무리가 끊임없이 뛰쳐나와
큰 소리로 웃어대는데

그 옛날의 미소는 이제 볼 수도 없구나.

노래가사는 여러 가지를 연상하게 했다. 지금 생각해 보니 어서가 마음 속에 품고 있는 것이 한층 뚜렷해졌다. 그 생각을 내가 여기서 말하는 것은 그것이 새로워서라기보다는 그것을 그가 집요하게 주장했기 때문이다. 그 생각이라는 것은, 간단히 말해서 식물은 모두 지각력(知覺力)을 가지고 있다는 것이다. 그의 미치광이 같은 망상 속에서 이 생각은 더욱 확고해져서, 어떤 조건 아래서는 무기물(無機物)의 세계에까지 적용된다는 것이었다. 그의 이런 맹목적인 확신이 얼마나 강했고 또 얼마나 진지하고 저돌적이었던가 하는 것을 나로서는 말로 표현할 수 없을 지경이다.

그러나 이 신념은 (내가 전에 약간 암시한 것처럼) 선조로부터 대대로 내려온 이 저택의 잿빛 석재(石材)와 관련이 있었다. 이 석재들이 배치된 방법이나―석재 위에 퍼져 있는 수많은 돌 버섯들, 저택 주위에 서 있는 썩어 빠진 나무들의 배치뿐 아니라 돌 그 자체의 배열, 특히 이런 배열이 오랫동안 변함없이 그대로 지속되어 온 것, 거기다 늪의 고요한 물에 비친 그림자, 이런 것 속에 방금 말한 지각력이 존재하기 위한 조건이 충분하다고 그는 믿고 있었다.

그 증거는, 즉 식물이 지각력을 가지고 있다는 증거는, 그의 말에 의하면 (그가 이런 얘기를 했을 때 나는 섬뜩했으나) 늪의 물이나 저택의 벽 주위에 독특한 분위기가 서서히, 그러나 확실히 응결되어 간다는 사실 속에서 찾아볼 수 있다는 것이다. 그 결과는 수백 년에 걸쳐서 그들 일가의 운명을 형성하고 또, 현재의 그를 만들어낸 그 보이지 않는, 그러나 강한 집념의 영향력 속에서 발견할 수 있다고 그는 덧붙였다. 이런 사고방식에 대해서는 특별히 어떤 대꾸도 하지 않고 그저 고개만 끄덕여 주었다.

몇 해 동안 그가 읽은 책의 대부분은 이처럼 환상을 자아내기에 충분한 것들이었다. 그 책의 제목은 레세(프랑스의 시인―옮긴이 주)의 《앵무새와 수도원》, 마키아벨리의 《벨페고르》, 스베덴보리(17세기 스웨덴의 철학자·신학자·과학자·신비가―옮긴이 주)의 《천국과 지옥》, 홀베르(17세기 덴마크의 희극 시인. 덴마크 문학의 시조(始祖)라고 불린다―옮긴이 주)의 《니콜라스 클림의 지하 여행》, 로버트 플러드(영국의 의사이며 신학자―옮긴이 주), 장 댕

다지느, 그리고 드 라 샹브르(17세기 프랑스 의사 — 옮긴이 주) 등의 《수상학 (手相學)》, 티에크(18세기 독일 낭만파 시인 — 옮긴이 주)의 《머나먼 창공으로 의 여행》, 캄파넬라의 '태양의 도시', 특히 애독한 것은 도미니크 파의 신부 에이메리크 드 지론느(스페인 종교 재판관 — 옮긴이 주)의 소형 8절판인 《종 교 재판법》이었다. 폼포니우스멜라(서기 약 34년경의 로마 지리학자 — 옮긴이 주)의 저서에는 고대 아프리카 인의 반인반수신(半人半獸神)이나 이이지판 〔그리스 어로 산양이란 뜻. 빵을 주는 신(神) — 옮긴이 주〕인에 대해서 쓴 대목 이 있는데, 어서는 그것들을 탐독하며 몇 시간이고 꿈속에 묻혀 있는 듯했 다. 그러나 무엇보다 그가 더없는 즐거움으로 삼았던 것은 4절판의 고딕체 로 된 진본(珍本) — 지금은 잊혀진 어느 교회의 기도서 — 《마인츠 교회 성 가대의 철야를 위한 기도》를 탐독하는 것이었다.

어느 날 밤 느닷없이 그는 나에게 마델라인이 세상을 떠났다면서, 자신 은 그녀의 유해를 (마지막으로 매장하기 전에) 2주일 정도 이 저택 지하 납골 실에 안치해 둘 작정이라고 말했다. 그 얘기를 들은 나는 방금 내가 말한 희귀본 속에 나오는 기괴한 의식(儀式)을 행하려는 것이 아닌가 무척이나 걱정스러웠다. 하지만 나로서는 이런 별난 조처를 취하는 세속적인 이유에 대해서 마음대로 왈가왈부할 수는 없었다. 그가 이런 결심을 하게 된 것은 (그의 말에 의하면) 누이의 병이 독특했고, 주치의들이 주제넘게도 어떤 일을 줄곧 꼬치꼬치 캐묻고 있으며, 어서 가의 묘지가 멀리 들녘에 있기 때문이 라고 했다. 내가 이 저택에 도착했던 날 계단 쪽에서 만났던 인상 나쁜 그 의사의 표정을 떠올리자, 전혀 아무런 해도 없고 또 결코 부자연스럽다고 도 할 수 없는 이 용의주도한 조처에 대해서 이의를 제기할 생각은 솔직히 전혀 없었다.

어서의 부탁에 따라 나는 이 가매장(假埋葬)을 직접 거들었다. 유해를 관 에 넣고 우리는 둘이서 그것을 안치소까지 운반했다. 관을 안치한 지하 납 골실(오랜 세월 잠가둔 채로 두었기 때문에 우리가 가지고 간 횃불도 숨막히는 실 내의 공기 탓으로 가물가물 꺼질 것 같아서 내부의 모양을 잘 살펴볼 수도 없었다) 은 좁고 축축하게 습기가 차서 외부의 빛이 전혀 들어올 수가 없었는데, 내 침실이 있는 곳 바로 밑에 있었다. 이곳은 그 옛날 봉건 시대에는 지하 감 옥이라는 좋지 못한 용도로 쓰여졌던 것 같았고, 후대에는 화약 등 불붙기 쉬운 물질의 저장소로 쓰였을 것이다. 왜냐하면 이 바닥의 일부와 그쪽으로 가는 데까지의 긴 아치형 복도의 내부 전부가 구리판으로 빈틈없이 덮여 있었기 때문이다. 육중한 철문도 마찬가지로 구리판이 씌워져 있었다. 무게 때문이었는지 이 문이 돌쩌귀 위에서 돌아갈 때 이상하고 예리한 소리를 내면서 삐걱거렸다.

이 무시무시한 장소에 마련되어 있는 관 받침대 위에 불쌍한 유해를 올려놓은 다음, 우리는 아직 나사못으로 고정시키지 않은 관 뚜껑을 조금 옆으로 밀고 안에 누워 있는 죽은 사람의 얼굴을 들여다보았다. 오빠와 누이의 얼굴이 너무도 똑같은 것이 먼저 내 주의를 끌었다. 어셔는 내 생각을 알아챈 듯 몇 마디 중얼거렸다. 사실 죽은 누이와 그는 쌍둥이로 둘 사이에는 항상 설명하기 어려운 공감대가 형성되어 있었다고 말했다. 우리들은 언제까지나 사자를 바라보고만 있을 수는 없었다. 가만히 바라보고 있자니 공포감이 몰려왔다. 한창 꽃다운 나이의 목숨을 앗아간 몹쓸 병은 가슴과 얼굴 언저리에 희미한 붉은 흔적을 남겼고, 입술엔 사라질 듯 말 듯한 미소마저 서려 있었는데, 이게 죽은 사람이라 생각하니 섬뜩할 만큼 무서웠다. 관 뚜껑을 닫고 나사못을 박은 뒤 철문을 굳게 닫은 다음 방으로 돌아왔는데 거기도 지하 납골실 못지않게 음산했다.

어셔는 슬픔에 잠긴 채 며칠을 보냈다. 누이가 죽은 후 그는 평소 침착한 모습에서 몰라 보게 변했다. 흐트러지고 급한 걸음걸이로 아무 일도 없이 이 방 저 방을 돌아다니는 것이었다. 창백한 얼굴은 (이런 것이 있을 수 있다면) 더욱 창백한 빛을 더했는데, 눈의 초점은 완전히 사라져 버렸다. 그가 말할 때 가끔 들을 수 있었던 쉰 듯한 어투도 없어져 버리고, 무엇엔가 몹시 위협을 받고 있는 것 같은 떨리는 소리가 그의 평상시 말투의 특징이 되었다.

끊임없이 뒤죽박죽으로 얽히는 그의 마음이 고백하지 않으면 안 될 어떤 괴로운 비밀과 싸우며, 또한 비밀을 고백하기 위해 필요한 용기를 얻으려고 허덕이고 있는 것이 아닐까 생각될 때도 있었다. 그리고 무언가 가공(架空)의 소리에 귀를 기울이고 있는 것처럼 주의 깊은 태도로 몇 시간이나 뚫어질 듯 허공을 바라보고 있었다. 그의 이런 모습을 보면, 나는 때로 이것은 모두 미친 사람의 변덕에 지나지 않는 거라고 여기고 싶은 마음이 생겠다. 이러한 그의 상태가 나를 위협하고 마침내 나에게 감염된다는 것은 의심의 여지가 없었다. 나는 그의 괴이하고도 인상적인 미신적 행위가 서서히, 그러나 확실히 내 몸에 영향을 미치는 것을 느꼈다.

특히 마델라인을 지하 납골당에 안치하고 나서 이레쨌가 여드레째 날 밤 늦게 침실에 들어갔을 때, 나는 방금 말한 것과 같은 감정을 절실히 체험했다. 잠을 이루지 못하고 몇 시간을 무료하게 뒤척였다. 나는 예민한 신경의 흥분을 이성으로 억제하기 위해 안간힘을 썼다.

나는 내 감정의 전부라고는 할 수 없다 해도 그 감정의 대부분은, 이 방의 음침한 가구들과, 휘몰아치는 폭풍에 휩쓸려 술렁거리고 벽 위에서 멋대로 흔들리며 침대 둘레에서 불안스럽게 서성거리는 거무칙칙하고 너덜너덜한 벽걸이 따위의 무시무시한 영향 때문이라고 애써 생각하려 했다. 그러나 그러한 노력은 허사였다. 억제할 수 없는 전율이 차츰 나의 전신을 엄습하여 마침내 심장 바로 위에 전혀 표현할 수 없는 공포의 악마가 털썩 주저앉아 버렸다.

헐떡이며 몸부림을 쳐서 그것을 떨쳐 버린 후 나는 몸을 일으키고 캄캄한 방 안을 뚫어지게 응시하면서 귀를 기울였다─왜 그랬는지, 본능적인 기분에 이끌려서라고 밖에는 할 수 없지만─폭풍이 멎었을 때 긴 간격을 두고 어디서인지도 모르게 낮고 희미한 어떤 소리가 들리는 것이었다. 까닭을 알 수 없는, 그러나 견딜 수 없이 머리끝이 곤두서는 공포감에 짓눌려 나는 급히 옷을 걸치고 (오늘밤은 이제 더 잘 수 없을 것 같아서) 방 안을 빠른 걸음으로 이리저리 돌아다니면서 이 비참한 상태에서 벗어나려고 애를 썼다.

이렇게 거의 두세 바퀴 방 안을 돌았다고 생각했을 때, 계단을 올라오는 가벼운 발소리가 들렸다. 나는 이내 그것이 어셔의 발소리인 것을 알았다. 잠시 후 문을 노크하는 소리가 들렸고 램프를 손에 든 어셔가 들어왔다. 얼굴은 여느 때와 같이 시체처럼 창백했다. 그뿐인가, 눈에는 광기에 찬 환희 같은 것이 떠올라 있고, 그 거동 전체는 분명히 병적 흥분을 억제하고 있는 것 같은 모습이었다. 그 모습은 나를 섬뜩하게 했다. 그러나 내가 그때까지 긴 시간 견디어 온 고독에 비하면 어쨌거나 고마운 것이었다. 그래서 그를 구세주처럼 반가이 맞았다.

"그럼 자네는 그것을 보지 못한 게로군?"

"무엇을 말인가?"

그는 아무런 대꾸도 않고 엉뚱한 말을 했다.

그는 잠시 동안 말없이 주위를 찬찬히 둘러보더니 불쑥 말했다.

"그러면 자네는 그것을 아직 못 봤다는 얘기군? 기다리게, 곧 보여주겠네."

그렇게 말하고 나서 손에 든 램프를 조심스럽게 덮고는 급히 한쪽 창으로 다가가더니 폭풍우를 향해 휙 열어젖혔다.

미친 듯이 휘몰아치는 강풍에 우리들은 넘어질 지경이었다. 실로 광포한, 그러나 처절한 아름다움을 지닌 밤, 미친 듯이 요괴스러운 공포와 아름다움으로 넘치는 밤이었다. 아마도 돌풍이 저택 부근에 그 힘을 집중한 듯, 바람의 방향이 몇 번이나 심하게 변했다. 그리고 (저택의 작은 탑을 눌러버릴 듯이 낮게 깔린) 몹시도 짙은 구름이 꽉 들어찼는데도 불구하고 바람은 멀리 사라져버리지 않고 온갖 방향에서 서로 부딪쳤고, 그 살아 있는 것 같은 움직임을 우리들은 뚜렷이 볼 수가 있었다. 나는 방금 구름이 몹시도 짙게 깔려 있는데도 불구하고 뚜렷이 보였다고 말했는데, 그렇다고 달이며 별이 비치거나 반짝이지는 않았다. 번개도 번쩍이지 않았다. 그러나 바로 우리 주위에서 지상의 모든 물체뿐 아니라 소용돌이치고 있는 수증기의 커다란 덩어리 밑바닥까지가, 저택의 둘레에 자욱하게 끼어, 희미하게 빛을 뿜으며 뚜렷이 보이는 가스 같은 안개의 기분 나쁜 빛 속에서 환하게 빛나고 있는 것이었다.

"봐서는 안 돼, 이런 것을 봐서는 안 돼."

나는 그를 좀 거칠게 창가에서 의자 쪽으로 데리고 가면서 떨리는 소리로 말했다.

"이런 광경에 자네는 놀라는 모양인데, 사실 아무것도 이상할 것 없는 전기 현상에 지나지 않네. 이 광경의 원인은 저 늪의 악취를 뿜는 독기 탓인지도 몰라. 자, 이 창문을 닫도록 하지. 공기가 차서 몸에 해롭네. 여기 자네가 몹시 좋아하는 소설이 한 권 있는데 내가 읽을 테니 들어보게. 이 무서운 밤을 함께 보내도록 하세."

내가 뽑아든 낡은 책은 라안스러트 캐닝 경(卿)의 《광란의 상봉》이었다.

그러나 내가 이 책을 그의 애독서라고 한 것은 진정이라기보다는 나의 서글픈 장난기에서 나온 것에 지나지 않았다. 왜냐하면 사실 이 책의 조잡한, 상상력이 모자라는 농담 속에는 어서의 기품 있고 정신적인 이상주의의 경향에 반응을 일으킬 만한 것이 거의 없었기 때문이다. 하지만 그때 가까이에 있는 책이라곤 이 책뿐이었다. 지금 이 우울증 환자의 마음을 뒤흔들고 있는 흥분은 내가 읽으려고 하는 어리석고 저열하기 짝이 없는 이야기 속에서 위로를 발견할지도 모른다(정신 이상의 문헌에는 이와 같은 이상한 사실이 잔뜩 기록되어 있는 것이다)는 부질없는 희망을 지니고 있었던 것이다. 실제로 내가 읽는 이야기의 한 마디 한 마디에 귀를 기울이고 있는, 아니면 기울이고 있는 것처럼 보이는 그의 긴장되고 활기찬 모습에서 판단하건대, 나의 생각이 들어맞았다고 기뻐해도 좋을 것 같았다.

나는 이야기의 그 유명한 부분, 즉 이 이야기의 주인공인 에텔레드가 은자(隱者)의 집에 들어가려고 공손히 청했으나 허락하지 않자 억지로 들어가려고 하는 대목까지 읽어 나갔다. 여러분도 잘 아는 것과 같이 이 부분은 다음과 같은 문장으로 되어 있다.

"원래 날 때부터 용맹스러운 데다가 마음껏 들이킨 술 기운에 한층 힘을 받은 에텔레드는 묵묵히 은자와의 담판을 기다렸다. 때마침 어깨에 내리치는 비를 느끼고 폭풍이 올 것 같아 두려워 그는 당장에 철퇴를 들어 문을 몇 번 내려치니, 순식간에 널빤지에 갑옷의 토시를 낀 손이 들어갈 정도의 구멍이 뚫렸다. 그리하여 그 구멍에 손을 집어넣고 힘껏 잡아당기니 문은 갈라지고 산산이 부서지며 마른 나무가 깨지는 공허한 소리가 숲속을 뒤흔들었다."

이 문장의 마지막 대목까지 읽은 나는 섬뜩하여 순간 말을 멈추었다. 그것은 (나 자신의 흥분된 망상에 스스로 혼란해진 탓이라고 곧 단정했지만) 저택 안의 어딘지 아득히 먼 곳에서, 라안스리트 경이 상세하게 묘사하고 있는, 그 문이 부서지는 소리와 아주 비슷한 소리(틀림없이 내리누르는 둔탁한 소리였지만)가 나의 귓전에 희미하게 들려왔기 때문이다. 그러나 나는 우연의 일치라고 생각했다. 창틀이 덜그덕거리는 소리나 한창 몰아치는 폭풍의 어수선한 울림 속에서는 그런 물체의 소리 자체가 나의 주의를 끌거나 나를 놀라게 할 수는 없기 때문이다. 나는 소설을 다시 계속해서 읽었다.

"그러나 뛰어난 전사 에델레드는 문 안으로 뛰어들었지만 사악한 은자는 그림자도 없었다. 그는 굉장히 화가 났으나 동시에 놀라기도 했다. 은자 대신에 거기에는 비늘로 뒤덮인, 불길 같은 혓바닥을 내민 거대한 용이 바닥에 은을 깐 황금 궁전 앞에 몸을 사리고 앉아 지키고 있었다. 벽에는 번쩍이는 놋쇠 방패가 걸려 있고, 거기에 이렇게 새겨져 있었다.

여기에 들어온 자는 승리자일지어다.
용을 쓰러뜨리는 자는 이 방패를 얻을지어다.

그래서 에델레드는 철퇴를 쳐들어 용의 목을 향해 내리쳤고 용은 그의 앞에 쓰러져 단말마의 독기를 뿜으면서 소름끼치는 무서운 소리로 으르렁 댔다. 아무리 에델레드지만 그 귀청을 찢는 소리에 두 손으로 귀를 틀어막지 않을 수는 없었다. 정말 이토록 무서운 부르짖음을 들은 사람은 지금까지 없었을 것이다."

여기까지 읽어내려간 나는 또다시 읽던 것을 멈추었다. 그리고 이번에는 굉장히 놀라지 않을 수 없었다. 왜냐하면 그 순간, (어느 쪽에서 들려오는지는 모르지만) 낮고 길게 끄는 이상한 부르짖음 같은, 무언가 삐걱거리는 듯한 소리─이 이야기의 작가가 말하고 있는 그 용의 무서운 부르짖음이 바로 이럴 것이라고 내가 한창 공상을 하고 있던 소리에 딱 맞는 소리를 실제로 들었기 때문이다.

이렇게 놀라운 우연의 일치가 두 번씩이나 일어났으므로 나는 극도의 공포에 압도당했다. 그러나 그것을 입 밖에 내어 친구의 과민한 신경을 자극할 정도로 마음의 평정을 잃은 건 아니었다. 하지만 틀림없이 이 몇 분 동안에 그의 거동에는 기묘한 변화가 일어나고 있었다. 그는 자기의 의자를 천천히 돌려 방문 쪽으로 향했다. 이렇게 되자 나에게는 들리지 않을 정도로 낮게 무엇인가 중얼거리는 듯한, 그의 떨리는 입술을 볼 수 있었다. 그러나 그의 얼굴을 일부분밖에 볼 수 없게 되었다. 내가 그를 흘끔 보았을 때 그는 머리를 가슴 깊이 떨구고 있었으나 눈은 커다랗게 뜨고 있는 것으로 미루어 보아 자지 않고 있다는 것을 알 수 있었다. 그가 몸을 흔들고 있다는 사실로도 그것은 분명했다. 조용히, 그러나 쉬지 않고 일정하게 몸을 좌우로 흔들고 있었던 것이다. 이것을 재빨리 알아차리고 나서 나는 라안 스트르 경의 이야기를 다시 계속해서 읽었다.

"용은 죽었다. 용의 무서운 노여움에서 벗어난 전사는 그 놋쇠 방패를 생각해 내고, 그 위에 걸린 저주를 풀기 위해 용의 시체를 밀치고 벽에 걸린 방패를 향해 은으로 깔린 성의 마룻바닥 위를 용감하게 걸어 나아갔다. 방패는 그가 오는 것을 기다리지도 않고 그의 발 앞에 떨어졌고 동시에 어마어마하게 큰 소리가 주위를 뒤흔들었다."

이 말이 내 입술에서 떨어지자마자, 마치 놋쇠 방패가 그 순간 실제로 은 마룻바닥 위에 쾅 하고 떨어진 것같이 뚜렷하면서도 둔탁하고 금속성 물건이 부딪쳐 울리는 듯한, 그러면서도 억지로 눌러덮는 것 같은 소리가 들려왔다. 나는 완전히 얼이 빠져 벌떡 일어섰으나 어서는 태연히 규칙적으로 몸을 흔들고 있었다. 나는 그가 앉아 있는 의자 쪽으로 달려갔다. 그의 시선은 앞쪽에 뚫어질 듯이 박혀 있고 얼굴 전체의 표정은 돌처럼 굳어 있었다. 그러나 내가 그의 어깨에 손을 얹자 극심한 전율이 그의 몸 전체를 엄습하고, 병적인 미소가 그의 입술 언저리에 떠올랐다. 그는 내가 곁에 있는 것을 알아채지 못한 듯 낮고 재빠르게 알아들을 수 없는 소리를 중얼거렸다. 나는 그에게 몸을 바짝 붙이고 그가 신들린 듯 재빨리 중얼거리는 말을 들으며 그 무서운 의미를 알아차렸다.

"저 소리가 들리지 않나? 나에게는 들리네. 그럼, 똑똑히 들리네. 아주 오래 전부터…… 몇 분 동안이나, 몇 시간 동안이나, 며칠 동안이나 나는 저 소리를 듣고 있었단 말이야. 하지만 나에겐 용기가 없었어. 아아, 나를 불쌍하게 여겨주게, 나는 얼마나 비참한 인간이란 말인가! 나에겐 용기가, 입 밖에 낼 용기가 없었던 거야! 우리들은 그녀를 산 채로 무덤에 묻어 버렸단 말이네. 나의 감각이 예민하다는 건 이미 말했지 않았나. 지금에야 이야기하지만, 나는 누이동생이 저 허무한 관 속에서 처음 아주 미약하게 몸을 움직이는 것을 눈치챘네. 나는 눈치챘던 거야, 몇 날 며칠 전부터. 그러나 용기가, 입 밖에 낼 용기가 없었던 거네! 그런데 지금, 오늘밤, 에델 레드가…… 하하…… 은둔자 집의 문이 부서지는 소리, 용의 단말마의 외침, 그리고 방패가 떨어지면서 울리는 소리! ……알겠나, 이렇게 말하는 것이 옳겠지. 누이동생이 들어 있던 관이 부서지고, 누이동생이 갇혀 있던 지하 감옥 철문의 돌쩌귀가 삐그덕거리고, 지하 납골실의 구리를 깐 아치 복도에서 누이동생이 몸부림치는 소리가 들린단 말일세! 아아, 나는 어디로 도망가야 좋을까! 누이동생은 이제 곧 여기에 도착하겠지! 누이의 심장에서 저 괴롭고 무서운 고동 소리가 분명히 들리는 것 같다! 이 미친 녀석아!"

이렇게 말하고 그는 맹렬한 기세로 벌떡 일어섰다. 그리고는 죽음을 앞둔 사람이 부르짖는 괴로운 소리를 한 마디 한 마디 외쳤다.

"미친 놈아! 누이는 이미 문 밖에 서 있어!"

어셔의 이 초인적인 힘을 지닌 절규 속에 마력이라도 숨어 있었던 듯, 그가 가리킨, 거대한 낡은 거울을 박은 못이 갑자기 그 묵직한 흑단 입구를 서서히 바깥쪽으로 열어젖혔다. 그것은 강풍이 불어닥친 탓이었지만, 틀림없이 그때 문 밖에는 어셔 가의 마델라인 아가씨가 훤칠한 키에 수의(壽衣)를 입은 모습으로 우두커니 서 있었다.

그녀가 입은 흰 옷에는 핏물이 배어 있고, 그 쇠잔한 몸 전체에 무참하게 몸부림친 흔적이 남아 있었다. 그녀는 문지방 있는 데서 한순간 떨면서 이리저리 비틀거리더니 마침내 낮은 신음소리를 내면서 방 안에 있던 오빠의 몸 위에 풀썩 쓰러졌다. 그리고는 비명을 마구 지르면서 오빠를 마룻바닥 위로 밀어 쓰러뜨렸다. 그의 오빠는 눈을 치켜 뜬 채 나무토막처럼 그대로 넘어졌다. 마침내 그 자신이 그토록 두려워하던 운명이 그를 구렁텅이로 내몬 것이다.

그 방으로부터, 그 저택으로부터 나는 공포에 사로잡혀 허우적거리며 도망쳤다. 그 진흙길을 달리고 있을 때도 폭풍은 여전히 미친 듯이 휘몰아치고 있었다. 갑자기 내가 달리고 있는 좁은 길을 따라 이상한 빛이 비쳤다.

나는 이 이상한 빛이 어디서 비쳐 오는지 확인하려고 뒤돌아보았다. 나의 뒤에 있는 것은 거대한 저택과 그 그림자뿐이었기 때문이다. 그 빛은 그때 막 넘어가고 있는 보름달의 빛처럼 붉은 핏빛이었다. 건물의 지붕에서부터 번갯불 모양으로 그어져 주춧돌까지 뻗어 있는, 내가 전에 말한, 그전에는 겨우 눈에 띌 정도였던 갈라진 틈을 통해서 달이 환히 비치고 있었다.

가만히 지켜보고 있는 동안에 이 균열은 급속히 커졌고 회오리바람이 한 차례 휘몰아치더니 달의 전체 모습이 갑자기 내 눈앞에 나타났다고 생각하는 순간, 저택의 거대한 벽이 정확하게 둘로 갈라져 무너져내렸다. 이 순간 나는 심한 현기증을 느꼈다. 대홍수의 울림과도 같은 굉음, 요란스러운 함성과도 같은 소리가 길게 울려퍼지자 나의 발밑의 깊고 음침한 늪이 '어셔가'의 잔해(殘骸)를 천천히 소리도 없이 삼켜 버렸다.

핵심 정리

- 갈래 : 단편소설
- 시점 : 1인칭 관찰자 시점
- 주제 : 어셔 가의 몰락과 두 남매의 비극적인 운명
- 배경 : 낡고 음침한 분위기의 어셔 가
- 등장인물 : 나 – 작중 화자. 소년시절의 친구 로데릭 어셔의 부탁으로
          어셔 가를 찾는다. 거기서 어셔 남매의 비극을 목격한다.
          로데릭 어셔 – 어셔 가의 쌍둥이 남매 중 오빠. '나'의 친구.
          병약한 인물로 과민성 신경쇠약으로 고통받고 있다.
          마델라인 어셔 – 로데릭 어셔의 쌍둥이 누이동생. 병으로
          죽은 후 오빠 로데릭에 의해 지하실 벽에 가매장되었다가
          되살아난다.

- 구성 : 발단 – 나는 어린 시절의 친구 로데릭 어셔의 편지를 받고 음침
        한 분위기의 그 저택을 찾아간다.
        전개 – 로데릭 어셔는 병적인 과민성으로 큰 고통을 겪고 있었
        다. 또 쌍둥이 누이동생 마델라인의 지병과 그 죽음이 눈앞
        에 닥쳐왔다는 사실 때문에 우울증을 앓고 있었다.
        위기 – 어느 날 밤, 로데릭 어셔는 마델라인이 죽었다며 나에게
        도움을 청한다. 나는 그를 도와 마델라인을 지하실에 가매장
        한다.
        절정 – 태풍이 몰아치는 밤, 죽은 줄 알았던 마델라인이 나타나
        로데릭 어셔에게 쓰러진다. 그리고 그를 마룻바닥으로 밀어

떨어뜨린다. 로데릭 어셔는 공포에 질려 죽는다.

결말 – 나는 너무 놀라고 겁에 질려 황급히 저택을 빠져나온다. 그 뒤에서 어셔 가의 거대한 벽이 무너져 내린다.

⊙ 줄거리 및 작품 해설

음산하게 흐린 가을날, 나는 어린 시절의 친구 로데릭 어셔의 심각한 편지 한 통을 받고 그 저택을 찾는다. 어셔는 신경과민과 심한 우울증에 시달리며 알 수 없는 죽음의 공포와 싸우고 있었다.

어셔에게는 쌍둥이 누이동생인 마델라인이 있는데, 그녀 역시 지병으로 죽음을 눈앞에 두고 있었다.

어느 날 밤, 어셔는 마델라인이 갑자기 죽었다면서 좀 도와달라고 한다. 나는 어셔를 도와 그녀를 지하실에 가매장했다.

그로부터 7, 8일이 지난 폭풍우 치는 날 밤, 죽은 줄 알았던 마들레인이 피 묻은 수의를 몸에 걸친 채 어셔 앞에 나타난다. 마델라인은 의자에 앉아 있던 오빠 어셔에게 풀썩 쓰러지더니, 이내 비명을 지르며 그를 마룻바닥으로 밀어 떨어뜨린다. 어셔는 공포에 질려 눈을 치뜬 채 숨이 끊어진다. 이 무서운 일을 목격한 나는 겁에 질려 밖으로 빠져나온다. 그 뒤에서 거대한 저택이 와르르 무너져 늪 속으로 가라앉고 있었다.

〈어셔 가의 몰락〉은 포의 많은 작품 가운데 특히 비현실적인 공포감을 주는 배경 묘사와 주인공들의 불안한 심리를 가장 뛰어나게 묘사한 것으로 평가받고 있다.

작품 첫머리의 배경 묘사, 즉 황량한 들판, 말라 죽어가는 나무의 흰 줄기, 저택 바깥 벽을 온통 뒤덮고 있는 곰팡이, 늪에 거꾸로 비치는 눈을 부릅뜬 것 같은 저택의 창 등이 까닭 모를 공포에 시달리다 끝내 파멸에 이르는 로데릭 어셔의 심리상태와 연결되어 독자들로 하여금 오싹하는 전율을 느끼게 한다.

작중 화자인 나의 친구 로데릭 어셔는 신경과민증으로 모든 사물을 살아 있는 것처럼 느낀다. 작품 전편에 짙게 깔린 그의 이 과대망상적인 느낌은 꿈꾸는 듯한 묘한 공포로 표현되고 있다.

로데릭 어셔가 느끼는 공포는 내면 깊숙한 곳에서 우러나오는 것이다. 그것은 바로 작가인 포 자신의 심리상태를 반영하는 것이라고도 할 수 있다. 그도 로데릭 어셔처럼 깨어 있는 상태에서 항상 악몽을 꾸었다. 로데릭 어셔가 자신의 공포의 원인과 대상을 알지 못했듯 포도 그러한 악몽의 원인을 알지 못했다.

그것은 비단 포에게만 해당되는 이야기는 아니다. 정도의 차이는 있겠지만, 바로 우리들 속에도 잠재되어 있는 심리다. 이 작품 속에서는 그것을 어셔라는 인물이 대신하고 있다. 따라서 이 작품은 우리에게 단순한 공포 외에 좀더 근원적인 무엇인가를 느끼게 해준다.

◉ 생각해 볼 문제

1. 이 작품에서 작가가 사용한 환상적인 장치들은?
2. 로데릭 어셔가 동생 마델라인을 가매장한 이유는?

해답

1. 늪지대 위에 세워진 석조 건물, 중세의 마법서, 저승과 망령들에 대한 문서 등

2. 인간은 자신과 똑같은 인격을 만났을 때, 공포와 함께 적개심을 느껴 그 또 하나의 나를 없애려고 한다. 마델라인은 로데릭의 분신 같은 존재다. 그래서 동생을 없애지 않으면 안 되었던 것이다.

나다니엘 호손

나다니엘 호손(Nathaniel Hawthorne, 1804~1864)

　미국의 소설가. 매사추세츠 주 세일럼에서 청교도의 후손으로 태어났다. 네 살 때 상선의 선장이었던 아버지를 여의고 홀어머니 밑에서 자라면서 우울한 성격이 형성되었다. 1821년 보든 대학에 입학, 뒤에 시인이 된 롱펠로 및 대통령이 된 피어스와 사귀었다.

　1825년 대학교를 졸업한 후 여기저기 단편을 발표했으나 별로 관심을 끌지 못하다가, 1837년 그 동안 발표한 단편들을 모아 〈트와이스 톨드 테일스〉를 간행하여 비로소 주목받는 작가 중의 한 사람이 되었다. 한때 세관에도 근무했으며, 1853년에는 대통령 피어스의 도움으로 영국의 리버풀 영사로 부임했다.

　호손이 작가로서의 위치를 확립한 것은 장편소설 〈주홍 글씨〉를 발표하면서부터였다. 17세기의 청교도 식민지 보스턴에서 일어난 간통사건에 관련된 사람들을 그린 이 작품은 청교도의 엄격함을 교묘하게 묘사하고 죄인의 심리 추구, 긴밀한 세부 구성, 정교한 상징주의로 말미암아 19세기의 대표적 미국소설이 되었다.

　호손의 소설은 현실성이 부족하다는 비판을 받기도 했으나, 이에 대해 그는 스스로 소설가가 아니라 그보다 격이 낮은 로맨스 작가라고 자처, 비과학적인 구성으로 도덕의 문제와 인간 심리의 깊은 내면을 자유자재로 파헤쳐 나갔다.

　주요 작품으로는 장편소설 〈주홍 글씨〉, 〈일곱 처마의 집〉, 〈대리석 목양신〉 등이 있고, 단편소설집으로는 《트와이스 톨드 테일스》, 《이끼 낀 목사관》, 《눈사람》 등이 있다.

큰 바위 얼굴

 읽기 전에

≫ 진정한 위인에 대해 생각하며 읽어 보자.

≫ 이 작품이 주는 교훈을 생각하며 읽어보자.

어느 날 오후 해질 무렵이었다. 어머니와 어린 아들이 오두막집 문 앞에 앉아 큰 바위 얼굴에 대한 이야기를 하고 있었다. 큰 바위 얼굴은 그곳에서 몇 마일이나 떨어져 있었지만, 눈만 뜨면 햇빛에 비쳐서 그 모양이 뚜렷이 드러나 보였다.

큰 바위 얼굴이란 도대체 무엇일까?

높은 산들에 둘러싸인 분지가 있었다. 그곳은 넓은 골짜기로 많은 사람들이 살고 있었는데, 그들은 대개 순박한 사람들이었다. 가파른 산등성이의 빽빽한 수풀에 둘러싸인 곳에 통나무집을 짓고 사는 사람들도 있고, 골짜기로 내리뻗은 비탈이나 평지의 기름진 땅에 농사를 지으며 편안하게 살아가는 사람들도 있었다.

또 다른 곳에는 사람들이 조밀하게 모여 마을을 이루며 살고 있었다. 그곳에서는 높은 산에서 흘러내리는 급류를 이용해 방직 공장의 기계를 돌리고 있었다. 아무튼 이 골짜기에는 주민들도 많고, 사는 모양새도 가지각색이었다. 그러나 그들에게는 한 가지 공통점이 있었다. 그들 모두 큰 바위 얼굴에 대해 일종의 친밀감을 가지고 있다는 것이었다. 그중에는 그 위대한 자연 현상에 대해 유난히 감격하는 사람들도 적지 않았다.

그렇게 모든 사람들이 우러러보는 그 큰 바위 얼굴은 자연의 장엄한 장난으로 빚어진 작품으로, 깎아지른 듯 가파른 언덕 위에 몇 개의 바위들로 이루어져 있었다. 그 바위들이 잘 어울려서, 어느 정도 거리를 두고 바라보면 마치 사람의 얼굴처럼 보였던 것이다. 타이탄 같은 엄청난 거인이 절벽에 자신의 얼굴을 조각해 놓은 것처럼 보였다.

넓은 아치형의 이마는 높이가 30미터나 되고, 기름한 콧날에 우람한 입술…… 만약 그 입술이 열려 말을 한다면 골짜기 이 끝에서 저 끝까지 마치 천둥소리처럼 울릴 것 같았다. 아주 가까이 가보면, 그 거대한 얼굴의 윤곽은 없어지고 무겁고 큰 바위들이 질서 없이 여기저기 폐허처럼 포개져 있는 것으로만 보인다. 그러나 차차 뒤로 물러나면서 바라보면 그 신기한 형상이 점점 알아볼 수 있게 드러나고, 멀어질수록 더욱더 사람의 얼굴과 같아져서 그 본래의 거룩한 모습을 드러내는 것이다. 그리고 그 모습이 희미해질 만큼 멀어지면, 큰 바위 얼굴은 구름과 안개에 싸여 정말 살아 있는 듯이 보이는 것이었다.

이곳 아이들이 그 큰 바위 얼굴을 바라보며 자라난다는 것은 큰 행운이었다. 왜냐하면 그 얼굴은 생김생김이 숭고하고 웅장하면서도 표정이 다정스러워, 마치 그 사랑으로 온 인류를 포용하고도 남을 것만 같았기 때문이다.

그저 그것을 보는 것만으로도 큰 교육이 되었다. 여러 사람이 믿는 바에 의하면, 이 골짜기의 토지가 기름진 것은, 구름을 찬란하게 꾸미고 정다움을 햇빛 속에 펼치면서 언제나 이 골짜기를 내려다보고 있는 이 자비스러운 얼굴 덕분이라는 것이었다.

우리가 아까 이야기를 시작한 것과 같이, 어머니와 어린 소년은 오두막집 문 앞에 앉아서 큰 바위 얼굴을 쳐다보며 그것에 대해 이야기를 하고 있었다. 그 아이의 이름은 어니스트였다.

"어머니!"

하고 아이가 말했다. 그때, 그 타이탄 같은 얼굴은 그에게 미소를 보내는 것만 같았다.

"저 큰 바위 얼굴이 말을 할 수 있었으면 좋겠어요. 저렇게 친절해 보이니까, 목소리도 매우 듣기 좋겠지요? 만약 저런 얼굴을 가진 사람을 만나면, 나는 그 사람을 정말 끔찍이 좋아할 거예요."

"만약 옛날 사람들의 예언이 실현된다면, 우리는 언제고 저것과 똑같은 얼굴을 가진 사람을 볼 수 있을 거야."

"어떤 예언 말이에요? 어머니, 어서 이야기 좀 해 주세요."

어니스트는 열심히 물었다. 어머니는 자기가 어니스트보다 더 어렸을 때 자기 어머니에게서 들은 이야기를 그에게 들려주기 시작했다.

그것은 지나간 일에 대한 이야기가 아니라 장차 일어날 일에 대한 이야기였다. 그러나 그것은 또한 오래 전부터 전해 내려오는 이야기로, 옛날에 이 골짜기에 살고 있던 아메리칸 인디언들 역시 그들의 조상으로부터 그 이야기를 들어 왔다고 한다.

그리고 그 조상들의 말에 따르면, 그 이야기는 맨 처음 산골짜기를 흐르는 시냇물이 종알거리고, 나무 끝을 스치는 바람이 속삭여 주었다는 것이다. 그 이야기의 요지는, 장차 언제고 이 골짜기 근처에 한 아이가 태어날 텐데, 그 아이는 고아한 인물이 될 운명을 타고날 것이며, 그 아이는 어른이 되면서 얼굴이 점점 얼굴이 큰 바위 얼굴을 닮아간다는 것이었다.

아직도 많은 구식 노인들과 어린이들이 열렬한 희망과 변하지 않는 신념으로 이 오래된 예언을 믿고 있다. 그러나 아무리 기다려도 그 얼굴을 가진 사람을 아직 만나지 못한 사람들은 이 예언을 그저 허황된 이야기라고 단정했다. 아무튼 예언이 말하는 그 위대한 인물은 아직 나타나지 않았다.

"어머니! 어머니!"

어니스트는 손뼉을 치며 외쳤다.

"내가 커서 그런 사람을 만나보았으면……."

그의 어머니는 사랑이 많고 생각이 깊은 여인이어서, 자기 아들의 큰 희망을 깨뜨리지 않는 것이 현명한 일이라고 생각했다. 그래서 그녀는 아들에게 말했다.

"너는 아마 그런 사람을 만나게 될 거야."

그 뒤, 어니스트는 어머니가 들려준 그 이야기를 언제나 잊지 않고 있었다. 큰 바위 얼굴을 쳐다볼 때마다 그의 마음속에는 어머니에게 들은 그 이야기가 떠올랐다. 그는 자기가 태어난 그 오두막집에서 어린 시절을 보내는 동안 늘 어머니 말에 순종했고, 어머니가 하는 모든 일을 그 조그마한 손으로, 그리고 사랑하는 마음으로 도와드렸다.

이리하여 한 행복한, 그러나 가끔 명상을 하는 이 어린아이는 점점 온순하고 겸손한 소년이 되어 갔다. 밭에서 일을 하느라 얼굴은 햇볕에 검게 그을었지만, 그의 얼굴에는 유명한 학교에서 교육을 받은 소년들보다 더 총명한 빛이 떠올랐다. 어니스트에게는 선생님이 없었다. 다만 하나의 선생님이 있다면, 그것은 바로 저 큰 바위 얼굴이었다.

어니스트는 하루의 일이 끝나면, 몇 시간이고 그 바위를 쳐다보고는 했다. 그러면 그 큰 얼굴이 자기를 알아보고 격려하는 친절한 미소를 보내준다고 생각했다. 물론 그 큰 바위 얼굴이 어니스트에게만 더 친절하게 비칠 리는 없지만, 그렇다고 어린 어니스트의 생각이 덮어놓고 틀렸다고만 할 수는 없었다.

사실 믿음이 깊고 순진하고 맑은 마음을 가진 그는 다른 사람들이 보지 못하는 것을 볼 수 있었으며, 모든 사람이 다 누리는 사랑이라도 자기만 받고 있는 줄 생각했던 것이다.

바로 이 무렵, 이 분지 일대에 마침내 옛날부터 전해 오던 것과 같이 큰 바위 얼굴처럼 생긴 인물이 나타났다는 소문이 돌았다. 여러 해 전에 한 젊은이가 이 골짜기를 떠나, 멀리 떨어진 어떤 항구로 가서 돈을 좀 벌어 가게를 내었다.

그의 이름은─그의 본명인지, 아니면 그의 처세상, 혹은 그가 성공한 데서 온 별명인지는 알 수 없지만─개더골드라고 했다. 빈틈없고 눈치빠른 데다, 하늘이 주신 비상한 재능, 즉 세상 사람들이 '재수'라고 부르는 행운을 타고나서 그는 대단한 거상이 되었던 것이다.

그는 재산을 계산하는 데만도 오랜 시일이 걸릴 만큼 큰 부자가 되었을 때, 그의 고향을 생각하게 되었다. 그리고 자기가 태어난 고향에 돌아가 여생을 마치겠다고 결심했다. 그렇게 생각하자, 그는 자기 같은 백만장자가 살기에 적합한 대궐 같은 집을 짓게 하려고 한 능숙한 목수를 고향으로 보냈다.

먼저 말한 바와 같이, 벌써 이 골짜기에는 개더골드야말로 지금까지 오래 기다려 온 예언의 인물이요, 그의 얼굴은 틀림없이 큰 바위 얼굴 그대로라는 소문이 돌았다. 지금까지 그의 아버지가 살던 초라한 농가 터에, 마치 요술의 힘으로 꾸며 놓은 듯한 굉장한 건물이 세워진 것을 본 사람들은 그 소문이 거짓 없는 사실일 것이라고 점점 더 믿게 되었다.

어니스트는 예언의 인물이 드디어 그가 태어난 고향에 나타났다는 생각으로 몹시 마음이 설레었다. 어린 마음에 그는, 막대한 재산을 가진 개더골드가 곧 자선의 천사가 되어, 큰 바위 얼굴의 미소와 같이 너그럽고 자비롭게 모든 사람들의 생활을 돌봐줄 것이라고 생각했다.

그는 늘 하듯이, 큰 바위 얼굴이 자기에게 답례하며, 친절하게 자기를 보아줄 것이라고 상상하며 쳐다보고 있었다. 그때 구불구불한 길을 따라서 빨리 달려오는 마차 바퀴 소리가 들렸다.

"야! 그분이 오신다!"

개더골드가 도착하는 광경을 보려고 모인 사람들이 외쳤다.

"위대한 개더골드 씨가 오셨다!"

네 마리의 말이 끄는 마차가 길모퉁이에서 속력을 내어 달려왔다. 차 속에서 창 밖으로 조금 내민 것은 조그마한 늙은이의 얼굴이었다. 그의 피부는 마치 자기의 손, 그 마이더스(그리스 신화에 나오는 프리기아 왕. 세일레노스의 마력에 의해 만지는 것마다 모두 금으로 변했다 함. 미다스―옮긴이 주)의 손으로 빚어 만든 것처럼 누런빛이었다. 이마는 좁고, 작고 매서운 눈가에는 수많은 잔주름이 잡혔으며, 얇은 입술은 꼭 다물고 있어서 더욱 얇아 보였다.

"큰 바위 얼굴과 똑같다!"

사람들이 소리쳤다.

"옛날 사람의 예언은 참말이다. 마침내 우리에게 위대한 인물이 오셨다!"

사람들이 그에 대해 옛날 사람이 예언한 그 얼굴과 똑같다고 믿는 것을 보고 어니스트는 정말 어리둥절하였다. 길가에는 때마침 먼 지역으로부터 방랑해 온 늙은 거지 하나와 어린 거지들이 있었다. 이 불쌍한 거지는 마차가 지나갈 때 손을 내밀고 슬픈 목소리로 애걸했다.

누런 손이―이것이야말로 재물을 긁어모은 바로 그 손이었다―마차 밖으로 나오더니, 동전 몇 닢을 땅에 떨어뜨렸다. 그것을 볼 때, 그 인물을 개더골드라고 부르는 것도 그럴듯하지만, 스캐터 카퍼(Scatter Copper)라고 불러도 똑같이 들어맞을 것 같았다. 하지만 사람들은 예전과 다름없는 굳은 신념을 가지고 큰 바위 얼굴과 똑같다고 소리쳤다.

그러나 어니스트는 낙심하면서, 주름살이 많이 잡히고 영악하고 탐욕이 가득 찬 그 얼굴에서 고개를 돌렸다. 그리고 산허리를 쳐다보았다. 거기에는 맑고 빛나는 그 얼굴이, 모여드는 안개에 싸여 막 지려는 햇빛을 받고 있었다. 그 모습은 어니스트의 마음을 한없이 즐겁게 했다. 그 후덕한 입술은 무슨 말을 하는 것 같았다.

'그 사람은 온다. 걱정하지 말아라. 그 사람은 꼭 온다!'

세월은 흘러갔다. 어니스트도 이제는 소년이 아니었다. 그는 젊은이가 되었다. 그는 그 골짜기에 사는 사람들의 주의를 끄는 일이 별로 없었다. 그도 그럴 것이, 그의 일상생활에는 유달리 뚜렷한 점이 없었던 것이다.

그가 남과 다른 점이 있다면, 아직도 하루 일을 마치고 혼자 떨어져 그 큰 바위 얼굴을 쳐다보며 명상에 잠기는 것이었다. 그것은 다른 사람들이 보기에는 참으로 바보 같은 짓이었다. 그러나 어니스트는 부지런하고 친절하며, 사람이 좋은 데다가 자기 할 일은 어김없이 했으므로, 그를 비난하는 사람은 아무도 없었다.

사람들은 그 큰 바위 얼굴이 그의 선생님이라는 것과, 큰 바위 얼굴에 나타난 높은 감정이 이 젊은이의 가슴을 다른 사람의 그것보다 더 넓고 깊고 인정미 가득 차게 만든다는 것은 몰랐다. 그들은 그 큰 바위 얼굴이 책에서 배우는 것보다 더 많은 지혜를 주며, 또 그것을 쳐다봄으로써 다른 사람의 부끄러운 행동을 보고 경계하여, 장차 현재보다 더 나은 생활로 발전할 수 있다는 것을 몰랐다. 어니스트 자신도 들판에서, 또는 화롯가에서, 그리고 그가 혼자 깊이 생각에 잠기는 어느 곳에서나, 그렇게 자연스럽게 떠오르는 사상과 감정이 사람들과의 접촉을 통해 얻는 것보다 더 품격이 높은 것임을 몰랐다.

그의 어머니가 처음으로 오랜 예언을 일러주던 때와 다름없이 순박한 그는, 골짜기를 내려다보고 있는 그 얼굴을 쳐다보며, 그것과 똑같이 생긴 산 인간의 얼굴이 좀처럼 나타나지 않는 것을 이상하게 생각하고 있었다.

그러는 동안 개더골드는 죽어 땅에 묻혔다. 이상한 일은, 그의 육체요 영혼이었던 재산은 그의 생전에 모두 사라져 버리고, 우글쭈글하고 누런 살갗으로 덮인 해골만 그에게 남더라는 것이었다. 그의 황금이 녹아 스러지면서부터 누구나 다 인정한 것은, 이 거덜난 상인의 천한 얼굴과 산 위에 있는 장엄한 얼굴 사이에는 전혀 닮은 점이 없다는 사실이었다. 그래서 사람들은 그가 살아 있을 때 벌써 그를 존경하는 마음이 부쩍 줄었고, 죽은 뒤에는 까맣게 그를 잊어버리고 말았다.

그런데 이 골짜기 태생으로 여러 해 전 군대에 들어가 수많은 격전을 거친 끝에, 이제 와서는 저명한 장군이 된 사람이 있었다. 본명은 무엇인지 잘 모르나, 병영이나 전쟁터에서는 올드 블러드 앤드 선더(Old Blood And Thunder)라는 별명으로 알려져 있었다.

이 백전의 용사도 이제는 노령과 상처로 몸이 허약해지고, 소란한 군대 생활과 오랫동안 귓속에 울려오던 북소리나 나팔소리에 그만 싫증이 나서, 고향에 돌아가 안식을 얻어 보려는 희망을 발표하였다.

그 때문에 골짜기의 흥분은 이루 형언할 수 없었다. 그리고 많은 사람들이 올드 블러드 앤드 선더 장군이 어떻게 생겼는지 알기 위해, 전에는 몇 해를 두고 한 번도 거들떠보지 않던 큰 바위 얼굴을 쳐다보며 시간을 보냈다.

큰 잔치가 벌어지는 날, 어니스트는 골짜기 사람들과 함께 일자리를 떠나 숲속의 향연이 마련되어 있는 곳으로 갔다.

어니스트는 발돋움을 하여, 이 저명한 큰 손님을 먼빛으로라도 보려고 했다. 그러나 많은 사람들이 축사와 연설, 장군의 입에서 흘러나올 답사를 한 마디도 빠뜨리지 않으려는 듯 식탁 주위에 몰려들고, 따라온 병사들은 호위병의 직책을 다하느라고 총검으로 사람들을 무지하게 밀었다.

원래 성품이 겸손한 어니스트는 뒤로 밀려, 그의 얼굴을 볼 수 없었다. 그는 스스로 위로하려고 큰 바위 얼굴 쪽을 바라보았다. 큰 바위 얼굴은 전과 다름없이 성실하고, 오래 마음속에 품고 있던 친구를 대하듯 다정하게 그를 마주 보며 미소를 띠는 것이었다. 이때 그 영웅의 얼굴과 멀리 산허리에 있는 얼굴을 비교하는 사람들의 말이 들렸다.

"판에 박은 듯 똑같은 얼굴이야!"

한 사람이 기뻐 날뛰며 외쳤다.

"영락없어! 바로 그 얼굴이야!"

또 다른 사람이 맞장구를 쳤다.

"닮다마다! 저건 올드 블러드 앤드 선더가 바로 커다란 거울 속에 비쳐 있는 것 같은걸!"

하고 세 번째 사람이 외쳤다.

"아무렴, 그렇고말고! 장군이야말로 고금을 통해 가장 위대한 인물이거든."

그리고 이 세 사람은 함께 높이 소리쳤다. 그것이 군중에게 전파처럼 퍼져서 수천의 입으로부터 큰 고함소리를 일으키고, 그 고함소리는 수마일이나 울려 퍼져, 마치 큰 바위 얼굴이 천둥 같은 숨결로 고함지른 것 아닌가 하고 의심할 정도였다.

"장군이다! 장군이다!"

마침내 사람들의 고함소리가 들려왔다.

"쉿, 조용히! 장군이 연설을 하신다!"

그 말대로, 식사가 끝나고, 박수 갈채 속에 장군의 건강을 위한 축배가 올려진 뒤에, 장군은 감사의 뜻을 표하기 위해 자리에서 일어났다. 어니스트는 그를 보았다. 그의 머리 위에는 월계수가 얽힌 푸른 나뭇가지가 아치를 이루고, 깃발은 그의 이마에 그늘을 만들며 축 늘어져 있었다. 그리고 숲이 트인 곳으로 멀리 큰 바위 얼굴도 볼 수 있었다. 그러면 이들 사이에는 사람들이 증언한 것과 같은 유사함이 정말로 있었던 것일까? 어니스트는 그런 점을 찾아낼 수 없었다. 그는 수많은 격전과 갖은 풍상에 찌든 얼굴을 유심히 바라보았다. 그 얼굴에는 정력이 넘쳐흐르고, 철석과 같은 의지가 나타나 있었다. 그러나 선량한 지혜와 깊고 넓고 따사로운 자비심은 찾아볼 수 없었다. 큰 바위 얼굴은 준엄한 표정을 하고 있다 하더라도, 한편에는 분명히 더 온화한 빛이 있어서 그 표정을 녹이고 있었다.

"예언의 인물이 아니다."

어니스트는 군중 사이를 빠져나가며 홀로 한숨을 내쉬었다.

"아직도 더 기다려야 한단 말인가?"

또다시 여러 해가 평온한 가운데 흘러갔다. 어니스트는 아직도 그가 태어난 골짜기에 살고 있었고, 이제는 이미 중년의 남자가 되었다. 그리고 미미한 정도나마 차츰 사람들 사이에 알려지게 되었다. 그는 지금도 예전처럼 생계를 위해 일을 하는, 여전히 순박한 마음을 지닌 사람이었다.

그러나 그는 여러 가지 많은 일을 생각하기도 하고 느끼기도 했고, 생애의 가장 좋은 시절 대부분을, 인류를 위해 훌륭한 일을 해 보겠다는 신성한 희망으로 보내 왔다.

어느덧 자기도 모르는 사이에 전도사가 되었다. 그의 맑고 높은 순박한 사상은, 소리 없이 그의 덕행으로 나타나기도 했으나, 그것은 또 그의 설교 중에서도 흘러나오는 것이었다. 그는 듣는 사람으로 하여금 깊은 감명을 받고 새로운 생활을 이룩해 나가게 할 진리를 토했다.

그의 이야기를 듣는 사람들은 바로 자기네의 이웃 사람이요 친근한 벗인 어니스트가 범상한 사람이 아니라고는 생각조차 해 본 일이 없었을 것이다. 더욱이 어니스트 자신은 꿈에도 그런 생각을 품지 않았다. 그러나 개울물의 속삭임같이 한결같은 힘으로, 그의 입에서는 아직까지 그 어느 누구도 말해 보지 못한 깊은 사상이 술술 흘러나오는 것이었다.

얼마간 세월이 흘러 냉정을 되찾자 사람들은 올드 블러드 앤드 선더 장군의 험상궂은 인상과 산 위에 있는 자비로운 얼굴과는 비슷한 점이 없다는 것을 알게 되었다. 그러나 이제 또다시 큰 바위 얼굴과 똑같은 얼굴이 어떤 저명한 정치가의 넓은 어깨 위에 나타났다는 소식이 들려오고, 신문에는 그러한 사실을 확인하는 많은 기사가 실렸다.

그는 개더골드 씨나 올드 블러드 앤드 선더 씨와 마찬가지로 이 골짜기에서 태어났으나, 일찍이 이 고장을 떠나 법률과 정치에 종사해 왔다. 부자의 재산과 군인의 칼 대신 그는 오직 한 개의 혀를 가졌을 뿐이었으나, 그것은 앞의 두 가지를 합친 것보다 더 강력했다.

그의 언변은 놀랄 만큼 유창해서 그가 무엇을 말하든 청중은 그의 말을 믿지 않을 수 없어, 그의 말을 들으면 그른 것도 옳게 보고, 정당한 것도 그르게 여기게 되었다. 만일 마음만 먹으면, 그는 오로지 숨을 내쉬는 것만으로도 자욱한 안개를 일으켜, 대자연의 햇빛을 무색하게 할 수도 있을 지경이었다. 그의 언변은 때로는 천둥과도 같이 우르르 울리기도 하고, 때로는 한없이 달콤한 음악소리처럼 속삭이기도 했다. 그것은 격전의 질풍이었고 평화로운 노래였다. 사실 그럴 리는 없겠지만, 그는 그 혀 속에 심장을 지니고 있는 듯했다. 실로 놀라운 사람이었다.

그가 혀로 하여금 상상할 수 있는 한의 모든 성공을 가져오게 했을 때—그의 혀가 말하는 소리가 각 주의 정부와 여러 군주의 조정에 울리고, 그리하여 방방곡곡에 외치는 목소리로서 온 세계에 그의 명성이 떨치게 된 뒤에—마침내 그의 혀는 국민들로 하여금 그를 대통령으로 선출하도록 설복시키는 데까지 이르렀다.

이보다 앞서 그의 이름이 세상에 알려지기 시작하자, 그의 숭배자들은 그와 큰 바위 얼굴 사이에 비슷한 모습을 찾아냈다.

이런 사실이 알려지면서 이 신사는 올드 스토니 피즈(Old Stony Phiz)라는 이름으로 전국에 알려지게 되었다.

친구들이 그를 대통령으로 추대하려고 온갖 노력을 다하고 있을 때, 그는 자기 고향인 이 골짜기를 방문하기 위해 떠났다.

기마 행렬은 주 경계선에서 그를 맞으려고 출발했다. 모든 사람들은 일을 쉬고 길가에 모여, 그가 지나가는 것을 보려고 하였다. 어니스트도 그 사람들 속에 있었다.

말굽 소리도 요란하게 기마 행렬이 달려왔다. 먼지가 어찌나 뽀얗게 나는지, 어니스트는 그 올드 스토니 피즈의 얼굴을 볼 수가 없었다. 악대가 연주하는 감격적인 음악의 우렁찬 반향이 골짜기에 퍼져, 이 골짜기 구석마다 저명한 손님을 환영하는 소리로 가득 찼다. 그러나 가장 웅대한 광경은 멀리 솟은 절벽이 그 음악을 되울리는 것이었다.

사람들은 모자를 벗어 위로 던지며 소리를 질렀다. 그 열기가 사람들의 마음에서 마음으로 통하였고, 어니스트의 가슴에도 불을 붙였다. 그도 모자를 위로 던지며 큰 소리로

"위인 만세! 올드 스토니 피즈 만세!"

하고 외쳤다. 그러나 어니스트는 아직 그 사람을 보지는 못하였다.

"왔다!"

어니스트 가까이 서 있던 사람들이 외쳤다.

"저기 저기, 올드 스토니 피즈를 봐. 그리고 저 산 위의 노인을 봐. 마치 쌍둥이 같지 않아?"

화려한 행렬 한가운데로 네 마리 흰 말이 끄는 뚜껑 없는 사륜 마차가 달려왔다. 그 마차에는 유명한 정치가 올드 스토니 피즈가 모자를 벗어 들고 앉아 있었다.

"어때? 희한하지!"

어니스트의 옆에 있던 사람이 그에게 말했다.

큰 바위 얼굴은 이제야 비로소 제 짝을 만났다. 솔직히 말하여, 마차에서 고개를 끄덕거리며 미소를 띠고 있는 그 얼굴을 처음 보았을 때, 어니스트도 산 위에 있는 얼굴과 흡사하다고 생각하였다. 훤하게 벗겨진 넓은 이마며, 그밖에 얼굴 생김생김이 참으로 대담하고 힘있게 보여, 마치 타이탄의 전형적인 모습과 경쟁하려고 만들어진 것 같았다.

그러나 그 산중턱의 얼굴을 빛나게 하며 그 육중한 화강석 물체에 영혼을 불어넣는 장엄함이나 위풍, 신과 같은 사랑의 위대한 표정은 찾아볼 길이 없었다. 무엇인지 원래부터 없었거나, 그렇지 않으면 있던 것이 없어져 버린 것 같았다. 이 놀랄 만한 천품을 지닌 이 정치가의 눈시울에는 지친 우울한 빛이 서려 있는 것처럼 보였다.

그러나 어니스트의 옆 사람은 팔꿈치로 그를 쿡쿡 찌르면서 대답을 재촉했다.

"어때? 어떤 것 같아? 이 사람이야말로 저 산중턱의 노인과 똑같지 않아?"

"아니오!"

어니스트는 무뚝뚝하게 말했다.

"아니, 조금도 닮지 않았소."

"그렇다면 저 큰 바위 얼굴에게 미안한데."

옆 사람은 이렇게 말하더니 다시 올드 스토니 피즈를 위하여 환호성을 질렀다.

그러나 어니스트는 아주 낙심해서 우울하게 그곳을 떠났다. 예언을 실현시킬 수 있었던 사람이 그렇게 할 마음이 없는 것같이 보여 그는 슬펐다.

세월은 꼬리를 이어 덧없이 흘러갔다. 이제 어니스트의 머리에도 서리가 내렸다. 이마에는 점잖은 주름살이 잡히고, 양쪽 뺨에는 고랑이 생겼다. 그는 정말 노인이 되었다. 그러나 헛되이 나이만 먹은 것은 아니었다. 머릿속에는 무성한 백발보다 더 많은 지혜로운 생각이 깃들여 있고, 이마와 뺨의 주름살에는 인생 행로에서 겪은 시련을 통해 얻은 슬기가 간직되어 있는 것이었다. 어니스트는 이미 무명의 존재는 아니었다. 그는 명예를 찾지도 않고 원하지도 않았지만, 수많은 사람이 쫓아다니는 그 명예가 그를 찾아오고, 그의 이름은 그가 살고 있는 산골짜기를 넘어 세상에 널리 알려지게 되었다.

어니스트가 이와 같이 나이를 먹어 가고 있을 무렵, 인자하신 하느님의 섭리로 새로운 시인 한 사람이 세상에 나타났다. 그 역시 이 골짜기에서 태어난 사람이었다. 그러나 꿈같이 그 고장을 멀리 떠나, 일생의 태반을 도시의 잡음 속에서 아름다운 음률을 쏟아 놓고 있었다.

그는 큰 바위 얼굴의 웅대한 입으로 직접 읊조려도 부끄럽지 않을 만큼 장엄한 송가로 그 바위를 찬양한 일도 있었다. 이 천재의 재능은 이를테면 하늘로부터 받아서 이 세상에 내려온 것이라고 할 수 있었다.

그가 산을 읊으면, 모든 사람들은 그 산허리에 한층 더 장엄함이 깃들이고, 그 산꼭대기에 영광이 나타나는 것을 보았다. 그가 아름다운 호수를 노래하면, 하늘이 미소를 던져 영원한 빛을 그 호수 위에 비추는 것 같았다. 망망한 바다를 읊으면 그 깊고 넓은, 무서운 가슴이 그의 정서에 감격하여 약동하는 것 같았다.

이 시인이 행복한 눈으로 세상을 축복하자, 온 세상은 과거와 다른, 더 훌륭한 모습을 가지게 되었다. 조물주는 자기가 손수 창조한 세계의 마지막 완성을 위해 최상의 솜씨로 그를 내려보냈던 것이다. 그 시인이 와서 해석을 하고 조물주의 창조를 완성시키기 전까지는 천지 창조는 아직 완성된 것이 아닌 듯했다.

이 시인의 시는 마침내 어니스트의 손에까지 들어가게 되었다. 그는 늘 노동이 끝난 뒤, 자기 집 문 앞에 놓인 긴 의자에 앉아서, 그 시들을 읽었다. 그 자리는 오랫동안 그가 큰 바위 얼굴을 쳐다보며 사색에 잠겼던 바로 그곳이었다. 그리고 지금 자기의 영혼에 엄청난 충격을 주는 그 시들을 읽으면서, 그는 눈을 들어 인자하게 자기를 보고 있는 그 얼굴을 바라보았다.

"오, 장엄한 벗이여!"

그는 큰 바위 얼굴을 보고 중얼거렸다.

"이 시인이야말로 당신을 닮을 자격이 있는 사람 아닙니까?"

그 얼굴은 미소를 짓는 것 같았으나, 아무 대답이 없었다.

한편, 이 시인은 무척 멀리 떨어져 있었지만 어니스트의 소문을 들었을 뿐만 아니라, 그의 인격을 흠모한 나머지 배우지 않은 지혜와 그 고상한 생활의 순수성이 일치되는 이 사람을 몹시 만나고 싶어했다.

그래서 어느 여름 아침 기차를 타고, 며칠 후 어니스트의 집에서 과히 멀지 않은 곳에서 내렸다. 전에 개더골드의 저택이었던 호텔이 바로 옆에 있었지만, 그는 손가방을 든 채 어니스트의 집을 찾아가서, 거기서 하룻밤 묵게 해달라고 청할 생각이었다.

문 앞에 가까이 가서, 점잖은 노인이 책을 한 손에 들고 읽다가는 그 책 갈피에 손가락을 끼운 채 큰 바위 얼굴을 쳐다보고 또 책을 들여다보고 하는 것을 보았다.

"안녕하십니까? 지나가는 나그네올시다. 하룻밤 묵을 수 있겠습니까?"

시인은 말을 건넸다.

"네, 그렇게 하십시오."

그는 웃으면서,

"저 큰 바위 얼굴이 저렇게 다정한 얼굴로 손님을 맞이하는 것을 아직 본 일이 없습니다."

하고 말했다.

시인은 어니스트 옆에 앉아, 서로 이야기를 주고받기 시작했다. 시인은 전에도 가장 재치 있고 가장 지혜로운 사람들과 이야기해 본 일이 있었으나, 어니스트처럼 자유자재로 사상과 감정이 우러나오고, 소박한 말솜씨로 위대한 진리를 알기 쉽게 말하는 사람은 대해 본 적이 없었다.

시인의 이야기에 귀를 기울이고 있는 어니스트에게는, 그 큰 바위 얼굴이 몸을 앞으로 내밀고 귀를 기울이는 것 같았다. 그는 열심히 시인의 광채 나는 눈을 들여다보았다.

"손님은 비범한 재주를 가지신 것 같은데, 도대체 어떤 분이십니까?"

어니스트는 물었다. 시인은 어니스트가 읽고 있던 책을 가리키며,

"당신은 이 책을 읽으셨지요? 그러면 저를 아실 것입니다. 제가 바로 이 책을 쓴 사람입니다."

어니스트는 다시 한번 전보다 더 열심으로 시인의 모습을 살폈다. 그리고 큰 바위 얼굴을 쳐다보고는 이상하다는 표정으로 다시 한번 손님을 바라보았다. 그러나 그의 얼굴에는 실망의 빛이 떠올랐다. 그는 머리를 흔들며 한숨을 내쉬었다.

"왜 슬퍼하십니까?"

시인이 물었다.

"저는 일생 동안, 예언이 실현되기를 기다리고 있었습니다. 이 시를 읽으면서, 이 시를 쓴 사람이야말로 그 예언을 실현시켜 줄 분이 아닐까 하고 생각했던 것입니다."

어니스트는 대답했다. 시인은 얼굴에 약간 미소를 띠면서 말했다.

"주인께서는 저에게서 저 큰 바위 얼굴과 닮은 흡사한 점을 찾기를 원하셨던 것이지요? 그런데 지금 보니 개더골드나, 올드 블러드 앤드 선더나, 올드 스토니 피즈와 마찬가지로, 저에게도 역시 실망하셨다는 말씀이지요? 그렇습니다. 저는 그 정도밖에 안 됩니다. 저 역시 앞서 나타난 세 사람과 마찬가지로 당신에게 또 한 번의 실망을 안겨 드렸을 뿐입니다. 정말 부끄럽고 슬픈 이야기지만, 저는 저기 저 인자하고 장엄하게 생긴 얼굴에 비할 가치가 없는 인간입니다."

"왜요? 여기 담긴 생각이 신성하지 않단 말씀입니까?"

어니스트는 시집을 가리키며 말하였다. 시인은,

"그 시에는 신의 뜻을 전하는 바가 있습니다. 하늘나라에서 울리는 노래의 먼 반향쯤은 될지도 모르지요. 친애하는 어니스트 씨! 그러나 나의 생활은 나의 사상과 일치되지 못했습니다. 나 역시 큰 꿈을 가졌습니다. 그러나 그것들은 다만 꿈으로 그치고, 나는 빈약하고 천한 현실 속에서 사는 것을 택할 수밖에 없었고, 실제로 그렇게 살아왔습니다. 때로는, 터놓고 말씀드리면, 나의 작품들이 자연 속에, 또는 인생 속에 그 존재를 더 확실하게 나타냈다고 하는 장엄이라든지 미라든지 선이라든지에 대해 나 스스로 신념을 가지지 못하는 일도 있었습니다. 그러니 순수한 선과 진을 찾으려는 당신의 눈이 나에게서 저 큰 바위 얼굴을 찾을 수 있겠습니까?"
하고 슬프게 대답했다. 그의 두 눈에는 눈물이 어려 있었다. 어니스트의 눈에도 눈물이 괴었다.

해가 질 무렵, 오래 전부터 으레 그래 왔던 대로 어니스트는 야외에서 동네 사람들에게 이야기를 하기로 되어 있었다. 그와 시인은 이야기를 주고받으며, 서로 팔을 끼고 그곳으로 걸어갔다. 그곳은 나지막한 산에 둘러싸인 작은 공터였다. 뒤에는 회색 절벽이 솟아 있고, 그 앞쪽에는 많은 담쟁이덩굴이 무성하여 울퉁불퉁한 벼랑으로부터 줄기줄기 뻗어내려와 험한 바위를 마치 비단 휘장처럼 덮고 있었다.

그 평지보다 약간 높게 푸른 나뭇잎으로 둘러싸인 아늑한 곳이 있었으니, 한 사람이 들어가서 자기의 진심에서 우러나오는 몸짓으로 이야기할 만한 정도의 공간이었다. 어니스트는 이 천연적인 연단에 올라가 따뜻하고 다정한 웃음을 띠며 청중들을 둘러보았다. 그들은 설 사람은 서고, 앉을 사람은 앉고, 기댈 사람은 기대고 하여 저마다 편한 자세를 취하고 있었다. 서산에 기우는 해가 그들의 모습을 비춰 주고, 햇빛이 잘 통하지 않는, 고목이 울창하고 엄숙한 숲에 다소 명랑한 빛을 던져 주고 있었다. 또 한쪽을 바라보면, 그 큰 바위 얼굴이 언제나 변함없이 유쾌하고 장엄하면서도 인자한 모습으로 보였다.

어니스트는 자기의 마음속에 있는 바를 청중에게 이야기하기 시작하였다. 그의 말은 자신의 사상과 일치되어 힘이 있었고, 그의 사상은 그 일상 생활과 조화되어 현실성과 깊이가 있었다. 이 설교자가 하는 말은 단순한 음성이 아니라 생명의 부르짖음이었다. 그 속에는 착한 행위와 신성한 사랑으로 된 그의 일생이 녹아 있었기 때문이었다. 마치 윤택하고 순결한 진주가 그의 귀중한 생명수에 녹아 들어간 것 같았다.

그의 이야기에 귀를 기울이고 있던 시인은 어니스트의 인간과 품격이 자기가 쓴 그 어떤 시보다 더 고아한 시라고 느꼈다. 그는 눈물 어린 눈으로 그 존엄한 사람을 우러러보았다. 그리고 그 온화하고 다정하고 사려 깊은 얼굴에 백발이 흩어져 있는 그 모습이야말로 예언자와 성자다운 모습이라고 혼자 생각하였다.

저쪽 멀리, 그러나 뚜렷이, 넘어가는 태양의 황금빛 속에 큰 바위 얼굴이 보였다. 그 주위를 둘러싼 흰 구름은 어니스트의 이마를 덮고 있는 백발 같았다. 그 광대하고 자비로운 모습은 온 세상을 포용하는 것 같았다.

그 순간, 어니스트의 얼굴은 그가 말하고자 했던 생각에 일치되어, 자비심이 섞인 장엄한 표정을 지었다. 시인은 참을 수 없는 충동으로 팔을 높이 들고 외쳤다.

"보시오! 보시오! 어니스트야말로 큰 바위 얼굴과 똑같습니다."

모든 사람들은 어니스트를 쳐다보았다. 그리고 그 안목 있는 시인의 말이 사실이라는 것을 알았다. 예언은 실현되었다. 그러나 할 말을 다 마친 어니스트는 시인의 팔을 잡고 천천히 집으로 돌아가면서, 아직도 자기보다 더 현명하고 착한 사람이 큰 바위 얼굴 같은 용모를 가지고 빨리 나타나기를 마음속으로 바라는 것이었다.

⊙ 핵심 정리

- **갈래** : 단편소설
- **시점** : 전지적 작가 시점
- **주제** : 이상적인 인간형 추구
- **배경** : 시간적 – 남북전쟁 직후/공간적 – 큰 바위 얼굴이 있는 미국의 어느 골짜기 마을
- **등장인물** : 어니스트 – 어린 시절 어머니에게 큰 바위 얼굴에 관한 전설을 듣고, 평생 그 얼굴을 닮은 사람을 기다리며 산다.

  개더골드 – 골짜기 출신으로, 젊은 시절 고향을 떠나 많은 돈을 모은 사업가

  올드 블러드 앤드 선더 – 수많은 격전을 치른 끝에 저명한 장군이 된 사람. 역시 골짜기 태생이다.

  올드 스토니 피즈 – 골짜기 태생의 정치가. 놀라운 웅변 솜씨로 대통령으로 추대되기에 이른다.

  시인 – 어니스트가 설교하는 모습을 보며 그가 큰 바위 얼굴을 닮았다는 사실을 처음 발견한다.

- **구성** : 발단 – 소년 어니스트는 어머니로부터 큰 바위 얼굴에 대한 전설을 듣고 큰 감명을 받는다.

  전개 – 어니스트는 큰 바위 얼굴을 지켜보면서, 그 얼굴을 닮은 사람이 속히 나타나기를 기다리며 진실하고 겸손하게 살아간다.

  위기 – 그 골짜기 태생의 사업가, 위대한 장군, 정치가가 차례로

돌아온다. 사람들은 그들이 올 때마다 큰 바위 얼굴을 닮았다고 하지만, 어니스트는 예언의 인물이 아니라고 생각하며 번번이 실망을 맛본다.

절정 - 골짜기 태생의 위대한 시인의 시를 읽으며 어니스트는 그가 예언의 인물일 것이라고 생각한다. 어느 날, 어니스트의 소문을 듣고 그 시인이 골짜기로 찾아온다.

결말 - 어니스트가 설교하는 것을 바라보던 시인은 큰 바위 얼굴과 어니스트가 닮았음을 발견한다.

줄거리 및 작품 해설

높은 산들로 둘러싸인 분지 마을, 주인공 어니스트는 소년 시절부터 어머니에게서 바위 언덕에 새겨진 큰 바위 얼굴에 얽힌 예언을 들으며 자란다.

큰 바위 얼굴을 닮은 아이가 태어나 훌륭한 인물이 될 것이라는 이야기를 듣고, 어니스트는 그런 사람을 만나보았으면 하는 꿈을 가지게 된다. 그리고 큰 바위 얼굴을 스승이자 친구로 삼아 겸손하고 진실한 삶을 살려고 애쓴다.

세월이 흐르면서 돈 많은 부자, 역전의 용사인 장군, 웅변으로 온 세상에 이름을 떨친 정치가 등 큰 바위 얼굴을 닮았다는 사람들이 연달아 나타났으나, 그들은 모두 예언의 인물이 아니었다.

그러는 동안 어니스트는 인생의 행로에서 시련을 통해 많은 지혜를 얻은 노인이 되어 있었다. 어느 날, 그 마을에서 태어난 유명한 시인이 그의 소문을 듣고 찾아온다. 어니스트는 그의 시를 읽으며 그가 큰 바위 얼굴을 닮았을 것으로 기대했지만, 그 역시 예언의 인물은 아니었다.

마을 사람들이 모인 자리에서 설교를 하는 어니스트를 바라본 시인은 그야말로 큰 바위 얼굴을 닮은 바로 그 예언의 인물이라고 소리친다.

호손은 상징과 비유에 뛰어난 작가이다. 이 작품에서는 큰 바위 얼굴이 작품의 배경이자 제목이 되는 상징성을 지니고 있다. 즉 자연적으로 이루어진, 가까이에서는 보이지 않지만 멀어질수록 그 모습이 뚜렷해지는 큰 바위 얼굴이라는 상징물을 통해 예언의 인물 어니스트의 모습을 예시하고 있다.

어니스트는 자기가 태어나고 자란 자연 속에서, 그 자연과 하나가 되어 살아가며 말과 사상, 생활에 합일을 이루는, 호손이 최고로 치는 도덕적 덕목에 들어맞는 인물이다.

이 작품을 보면 위대한 인물에 대한 기준이 달라진다. 세상의 잣대로 보면 보통 사람이 갖지 못한 재물이나 힘이나 명예를 소유한 사람이 위대한 인물이지만, 호손은 주인공 어니스트를 통해 평범하고 소박하지만 진실하고 겸손한 삶 속에서 우러나오는 높은 사상과 지혜를 지닌 사람이야말로 진정 위대한 인물이라는 사실을 강조하고 있다. 결국 호손이 이 작품을 통해 독자들에게 말하고자 한 것은, 도덕적으로 가장 높은 가치를 지닌 삶이란 끊임없는 자기 탐구와 실천을 통한 사상과 생활의 일체에 있다는 사실이다.

⊙ 생각해 볼 문제

1. 큰 바위 얼굴이 상징하는 것은?
2. 이 작품에서 말하는 위대한 인물이 되기 위한 덕목은?

해답

1. 이상적인 인간상. 큰 바위 얼굴은 인위적인 것이 아니라 자연적인 것이고, 또 가까이에서는 보이지 않지만 멀어질수록 형상이 뚜렷해진다. 그 마을에서 나고 자란 어니스트를 비유한 것이다.
2. 생각과 말의 일치, 그리고 생활 속에서 그것을 실천해 나가는 의지

워싱턴 어빙

워싱턴 어빙(Washington Irving, 1783~1859)

　미국의 소설가, 수필가, 전기 작가. 뉴욕 출생으로, 어린 시절부터 건강이 좋지 않아 정규 교육을 받지 못한 채 집에서 책을 읽으며 지식을 쌓았다.

　문학에 관심이 있어 1802년부터 신문에 극평, 풍자 기사 등을 기고하고, 1807년에는 《샐머건디》라는 잡지를 창간하여 경쾌하고 유머러스한 필치의 수필들을 발표하여 유명해졌다.

　1815년에는 영국으로 건너가 17년 동안 살면서 영국의 전통이나 미국의 전설을 그린 문집 《스케치북》을 출판, 세계적인 명성을 얻었다.

　《스케치북》에 실린 여러 작품 중 단편소설 〈립 밴 윙클〉이 가장 유명한데, 그가 현실세계에서 느끼고 있던 위화감과 과거의 세계에서 품고 있던 향수를 나타낸 작품이다. 그밖에 〈슬리피 홀로의 전설〉, 〈유령의 신랑〉, 수필로는 〈웨스트민스터 사원〉, 〈스트래트포드 온 에이번〉 등이 실려 있다.

　역사, 전기 작가로도 이름을 떨친 그는 1826년부터 3년 동안 마드리드의 미국 공사관에 근무하면서 에스파냐 문화를 연구하고 〈알함브라 전설〉, 〈콜럼버스전〉 등 걸작으로 평가받는 작품들을 남겼다.

　1832년에 미국으로 돌아왔으나, 1842년부터 다시 약 4년간 에스파냐로 나가 미국 공사로 근무했다. 만년에는 뉴욕으로 돌아와 살며 〈워싱턴전〉을 비롯한 전기를 썼다.

　주요 저서로 문집 《스케치북》, 《브레이스브리지 저택》, 역사서 〈알함브라 전설〉, 〈그라나다의 정복〉, 전기로 〈콜럼버스전〉, 〈워싱턴전〉 등이 있다.

뚱뚱한 신사

 읽기 전에

>> 이 작품에 나타난 풍자적인 면을 살펴보자.

>> 인간관계의 본질에 대해 생각해 보자.

11월, 우울하게 비가 내리던 어느 날이었다. 여행 도중 병이 나서 몸의 상태가 약간 좋지 않았지만 그 병도 거의 나아가고 있었다. 하지만 아직 미열이 남아 있는 것 같아서 다비라는 작은 읍의 한 여관에서 하루 종일 갇혀 지내지 않으면 안 되었다.

비 오는 시골 여관의 일요일!

같은 경험을 해 보지 않은 사람은 도저히 내 처지를 이해하지 못할 것이다. 비는 후드득후드득 창문을 때리고, 게다가 교회의 종소리가 서글프게 울려 왔다. 창가로 다가가 눈요기할 만한 것을 찾았으나, 가까운 데에는 위안으로 삼을 만한 것이 전혀 보이지 않았다. 침실 창 밖으로는 기와지붕과 굴뚝이 보였고, 거실의 창으로는 마구간 앞의 공터가 훤히 보였다.

비 오는 날의 마구간 앞마당처럼 지겨운 것이 세상에 또 있을까! 그곳은 나그네와 마부들이 흩어 놓은 젖은 지푸라기들로 인해 너저분하고, 한쪽 구석에는 가축의 배설물이 마치 섬처럼 쌓여 있고, 그 주변에는 샛노란 물이 고여 있었다.

흠뻑 젖은 닭 몇 마리가 짐수레 밑에 있었는데, 그 가운데 수탉 한 마리가 가엾게도 벼슬을 축 늘어뜨린 채 끼어 있었다. 그 수탉은 마치 죽은 것처럼 꽁지 깃이 흠뻑 젖은 채 축 늘어져 하나로 달라붙어 있었고, 그 깃을 따라 등에서 물이 뚝뚝 떨어졌다.

짐수레 곁에는 등에서 무럭무럭 김이 나는 젖소가 우물우물 되새김질을 하며 조는 듯이 비를 맞고 서 있었다. 마구간이 답답했는지 허옇게 흐린 눈을 한 말도 귀신처럼 긴 목을 밖에 내놓고 있었는데, 추녀에서 목으로 빗물이 뚝뚝 떨어지고 있었다.

바로 그 옆에는 가련한 똥개가 묶인 채 가끔 짖는 것도 아니고 우는 것도 아닌 낑낑거리는 소리를 내고 있었다.

타락한 여자 같은 식모는 진땅에서나 신는 나막신을 신은 채 무거운 발걸음으로, 날씨처럼 찌푸린 얼굴로 마구간 앞마당을 왔다갔다했다. 요컨대 하나부터 열까지 모든 것이 다 무미건조하고 쓸쓸했다. 단지 오리 떼만이 다정한 술친구처럼 웅덩이 둘레에 모여 시끄럽게 꽥꽥대고 있을 뿐이었다.

몹시 외롭던 나는 마음을 위로해 줄 무엇인가가 있었으면 했다. 방에서는 도무지 견딜 수 없게 되자, 그곳을 빠져나와 '장돌뱅이 방'이라는 특별한 이름이 붙은 방으로 찾아갔다. 그 방은 어느 여관에서나 흔히 볼 수 있는, 즉 이륜마차나 말이나 합승마차를 타고 줄곧 온 지방을 두루 돌아다니는 장돌뱅이나 세일즈맨들을 받아들이기 위해 특별히 마련한 공용의 방이었다.

내가 아는 바에 의하면, 그들은 현대에 있어서 옛날 무사 수행자들의 유일한 후계자이다. 단지 창은 채찍, 방패는 상품 견본표, 갑옷은 외투로 바뀌었을 뿐, 그들의 생활은 옛날과 마찬가지로 모험의 연속이다.

다만 다른 점이 있다면 세상에서 제일가는 미인을 호위하는 대신 여러 나라를 돌아다니면서 어느 갑부나 제조업자의 명성을 드높이고 그들을 대신해 기꺼이 거래를 한다.

지금은 싸움이 아니라 거래가 유행하는 시대이기 때문이다. 옛날처럼 싸움이 난무하던 시대였다면 여관의 방엔 밤이 되면 갑옷이나 칼, 얼굴만 내놓는 투구, 여행에 지친 무사들의 갑주류(甲冑類)가 주위에 즐비하게 걸려 있었겠지만, 지금 이 '장돌뱅이의 방'은 두툼한 나사 외투, 여러 종류의 채찍, 박차, 각반, 기름 헝겊으로 싼 모자 등 옛날 무사 수행자의 후계자라는 표시가 나는 차림새로 장식되어 있었다.

그 방에는 두세 사람이 있었다. 나는 그들 중 말상대가 되어 줄 괜찮은 인물이 있었으면 했으나 내 기대는 어긋나 버렸다.

한 사람은 마침 급사를 나무라면서 버터 바른 빵을 게걸스럽게 먹고 있었고, 한 사람은 각반의 단추를 채우면서 구두를 제대로 닦지 않았다고 여관의 구두닦이에게 마구 욕지거리를 하고 있었다. 나머지 한 사람은 유리창에 흐르는 빗물을 쳐다보면서 식탁을 손가락으로 두드리고 있었다. 그들은 얼마 안 되어 말 한 마디 주고받지 않은 채 연이어 모두 방을 나가 버렸다.

나는 힘없이 창가로 다가가, 사람들이 바짓단을 무릎까지 걷어올리고 우산에서 물방울을 튀며 부지런히 교회로 가고 있는 것을 바라보았다. 어느덧 교회의 종소리마저 그치고 거리는 고요했다.

나는 곧 길 건너 상점의 딸들이 나들이옷이 젖을까 걱정하여 밖에 나오지 못하고 여관에서 머무르는 손님들의 마음을 끌려고 창 앞에 서 있는 모습을 보면서 눈요기를 할 수 있었다. 하지만 잠시 후 어머니가 못마땅한 얼굴로 딸들을 불러들이는 바람에, 나는 더 이상 바깥에서는 즐거움을 찾을 수 없게 되었다.

나는 지루한 하루를 열 배는 더 지루하게 만드는 여관에서 이 기나긴 낮을 뭘 하며 지낼까 생각하니, 몹시 속이 상하고 씁쓸했다. 맥주와 담배 냄새가 밴, 이미 대여섯 차례나 되풀이해 읽은 오랜 신문을 보거나 비보다도 더 짜증스러운 책들이나 옛날 잡지 《부인의 벗》을 읽으며 지루함을 달랠 뿐이었다.

여관의 창문에는 스미스 가, 브라운 가, 잭슨 가, 존슨 가 등등 전혀 변하지 않는 틀에 박힌 가문의 이름이며 그 외 그 후손들의 이름과 오래된 시 구절이 적혀 있었다.

우울하고 쓸쓸하기 짝이 없는 하루였다. 그날은 군데군데 떠 있는 구름조차 느릿하게 움직였고, 내리는 비도 아무 변화가 없었다. 비는 단조롭고 지루하게 주룩주룩 계속 내렸다. 간혹 지나가는 사람의 우산을 툭툭 때리는 빗방울 소리에 시원한 소나기를 연상하며 잠시 개운한 기분에 젖는 것이 할 수 있는 일의 전부였다.

정오가 지날 무렵, 역마차 한 대가 경적을 울리며 달려오는 것을 보았을 때는 답답한 가슴이 뻥 뚫리는 느낌이었다. 무명 우산을 쓰고 마차에서 내린 승객들의 옷은 구깃구깃했고, 비에 젖은 두터운 나사 외투나 반외투에서는 김이 모락모락 피어오르고 있었다.

그 경적 소리는 근처에서 놀던 아이들, 똥개들, 빨강머리의 마부, 구두닦이, 그 외에도 여관 주변에서 뜯어먹고 사는 부랑자들을 그들의 은둔지에서 끌어냈다. 그러나 이 소동도 잠시뿐, 역마차는 이내 급히 가 버리고 아이들도, 똥개도, 마부도, 구두닦이도, 부랑자들도 모두 자신들의 소굴로 되돌아갔다.

거리는 다시 조용해졌으며 비는 여전히 내렸다. 날씨는 도무지 갤 조짐이 보이지 않았다. 청우계는 우천을 가리켰다. 여관 안주인이 기르는 고양이가 앞발로 얼굴을 비비고 귀를 긁으며 불 옆에 쭈그리고 앉아 있었다.

달력에는 끔찍한 예보가 위에서 아래까지 한 달 동안 표시되어 있었다.

'이즈음 비 많음!'

나는 가슴이 답답했다. 똑딱거리는 기둥시계의 시침 소리조차 권태로워, 도무지 시간이 흐르고 있다는 느낌이 들지 않았다.

그러나 마침내 벨소리가 울리며 이 여관의 정적은 깨졌다. 여관 주방에서 급사의 소리가 들렸다.

"13번의 뚱뚱한 분이 아침 식사를 하신답니다. 차, 버터와 빵, 그리고 햄과 계란을 준비해 주세요. 계란은 지나치게 삶지 않도록."

나는 자유로운 상태에서는 무슨 일이든 중대하게 여긴다. 마침내 머리를 써서 생각할 거리가 생겼고, 나는 마음 내키는 대로 상상의 날개를 펼 수 있었다.

나는 이런저런 일을 마음속으로 상상하는 것을 좋아하는 성격으로, 이런 경우 그럴듯한 재료를 얻은 셈이다. 만약 급사가 위층의 손님을 '미스터 스미스'라든가 '미스터 브라운'이라든가 '미스터 잭슨'이라든가 '미스터 존슨', 혹은 단지 '13번'이라고만 불렀다면 그에 대해서는 어떤 생각도 하지 않았을 것이고 아무런 상상의 실마리도 잡지 못했을 것이다. 그러나 '뚱뚱한 분!'이라는 호칭이 나로 하여금 뭔가 생각하게 했던 것이다.

곧 그의 몸집이 짐작되었다. 그 인물이 마음속에 선명하게 떠오르면서, 그 뒤로는 상상할 거리가 풍성해졌다. 그 사나이는 뚱뚱하다고 했지만, 아마 육중하다고 표현할 수 있을는지 모른다. 그리고 어쩌면 꽤 나이가 들었는지 모른다. 나이가 들면서 차츰 살이 찌는 사람이 많으니까. 자신의 방에서, 더구나 늦은 아침을 먹는 것으로 미루어 보아, 아마 아침 일찍 일어나 일하지 않아도 되는 신분일 것이다. 분명히 얼굴이 불그스름하고 뚱뚱한 노인일 것이다.

또 한 차례 요란한 벨소리가 났다. 뚱뚱한 신사가 아침 식사를 재촉하는 모양이었다. 상당한 신분임에 틀림없다. '세상을 살며 어떤 억압도 받지 않는' 신분일 것이다. 누군가 다른 사람이 즉각 치다꺼리를 해주었을 것이고, 식욕이 왕성하여 배가 고프면 다소 기분이 언짢아지는 사람일 것이다.

'혹시 런던의 시 참사회원일 수도 있고 어쩌면 하원의원일지도 몰라.' 하고 나는 생각했다.

아침 식사가 위로 올라간 후로는 잠시 조용해졌다. 신사는 차를 마시고 있을 것이다.

벨이 또 요란스레 울렸다. 그에 대답할 겨를도 없이 다시 벨소리가 들렸다. '무슨 일일까? 몹시 성질이 급한 노인인 것 같아!' 잔뜩 화가 난 급사가 투덜거리며 아래층으로 내려왔다. 뚱뚱한 신사는 버터에서 썩은 냄새가 나며, 계란은 지나치게 익혔고, 햄은 짜다는 등 불평을 했다고 했다. 음식에 대해 매우 까다로운 사람이 분명했다. 어쩌면 그는 식사를 하면서 불평을 하고 하인들을 못견디게 들볶고 집안 사람들과는 사이가 좋지 않을지도 모른다.

여관 안주인은 몹시 화가 났다. 그녀는 제법 예쁘장한 데다가 색정적인 면이 있지만, 잔소리가 심하고 교양이 없어 보였다. 잔소리가 심한 여자들의 남편들이 흔히 그렇듯 그녀의 남편도 약간 모자란 듯했다.

그녀는 변변치 못한 아침 식사를 이층으로 보냈다고 고용인들에게 잔소리를 했지만, 뚱뚱한 신사에 대해서는 아무 불평도 하지 않았다. 그것으로 그 뚱뚱한 신사가 상당한 신분의 사람이어서 이런 시골 여관에서 소란을 피워도 별로 거리낄 것이 없는 사람임을 충분히 짐작할 수 있었다. 계란과 햄, 버터와 빵이 새로 위로 올라갔다. 이번에는 그런대로 괜찮았는지 더 이상 벨이 울리지 않았다.

내가 장돌뱅이의 방을 몇 번 왔다갔다하는 사이에 다시 벨이 울렸다. 뚱뚱한 신사가 〈타임스〉나 〈크로니클〉 신문을 읽어야겠다고 했고, 급사는 그것을 찾아 온 여관을 뒤지고 다녔다. '그는 아마 호이크 당인 모양이군.' 하고 나는 단정했다. 아니면 핑계만 있으면 꼬투리를 잡아 소란을 피우는 것으로 보아 급진파일지도 모른다고 생각했다. 헌트(급진파로 영웅 취급을 받던 영국의 수필가)가 몸집이 크다는 말을 들었는데, 혹시 그가 아닐까?

나의 호기심은 갈수록 커졌다. 나는 급사에게 아까부터 소란스럽게 만드는 그 뚱뚱한 신사가 누구냐고 물었으나 아무 대답도 들을 수 없었다. 어느 누구도 그의 이름을 모르고 있는 것 같았다.

바쁜 여관 주인은 잠시 머물다 가는 손님들의 직업이나 이름에 대해 별로 신경쓰지 않았고, 단지 손님의 옷색깔이나 차림새만으로도 그 이름을 충분히 지을 수 있었다. 단지 키 큰 신사나 키 작은 신사, 아니면 검은 옷의 신사, 갈색 옷의 신사, 그도 아니면 지금처럼 뚱뚱한 신사라고 하면 그뿐이 었다. 일단 그런 이름들로 부르면 대개는 그대로 쓰게 되고 다른 것은 물어 볼 필요가 없게 된다.

비는 지긋지긋하게 그칠 줄 모르고 내렸다. 집 밖으로는 나갈 엄두도 나 지 않았으며 역시 집 안에서는 아무런 위안거리도 찾을 수 없었다.

이윽고 머리 위에서 누군가의 발소리가 들려왔다. 뚱뚱한 신사의 방이었 다. 그 무거운 발소리로 보아 틀림없이 몸집이 큰 사람이었다. 또 삐걱대는 구두창을 댄 것으로 보아 노인이 확실한 것 같았다.

나는 추측할 수 있었다. ‘이 사람은 분명히 규칙적인 생활 습관을 가진 구식의 부자 노인으로, 아마 지금은 식사 후의 운동을 하고 있을 것이다.’ 라고.

나는 이번에는 난로 위 선반 주위에 붙어 있던 합승마차나 여관 따위의 광고를 모조리 읽었다. 《부인의 벗》은 더 이상 참을 수 없었던 것이다. 뭘 해야 할지 모르던 나는 급히 그 방을 나와 다시 내 방으로 올라갔다.

그 얼마 후, 옆방에서 폭풍이 일어났다. 옆방의 문이 열리더니 다시 쾅 닫혔고, 혈색 좋고 밝은 표정으로 눈길을 끌던 여급이 몹시 성난 표정으로 아래층으로 내려갔다. 이유는 알 수 없지만 뚱뚱한 신사가 폭언이라도 퍼 부은 모양이었다.

그것으로 내가 대충 짐작했던 상황은 완전히 뒤집혔다. 그 뚱뚱한 신사 는 어쩌면 노인이 아닐지도 모른다. 만일 노신사라면 여급에게 폭언을 하 지는 않았을 것이다. 그렇다고 젊은 신사도 아닌 것 같았다. 젊은 신사들은 상대방을 그토록 화나게 하지는 않을 테니까. 아마도 그는 중년에다가 얼 굴은 몹시 못생겼을 것이다. 만약 그렇지 않다면 여급도 상대의 이야기에 저 정도로 화를 내지는 않았을 것이다. 나는 아무래도 그 까닭을 알아낼 수 가 없었다.

잠시 후, 여관 안주인의 소리가 들렸다. 쿵쾅거리며 이층으로 올라오는 그녀의 모습이 언뜻 보였다. 그녀는 얼굴이 벌개서 모자를 흔들며 끊임없 이 잔소리를 하고 있었다.

“내 집에선 결코 그런 짓을 해선 안 돼. 아무리 돈을 많이 뿌려댄다 해도 내 집에선 어림도 없지. 우리 집에서 일하는 여급을 그런 식으로 취급하는 건 용서할 수 없어. 난 아주 질색이야."

나는 원래 싸움을 싫어하는 성격으로 특히 여자, 그중에도 얼굴 예쁜 여자가 상대라면 더욱 어떻게 해야 좋을지 몰랐으므로, 조용히 내 방으로 들어가 반쯤 문을 닫아 버렸다.

하지만 호기심을 참을 수 없어서 귀를 기울였다. 여관 안주인은 한 치의 망설임도 없이 적지로 뛰어들었다. 한동안 닦아세우는 소리가 들렸으나 그 소리는 차츰 다락방의 돌풍처럼 누그러들었다. 그러더니 웃음소리가 나고 더 이상 어떤 소리도 들을 수가 없었다.

잠시 후 안주인은 얼굴에 묘한 미소를 띠고 그 방에서 나오더니, 조금 비뚤어진 모자를 바로하면서 아래층으로 내려갔다. 그녀의 남편이 어찌 된 일인지 묻는 소리가 들렸고, "아무 일도 아니에요. 그애가 바보 같은 거지요." 하고 안주인이 대답했다.

나는 명랑한 여급을 그토록 화나게 하고 잔소리꾼 안주인은 미소를 짓게 만드는 그 인물을 어떻게 생각해야 할지 점점 더 알 수 없었다. 그는 필경 노인도 심술꾼도 아닐 것 같았다.

나는 그 사나이의 모습을 다시 고쳐 전혀 다른 사람으로 그리지 않으면 안 되었다. 나는 그 사나이를 시골 여관에서 흔히 볼 수 있는, 배가 불룩 나온 뚱뚱한 신사의 한 사람으로 상상했다. 목에는 얼룩덜룩 염색한 목도리를 두르고 얼굴은 맥주 때문에 약간 불그스름하고 느끼한 인상의 사람으로, 세상을 여기저기 돌아다녀 어떤 술집의 분위기에도 익숙해 급사들에게도 좀처럼 속지 않고 술집 주인들의 악랄한 수법 또한 잘 파악하는 '하이게이트의 맹세'를 한 그런 사나이로 상상했다. 그는 아마 식도락가로 1기니 정도의 돈은 어렵지 않게 뿌리고, 어느 여급이라도 마음 내키는 대로 다루고, 카운터 옆에서 마담들과 수군거리기도 하고, 식후에 마시는 1파운드의 붉은 포도주나 니가스 주 한 잔으로 수다스러워지는 그런 사람으로 추측했다.

이런 생각을 하는 동안에 오전의 시간이 지나갔다. 어떤 한 가지 확신을 종합하기도 전에 무엇인지 알 수 없는 다른 것들에 의해 그것을 부수어야 했고, 다음에는 또 어떻게 생각해야 할지 분간을 못했다.

열이 오른 머리로 아직 얼굴도 본 적이 없는 사람에 대해 혼자 이러쿵저러쿵 생각을 하다 보니 그렇게 되어 버렸다. 이런 증상은 혼자서 가만히 있을 수 없는 초조함에서 비롯된 발작이었다.

식사 때가 되자, 나는 뚱뚱한 신사가 '장돌뱅이의 방'에서 식사를 하면 비로소 그 모습을 볼 수 있겠지 하고 기대했지만, 그 기대는 빗나갔다. 그는 자기 방으로 식사를 가져오라고 했다. 도대체 혼자만 있으려 하고 그런 이해할 수 없는 태도를 취하는 까닭이 무엇일까?

아무리 생각해도 급진파는 아닌 것 같았다. 세상 사람들과 멀리하고 비오는 날 하루 종일 혼자 있다는 것은 너무나도 귀족적이었다. 게다가 불만을 품은 정치가로 보기에는 지나치게 사치스러웠다. 온갖 음식에 이러니저러니 까다롭게 굴고 사치스런 생활을 찬미하는 사람처럼 술잔만 기울인다.

그러나 곧 내가 품고 있던 의혹을 풀 수 있었다. 처음 한 병의 술을 미처 다 비우지 못했을 것이라 생각할 때, 흥얼거리는 노랫소리가 희미하게 들렸다. 귀를 기울여 들어 보니 그것은 '신이여, 우리 국왕을 구하옵소서' 하는 영국 국가였다. 그렇다면 그는 틀림없이 급진파가 아니라 충성스런 시민이다. 술을 한잔 마시면 충성심이 우러나고, 달리 고수할 것이 없는 경우에도 기쁜 마음으로 왕과 헌법만을 고수할 그런 사람일 것이다.

'그렇다면 대체 어떤 사람일까? 암행하는 귀족이 아닐까? 아니, 그럴 리가 없어.' 나는 또다시 엉뚱한 상상을 하기 시작했다.

'어쩌면 왕실 사람인지도 몰라. 어쨌든 뚱뚱하다니까.'

날씨는 변화가 없었다. 그 묘한 미지의 인물은 방에 틀어박혀 있었다. 움직이는 소리가 들리지 않는 것으로 볼 때 아마 의자에 앉아 있는 듯했다. 그러는 동안 시간이 흘러 '장돌뱅이의 방'에는 사람들이 모여들었다. 막 도착한 듯 두터운 나사 외투의 단추를 풀지 않고 있는 사람도 있었고, 또 여기저기 도시를 돌아다니다가 온 사람도 있었다. 식사를 하는 사람도 있고 차를 마시는 사람도 있었다.

오늘 내가 만일 지금과 같은 기분이 아니었더라면, 그들을 좀더 자세히 관찰했을 것이다.

그들 중에는 정말 재미있는 만담꾼 두 명이 있어 여행자 특유의 농담을 쏟아놓고 있었다. 루리자나 에세린다 등 대여섯 가지 귀여운 여자들의 이름을 불러대면서 여급에게 이런저런 암시를 하다가는 자신들의 농담에 스스로 히죽거렸다.

하지만 나는 뚱뚱한 신사의 일로 머리가 복잡했다. 긴 하루 내내 이 신사를 대상으로 상상의 나래를 펴다 보니 이제는 오히려 그 일을 그만둘 수도 없게 되었다.

점점 밤이 깊어 갔다. 여행자들은 신문을 두세 번 되풀이해서 읽기도 하고, 불가에 모여서 말에 대한 이야기나 온갖 경험담과 실패담을 늘어놓기도 했다.

두 만담꾼들은 예쁜 여급이며 상냥한 여관 안주인에 관한 이야기까지 거의 도맡다시피 수다를 떨고 있었는데, 그들의 이야기는 이른바 나이트 캡(자기 전에 마시는 술. 즉, 물과 설탕을 섞은 브랜디 따위─옮긴이 주)이나 그와 비슷한 종류의 혼합주를 마시는 동안 계속되었다.

이윽고 그들은 차례로 벨을 눌러서 구두닦이와 여급을 불러내더니, 불편해진 신발을 맡기고는 슬리퍼를 끌면서 잠자리로 돌아갔다.

마지막으로 한 사람이 남아 있었다. 그는 짧은 다리에 허리는 길고, 엷은 갈색 머리에 머리통이 큰 다혈증(병적으로 적혈구가 많아지는 증세─옮긴이 주)의 사나이였다. 그는 붉은 포도주가 든 니가스 컵에 스푼을 꽂은 채 손에 들고 있었다. 한 모금 마시고 스푼으로 젓고, 곰곰이 생각하다가 또 한 모금 마시다 보니, 나중에는 스푼밖에 남지 않았다. 그는 빈 컵을 앞에 두고 의자에 몸을 기대더니 이내 잠이 들어 버렸다.

마침내 촛불도 졸음을 이기지 못한 듯, 심지가 검게 되고 끝이 돌돌 말려 그나마 남아 있던 방 안의 빛이 더욱 어두워졌다. 이윽고 어둠은 모든 것을 삼켜 버렸고, 벌써 자신들의 숙소에서 잠들었을 여행자들의 두터운 나사 외투는 유령처럼 후줄근한 모습으로 사방 벽에 걸려 있었다. 기둥시계의 초침 소리, 술꾼들의 코고는 소리, 그리고 여관의 지붕에 떨어지는 빗방울 소리만 뚜렷하게 들렸다.

밤이 깊어지자, 몇몇 교회의 종소리가 번갈아 가며 들려왔다. 그때 머리 위에서 뚱뚱한 신사가 서성거리기 시작했다. 왠지 무서운 생각이 들었다. 내가 신경과민이라서 그런 것 같았다. 나도 모르게 오싹한 느낌이 드는 나사 외투, 잠든 사람이 내는 골골거리는 소리, 게다가 알 수 없는 인물이 내는 삐걱거리는 발소리. 그러나 그 발소리는 점점 작아지더니 이윽고 들리지 않게 되었다.

나는 더 참을 수가 없었다. 몹시 흥분하여 마치 이야기 속의 주인공처럼 저돌적인 기분이 들었다. '반드시 어떤 작자인지 보고 말 거야!' 하고 나는 중얼거렸다.

나는 어둠 속을 더듬어 13호실 쪽으로 갔다. 그 방은 문이 조금 열려 있었다. 나는 잠깐 망설이다가 안으로 들어갔는데, 방에는 아무도 없었다. 커다란 안락의자가 테이블 앞에 있고 테이블 위에는 〈타임스〉와 아무것도 들지 않은 큰 컵이 놓여 있었다. 그리고 방안에서는 스틸튼 치즈 냄새가 났다.

이 알 수 없는 이상한 인물은 아마도 방금 잠자리로 물러간 것 같았다.

실망해서 맥이 풀린 채 복도를 걸어 내 방으로 돌아오다 보니, 침실 입구에 밀랍을 먹인 크고 지저분한 가죽 장화가 맨 위에 놓여 있는 것이 눈에 띄었다. 틀림없이 그 미지의 인물의 것이었다.

그러나 나는 이미 침실로 들어간 무서운 작자를 깨우면 안 된다고 생각했다. 내 머리에다 권총이나 그보다 더 끔찍한 것을 들이댈지도 모른다는 생각이 들었기 때문이다.

나는 잠자리에 들었는데, 꿈속에서도 이 뚱뚱한 신사와 위쪽에 놓여 있는 밀랍을 먹인 가죽 장화에 쫓겨다녔다.

다음날 아침, 나는 조금 늦잠을 잤다. 무엇인가 떠들썩한 소리에 눈을 뜬 나는, 처음에는 그것이 무슨 소리였는지 알지 못했다. 하지만 완전히 잠이 깨자, 역마차가 출발하려 한다는 것을 알았다. 그때 아래층에서 외치는 소리가 들렸다.

"13호실의 뚱뚱한 손님이 우산을 두고 오셨대! 빨리 우산을 찾아와!"

그 뒤를 복도에서 요란하게 뛰어가는 소리가 들렸고, 뛰면서 큰소리로 대답하는 목소리가 들렸다.

"여기 있어요! 손님의 우산이 있어요!"

그러니까 그 미지의 인물이 이제 막 떠나려는 모양이었다. 지금이 그 사나이를 볼 수 있는 최후의 기회였다. 나는 침대에서 재빨리 몸을 일으켜 창가로 뛰어갔다. 그리고 커튼을 젖히고 역마차에 막 올라타는 그의 뒷모습을 언뜻 보았다.

뒷자락이 갈라진 갈색 상의에 갈색 바지를 입은 커다란 엉덩이가 눈에 들어왔다. 이윽고 문이 닫히고, "이랴!" 하는 소리가 들린 후 마차는 출발했다. 그것이 내가 본 뚱뚱한 신사의 유일한 모습이었다.

⊙ 핵심 정리

- **갈래** : 단편소설
- **시점** : 1인칭 관찰자 시점
- **주제** : 인간 상호간 소통의 어려움
- **배경** : 시간적 - 11월의 비 오는 어느 일요일 / 공간적 - 다비라는 시골의 한 여관
- **등장인물** : 나 - 비 오는 날 시골 여관에 갇혀 있게 된 것을 지겹게 생각하며, 뚱뚱한 신사에게 관심을 가지는 인물. 신경과민에 호기심이 많고 상상력이 풍부하다.

  여관집 안주인 - 좀 모자란 듯한 남편과 여관을 운영하고 있는 여자. 예쁘고 색정적인 면이 있지만, 성격이 괄괄하고 잔소리가 심하다.

  뚱뚱한 신사 - 여관 13호실 손님. 정체를 알 수 없는 인물로, '나'의 호기심과 상상력을 자극한다.

- **구성** : 발단 - 11월, 비가 우울하게 내리는 어느 일요일, 나는 여행 도중 병이 나서 몸이 다소 좋지 않은 상태로 시골 여관에 머물며 지겨운 시간을 보낸다.

  전개 - 나는 여관 급사가 하는 말을 듣고 13호실에 정체를 알 수 없는 뚱뚱한 신사가 머문다는 것을 알게 된다. 따분해서 몸을 뒤틀던 나는 그 뚱뚱한 신사에게 호기심을 느낀다.

  위기 - 뚱뚱한 신사의 정체에 대해 혼자 상상하던 나는 급사에게 도대체 어떤 사람이냐고 물었으나 아무 대답도 듣지 못

한다.

절정 – 한밤중에 위층에서 뚱뚱한 신사가 서성거리는 소리가 들리자, 나는 누군지 꼭 보겠다며 13호실로 간다. 그러나 방은 비어 있고, 침실 입구에 밀랍을 먹인 크고 지저분한 가죽 장화만 놓여 있다.

결말 – 다음날 아침 13호실 손님이 떠난다는 사실을 알고 창가로 뛰어갔지만, 내가 본 것은 역마차 안으로 들어가는 커다란 엉덩이뿐이었다.

줄거리 및 작품 해설

11월의 어느 비오는 일요일, 여행을 하던 나는 건강이 좋지 않아 작은 시골 마을의 여관에 머물게 되었다. 구질구질 비는 끊임없이 내리고, 꼼짝없이 답답한 여관방에 갇힌 나는 말상대 하나 없이 따분하고 재미없는 시간을 보낸다.

그런 내 앞에 여관의 정적을 깨뜨리는 벨소리와 함께 호기심과 상상력을 자극하는 상대가 나타난다. 벨소리에 이어 들린 급사의 목소리로 나는 벨을 울린 사람이 13호실에 묵게 된 어떤 사나이라는 것을 알게 된다. 그러나 내가 그 사나이에 대해 알고 있는 것은 단지 그가 뚱뚱하다는 사실뿐이다.

그후로 나는 온 신경을 곤두세워 그 뚱뚱한 신사에게 주의를 기울인다. 즉, 뚱뚱한 신사와 관련된 모든 말, 소리 등을 통해 나름대로 상상의 날개를 펼친다. 호기심을 참지 못해 그에 대해 급사에게 물어보기도 하지만,

얻은 것은 아무것도 없다.

　뚱뚱한 신사는 식사도 자기 방에서 하는 등 사람들 앞에 모습을 드러내지 않았다. 그런 뚱뚱한 신사의 행동은 나의 호기심을 더욱 자극하지만, 나는 다음날 아침 그가 떠날 때까지 끝내 그 모습을 확인하지 못한다. 내가 본 것이라고는 역마차 안으로 들어가고 있는 한 남자의 커다란 엉덩이뿐이었다.

　〈뚱뚱한 신사〉는 물질문명이 고도로 발달된 현대를 살아가는 사람들 사이의 관계의 단절에 대해 생각하게 하는 작품이다.

　이 작품은 형식상 일반 소설과는 전혀 다른 특징을 가지고 있다. 그것은 곧 인물에 대한 묘사가 분명치 않다는 것이다. 보통 소설에서 사용되는 인물 묘사법은 직접 묘사다. 독자는 그것을 통하여 인물의 성격과 전체적인 사건에 대해 알 수 있게 된다. 그러나 이 작품에서는 독자들로 하여금 인물에 대해 어떤 정보도 짐작하지 못하게 한다. 따라서 독자는 화자인 '내'가 듣고 전하는 정보 외에는 아는 바가 전혀 없으므로, 그저 그가 이끄는 대로 따라갈 수밖에 없다. 이러한 기교는 읽는 사람의 호기심을 더 자극한다.

　그런데 끝내 뚱뚱한 신사가 누군가에 대한 답은 뚜렷하게 밝혀지지 않는다. 나는 순간순간 얻는 정보에 따라 혼자 상상만 하다가 결국 아무것도 얻지 못하고 만다. 유일하게 내가 확인한 사실은, 맨 마지막 문장, 즉 '내가 본 것은 역마차를 타는 뚱뚱한 신사의 커다란 엉덩이뿐이다'라는 문장을 통하여 상상한 대로 그의 몸집이 뚱뚱하다는 것이다.

　이 작품을 통하여 우리는 사람과 사람의 관계에서 서로를 이해한다는 것이 얼마나 힘든 일인지 깨달을 수 있다. 겉으로 드러난 정보만으로 서로를 잘 아는 것처럼 생각하지만, 결국 그것은 '뚱뚱한 신사의 커다란 엉덩이'처럼 수박 겉핥기와 같은 것에 지나지 않는다.

생각해 볼 문제

1. '뚱뚱한 신사'에 대한 화자의 상상이 계속 바뀌는 것을 통해 작가가 궁극적으로 말하고자 하는 것은?
2. 이 작품이 일반 소설과 다른 점은?

해답

1. 다른 사람을 이해한다는 것이 얼마나 어려운 일인가.
2. 인물에 대한 정보가 전혀 없이 그 주변적이고 지엽적인 것만 이야기함으로써 독자의 상상력을 자극한다.

오스카 와일드

—영국편—

오스카 와일드(Oscar Fingal Olahertie Wills Wilde, 1854~1900)

　영국의 소설가 · 극작가 · 시인 · 평론가. 아일랜드의 더블린에서 유명한 안과 의사이자 고고학자인 아버지와 시인인 어머니 사이에서 태어났다. 1871년 더블린의 트리니티 칼리지를 거쳐 옥스퍼드 대학에 장학생으로 입학하여 문학을 공부했다. 옥스퍼드 대학에서 순수예술을 강의하던 러스킨의 예술론에 감화를 받아, 그 이후 '예술을 위한 예술'을 내세운 유미주의를 주창하였고 그 지도자가 되었다.

　대학에 다니는 동안 이탈리아의 마을 라벤나를 노래한 시로 뉴디기트라고 하는 신인상을 받았으며, 대학을 졸업한 후인 1882년에는 미국에 건너가 영국 문예부흥과 신이교주의를 알리기 위한 순회 강연을 하여 큰 성공을 거두었다.

　1887년 잡지 〈우먼스 월드〉의 편집자가 되면서 본격적인 작품 활동을 시작했다. 1888년 동화집 《행복한 왕자》를 출판, 다음해 유일한 장편소설인 〈도리언 그레이의 초상〉을 잇달아 펴내며 전성기를 누렸다. 그러나 한편으로는 격렬한 비난을 받았다. 〈도리언 그레이의 초상〉의 퇴폐적이고 관능적인 묘사와 등장인물의 비도덕적인 향락 때문이었다.

　1895년 동성연애 혐의로 기소되어 유죄 판결을 받고 2년 동안 레딩 교도소에서 옥살이를 했다. 출소한 후 파산, 이혼 등 재산과 명예를 모두 잃고 파리에서 불행하게 살다가, 1900년 뇌막염으로 세상을 떠났다.

　주요 작품으로는 동화집 《행복한 왕자》, 《석류나무집》, 중편소설집 《아서 새빌 경의 범죄》, 장편 〈도리언 그레이의 초상〉, 희곡 〈살로메〉, 〈윈더미어 부인의 부채〉, 〈이상적인 남편〉, 〈진지함의 중요성〉, 평론집 〈의향〉 등이 있다.

행복한 왕자

 읽기 전에

» 실버스타인의 《아낌 없이 주는 나무》와 비교하며 읽어 보자.

» 작가가 이 작품을 통해 비판하고자 했던 공리주의와 물질주의에 대해 알아보자.

행복한 왕자의 동상은 도시 위로 높게 솟은 커다란 기둥 위에 서 있었다. 온몸은 순금으로 얇게 덮여 있었고, 눈은 두 개의 밝은 사파이어였으며, 커다란 붉은 루비가 칼자루에서 빛나고 있었다.

그는 많은 사람들의 존경을 받았다.

"정말 닭 모양의 풍향계처럼 멋있어."

예술적 취향이 뛰어나다는 평판을 얻고 싶은 시의원 한 사람이 그렇게 말했다.

"뭐 꼭 그렇게나 쓸모가 있는 건 아니지만."

사람들이 자신을 겉모양만 좋아한다고 할까 봐 두려워서 그렇게 덧붙였는데, 그는 정말로 쓸모를 찾는 실용적인 사람이었다.

"행복한 왕자님처럼 되고 싶지 않니? 저 행복한 왕자님은 절대로 떼를 쓰면서 울지 않았어."

떼를 쓰며 울고 있는 아이를 어머니는 재치 있게 이렇게 달랬다.

"정말로 행복한 사람이 세상에 있다니 기쁜 일이군."

실망에 빠져 있던 한 젊은이는 그 아름다운 동상을 바라보며 중얼거렸다.

"꼭 천사 같아요."

밝은 자주색 망토에 깨끗한 하얀색 턱받이를 한 고아원 아이들이 성당에서 나오면서 말했다.

"니들이 어떻게 아니? 천사를 본 적도 없으면서."

수학 선생님이 물었다.

"그렇네! 하지만 우린 봤어요. 꿈속에서."

아이들이 대답했다. 수학 선생님은 눈살을 찌푸리며 매우 심각한 표정이 되었다. 아이들이 꿈꾸는 걸 좋아하지 않기 때문이었다.

어느 날 밤 도시 위를 작은 제비 한 마리가 날고 있었다. 친구들은 6주 전에 이집트로 날아가 버리고 없었다. 혼자만 뒤에 남았는데 아주 예쁜 갈대와 사랑에 빠졌기 때문이었다. 이른 봄 커다란 노란색 나방을 쫓아 강을 따라 날아가다가 그녀를 만났는데, 가는 허리에 홀딱 빠져 그 자리에 멈춰 그녀에게 말을 걸었다.

"제 사랑을 받아주시겠어요?"

곧장 본론으로 들어가기를 좋아해서 제비는 그렇게 말했다. 갈대는 그에게 깊숙이 고개를 숙였다. 그래서 그는 그녀의 주변을 계속 맴돌며 날개로 물을 건드리기도 하고 은빛 물결을 일으키기도 했다. 이것은 사랑을 고백하는 행위였는데 그걸 여름 내내 계속했다.

"웃기는 사랑이군."

다른 제비들이 킥킥댔다.

"저 여잔 돈이 없는 데다 친척들이 너무 많아."

사실 그 강은 갈대들로 가득했다. 그러다 가을이 되자 제비들은 모두 날아가 버렸다.

그는 외로워졌고 애인에게도 싫증을 느끼기 시작했다.

"갈대는 얘기하는 걸 못 봤어. 그리고 남자를 호리는 것 같아. 늘 바람한테 아양을 떤단 말이야."

확실히, 바람이 불어올 때마다 갈대는 아주 우아하게 무릎을 굽히고 절을 했다.

"가정적이라는 건 인정하겠어. 하지만 나는 여행을 좋아하잖아. 그러니까 내 아내도 같이 여행을 좋아해야 한다고."

그는 마침내 이렇게 말했다.

"저랑 같이 가시겠어요?"

하지만 갈대는 머리를 흔들었다. 그녀는 지금 살고 있는 집이 매우 좋았다. 제비는 소리쳤다.

"그럼 그 동안 나를 가지고 놀았군요. 나는 피라미드를 향해 떠날 거요. 안녕!"

그러고는 날아가 버렸다.

제비는 하루 종일 날았다. 밤이 되자 그는 그 도시에 도착했다.

"어디서 하룻밤을 묵어야 되지? 이 도시에 잘 만한 곳이 있으면 좋겠는데."

그때 그는 커다란 기둥 위에 있는 동상을 보았다.

"저기서 자면 되겠다. 공기가 맑아서 위치가 그만이네."

그래서 그는 바로 행복한 왕자의 두 발 사이에 내려앉았다.

"황금 침실을 잡았군."

조그맣게 혼잣말을 하며 그는 주위를 둘러보고는 잘 준비를 했다. 그런데 날개 밑에 머리를 파묻고 자려고 하는 순간 커다란 물방울 하나가 몸에 떨어졌다.

"이상한 일도 다 있네! 하늘에는 구름 한 점 없고, 별들도 맑고 밝게 빛나는데, 무슨 비가 내린담. 북유럽의 날씨는 정말 지독해. 갈대 아가씨는 비를 좋아했지만 그건 이기적이기 때문에 그런 거야."

그런데 한 방울이 더 떨어졌다.

"비 하나 막아주지 못하는데 동상이 무슨 소용이람? 잠자리로 쓸 만한 굴뚝 꼭대기 통풍관이나 찾아봐야겠다."

제비는 떠나기로 결정했다.

하지만 제비가 날개를 펴기도 전에 세 번째 방울이 떨어졌다. 그래서 그는 위를 쳐다보았다. 아! 제비가 본 것은 무엇이었을까?

그 행복한 왕자의 눈은 눈물로 가득했고 눈물 방울이 황금으로 된 뺨을 타고 흘러내리고 있었다. 달빛을 받은 얼굴은 매우 아름다워서 작은 제비는 불쌍하다는 생각이 들었다.

"누구세요?"

"나는 행복한 왕자다."

"행복한 왕잔데 왜 우세요? 왕자님 때문에 제가 흠뻑 젖었잖아요."

그러자 동상이 대답했다.

"내가 살아서 사람의 심장을 가졌을 때는 눈물이 뭔지 몰랐단다. 나는 '상 수시(근심 없는 – 옮긴이 주)'라는 이름의 궁전에서 살았으니까. 거기는 슬픔이 허용이 안 되는 곳이지. 낮에는 정원에서 친구들과 놀고, 저녁에는 큰 홀에서 앞장서서 춤을 추었지. 정원 주위로는 아주 높은 벽이 둘러쳐져 있었지만, 나는 한 번도 그 너머에 뭐가 있는지 물어볼 생각도 하지 않았어. 내 주위는 모든 것이 아름답기만 했지. 신하들은 나를 '행복한 왕자'라고 불렀어. 그리고 나는 정말로 행복했다. 즐거운 게 행복이라면 말이야. 나는 그렇게 살다가 그렇게 죽었단다. 내가 죽자 사람들은 나를 여기 이렇게 높다랗게 세워 놓았지. 그래서 나는 내 도시의 추악한 것과 비참한 것을 모두 볼 수 있었지. 그래서 비록 내 심장은 납으로 만들어졌지만 나는 울지 않을 수 없어."

"뭐라구! 그럼 순금이 아니란 말인가?"

제비는 혼잣말을 했다. 그러나 아주 예의바른 제비라서 개인적인 생각을 크게 입 밖에 낼 수는 없었다.

낮고 리듬이 있는 음악적인 목소리로 동상은 계속 말을 했다.

"저 멀리, 작은 거리 저 멀리, 가난한 집이 하나 있구나. 창문이 열려 있는데 열린 창문으로 테이블 앞에 앉아 있는 여인이 보이는구나. 얼굴은 여위고 지쳐 있고, 손은 온통 바늘에 찔려 거칠고 빨갛구나. 비단 드레스 위에 시계풀꽃을 수놓고 있는데, 여왕을 모시는 시녀들 중에서 가장 아름다운 시녀가 다음 궁중 무도회에서 입을 옷이군. 방구석의 침대에는 어린아이가 앓아누워 있네. 열이 나서 오렌지가 먹고 싶다고 하는데. 엄마는 강에서 떠 온 물밖에는 줄 게 없어서 아이가 울고 있어. 제비야, 제비야, 귀여운 제비야, 내 칼자루에 있는 루비를 빼다가 저 여인에게 좀 갖다주지 않을래? 내 발은 받침대에 단단히 고정되어 있어서 나는 움직일 수가 없구나."

"이집트에서 나를 기다리고들 있어요. 내 친구들은 나일 강을 오르내리면서 커다란 연꽃에게 말을 걸고 있을 거예요. 이제 곧 위대한 왕들의 무덤 속에서 잠을 잘 거예요. 왕은 색칠한 관 속에 혼자 있어요. 노란색 아마포로 감싸고 향유를 발라 썩지 않게 했어요. 목에는 연녹색 비취 목걸이가 걸려 있는데 손은 말라 버린 나뭇잎 같답니다."

"제비야, 제비야, 귀여운 제비야, 하룻밤만 나와 함께 지내면서 내 심부름을 해주지 않겠니? 저 소년은 너무 목이 마르고, 엄마는 너무 슬프단다."

"저는 사내아이들을 좋아하지 않아요. 지난 여름에 강에서 지낼 때 짓궂은 녀석 둘이 있었는데 방앗간집 아들들이었지요. 늘 저에게 돌을 던졌어요. 물론 맞추지는 못했죠. 우리 제비들은 그 정도는 피해서 날아가니까요. 게다가 저는 잽싸기로 이름난 집안 출신이거든요. 그래도 그런 행동은 우리를 무시한다는 증거죠."

그러나 행복한 왕자가 매우 슬픈 것처럼 보여서 제비는 마음이 좋지 않았다.

"여기는 매우 춥군요. 하지만 하룻밤만 왕자님하고 지내면서 심부름을 하겠어요."

"고맙다, 귀여운 제비야."

그래서 제비는 왕자의 칼에서 커다란 루비를 빼어 그걸 물고 도시의 지붕들 너머로 날아갔다.

제비는 성당의 탑을 지나갔다. 탑에는 하얀 대리석으로 천사가 조각되어 있었다. 궁전 옆을 지나가는데 춤추는 소리가 들렸다. 아름다운 소녀가 애인과 함께 발코니로 나왔다.

"별들이 얼마나 아름답습니까! 사랑의 힘이 얼마나 놀랍습니까!"

"궁중 무도회 시간에 맞춰서 드레스가 준비되었으면 좋겠어요. 시계풀 꽃 무늬를 수놓아 달라고 했어요. 하지만 바느질하는 여자들은 너무 게을러요."

제비는 강을 가로질러 날아가면서 배의 돛대에 매달린 랜턴들을 보았다. 유태인 거주 지역인 게토를 지나가면서 서로 흥정을 하고 구리 저울로 돈의 무게를 달아보고 있는 늙은 유태인들을 보았다. 마침내 그 가난한 집에 도착해 안을 들여다보았다. 소년은 열에 들떠 침대에서 몸을 뒤척이고 있었다. 엄마는 너무 피곤해서 잠이 들어 버렸다. 제비는 경중경중 방 안으로 뛰어들어가 테이블 위에 있는 여인의 골무 옆에 커다란 루비를 내려놓았다. 그런 다음 조심스럽게 침대 주위를 날며 날개로 소년의 이마에 부채질을 해주었다.

"아, 시원하다. 병이 나으려나 봐."

그러면서 아이는 기분 좋게 잠 속에 빠져 들어갔다.

그런 다음 제비는 날아서 왕자에게 돌아와 자기가 한 일을 다 들려주었다.

"이상해요. 몸이 따뜻해진 것 같아요. 날씨는 이렇게 추운데."

"그건 네가 좋은 일을 했기 때문이란다."

그러자 작은 제비는 생각에 잠겼다. 그러다 잠이 들어 버렸다. 생각만 하면 제비는 늘 졸렸다.

날이 밝자 제비는 강으로 날아가 목욕을 했다.

"이건 놀라운 일이군. 겨울에 제비라니!"

다리를 지나가던 조류학 교수가 말했다. 그래서 그는 이 현상에 대해 긴 편지를 지방 신문사에 보냈다. 사람들은 이해할 수 없는 단어들이 너무 많이 들어차 있는 그 글을 너나없이 인용하곤 했다.

"오늘밤엔 이집트로 가는구나."

그 생각에 제비는 매우 기분이 좋아졌다. 제비는 유명한 기념물들을 다

둘러본 다음에 교회의 첨탑 꼭대기에 오랫동안 앉아 있었다. 제비가 가는 곳마다 참새들이 재잘거리며 서로에게 말했다.

"낯선 놈이군! 잘생겼는데!"

제비는 그런 걸 한껏 즐겼다.

달이 떠오르자 제비는 행복한 왕자에게 날아갔다.

"이집트로 가는 데 뭐 부탁하실 거 없어요? 저는 지금 출발하려고 하는데요."

"제비야, 제비야, 귀여운 제비야, 하룻밤만 나랑 더 있다 가면 안 되겠니?"

"이집트에서 친구들이 기다리고 있어요. 내일이면 친구들은 두 번째 폭포까지 날아갈 거예요. 하마가 파피루스 갈대 사이에 웅크리고 있고요, 멤논 신상이 거대한 화강암 옥좌에 앉아 있죠. 멤논 신은 밤새 별들을 바라보고 있다가 샛별이 빛나는 때가 되면 기쁨의 함성을 한 번 지르고는 다시 조용해져요. 정오에는 누런 털의 사자가 물가까지 내려와서 물을 마셔요. 사자 눈은 초록빛 에메랄드 같아요. 사자 울음 소리는 폭포 소리보다 더 크답니다."

"제비야, 제비야, 귀여운 제비야, 도시 건너 저편 다락방에 젊은이 하나가 보이는구나. 종이로 뒤덮여 있는 책상에 엎드려 있는데, 옆에 있는 꽃병에는 시든 제비꽃 한 다발이 꽂혀 있구나. 머리는 곱슬곱슬한 갈색에, 입술은 석류처럼 붉고, 꿈을 꾸는 듯한 큰 눈을 가졌어. 젊은이는 지금 극장 감독에게 갖다줄 희곡을 마무리지으려 하고 있어. 하지만 너무 추워서 더 이상 쓸 수가 없구나. 벽난로에는 불이 피워져 있지 않고 배가 고파서 정신이 희미해."

"하룻밤만 더 왕자님 곁에서 기다릴게요."

제비는 정말 마음씨가 착했다.

"저 젊은이에게 다른 루비를 갖다줄까요?"

"아, 슬프다! 이제 루비는 없어. 남은 건 눈뿐이야. 내 눈은 아주 귀한 사파이어로 되어 있어. 천 년 전에 인도에서 가져온 거야. 하나를 빼서 그에게 갖다주렴. 보석상에 그걸 팔아 음식과 땔감을 사고 희곡을 끝낼 수 있을 거야."

"오, 왕자님, 그렇게는 할 수 없어요."

제비는 울기 시작했다.

"제비야, 제비야, 귀여운 제비야, 내가 시키는 대로 해 다오."

그래서 제비는 왕자님의 눈을 하나 빼서 그 젊은이의 다락방까지 날아갔다. 지붕에 구멍이 나 있어서 안으로 들어가기는 쉬웠다. 제비는 구멍으로 몸을 날려 안으로 들어갔다. 젊은이는 얼굴을 두 손에 파묻고 있었다. 그래서 제비 날개가 퍼덕거리는 소리도 듣지 못했다. 그가 고개를 들었을 때는 시든 제비꽃 옆에 아름다운 사파이어가 놓여 있었다.

"나는 제대로 평가받기 시작했어. 이것은 누군가 대단한 후원자가 보내 준 거야. 이제 희곡을 끝낼 수 있어."

그는 정말로 행복해 보였다.

다음날 제비는 항구까지 내려갔다. 커다란 배의 돛대에 앉아서 뱃사람들이 밧줄로 배 밑의 선창에서 커다란 궤짝을 끌어내는 것을 보았다. "영치기 영차!" 상자를 하나씩 끌어올릴 때마다 함께 소리를 쳤다. "이집트로 갈 거다!" 제비도 같이 소리쳤지만 아무도 신경 쓰지 않았다. 달이 떠오르자 제비는 행복한 왕자에게 돌아갔다.

"작별 인사 드리려고 왔어요."

"제비야, 제비야, 귀여운 제비야, 하룻밤만 더 나랑 같이 있으면 안 되겠니?"

"겨울이에요. 여기에도 차가운 눈이 내릴 거예요. 이집트엔 태양이 따뜻하게 푸른 야자 위에 비치고, 악어들은 진흙 위에 누워 주위를 한가롭게 바라보지요. 우리 친구들은 바알벡 사원에 집을 짓고 분홍색과 흰색의 비둘기들은 그걸 구경하면서 서로 구구구 정답게 속삭이고 있을 거예요. 사랑하는 왕자님, 전 이제 떠나야 해요. 하지만 왕자님을 잊지 않을 거예요. 내년 봄에 빠진 자리에 넣을 아름다운 보석을 두개 갖다 드릴게요. 루비는 장미보다 붉고 사파이어는 깊은 바다보다 푸를 거예요."

"저 아래 광장에 어린 성냥팔이 소녀가 서 있구나. 성냥을 하수구에 떨어뜨리고 말았어. 다 못쓰게 되었구나. 돈을 가져가지 않으면 아버지가 저 아이를 때릴 거야. 그래서 울고 있어. 신발도 없고 양말도 없어. 머리에는 아무것도 쓰지 않았고. 내 이쪽 눈을 빼서 저 아이에게 갖다주었으면 좋겠구나. 그러면 저 애 아버지가 저 아이를 때리지 않을 거야."

"왕자님과 하룻밤 더 머물지요. 하지만 눈은 못 빼겠어요. 그러면 완전히 장님이 되는 거잖아요."

"제비야, 제비야, 귀여운 제비야, 내가 시키는 대로 해주면 좋겠다."

그래서 제비는 왕자님의 남은 눈을 빼서 그걸 물고 쏜살같이 내려갔다. 제비는 성냥팔이 소녀의 곁을 스쳐 지나가면서 보석을 아이의 손에 슬쩍 떨어뜨렸다.

"정말 예쁜 유리조각이네!"

작은 소녀는 그렇게 외치고는 웃으며 집으로 돌아갔다.

그러자 제비는 왕자에게 돌아왔다.

"이제 앞이 안 보이잖아요. 그러니 제가 계속 곁에 있어 줄 수밖에 없네요."

"아니다, 귀여운 제비야. 너는 이집트로 가야 한다."

불쌍한 왕자님이 말했다.

"저는 언제나 왕자님과 함께 있겠어요."

제비는 왕자님의 발치에서 잠이 들었다.

다음날은 종일 왕자님의 어깨에 앉아서 낯선 땅에서 본 것들을 이야기해 주었다. 붉은 따오기들이 나일 강가에 길게 늘어서서 부리로 금빛 물고기를 잡아먹는 이야기, 스핑크스가 이 세상만큼이나 나이를 먹을 정도로 오래 사막에 살면서 모르는 것이 없게 되었다는 이야기, 상인들이 낙타의 곁을 느릿느릿 걸으면서 손에 호박으로 된 구슬을 들고 다닌다는 이야기, 달의 산맥에 사는 왕이 흑단처럼 까맣고 커다란 수정을 숭배한다는 이야기, 야자나무 숲에서 잠자고 있는 커다란 녹색 뱀을 20명의 사제들이 꿀로 만든 과자를 먹여 키운다는 이야기, 피그미들이 넓고 납작한 나뭇잎을 타고 호수를 건너 늘 나비들과 전쟁을 한다는 이야기를 해주었다.

"귀여운 제비야, 정말 놀라운 이야기들을 들려주는구나. 그러나 무엇보다도 놀라운 것은 사람들의 슬픔이란다. 슬픔보다 더 신비한 건 없단다. 내 도시를 날아다니면서, 귀여운 제비야, 네가 본 것들을 나에게 이야기해 다오."

그래서 제비는 도시 위를 날아다니며 부자들이 아름다운 집에서 즐겁게 살고 있는 반면 구걸하는 사람들이 그 집 앞에 앉아 있는 것을 보았다. 제비는 어두운 골목으로 날아가 어두운 거리를 멍하니 바라보고 있는 굶주린 아이들의 창백한 얼굴들을 보았다. 다리의 아치 밑 통로 아래에 조그만 아이 둘이 몸을 따뜻하게 하려고 서로의 팔을 베고 누워 있었다.

"너무 배가 고파!"

"여기 누워 있으면 안 된다."

야경꾼이 소리를 지르자 그들은 빗속을 떠돌아다녔다.

제비는 날아가서 왕자님에게 본 것을 다 말했다.

"나는 순금으로 덮여 있단다. 그걸 한 조각 한 조각 벗겨 내어 불쌍한 사람들에게 갖다주어라. 사람들은 언제나 금이 자기들을 행복하게 해줄 거라고 생각하지."

제비가 한 조각 한 조각 순금을 벗겨내자 행복한 왕자는 점점 칙칙하고 어두운 색으로 변했다. 제비는 순금을 한 조각씩 떼어내어 가난한 사람들에게 갖다주었다. 아이들의 얼굴은 장밋빛으로 밝아졌다. 그들은 웃으며 길거리에서 놀이를 하며 놀았다. 아이들은 외쳤다.

"이젠 먹을 게 있다!"

눈이 내렸다. 눈이 오고 나자 서리가 내렸다. 거리는 은으로 만들어진 것처럼 보였다. 아주 밝고 반짝거렸다. 수정 단검 같은 고드름이 집들의 처마마다 달려 있었다. 모두들 털옷을 입고 나왔다. 어린 소년들도 자주색 모자를 쓰고 스케이트를 탔다.

가엾은 제비는 점점 더 추워졌다. 그래도 왕자님을 떠날 수는 없었다. 제비는 왕자님을 그렇게 깊이 사랑했다. 빵집 주인이 보이지 않을 때면 빵 가게 문밖에서 빵 부스러기를 주워 먹었다. 그리고 날개를 퍼덕거려 몸을 따뜻하게 하려고 애를 썼다.

마침내 제비는 자신이 곧 죽을 거라는 걸 알았다. 그래도 왕자님의 어깨에 다시 한번 날아 올라갈 힘은 있었다. 제비는 중얼거리는 목소리로 말했다.

"안녕히 계세요, 사랑하는 왕자님! 손에 입을 맞춰도 될까요?"

"결국 이집트로 가게 되어 기쁘구나, 귀여운 제비야. 여기 너무 오래 머물렀어. 하지만 내 입술에 입을 맞추어 주어야 한다. 나는 너를 사랑하니까."

"제가 가는 곳은 이집트가 아니에요. 죽음의 집으로 갈 거예요. 죽음은 잠과 형제이니까요. 그렇지 않아요?"

제비는 행복한 왕자의 입술에 입을 맞추었다. 그러고는 발치에 떨어져서 죽었다.

그 순간 동상 안에서 뭔가 쪼개지는 이상한 소리가 들렸다. 사실은 납으로 만든 왕자의 심장이 두 조각으로 쪼개지는 소리였다. 정말로 서리가 무섭게 내린 날이었다.

다음날 이른 아침 도시의 시장이 시의원들과 무리를 지어 광장 저 아래쪽을 걸어가고 있었다. 그들이 동상을 세워놓은 기둥 옆을 지날 때였는데 시장이 동상을 올려다보았다.

"이런 세상에! 행복한 왕자가 어떻게 저렇게 초라해 보일 수가 있나!"

"정말 너무 초라하군요!"

언제나 시장에게 맞장구를 치는 시의원들도 그렇게 외쳤다. 외친 다음에야 그들은 동상을 올려다보았다.

"칼에 박혀 있던 루비도 빠져 버리고, 눈도 빠져나가고, 금은 하나도 없네. 이렇게 되면 거지보다 나을 게 하나도 없잖아!"

"거지나 마찬가지죠."

시의원들이 말했다.

"그런데 죽은 새 한 마리가 동상 발치에 있네! 새는 이런 곳에서 죽는 게 허용되지 않는다는 포고문을 하나 발표해야겠군."

시의 서기가 시장의 그 제안을 받아 적었다.

행복한 왕자의 동상은 끌어내려졌다.

"더 이상 아름답지 않으니 이제 쓸모가 없는 거지, 뭐."

대학의 미술 교수가 말했다.

그런 다음 그들은 동상을 용광로에 녹였다. 시장은 그 금속으로 뭘 할 건지 결정하기 위해 시의회를 열었다.

"물론 우리는 다른 동상을 만들어야 합니다. 그건 제 동상이 될 겁니다."

시장이 그렇게 말하자 시의원들도 저마다 다 그렇게 말했다.

"제 동상이 될 겁니다."

그래서 그들은 싸우게 되었다. 마지막으로 내가 들은 소식은 여전히 싸우고 있다는 것이었다.

"참 이상한 일이군! 이 깨어진 납 심장은 용광로에서도 녹지를 않아. 내다버려야겠어."

주물 공장 공장장이 말했다. 일꾼들은 그 납 심장을 죽은 제비가 누워 있는 쓰레기 더미에 던져 버렸다.

"이 도시에서 가장 귀중한 것을 두 개만 가져오너라."
하느님이 한 천사에게 명령했다. 그 천사는 납 심장과 죽은 새를 갖다 드렸다. 하느님이 말했다.
"잘 골랐구나. 이 작은 새는 천국의 정원에서 영원히 노래를 부르고, 행복한 왕자는 나의 황금 도시에서 나를 찬양할 것이다."

◉ 핵심 정리

- **갈래** : 단편소설
- **시점** : 전지적 작가 시점
- **주제** : 가난으로 고통당하는 이들을 위해 모든 것을 주는 왕자와 제비의 헌신적인 사랑
- **배경** : 시간적 – 늦은 가을에서 겨울 / 공간적 – 행복한 왕자의 동상이 있는 어느 도시
- **등장인물** : 행복한 왕자 – 어느 도시의 광장에 서 있는 조각상. 제비를 시켜 자신의 모든 것을 가난하고 불쌍한 사람들에게 아낌없이 나누어 준다.

  제비 – 따뜻한 이집트로 갈 시간을 늦춘 채 왕자를 대신하여 가난한 사람들에게 보석을 전해 준다.

- **구성** : 발단 – 어느 도시의 광장 한복판에 있는 행복한 왕자의 조각상은 그 도시의 모든 사람들로부터 존경과 사랑을 받는다. 따뜻한 이집트를 향해 날아가던 작은 제비 한 마리가 잠시 쉬어가려고 그 조각상의 두 발 사이에 앉는다.

  전개 – 왕자는 제비에게 가난한 재봉사, 작가, 성냥팔이 소녀 등의 이야기를 하며 그들에게 자신의 몸에 있는 보석을 차례차례 갖다주게 한다.

  위기 – 왕자의 조각상은 가난한 사람들에게 계속 보석을 나누어 주는 바람에 흉해지고, 제비는 왕자의 마지막 심부름을 하다가 얼어 죽는다.

절정 - 왕자의 조각상은 철거되어 용광로 속으로 들어간다. 조각
상은 다 녹았으나 납 심장만은 녹지 않아 쓰레기통에 버려
진다.

결말 - 하느님이 그 도시에서 가장 고귀한 것 두 개를 가져오라
고 하자, 천사는 납으로 된 왕자의 심장과 죽은 제비를 가지
고 간다.

◉ 줄거리 및 작품 해설

어느 도시에 사파이어, 루비, 금 등 갖가지 보석으로 치장되고 온몸이 얇
은 금박으로 덮인 행복한 왕자의 조각상이 서 있다. 사람들은 그 조각상
근처를 지날 때마다 존경과 사랑의 마음으로 올려다보았다. 살아 있을 때
행복하기만 했던 왕자는 죽어 동상이 된 뒤에야 비로소 세상의 어두운 면
을 보고 눈물을 흘린다.

갈대와 사랑에 빠져 혼자 무리에서 떨어진 제비가 이집트로 날아가던
도중 행복한 왕자의 조각상 아래서 하룻밤을 묵게 된다. 제비는 가난으로
고통당하는 사람들을 보며 슬퍼하는 왕자의 고귀한 마음에 감동하여, 왕
자를 대신해 그 몸을 장식한 보석들을 하나하나 가난하고 헐벗은 사람들
에게 전해 주는 일을 한다.

마침내 황금빛으로 빛나던 행복한 왕자의 조각상은 초라한 잿빛으로 변
하고, 왕자의 부탁을 들어 주느라 이집트로 가지 못한 제비는 추워진 날씨
에 얼어 죽고 만다. 사람들은 초라해진 행복한 왕자의 조각상이 보기 흉하
다며 철거하여 용광로 속에 던져 버리고, 도시의 시장은 앞으로는 새가 그

런 데서 죽으면 안 된다는 포고령을 만들어야겠다고 한다.

하느님은 천사에게 그 도시에서 가장 고귀한 것 두 가지를 가져오라고 명령한다. 천사는 녹지 않은 채 쓰레기통에 버려진 왕자의 심장과 제비의 시체를 가지고 간다. 하느님은 잘 골랐다고 천사를 칭찬하며, 제비는 천국의 정원에서 노래하게 하고, 행복한 왕자는 황금의 도시에서 영원히 하느님의 이름을 찬양하게 한다.

〈행복한 왕자〉는 19세기 말경 영국의 공리주의와 물질주의에 대하여 사랑의 존귀함을 호소하는 이상주의가 간결하고 아름다운 문체로 그려진 작품이다. 비평가 페이터가 이런 유의 동화 중 걸작이라고 격찬한 이 작품은 오스카 와일드가 두 아들에게 들려주기 위해 썼다고 한다. 따라서 형식은 동화지만, 실은 어른들을 위한 교훈적인 이야기라는 의미가 더 크다.

보통 사람의 눈으로 볼 때, 행복한 왕자는 몹시 불행해 보일 수도 있다. 온 도시 사람들의 찬탄을 듣던 아름다운 모습이 흉한 잿빛의 납덩이로 변한 채 비극적인 최후를 맞으니, 그도 그럴 법하다. 그러나 행복한 왕자는 어떤 근심이나 슬픔도 모른 채 궁전에서 살던 때, 그리고 죽은 뒤 아름다운 조각상으로 사람들의 사랑을 한 몸에 받을 때보다 자신이 가진 모든 것을 가난한 사람들에게 나누어 주면서 더욱 큰 행복을 느끼게 된다. 즉, 참된 행복이란 다른 사람들이 괴로워할 때 함께 괴로워하고, 슬퍼할 때 함께 슬퍼하며 그 무거운 짐을 나누어 질 때 비로소 느낄 수 있다는 것을 뜻한다.

그러나 세상의 보통 사람들, 곧 그 도시의 시장이나 시의원 같은 사람들은 행복을 겉으로 드러난 조건으로 판단한다. 따라서 그들이 추구하는 행복은, 행복한 왕자와는 달리 다른 사람의 괴로움이나 슬픔은 아랑곳하지 않은 채 근심 걱정 없이 쾌락을 누리며 사는 것이다.

그 도시에서 가장 고귀한 것 두 가지를 가져오라는 하느님의 명령에 천사는 행복한 왕자의 심장과 제비의 시체를 가져간다. 진정으로 가치 있는 것은, 다른 사람들을 위해 목숨까지도 아끼지 않는 헌신과 사랑임을 보여주는 결말이다.

◉ 생각해 볼 문제

1. 이 작품에서 말하는 행복의 의미는?
2. 그 도시에서 가장 고귀한 것 두 가지를 가져오라는 하느님의 명령에 천사는 행복한 왕자의 심장과 제비의 시체를 가져간다. 그 이유는 무엇일까?

해답

1. 왕자는 자기가 가진 것을 남들에게 아낌없이 나누어 주었을 때 비로소 행복했다. 따라서 참된 행복이란 아무 걱정도 슬픔도 없이 평안하게 사는 것이 아니라, 타인의 고통을 함께 나누는 데 있다.
2. 진정으로 가치 있는 것은, 다른 사람들을 위해 목숨까지도 아끼지 않는 헌신과 사랑이기 때문이다.

진정한 친구

 읽기 전에

≫ 이 작품은 액자소설이자 우화소설이다. 그런 형식을 빌린 이유에 대해 생각해 보자.

≫ 주인공 한스의 성격에 대해 생각해 보자.

어느 날 아침 늙은 물쥐 한 마리가 구멍에서 머리를 내밀었다. 물쥐는 빛나는 구슬 같은 두 눈에 뻣뻣한 회색 수염을 기르고 있었으며, 꼬리는 마치 길다란 인도산 검은 고무 조각 같았다. 노란 카나리아 떼처럼 보이는 아기 오리들이 연못에서 이리저리 헤엄치고 있었다. 하얀 몸에 다리가 아주 빨간 엄마 오리는 물 속에 머리를 박고 물구나무 서는 방법을 가르치려고 애를 먹고 있었다.

"물구나무서기를 할 수 없으면 절대로 최상류층에 낄 수 없어."

어미 오리는 이 말을 쉬지 않고 했다. 그러면서 여러 차례 어떻게 해야 되는지 시범을 보여주었다.

하지만 아기 오리들은 엄마의 말을 귀기울여 듣지 않았다. 새끼 오리들은 너무 어려서 상류층이 된다는 게 얼마나 이익이 되는 일인지 전혀 알지 못했다.

"이 녀석들 정말 말 안 듣는 놈들이네! 물에 빠져 죽어도 싸다."

늙은 물쥐가 소리쳤다. 그러자 엄마 오리가 대답했다.

"그런 말 들을 만한 애들은 아니에요. 누구나 다 시작은 있는 법이랍니다. 부모들의 참을성이란 끝이 없는 거라구요."

"아하! 제가 부모의 심정을 전혀 몰랐군요. 저는 가정을 이루고 사는 사람이 아니니까. 사실 결혼을 해 본 적도 없고 앞으로도 할 생각이 없습니다. 사랑이란 제 식으로는 대단히 좋은 겁니다만, 우정이 한결 격이 높지요. 사실, 헌신적인 우정보다 더 고귀하고 훌륭한 것은 세상에 없다고 알고 있습니다."

바로 옆 버드나무에 앉아 있던 초록 방울새가 우연히 그 대화를 듣고는 물었다.

"진정한 친구의 길이라는 게 뭐라고 생각하시는지 말씀해 보세요."

"그래요, 제가 알고 싶은 게 바로 그거예요."

어미 오리가 그렇게 말하며 연못 저쪽으로 헤엄쳐 가서 물구나무서기를 하며 아이들에게 훌륭한 시범을 보여주었다. 물쥐는 소리를 질렀다.

"이런 바보 같은 질문이 있나! 물론 헌신적인 친구라면 나를 위해 모든 걸 다 바쳐야 한다고 생각하는데."

"그러면 당신은 뭘로 보답을 할 건데요?"

조그만 날개를 파닥거리며 흔들리는 가느다란 은색 가지 위에서 그 작은 새가 물었다.

"무슨 말을 하는지 이해를 못하겠군."

물쥐가 그렇게 말하자 초록 방울새가 말했다.

"그 주제와 관련된 이야기 하나를 해 드리지요."

"나에 관한 이야기요? 그렇다면 들어야지. 나는 꾸며낸 이야기를 무척 즐기니까."

"당신에게도 해당되는 이야기예요."

방울새는 그렇게 대답하고 날아 내려와 연못가에 앉아 진정한 친구 이야기를 들려주었다.

"옛날 옛날에 한스라고 하는 키가 조그맣고 정직한 사람이 살았어요."

방울새가 이야기를 시작하자 물쥐가 물었다.

"아주 유명한 사람인가?"

"아니요. 유명한 사람은 전혀 아니었던 것 같아요. 마음 착하고 재미있게 생긴 둥글고 사람 좋아 보이는 얼굴 빼놓고는요. 한스는 혼자 작은 오두막에서 살면서 매일 정원에 나가 일을 했지요. 근방에는 그 정원만큼 아름다운 정원이 없었어요. 패랭이가 자라고, 겨자꽃, 냉이꽃, 프랑스산 미나리아재비 꽃도 있었어요. 연분홍 장미와 노란 장미, 연보라색과 황금빛 크로커스, 자주색과 흰색 제비꽃, 매발톱과 황새냉이, 박하와 꽃박하도 있었습니다. 앵초, 붓꽃, 수선화, 카네이션이 달이 지날 때마다 순서에 맞춰 꽃을 피웠고, 한 꽃이 피고 지면 다음 꽃이 그 자리를 이어받았지요. 그래서 그 정원에서는 언제나 아름다운 꽃들을 볼 수 있었고 좋은 꽃향기를 맡을 수 있었어요.

한스에게는 친구가 아주 많았어요. 하지만 그중에서도 한스를 가장 아껴주는 친구는 몸집이 큰 방앗간 주인 휴였습니다. 사실 부자인 휴는 한스에게 매우 헌신적이어서 한스의 정원을 그냥 지나가는 법이 없었습니다. 담너머로 몸을 기울여 향기로운 풀이나 냄새 좋은 허브를 한 아름 뽑아 가거나 과일이 익는 계절이 되면 주머니에 자두나 앵두를 가득 채워 가지고 갔습니다.

'진정한 친구는 모든 걸 같이 쓰는 거야.' 방앗간 주인은 늘 그렇게 말하곤 했지요. 한스는 고개를 끄덕이고 미소를 지으며 이런 귀한 생각을 하는 친구가 있다는 걸 자랑스럽게 생각했지요.

사실 이웃 사람들은 돈 많은 방앗간 친구가 한스에게 받기만 하고 주는 법이 없는 걸 이상하게 생각했지요. 방앗간 친구는 창고에 밀을 백 포대나 쌓아두고 젖소도 여섯 마리나 있고 털이 복슬복슬한 양떼도 적지 않았습니다.

하지만 한스는 그런 것 때문에 한번도 머리가 복잡해져 본 적이 없었습니다. 남을 먼저 생각하는 진정한 우정에 대해 방앗간 주인이 들려주는 놀라운 이야기들을 듣는 게 무엇보다도 즐거웠습니다.

한스는 자기 정원에서 열심히 일했습니다. 봄·여름·가을에는 매우 행복했습니다.

그러나 겨울이 오면 장에 내다 팔 과일이나 꽃이 없었기 때문에 추위와 배고픔을 견디는 대단히 어려운 날들을 겪어야 했습니다. 말린 배나 딱딱한 콩 몇 알로 저녁을 때우고 잠자리에 드는 날이 많았습니다. 겨울에는 또무척 외로웠죠. 방앗간 주인이 찾아오질 않았으니까요.

방앗간 주인은 아내에게 이렇게 말하곤 했습니다.

'눈이 계속 내리는 동안에는 내가 한스를 만나러 가 봤자 별 도움이 못될 거야. 사람이 어려울 때는 혼자 있어야지 손님이 오면 귀찮을 테니까. 친구 사이라면 적어도 그래야 된다고 생각해. 내 말이 틀림없이 맞을 거야. 그래서 봄이 올 때까지 기다리기로 했어. 봄이나 되면 찾아가 봐야지. 그때쯤이면 앵초를 한 바구니쯤 줄 수 있을 테니까. 그러면 그 친구도 기뻐하겠지.'

'당신은 다른 사람을 퍽이나 생각해 주는군요. 정말 생각이 깊다니까. 당신이 우정에 대해 이야기하는 것을 들으면 정말 기쁜 마음이 들어요. 3층 집에 사는, 손에 금반지를 낀 목사님 자신도 아마 당신만큼 훌륭한 말을 하지 못할 걸요.'

커다란 소나무 장작이 타오르고 있는 벽난로 곁에 있는 편안한 안락의자에 앉으면서 부인이 대답했습니다.

방앗간 주인의 막내아들이 말했습니다.

'한스 아저씨를 이곳으로 오시라고 하면 되잖아요? 가난한 한스 아저씨

가 어렵게 살고 있다면 내 수프 절반을 드리고 내 하얀 토끼도 보여 드리겠어요.'

방앗간 주인이 소리쳤습니다.

'이런 멍청한 놈 같으니라고! 학교는 뭐에 쓰려고 보내는지 모르겠네. 넌 배우는 게 없는 거 같아. 봐라, 한스가 이리 올라와서 따뜻한 불과 좋은 저녁 식사와 커다란 붉은 포도주 통을 보게 되면 샘이 날 거다. 샘이란 건 가장 끔찍한 거란다. 누구든 사람 성질을 다 버려 놓고 말아요. 난 한스의 성격을 버려 놓는 일은 절대로 할 수가 없어. 한스는 내 제일 친한 친구야. 나는 그 친구를 늘 보살펴 주고 유혹에 빠지지 않게 지켜볼 거야. 게다가, 한스가 여기 왔다가 밀가루나 외상으로 꿔달라고 할지도 몰라. 그러면 나는 그렇게는 할 수 없단 말이다. 밀가루는 밀가루고 우정은 우정이야. 이게 뒤섞이면 안 돼. 봐라, 글자가 다르잖니. 뜻은 완전히 다르고. 다들 보면 알 수 있지만.'

'당신은 어쩌면 그렇게 말을 잘하세요! 정말 졸리네. 교회에 앉아 있는 거같이.'

방앗간 주인의 아내는 커다란 잔에 따뜻한 맥주를 마시면서 말했습니다.

'대부분 사람들은 실천은 잘하는데 말은 잘 못하는 거 같아. 둘 중에서 말하는 게 더 어렵고 더 세련된 일이거든.'

그러고는 테이블 저쪽에 있는 어린 아들을 무서운 눈으로 바라보았습니다. 아들은 부끄러워서 고개를 숙이더니 얼굴이 점점 빨개져서 나중에는 울기 시작해 찻잔 속으로 눈물을 떨어뜨렸습니다. 하지만 그 애는 너무 어리니까 여러분들이 용서해 줘야 해요."

"그게 이야기의 끝이오?"

물쥐가 물었습니다.

"물론 아니지요. 시작일 뿐이에요."

방울새가 대답하자 물쥐가 말했습니다.

"그렇다면 당신은 시대에 한참 뒤떨어졌구먼. 좋은 작가들은 요즘 하나같이 이야기를 끝에서 시작해서 처음으로 돌아간 다음 중간에서 끝을 맺는다우. 이게 새로운 창작 방법이지. 요전에 한 젊은이와 연못가를 거닐던 비평가에게 그 모든 걸 들었어요. 그 이야기를 무척 길게 하더구먼. 그 사람

말이 틀림없이 맞다고 생각해요. 왜냐하면 그 사람은 푸른 안경을 끼고 대머리인 데다가 젊은이가 말을 할 때마다 '흥!' 하고 웃어 버리더구만. 그건 그렇고 하던 이야기나 계속하시우. 난 그 방앗간 친구가 무척 마음에 드는데. 나도 아름다운 감상으로 가득 차 있거든. 그러니까 우리 둘 사이에는 엄청난 공감대가 형성되어 있는 것 같아."

방울새는 발을 바꾸어 가며 한 발로 폴짝폴짝 뛰면서 말했다.

"자, 겨울이 지나갔습니다. 겨울이 끝나자마자 앵초들이 연노란색 별 모양의 꽃을 피우기 시작했습니다. 그러자 방앗간 주인은 내려가서 한스를 만나고 오겠다고 말했습니다.

'아이구, 당신은 마음씀씀이도 좋지. 늘 남 생각만 한다니까. 꽃 담아올 큰 바구니 잊지 말아요.'

방앗간 주인은 튼튼한 쇠사슬로 풍차의 날개를 묶어 두고는 바구니를 끼고 언덕 아래로 내려갔습니다.

'잘 있었나, 한스.'

'잘 있었나.'

한스는 삽에 몸을 기대고 서서는 입이 귀밑까지 찢어질 정도로 환하게 웃었습니다.

'그래 겨울은 어떻게 지냈나?'

'아, 정말로, 그게 궁금하다니 자네는 좋은 친구야. 정말 좋은 친구야. 겨울은 많이 어려웠던 것 같네. 하지만 이제 봄이 왔으니 정말 행복하네. 꽃들이 모두 잘 자라고 있으니 말이야.'

'겨울 동안 자네 이야기를 자주 했지, 한스. 어떻게 지내는지 궁금해서 말이야.'

'자넨 참 친절도 하지. 자네가 날 잊어버린 게 아닌가 좀 걱정하기도 했네.'

'한스, 그런 말을 하다니. 우정이란 영원히 잊어버릴 수 없는 거야. 그것이 우정의 놀라운 점이지. 자넨 인생이라는 시를 이해 못하지 않나 걱정되네. 어쨌건, 앵초가 아주 아름답군.'

'그래, 정말 아름답지. 이렇게 많이 피어서 다행이야. 장에 가져가서 시장님의 따님에게 팔 생각이야. 그러면 그 돈으로 내 외바퀴 손수레를 다시

사와야지.'

'외바퀴 손수레를 다시 사다니? 그걸 팔았다는 말은 아니겠지? 그런 바보 같은 짓이 어디 있나!'

'저, 사실 그럴 수밖에 없었네. 알다시피 난 겨울이 무척 힘든 때거든. 빵을 살 돈 한푼 없었네. 처음에는 제일 좋은 옷에서 은단추를 떼어다 팔았네. 다음에는 은목걸이를 팔았네. 그 다음에는 커다란 파이프를 팔고, 마지막으로 외바퀴 손수레를 팔았지. 하지만 이제 그것들을 다 다시 사들일 거야.'

'한스, 자네에게 내 외바퀴 손수레를 주겠네. 사실 수리가 잘 된 것은 아니야. 한쪽이 떨어져 나갔고 바퀴살에 이상이 있어. 하지만 그렇더라도 그걸 자네에게 주겠네. 이건 매우 후한 일이라는 걸 알아. 그런 물건을 줘 버린다고 많은 사람들이 나를 아주 바보로 생각하겠지. 하지만 나는 세상 사람들과는 다르니까. 나는 너그러움이야말로 우정의 핵심이라고 생각하네. 게다가 나는 외바퀴 손수레를 새것으로 하나 마련했거든. 그래, 그러니까 편하게 생각해. 내가 쓰던 외바퀴 손수레를 자네에게 주겠네.'

한스의 우습게 생긴 동그란 얼굴이 기쁨으로 환하게 빛났습니다.

'아, 정말, 자네는 너그러운 친구야. 쉽게 수리할 수 있어. 집에 널빤지가 하나 있으니까.'

'널빤지! 이런, 헛간 지붕 때문에 널빤지가 꼭 필요한데. 지붕에 커다란 구멍이 하나 나서 막지 않으면 옥수수가 젖을 거거든. 자네가 그 말을 하다니 얼마나 다행인가! 착한 행동을 하면 보답이 돌아온다는 말이 정말 맞아. 나는 자네에게 외바퀴 손수레를 주고 자네는 나에게 널빤지를 주고 말이야. 물론 외바퀴 손수레가 널빤지보다는 훨씬 값나가는 물건이지. 하지만 진정한 우정이란 그런 거 따지는 법이 아니네. 가서 얼른 가져오게. 오늘 당장 헛간 수리를 시작해야겠네.'

'물론이지.'

한스는 큰 소리로 대답하고는 헛간으로 뛰어들어가 널빤지를 질질 끌고 나왔습니다. 방앗간 주인은 그걸 보더니 말했습니다.

'그렇게 큰 널빤지도 아니네. 헛간 지붕 고치고 나면 외바퀴 손수레 고칠 만큼 남을지 모르겠군. 물론 이게 내 잘못은 아니네. 자, 이제 내가 자네에게 외바퀴 손수레를 주기로 했으니까 자네는 틀림없이 그 보답을 해 줄 거야. 여기 바구니가 있네. 하나 가득 채워 주지 않겠나?'

'가득?'

한스는 슬픈 듯이 물었습니다. 정말 큰 바구니여서 그걸 채우고 나면 장에 내다 팔 꽃이 남지 않을 것 같은데, 은단추는 꼭 되사고 싶었기 때문이었습니다.

'저, 뭐, 외바퀴 손수레를 주면서 꽃 좀 달라고 하는 게 지나친 부탁은 아니라고 생각하네만. 내가 잘못했을 수도 있지. 하지만 나는 우정, 진정한 우정은 어떤 종류의 이기심이든지 거기에서 진정 자유로워야 한다고 생각하네.'

'이보게 친구, 내 가장 친한 친구, 내 정원에 있는 꽃은 다 자네 것이나 다름없네. 은단추보다 자네의 그 고귀한 생각을 듣는 것이 더 좋지.'

한스는 달려가서 아름다운 앵초를 몽땅 뽑아서 방앗간 친구의 바구니에 가득 채워 주었습니다.

'잘 있게, 한스.'

방앗간 친구는 작별 인사를 하고 어깨에는 널빤지를 메고 손에는 바구니를 들고 언덕을 올라갔습니다.

'잘 가게.'

그러고는 한스는 즐겁게 땅을 갈기 시작했습니다. 외바퀴 손수레 생각에 아주 즐거워졌습니다.

다음날 한스가 현관에 인동덩굴을 매달 못을 박고 있는데 방앗간 친구가 길 쪽에서 자기를 부르는 소리가 들렸습니다. 한스는 사다리에서 뛰어내려 정원을 달려 내려가 담 너머로 내다보았습니다.

방앗간 친구가 큰 밀가루 포대를 등에 짊어지고 있었습니다.

'이보게 친구, 이걸 장에다 좀 내다가 팔아 주지 않겠나?'

'아, 미안하군. 오늘은 정말 바쁘다네. 못을 박아서 덩굴들을 다 걸어 주어야 하고, 꽃에 물을 주어야 하고, 잔디도 골라 줘야 하거든.'

'음, 그래, 내가 자네에게 외바퀴 손수레를 주기로 한 걸 감안하면 말이야, 이렇게 거절하는 건 자네가 친구답지 못하다는 생각이 드는군.'

'아니, 세상 천지에 내가 친구답지 못하다는 말은 하지 말게.'

한스는 달려가 모자를 쓰고 커다란 포대를 짊어지고 터덜터덜 시장을 향해 걸어갔습니다.

그날은 무척 더웠습니다. 길에는 먼지가 자욱했습니다.

여섯 번째 이정표에 도달하기 전에 한스는 지쳐서 쉬지 않을 수 없었습니다.

하지만 힘을 내어 계속 걸어 마침내 시장에 닿았습니다. 한참 걸렸지만 좋은 값에 밀가루를 팔아 곧장 집으로 돌아왔습니다. 너무 오래 머물러 있다가는 오는 길에 강도를 만나게 될까 걱정이 되어서였습니다.

'정말로 힘든 하루였군. 방앗간 친구의 부탁을 거절하지 않은 건 잘했어. 내 가장 친한 친구니까. 게다가 외바퀴 손수레도 준다고 했으니까.'

잠자리에 들면서 한스는 혼잣말을 했습니다.

다음 날 아침 일찍 방앗간 친구가 밀가루 판 돈을 받으러 내려왔습니다. 하지만 한스는 너무 피곤해서 침대에서 일어나지 못했습니다. 방앗간 친구가 핀잔을 주었습니다.

'아니, 이 사람아, 게으르기 짝이 없군. 이건 정말, 자네에게 외바퀴 손수레를 주면 더 열심히 일할 거라고 생각했는데. 게으름은 큰 죄네. 난 게으르고 빈둥거리는 친구는 좋아하지 않네. 자네에게 이렇게 솔직하게 말한다고 기분 나쁘게 생각하지 말게. 물론 내가 자네 친구가 아니라면 이렇게 말하는 건 꿈도 꾸지 않네. 친구가 친구에게 자기 생각을 솔직하게 말할 수 없다면 그게 무슨 좋은 친구이겠나? 입에 발린 소리나 기분 좋게 비위 맞추는 소리는 아무나 하지. 하지만 진정한 친구라면 기분 나쁜 소리도 할 수 있어야지. 가슴 아픈 말도 상관하지 말아야 하네. 사실 진정한 친구라면 오히려 그렇게 해 주기를 바라야지. 그게 결국 자신을 위한 것이라는 것을 알게 될 테니까.'

한스는 눈을 비빈 다음 잠자리 모자를 벗으며 말했습니다.

'미안하네. 너무 피곤해서 잠시 침대에 누워 새소리를 들으려던 참이었네. 내가 새소리를 들으면 훨씬 일을 잘한다는 걸 자네도 알지 않나?'

방앗간 친구는 한스의 등을 두드려 주었습니다.

'자, 그 소릴 들으니 다행이네. 빨리 옷을 입고 방앗간으로 올라와서 우리 헛간 지붕을 좀 고쳐 주게.'

불쌍한 한스는 자기집 일을 하고 싶은 생각이 간절했습니다. 이틀이나 꽃에 물을 주지 못했기 때문입니다. 하지만 방앗간 친구의 부탁을 거절하고 싶지 않았습니다. 그는 한스에게 아주 좋은 친구였으니까요.

한스는 좀 창피하고 마음 약한 목소리로 물었습니다.

'내가 바쁘다고 하면 친구답지 못하다고 생각할 텐가?'

'글쎄, 내가 생각해도 그리 무리한 부탁은 아닌 것 같은데. 내가 자네에게 외바퀴 손수레를 준다고 한 걸 생각해 보게. 하지만 물론 자네가 거절하면 내가 직접 하겠네.'

'안 되지! 그러지 말게.'

한스는 큰 소리로 말하고는 침대에서 뛰어 일어나 옷을 입고 방앗간 헛간으로 올라갔습니다. 하루 종일 해가 저물 때까지 일을 했습니다. 해가 저물 때가 되자 방앗간 친구는 한스가 얼마나 일을 했는지 보러 왔습니다.

방앗간 친구는 기분이 좋은지 밝은 목소리로 물었습니다.

'한스, 지붕에 난 구멍은 다 고쳤나?'

한스는 사다리를 타고 내려오며 말했습니다.

'다 고쳤네.'

'아하! 남을 위해 하는 일만큼 즐거운 것은 없네.'

'자네가 그렇게 말하는 걸 들으니 정말 대단한 영광이네. 대단한 영광이야. 나는 참 자네처럼 그런 좋은 생각을 못하니 말일세.'

한스는 앉아서 이마의 땀을 훔치며 대답했습니다.

'아, 자네도 언젠가는 그런 생각을 할 수 있을 걸세. 하지만 좀더 노력해야지. 지금은 다만 우정을 실천해 나가야지. 언젠가는 자네 역시 그 이치를 깨닫게 될 거야.'

'정말로 그렇게 생각하나?'

'의심할 여지가 없네. 하지만 지금은 지붕을 고쳤으니 집에 돌아가서 쉬는 게 좋겠네. 내일은 자네가 내 양들을 몰고 산으로 가줬으면 해서 말이야.'

불쌍한 한스는 여기에 대고 뭐라고 말하기가 겁이 났습니다. 이튿날 아침 일찍, 방앗간 친구는 양떼를 한스의 오두막까지 몰고 내려왔습니다. 한스는 산으로 출발했죠.

양떼를 몰고 산으로 갔다오는 데는 꼬박 하루가 걸렸습니다. 집에 돌아왔을 때는 너무 피곤하여 의자에서 그만 잠이 들고 말았습니다. 다음날 한낮이 되어서야 겨우 일어났습니다.

'정원에서 일하면 얼마나 즐거울까!'

자리에서 일어나자 곧장 일하러 갔습니다.

그런데 어찌된 일인지 꽃을 전혀 돌볼 수가 없었습니다. 늘 방앗간 친구가 와서는 먼 곳으로 심부름을 보내든가 방앗간 일을 돕게 했으니까요. 가끔 한스는 마음이 너무 편치 않았습니다. 꽃들이 자기들을 잊어버린 줄 알까 봐 걱정이 되어서였습니다.

그러나 방앗간 친구가 자신의 가장 소중한 친구라는 생각으로 자신을 위로했습니다.

'그래, 방앗간 친구가 외바퀴 손수레를 준다고 했어. 마음씨가 큰 거야.'

그래서 한스는 늘 방앗간 친구의 가족들을 위해 일을 했습니다. 방앗간 친구는 우정과 관계된 온갖 아름다운 일들을 이야기해 주었고 한스는 그걸 공책에 받아썼다가 밤에 다시 읽어보곤 했습니다. 매우 착실한 학생이었으니까요.

그러던 어느 날 저녁에 일어난 일이었습니다. 한스가 벽난로 옆에 앉아 있는데 누군가 문을 요란하게 두드렸습니다. 날씨가 거친 밤이었고 바람이 무섭게 오두막 주위를 휘몰아치는 바람에 처음에는 그냥 폭풍우 소리려니 했습니다. 그러나 두 번째, 세 번째 점점 크게 두드리는 소리가 들렸습니다.

'지나가던 나그넨가 보군.'

한스는 중얼거리며 문으로 뛰어갔습니다. 방앗간 친구가 한 손에는 랜턴을 다른 손에는 커다란 막대기를 들고 서 있었습니다. 방앗간 친구가 큰 소리로 말했습니다.

'이보게 친구, 큰일이 났네. 우리 아들이 사다리에서 떨어져서 다쳤네. 내가 의사를 부르러 갈 생각이었네. 하지만 의사가 너무 먼 데 살아서 말이야. 그리고 날씨도 좋지 않고. 그래서 나 대신 자네가 가 주면 좋겠다는 생각이 들었네. 내가 외바퀴 손수레를 준다고 했으니 자네도 나를 위해 뭔가 보답을 해 주는 것이 공평하지 않겠나?'

불쌍한 한스가 큰 소리로 대답했습니다.

'물론이네. 나를 찾아와 준 것도 고마운 일이지. 곧 출발하겠네. 하지만 손전등을 빌려 주어야겠네. 밤이 너무 어두워서 도랑에라도 빠질까 무섭네.'

'대단히 미안하네만 이게 새로 산 랜턴이라서 말이야. 무슨 일이라도 생기면 손실이 너무 크단 말이야.'

'뭐, 그럼 신경 쓰지 말게. 그냥 가지.'

한스는 털코트를 꺼내 입고 따뜻한 주홍색 모자를 쓰고 목에 목도리를 두른 다음에 출발했습니다.

정말 끔찍한 폭풍우가 몰아치는 밤이었습니다! 그날 밤은 얼마나 깜깜한지 한치 앞도 볼 수가 없었습니다. 바람이 얼마나 센지 서 있기도 힘들었습니다. 그러나 한스는 용감했습니다. 세 시간을 걸은 끝에 그는 의사의 집에 도착해 문을 두드렸습니다.

'누구요?'

의사는 침실 창문 밖으로 머리를 내밀었습니다.

'한습니다, 선생님.'

'무슨 일이요, 한스?'

'방앗간집 아들이 사다리에서 떨어져서 다쳤습니다. 방앗간 친구가 당장 와 주셨으면 하는데요.'

'알았소!'

의사는 말과 장화와 랜턴을 준비하라 이르고는 아래층으로 내려와 말을 타고 방앗간 쪽을 향해 떠났습니다. 한스는 터덜터덜 그 뒤를 쫓아 걸어갔습니다.

폭풍은 점점 심해졌습니다. 비가 억수로 쏟아졌습니다. 한스는 자신이 어디로 가는지 앞이 보이지도 않았고 말을 따라잡을 수도 없었습니다.

마침내 길을 잃고 황무지에서 헤매다가 깊게 패인 구덩이가 많아 위험하기 짝이 없는 그곳에서 불쌍한 한스는 물에 빠져 죽고 말았습니다. 다음날 염소 치는 목동이 커다란 물웅덩이에 둥둥 떠 있는 한스의 시체를 발견해 집으로 옮겨왔습니다.

동네 사람들은 모두 한스의 장례식에 참석했습니다. 모두 한스를 좋아했기 때문입니다. 방앗간 친구가 상주를 했습니다.

'내가 한스의 가장 친한 친구이니까 가장 좋은 자리를 차지하는 게 당

연해.'

방앗간 친구는 검은 망토를 걸치고 장례 행렬의 맨 앞에 서서 걸어갔습니다. 그러면서 가끔 커다란 손수건을 꺼내 눈물을 닦았습니다.

'한스를 잃다니 우리 모두에게 너무 큰 손실이야.'

장례식이 끝나고 모두 선술집에 모여 향초 넣은 포도주와 달콤한 케이크를 먹을 때 대장장이가 말했습니다. 그러자 방앗간 친구가 기다렸다는 듯이

'내 손실에 비길 수가 있겠는가. 참, 외바퀴 손수레까지 주려고 했는데. 이젠 그걸 어떻게 해야 할지 모르겠네. 집에 두면 거치적거리고 형편없이 고장나서 팔아도 돈 한푼 건질 수 없고. 앞으로 누구든 뭘 준다는 건 생각하지 말아야겠어. 사람이 너무 너그러워도 문제라니까.'라고 대답했습니다."

방울새의 이야기가 끝나고 한참 있다가 물쥐가 물었다.

"그 다음은?"

"뭐, 이게 끝이에요."

"방앗간 주인은 어떻게 됐소?"

"방앗간 주인? 모르겠어요. 별로 상관하고 싶지도 않구요."

"인정머리라고는 눈곱만큼도 없군."

"이 이야기의 교훈을 이해 못했군요."

"뭘 이해 못해?"

물쥐가 꽥 소리를 질렀다.

"교훈."

"그럼, 이 이야기에 교훈이 있다는 말이오?"

"물론이죠."

물쥐는 단단히 화가 났다.

"아니, 그럼, 시작하기 전에 그 말을 했어야지. 그랬으면 듣지도 않았을 텐데. 사실 그 비평가처럼 '흥!' 하고 말았어야 하는데. 하지만 지금이라도 그럴 수 있지."

그러더니 물쥐는 "흥!" 하고 높은 목소리로 외치고는 꼬리를 휘두르며 구멍으로 들어가 버렸다.

몇 분 뒤에 엄마 오리가 헤엄쳐 오더니 물었다.

"저 물쥐 같은 양반을 어떻게 생각해요? 좋은 점도 있지만 내 입장에서는 엄마의 모성이라는 게 있으니까, 저런 완고한 독신주의자들을 보면 눈에서 눈물이 먼저 나와요."

방울새가 말했다.

"물쥐의 마음을 어지럽게 한 것 같아서 걱정이에요. 교훈이 담긴 이야기를 하고 말았네요."

"그래! 그건 언제나 위험한 일이지."

엄마 오리가 말했다.

나도 엄마 오리와 똑같은 생각이다.

핵심 정리

- **갈래** : 단편소설
- **시점** : 전지적 작가 시점
- **주제** : 우정과 친구의 참된 의미
- **배경** : 시골 마을
- **등장인물** : 한스 – 친절하고 희생적인 마음씨를 가진 인물. 정원에서 꽃을 가꾸는 일을 생계로 유지한다. 친구 휴의 부탁이라면 자신에게 손해가 가는 일이라도 거절하지 않고 들어준다.

  휴 – 방앗간 주인. 한스의 친구로, 한스에게 헌신적인 우정을 베풀고 있다는 평을 듣는다. 하지만 실제로는 자기 생각만 하는 이기적인 인물이다.

- **구성** : 발단 – 어느 날 아침, 늙은 물쥐와 오리와 초록 방울새가 연못에 모여 사랑과 우정에 대해 이야기를 나눈다. 그러다가 초록 방울새가 헌신적인 친구에 대한 이야기를 들려준다.

  전개 – 방앗간 주인 휴는 꽃 가꾸는 일로 생계를 꾸려 가는 한스에게 헌신적인 우정을 베풀고 있다는 평을 듣는다.

  위기 – 한스는 휴의 부탁이라면 설사 손해가 가는 일이라도 거절하지 않고 다 들어준다. 그러다 보니 정작 자신의 일은 못한다.

  절정 – 세찬 바람이 불고 억수같이 비가 쏟아지는 밤, 한스는 아들이 다쳤다며 의사를 불러다 달라는 휴의 부탁으로 집을 나섰다. 그러나 의사를 부르고 돌아오다가, 어둠 속에서 길을 잃고 헤매다가 웅덩이에 빠져 죽고 만다.

결말 – 한스의 장례식에 참석한 휴는, 자신이 그의 가장 친한 친구였으므로 당연히 가장 좋은 자리를 차지해야 한다며 행렬의 선두에 서서 걷는다.

◉ 줄거리 및 작품 해설

연못가에 모인 늙은 물쥐, 오리, 초록 방울새가 사랑과 우정에 대해 이야기를 나눈다. 초록 방울새가 진정한 친구에 대한 이야기를 들려준다.

어느 마을에 꽃을 가꾸어 생계를 이어 가는 한스와 방앗간 주인인 휴라는 두 친구가 있다. 한스는 몸집은 작지만 정직한 성품의 소유자로, 가난하지만 항상 친절한 마음씨, 명랑한 표정을 잃지 않는다. 그 반면, 휴는 몸집도 크고 살림살이도 부유한 편으로, 한스에게 늘 헌신적인 우정을 베푼다는 평을 듣는다.

겨울은 한스에겐 힘든 계절이다. 저녁도 자주 거르고, 어쩌다 말라비틀어진 배 몇 개, 딱딱한 땅콩 등으로 겨우 허기를 면했다. 그러나 휴는 그런 한스를 찾지 않았다. 어려울 때 혼자 두는 것이 참된 우정이라고 생각했기 때문이다.

봄이 와서 앵초꽃이 피기 시작하자 휴는 한스를 찾아간다. 꽃을 시장에 내가려면 겨울에 팔았던 외바퀴 손수레를 다시 와야겠다는 한스의 말에, 휴는 자기가 쓰던 수레를 줄 테니 그 대신 꽃을 큰 바구니 가득 담아 달라고 한다. 그러면 시장에 내다 팔 꽃이 남지 않지만, 한스는 거절하지 못하고 휴의 말대로 한다.

그 후 휴는 이런저런 부탁으로 한스가 정원에서 일할 시간을 빼앗는다. 꽃들을 전혀 보살피지 못해 손해가 이만저만이 아니었지만, 한스는 휴가 자신의 가장 좋은 친구라고 되새기며 스스로를 위로하곤 했다.

세찬 바람이 불고 비가 억수같이 쏟아지는 어느 날 밤, 휴가 한스를 찾아와 자기 아들이 다쳐서 그러니 의사를 불러다 달라고 부탁한다. 한스는 기꺼이 길을 나서 쏟아지는 빗속을 뚫고 의사를 부르러 간다. 그러나 말을 탄 의사를 뒤쫓아가다가, 그만 어둠 속에서 길을 잃고 웅덩이에 빠져 죽는다.

한스의 장례식날, 휴는 자신이 가장 친한 친구였으니 가장 좋은 자리를 차지해야 한다며 행렬의 선두에서 걷는다.

참된 우정이란 과연 어떤 것인지 생각하게 하는 작품이다.

가난하지만 정직하게 살고, 늘 친절한 마음과 명랑한 표정을 잃지 않는 한스, 부유한 형편에 한스에게 헌신적인 우정을 베푼다는 평을 듣는 방앗간 주인 휴. 참으로 대조적인 성격의 소유자로, 이 두 인물은 현실적 인물의 대표적 유형이라 할 수 있다.

한스는 방앗간 주인 휴를 진정한 친구로 생각하고, 그가 자신의 친구라는 사실이 자랑스러워서, 그의 부탁이라면 설사 자신에게 손해가 되더라도 들어준다. 죽을 때까지 진실한 우정을 위해 헌신하는 인물이다. 비바람이 몰아치는 칠흑같이 어두운 밤, 자기 일 때문에 가는데도 불구하고 손전등 하나 빌려 주지 않는 휴의 부탁으로 길을 나서는 한스의 모습은 너무 바보 같아서 오히려 화가 날 지경이다.

그러나 휴는 자기만 잘난 줄 알고, 한스를 도와주는 척하면서도 실은 자신의 이익을 챙기는 쪽으로만 머리가 돌아가는 이기적이고 자기중심적인 인물이다.

　겨울에 한스가 고생할 때는 혼자 두는 것이 도와주는 것이라며 꼼짝도 하지 않다가, 봄이 되자 다 부서진 외바퀴 손수레를 주겠다면서 온갖 생색 다 내고, 그 대신 한스네 가족의 생계가 달린 꽃을 몽땅 가져가는 데는 이기심의 극치를 보는 듯하다.

　장례식 날, 휴는 뻔뻔스럽게도 자신이 한스의 가장 친한 친구였으니 가장 좋은 자리를 차지해야 한다고 나선다. 그리고 자신의 부탁을 들어주다가 죽은 한스에게 미안한 마음을 가지는 것은 고사하고, 그가 남긴 손수레를 보며 "이제 이 손수레를 어디다 써야 할지 모르겠군. 다 망가져서 팔수도 없고……. 사람은 관대하면 고통을 당하게 마련이거든." 하고 말한다. 작가는 이 장면에서 이기심의 극치를 보여주며, 마지막으로 진정한 친구의 의미에 대해 묻고 있다.

◉ 생각해 볼 문제

1. 이 작품에서 휴가 한스에게 준 부서진 수레가 의미하는 것은?
2. 작가가 생각하는 참된 우정은?

해답

1. 얄팍한 우정의 매개물. 그것을 빌미로 휴는 한스를 마구 부려먹는다.
2. 한스처럼 친구를 위해서라면 설사 자신에게 손해가 되더라도 헌신하는 것.

캐서린 맨스필드

캐서린 맨스필드(Katherine Mansfield, 1888~1923)

영국의 여류 소설가. 뉴질랜드의 수도 웰링턴에서 태어났다. 14세 때 영국으로 건너가 런던의 퀸스 칼리지에 다녔다. 이때부터 작가가 될 생각을 품고 본격적으로 문학 수업을 했으나, 1906년 부모의 귀국 명령에 따라 뉴질랜드로 돌아간다.

이듬해인 1907년, 다시 런던으로 가서 문학 수업을 계속했다. 22세 때 한 첫 번째 결혼이 며칠 만에 깨어진 후로, 가난과 병고에 시달리는 불행한 삶이 시작된다. 투고한 작품을 계속 거절당해 실의 속에서 나날을 보냈으나, 1911년 남자에게 버림받은 채 외로운 삶을 이어가는 여자에 대해 쓴 〈독일의 하숙에서〉를 발표하면서 비로소 주목을 받기 시작했다.

그 얼마 후 옥스퍼드의 학생이었던 J. M. 머리라는 문학청년과 사랑에 빠져 동거하다가, 1918년 정식으로 결혼했다. 그러나 지병인 늑막염이 폐결핵으로 악화되어, 35세라는 젊은 나이에 파리 근처 퐁텐블로의 한 요양원에서 세상을 떠났다.

맨스필드의 작품 세계는 극히 한정되어 있다. 주로 평범하고 일상적인 소재를 다루었는데, 그것을 예리하고 섬세하고 여성적인 감각, 시인다운 감성으로 포착, 내적 갈등이 해결되어 가는 과정을 미묘하게 묘사한 것이 특징이다.

이러한 문체는 후대의 작가들에게도 많은 영향을 끼쳤는데, 사후에 러시아의 안톤 체호프와 비교되는 영국 제일의 단편작가로 재평가를 받았다.

주요 작품으로는 단편집 《행복》, 《원유회》가 있으며, 사후 머리가 편집, 출판한 《일기》, 《서간집》, 그밖에 평론집 《소설과 소설가》 등이 있다.

가든파티

 읽기 전에

≫ 작품 속에서 말하고자 하는 작가의 의도를 생각하며 읽어 보자.

≫ 체호프의 작품과 비교해 보자.

그날은 더할 수 없이 날씨가 좋았다. 가든파티에 이만큼 어울리는 날씨는 흔치 않을 것이다. 바람도 없이 따뜻하고 하늘은 구름 한 점 없이 맑았다. 파란 하늘에는 초여름에 간혹 보이는 황금색 얇은 안개가 끼어 있을 뿐이었다. 정원사는 아침 일찍부터 찾아와 잔디를 깎고 청소를 했다. 데이지가 피어 있던 평평한 화단에는 파릇파릇한 풀들이 햇살을 받아 곱게 빛났다.

누가 뭐라 해도 가든파티를 가장 빛나게 하는 꽃은 사람들의 시선을 단번에 독차지하는 장미다. 사실 다른 꽃 이름은 모른다 할지라도 장미를 모르는 사람은 없기 때문이다. 장미도 그런 사실을 안다는 듯 실로 수백 송이의 꽃을 하룻밤 사이에 피웠다. 초록색 덩굴은 천사의 방문이라도 받은 듯 꽃을 향해 고개를 숙이고 있었다.

아침 식사가 미처 끝나기도 전에 천막을 치기 위해 인부들이 왔다.

"엄마, 천막을 어디에 쳐야 하죠?"

"애, 그걸 왜 나한테 묻니? 금년 가든파티는 너희들에게 다 맡기기로 했잖아. 오늘만은 나를 엄마라고 생각하지 말고 특별 손님으로 대우해 줬으면 좋겠다."

그러나 맥은 인부들을 감독할 형편이 못 되었다. 그녀는 아침 식사 전에 머리를 감고 두 뺨에 젖은 밤색 머리를 찰싹 붙이고 녹색 모자를 쓴 채 커피를 마시고 있었다. 언제나 그렇듯 조스는 나비처럼 비단 페티코트를 입고 일본풍의 긴 재킷을 걸친 채 아래층으로 내려왔다.

"로라, 네가 가 봐. 우리 집에선 네가 미적 감각이 가장 뛰어나니까."

로라는 버터 바른 빵을 손에 든 채 밖으로 뛰어나갔다. 집 밖에서 무엇을 먹을 좋은 구실이 생긴 데다가, 그녀는 이것저것 판단하고 결정 내리는 것을 좋아하는 성격이었다. 그리고 그런 일은 누구보다 잘할 수 있다는 자신감도 있었다.

네 명의 인부가 소매를 걷어붙인 채 정원 가운데 통로에 모여 있었다. 그들은 둘둘 만 천막을 들고 어깨에는 커다란 연장통을 메고 있었다. 어딘지 사람을 압도하는 분위기가 있는 모습이었다. 로라는 '이럴 줄 알았으면 빵을 들고 나오는 게 아닌데.' 하고 생각했다. 하지만 어디 둘 데도 없고, 그렇다고 버릴 수도 없었다. 그녀는 얼굴이 붉어졌지만, 애써 정색을 하면서 약간 근시인 듯한 표정을 지으며 그들에게 다가갔다.

"안녕하세요?"

그녀는 어머니의 목소리를 흉내내어 인사를 했다. 그러나 자신의 목소리가 지나치게 꾸민 것 같다는 생각이 들자 부끄러워서 어린아이처럼 더듬거렸다.

"아, 저, 그러니까…… 저…… 천막 때문에 오신 분들이죠?"

"그렇습니다, 아가씨."

그들 가운데 가장 키가 크고 얼굴에 주근깨가 많은 남자가 말했다. 그는 연장통을 내려놓고 밀짚모자를 뒤로 젖히더니 미소를 지으며 그녀를 바라보았다.

"네, 그 일 때문에 왔습니다."

로라는 남자의 미소와 친절한 말투에 자신감을 되찾았다.

'이 사람의 눈은 작지만 정말 아름답네. 짙푸른 색이야!'

그녀는 그런 생각을 하며 다른 사람들에게 눈을 돌렸다. 그들 역시 부드러운 표정으로 미소를 짓고 있었다.

'자, 기운을 내요. 아가씨를 물어뜯지는 않을 테니까.'

하고 그들의 미소가 말하는 것 같았다.

'정말 순박한 사람들이야! 게다가 오늘 아침은 아주 상쾌하고! 하지만 그런 이야기를 할 때가 아니지. 사무적이어야 해. 천막 이야기 말이야.'

"저기 백합이 있는 잔디 쪽에 천막을 치면 어떨까요? 괜찮지 않아요?"

그렇게 말하며 그녀는 빵을 들지 않은 손으로 백합이 있는 잔디 쪽을 가리켰다. 인부들은 고개를 돌려 그 쪽을 바라보았다. 뚱뚱하고 작달막한 남자는 아랫입술을 삐죽이 내밀고, 키 큰 남자는 얼굴을 찌푸렸다.

"그다지 좋은 것 같지 않은데요."

하고 키 큰 남자가 말했다.

"별로 눈에 들어오지 않는군요. 이런 천막 같은 것은요."

그는 특유의 친근한 표정으로 로라를 돌아다보며 말했다.

"어디든 눈에 확 띄는 곳에 세워야죠. 아가씨, 나를 따라와 보세요."

태생이 태생인지라, 로라는 일꾼이 자기에게 '눈에 확 띄는'이란 말을 하는 것이 실례가 아닌가 잠시 생각했다. 그러나 그가 말하는 뜻은 충분히 알 수 있었다.

"테니스 코트 구석은 어떨까요?"

하고 로라가 다시 한 번 말했다.

"그 쪽 어딘가 악단이 오기로 되어 있거든요."

"흠, 악단이 온다구요?"

다른 인부가 말했다. 그는 창백한 얼굴에 눈자위가 검은 남자였다. 그 눈으로 초조한 듯 테니스 코트를 살펴보았다. 그는 대체 무슨 생각을 하고 있는 것일까.

"아주 규모가 작은 악단이에요."

하고 로라는 상냥하게 말했다. 만일 악단이 아주 작다고 하면 이 사람도 그렇게 신경을 쓰진 않을 것이라 생각했다. 그때 키 큰 남자가 다시 말했다.

"아가씨, 보세요. 저기가 어떨까요? 저 나무들을 등지고 말입니다. 저기라면 아주 적당한 것 같은데요."

그는 카라카 나무들을 가리켰다. 그러나 그렇게 하면 카라카 나무가 가려진다. 큼직하고 반짝거리는 잎사귀에 노란 열매가 주렁주렁 매달린 아름다운 나무인데. 카라카 나무는 마치 바다 한가운데 있는 외딴 섬처럼 고고하고도 자랑스러운 느낌이 나는 나무였다. 그런 나무를 천막으로 가릴 수는 없지!

그러나 인부들은 벌써 천막과 연장통을 어깨에 메고 그 쪽으로 가고 있었다. 키 큰 남자만 남아 있었다. 그는 허리를 굽혀 라벤더 가지를 꺾더니 손으로 문질렀다. 그리고 엄지손가락과 집게손가락을 코에 갖다 대고 그 향기를 맡았다.

그런 모습을 보며 로라는 카라카 나무에 대한 생각은 까맣게 잊어버렸다. 라벤더 향기에 마음을 쓸 수 있는 남자에게 감동한 것이다. 그녀가 아는 남자 중 이런 사람이 몇 명이나 있을 것인가.

'아, 이 얼마나 멋있는 사람인가. 함께 춤을 추고, 일요일 저녁이면 집으로 식사를 하러 오는 저 멍청한 남자들보다 이런 일꾼을 친구로 삼는 게 훨씬 나을 텐데. 이런 남자들이라면 훨씬 더 사이좋게 지낼 수 있을 텐데!'

로라는 그렇게 할 수 없는 것이 불합리한 계급 차별 때문이라고 생각했다. 키 큰 남자는 봉투 뒷면에 무엇인가를 그리고 있었다. 천막을 고리로 죌 것인가, 아니면 그대로 늘어뜨려 놓을 것인가 하는 작업 계획인 듯했다.

그녀는 그런 동작에서 눈곱만큼도 계급의 차이 따위를 느낄 수 없었다. 그 때 쿵쿵 하는 나무망치 소리가 들려왔다. 어떤 사람은 휘파람을 불고 또 어떤 사람은 큰 소리로 외치고 있었다.

"어이, 그 쪽은 어떤가, 친구?"

친구라니! 얼마나 친근한 말인가! 로라는 자기가 지금 얼마나 행복하고 그들을 얼마나 흉허물 없이 생각하고 있는지, 그리고 자신이 얼마나 쓸데 없는 격식 따위에 진절머리가 나 있는지 그 키 큰 남자에게 보여주고 싶었 다. 로라는 봉투에 그려진 것을 보면서 버터 바른 빵을 한 입 베어 물었다. 순간 그녀는 자신이 노동 계급의 여자가 된 듯한 기분이 들었다.

"로라, 로라, 어디 있니? 전화 왔어, 로라!"

하고 집 안쪽에서 부르는 소리가 들렸다.

"지금 갈게요!"

그녀는 미끄러지듯 잔디를 지나 계단을 오르고 베란다를 가로질러 현관 으로 들어갔다. 현관 홀에서는 아버지와 로리가 솔로 모자를 털며 사무실 에 나갈 준비를 하고 있었다.

"그런데 로라!"

하고 로리가 재빠르게 말했다.

"내 코트의 주름을 좀 폈으면 좋겠는데, 점심 때까지 좀 살펴봐 줘. 다림 질을 해야 할지 어떨지……."

"알았어."

하고 대답한 로라는, 문득 자신을 억제하지 못한 채 로리에게 달려가 그를 살짝 끌어안았다.

"아, 난 파티가 정말 좋아. 오빠는?"

로라는 가쁘게 숨을 쉬며 말했다.

"물론 나도 좋지!"

로리는 앳된 목소리로 다정하게 대답하며 동생을 안아 주었다. 그리고 가볍게 로라를 떼어놓으며 말했다.

"자, 얼른 가서 전화 받아."

"그래, 전화가 왔다고 했지, 참."

로라는 전화통으로 달려갔다.

"그래, 그래, 키티. 안녕? 점심 먹으러 오지 않겠니? 그냥 이것저것 있는 대로 차릴 거야. 샌드위치 몇 조각, 머랭쿠키, 그리고 먹다 남은 음식이 조금 있거든. 응, 정말 오늘 아침은 어쩌면 이렇게 날씨가 좋지? 너 흰 옷을 입고 올래? 응, 응, 나도 그럴게. 잠깐만 기다려, 전화 끊지 말고. 지금 엄마가 부르시거든."

하고 로라는 의자에 앉은 채 몸을 뒤로 젖혔다.

"무슨 일이에요, 엄마? 잘 안 들려요!"

위층에서 세리던 부인의 부드러운 목소리가 들려왔다.

"지난 일요일에 썼던 그 멋진 모자를 또 쓰고 오라고 해라."

"엄마가 지난 일요일에 썼던 그 멋진 모자를 또 쓰고 오라고 그러서. 알았지? 그럼 한 시에 보자. 안녕."

로라는 수화기를 내려놓은 다음, 숨을 깊이 들이마시며 두 팔을 위로 쭉 뻗었다가 내렸다. 그리고 '휴' 숨을 내쉬고 자리에서 벌떡 일어나 가만히 귀를 기울였다. 집안에 있는 모든 문이 다 열려 있는 것 같았다. 분주한 발소리와 여기저기서 들리는 사람들의 말소리로 집안은 생기가 넘쳤다. 주방으로 통하는 초록색 문이 계속 열렸다 닫혔다 했다. 킥킥거리는 웃음소리 같은 것도 들려왔다. 그것은 무거운 피아노의 단단한 바퀴가 움직이는 소리였다.

그런데 이 공기! 가만히 주의해서 살펴보면 오늘은 보통 때와 공기의 움직임이 다른 것 같았다. 산들바람이 창문 위쪽으로 들어왔다가 숨바꼭질을 하듯 다른 문으로 나간다. 그리고 두 개의 작은 햇빛 얼룩이 하나는 잉크병, 또 하나는 은빛 사진틀 위에서 장난을 치고 있다. 귀엽고 작은 얼룩들, 특히 잉크병 위에 있는 것은 더욱 귀여워 보였다. 무척이나 따뜻한 느낌이다. 따뜻하고 귀여운 은빛 별. 로라는 거기에 키스라도 해주고 싶었다.

현관의 벨이 울리고 새디의 사라사 치마가 가볍게 스치는 소리가 들려왔다. 어떤 남자가 뭐라고 말하는 소리도 들렸다. 새디는 성의 없는 목소리로 대답했다.

"전 잘 모르겠어요. 세리던 마님께 여쭤 볼 테니 잠깐만 기다리세요."

"무슨 일이야, 새디?"

로라는 현관의 홀로 나갔다.

"꽃집 사람이에요, 아가씨."

사실이었다. 문 안쪽에 넓적하고 속이 얕은 화분이 놓여 있었다. 거기에는 핑크빛 백합꽃만 가득했다. 다른 꽃은 없었다. 활짝 핀 칸나 백합이 햇살을 가득 받으며 진홍색 줄기 위에서 말할 수 없이 싱그러운 향내를 풍기고 있었다.

"오, 새디!"

하고 로라가 외쳤다. 그녀의 목소리는 거의 신음에 가까웠다. 그녀는 마치 그 백합의 불길에 몸을 덥히려는 듯 허리를 굽혔다. 손가락 사이에, 입술에, 또는 가슴속에 백합의 불길이 타오르는 것 같았다.

"뭔가 잘못됐겠지."

하고 로라는 속삭이듯 말했다.

"이렇게 많은 꽃을 주문한 사람은 없을 텐데. 가서 엄마를 찾아봐, 새디."

마침 그때 세리던 부인이 나타났다.

"잘못된 게 아니야."

하고 그녀는 조용한 목소리로 말했다.

"내가 주문했단다. 어때, 예쁘지?"

그녀는 로라의 팔을 부드럽게 잡았다.

"어제 꽃집 앞을 지나는데 이 꽃들이 진열돼 있지 않겠니? 그러자 문득, 일생에 단 한 번이라도 좋으니 칸나 백합을 마음껏 사 보고 싶었어. 실은 가든파티가 좋은 핑계가 된 셈이지."

"하지만 엄마는 이번 가든파티엔 전혀 참견하지 않겠다고 하셨잖아요."

로라가 말했다. 새디는 이미 보이지 않았다. 꽃집 남자는 아직 현관 밖에 있는 자기 수레 옆에 서 있었다. 로라는 어머니의 목에 팔을 감고 부드럽게 귀를 깨물었다.

"로라, 너도 융통성 없는 엄마는 싫겠지? 그러니 이제 그만해. 봐, 저기 꽃집 남자도 보고 있잖니."

꽃집 사람은 다시 백합꽃이 가득 담긴 화분을 들고 들어왔다.

"저기 현관 양쪽에 한 줄로 나란히 놓아 주세요."

하고 세리던 부인이 말했다.

"로라, 그러면 괜찮겠지?"

"네, 좋아요. 엄마."

응접실에서는 맥과 조스, 그리고 사람 좋은 하인 한스가 이제야 겨우 피아노를 옮겨놓고 있었다.

"이 커다란 소파는 벽 쪽으로 밀어붙이고, 의자만 남기고 나머지는 모두 밖으로 내가는 게 좋을 것 같은데."

"응, 그게 좋겠어."

"한스, 이 테이블을 모두 흡연실로 옮기고, 융단의 얼룩을 없애게 청소기를 가져와. 아, 잠깐, 한스."

조스는 하인들에게 일 시키는 것을 좋아했고, 하인들도 그녀의 말을 잘 따랐다.

그녀는 항상 하인들로 하여금 자기들이 어떤 연극 속의 역할을 맡은 듯한 느낌을 가지게 했다.

"엄마와 로라에게 곧 좀 와 달라고 해."

'알았습니다, 조스 아가씨.'

조스는 이번엔 맥 쪽을 돌아보았다.

"피아노 소리가 어떤지 좀 들어 보고 싶어. 오늘 오후에 노래를 불러 달라는 청을 받을지도 모르니까. '세상살이는 괴로워'를 한번 쳐 보나."

땅! 따르르 땅 따땅! 피아노 소리는 아주 격렬하게 울려 퍼졌다. 조스의 얼굴빛이 달라졌다. 그녀는 두 손을 꼭 쥐었다. 어머니와 로라가 함께 들어왔을 때, 그녀의 얼굴은 묘하게 슬픈 표정을 띠고 있었다.

세상살이는 괴로워
눈물과 탄식
사랑은 변하는 것

세상살이는 괴로워
눈물과 탄식
사랑은 변하는 것
이제는 작별을 고해야지

'작별'이라고 하는 가사에서 피아노 소리는 한층 더 격정적이고 애절해졌다. 그러나 조스는 갑자기 가사와는 전혀 어울리지 않는 미소를 지었다.

"엄마, 제 목소리 괜찮지요?"

하고 그녀는 밝게 웃었다.

> 세상살이는 괴로워
> 희망은 사라지고
> 꿈인지 현실인지

그때 새디가 들어오는 바람에 노래가 중지됐다.

"무슨 일이야, 새디?"

"저, 마님, 요리사가 샌드위치에 꽂을 작은 깃발이 있는지 묻는데요."

"샌드위치에 꽂을 작은 깃발이라니, 새디?"

세리던 부인은 마치 꿈을 꾸듯 되물었다. 아이들은 그 표정을 보고 그것이 없다는 것을 알아차렸다.

"그러면……."

하고 세리던 부인이 빠른 어조로 새디에게 말했다.

"10분 내로 가지고 가겠다고 요리사에게 말해."

새디는 방을 나갔다.

"자, 로라."

하고 어머니는 서두르듯 말했다.

"나와 같이 흡연실로 가자. 어딘가 봉투 뒤에 필요한 물품 목록을 적어 둔 것 같은데, 그걸 네가 다시 좀 써 줘야겠다. 그리고 맥, 넌 빨리 이층으로 올라가서 그 젖은 머리와 얼굴을 매만지렴. 조스는 얼른 옷을 갈아입고. 알겠니? 자, 어서 서둘러야 해. 말을 안 들으면 저녁때 아버지가 돌아오시면 다 이를 거야. 그리고 참, 조스, 넌 주방에 가서 요리사 좀 잘 달래 줘라. 오늘 아침은 어쩐지 그 여자가 안심이 되지 않는구나."

결국 봉투는 식당 시계 뒤에서 발견됐다. 그런데 세리던 부인은 그것이 어째서 그런 곳에 들어가 있는지 도무지 알 수가 없었다.

"분명히 너희 중 누군가가 내 핸드백에서 끄집어냈을 거야. 거기다 넣은 걸 똑똑히 기억하고 있거든……. 크림치즈하고 레몬커드, 그건 다 적었니?"

"네."

"그리고 달걀하고, 또……."

세리던 부인은 로라의 손에서 봉투를 빼앗아 멀찌감치 들고 살펴보았다.

"마치 생쥐라고 쓴 것 같구나. 그럴 리는 없겠지만."

"올리브예요."

하고 로라가 어깨 너머로 넘겨다보며 말했다.

"그래, 물론 올리브지. 그게 생쥐였다면 얼마나 끔찍스러웠겠니. 달걀과 올리브!"

가까스로 끝내고 나서 로라는 그것을 주방으로 가져갔다. 주방에서는 조스가 요리사의 비위를 맞추느라 애쓰고 있었다. 그러나 요리사가 심통을 부리는 것 같지는 않았다.

"이렇게 맛있어 보이는 샌드위치는 구경도 못해 봤어."

하고 조스가 들떠서 말했다.

"종류가 몇 가지나 된다고 그랬죠? 열다섯 가지?"

"네, 열다섯 가지예요, 조스 아가씨."

"정말 훌륭해요, 아줌마. 고마워요."

요리사는 샌드위치를 자르는 긴 칼로 빵 부스러기를 긁어모으며 환하게 웃었다.

"고드버 상점에서 사람이 왔어요."

식기실에서 나오며 새디가 말했다. 창 너머로 그 사람이 지나가는 것을 본 것이다. 드디어 슈크림이 도착한 것이다. 고드버는 슈크림으로 유명한 가게였다. 그런 것을 집에서 만든다는 것은 상상하기 어려운 일이었다.

"새디, 그걸 받아다가 테이블 위에 올려놓아라."

요리사가 일렀다.

새디는 슈크림을 날라 놓고 다시 문간 쪽으로 갔다. 물론 로라나 조스 모두 이제 다 컸기 때문에 그것을 달라고 조르지는 않았다. 그래도 역시 눈길이 계속 슈크림 쪽으로 가는 것은 어쩔 수 없었다. 요리사는 그것을 가지런히 놓은 후 여분으로 붙어 있는 설탕가루를 다 털어냈다.

"파티가 끝나면 모두 이걸 자기 집으로 가져가지 않을까 몰라."

하고 로라가 말했다.

"그럴지도 몰라."

조스가 대꾸했다. 매우 실질적인 조스는 다른 사람이 그것을 집으로 가져간다는 것이 탐탁지 않았다.

"아가씨들, 하나씩 드세요. 어머니께서는 모르실 거예요."
하고 요리사가 다정한 목소리로 말했다.

그러나 그럴 수는 없었다. 아침식사를 방금 끝냈는데 또 슈크림을 먹다니, 생각만 해도 속이 거북한 것 같았다. 그러나 2분 뒤, 조스와 로라는 진지한 표정으로 크림이 묻은 손가락을 핥고 있었다.

"뒤쪽으로 해서 정원에 나가 보지 않을래?" 하고 로라가 제의했다.

"천막이 어떻게 되었는지 궁금해. 그 인부들, 정말 착한 사람들 같아."

그러나 뒷문 쪽에는 요리사, 새디, 고드버의 점원, 게다가 한스까지 모두 모여 있었다. 무슨 일이 있는 것 같았다.

"어머, 저런, 저런."

요리사는 놀란 암탉 같은 소리를 냈다. 새디는 마치 치통이 있는 것처럼 두 손으로 자기 뺨을 두드리고 있었다. 한스는 뭔가 이해하려고 하는 사람처럼 얼굴을 찌푸리고 있었다. 고드버 상점에서 온 사람만은 재미있다는 듯한 표정을 짓고 있었다. 아무래도 그가 무슨 이야기를 한 모양이었다.

"왜 그래요? 무슨 일이에요?"

"끔찍한 일이 있었어요. 사람이 죽었답니다."
하고 요리사가 말했다.

"사람이 죽었다고요? 어디서? 왜? 언제?"

고드버 상점 점원은 자기 이야기를 다른 사람에게 빼앗기고 싶지 않아서 먼저 말문을 열었다.

"아가씨, 이 아래쪽 오두막집들이 모여 있는 곳을 아시나요?"

물론 그녀는 알고 있었다.

"그곳에 스코트라는 젊은 마차꾼이 살고 있죠. 그런데 오늘 아침에 그놈의 말이, 호크 가 모퉁이에서 견인차를 보고 놀라서 뛰는 바람에, 그 사람이 떨어져서 길바닥에 뒤통수를 부딪쳐 죽었어요."

"죽었다구요?"

로라는 고드버 상점 점원의 얼굴을 가만히 응시했다.

"사람들이 달려가 안아 일으켰을 때는 벌써 죽어 있었답니다. 제가 이쪽으로 올 때는 사람들이 시체를 집으로 옮기고 있더군요."

고드버 상점 점원은 흥미진진하다는 듯 이야기했다.

그런 다음 그는 요리사 쪽을 보며 말을 이었다.

"아내와 어린것들을 다섯이나 남겨두고 죽었어요."

"조스, 이리 좀 와."

로라는 언니의 소매를 붙잡고 주방을 거쳐 초록색 문 저쪽으로 끌고 갔다. 로라는 거기서 발걸음을 멈추고 몸을 문에 기댄 채 겁에 질린 목소리로 말했다.

"조스, 다 그만둬야 하는 것 아닐까?"

"다 그만두다니, 로라, 그게 무슨 뜻이지?"

조스는 놀라서 목소리를 높였다.

"물론 가든파티를 그만두자는 거지."

조스는 어째서 시치미를 떼는 걸까? 그런데 조스는 조금 전보다 더 놀란 듯한 목소리로 말했다.

"가든파티를 그만두자고? 아니, 로라, 어쩌면 그런 바보 같은 소리를……. 그럴 순 없어. 다른 사람들도 모두 깜짝 놀랄걸. 그런 터무니없는 소리는 꺼내지도 마."

"하지만 바로 이웃에서 사람이 죽었는데, 어떻게 가든파티를 한다는 거지?"

사실 있을 수 없는 일이었다. 그 작은 오두막집들은 이 집으로 통하는 가파른 고갯길 아래쪽 골목에 모여 있었다. 그 집들과 이곳 사이에는 제법 넓은 길이 있었지만, 그렇다고 멀리 떨어져 있다고는 할 수 없었다. 아무리 보아도 눈에 거슬리는 집들이었다. 말하자면 이 근방에 있을 자격이 전혀 없는 집들이라고 할 수 있었다. 갈색에 가까운 엷은 초콜릿색 페인트로 대충 칠한 작고 초라한 집들뿐이었다. 비좁은 마당에는 양배추 잎사귀와 말라빠진 닭, 빈 토마토 깡통 같은 것이 있었다. 굴뚝에서 나오는 연기까지도 가난에 찌들어 기운 없이 풀풀 흩날리는 것 같았다. 누더기 조각을 연상시키는 그 연기는 세리던 가의 굴뚝에서 나오는 커다란 은빛 깃털 같은 연기와는 비교가 안 되었다.

그 골목길에는 늙은 세탁부, 굴뚝 청소부, 구두 수선공, 그리고 집 앞쪽의 벽에 작은 새장을 잔뜩 내다놓고 파는 남자가 살고 있었다. 게다가 아이들이 우글거렸다. 세리던 가의 아이들에게 그곳은 어릴 때부터 출입금지 지역이었다. 말투가 상스러워 무슨 말을 배워 올지, 또 무슨 병을 옮겨 올지 모르기 때문이었다.

그러나 조금 큰 후에 로라와 로리는 산책을 하면서 몇 번 그 골목길을 지나쳤다. 몹시 불쾌하고 더러운 곳이었다. 두 사람은 몸을 오싹 떨면서 그 길을 빠져나왔다. 하지만 그들은, 사람이란 어디든지 가 보고 되도록 많은 것을 경험해 보아야 한다는 생각을 하면서 그 길을 지났었다.

"조스, 생각 좀 해봐. 그 불쌍한 여자가 우리 집에서 나는 악단의 소리를 들으면 어떤 기분이 들겠어?"

하고 로라가 말했다.

"하지만 로라!"

하고 조스는 몹시 난처하다는 듯이 말했다.

"누군가 사고를 당할 때마다 음악을 중지해야 한다면 평생 어떻게 살겠니? 나도 그 사람들이 불쌍해. 딱하다는 생각이 들어."

조스의 눈이 약간 사나워졌다. 그녀는 어린 시절 두 사람이 싸울 때와 같은 눈초리로 로라를 바라보았다.

"그렇게 감상적이 된다고 해서 그 주정뱅이 노동자가 다시 살아나지는 않아."

"주정뱅이? 누가 그 사람이 주정뱅이라고 했어?"

하고 로라는 화난 얼굴로 조스에게 대들었다. 그리고 둘이 싸울 때마다 흔히 하던 대로 말했다.

"엄마한테 가서 이를 거야."

"그래, 이를테면 이르렴."

하고 조스는 비둘기가 울 때처럼 입을 삐죽 내밀었다.

"엄마, 들어가도 괜찮아요?"

하면서 로라는 커다란 유리문의 손잡이를 틀었다.

"그래, 들어오렴. 그런데 무슨 일이냐? 얼굴이 왜 그래?"

하고 세리던 부인은 화장대에서 몸을 돌렸다. 그녀는 새 모자를 써 보고 있었다.

"엄마. 사람이 죽었대요."

로라가 말했다.

"우리 집 정원에서는 아니겠지?"

하고 어머니가 말했다.

"아니, 그런 건 아니에요."

"얘야, 사람 좀 놀라게 하지 마라."

세리던 부인은 안심했다는 듯 한숨을 내쉬면서 큰 모자를 벗어서 무릎 위에 올려놓았다.

"엄마, 제 말 좀 들어 보세요."

하고 로라는 숨이 차서 목이 꽉 멘 것 같은 어조로 그 끔찍하고 무서운 이야기를 했다.

"그러니 가든파티 같은 건 할 수 없잖아요."

하고 그녀는 애원하듯 말했다.

"악단이랑 많은 사람들이 오잖아요? 틀림없이 언덕 아래 사는 사람들에게도 그 소리가 들릴 거예요, 바로 우리 이웃에 사는 그 사람들에게 말이에요."

그러나 로라는 어머니의 태도가 조스와 똑같은 데 놀라지 않을 수 없었다. 게다가 어머니는 그 사건을 재미있게 생각하는 것 같아서 더욱 견딜 수가 없었다. 어머니는 로라의 말을 전혀 진지하게 받아들이려고 하지 않았다.

"하지만 얘야, 상식적으로 생각해 보렴. 우리가 그 이야기를 들은 것은 그저 우연일 뿐이야. 만일 누군가 저 아래쪽 동네에서 그냥 평범하게 죽었다면, 가든파티를 그만둘 필요까지는 없지 않겠니?"

로라는 그 말에 대해 "네." 하고 대답할 수밖에 없었다. 그러나 마음속으로는 그것은 잘못된 것이라는 생각을 지우기 어려웠다. 그녀는 소파에 앉아 쿠션 가장자리를 만지작거렸다.

"얘, 이리 와 봐."

하며 세리던 부인은 모자를 들고 로라에게 다가왔다. 그리고는 미처 뿌리칠 틈도 없이 그 모자를 슬쩍 로라의 머리에 씌웠다.

"이 모자는 네게 주마. 맞춘 것처럼 잘 어울리는구나. 나한테는 너무 요란스러워서⋯⋯. 정말 그림처럼 예쁘다, 자, 거울에 비춰 봐."

하고 어머니는 손거울을 들고 로라 앞에 대 주었다.

"하지만 엄마."

하고 로라는 다시 말을 꺼냈다. 거울에 비친 자신의 모습을 볼 생각은 없었으므로 고개를 옆으로 돌렸다.

이번에는 세리던 부인이 조금 전의 조스처럼 화를 냈다.

"넌 정말 이상한 아이로구나, 로라."

하고 그녀는 냉정하게 말했다.

"그런 사람들은 우리가 뭔가를 해주어도 고맙다고 생각하지 않아. 로라, 너는 지금 다른 사람들의 기쁨과 기대를 모두 망치려 하고 있어. 그건 옳은 일이 아니야."

"전 잘 모르겠어요."

하고 로라는 급히 방을 나와 자기 침실로 갔다. 거기서 우연히 그녀의 눈길을 맨 먼저 붙든 것은 거울에 비친 아름다운 아가씨의 모습이었다. 황금색 데이지로 가장자리를 두르고 검고 긴 벨벳 리본이 달린 모자를 쓴 아름다운 소녀, 그것은 로라 자신의 모습이었다. 자신의 모습이 이렇게 아름답게 보일 줄은 상상도 못했다.

'엄마가 말한 것처럼 나는 정말 아름다운 걸까? 아무튼 아름다워지고 싶어한 건 사실이지. 그런데 내가 엄마한테 너무 지나친 말을 한 걸까? 어쩌면 지나쳤는지도 몰라.'

지금 또 짧은 순간, 그녀는 오두막집의 그 불쌍한 부인과 가엾은 아이들, 그리고 집으로 옮겨지는 시체를 눈앞에 떠올렸다. 그러나 이제는 그것이 훨씬 희미해졌다. 가까운 곳의 일이 아닌, 신문에 난 사건처럼 현실감이 약해졌다. 그래, 가든파티가 끝나고 난 다음 다시 생각하기로 하자. 그녀는 그렇게 마음속으로 작정했다. 왠지 그렇게 하는 편이 가장 좋은 방법인 것 같았다.

한 시 반에는 점심 식사가 끝나고 두 시 반에는 요란스러운 파티를 할 준비가 다 되었다. 녹색 윗옷을 입은 악단이 도착하여 테니스 코트 한 모퉁이에 자리를 잡았다.

키티 메이트랜드가 떨리는 목소리로 말했다.

"여러분, 저 악사들은 마치 개구리 같잖습니까……. 저 사람들은 연못가에 앉히고 지휘자는 나뭇잎 위에 올려놓았어야 더 잘 어울릴 텐데."

로리가 집에 돌아와 옷을 갈아입으러 가면서 사람들에게 인사를 했다. 그 모습을 보자 로라는 다시 그 사건이 생각났다. 로리에게 그 이야기를 해 주고 싶었다. 만일 로리도 다른 사람과 같은 생각이라면 반드시 그것이 옳다는 이야기이리라. 그녀는 그의 뒤를 따라 홀로 들어갔다.

"로리."

"응?"

로리는 계단을 올라가다가 뒤를 돌아보고 로라를 발견하더니 뺨을 불룩하게 하고 눈을 크게 떠 보였다.

"야, 참 멋진데! 놀랐어, 로라. 정말 멋진 모자구나."

하고 로리는 말했다.

"정말?"

로라는 중얼거리듯 말하고 미소를 지으며 로리를 올려다보았다. 그러나 결국 그 이야기는 꺼내지 못했다.

곧 엄청나게 사람들이 몰려왔다. 악단이 연주를 시작했다. 임시로 고용한 급사들이 집에서 천막으로 바삐 뛰어다녔다. 보이는 곳마다 쌍쌍이 정원을 거닐고 있거나 허리를 굽혀 꽃을 감상하거나 하고 있었다. 또 서로 인사를 주고받거나 잔디 위를 어슬렁어슬렁 돌아다니는 사람들도 있었다. 마치 명랑한 작은 새들이 어디론가 날아가다가 오늘 오후에 잠깐 세리던 가의 정원에 내려앉은 것 같았다. 행복한 사람들과 함께 있으면서 손을 잡기도 하고 뺨을 서로 갖다 대기도 하고, 혹은 서로 미소를 지으며 눈길을 마주친다는 것은 얼마나 멋진 일인가!

"어머, 로라. 정말 아름답구나!"

"어쩌면 그렇게 모자가 잘 어울리지?"

"로라, 마치 스페인 여자 같아. 네가 이렇게 아름다운 줄 몰랐어."

그런 말을 들을 때는 로라 역시 얼굴을 붉히며 상냥하게 말하곤 했다.

"차는 드셨어요? 아이스크림은 안 드시겠어요? 시계초 열매로 만든 아이스크림은 정말 맛있어요."

그리고 그녀는 아버지에게 뛰어가서 이렇게 부탁했다.

"아빠, 악사들한테도 뭔가 마실 것 좀 갖다 주어야 하지 않겠어요?"

그리하여 더할 나위 없이 흥겨운 오후가 서서히 무르익어, 꽃이 피었다가 다시 서서히 지듯 어느새 막을 내렸다.

"이렇게 유쾌한 가든파티는 처음이에요."

"대성공이에요!"

"그래요, 정말 훌륭했어요."

로라는 어머니와 함께 사람들을 배웅했다. 한 사람 한 사람에게 일일이 작별 인사를 했다. 두 모녀는 사람들이 완전히 다 돌아갈 때까지 현관에 나란히 서 있었다.

"다 끝났다. 이제 모두 끝났어."

하고 세리던 부인이 말했다.

"로라, 모두 이리 오라고 해라. 함께 커피라도 마시자꾸나. 아, 피곤해. 하지만 대성공이었어. 이런 가든파티는 다시없을 거야. 너희들이 가든파티를 열자고 고집피우길 잘했지 뭐냐."

가족들은 손님들이 다 가버려 텅 빈 천막 안에 자리를 잡고 앉았다.

"아빠, 샌드위치 드세요. 깃발은 제가 쓴 거예요."

"고맙다."

하고 세리던 씨는 샌드위치를 한 입에 집어넣었다. 그리고 또 한 조각을 먹으며 말했다.

"너희는 오늘 일어난 끔찍한 일을 아직 모르지?"

"알고 있었어요, 여보."

하고 세리던 부인은 손을 치켜들며 말했다.

"그 일 때문에 하마터면 가든파티를 못할 뻔했어요. 로라가 막무가내로 가든파티를 연기해야 한다고 우기는 바람에 말예요."

"아이, 엄마는……"

로라는 그 일로 더 이상 놀림감이 되고 싶지 않았다.

"아무튼 정말 끔찍한 일이야."

하고 세리던 씨가 말했다.

"게다가 그 남자는 혼자가 아니었어. 바로 이 아래쪽에 사는데, 아내와 아이가 여섯이나 있다지 뭐냐."

한동안 어색한 침묵이 흘렀다. 세리던 부인은 안절부절못하고 컵을 만지작거렸다.

'저이는 왜 눈치 없이 그런 이야기를 꺼냈지?'

세리던 부인은 문득 고개를 들었다. 테이블에는 샌드위치, 과자, 슈크림 빵 등 손도 안 댄 음식들이 잔뜩 남아 있었다. 그냥 두면 어차피 버릴 수밖에 없다. 그럴듯한 생각이 떠올랐다.

"좋은 생각이 있는데, 바구니를 하나 만들자. 그 불쌍한 사람들에게 이 맛있는 음식을 보내주는 거야. 아무튼 그 집 아이들은 무척 좋아할 테니까. 그렇지 않니? 그리고 분명히 이웃 사람들도 몰려들어 법석일 거야. 이런 음식을 갖다 주면 얼마나 좋아하겠니, 로라!"

하며 세리던 부인은 자리에서 벌떡 일어났다.

"계단에 있는 선반에서 큰 바구니를 가지고 오너라."

"하지만 엄마는 그게 정말 좋은 생각이라고 믿으세요?"

하고 로라가 물었다.

다시 한번 느낀 것인데, 로라만 모든 사람들과 의견이 다른 것 같았다. 파티에서 남은 음식을 갖다 주다니, 그들이 정말 좋아할까?

"물론이지. 오늘 너 좀 이상하구나. 한두 시간 전에는 그 사람들을 무척 동정하는 말을 하면서 고집을 부리더니 지금은 또……."

"좋아요."

하고 로라는 급히 바구니를 가지러 뛰어갔다. 바구니는 금방 가득 찼다.

"로라, 네가 갖다 주렴. 빨리 다녀와. 아, 잠깐 기다려. 이 빨간 칸나 백합도 갖다 주는 게 좋겠어. 그런 사람들은 칸나 백합을 보면 무척 감격할 거야."

"하지만 백합꽃 가지가 로라의 레이스 달린 웃옷을 엉망으로 만들 거예요."

하고 또 실제적인 조스가 말했다.

"그럴지도 모르겠구나. 그럼 로라, 바구니만 가지고 가도록 하렴."

하고 어머니는 로라를 따라 천막 밖으로 나왔다.

"그런데 로라, 무슨 일이 있어도……."

"무슨 말씀이에요, 엄마?"

"아니, 그런 얘기는 너 같은 어린아이들에겐 하지 않는 게 좋겠다. 아무 것도 아니다. 빨리 다녀오너라."

로라가 밖으로 나가 정원의 문을 닫았을 때는 이미 날이 어두워지고 있었다. 커다란 개 한 마리가 로라 앞을 그림자처럼 달려갔다. 길게 뻗은 길은 하얗게 빛나고, 그 아래 후미진 곳에 작고 엉성한 집들이 짙은 어둠 속에 묻혀 있었다. 그 떠들썩한 가든파티 다음에 찾아온 적막한 느낌은 말할 수 없이 깊었다.

'지금 나는 언덕을 내려가 죽은 사람이 있는 집으로 가는 것이다.' 하고 로라는 생각했지만, 어쩐지 실감이 나지 않았다. 어쩐 일일까. 그녀는 잠깐 걸음을 멈추었다. 아직도 그녀의 몸에는 키스, 사람들의 떠들어대는 목소리, 스푼이 달그락거리는 소리, 웃음소리, 발에 밟힌 풀냄새 따위가 짙게 배어 있었다. 다른 것이 끼어들 여지가 전혀 없었다. 얼마나 이상한 일인가. 그녀는 검푸른 하늘을 올려다보았다. 그녀의 머릿속에는 '참으로 멋진 가든파티였다.'는 사실 외에는 아무 생각도 떠오르지 않았다.

넓은 길을 가로질렀다. 샛길로 접어들자 공기가 매캐하고 더 어두운 것 같았다. 어깨에 숄을 걸친 여자들과 스코트 천 모자를 쓴 남자들이 바삐 걸어갔다. 어떤 남자들은 계단 난간에 몸을 기대고 있었고, 아이들은 문간에서 뛰어놀고 있었다. 비좁고 누추한 움막 같은 집에서 사람들이 낮게 웅성대는 소리가 들려왔다. 어떤 집에는 불빛이 꺼질 듯 가물거리고, 그 그림자가 게 모양으로 창가에 어른거렸다.

로라는 고개를 숙인 채 급히 그곳을 지나갔다.

'겉옷을 입고 왔으면 좋았을걸. 옷이 너무 화려하게 보일 텐데. 그리고 벨벳 리본이 달린 모자도……. 모자만이라도 다른 것이었더라면 괜찮았을 거야. 모두 나를 보게 될 텐데. 그래, 틀림없이 보게 될 거야. 내가 여기 온 게 잘못이었어. 지금이라도 돌아가는 게 좋지 않을까.'

그러나 이미 때는 늦었다. 바로 그 집 앞에 이르렀다. 대문 밖에 많은 사람들이 모여 있는 것을 보면 틀림없이 그 집이었다. 문 옆에는 허리가 몹시 꼬부라진 노파가 소나무 지팡이를 짚고 의자에 앉아 있었다. 바닥에 신문지를 깔고 그 위에 발을 올려놓고 있었다. 로라가 다가가자 사람들의 말소리가 그쳤다. 사람들은 재빨리 길을 터 주었다. 마치 그녀가 올 것을 미리 알고 있었던 듯했다.

로라는 몹시 마음이 불안했다. 벨벳 리본을 어깨 위로 활기차게 젖히면서 옆에 서 있는 여자에게 물었다.

"여기가 스코트 씨 댁인가요?"

여자는 묘한 미소를 띠며 "네, 그렇습니다만, 아가씨." 하고 말했다.

"아, 빨리 돌아가고 싶다. 하느님, 도와주세요."

하고 그녀는 소리 내어 말했다. 그리고 문 안쪽으로 이어진 작은 뜰을 지나 현관문을 두드렸다. 그녀는 사람들의 눈초리에서 한시바삐 도망치고 싶었다. 그게 마음대로 안 되면, 그 여자들의 솥 아래라도 좋으니 숨어 버리고 싶었다.

'바구니만 전해 주고 금방 돌아가야지.'

하고 그녀는 마음속으로 다짐했다. 바구니를 열어 볼 때까지 기다릴 생각은 전혀 없었다.

그때 문이 열리며 검은 상복을 입은 몸집이 작은 여자가 어둠 속에서 모습을 나타냈다.

"스코트 씨 부인이세요?"

하고 로라가 물었다.

그러나 그 여자는 그 물음에는 대답하지 않고 "아가씨, 들어오시지요."

하고 로라를 안으로 안내했다. 그녀는 좁은 복도에 갇힌 셈이 되었다.

"아니, 들어가지 않아도 괜찮아요. 이 바구니만 전해 드리면 되거든요. 우리 어머니가 이 바구니를⋯⋯."

몸집이 작은 그 여자는 그 말을 듣지 못한 것 같았다.

"자, 어서 안으로 들어오세요."

하고 그녀는 부드러운 목소리로 말했다. 할 수 없이 로라는 그녀의 뒤를 따라 들어갔다.

그곳은 희미한 등불이 비치는, 지저분하고 천장이 낮은 좁은 부엌이었다. 난로 앞에는 한 여자가 앉아 있었다.

"엠! 엠! 아가씨가 오셨어."

하고 로라를 안내한 몸집이 작은 여자가 말했다.

그리고 로라 쪽을 돌아보며 말했다.

"나는 저애의 언니예요. 저애의 실례를 용서해 주시겠죠?"

"물론이에요. 저는 괜찮아요. 저는, 저는 다만 이 바구니를 전하러 왔을 뿐이니까요."

그때 난로 앞에 앉아 있던 여자가 고개를 돌려 로라가 있는 쪽을 바라보았다. 그녀는 얼굴이 벌겋게 붓고 눈과 입술이 부르터 보기만 해도 무서웠다. 로라가 무엇 때문에 찾아왔는지 알 수 없다는 표정이었다. 생전 보지도 못한 사람이 바구니를 들고 부엌에 서 있다니, 도대체 어떻게 된 일인가! 그녀의 가련한 얼굴에 잔뜩 주름이 잡히면서 일그러졌다.

"괜찮아, 내가 대신 아가씨에게 감사의 인사를 할 테니까."

하고 다른쪽에 있는 부인이 말하면서 뺨을 불룩이며 억지로 미소를 지었다.

로라는 빨리 나가서 집으로 돌아가고 싶었다. 그녀는 복도로 나왔다. 그때 갑자기 문이 열렸다. 그녀의 발은 곧장 죽은 남자가 누워 있는 방으로 향하고 있었다.

"잠깐 저 사람을 보고 가시지 않겠어요?"

하고 엠의 언니가 로라의 곁을 슬쩍 빠져나가 침대 쪽으로 다가갔다.

"아가씨, 조금도 무서워할 건 없어요."

그녀의 부드러운 목소리에 어쩐지 장난기가 섞여 있는 것 같았다. 그녀는 조심스럽게 하얀 천을 들추었다.

"아주 작은 모습을 하고 있지요. 마치 그림처럼 아무것도 변하지 않았어요. 자, 이리 가까이 와 보세요."

로라는 다가갔다. 그곳에는 젊은 남자가 아주 깊이 잠든 듯 누워 있었다. 아니, 그것만으로는 부족하고 이승을 떠나 평화롭게 꿈을 꾸고 있는 것 같았다. 두 번 다시 깨지 않을 꿈을, 머리를 베개에 깊이 파묻은 채 눈을 감고. 그 눈은 감겨진 눈꺼풀 밑에 있어서 아무것도 볼 수 없다. 가든파티도 음식 바구니도, 레이스 달린 옷도 그에게는 아무 상관이 없다. 그는 이 세상 모든 것들과 작별하고 아주 먼 세상에 가 있는 것이다. 그 사나이야말로 훌륭하고 아름다운 것의 극치였다. 사람들이 와자하게 웃고 있는 동안, 악단이 음악을 연주하고 있는 동안 이 샛길에 기적이 찾아온 것이다. '나는 행복해, 모든 게 다 잘됐어……'라고 잠든 얼굴이 말하고 있다. 마땅히 그래야만 하는 일이다…… 따라서 조금도 미련은 없다.

하지만 어쩔 수 없이 눈물이 나왔다. 로라는 그 사나이에게 뭔가 말을 걸지 않고는 방을 나올 용기가 없었다. 로라는 그만 어린아이처럼 울음을 터뜨렸다.

"이런 모자를 쓰고 온 걸 용서하세요."

하고 로라는 말했다.

그리고 그녀는 이번에는 엠의 언니를 기다릴 것도 없이 혼자서 그 집을 빠져나왔다. 그녀는 작은 뜰을 내려가 골목을 지나고 검은 사람들의 그림자를 지나쳤다.

그녀는 샛길 모퉁이에서 로리와 마주쳤다. 그는 어둠 속에서 로라 앞으로 걸어왔다.

"로라냐?"

"응."

"엄마가 걱정하셔. 별일 없었니?"

"응, 별일 없었어. 로리."

하고 그녀는 로리의 팔을 붙들고 그에게 온몸을 기대었다.

"아니, 너 울고 있구나?"

하고 로리가 말했다.

로라는 고개를 저었다. 그러나 그녀는 소리 없이 울고 있었다.

로리는 누이동생의 어깨를 껴안고

"울지 마."

하고 다정하고 부드럽게 말했다.

"무서워서 그러니?"

"아, 아니."

하고 로라는 흐느끼며 말했다.

"다만 이상할 뿐이야. 그렇지만 오빠……."

그녀는 걸음을 멈추고 오빠를 올려다보았다.

"인생이란…… 인생이란……."

하고 그녀는 더듬거렸다.

그러나 그녀는 인생이 어떤 것인지 설명할 수가 없었다. 하지만 아무래도 좋았다. 오빠는 모든 것을 충분히 이해하고 있었던 것이다.

"그래, 인생이란 그런 것 아니겠니?"

하고 로리가 말했다.

핵심 정리

- **갈래** : 단편소설
- **시점** : 전지적 작가 시점
- **주제** : 인생의 밝음과 어둠
- **배경** : 시간적 – 어느 쾌청한 날 / 공간적 – 런던의 셰리던 가와 그 아래쪽 빈민가
- **등장인물** : 로라 – 착하고 감수성이 예민한 사춘기 소녀. 마차꾼 스코트가 죽었다는 소식에 가든파티를 연기하자고 한다.

  셰리던 부인 – 로라의 어머니. 현실적인 성격으로, 다른 사람의 불행에는 무관심한 부유층의 가치관을 대변하고 있다.

  로리 – 로라의 오빠. 가족 중 로라를 가장 잘 이해한다.

- **구성** : 발단 – 가든파티가 열리는 날 아침, 로라의 집은 그 준비로 분주하다.

  전개 – 파티 준비가 한창일 때, 로라의 집 아래쪽에 있는 빈민촌의 마차꾼이 사고로 죽었다는 소식을 듣는다. 로라는 가족들에게 가든파티 준비를 그만두어야 하는 것 아니냐고 하지만, 아무도 그 말에 동의하지 않는다.

  위기 – 가든파티는 성공적으로 끝나고, 셰리던 부인은 로라에게 남은 음식을 마차꾼의 집에 갖다 주라고 한다. 로라는 그것이 과연 옳은 일인가 갈등하지만, 곧 마음을 돌려 마차꾼의 집으로 간다.

  절정 – 로라는 자기들이 가든파티를 즐기는 동안 죽음을 맞이한

마차꾼의 싸늘한 시신을 보고 울음을 터뜨린다.

결말 – 로라는 마차꾼의 집에서 나와 집으로 돌아가다가 오빠 로리를 만난다. 인생이란 어떤 것인지를 설명하지 못하는 로라에게 로리는 "인생이란 그런 것 아니겠니?"라고 말한다.

◉ 줄거리 및 작품 해설

가든파티가 열리는 날, 로라의 집은 그 준비 때문에 바쁘다. 음식을 장만하고, 꽃을 주문하고, 악단을 부르고, 천막을 치며 모두들 분주한 가운데 로라는 아랫마을 빈민가에 사는 젊은 마차꾼 스코트가 사고로 목숨을 잃었다는 소식을 듣는다.

로라는 가족들에게 이웃 사람이 죽었는데 가든파티를 할 수 있겠느냐며 그만두자고 하지만, 모두 핀잔만 하고 들은 체도 하지 않는다. 로라는 가엾은 마차꾼과 그 남은 가족들 생각에 슬퍼했으나, 거울에 비친 자신의 아름다운 모습에 황홀해져 이내 모든 것을 잊고 파티에 참석하여 즐긴다.

파티가 끝난 후, 로라의 어머니 세리던 부인은 어차피 두면 버릴 것이라는 생각에 로라에게 남은 음식을 죽은 마차꾼의 집에 갖다 주고 오라고 한다. 로라는 음식 바구니만 전해 주고 그 집에서 빨리 나오려고 하지만, 엉겁결에 마차꾼의 주검이 있는 방으로 안내된다. 자기 집에서 웃고 떠드는 파티가 열리는 동안 세상을 떠난 마차꾼의 싸늘한 시신을 보며 로라는 자기도 모르게 울음을 터뜨린다.

로라는 집으로 돌아가는 길에 오빠 로리를 만나 "인생이란……." 하고 말을 더듬는다. 그러자 로라를 누구보다 잘 이해하는 로리는 "인생이란 그런 것 아니겠니?"라고 말한다.

부유한 세리던 가의 아가씨 로라는 가든파티를 준비하는 중에 들은 마차꾼 스코트의 사고 소식에 충격을 받는다. 그녀는 죽은 마차꾼과 그 가족들을 생각하며 가든파티를 그만두자고 하지만, 다른 가족들은 그 생각에 동의하지 않는다. 그들에게는 마차꾼 가족이 당한 사고는 자기들과는 전혀 관계없는 타인의 일일 뿐이다. 나중에는 로라도 흥겨운 파티 분위기에 휩쓸려 죽은 마차꾼의 일이 '신문에 나와 있는 사건처럼' 희미하고 '꿈속의 일처럼' 멀게 느껴졌다.

마을 위쪽에 있는 로라의 집은 부족한 것 없이 여유롭고 밝고 깨끗한 반면, 그 아래쪽 빈민촌은 가난에 찌들어 '굴뚝에서 나오는 연기조차도 기운 없이 풀풀 흩날리는 듯하고', 그늘지고 어두컴컴하고 더럽다. 행복과 불행, 부와 가난이라는 인생의 양면이 길 하나를 사이에 두고 공존하는 것이다.

한 순수한 소녀의 눈을 통해 인생의 밝음과 어둠을 뚜렷하게 대비시킨 이 작품은 삶과 죽음, 부유층과 빈민층, 그리고 가족들 사이의 정서적 갈등, 자기중심적이고 이기적인 사고방식 등 우리의 삶에서 어쩔 수 없이 마주치는 모든 문제들이 들어 있다. 또한 마차꾼 스코트의 죽음이라는 사건을 통해 어둠이라든가 죽음이라든가 불행은 내 가까이, 즉 내가 사는 곳에서 그리 멀리 떨어지지 않은 곳에 있음을 깨우쳐 준다. 한 마디로 인생의 의미에 대해 깊이 생각하게 만드는 작품이다.

체호프의 〈귀여운 여인〉, 모파상의 〈목걸이〉와 더불어 세계 3대 걸작 단편으로 꼽히기도 한다.

생각해 볼 문제

1. 가든파티가 갖는 이중적 의미는?
2. "인생이란 그런 것 아니겠니?"라는 로리의 말 속에 숨어 있는 의미는?

해 답

1. 로라가 화려한 파티를 준비하는 동안 아랫동네에서는 젊은 마차꾼이 죽는다. 불행은 항상 나와 멀지 않은 곳에 도사리고 있다.
2. 행복과 불행은 우리 인생에 늘 공존한다는 뜻

로버트 루이스 스티븐슨

로버트 루이스 스티븐슨(Robert Louis Stevenson, 1850~1894)

　영국 작가. 스코틀랜드의 에든버러에서 태어났다. 1867년 등대 건축 기사였던 아버지의 뒤를 잇기 위해 에든버러 대학의 토목공학과에 입학했다. 중도에 법률학으로 전공을 바꾸어, 1875년 변호사 자격을 얻었다. 그러나 변호사 개업은 하지 않고 어릴 때부터 좋아하던 문학의 길로 접어들어, 시와 수필을 발표하기 시작했다.

　그 후 폐결핵 때문에 유럽 각지로 요양을 위한 여행을 다녔는데, 이때의 경험이 수필과 기행문을 쓰는 데 많은 도움이 되었다. 이때 나온 것이 〈당나귀와 함께 여행을〉, 〈내륙 여행〉 등이다.

　1880년 프랑스 파리에서 만난 연상의 미국인 오즈번 부인과 결혼했다.

　귀국한 후 여러 잡지에 기고했던 평론, 단편소설, 여행기 등을 묶어 《젊은 사람을 위하여》 등 몇 권의 책으로 출판했다.

　1883년 〈보물섬〉을 발표하여 문명이 높아졌고, 1886년 선과 악의 이중인격자를 주인공으로 한 〈지킬 박사와 하이드 씨〉를 써서 세계적인 작가가 되었다. 그의 작품은 그 무렵 유행했던 사실주의나 자연주의와는 무관하고, 오히려 공상적이고 낭만적인 모험담에 가깝다.

　1888년 아내와 함께 남태평양의 사모아 섬에 집을 짓고 살며 한때 건강이 회복되기도 했으나, 1894년 〈허미스턴의 둑〉을 쓰다가 미처 완성하지 못한 채 뇌출혈로 세상을 떠났다.

　주요 작품으로는 수필집 《젊은 사람을 위하여》, 장편 〈보물섬〉, 〈지킬 박사와 하이드 씨〉, 〈유괴되어서〉, 〈카트리오나〉 등이 있다.

마크하임

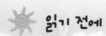
읽기 전에

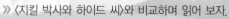

» 〈지킬 박사와 하이드 씨〉와 비교하며 읽어 보자.

» 환경이 인간에게 미치는 영향에 대해 생각해 보자.

"그렇죠······."

상인이 말했다.

"뜻밖에 수입을 올리는 경우야 여러 가지죠. 어떤 손님은 골동품에 대해 아무것도 모릅니다. 그럴 때면 그 동안의 다양한 경험을 활용하여 한몫 잡는 거죠. 그런데 이따금 전문가인 나를 속이려는 사람들도 있습니다."

상인은 잠시 말을 멈추고 촛불을 들어 방문객을 비추어 보고 말을 이었다.

"그런 경우에는 높은 도덕성으로 이익을 남깁니다."

마크하임은 아직 햇빛이 강한 밖에서 방금 들어왔으므로, 어둠침침한 가게에 아직 눈이 적응을 못하고 있었다. 상인이 노골적으로 말하는 데다가 촛불까지 눈 가까이 비추자, 그는 괴로운 듯 눈을 깜박이며 시선을 돌렸다.

상인은 기분 나쁘게 흐흐거렸다.

"오늘은 크리스마스니까, 그만한 대가를 치르셔야겠네요. 저만의 시간을 가지려고 가게문을 닫고 또 오늘은 장사를 안한다고까지 했는데, 고집을 부리셨으니까요. 쉬면서 장부를 정리할 시간에 저를 불러내셨으니, 그 시간에 대한 보상을 하셔야죠? 오늘 손님의 행동은 정말 공짜로 넘어갈 수준이 아닙니다. 저는 사리분별이 있는 사람이라 실례되는 질문은 하지 않는데, 손님은 왜 제 눈을 똑바로 쳐다보지 못하시는 거죠? 그런 분들은 언제나 그 대가를 치르셨습니다."

상인은 다시 흐흐거렸다. 그리고 약간 비꼬는 투였지만, 사무적인 어조로 돌아가 말을 이었다.

"자, 늘 하는 질문이지만, 그 물건을 어떻게 손에 넣었는지 말씀해 주시겠습니까? 이번에도 대단한 수집광인 삼촌의 장식장에 있던 건가요?"

얼굴빛이 다소 창백하고 등이 구부정한 상인은 거의 까치발을 한 채 마크하임을 올려다보았다. 금테 안경 너머로 그를 바라보던 상인은 '그러면 그렇지.'라고 하듯 고개를 끄덕이며 의심에 찬 눈초리를 보냈다.

마크하임은 상인의 시선을 무한한 연민과 일말의 공포를 담아 받아넘기며 말했다.

"이번엔 당신이 틀렸습니다. 오늘은 팔러 온 게 아니고 사러 왔습니다. 더 이상은 팔 골동품이 없어요. 삼촌의 장식장은 비어 버렸거든요. 하지만 설령 골동품이 있다 하더라도 더 이상은 팔지 않을 겁니다. 주식 거래로 돈을 좀 벌었으니, 장식품을 팔기보다는 사서 채울 생각입니다. 그건 그렇고, 오늘 여기 온 건 제 개인적인 일 때문입니다. 애인에게 선물할 크리스마스 선물을 사려구요."

미리 준비한 말이 제대로 나오자 마크하임은 조금 전보다는 달변이 되었다.

"이런 사소한 일로 폐를 끼쳐 미안합니다. 어제 준비했어야 하는데……. 아무튼 오늘 저녁 식사 때는 선물을 해야 합니다. 아시겠지만, 돈 많은 여자를 얻는다는 건 신경이 많이 쓰이는 일이거든요."

잠시 정적이 흘렀다. 상인은 그의 말을 믿어야 할지 말아야 할지 생각해 보고 있는 눈치였다. 그 정적을 메운 것은, 상점 안의 잡동사니 골동품 속에 낀 시계들의 재깍거리는 소리와 근처 거리를 달리는 마차 소리였다.

"네, 그래야죠. 손님은 오랜 단골이신데, 말씀하신 대로 그런 훌륭한 결혼의 기회를 얻으셨다면 방해를 해서야 되겠습니까. 자, 여기 여자분들이 좋아할 만한 물건이 하나 있습니다."

상인은 말을 이었다.

"15세기에 만들어진 수제 손거울입니다. 이걸 판 손님의 신상에 대해서는 개인 보호 차원에서 말할 수 없지만, 훌륭한 소장품에서 나온 겁니다. 그분 역시 당신처럼 굉장한 수집가의 조카이자 유일한 상속자죠."

상인은 메마르고 날카로운 목소리로 말하며 윗몸을 구부려 그 물건을 꺼냈다. 숨을 죽인 채 그 뒷모습을 보며 마크하임은 전율을 느꼈다. 마크하임의 손과 발, 그리고 얼굴에까지 혼란스러운 감정의 소용돌이가 몰려왔다. 그러나 그것은 몰려올 때와 마찬가지로 순식간에 사라졌다. 손거울을 받아든 손에 약간의 떨림이 남아 있을 뿐이었다.

"손거울이라……."

마크하임은 쉰 듯한 목소리로 말했다. 잠시 입을 다물었다가, 그는 곧 더욱 단호한 어조로 말을 이었다.

"손거울이 크리스마스 선물이라구요? 당치도 않소."

"뭐라고요?"

상인의 목소리가 높아졌다.

"손거울이 뭐 어떻다는 겁니까?"

마크하임은 어딘가 야릇한 표정으로 상인을 바라보다가 말했다.

"왜 안 되느냐구요? 자, 이걸 좀 봐요. 직접 자신을 비춰 보라구요. 어때요? 보고 있으니까 좋은가요? 물론 아니겠죠. 아마 그 누구라도 좋아하지 않을 겁니다."

마크하임은 갑자기 키 작은 상인의 눈앞에 거울을 불쑥 들이댔다. 상인은 흠칫 놀라 몇 걸음 뒤로 물러섰으나, 손에 거울 외에는 다른 것이 없자 다시 흐흐 웃으며 말했다.

"손님의 부인이 될 분은 별로 아름답지 않은가 보군요."

"난 크리스마스 선물을 원했습니다."

마크하임이 말했다.

"그런데 당신이 내놓은 건 죄와 허물만 생각나게 하는 이 빌어먹을 손거울이잖소. 거울을 보면서 양심적으로 살라는 뜻인가요? 어서 말해 보시죠! 당신 도대체 뭡니까? 내가 말해 볼까요? 혹시 자신이 숨은 자선사업가라도 되는 줄 아는 거요?"

상인은 마크하임을 뚫어지게 바라보았다. 뭔가 이상하게 돌아가고 있었다. 마크하임이 농담을 하고 있는 것 같지는 않았다. 희망에 번뜩이는 열정 같은 것이 그 얼굴에 서려 있는 듯했지만, 웃음기라고는 전혀 없었다.

"도대체 뭘 어쩌자는 겁니까?"

상인이 말했다.

"자선사업가는 아닌가요?"

마크하임은 음울한 어조로 말을 받았다.

"물론 아니겠죠. 당신은 경건한 것도 아니고, 양심적인 것도 아니고, 사랑하지도 않고, 사랑받지도 못하겠지. 일단 돈이 손에 들어오면 내놓을 줄 모르는, 오직 돈만 아는 돈벌레, 그런 거요? 설마 그게 다는 아니겠죠?"

"내가 누군지 듣고 싶어요?"

상인이 날카로운 어조로 말했다. 그러나 그는 곧 다시 흐흐 웃었다.

"당신, 애인의 사랑을 얻고 싶은 모양이군요. 지금 그 여자를 생각하며 술 마시다가 온 거 맞죠? 그렇지요?"

"아!"

마크하임은 묘한 호기심을 보이며 말을 이었다.

"혹시 여자를 사랑해 본 적 있어요? 그 얘기 좀 해 봐요."

"사랑? 내가요?"

상인이 소리쳤다.

"그런 시답잖은 짓을 할 시간이 어디 있습니까? 지금 당신과 이렇게 말도 안 되는 짓을 하고 있을 시간도 없어요. 그런데 이 손거울은 어쩔 거요? 살 거요, 말 거요?"

"뭐 그리 서두를 것 없잖소."

마크하임이 대답했다.

"이렇게 여기 서서 당신과 얘기하는 것도 재미있는데. 인생은 짧고 사람 앞일은 모르니, 재미있는 일을 마다할 이유는 없지요. 안 그런가요? 별로 시답잖은 것이라도 놓치긴 아쉽지. 절벽 끝에 매달린 사람처럼 손에 잡히는 것이라면 가느다란 나뭇가지라도 꼭 붙잡아야지요. 높이가 1킬로미터나 되는 절벽, 만일 떨어지면 사람의 흔적조차 찾지 못할 높은 절벽에 매달려 있다고 생각해 봐요. 언제 떨어질지 모르는 게 인생이죠. 그러니까 우리는 순간순간을 절벽인 듯 붙들어야 하는 겁니다. 자, 그런 의미에서 툭 터놓고 즐겁게 얘기합시다. 혹시 압니까, 우리가 친구가 될 수 있을지?"

"딱 한 마디만 하죠."

상인이 말했다.

"물건을 사든지, 아니면 여기서 나가 주시오."

"알았소."

마크하임이 말했다.

"쓸데없는 소리는 그만 하죠. 그럼 거래 얘기로 돌아가서, 뭔가 다른 걸 좀 볼 수 있소?"

상인은 다시 몸을 굽혔다. 이번에는 손거울을 진열장의 제자리에 놓기 위해서였다. 그의 눈을 엷은 금발이 가렸다. 마크하임은 외투 주머니에 한 손을 넣은 채 조금 다가갔다. 몸을 뒤로 젖히며 숨을 깊이 들이마셨다가 내뱉었다. 그의 얼굴에는 온갖 감정이 교차하고 있었다. 공포, 혐오, 전율, 결의, 황홀, 그리고 근육의 경련…… 윗입술이 약간 올라간 사이로 이가 드러났다.

"이건 어떨까요?"

그러면서 상인이 다시 일어나려고 했다. 그 순간 마크하임이 등 뒤에서 튀어오르듯 덮쳤다. 길고 날카로운 칼이 번쩍이며 내리꽂혔다. 상인은 암탉처럼 꿈틀거리다가 관자놀이를 진열장에 부딪쳤다. 그리고 고깃덩어리처럼 바닥에 풀썩 쓰러졌다.

고요한 상점 안에서는 작은 시계 소리만 들렸다. 오래된 시계에서 나는 듯 장엄하고 규칙적인 소리도 들리고, 다른 한편에선 빠르고 역동적인 시계 소리도 들렸다. 여러 개의 시계에서 나는 재깍거리는 소리가 겹쳐 난해한 화음을 만들어 내는 듯한 가운데 시간이 가고 있었다.

그때 터벅터벅 거리를 걷고 있는 한 소년의 발소리가 들렸다. 그 소리에 마크하임은 비로소 정신이 번쩍 들어 주위를 둘러보았다. 그는 공포에 질려 상인을 내려다보았다. 촛대는 여전히 계산대 옆에 있고, 불꽃은 틈새로 들어오는 미풍에 흔들리고 있었다. 그 가벼운 불꽃의 흔들림에도 상점 전체는 소리 없는 분주함으로 가득했고, 마치 파도가 출렁거리는 듯했다. 키 큰 그림자가 늘었다 줄었다 하고, 부분적으로 보이는 짙은 어둠이 커졌다 작아졌다 하며 숨쉬고 있었다. 초상화의 얼굴들과 중국 신상들이 순간순간 모양을 바꾸는 것 같았고, 물 속을 들여다보듯 그 형상이 흔들렸다.

안쪽 문이 약간 열려 있었다. 손가락처럼 가는 틈새로 햇빛이 그림자의 움직임을 들여다보는 것 같았다.

마크하임은 공포에 싸인 채 주위를 둘러보다가, 다시 상인의 시체로 눈을 돌렸다. 그는 몸은 구부렸으나 손발은 보기 흉하게 뻗은 채 쓰러져 있었다. 살아 있을 때에 비해 믿을 수 없을 정도로 작고 초라해 보였다. 그 초라한 육신은 마치 톱밥 덩어리 같아서, 그는 시체를 바로 보기가 두려웠다. 허무해 보였다. 상인의 옷에서 피가 흘러나오기 시작했다.

저대로 두어야 한다. 마치 경첩 같은 관절을 움직이거나 몸을 움직이는 놀라운 짓은 하지 못할 것이다. 시체는 다른 사람에게 발견되기 전까지 그런 상태로 놓아두면 된다. 발견! 물론 발견될 것이다. 그런 다음에는? 이 시체를 두고 온 영국이 슬퍼할 것인가? 세상 끝까지 살인자를 추적하겠다고 나설 것인가? 죽었든 살았든 그 몸뚱이는 그의 적이다. '머릿속이 캄캄하군. 시간이 조금만 더 있으면 좋겠는데…….' 그는 생각했다. 시간……. 머릿속에 맨 처음 떠오른 단어였다. 모든 것이 그가 생각한 대로 되었다.

그러나 희생자에겐 더 이상 아무 의미가 없는 시간이라는 것이 살인자에게는 절박하고 중요한 것으로 다가왔다.

마크하임이 아직 시간에 대한 생각을 하고 있을 때, 상점 안의 시계들이 하나 둘 오후 3시가 되었음을 알리기 시작했다. 종소리는 여러 가지였다. 성당의 종탑에서 울려나오듯 깊고 무거운 소리가 나는 것이 있는가 하면, 왈츠의 전주처럼 높게 울리는 것도 있었다.

조용한 방안에서 갑자기 터져나온 수많은 종소리로 마크하임은 몹시 당황했다. 그는 곧 촛불을 들고 요동치는 그림자에 둘러싸여 여기저기 돌아다녔다. 간혹 거울에 비친 자신의 모습에 깜짝 놀라기도 했다. 상점 안에는 값비싸고 화려한 거울들이 많았다. 마치 거울에 비친 것이 스파이의 얼굴이라도 되는 것처럼 그는 자신의 얼굴을 보고 또 보았다. 거울 속에 비친 자신의 눈을 보고 또 몸을 보았다.

조심스럽게 걷고 있었으나 그의 발소리도 주위의 정적을 깨뜨렸다. 그의 손은 주머니 속에 물건들을 계속 집어넣고 있었다. 구역질이 날 만큼 되풀이하여 손을 놀리는 가운데도 그는 자신이 세운 계획의 무수한 허점을 떠올리며 괴로워하고 자책했다. 지금보다 더 조용한 시간을 택하고, 알리바이를 만들어 놓았어야 했는데……. 칼을 쓰지 않는 게 더 낫지 않았을까? 그리고 반드시 죽였어야 할까? 대신 꼼짝 못하게 묶고 재갈을 물리는 편이 좀더 신중한 것이 아니었을까? 아니면 더 대담하게 하녀도 죽였어야 했어……. 다른 방법도 많았을 것이다. 깊은 후회가 몰려왔다. 그러나 이미 저질러진 일이고 바꿀 수도 없으니, 되돌릴 수 없는 과거의 계획들로 마음의 수고를 되풀이하는 것은 부질없는 짓이다.

무의식중에 왔다갔다하고 있었으나, 쥐 떼가 인기척 없는 집안을 돌아다니듯 공포가 그의 텅 빈 의식을 들쑤시고 다니기 시작했다. 뒤이어 잔인한 공포가 그의 의식 끄트머리까지 정신 못 차리게 밀려왔다. 언젠가 경찰이 그의 뒷덜미를 잡게 될 것이고, 그는 낚싯줄에 걸린 물고기같이 경련할 것이다. 공포에 질린 그의 눈은 피고석, 감옥, 교수대를 지나 검은 천을 씌운 관에 가서 멈추었다.

그는 마치 군대에 포위되듯 군중들이 자기를 빙 둘러싸고 있는 듯한 공포를 느꼈다. 그럴 리는 없었다. 그러나 그가 상인과 어떤 격투를 벌였는지에 대한 여러 가지 소문이 어느새 사람들 사이에 퍼져, 그들의 호기심을 자극했을지도 모른다는 생각이 들었다. 어쩌면 지금 이웃 사람들이 꼼짝도 하지 않은 채 귀를 쫑긋 세우고 있는지도 모른다. 그 가운데는 과거의 추억에 만족하며 크리스마스를 혼자 지내야 하는 고독한 사람들도 있고, 파티를 즐기다가 이 끔찍한 사건에 대해 듣고 별안간 공포에 질려 침묵에 잠긴 가족들도 있을 것이다. 젊고 늙고 상관없이 여러 계층의 다양한 사람들이 벽난로 주위에 모여 앉아 그가 어떻게 될지 기다리며 그가 매달릴 교수대의 밧줄을 꼬고 있을지도 모른다.

아무리 조용히 움직여도 이따금 너무 큰 소리가 나는 것 같았다. 받침이 달린 보헤미안 스타일의 키 큰 잔이 마치 종소리 같은 소리를 냈다. 그 소리에 깜짝 놀라 그는 시계를 주머니에 넣는 일을 그만두어야겠다고 생각했다. 그와 동시에, 만일 상점 안이 너무 조용하면 지나가는 사람들이 오히려 이상하게 여기지 않을까 하는 생각에 간담이 서늘해졌다. 그는 차라리 더 대담하게 움직이기로 했다. 바삐 움직이면서 상점 안의 물건들을 이것저것 주워 담았다. 자기 사무실에서 분주하게 움직이는 사무원을 흉내내어 일부러 허세를 부려 보기도 했다.

이와 같이 교활하고 치밀했음에도 불구하고, 그의 마음 한쪽에서는 아직도 긴장감과 경계심을 늦추지 않고, 다른 한쪽에서는 꿈틀거리는 광기에 떨고 있었다. 그중 특히 하나의 망상이 그의 마음에 들러붙어 떨어질 줄 몰랐다. 옆집에 사는 희멀건 얼굴의 사람이나 우연히 지나가던 행인이 경관의 단순한 짐작으로 끔찍하게 검거된다. 벽과 덧문을 통과할 수 있는 것은 오직 소리뿐이므로 그들은 아무것도 모른다. 그러나 자기도 모르는 사이에 그들은 유력한 용의자가 되어 있다. 그런데 이 집안에는 그 혼자뿐인가? 그는 그렇게 알고 있었다. 하녀가 초라한 나들이옷에 리본을 달고 기쁜 미소를 지으며 애인을 만나러 나가는 것을 확인했다. 그러니 두말할 필요 없이 이 집에는 그 혼자뿐이었다. 만약 사람이 있었다면, 희미한 발자국소리라도 다 들었을 것이다. 그는 뭐라고 말할 수 없을 정도로 예민해져 있었다. 이 집의 방과 구석구석마다 뭔가 있는 것 같았다. 그러나 곧 그것이 자신의 그림자임을 알았다. 다시 시선이 죽은 상인에게 머무르자, 상인에 대한 증오와 자신의 범죄의 교활함에 새삼 몸을 떨었다.

그는 지금까지 돌아보지 않으려 애썼던 열린 문 쪽을 힐끔 쳐다보았다. 상점이 있는 건물은 상당히 크고, 새어드는 햇빛으로 방 안의 먼지가 다 보였다. 안개가 끼어 바깥은 어두웠고, 상점 문지방에도 역시 희미한 빛만 비치고 있었다. 그런데 그 희미하고 가느다란 빛 속에 그림자가 보였다.

갑자기 바깥 거리에서 한 신사가 지팡이로 상점 문을 두드리는 경쾌한 소리가 들렸다. 연이어 상인의 이름을 불러 가며 장난기 어린 투로 고함을 지르며 주먹으로 문을 두드렸다. 마크하임은 갑자기 오싹해지는 것 같아 죽은 상인을 힐끔 쳐다보았으나 아무 변화도 없었다. 시체는 그대로였다. 영혼이 떠나 버렸으니, 문을 두드리는 소리도 외치는 소리도 들을 수 없겠지. 예전에는 그도 폭풍우가 치는 가운데서도 누군가 자기 이름을 부르면 들을 수 있었을 것이다. 그러니 이제 그의 이름은 무의미한 울림으로 허공에 흩어져 버렸다. 이윽고 신사의 문 두드리는 소리도 그쳤다.

막연하나마 이제 남은 일이 무엇인지에 생각이 미쳤다. 자기에게 불리한 증언을 할지도 모르는 사람들이 있는 이곳을 떠나 런던 거리의 군중 속에 뛰어들어, 밤까지 안전한 피난처이자 자신을 결백하게 보이게 할 안식처인 집으로 돌아가야 한다. 방금 한 사람이 찾아왔다. 그렇다면 언제 어느 때 또 다른 사람이 나타나 더 오래 안 가고 버틸지 모를 일이다. 사람을 죽였으면서도 아직 돈을 손에 쥐지 못했다는 것은 정말 한심한 실패였다. 돈. 마크하임에게는 그것이 가장 큰 관심사였다. 돈을 손에 넣기 위해서는 열쇠를 찾아야 했다.

그는 아직 그림자가 흔들흔들하는 열려 있는 문을 어깨 너머로 바라보았다. 그는 별로 양심의 가책 없이 시체에 가까이 갔다. 속이 좀 메스꺼울 뿐이었다. 산 사람의 특징은 하나도 남지 않은 그것은 밀기울로 적당히 속을 넣은 한 벌의 양복 같았다. 손과 발이 바닥에 멋대로 흩어져 있고 몸통은 거의 두 배는 되어 보였다. 여전히 험오스러웠다. 거무죽죽하고 하찮은 것으로 보였으나 막상 만져보면 다른 느낌이 들까 두려웠다.

그는 시체의 어깨를 잡고 천장을 향하도록 뒤집었다. 이상하게도 그것은 가볍고 피부는 부드러웠으며, 손과 발은 마치 부러진 것처럼 부자연스러워 보였다. 그 얼굴에는 어떤 표정도 없었다. 그러나 백지장처럼 창백한 데다가 한쪽 관자놀이는 피로 더럽혀져 있었다. 그것을 보며 마크하임은 얼굴을 찡그렸다.

그는 어느 작은 어촌의 축제를 떠올렸다. 잔뜩 흐린 날씨에 세찬 바람이 부는 날이었다. 길에는 많은 사람들이 있었고, 나팔소리와 북소리에 맞추어 코맹맹이 소리로 부르는 유랑 가수의 노랫소리가 들려왔다. 한 소년이 군중 틈에 끼어 흥미와 두려움이 섞인 마음으로 여기저기 기웃거리고 다녔다. 사람이 가장 많은 큰길에 이른 소년은 그림들을 전시하고 있는 건물 앞에서 걸음을 멈추었다. 조잡한 색깔로 엉성하게 꾸민 곳이었다. 부하를 거느린 브라운리그, 매닝스가 자신들을 찾아온 손님을 죽이는 광경도 있었다. 서덜에게 목을 졸려 죽어가는 위어, 그밖에도 유명한 범죄들이 수십 가지 그려져 있었다. 그것은 환영처럼 선명했고, 그를 어린 시절로 되돌려놓았다. 바로 지금, 그때와 똑같이 생리적인 반감을 느끼면서 그 메스꺼운 그림들을 본 것 같았다. 여전히 귓가에서 둥둥둥 하는 북소리가 들리는 것 같았고, 그날 들은 노래 한 구절이 되살아났다. 그러자 처음으로 구역질이 나며 관절에서는 갑자기 힘이 빠졌다. 하지만 그는 그것을 극복하지 않으면 안 되었다.

그는 그런 생각에서 도피하기보다 그에 맞서는 편이 현명하다고 판단했다. 더 대담하게 죽은 사나이의 얼굴을 들여다보면서 자기가 저지른 범죄와 그 잔인성을 느끼려 했다. 얼마 전까지만 해도 감정의 변화에 따라 움직이던 얼굴이었다. 지금은 창백한 저 입술이 말을 했고, 몸은 힘차게 움직였다. 그러나 시계공이 손가락으로 갑자기 시계를 멈추게 하듯이 자신이 저지른 행위에 의해 생명이 떠나간 것이다. 그는 공연히 쓸데없는 공포에 사로잡혔던 것이다. 후회나 양심의 가책 없이 그냥 일어나면 되는 것이다. 그는 어릴 적 범죄 장면이 그려진 그림을 보며 두려움에 떨었는데, 정작 자신이 저지른 범죄 앞에서는 오히려 태연했다. 일말의 후회도 없었다. 세상을 아름다운 화원으로 만들 능력이 전혀 없었던 남자, 지금까지 보람 있는 생활을 했다고는 할 수 없는, 지금은 완전히 죽은 사나이에게 한 가닥 연민을 느끼는 것이 고작이었다.

마크하임은 그런 생각들을 떨쳐 버리고, 상인에게서 열쇠를 찾아 아직 열려 있는 상점의 문 쪽으로 갔다. 밖에는 거세게 비가 쏟아지기 시작했다. 지붕을 때리는 빗소리로 정적이 깨졌다. 마치 물방울이 떨어지는 동굴 속처럼 방 안에는 끊임없이 빗소리가 메아리쳤다. 그 소리는 재깍거리는 시계 소리와 뒤섞여 귀에 가득했다. 그런데 문께로 가까이 가자, 조심조심 걷는 자신의 발소리에 대꾸라도 하듯 계단 위로 올라가는 다른 발소리가 들리는 것 같았다. 그림자는 아직도 입구에서 일렁거리고 있었다. 그는 단단히 마음을 먹고 힘을 주어 문을 잡아당겨 열었다.

뿌연 안개 속에 비치는 햇빛이 아무것도 깔지 않은 마루와 계단에서 희미하게 반짝이고 있었다. 층계참까지 내려가는 도중의 벽에 창을 손에 쥔 갑옷이 걸려 있었다. 어두운 색조의 나무 조각, 노란색 벽에 걸린 그림도 엷은 햇빛을 받고 있었다.

마크하임의 귀에는 빗소리가 집 전체를 울리면서 여러 종류의 소리로 나뉘는 것 같았다. 한숨소리, 발소리, 멀리서 지나가는 큰 부대의 행군 소리, 계산대에서 돈 세는 소리, 살며시 문을 여는 삐걱거리는 소리……. 이런 소리들이 지붕 중간의 둥근 유리 덮개 위에 떨어져 배수관을 타고 흐르는 물소리와 한데 섞였다. 그런 소리들이 이 집에 자기 외에 다른 어떤 것이 있다는 느낌을 점점 강하게 하여 마크하임은 거의 미칠 지경이 되었다. 유령들이 자신의 주위를 어슬렁거리고 있는 듯했고, 그것들이 위층에서 움직이는 소리가 들리는 것 같았다. 상점에서는 죽은 사람이 일어나는 것 같은 소리가 들렸다.

마크하임이 안간힘을 다해 계단을 오르자, 그 수많은 발소리도 사라졌다. 대신 누군가 뒤를 밟는 것 같았다. 차라리 소리가 들리지 않았다면 얼마나 조용한 영혼으로 살았을까, 하고 그는 생각했다. 그는 다시 긴장하여 귀를 기울이면서 쉼없이 움직이는 감각이 자신의 생명을 지키는 파수꾼이자 믿을 만한 버팀목 노릇을 해주고 있다는 것에 감사했다. 그는 불쑥 무엇이 튀어나오지는 않는지 눈을 부릅뜨고 사방을 훑어보았다. 그러나 고개를 돌리면, 순간적으로 보였던 것들이 사라지고 아무것도 없었다. 위층으로 올라가는 스물네 개의 계단은 그대로 스물네 가지의 고뇌였다.

이층에는 세 개의 문이 있었는데, 모두 반쯤 열려 있어 마치 매복 장소 같았다. 온몸의 신경세포가 방금 포탄을 쏜 대포의 포문처럼 뒤흔들렸다. 사람들이 모두 자기를 쳐다보고 있는 것 같았다. 지금 그의 간절한 소원은, 집에서 이불을 푹 뒤집어쓰고 신 이외에는 어느 누구의 눈에도 띄지 않는 것이었다. 그는 다른 살인자들의 이야기를 떠올렸다. 그들은 하늘이 내리는 벌에 대한 공포에 떨고 있었다. 그는 신보다 무정하고 영원불변한 자연의 법칙이 더 무서웠다. 그 자연 법칙으로 인해 그가 저지른 범죄의 증거는 계속 남아 있게 되는 것이다. 하지만 문득 미신적이고 강력한 공포가 밀려들면서, 자연이 일부러 스스로의 법칙을 깨면서, 자신의 범죄를 온 세상에 드러낼 수도 있다는 생각이 들었고, 그 생각이 수십 배 더 무서웠다.

그는 원인과 결과 사이에 일정한 규칙이 있는 교묘한 도박을 한 것이다. 그러나 패배에 분노하여 장기판을 뒤집어엎는 폭군처럼 만약 자연이 지금까지 지속시켜 온 규칙을 갑자기 변경시키면 어떻게 될 것인가? 많은 역사가들이 지적한 대로, 여느 해보다 일찍 찾아온 겨울이 나폴레옹에게 종말을 몰고 온 것 같은 일이 마크하임에게도 일어날지 모른다. 두꺼운 벽이 점차 투명해져서, 마치 유리로 된 벌통 속의 꿀벌처럼 그가 한 짓을 밖에서 모두 보고 있을지도 모른다. 발 밑에 있는 단단한 마룻바닥이 모래늪처럼 꺼져 들어가 그곳에 그를 붙잡아놓을지도 모른다. 아니면 현실적으로 가능한 뜻밖의 어떤 일로 인해 그가 파멸할지도 모른다. 예를 들면, 이 집이 갑자기 무너져서 그가 죽인 사내 곁에 누워 있게 된다거나, 아니면 이웃집에 불이 나 소방대가 이 집으로 들어와 사방에서 그를 에워싼다면 어떻게 될까? 그는 그런 것들을 두려워하고 있었다. 그리고 이른바 신의 손이 죄에 대해 벌하는 것이 바로 이런 것 아닐까 하는 생각이 들었다. 하지만 신에 대해서라면 차라리 안심이 되었다. 그의 행위는 말할 것도 없이 예외적인 것이고, 그 이유도 또 예외적인 것이다. 그것은 신이 아는 바다. 따라서 자신을 다른 사람들과 똑같이 대하지는 않을 것이라 생각했다. 인간의 세계에서는 자신의 행동이 죄지만, 신의 세계에서는 정당할 것이라 확신했다.

그는 무사히 객실로 들어가 문을 닫고 안도의 한숨을 쉬었다. 물건들이 많이 널려 있는 그 방에는 카펫도 깔려 있지 않았다. 짐 꾸리는 데 쓰는 상자와 어울리지 않는 가구들이 눈에 띄었다. 여러 개의 거울들은 무대 위의 배우처럼 여러 각도에서 그의 모습을 비추고 있었다. 적지 않은 그림이 어떤 것은 액자 속에 끼워져 있고, 어떤 것은 그냥 벽에 세워져 있었다. 우아한 세라턴풍의 장식장과 상감 세공의 궤짝, 누비 덧이불이 씌워져 있는 커다란 구식 침대, 벽에 걸어 놓은 융단 등이 보였다. 창문은 열려 있었으나 다행히도 덧문의 아랫부분이 닫혀 있어 이웃 사람들이 그의 모습을 볼 수는 없었다.

마크하임은 궤짝 앞의 포장용 상자를 치우고 맞는 열쇠를 찾기 시작했다. 열쇠의 수가 많아서 시간이 오래 걸렸다. 어쩌면 궤짝 안에는 아무것도 없을지 모르는데, 시간은 빠르게 지나갔다. 열쇠가 몇 개 안 남자 그는 조금 침착해졌다. 그는 곁눈질로 계속 문을 바라보았다. 때로는 수비 상태가 만족할 만큼 좋은가 확인하는 포위당한 지휘관처럼 문 쪽을 똑바로 바라보기도 했다.

그러나 사실 그의 마음은 편안했다. 거리에는 여전히 비가 쏟아지고, 거리 저쪽에서는 피아노 소리와 함께 찬양이 시작되었다. 많은 아이들이 피아노 소리에 맞추어 노래를 부르기 시작했다. 참으로 엄숙하고 사람의 마음을 진정시키는 선율이었다. 젊음의 소리, 생기에 찬 소리였다. 마크하임은 열쇠를 고르면서 미소를 띠고 그 소리에 귀를 기울였다. 그의 마음속에서는 그 노래에 화답하는 생각과 이미지가 차례로 떠올랐다. 교회에 가는 아이들, 웅장하게 울리는 오르간, 들에서 뛰노는 아이들, 가시덤불이 많은 공유지를 거니는 아이들, 구름이 높게 떠 있는 바람 부는 하늘에 연을 날리는 아이들도 있다. 찬양의 장단이 바뀌자, 그는 마음속으로 또 다른 회상을 했다. 나른한 여름날의 일요일, 목사의 점잖은 목소리(그는 그것을 생각하고 싱긋 웃었다)와 제임스 1세 시대의 색칠한 묘실 안벽에 새겨진, 다 지워져 가는 십계명의 문자가 떠올랐다.

그는 여러 가지 상념에 잠겨 있다가 문득 섬뜩해져서 일어섰다. 불현듯 몸이 차갑게 얼어붙고, 반대로 불처럼 뜨거워지는 것 같기도 했다. 피가 거꾸로 솟구치는 듯한 느낌이 들었다. 그는 공포 때문에 꼼짝을 할 수가 없었다. 천천히 계단을 올라오는 발소리가 들렸던 것이다. 이윽고 누군가 문의 손잡이를 쥐고 돌리는 소리가 나고, 문이 열렸다.

공포에 질린 마크하임은 몸을 움츠렸다. 혹시 죽은 상인의 영혼이 돌아온 것일까? 아니면 인간 사회의 정의를 다스리는 관리일까? 그도 아니라면 나의 행위를 우연히 목격한 사람이 나를 교수대로 넘기기 위해 오는 것일까? 그는 어떤 행동을 취해야 할지 알 수 없었다. 그때 어떤 얼굴이 문틈으로 고개를 들이밀며 방 안을 둘러보았다. 마치 친한 벗을 만난 것처럼 고개를 끄덕이고 미소를 지었다. 그러고는 몸을 돌려 문을 닫은 뒤 다시 나갔다. 그는 공포를 억제하지 못하고 목이 잠긴 소리를 냈다. 그 소리에 방문객이 되돌아왔다.

"나를 불렀나요?"

그는 방 안으로 들어와 문을 닫으며 아무 거리낌 없이 물었다.

마크하임은 가만히 선 채 물끄러미 방문자를 보았다. 그의 눈에 뭔가 씐 것일지도 모르나, 방문자의 윤곽은 마치 상점 안의 촛불에 흐느적거리던 중국 신상의 그림자같이 자꾸 흔들리면서 바뀌는 것 같았다. 그는 이 신비의 방문자를 본 적이 있는 것도 같고 마치 자기 자신같이 느껴지기도 했다. 그러나 그 방문자가 이 세상 사람도 아니고 그렇다고 신의 세계에서 온 것도 아니라는 확신이 공포의 덩어리처럼 그의 가슴에 자리잡고 있었다.

그러나 마크하임을 향해 미소를 짓고 있는 그자는 묘하게도 보통 인간의 모습을 하고 있었다.

"내가 보기엔 돈을 찾고 있는 것 같은데요."

그자가 말을 이었다. 매일 어디서나 들을 수 있는 공손한 말투였다.

마크하임은 대답하지 않았다.

"당신에게 한 가지 경고할 게 있습니다."

그자가 말했다.

"이 집의 하녀가 애인과 여느 때보다 일찍 헤어졌습니다. 아마 곧 여기 도착할 겁니다. 만일 마크하임, 당신이 이 집에 있는 것을 들킨다면, 그 다음은 얘기할 필요도 없겠지요."

"내 이름을 어떻게 알죠?"

마크하임이 놀라서 소리를 질렀다.

방문자는 미소를 지었다.

"당신은 내 마음속에 오랫동안 있었지요. 늘 당신을 지켜보고 있었습니다. 혹시 도와줄 건 없나 하고 말입니다."

"당신은 누구요?"

마크하임이 외쳤다.

"악마인가요?"

상대방이 대답했다.

"내가 누구든 상관없잖습니까? 난 단지 당신을 돕고 싶을 뿐입니다."

"아니, 분명히 상관이 있어요!"

마크하임이 다시 소리쳤다.

"내가 당신에게 도움을 받는다구요? 어림없는 소리! 당신 도움 따윈 필요없습니다. 당신은 나를 잘 몰라요."

"알고 있어요."

방문자는 단호하다기보다 비열한 어조로 말했다.

"난 당신의 영혼까지 알고 있습니다."

"당신이 나를 어떻게 안단 말인가요?"

마크하임이 외쳤다.

"나를 아는 사람은 아무도 없어요! 난 이제껏 내 참모습을 속이며 살았어요. 내 삶은 우습고 부끄럽기 짝이 없는 것입니다. 그러나 나도 어릴 때는 착한 아이였어요. 모두 그렇겠지만. 사람들이 성장하면서 하나 둘 쓰게 되는 가면들이 그들의 본성을 덮고, 결국 그들을 완전히 질식시키기도 해서 그렇지, 원래부터 나쁜 사람은 없어요. 어떤 사람들은 마치 악한에게 붙들려 끌려다니는 것처럼 생활에 끌려다닙니다. 만약 사람들이 스스로를 제어하는 능력을 충분히 발휘한다면, 그리고 타고난 자신의 모습을 본다면, 그들은 아주 다른 사람이 될 것이고, 영웅이나 성인으로 칭송받을 수 있을 겁니다. 나는 보통 사람 이상으로 사악해요. 난 더 두꺼운 가면을 쓰고 있으니까. 나와 신 이외에 내 본모습을 알 수 있는 사람은 없죠. 만약 시간이 좀더 있다면, 당신에게 내 본모습을 보여줄 수도 있는데."

"나에게 말입니까?"

방문자가 물었다.

"물론이오."

살인자가 대답했다.

"당신이라면 충분히 이해해 줄 것 같습니다. 처음 당신이 나타났을 때, 사람의 마음을 제대로 헤아릴 것처럼 느껴졌지요. 하지만 지금의 당신은 내가 한 행위로 나를 판단하려는 것 같습니다. 내 말이 맞는지 틀린지 한번 잘 생각해 보세요. 나는 거인의 나라에서 태어나고 그곳에서 살았습니다. 어머니의 뱃속을 나오자마자 그 거인은 내 손목을 잡아끌었어요. 바로 환경이라는 거인 말입니다. 나의 그런 삶은 모르고 당신은 오직 내가 한 행위로만 나를 판단하려고 합니다. 당신은 마음까지는 안 보이나 보죠? 내가 얼마나 악을 혐오하는지 보이지 않습니까? 내 마음속에는, 그 동안 수없이 무시당했지만, 그 어떤 궤변에도 흔들리지 않는 깨끗한 양심이 있다는 걸 왜 못 보는 거죠? 그저 보통 인간으로서의 모습, 즉 본심은 그렇지 않은데 어쩔 수 없이 죄를 범하는 존재라는 점을 내게서 읽어내지 못하는 겁니까?"

"지금 당신이 한 말 속에는 감정이 들어 있습니다."

방문자가 대답했다.

"하지만 그런 감정은 나와는 아무 상관이 없어요. 당신이 어떤 충동에 의해 그렇게 잘못된 길로 빠졌는지는 내 관심사가 아닙니다. 당신이 선한 방향으로 가는 게 아니라면 다 마찬가지지요. 그런데 어쩌죠? 시간이 없습니다. 하녀가 지나가는 사람들 쳐다보랴, 게시판의 광고를 바라보랴 꾸물거리긴 하지만, 조금씩 집과 가까워지고 있습니다. 당신은 성탄절 거리를 따라서 교수대 또한 계속 다가오고 있다는 사실을 잊어서는 안 됩니다. 자, 어떻습니까? 내가 도와 드릴까요? 나는 무엇이든 알고 있어요. 돈이 어디 있는지도."

"그것을 알려준 대가로 당신이 원하는 건 뭡니까?"

"그냥 크리스마스 선물이에요."

방문객이 대답했다.

마크하임은 일종의 승리감에 취해 쓰디쓴 미소를 지었다.

"아니, 나는 당신의 도움을 원치 않습니다. 내가 지금 갈증이 나서 죽을 지경이어도 내 입술에 닿은 물주전자가 당신의 손에 쥐어진 것이라면 그것을 거절할 용기도 있습니다. 이제야 양심을 갖게 된 것처럼 보일지 모르지만, 나는 더 이상 악에 몸을 의탁하지 않을 생각입니다."

"난 죽음의 자리에서 참회하는 것에 대해서는 이러쿵저러쿵하지 않습니다."

방문객은 말했다.

"당신이 그 효력을 믿지 않기 때문이지!"

마크하임이 외쳤다.

"아니, 꼭 그래서만은 아니오."

방문객이 말했다.

"난 그걸 다른 각도에서 바라봅니다. 삶을 마칠 때가 되면, 난 더 이상 그 사람에 대해 흥미를 느끼지 못합니다. 나를 만든 건 바로 인간들이에요. 종교를 핑계삼아 어두운 얼굴을 한다든가 꼭 당신같이 욕망만 쫓아 무력하게 살면서 밀밭에 독이 든 씨앗을 뿌려대죠. 그리고 나서는 죽기 직전, 구원을 앞에 두고 사람들은 딱 한 가지 내게 도움이 될 만한 행동을 합니다. 즉, 자신이 저지른 죄를 뉘우치고 웃으며 죽어가는 겁니다. 그래서 살아남은, 나를 따르는 많은 소심한 자들에게 자신감과 희망을 불어넣는 겁니다. 나는 생각만큼 그렇게 까다로운 주인은 아닙니다. 나를 시험해 보세요. 내 도움을 한번 받아보라니까요. 이제까지 해오던 것처럼 인생을 즐기십시오. 아니, 전보다 더 여유롭게. 식탁에서든 어디에서든 더 즐겨요. 그 뒤에 늙고 병들어 죽음이 가까워지면, 그때 당신에게 큰 위안이 될 말을 해 드리지요. 양심과 싸우는 것보다 그 편이 훨씬 더 쉬울 겁니다. 게다가 마지막에 신의 품으로 돌아가는 건 별로 어려운 일이 아니에요. 나는 방금 그런 죽음의 자리에서 왔습니다. 그 방 안엔 진심으로 슬퍼하는 사람들이 가득했지요. 그리고 모두 죽어가는 이의 마지막 말에 귀를 기울이고 있었습니다. 자비라고는 모르던 그 사람의 얼굴을 들여다보니, 비로소 희망에 차서 웃고 있더군요."

"그럼 당신은 나와 그런 자들이 같다고 생각합니까?"

마크하임이 물었다.

"사는 동안 수없이 많은 죄를 범하고도 마지막에는 슬쩍 천국으로 도망치려는 치사스런 사람으로 보는 겁니까? 그런 건 생각만 해도 메스꺼워요. 당신이 만난 인간은 모두 그런 자들뿐입니까? 아니면 그런 더럽고 메스꺼운 일을 군이 말하는 것은 피로 물든 내 손을 보았기 때문입니까?"

"살인은 내게 별로 특별한 일이 아닙니다."

방문객이 말했다.

"모든 죄는 살인과 같습니다. 마치 모든 인생이 싸움인 것처럼. 난 당신 같은 인간들을 알아요. 굶주린 채 뗏목에 의지해서 표류하는 뱃사람들과 같습니다. 빵조각 하나라도 서로 눈에 불을 켜고 빼앗으려고 하죠. 나는 그들의 그런 행동 너머에 있는 죄를 쫓아갑니다. 그리고 어떤 경우에도 그 결과는 죽음이라는 걸 압니다. 내 눈에는, 무도회에 가는 문제로 어머니와 다투고 나가는 귀엽고 사랑스런 소녀나 당신 같은 살인자나 똑같이 손에 피가 흥건한 것이 보입니다. 나는 죄의 뒤를 쫓아간다고 말했지만, 덕의 뒤도 따라갑니다. 죄악과 덕은 종이 한 장 차이죠. 그건 둘 다 죽음이라는, 생명을 거두어들이는 천사가 쓰는 큰 낫입니다. 나는 악 때문에 살고 있지만, 그 악은 행위가 아니라 성품에 달려 있습니다. 내가 사랑하는 것은 악한 성품을 지닌 사람이지 악한 행동 그 자체는 아닙니다. 큰 소리로 떨어지는 시간이라는 폭포의 가장 깊은 곳까지 내려가면, 그런 악행도 드물지만 덕행보다 더 좋은 결과를 가져오기도 한다는 것을 비로소 알게 되죠. 내가 당신의 도피를 도와주려고 하는 것은, 당신이 상인을 죽였기 때문이 아니라 당신이 바로 마크하임이기 때문입니다."

"내 마음을 있는 그대로 당신에게 보여 드리죠."

마크하임이 말했다.

"당신이 본 것이 내 마지막 범죄입니다. 오늘 일을 통해 나는 많은 교훈을 얻었습니다. 이 범죄 자체도 내게는 매우 중요한 교훈이죠. 지금까지는 좋아하지 않는 것에 대한 반항심으로 행동했습니다. 늘 쫓기고 매맞는 빈곤의 노예였기 때문입니다. 물론 어떤 유혹에도 견딜 수 있는 강력한 힘과 의지도 있겠지요. 하지만 나는 견딜 수가 없었어요. 내겐 작은 즐거움도 사막의 오아시스 같았거든요. 하지만 오늘 일을 통해서 나는 삶의 의미와 풍요로움을 한꺼번에 쥐게 됐어요. 바로 능력과 내 자신에 대한 새로운 다짐이죠. 나는 무엇보다도 이 세상에서 자유롭게 사는 사람이 되고 싶어요. 아, 내가 변하고 있는 것 같아요. 이제 이 손은 선의 도구이고, 내 마음에는 평화가 있어요. 지난날의 일들이 나를 지탱해 주는 것 같아요. 안식일 저녁이면 꿈꾸어 왔던 일들 말입니다. 교회의 오르간 소리, 성경을 읽으며 눈물을 흘리는 미래의 내 모습이 보여요. 순진한 아이가 되어 어머니와 얘기하는 겁니다. 바로 그것이 진짜 내 모습입니다. 나는 몇 년 동안 정처없이 방황했어요. 하지만 이제는 내가 가야 할 곳이 어딘지 알겠어요."

"당신은 이 돈을 주식 거래에 쓸 작정이었지요."

방문자가 일깨워 주었다.

"내가 알기로는 아마 몇 천은 넘는 돈을 잃었을 텐데요."

"그래요."

마크하임은 말했다.

"하지만 이번만은 확실합니다."

"이번에도 당신은 역시 돈을 잃을 겁니다."

방문자가 조용히 말했다.

"그래요. 하지만 반쯤은 남겨둘 생각이에요."

마크하임이 대답했다.

"당신은 그 반도 또 잃을 겁니다."

방문자가 말했다.

마크하임의 이마에서 땀이 솟았다.

"그래서 그게 어쨌다는 거요?"

마크하임이 소리쳤다.

"당신 말처럼 그걸 다 잃는다면, 나는 다시 가난해지겠죠. 그러면 선과 악이 내 안에서 서로 자기 쪽으로 오라고 잡아당길 겁니다. 나는 어느 한쪽만 좋아하는 게 아니라 둘 다 좋아해요. 위대한 행위, 자제, 헌신을 마음에 품을 수 있어요. 또 살인 같은 큰 범죄를 저지르긴 했지만, 가난한 사람들을 불쌍하게 여길 줄도 압니다. 나만큼 그들의 고생을 잘 아는 사람이 또 있겠어요? 나는 그들을 불쌍하게 생각하고 도울 거예요. 나는 사랑의 고귀함을 믿어요. 순수하고 밝게 사는 사람들을 사랑해요. 그리고 진심으로 이 세상의 선한 것과 진실한 것을 사랑합니다. 악덕만이 내 인생을 이끌고, 선덕은 아무것도 할 수 없는 나무토막처럼 내 마음속에 팔짱을 낀 채 잠자코 있어야 하나요? 그럴 수는 없어요. 선 역시 내 행위의 근원입니다."

그러나 방문자는 고개를 저었다.

"당신이 이 세상에서 살아온 지 36년, 부유할 때도 있었고 가난할 때도 있었죠. 성격도 변화가 많았죠. 하지만 난 당신이 줄곧 타락해 가는 것을 지켜보고 있었어요. 15년 전 당신은 도둑질이라는 건 상상도 못 했습니다. 3년 전에는 살인범의 이름만 들어도 무서워했죠. 하지만 지금의 당신을 보세요. 당신이 꽁무니를 뺄 만한 범죄가 있을까요? 당신이 저지를 수 있는 비열하고 잔인한 범죄가 더 남아 있을까요? 앞으로 5년 뒤면 그 대답을 알 수 있겠죠? 아래로, 아래로 당신은 계속 추락하고 있어요. 죽음 이외에 그 어떤 것도 당신을 멈추게 할 수 없을 겁니다."

"그래요, 그건 사실이에요."

마크하임은 쉰 목소리로 말했다.

"물론 나는 지금까지 어느 정도 악을 따랐습니다. 하지만 그건 다른 사람도 마찬가지라고 생각해요. 성인이라 할지라도 이 지구상에 사는 이상 누구도 악에서 자유롭지 못해요. 실생활에 있어서는 우아하고 아름다운 면을 잃고 점차 환경의 영향을 받게 됩니다."

"간단한 질문 하나 하죠."

방문객이 말했다.

"당신이 하는 대답에 따라 당신의 선악에 관한 별점을 쳐 봅시다. 당신은 지금까지 타락한 많은 것들에 둘러싸여 살아왔지요. 당신이 타락한 건 이상할 게 없어요. 누구의 경우라도 그랬을 테니까요. 그걸 인정하고 대답해 봐요. 당신 속에 아주 조금이라도 부패하지 않은 면이 남아 있습니까? 당신의 도덕적 기준은 완전히 무너져 버린 것 아닌가요?"

"조금이라도?"

마크하임은 고뇌에 차서 되풀이했다. 그리고 절망적으로 말했다.

"아니, 조금도 없어요. 난 모든 면에서 타락했어요."

"그렇다면……."

방문자가 다시 말했다.

"현재의 당신에 대해 만족하면 그만이죠. 당신은 결코 변하지 않을 테니까. 당신이 방금 무대에서 말한 대사는 이제는 돌이킬 수 없어요."

마크하임은 아무 말도 못하고 한동안 서 있었다. 그 침묵을 깬 것은 방문자였다.

"자, 그걸 알았다면……."

그가 말했다.

"돈이 어디 있는지 가르쳐 드릴까요?"

"그리고 하느님의 은총이 있는 곳도?"

마크하임이 부르짖었다.

"그건 당신에게 새로울 것도 없잖아요? 2, 3년 전, 당신이 부흥회에 참석했던 걸 내가 못 봤을 것 같습니까? 그때 가장 크게 찬송가를 부른 사람이 당신이라는 것도 알고 있어요."

"맞아요, 당신 말대로예요."

마크하임이 말했다.

"그리고 내가 마지막으로 뭘 해야 할지 분명히 알았어요. 여러 가지로 가르쳐 준 데 대해 진심으로 감사합니다. 이제야 눈이 뜨이고 비로소 현재의 내 모습을 제대로 바라보게 됐습니다."

그때 현관의 벨소리가 날카롭게 울렸다. 방문자는 그것이 바로 자신이 기다리던 신호이기라도 한 듯 갑자기 그 태도를 바꾸었다.

"하녀요!"

방문자가 소리쳤다.

"이제 돌아온 거죠. 이제 당신 앞에는 또 하나의 어려운 과제가 놓인 겁니다. 당신은 지금 바로 하녀에게로 가서 주인이 아프다고 말해요. 반드시 안심하고 집 안으로 들어오게 해야 합니다. 절대로 웃어도 안 되고 또 너무 과장되게 심각해도 안 됩니다. 내가 지금 말한 것을 명심한다면 분명히 성공할 수 있어요. 일단 하녀를 집 안으로 들이는 게 중요합니다. 그리고 나면 당신은 상인에게 한 것과 똑같은 방법으로 그녀를 제거할 수 있을 겁니다. 당신의 앞을 가로막는 마지막 위험을 그렇게 벗어나는 거죠. 그 이후의 시간은 당신 겁니다. 저녁 내내, 아니, 필요하면 밤늦게까지도 안전하게 이 집 구석구석 숨겨진 모든 재산을 챙길 수 있습니다. 이게 바로 위험이라는 가면을 쓰고 다가온 도움이죠. 자, 일어나요!"

그가 소리쳤다.

"일어나요, 친구! 당신의 생명이 저 저울 위에 올려져 있는 게 보입니까?"

마크하임은 물끄러미 방문자의 얼굴을 바라보았다.

"만약 나쁜 짓을 하는 것이 어떤 사람의 운명이라 해도……."

그는 말했다.

"그에겐 아직 자유로운 문이 하나 열려 있어요. 그건 내가 당신이 말한 것과 같은 나쁜 짓을 할 수도 있고, 또 하지 않을 수도 있다는 겁니다. 그리고 만약 내 삶이 악한 것이라면 나는 기꺼이 그것을 버릴 수 있습니다. 당신 말대로 내가 갖가지 작은 유혹에 따라 행동했더라도 단호한 몸짓 하나로 아무도 손대지 못할 곳에 갈 수도 있습니다. 또한 내 안에 선을 사랑하는 마음이 완전히 고갈되어 버렸다 해도, 여전히 악을 미워하는 마음은 남아 있습니다. 이런 내가 당신은 답답하고 실망스럽겠지만, 오히려 거기서 나는 힘과 용기를 이끌어낼 수 있을 겁니다."

마크하임의 말이 끝나는 순간, 방문자의 얼굴에 놀라운 변화가 일어났다. 선이 악에 대해 승리하면서 그 얼굴이 밝고 부드럽게 바뀌었다. 그리고 점차 어슴푸레해지면서 윤곽이 희미해졌다.

그러나 마크하임은 그 변화를 보기 위해 멈추거나, 그 변화를 이해하려고 하지 않았다. 그는 깊은 생각에 잠긴 채 문을 열고 천천히 계단을 내려갔다. 그의 어두웠던 지난날이 적나라하게 한 장면 한 장면 눈앞을 스쳐갔다. 너무 추하고 괴로워서 구토가 났다. 과오나 살인으로 엉망진창이 된 과거, 눈앞에서 전개되었던 패배의 광경이 마치 꿈같이 뒤죽박죽이 되어 떠올랐다. 과거를 회상하는 이 순간, 삶은 더 이상 그를 유혹하지 않았다. 그리고 저 피안의 세계에 자신의 영혼을 정박시킬 조용한 항구가 있다는 것을 깨달았다. 그는 계단 위에 잠시 멈춰 서서 상점 안을 내려다보았다. 촛불이 아직 시체 옆에서 타고 있었다. 그 일대에 기이한 침묵이 흘렀다. 가만히 서서 바라보고 있으려니까 상인에 대한 여러 가지 생각이 떠올랐다. 그때 또다시 벨이 울렸다.

마크하임은 어색한 미소를 머금은 채 문을 열고 하녀와 마주보았다.

"지금 곧 경찰서로 가는 게 좋을 거요."

그가 말했다.

"내가 당신의 주인을 죽였으니까."

⊙ 핵심 정리

- **갈래** : 단편소설
- **시점** : 전지적 작가 시점
- **주제** : 인간 내면의 선과 악의 싸움
- **배경** : 시간적 – 크리스마스 날 한낮 / 공간적 – 골동품 상점
- **등장인물** : 마크하임 – 가난한 환경 때문에 타락을 거듭해 오다가, 결국 살인까지 저지르는 남자. 크리스마스 날 골동품 상점 주인을 죽인 후, 양심과의 싸움에서 승리하여 구원에 이른다.

  상점 주인 – 마크하임에게 살해된 사람. 돈 버는 일을 삶의 가장 가치 있는 일로 생각한다.

  방문자 – 인간의 마음속에 있는 악을 의인화한 존재. 마크하임에게 하녀까지 죽이고 돈을 챙기라고 부추긴다.

- **구성** : 발단 – 크리스마스 날 한낮, 마크하임은 도둑질한 물건을 팔아넘기느라 자주 들르던 골동품 상점을 찾는다. 그리고 주인에게 돈 많은 여자와 결혼하게 되었다며, 그녀에게 줄 크리스마스 선물을 골라 달라고 한다.

  전개 – 상점 주인이 손거울을 권하자, 마크하임은 범죄와 방탕을 회상하게 하는 물건이라고 트집을 잡으며 다른 것을 보여 달라고 한다. 상점 주인이 다른 물건을 고르는 순간, 마크하임은 뒤에서 급습하여 그를 죽인다.

  위기 – 이층으로 올라간 마크하임은 살인의 목적인 돈을 손에 넣기 위해 궤짝을 여는 열쇠 꾸러미를 찾는다. 궤짝에 맞는

열쇠를 고르고 있는 동안 피아노 소리에 맞추어 찬양하는
아이들의 목소리가 들린다. 그 소리를 들으며 마크하임은 교
회와 목사와 십계명을 떠올리며 미소를 짓는다.

절정 – 계단을 올라오는 발소리가 들리더니, 뜻밖의 방문자가 문
을 열고 나타난다. 방문자는 자신이 도와줄 테니 인생을 실
컷 즐겨 보라고 한다. 그때 외출했던 하녀가 돌아와 벨을 누
르자, 방문자는 마크하임에게 그녀를 죽이고 원하던 것을 손
에 넣으라고 충동질한다.

결말 – 마크하임은 방문자의 제안을 거절하고 아래층으로 내려
가, 하녀에게 상점 주인을 죽인 사실을 털어놓으며 경찰서로
가라고 말한다.

◉ 줄거리 및 작품 해설

크리스마스 날 한낮, 골동품 절도범 마크하임은 훔친 물건을 팔러 자주 들
르던 골동품 상점을 찾는다. 그는 상점 주인에게 돈 많은 여자와 결혼하게
되었다며, 그녀에게 줄 크리스마스 선물을 골라 달라고 한다.

상점 주인이 손거울을 권하자, 마크하임은 그 동안 자신이 저지른 범죄
와 방탕을 생각나게 하는 물건이라고 화를 내며 다른 물건을 보여 달라고
한다. 상점 주인이 다른 물건을 고르기 위해 몸을 돌리는 순간, 마크하임
은 뒤에서 그를 칼로 찌른다.

상점 주인의 시체를 보며 공포를 비롯한 여러 가지 상념에 시달리던 마
크하임은, 이윽고 살인의 목적이었던 돈을 찾기 위해 이층으로 올라간다.

그가 열쇠 꾸러미를 찾아 궤짝에 맞는 열쇠를 고르는 동안, 밖에서 피아노 소리에 맞추어 찬양을 하는 아이들의 목소리가 들려온다. 그 소리를 들으며 그는 교회와 목사와 십계명을 떠올린다.

그때 누군가 계단을 올라오는 소리가 들리고, 곧 한 사나이가 문을 열고 나타난다. 그는 오랜 세월 마크하임을 지켜보았다며, 자기가 도와줄 테니 인생을 마음껏 즐겨 보라고 한다. 외출했던 하녀가 돌아와 벨을 울린 것은 바로 그 순간이다. 방문자는 마크하임에게 하녀까지 죽이고 원하던 돈을 손에 넣으라고 충동질한다.

방문자의 말을 들으며 마크하임은 아직도 자신의 내부에 악을 미워하는 마음이 남아 있음을 깨닫는다. 그 순간, 방문자의 얼굴이 밝고 부드럽게 바뀌며 빛과 함께 사라진다. 다시 벨이 울리자, 마크하임은 아래층으로 내려가 문을 연다. 그리고 하녀에게 자신이 상점 주인을 죽였다고 털어놓으며, 경찰서로 가라고 말한다.

사람이란 사는 동안 의도했든 의도하지 않았든 수많은 잘못을 저지르며, 때로 그 도가 지나쳐 도덕적 범주를 벗어날 경우가 있다. 그럴 때 우리를 일깨우는 것이 바로 양심이다.

골동품 상점 주인을 죽인 후 심리적인 불안상태에 빠져 신경이 날카로워진 마크하임 앞에 한 낯선 존재가 나타난다. 그는 마크하임의 살인을 미화시키며, 자기가 도와줄 테니 도피하라고 권유한다.

마크하임은 자신이 타락한 이유를 비참하고 열악한 환경 탓으로 돌리며, 자신의 범죄를 그럴듯하게 합리화한다. 그러나 결정적인 순간, 또 다른 죄를 저지를 수 있는 상황에서 마크하임의 내면에 존재하던 도덕적인 양심이 큰 소리를 냄으로써 악마적 유혹을 이겨낼 수 있게 된다.

이 작품은 사람의 마음속에서 끊임없이 되풀이되는 선과 악의 싸움을 형상화한 것이다. 끝내 선의 의지가 악을 누르고 구원에 이르는 과정을 보여줌으로써, 그 누구도 본래부터 악한 사람은 없고, 아무런 갈등 없이 시종일관 선한 사람도 없다는 점을 생각하게 한다. 다시 말해, 사람이란 항상 그 내면에서 선과 악이 끊임없이 갈등하고 있는 존재이며, 또 자유의지로 선을 선택할 수 있는 희망적인 존재라는 것이다. 그런 의미에서 이 작품은 주인공의 파멸로 끝을 맺는 스티븐슨의 또 다른 작품 〈지킬 박사와 하이드 씨〉와는 다른 메시지를 준다.

◉ 생각해 볼 문제

1. 작가가 마크하임이라는 인물을 통해 말하고자 하는 바는?
2. 마크하임이 방문자의 유혹을 뿌리치고 자수하게 된 직접적인 계기가 된 것은?

해답

1. 악이나 선이나 모두 인간의 영역이다. 따라서 본래부터 악한 사람도 없고, 또 아무런 갈등 없이 시종일관 선한 사람도 없다.
2. 밖에서 들려온 아이들의 크리스마스 찬양. 그 소리를 들으며 마크하임은 교회와 목사와 십계명을 생각하게 된다.

기 드 모파상

― 프랑스편 ―

기 드 모파상(Guy de Maupassant, 1850~1893)

　프랑스의 자연주의 소설가. 노르망디 지방 미로메닐에서 태어났다. 그러나 아버지가 가정을 거의 돌보지 않는 바람에 부모가 별거, 12세 때부터는 문학적 교양을 지닌 홀어머니 밑에서 성장했다. 1870년 보불 전쟁이 일어나자, 학업을 중단하고 자원 입대하여 노르망디 지방에서 전쟁을 체험하였다. 1872년 해군본부에 취직했는데, 그 무렵부터 시와 소설을 쓰기 시작했다. 어머니를 통하여 플로베르의 지도를 받으면서 에밀 졸라를 비롯하여 그 주변에 모이던 작가를 지망하는 청년들과도 점차 교류를 가졌다. 1880년, 졸라를 중심으로 하는 신진작가들이 보불 전쟁에 관한 단편소설을 모아 간행한 《메당의 저녁》에 〈비계 덩어리〉를 발표하면서 주목을 받아 문단에 등장했다. 1883년에 발표한 장편소설 〈여자의 일생〉은 한 여자의 일생을 염세주의적 필치로 그린 작품으로, 프랑스 사실주의 문학의 걸작으로 평가된다. 1880년부터 10여 년 동안 상당히 많은 글을 썼는데, 대부분 19세기 후반 프랑스 사회의 무거운 분위기를 잘 전달하는 작품이다. 그는 독특한 사실주의 수법으로 인생의 단면을 재현하는 데 뛰어난 재능을 보였으며, 특히 명쾌한 문체, 간결하고 객관적인 묘사, 교묘한 극적 구성으로, 체호프, 오 헨리와 더불어 세계 3대 단편 작가로 불린다. 그는 젊었을 때부터 끊임없이 매독이라는 무서운 병과 싸워야 했다. 온갖 치료에도 불구하고 온몸에 번져 신경이상이 되었다. 그로 인해 1892년, 면도날로 자살을 기도한 뒤 파리에 있는 정신병원에 입원, 이듬해 그곳에서 42세의 젊은 세상을 떠났다.

　주요 작품으로는 장편 〈여자의 일생〉, 〈벨아미〉, 〈피에르와 장〉 등과 단편집으로 《메종 텔리에》를 비롯하여 《피피 양》, 《달빛》, 《롱돌리 자매》, 《밤과 낮 이야기》 등이 있다.

목걸이

 읽기 전에

» 작품에 나타난 자연주의적 특징에 대해 살펴보자.

» 이 작품에서 비극의 원인이 되는 것에 대해 생각해 보자.

운명의 실수라고나 할까! 그녀는 아름답고 매력적이었지만 가난한 관리의 집에서 태어난 처녀들 중의 하나였다. 그녀에겐 지참금도 없었고, 따라서 별다른 희망을 가질 수도 없었으며, 돈 많고 지위 있는 남자를 만나 사랑을 받고 결혼하게 될 아무런 방법이 없었다.

그래서 그녀는 하는 수 없이 국민교육성에 근무하는 보잘것없는 한 관리에게 시집을 갔다.

그녀는 계절에 따라 옷도 해 입지 못하고 소박하게 살았다. 그래서 세상으로부터 버림을 받은 듯 불행하기만 했다.

하긴 여자들에게 있어서는 계급이나 혈통보다는 미모와 매력과 애교가 그들의 출신 가문을 대신한다. 고상한 성품, 우아한 취미, 민첩한 재능만이 그들의 계급을 이루며, 평민의 딸들로 하여금 귀족의 딸들과 어깨를 겨누게 하는 것이다.

그녀는 자기야말로 모든 쾌락과 사치를 누리기 위해 이 세상에 태어난 것이라고 생각했기 때문에 늘 마음이 아팠다. 누추한 집과 쓸쓸한 벽, 낡아빠진 의자, 빛이 바랜 커튼에 고통을 느꼈다. 자기와 같은 신분에 있는 다른 여자들 같으면 느끼지도 못할 이 모든 것들이 그녀를 괴롭히고 마음 상하게 했다. 자기의 검소한 살림을 맡아서 하고 있는 브르타뉴 태생의 어린 하녀를 보고 있으면 서글픈 미련과 격렬한 몽상이 되살아났다.

그녀는 동양풍 벽화가 걸려 있고 높은 청동 촛대로 불을 밝힌 조용한 응접실, 그리고 난방의 후끈한 열기 때문에 큰 안락의자에서 잠이 든 짧은 바지 차림의 뚱뚱한 두 하인을 상상했다. 그런가 하면 옛날 비단으로 벽을 장식한 살롱, 값진 골동품들이 놓여 있는 우아한 가구들, 그리고 모든 여성들의 선망의 대상인 사교계의 인기 있는 남성들이나 가장 친밀한 친구들과 오후 5시 무렵의 담화를 즐기기 위해 꾸며 놓은 향기롭고 아담한 밀실을 상상해 보곤 했다.

저녁 식사 때 사흘이나 갈지 않은 식탁보를 덮은 둥근 식탁 앞에서 맞은편에 앉아 있는 남편이 수프 그릇의 뚜껑을 열며 "아, 훌륭한 수프로군! 나에게는 이게 최고야……."라고 기쁜 목소리로 소리칠 때면 호화롭게 차린 만찬, 번쩍이는 은그릇, 기이한 새들과 고대의 인간들을 수놓은 벽화, 고급스러운 그릇에 담겨나오는 진기한 음식들, 잉어의 붉은 살이나 들꿩의 날개를 뜯으며 은근한 미소를 띠고 정담을 나누는 남녀들의 모습이 그녀의 눈앞에 떠올랐다.

그녀에게는 옷도 보석도 없었다. 그런데 그녀가 좋아하는 것은 그런 것뿐이었다. 그녀는 자신이 그런 것들을 위해 태어났다고 생각했다. 그토록 그녀는 쾌락과 사치를 동경했고, 남성들을 매혹시켜 구애를 받고 싶어했다.

그녀에게는 수녀원 부속 여학교의 동창인 돈 많은 친구가 하나 있었다. 그녀는 이제 그 친구를 만나려고 하지 않았다. 그 친구를 만나는 것은 그녀에게 너무나 가슴 아픈 일이었다. 친구를 만나고 오면 그녀는 며칠을 두고 슬픔과 후회와 절망과 비관에 잠겨 눈물을 흘렸다.

그런데 어느 날 저녁, 남편이 손에 큰 봉투를 하나 들고 희색이 만면해서 돌아왔다.

"자, 당신에게 주려고 가져온 거야."

그녀는 급히 겉봉을 뜯었다. 그 안에는 다음과 같이 인쇄된 한 장의 초대장이 들어 있었다.

국민교육성 장관 조르쥬 랑포노 부처는 1월 18일 월요일 저녁, 장관 관저에서 파티를 개최하오니 루아젤 부처께서는 참석해 주시기 바랍니다.

그런데 그녀는 남편이 기대했던 것처럼 기뻐하기는커녕 오히려 기분이 상한 듯 초대장을 식탁 위에 내던지며 중얼거렸다.

"대체 나보고 어쩌라는 거예요?"

"아니 여보, 나는 당신이 무척 기뻐할 줄 알았는데. 지금까지 당신은 외출한 적도 별로 없지 않소. 이게 얼마나 좋은 기회요! 이 초대장을 얻느라고 여간 고생한 게 아니오. 사람들이 서로 가져가려고 했거든. 게다가 하급 직원들에게는 몇 장 주어지지 않았다오. 그날 가면 고관들을 모두 볼 수 있을 거야."

그녀는 새침한 눈초리로 남편을 쳐다보다가 참을 수 없다는 듯이 이렇게 소리쳤다.

"그래, 당신은 나에게 무엇을 입고 거기에 가라는 거예요?"

남편은 미처 거기까지는 생각지 못했다. 그는 이렇게 중얼거렸다.

"아니 왜 극장에 갈 때 입는 옷이 있지 않소. 내게는 아주 좋아 보이던 데……."

그는 계속 울고 있는 아내를 보자 놀라고 어이가 없어 말을 잇지 못했다. 두 줄기 굵은 눈물방울이 눈가에서 천천히 흘러내렸다. 그는 더듬더듬 중얼거렸다.

"왜 그래, 응? 왜 그러는 거야?"

그러자 그녀는 간신히 마음을 가라앉힌 다음 눈물에 젖은 볼을 닦으면서 조용한 목소리로 대답했다.

"아무것도 아니에요. 그저 난 입고 갈 옷이 없으니까 이 파티에 갈 수 없다는 것뿐이에요. 초대장은 나보다 옷이 많은 부인을 가진 당신 친구에게나 주세요."

남편은 마음이 언짢아서 이렇게 말했다.

"이봐, 마틸드, 적당한 옷 한 벌 사는 데 얼마나 들까? 다른 때도 입을 수 있으며, 그다지 비싸지 않은 것으로 말이야."

그녀는 잠시 생각에 잠겨 계산을 해보았다. 얼마 정도나 요구해야 이 검소한 관리가 당장 거절을 하지도 않고, 놀라서 비명을 지르지도 않을까.

"확실히는 모르겠어요. 하지만 4백 프랑 정도면 될 수 있을 것 같아요."

이 말을 듣고 남편의 얼굴이 약간 창백해졌다. 왜냐하면 그는 엽총을 사기 위해 꼭 4백 프랑을 예금해 두었기 때문이다. 그는 다가오는 여름에는 일요일마다 몇몇 친구와 낭테르 평원으로 가서 종달새 사냥을 즐기기로 되어 있었다. 그러나 그는 이렇게 말했다.

"그래, 4백 프랑을 줄 테니 좋은 옷을 사도록 해요."

파티 날이 가까워졌다. 그런데 루아젤 부인의 얼굴은 불안과 걱정으로 가득해 보였다. 옷은 이미 준비가 되어 있었다. 어느 날 저녁, 남편이 그녀에게 말했다.

"왜 그래? 요 며칠 동안 당신 안색이 좋지 않군."

그녀가 대답했다.

"나는 보석도 패물도 없잖아요. 몸에 지닐 것이라곤 아무것도 없으니 걱정이 돼서 그래요. 내 꼴이 얼마나 초라해 보이겠어요? 차라리 파티에 가지 않는 편이 좋겠어요."

그러자 남편이 말했다.

"생화를 달고 가면 될 것 아니오. 요즘은 그것이 아주 멋있어 보이던데. 10프랑만 주면 아름다운 장미꽃 두세 송이는 살 수 있을 거요."

그러나 그녀는 수긍하지 않았다.

"싫어요……. 돈 많은 여자들 틈에서 가난한 차림을 하고 있는 것보다 더 치욕스러운 일이 어디 있겠어요?"

그러자 남편이 소리쳤다.

"당신도 참 바보야! 당신 친구인 포레스티에 부인을 찾아가서 보석을 좀 빌려 달라고 하구려. 그만한 부탁은 할 수 있는 사이가 아니오."

그녀는 기뻐서 소리쳤다.

"아! 정말 그래요. 그 생각은 미처 못했어요."

다음날 그녀는 친구를 찾아가서 자기의 딱한 사정을 이야기했다. 포레스티에 부인은 거울이 달린 장에서 큰 상자 하나를 들고 와서 열어 보이며 루아젤 부인에게 말했다.

"자, 골라 봐."

그녀는 먼저 몇 개의 반지를 보았다. 다음에는 진주 목걸이와 베니스제 십자가, 그리고 금과 보석을 정교한 솜씨로 세공한 패물들을 보았다. 그녀는 거울 앞에서 그것들을 달아보고는 벗어 놓지도 돌려주지도 않고 망설일 뿐 마음을 정하지 못했다. 그녀가 말했다.

"다른 것은 없어?"

"응, 또 있어. 골라보렴. 어떤 것이 네 마음에 들지 알 수가 있어야지."

그 순간 검은 공단 상자 속에 눈부신 다이아몬드 목걸이가 들어 있는 것이 그녀의 눈에 띄었다. 그녀의 가슴은 걷잡을 수 없이 뛰기 시작했다. 그것을 집어드는 손이 떨렸다. 그녀는 그것을 목에 걸고, 자기 모습에 스스로 도취되고 말았다. 그러다가 난처한 듯 망설이며 말했다.

"이것을 좀 빌려 줄 수 없겠니? 다른 것은 필요 없어."

"응, 좋아. 그렇게 해."

그녀는 친구의 목을 얼싸안고 격렬하게 입을 맞추었다. 그리고 목걸이를 들고 총총히 돌아왔다.

파티 날이 되었다. 루아젤 부인은 성공했다. 그녀는 누구보다도 아름다웠고 우아하고 맵시가 있었으며, 한없는 기쁨에 도취되어 있었다. 모든 남성들이 그녀를 쳐다보았고, 이름을 물었으며, 소개를 받고 싶어했다. 비서실의 수행원들은 모두 그녀와 춤을 추려고 애썼다. 장관조차도 그녀를 유심히 바라보았다.

그녀는 흥분 속에서 취한 듯이 춤을 추었다. 자신의 아름다움에 의기양양해지고, 자기 성공의 영광, 사람들의 존경과 찬미, 잠에서 깨어난 모든 욕망 등 여자들의 마음을 완전무결한 승리감으로 채워 주는 행복의 절정에서 다른 것은 생각해 볼 겨를조차 없었다.

그녀는 새벽 4시쯤 파티장에서 나왔다. 남편은 자정부터 쓸쓸한 응접실에서 다른 세 명의 친구들과 함께 잠이 들어 있었다. 이들의 부인들은 그동안 마음껏 쾌락을 맛보았다.

남편은 돌아갈 때를 생각해서 준비해 온 옷을 아내의 어깨에 걸쳐주었다. 그것은 평소에 입는 수수한 옷으로서 화려한 야회복과는 전혀 어울리지 않았다. 그녀는 그것을 느끼자 값비싼 모피로 몸을 감싼 다른 여자들의 눈에 띄지 않으려고 달아나기 시작했다.

루아젤이 그녀를 붙들었다.

"잠깐만 기다려요. 밖에 나가면 감기 들 거야. 내가 나가서 마차를 불러올게."

그러나 그녀는 남편의 말을 듣지 않고 급히 충계를 뛰어 내려갔다. 그들이 밖으로 나왔을 때는 마차가 한 대도 보이지 않았다. 그들은 멀리 지나가는 마부를 소리쳐 부르며 마차를 잡기 시작했다. 그들은 추위에 몸을 떨며 낙담한 채 센 강 쪽으로 걸어갔다.

마침내 그들은 강가에서 밤에만 돌아다니는 낡아빠진 마차 한 대를 발견했다. 낮에는 차마 그 초라한 꼴을 보이기가 부끄럽다는 듯이 밤에만 파리 거리에 나타나는 그러한 마차였다.

마차는 마르티르 거리에 있는 그들의 집 앞에 다다랐다. 그들은 쓸쓸하게 계단을 올라갔다. 그녀에게 있어서는 모든 것이 끝난 셈이었다. 그녀는 남편이 10시까지는 직장에 출근해야 된다는 것을 생각하고 있었다.

그녀는 화려한 자기 모습을 한 번 더 보기 위해 거울 앞으로 가서 어깨 위에 걸쳤던 웃옷을 벗었다. 그때 그녀가 갑자기 비명을 질렀다. 목에 걸었던 목걸이가 없었던 것이다.

옷을 벗고 있던 남편이 물었다.

"왜 그래?"

그녀는 남편을 향해 돌아서며 얼빠진 듯이 말했다.

"저…… 저…… 목걸이가 없어졌어요."

남편은 소스라치게 놀라며 벌떡 일어섰다.

"아니…… 뭐라구…… 그럴 리가 있나!"

그들은 옷의 주름 속과 외투자락, 호주머니 속을 샅샅이 뒤져보았다. 그러나 목걸이는 보이지 않았다. 남편이 물었다.

"무도회장에서 나올 때 있었던 것은 확실하오?"

"그럼요. 장관 댁 현관에서도 만져봤어요."

"그렇지만 길에서 떨어뜨렸으면 소리가 났을 텐데. 틀림없이 마차 속에서 떨어뜨렸을 거야."

"네, 그런 것 같아요. 마차 번호를 기억하세요?"

"모르겠어. 당신은 번호를 보지 않았소?"

"네."

그들은 낙담하여 서로 바라보았다. 결국 루아젤은 옷을 다시 입었다.

"혹시 눈에 띌지도 모르니까 우리가 왔던 길을 다시 걸어가며 찾아봐야겠어."

그는 밖으로 나갔다. 그녀는 야회복을 입은 채, 눕지도 못하고 불을 피울 생각조차 못하고 망연히 의자에 앉아 있었다. 남편은 7시경에야 돌아왔다. 아무것도 찾지 못한 채였다. 그는 경시청과 신문사에 가서 현상 광고를 냈으며, 마차 회사에도 가보았다. 결국 희망을 걸 만한 곳은 모조리 찾아가 보았던 것이다.

아내는 이 무서운 재난 앞에서 거의 실신 상태에 빠진 채 온종일 남편을 기다렸다.

루아젤은 저녁 무렵에야 볼이 움푹 꺼지고 파리해진 얼굴을 하고 돌아왔다. 그는 아무것도 발견하지 못했다.

"여보, 당신 친구에게 편지를 써야겠소. 목걸이의 고리가 망가져서 수선하고 있다고. 그러면 그것을 다시 찾아볼 시간의 여유가 생길 것 아니오."

그녀는 남편이 부르는 대로 받아썼다.

일주일이 지나자 그들은 모든 희망을 잃었다. 그 동안에 5년이나 늙어버린 것 같은 루아젤은 이렇게 결론을 내렸다.

"똑같은 보석을 찾아 돌려주는 수밖에 도리가 없겠어."

이튿날 그들은 목걸이가 들어 있던 상자를 들고 그 안에 적혀 있는 상점을 찾아갔다. 보석상은 장부를 들쳐보았다.

"그 목걸이는 우리 가게에서 판 것이 아닙니다. 상자만 판 것 같군요."

그래서 그들은 똑같은 목걸이를 찾으려고 기억을 더듬어가며 이 상점에서 저 상점으로 돌아다녔다. 두 사람은 슬픔과 근심에 가득 찬 병자 같아 보였다. 팔레 루아이얄의 어느 상점에서 그들이 찾던 것과 꼭 같아 보이는 다이아몬드 목걸이를 찾아냈다. 상점 주인은 목걸이 값이 4만 프랑이지만 3만 6천 프랑까지 해주겠다고 했다.

그들은 사흘 안으로 올 테니 다른 사람에게 팔지 말아달라고 보석상 주인에게 부탁했다. 그리고 다행히 2월 말까지 잃어버린 목걸이를 찾게 된다면 상점에서 3만 4천 프랑에 다시 사준다는 조건으로 계약을 했다.

루아젤은 아버지에게서 물려받은 1만 8천 프랑을 가지고 있었다. 나머지는 빚을 내기로 했다.

그는 이 사람에게서 1천 프랑, 저 사람에게서 5백 프랑, 이곳에서 5루이, 저곳에서 3루이 등 닥치는 대로 빚을 얻었다. 그는 증서를 쓰고 전재산을 저당잡혔으며, 고리대금업자는 물론 모든 종류의 대금업자와 거래를 했다. 그는 돈을 얻기 위해 자기 인생의 모든 것을 걸었으며, 이행할 수 있을는지도 모르면서 함부로 서약서에 도장을 찍었다. 그는 앞으로 닥쳐올 불행에 대한 걱정, 머지않아 엄습해 올 비참함, 앞으로 겪게 될 물질적인 모든 궁핍과 정신적인 고통에 대한 생각으로 몸을 떨었다. 그러나 그는 새 목걸이를 사기 위해 보석상을 찾아가서 카운터 위에 3만 6천 프랑을 내놓았다.

루아젤 부인이 목걸이를 가지고 포레스티에 부인을 찾아갔을 때, 부인은 불쾌한 표정으로 이렇게 말했다.

"좀더 빨리 갖다주지 않고, 내가 필요할 수도 있잖아."

그러면서 그녀는 상자 뚜껑을 열어보지도 않았다. 그녀는 친구가 상자를 열어볼까 봐 조마조마했다. 물건이 바뀐 것을 알았다면 친구는 어떻게 생각할까? 친구는 뭐라고 할까? 자기를 도둑으로 생각하지는 않을까?

루아젤 부인은 가난한 사람들의 생활이 얼마나 비참한 것인지를 알게 되었다. 그러나 그녀는 곧 비장한 결심을 했다. 저 무서운 빚을 갚아야만 한다. 그녀는 어떻게 해서든지 빚을 갚을 작정이었다. 그들은 하녀를 내보내고 집도 옮겼다. 지붕 밑 다락방에 세를 들었다.

그녀는 집안일이 얼마나 힘들고, 부엌일이 얼마나 귀찮은 것인지를 알게 되었다. 설거지를 하고 기름 낀 접시와 냄비를 닦느라고 그녀의 장밋빛 손톱은 다 닳았다. 그녀는 빨래도 했다. 더러운 옷과 내의, 걸레를 빨아서 줄에 걸었다.

매일 아침 그녀는 쓰레기를 들고 거리까지 내려갔다. 그리고 숨을 돌리려고 층계마다 쉬면서 물을 길어 올렸다. 그녀는 빈민굴의 부인 같은 옷을 입고 바구니를 팔에 걸고서 채소 가게와 식료품점, 그리고 푸줏간을 드나들었다. 또한 가는 곳마다 욕을 얻어먹으며 값을 깎아 비참하게 한푼씩 절약했다. 그들은 매달 어음을 지불했고 다른 어음으로 고쳐 쓸 것은 고쳐 써가며 연기해 나가야 했다.

남편은 눈코 뜰 새 없이 일했다. 저녁에는 상인들의 장부를 정서해 주었고, 때로는 한밤중까지 페이지당 5루이를 받고 서류 작성을 해주기도 했다.

이런 생활이 10년 동안 계속되었다. 10년 후에 그들은 모든 빚을 다 갚았다. 고리대금의 이자와 쌓이고 쌓인 이자의 이자까지도 모두 갚았다.

루아젤 부인은 이제 늙어 보였다. 그녀는 가난한 생활에 길들여져 건강하고 억센 살림꾼이 되었다. 머리는 아무렇게나 빗어넘기고 치마는 비뚤어지게 입었으며, 손은 장작개비처럼 거칠었다. 그리고 물을 첨벙거리며 마룻바닥을 닦고 거친 음성으로 떠들어댔다.

그러나 이따금 남편이 출근하고 나면 그녀는 창가에 앉아 지난날의 그 파티, 자신이 그토록 아름답고 인기가 있었던 그 무도회를 회상해 보았다. 그 목걸이를 잃어버리지 않았더라면 어떻게 되었을까? 누가 알겠는가! 인생이란 참 이상하고 무상한 것이다. 사소한 일이 파멸을 가져오기도 하고 구원을 베풀기도 하지 않는가!

그런데 어느 일요일, 그녀가 일주일의 피로를 풀기 위해 샹젤리제를 산책하려고 할 때 문득 어린애와 함께 걷고 있는 한 부인을 발견했다. 그 부인은 변함없이 젊고 아름답고 매력 있는 포레스티에 부인이었다.

　루아젤 부인은 가슴이 두근거렸다. 가서 말을 걸어 볼까? 그렇지! 이제 빚을 다 갚았으니까 그녀에게 모든 것을 이야기하자. 말하지 못할 이유가 없지 않은가. 루아젤 부인은 그녀에게 가까이 갔다.

　"참 오랜만이야, 잔느!"

　포레스티에 부인은 그녀를 알아보지 못했다. 그녀는 이렇게 초라한 여자가 자기를 그토록 정답게 부르는 것에 놀라 중얼거렸다.

　"그런데 나는 댁이 누구신지 모르겠군요. 사람을 잘못 본 게 아니에요?"

　"나 마틸드 루아젤이야."

　"아니! 가엾어라, 마틸드. 어떻게 이렇게 변했어?"

　"응, 고생을 많이 했어. 우리가 마지막 만났던 후로 그토록 고생했던 게 다 너 때문이었어!"

　"나 때문이었다고? ……아니 왜?"

　"내가 국민교육성의 무도회에 가려고 너에게 빌렸던 그 다이아몬드 목걸이 생각 안 나니?"

　"응, 그런데?"

　"그때 내가 그것을 잃어버렸었어."

　"뭐라고! 너는 그것을 나한테 돌려줬잖아?"

　"내가 돌려준 것은 똑같지만 다른 거였어. 그것은 갚느라고 10년이나 걸렸지. 빈털터리였던 우리에게 그게 얼마나 큰 시련이었는지는 너도 짐작할 거야. 그러나 이제 다 해결되었어. 그래서 지금은 내 마음도 아주 후련하단다."

　포레스티에 부인은 발걸음을 멈추었다.

　"그럼 내 것 대신에 다른 다이아몬드 목걸이를 사왔단 말이야?"

　"그래 너는 아직까지 그걸 몰랐었구나? 하긴 아주 모양이 똑같으니까."

　그녀는 자랑스러운 마음으로 순박한 미소를 지었다.

　포레스티에 부인은 매우 감동되어 친구의 두 손을 붙잡았다.

　"아! 가엾은 마틸드! 내 것은 가짜였는데, 기껏해야 5백 프랑밖에 되지 않는……."

핵심 정리

- 갈래 : 단편소설
- 시점 : 전지적 작가 시점
- 주제 : 인간의 허영심과 욕망으로 인한 비극
- 배경 : 프랑스 파리
- 등장인물 : 마틸드 – 아름답고 매력적인 용모를 지녔지만, 허영심이 강한 여자. 가난한 집안에서 태어나 하급 관리와 결혼하는데, 자신의 생활에 늘 불만을 느낀다.

  루아젤 – 마틸드의 남편. 하급 관리로, 성실하고 착한 남자. 허영심 많은 아내를 만족시켜 주기 위해 비상금을 털어 파티복을 사준다.

  포레스티에 부인 – 마틸드의 부유한 친구. 마틸드에게 다이아몬드 목걸이를 빌려 준다.

- 구성 : 발단 – 아름답고 매력적인 용모를 지녔으나 가난한 집안에서 태어난 마틸드는, 국민교육성의 하급 관리 루아젤과 결혼한다. 허영심이 강한 그녀는 현실에 늘 불만을 느끼며 살아간다.

  전개 – 장관이 주최하는 무도회에 초대를 받자, 마틸드는 남편의 비상금을 털어 비싼 파티복을 사고, 부유한 친구 포레스티에 부인에게 다이아몬드 목걸이를 빌린다. 마틸드는 무도회에 참석한 모든 남자들의 인기를 한몸에 모은다.

  위기 – 화려한 파티가 끝나고 쓸쓸히 집으로 돌아온 마틸드는 비로소 목걸이가 없어졌다는 것을 알게 된다.

절정 – 빚을 내어 똑같은 다이아몬드 목걸이를 사서 포레스티에
  부인에게 돌려준 후, 루아젤 부부는 그 빚을 갚기 위해 10년
  동안 온갖 고생을 다 한다.
결말 – 가난과 고생에 찌들어 예전의 아름다움이라곤 찾아볼 수
  없게 된 마틸드는 우연히 포레스티에 부인과 마주친다. 그
  목걸이 때문에 10년 동안 고생한 이야기를 하다가, 마틸드
  는 그때 자신이 잃어버린 목걸이가 가짜였다는 사실을 알게
  된다.

◉ 줄거리 및 작품 해설

마틸드는 아름답고 매력적인 처녀였으나, 가난한 집안에서 태어나 하급
관리와 결혼한다. 허영심 많은 그녀는 자신의 이상과 다른 현실에 만족하
지 못한다. 사람들의 마음에 드는 것, 사람들이 부러워하는 것, 사람들의
화제의 대상이 되는 것, 그것이 그녀의 간절한 소원이다. 그런 그녀였으므
로, 남편의 쥐꼬리만한 봉급으로는 마음에 드는 옷 한 벌 살 수 없다고 생
각하며 늘 한숨을 쉰다.

어느 날, 남편은 장관 부부가 주최하는 파티의 초대장을 가지고 온다.
마틸드가 무도회에 입고 갈 옷이 없다면서 화를 내자, 남편은 사냥총을 사
려고 모아 두었던 자신의 비상금을 내놓는다. 옷이 해결되자, 마틸드는 이
번엔 옷에 어울리는 보석이 없다고 불평한다. 그러다가 돈 많은 친구 포레
스티에 부인을 찾아가 다이아몬드 목걸이를 빌린다.

화려한 옷과 외모로 마틸드는 파티에서 많은 사람들의 주목을 받으며

황홀한 시간을 보낸다. 그러나 파티가 끝나 집에 돌아온 그녀는 비로소 목걸이를 잃어버렸다는 사실을 알게 된다. 목걸이를 찾기 위해 온갖 애를 다 썼으나 소용이 없었다. 결국 두 사람은 여기저기서 엄청난 빚을 내어, 잃어버린 것과 똑같은 다이아몬드 목걸이를 구해서 포레스티에 부인에게 돌려준다.

그 후 10년 동안 루아젤 부부는 그 빚을 갚기 위해 온갖 고생을 다하며 힘들게 일한다. 마침내 빚을 다 갚고 나니, 마틸드는 예전의 아름다움을 찾아볼 수 없이 가난에 찌든 억센 여자로 변했다. 그러던 어느 날, 거리에서 우연히 포레스티에 부인과 마주친 마틸드는 그 옛날의 목걸이 사건을 털어놓는다. 포레스티에 부인은 마틸드의 변한 모습에 놀라며, 그 목걸이는 헐값의 모조품이었다고 말해 준다.

가난한 하급 관리의 아내이면서 귀족들의 호화로운 생활과 그 상징이라고 할 수 있는 비싼 보석을 동경한 나머지, 그 허영심으로 인해 10년 세월을 빚을 갚는 데 헛되이 보내는 마틸드. 온갖 고생에 찌들어 그 아름답던 용모도 찾을 길이 없어졌을 때, 청춘을 빚 갚는 데 소모하게 한 문제의 그 보석이 가짜였다는 것을 우연히 깨닫게 되는, 인생의 아이러니를 보여주는 작품이다.

한 여자의 허영심과 인간의 어리석음에서 비롯된 불행을 정확하고 간결한 문체, 객관적인 묘사로 표현함으로써 프랑스 자연주의 문학의 대표적인 단편소설로 평가되는 작품이다. 특히 마지막 부분의 교묘한 극적 반전은 인간의 헛된 욕망이 어떤 결과를 불러오는지, 또한 인간의 삶이란 얼마나 하찮은 계기로 달라질 수 있는지 충격적으로 보여주고 있다.

이 작품을 통해 작가는, 우리가 애써 얻고자 하는 인생의 목표가 어쩌면 가짜 목걸이처럼 가치 없는 것일지도 모른다는 것, 그리고 허영심과 헛된 욕심에 사로잡혀 겉으로 드러나는 화려함만 좇는 어리석은 인간은 결국 불행한 삶을 살 수밖에 없다는 점을 강조하고 있다.

◉ 생각해 볼 문제

1. 이 작품의 특징은?
2. 이 작품에서 다이아몬드 목걸이가 상징하는 것은?

해답

1. 간결한 문체, 사실적인 수법, 충격적인 결말
2. 허영심에 찬 거짓된 삶

쥘 이야기

 읽기 전에

≫ 액자소설 구성의 효과에 대해 생각해 보자.

≫ 모파상 문체의 특징을 생각하며 읽어보자.

허연 턱수염을 늘어뜨린 늙은 거지가 우리에게 동냥을 구했다. 내 친구 조제프 다브랑쉬는 그에게 5프랑짜리 은화를 던져주었다. 내가 놀라자 그는 이렇게 말했다.

거지를 보니 새삼스레 생각나는 일이 있네. 자네에게 그 이야기를 해주겠네. 그 기억은 줄곧 나를 따라다니고 있단 말이야. 이런 이야기라네. 우리 집은 르아브르에 있었는데 부유하진 못했어. 겨우겨우 살아가고 있었지. 아마 이 한 마디로 형편을 짐작할 수 있을 거야.

아버지는 부지런히 일을 했네. 늦게까지 직장에 남아 일했지만 대단하게 벌지는 못했어. 나에게는 누님이 둘 있었네. 어머니는 가난한 살림 때문에 무척 괴로워하고 있었지. 그래서 가끔 아버지에게 가시 돋친 말을 던지기도 했다네. 은근히, 실로 한심스런 비난을 했지. 그럴 때면 아버지는 가엾게도 내 마음을 몹시 아프게 하는 몸짓을 해보였다네. 한쪽 손을 펴서 이마에 갖다 대는 거야. 마치 나오지도 않은 땀을 닦으려는 듯이 말이지. 그리고 아무 대답도 하지 않았네. 그럴 때마다 나는 무능한 아버지의 고뇌를 역력히 느꼈지.

우리는 모두 절약했고, 만찬 초대에 응한 적은 한 번도 없었다네. 답례로 상대방을 초대해야 하니까 말이야. 식료품은 도매점에서 깎아서 샀어. 누나들은 옷을 손수 지어 입었고, 1미터에 15상팀 하는 레이스 하나 사는 데도 오랫동안 생각을 했다네. 평소 식사는 버터를 넣고 끓인 수프와 여러 가지 소스로 양념한 소고기뿐이었어. 그것은 몸에도 좋고 원기를 돋우는 것임은 확실한 것 같았지만, 나는 다른 음식도 먹어 보았으면 하고 생각했다네. 단추를 잃어버리거나 바지를 찢거나 하면 나는 정말 심하다 싶을 정도로 야단을 맞았지.

그래도 일요일마다 우리는 옷을 차려입고 바다를 한 바퀴 돌아보곤 했어. 아버지는 프록코트에 모자를 쓰고 장갑을 끼고는 축제일의 배처럼 화려하게 차려입은 어머니에게 팔짱을 끼게 했네. 누나들은 언제나 먼저 채비를 하고 출발 신호를 기다렸지. 그런데 막상 떠나려고 할 때면 언제나 아버지의 프록코트에 묻은 눈에 띄지 않던 얼룩이 발견되어 급히 헝겊조각에 벤젠을 묻혀 지워야 했어. 아버지는 모자를 쓴 채 윗도리를 벗고 얼룩 지우는 작업이 끝나기를 기다렸고, 어머니는 안경을 쓰고 때가 묻지 않도록 장갑을 벗어 놓고 서둘러 손질을 하곤 했지.

그리고 나서 모두들 위엄 있게 걸어나갔지. 누나들은 팔짱을 끼고 앞에서 걸어갔네. 시집을 갈 나이였으므로 얼굴을 보이기 위해 거리를 돌아다니는 셈이었지. 나는 언제나 어머니 왼쪽에 붙어서 걸어갔고, 아버지는 오른쪽에 자리잡고 있었네.

이 일요일 날, 산책할 때마다 보여주던 가엾은 부모님의 점잖은 모습, 굳은 표정, 어색한 걸음걸이를 나는 분명히 기억하고 있네. 그들은 엄숙한 표정으로 상체를 똑바로 하고 다리를 뻣뻣하게 내밀면서 걷는 거야. 마치 무언가 중대한 사건이 두 사람의 걸음걸이에 달려 있기라도 한 것처럼 말일세.

그리고 매주 일요일, 한 번도 가보지 못한 먼 나라에서 돌아오는 배가 항구로 들어오는 것을 보면서 아버지는 언제나 판에 박은 듯이 같은 말을 되풀이하곤 했네.

"어떨까! 우연히 쥘이 저 배에 타고 있다면 멋지겠는데!"

쥘 아저씨는 한때 우리 가족에게 귀찮은 존재였지만, 당시는 우리들의 유일한 희망이었던 거야. 나는 어렸을 때부터 쥘 아저씨에 대한 이야기를 들어왔다네. 그래서 초면이라도 단번에 알아볼 수 있을 것 같아. 그만큼 쥘 아저씨는 나에게 익숙해져 있었네. 평생토록 그에 대한 일은 모두 소곤소곤 낮은 소리로밖에 이야기하지 않았지만 말일세. 아마 행실이 좋지 못했던 모양이야. 말하자면 얼마간의 돈을 낭비했던 것인데, 이것은 가난한 사람들에게 있어서는 확실히 가장 큰 죄악이 아닌가! 돈 많은 사람들이 볼 때는 난봉이 나서 사람답지 않은 짓을 한 것에 불과하겠지만, 성실하게 생활하는 사람들에게 부모의 재산을 축내는 자식은 악한이 되고 불량배가 되고, 못된 놈이 되는 거지!

그리고 이 구별은 정당한 거라네. 사실은 동일하지만 말이야. 왜냐하면 결과만이 행위의 중대성을 결정하는 것이니까. 요컨대 쥘 아저씨는 아버지가 기대하고 있던 유산을 상당히 축내고 말았다네. 자기 몫은 이미 마지막 한푼까지 다 쓰고 나서 말이야.

그래서 그 당시에 흔히 그렇게 하듯이 그를 미국으로 보냈다네. 르아브르에서 뉴욕으로 가는 배에 태워서 말이야. 그곳에 가자마자 쥘 아저씨는 무슨 장사인지는 모르지만 장사꾼이 되었네.

그리고 얼마 안 가서 편지를 보내왔던 거야. 약간 돈을 벌었으며, 언젠가는 아버지에게 끼친 손해를 갚을 수 있으리라는 내용의 편지였네.

이 편지는 온 집안에 깊은 감동을 불러일으켰지. 흔히 서푼의 값어치도 없는 사내라고 일컬어지던 쥘 아저씨는 갑자기 훌륭한 사람이 되었지. 성실하고 믿음직한 사나이, 다브랑쉬 가문의 모든 사람과 마찬가지로 나무랄 데 없는 진짜 다브랑쉬 사람이 되었던 것일세. 게다가 또 어떤 배의 선장이 쥘 아저씨가 큰 가게를 빌려서 중요한 사업을 하고 있다는 소식을 전해 주었다네. 2년 후에 온 두 번째 편지에는 이렇게 씌어 있었다네.

필립 형님, 저에 대해서는 염려하지 마시라고 편지를 드립니다. 저는 아주 건강합니다. 사업도 잘 되어가고 있습니다. 저는 내일 남미로 긴 여행을 떠납니다. 어쩌면 몇 년 동안 소식을 전하지 못할지도 모르겠습니다. 편지를 드리지 못하더라도 걱정하지 마십시오. 한밑천 잡으면 르아브르로 돌아가겠습니다. 그것이 먼 장래가 되지 않기를 바라고 있습니다. 그리고 우리 함께 행복하게 삽시다…….

이 편지는 집안 식구들의 복음서가 되었다네. 식구들은 툭 하면 편지를 꺼내 읽었고, 찾아오는 사람 누구에게나 그것을 보여주었지.

사실 그 후 10년 동안 쥘 아저씨는 아무런 소식도 전해 주지 않았네. 그러나 아버지의 희망은 시간이 갈수록 점점 더 커져 갔지. 어머니도 가끔 이런 말을 하셨어.

"쥘 아저씨만 돌아온다면 우리들의 생활도 변할 거야. 그는 역경을 이겨낼 수 있는 사람이니까!"

이렇게 하여 매주 일요일마다 검고 큰 기선이 뱀 같은 연기를 하늘로 내뿜으며 수평선 쪽에서 다가오면 아버지는 언제나 그것을 바라보고는 똑같은 말을 되풀이하는 것이었어.

"어떨까! 우연히 쥘이 저 속에 타고 있다면 멋지겠는데!"

그러면 우리는 쥘 아저씨가 손수건을 흔들며 '필립 형님!' 하고 외치는 모습이 눈앞에 보이는 듯한 심정이 되는 거야.

쥘 아저씨가 돌아온다는 가정하에 우리는 여러 가지 계획을 구상해 놓았다네. 아저씨의 돈으로 앵그빌 근처에 조그만 별장을 한 채 살 예정이었지. 이 일에 대해서는 아버지가 이미 매매 교섭을 착수하지 않았다고 단언할 수가 없네.

큰누나는 그때 스물여덟 살이었고, 작은누나는 스물여섯 살이었네.

그런데 아직도 출가를 하지 않아 모든 식구들의 큰 두통거리였지. 그런데 마침내 구혼자가 작은누나에게 나타났네. 돈은 없지만 근면하고 정직한 사람이었지. 어느 날 저녁, 그에게 보여준 쥘 아저씨의 편지가 그 청년의 망설임을 없애고 결심을 촉구한 것이라고 나는 지금도 확신하고 있네. 집에서는 흔쾌히 그 청혼을 받아들였지. 그리고 식이 끝나면 전가족이 함께 제르제로 단출한 여행을 하기로 결정을 보았네.

제르제는 가난한 사람들에게는 그다지 멀지 않은 이상적인 여행지였지. 정기선으로 바다를 건너면 외국 땅을 밟게 되는 셈이지. 그 작은 섬은 영국에 속해 있었으니까. 그래서 프랑스 인들은 누구나 두 시간만 배를 타고 가면 이웃 나라 국민을 그 나라 땅에서 관찰할 수 있게 되는 거야. 그리고 간결하게 말하는 사람들의 말투를 빌린다면, 영국기로 뒤덮여 있는 그 섬의 풍속과 습관을 — 하긴 그것은 과히 좋은 것은 못 되지만 — 연구할 수 있는 것이지.

제르제 여행은 우리들의 최대 관심사가 되었어. 유일한 기대이며, 잠시도 잊을 수 없는 꿈이 되었다네.

드디어 출발하는 날이 되었네. 마치 어제 일처럼 생생하게 그 광경이 생각나는군. 그랑빌 부두에서 벌써 연기를 뿜고 있던 기선, 당황하여 안절부절못하며 우리 짐 세 개를 배에 싣는 것을 감독하고 계시던 아버지, 불안한 얼굴로 아직 시집 안 간 누나의 팔을 잡고 있던 어머니! 이 누나는 작은누나가 가 버린 후 마치 혼자 남은 병아리처럼 외로운 존재가 되어 버렸지. 그리고 우리 뒤에는 신혼부부가 서 있었어. 이 두 사람은 항상 뒤에 처져 있었기 때문에 나는 이따금 뒤를 돌아보곤 했지.

기적이 울렸네. 우리는 배에 타고 있었지. 배는 부두를 떠나 녹색의 대리석 테이블 같은 평평한 바다 위를 미끄러져 나아갔네. 우리는 즐겁고 자랑스러운 마음으로 멀어져가는 해안을 바라보고 있었지. 좀처럼 여행을 해보지 못한 사람이 으레 그렇듯이 말이야.

아버지는 프록코트 밑으로 아랫배를 내밀고 있었네. 그날 아침에도 얼룩을 꼼꼼히 지웠기 때문에 외출하는 날이면 풍기는 벤젠 냄새가 언제나처럼 그의 주위를 감돌고 있었지. 나로 하여금 일요일이구나, 하는 것을 일깨워 주는 그 냄새 말일세.

아버지는 고상한 두 귀부인에게 굴을 사주고 있는 두 신사를 보았다네. 너절한 옷을 입은 늙은 선원이 칼을 들고 능숙한 솜씨로 껍질을 까서는 신사에게 주더군. 그러면 그들은 그것을 귀부인들에게 내미는 것이었어. 부인들은 고급 손수건에 껍질을 올려놓고, 옷을 더럽히지 않으려고 입을 앞으로 내밀면서 조심스럽게 국물을 쭉 들이마시고는 껍질을 바다에 내던지는 것이었어.

아버지는 아마 달리는 배 위에서 굴을 먹는다는 색다른 행위에 유혹을 느꼈던 모양이야. 그것을 멋진 취미라고 생각했던 것이지. 아버지가 어머니와 누나들한테 와서 이렇게 묻더군.

"어때, 굴을 좀 사줄까?"

어머니는 돈을 써야 하므로 망설였지. 하지만 누나들은 얼른 찬성했어. 그러자 난처해진 어머니가 말했어.

"나는 배가 아플까 봐 겁이 나니까 애들이나 사주세요. 하지만 너무 많이는 안 돼요. 탈이 날지도 모르니까요."

그리고 나를 돌아보면서 이렇게 덧붙였지.

"조세프는 필요 없어요. 사내아이에게 응석부리는 버릇을 길러주어서는 안 되니까요."

그래서 나는 그런 차별 대우를 불만스럽게 여기면서 어머니 곁에 남아 있었어. 나는 눈으로 아버지를 쫓았다네. 아버지는 의기양양하게 두 딸과 사위를 데리고 초라한 차림의 늙은 선원 쪽으로 걸어가더군.

두 귀부인이 떠난 뒤였지. 아버지는 누나들에게 어떻게 하면 굴의 국물을 흘리지 않고 먹을 수 있는지 설명해 주었어. 그런데 그것만으로는 부족한지 손수 시범을 보여주려고 굴 하나를 집어들었다네. 아버지는 귀부인들의 흉내를 내려고 하다가 그만 프록코트에 국물을 엎지르고 말았어. 나는 어머니가 투덜대는 소리를 들었다네.

"그것 보라지, 가만히 있었으면 좋았으련만."

그런데 내 눈에는 갑자기 아버지가 왠지 불안해하는 것처럼 보였어. 아버지는 대여섯 걸음 물러서서 굴 장수 주위에 모여 있는 가족들을 찬찬히 바라보다가 갑자기 우리가 있는 곳으로 돌아왔다네. 몹시 창백해진 안색에 뭐라 말할 수 없는 눈초리로 어머니에게 속삭였지.

"저 굴껍질 까는 사내가 정말 신기할 만큼 쥘과 꼭 닮았단 말이야."

어머니는 깜짝 놀라 묻더군.

"쥘이라니, 어떤 쥘 말이에요?"

아버지는 말을 이었어.

"그야…… 내 동생 말이야……. 그애가 미국에서 잘살고 있다는 것을 몰랐다면 쥘이 틀림없다고 믿었을 거야."

어머니는 당황해서 더듬거리며 이렇게 말했지.

"바보로군요, 당신! 저 사람이 쥘이 아니라는 것을 잘 알면서 어째서 그런 얼토당토않은 소리를 하는 거예요?"

그러나 아버지는 여전히 이렇게 말했다네.

"클라리스, 당신이 가보구려. 당신이 직접 가서 확인해 보구려."

어머니는 자리에서 일어나 딸들이 있는 곳으로 갔지. 나도 그 사람을 바라보았네. 주름살투성이의 초라한 늙은이였어. 그는 자기가 하고 있는 일에서 눈을 떼지 않고 있었네. 어머니가 다시 돌아왔어. 나는 어머니가 떨고 있는 것을 알 수가 있었다네. 어머니는 재빠르게 이렇게 말했어.

"틀림없이 쥘이에요. 선장에게 가서 자세히 알아보세요. 무엇보다도 쓸데없는 소리는 하지 않도록 조심하세요. 이번에 또 저 망나니가 우리에게 들러붙는다면 정말 큰일이니까요!"

아버지는 우리에게서 멀어져 갔네. 나는 그 뒤를 쫓아갔지. 나는 이상하게 흥분되고 가슴이 설레더군.

선장은 여위고 키가 크며 구레나룻을 길게 기른 신사로서, 마치 인도로 다니는 우편선을 지휘하는 것처럼 점잖은 몸짓으로 선교(船橋) 위를 거닐고 있더군.

아버지는 의젓하게 선장에게 다가가서 인사를 하고는 상대방의 직업에 대하여 질문을 했네.

제르제는 옛날 얼마나 번성했었습니까? 산물은? 인구는? 풍속은? 습관은? 토질은? 등등.

마치 적어도 아메리카 합중국을 화제로 삼고 있기라도 한 것처럼 질문을 퍼부었네. 그리고 우리가 타고 있는 배인 '특급호'에 관한 이야기를 하더니 화제를 승무원들에게 돌렸네. 마지막으로 아버지는 흥분한 목소리로 이렇게 물었지.

"저기 재미있는 굴 장수가 있더군요. 그 노인에 대해서 자세한 것을 알고 계십니까?"

드디어 이런 대화에 짜증이 난 선장은 무뚝뚝하게 대답하더군.

"지난해 아메리카에서 만난 프랑스 태생의 늙은 부랑자이지요. 내가 고향으로 데려다준 거죠. 르아브르에 친척이 있는 모양인데 그곳에는 돌아가고 싶어하지 않더군요. 빚이 있다면서…… 이름이 쥘…… 쥘 다르망쉬인가 다르방쉬인가, 아무튼 비슷한 이름이에요. 한때는 경기가 좋았던 모양인데, 지금은 보시다시피 저 꼴이랍니다."

얼굴이 창백해진 아버지는 눈까지 충혈되어 마치 목이라도 졸린 것처럼 간신히 말했네.

"아, 네! 그래…… 그래…… 물론 그렇겠죠……. 선장님, 정말 감사합니다."

이렇게 말하고 아버지는 저쪽으로 가버렸지. 선장은 어이없다는 표정으로 멀어져 가는 아버지를 바라보고 있었네.

아버지는 어머니 곁으로 돌아왔는데 그 얼굴 표정이 너무나 질려 있었기 때문에 어머니가 이렇게 말했어.

"좀 앉으세요. 무슨 일이 있었는지 사람들이 눈치채겠어요."

아버지는 더듬거리면서 의자에 쓰러지듯이 앉았네.

"그 녀석이었어. 틀림없이 그 녀석이었어!"

그리고는 이렇게 물었어.

"어떡하지……."

"애들을 데려와야 해요. 조제프는 모든 걸 알고 있으니 저 애를 보내서 불러오도록 해요. 사위가 아무것도 눈치채지 못하도록 각별히 조심해야 돼요."

아버지는 넋빠진 얼굴로 이렇게 중얼거렸네.

"이게 무슨 날벼락이람!"

어머니는 화가 나서 견딜 수 없다는 듯이 소리쳤네.

"나는 진작부터 그럴 줄 알고 있었어요. 그 따위 도둑놈이 무슨 일을 할 수 있겠어요. 다시 우리의 무거운 짐이 될 거라고 생각하고 있었어요! 다 브랑쉬 집안 사람들이 무엇을 제대로 하리라고 기대할 수 있겠어요? 나 정말……."

그러자 아버지는 이마에 손을 갖다 댔다네. 어머니에게 비난을 받을 때 언제나 그렇게 하듯이 말이야.

어머니는 다시 덧붙여 말했어.

"조제프에게 돈을 줘서 굴값을 치르게 해요. 저 거지가 우리를 알아보면 끝장이라고요. 배에서 웃음거리가 되겠지요. 저쪽 끝으로 갑시다. 저 작자가 가까이 오지 못하도록 해야죠!"

어머니는 일어났어. 그들은 나에게 5프랑짜리 은화 하나를 주고는 저쪽으로 가버렸네. 누나들은 무슨 영문인지 모른 채 아버지를 기다리고 있었네. 나는 어머니가 배멀미를 좀 한다고 말해 주고 굴 장수에게 물어보았네.

"얼마예요, 할아버지?"

나는 아저씨라고 부르고 싶었다네.

"2프랑 50상팀입니다."

내가 5프랑짜리 은화를 주자 노인은 거스름돈을 주었네. 나는 노인의 손을 바라보았네. 쭈글쭈글해진 가엾은 뱃사람의 손이었어. 그리고 운명에 학대받은 늙고 슬퍼 보이는 얼굴을 바라보았네. 나는 마음속으로 이렇게 부르짖었지.

"이 사람이 아저씨다. 아버지의 동생인 내 삼촌이다!"

나는 팁으로 50상팀을 주었네. 노인은 나에게 감사의 인사를 하더군.

"도련님, 고맙습니다!"

동냥하는 거지의 말투였어. 어쩌면 미국에서 거지 노릇을 했는지도 모르지! 나는 그렇게 생각했어. 누나들은 내가 선심 쓰는 것을 보고 어리둥절한 표정으로 나를 바라보고 있었네. 내가 아버지에게 2프랑을 돌려주자 어머니가 깜짝 놀라 묻더군.

"3프랑이나 되더냐? 그럴 리가 없는데."

나는 힘을 주어 분명한 목소리로 이렇게 말했네.

"팁으로 50상팀을 주었어요."

어머니는 깜짝 놀라며 나를 노려보았네.

"미친 녀석, 그 따위 거지에게 50상팀이나 팁을 주다니……."

어머니는 사위 쪽을 가리키고 있는 아버지의 시선을 보자 입을 다물었네. 그리고는 모두들 가만히 있었다네.

수평선에 보랏빛 그림자가 바다에서 솟아오르는 것 같았어. 제르제였네.

부두에 가까워지자 다시 한번 쥘 아저씨를 보고 싶다는 견딜 수 없는 욕구가 일어났네. 가까이 가서 무엇인가 정다운 위로의 말을 해주고 싶었던 거야. 하지만 굴을 사먹으려는 손님이 없었으므로 노인의 모습은 보이지 않더군. 아마 그 가엾은 사람의 잠자리인 불결한 배 밑바닥으로 내려간 모양이었어.

그리고 우리는 생 말로 가는 배로 돌아왔다네. 아저씨를 만나지 않기 위해서였지. 어머니는 불안과 근심으로 꽉 차 있었네. 나는 그 후 두 번 다시 아저씨를 본 적이 없네! 이런 이유로 자네는 내가 거지에게 5프랑 은전을 주는 장면을 앞으로 가끔 보게 될 걸세.

◉ 핵심 정리

- **갈래** : 단편소설
- **시점** : 1인칭 관찰자 시점
- **배경** : 시간적 – 19세기 / 공간적 – 프랑스 르아브르
- **주제** : 따뜻한 인간애와 인간성의 고귀함
- **등장인물** : 조세프 다브랑쉬 – 가난한 집안의 외아들로, 가족들과 함께 집안의 유산을 탕진하고 미국 뉴욕으로 간 쥘르 삼촌을 기다린다.

　　　　　쥘르 삼촌 – 집안의 유산을 탕진하고 미국 뉴욕으로 떠난 조세프의 삼촌. 성공했다는 소문이 돌았으나, 사실은 배 위에서 굴껍질을 까는 신세다.

- **구성** : 발단 – 조세프 다브랑쉬는 거리에서 만난 늙은 거지에게 5프랑짜리 은화를 준다. 놀라는 내게 그는 쥘르 삼촌 이야기를 들려준다.

　　　　전개 – 몹시 가난했던 조세프 다브랑쉬네는 일요일마다 온 가족이 정장 차림으로 부둣가를 산책하곤 했다. 유산을 탕진하고 미국 뉴욕으로 건너간 쥘르 삼촌이 혹시 배를 타고 오지 않을까 기대했던 것이다. 쥘르 삼촌은 미국으로 간 지 얼마 안 되어, 장사를 해서 돈을 좀 벌었다며 한밑천 잡으면 고향으로 돌아가겠다는 편지를 보내왔다.

　　　　위기 – 조세프의 가족은 하루속히 쥘르 삼촌이 돌아와 자신들을 가난에서 구해 주기를 간절히 원했다. 그러나 그는 10년이

지나도록 소식이 없었다.

　절정 – 조세프의 가족은 둘째누나의 결혼 기념으로 배를 타고 제르제로 여행을 간다. 그 배 위에 굴껍질을 까는 초라한 노인이 있었는데, 아버지는 그가 놀랄 만큼 쥘르 삼촌을 닮았다고 말한다. 선장에게 확인해 본 결과, 조세프의 가족은 그 노인이 바로 쥘르 삼촌임을 알게 된다.

　결말 – 충격을 받은 조세프의 가족은 쥘르 삼촌이 자신들을 알아볼까 봐 피한다. 그 후 조세프는 쥘르 삼촌을 보지 못했다.

◉ 줄거리 및 작품 해설

함께 거리를 걷던 내 친구 조세프 다브랑쉬는 늙은 거지에게 5프랑짜리 은화를 준다. 거지에게 그렇게 큰돈을 주는 데 놀라는 내게 그는, 그 거지를 보니 옛날 일이 생각난다며 자신의 집안 이야기를 한다.

　조세프의 집안은 몹시 가난했다. 그의 어머니는 그 궁색스러움을 고통스럽게 여겼다. 조세프의 가족으로는 부모님 외에 누이 둘이 있었는데, 그들은 일요일마다 정장을 하고 부둣가를 한 바퀴 돌곤 했다. 부두에 닻을 내리는 큰 배를 보면, 아버지는 그 배에 쥘르 삼촌이 타고 있기를 바랐다. 쥘르 삼촌은 집안의 유산을 탕진한 문제아였다. 결국 그는 그 당시 흔히 그랬듯이 도망치듯 상선을 타고 미국 뉴욕으로 건너갔다. 그 얼마 후, 조세프의 가족들은 쥘르 삼촌이 미국에서 성공하여 큰돈을 벌었다는 편지를 받는다. 그로부터 조세프의 가족들은 쥘르 삼촌이 하루빨리 돌아와 자신들을 가난으로부터 건져 주기를 바랐다.

어느 날, 조세프의 가족들은 둘째누이의 결혼 기념으로 배를 타고 제르제로 여행을 간다. 그 배 위에서 굴껍질을 까는 노인을 본 조세프의 아버지는, 그 모습이 쥘르 삼촌과 비슷하다고 생각한다. 이윽고 그 배의 선장에게 확인해 본 결과, 그 노인이 바로 쥘르 삼촌임을 알게 된다. 충격을 받은 조세프의 가족들은 쥘르 삼촌이 자신들을 알아볼까 봐 피한다. 그 후로 조세프는 쥘르 삼촌을 보지 못했다.

액자소설의 형식을 취하고 있는 이 작품에는, 일상적인 소재를 통하여 인생을 이야기하고, 삶의 한 단면을 제시하는 작가 특유의 작품 세계가 잘 드러나 있다. 자연주의 문학의 거두가 쓴 작품답게 간결하면서도 정확한 문체와 섬세한 표현이 인상적이다.

대체로 전쟁의 비정함이나 인간의 허위의식을 폭로하는 모파상의 다른 작품들과는 달리, 이 작품에는 따뜻한 인간미와 유머가 담겨 있다.

어렵고 힘든 상황에도 불구하고, 가족들에 대한 미안함 때문에 고향으로 돌아오지 못한 채 배 위에서 굴을 까는 쥘르 삼촌의 모습은, 가난이나 불행도 결코 침범할 수 없는 인간성의 고귀한 한 단면을 보여준다. 그 후로 쥘르 삼촌의 불행을 생각하며 거리에서 부랑자들을 만날 때마다 돈을 주는 조세프 다브랑쉬라는 친구의 행동 역시 이 작품의 휴머니즘적 성격을 느끼게 해 준다.

◉ 생각해 볼 문제

1. 이 작품의 특징은?

2. 이 작품의 휴머니즘적 성격이 가장 잘 드러난 부분은?

해 답

1. 간결하고 정확한 문체, 섬세한 표현, 인정미 넘치는 유머
2. 조세프는 거리에서 부랑자들을 만날 때마다 쥘르 삼촌을 생각하며 돈을 준다.

비
계
덩
어
리

 읽기 전에

» 인간의 이중적인 면에 대해 생각해 보자.

» 전쟁이 인간에게 미치는 영향을 생각해 보자.

며칠을 두고 줄곧 패주해 가는 군대의 무리들이 차례차례 이 거리를 지나갔다. 그것은 이미 군대가 아니라 산산이 흩어진 오합지졸에 불과했다. 군인들은 덥수룩한 수염에 찢어진 군복을 입고, 깃발도 대열도 없이 기진맥진한 걸음걸이로 걷고 있었다. 모두가 지쳐 생각할 힘도 결심할 힘도 없이 다만 타성으로 걷고 있을 뿐이었으며, 발걸음을 멈추면 금방이라도 쓰러질 것 같이 보였다.

그중에서도 징발을 당한 사람들이 눈에 띄었다. 온화한 사람들, 안온하게 연금으로 살던 사람들이 총의 무게에 눌려 허리가 구부러져 있었다. 그리고 물새의 날갯짓 소리에도 쉽게 놀라고 순식간에 열광하며, 용감하게 출격하지만 도망갈 준비도 되어 있는 민첩한 청년 유격대들도 있었다.

빨간 바지를 입은 몇몇 사람들도 끼어 있었다. 큰 전투에서 궤멸된 사단의 패잔병들이었다. 음울한 얼굴을 한 포병이 이런 잡다한 보병들과 같이 줄지어 가고 있었다. 이따금 무거운 발을 이끌고 한결 발걸음이 가벼운 보병들을 뒤쫓아가느라고 고생하는 기병(騎兵)들의 번쩍거리는 철모도 보였다.

다음에는 '패전의 복수자'니 '무덤의 시민'이니 '죽음을 나누는 자'니 하는 씩씩한 부대명을 붙인 의용군들이 산적 같은 표정을 하고 지나갔다.

그들의 대장은 원래 포목상이나 고물 장수, 또는 기름 장수나 비누 장수들이었는데, 우연한 기회에 군인이 되어 돈이 많다거나 수염이 길다는 이유로 장교로 임명된 것이었다. 그들은 무기와 견장과 휘장에 뒤덮인 채 쩅쩅 울리는 목소리로, 빈사 상태에 빠진 프랑스를 자기들만의 힘으로 지탱하겠노라고 지껄이고 있었다. 그러나 그들은 때로 악질적인 자기 부하를 겁내기도 하고, 가끔 당치도 않은 만용을 부리며 약탈과 방탕을 일삼고 있었다.

이윽고 프러시아 군이 루앙으로 진격해 온다는 소문이 떠돌았다.

국민군은 두 달 전부터 부근의 숲속을 조심스럽게 정찰하다가 때로는 자기네 보초병을 쏘기도 하고 덤불 밑에서 토끼새끼 한 마리가 움직이기만 해도 허둥지둥 전투 태세를 갖추기도 했지만, 지금은 저마다 집으로 돌아가 있었다. 국민군의 무기며 군복, 또 얼마 전까지 사방 30리의 국도변을 공포에 떨게 했던 모든 살육 도구는 홀연히 자취를 감추고 말았다.

맨 뒤에 처진 프랑스 병사들도 마침내 센 강을 다 건넜다. 생 스베르와 부르 아샤르를 거쳐 퐁 오드메르로 나가기 위해서이다.

장군은 절망에 잠겨 이와 같은 변변치 않은 병사들과는 아무것도 계획할 수 없었고, 늘 승전밖에 몰랐던 국민의 일대 궤멸 속에서 그 자신도 넋을 잃고 말았다. 그는 자신의 전설적인 용맹성에도 불구하고 참담하게 패배한 부대의 맨 뒤에 처져 두 부관에게 부축을 받으면서 터벅터벅 걸어갔다.

그리고 깊은 정적이, 공포에 사로잡힌 침묵의 기대가 거리에 감돌았다. 장사 때문에 무기력해진 많은 배불뚝이 시민들은 불안한 심정으로 승리자의 입성을 기다리고 있었다. 그들은 고기를 굽는 쇠꼬챙이나 커다란 식칼을 무기로 여기지나 않을까 불안했던 것이다.

시민들의 생활은 마치 정지된 것 같았다. 가게마다 문을 닫았으며, 거리는 조용했다. 때때로 주민 하나가 이 절망에 겁을 먹고 빠른 걸음으로 처마 밑을 달려가고는 했다. 기다리는 동안의 불안이 오히려 적이 빨리 오기를 바라게 했다.

프랑스 군이 철수한 이튿날 오후, 어디서 나타났는지 네댓 명의 프러시아 창기병(創騎兵)이 허공을 날 듯이 거리를 가로질러 갔다. 그리고 잠시 후 검은 옷을 입은 무리들이 생트카트린 언덕을 내려왔고, 다른 두 갈래의 침입군 물결이 다르느탈과 브아기욤 가를 지나 밀어닥쳤다. 세 부대의 전위대는 같은 시각에 시청 앞 광장에서 합류했다. 그리고 프러시아 군이 부근의 모든 도로를 메우며 딱딱하고 질서 정연한 발걸음으로 당당하게 대열을 펴고 도착했다.

귀에 익지 않은, 어딘지 목구멍에 걸린 듯한 소리로 외치는 구령이 죽은 듯이 잠잠한 집들을 따라 올라왔다. 닫아놓은 덧문 뒤에서는 눈들이 승리에 기세등등한 이 사나이들을, '전쟁의 권리'에 의해 이 도시와 재산과 생명의 주인이 된 이 지배자들을 엿보고 있었다.

주민들은 컴컴한 방 안에서 어떤 지혜나 힘도 어쩔 수 없는 큰 홍수나 지진이 주는 그런 경악 속에서 떨고 있었다. 대개 이와 같은 감각은 정연하던 질서가 뒤집어지거나 안전감이 소실되고, 인간의 법칙과 자연의 법칙에 의해 보호되고 있던 모든 것이 무의식적이고 잔인한 폭력에 좌우될 때마다 나타나게 마련이다.

무너지는 집 밑에 온 주민을 깔아 죽이는 지진, 물에 빠진 농부를 소의 시체와 지붕에서 떨어져 나온 들보와 함께 떠내려 보내는 홍수, 방어하여 싸우는 사람들을 살육하고 다른 사람을 포로로 하여 끌고 가며 칼의 이름으로 약탈하고 대포를 쏘아대며 신에게 감사를 드리는 승리의 군대, 이 모든 것들은 무서운 재앙으로서 영원한 정의에 대한 모든 신앙을 뒤집어 엎고, 우리가 배운 하늘의 가호와 인간의 이성에 대한 신뢰를 의심스럽게 한다.

적은 대여섯 명씩 무리를 지어 집집마다 문을 두드려 열게 하고 집 안으로 들어갔다. 침입에 따른 점령이었다. 승리자에게 아첨해야 할 의무가 피정복자에게 부과된 것이다.

얼마가 지나자 처음의 공포는 사라지고, 새로운 평온이 찾아들었다. 많은 가정에서는 프러시아 장교가 식탁에서 식사를 했다. 때로는 교양 있는 사람도 있어서, 예의상 프랑스를 딱하게 여기며 본의 아니게 이 전쟁에 참가한 데 대한 것을 화제로 삼았다.

사람들은 그 마음씨에 감사했다. 게다가 언젠가는 그 사람의 보호가 필요할 수도 있는 것이다. 그에게 친절하게 대해 주면 숙박을 할당받은 병사들의 수를 줄여 줄지도 모른다. 뿐만 아니라 살리고 죽이는 권리를 가진 사람의 마음을 무엇 때문에 상하게 하겠는가? 그런 짓을 하는 것은 용기라기보다는 만용인 것이다 ─ 만용이라는 것은 이미 루앙 시민의 결점이 아닌 것이다. 옛날 이 도시가 영웅적인 방어전을 하여 이름을 날리던 시절과 같은 무모한 만용은 이제 볼 수가 없다.

마침내 사람들은 이런 식으로 스스로를 타이르고 있었다. 프랑스적 우아함에서 끌어낸 마지막 수단 같은 이유이긴 하지만, 공공 장소에서만 그들을 친절하게 대하지 않는다면 집 안에서 정중히 대하는 것쯤은 무방하지 않겠느냐고 생각하게 되었다. 그래서 밖에서는 모르는 척하면서도 집 안에서는 기꺼이 이야기를 했으며, 프러시아 군인들은 밤마다 더 오래 난로를 쪼이면서 집 안에 머물러 있게 되었다.

거리도 조금씩 평소의 모습을 되찾고 있었다. 프랑스 사람은 아직도 거의 외출하지 않았지만, 큰길에는 프러시아 군이 우글대고 있었다. 그리고 그들의 커다란 살육 도구를 보란 듯이 길 위로 끌고 다니는 푸른 옷차림의 기병(騎兵) 장교들도, 작년에 같은 카페에서 술을 마시던 프랑스 장교에 비해 그다지 심하게 일반 시민을 경멸하는 것 같지는 않았다.

그렇다고는 해도 뭔가 미묘한 분위기가 감돌고 있었다. 미묘하면서도 알 수 없는 그 무엇, 견딜 수 없는 이질적인 분위기, 주위 가득히 퍼진 어떤 냄새, 점령의 냄새가 감돌고 있었다. 그 냄새는 집 안과 공공 장소를 채우고, 음식 맛을 변하게 했으며, 사람들에게 고향을 떠나 멀리 객지에 있는 듯한 인상을, 위험한 야만족들 가운데에 있는 듯한 인상을 주었다.

정복군은 많은 돈을 요구했다. 주민들은 요구할 때마다 주었다. 게다가 그들은 부자였다. 그러나 노르망디의 큰 상인은 부유해질수록 모든 희생을 치르는 것이 고통의 씨가 되고, 아주 적은 재산이라도 남의 손에 넘어가는 것에 고통을 느꼈다.

그러는 동안 도시에서 2, 30리쯤 강물을 따라 크르와세, 디에프달, 비에사르를 향해 내려가면, 사공과 어부들이 프러시아 병사의 시체를 건져내는 일이 종종 일어났다. 단도에 찔리거나 발길에 차여서 죽은 사람, 돌에 머리가 깨진 사람, 혹은 다리 위에서 떼밀려 떨어져 죽은 사람으로 군복 차림의 몸이 물에 불어 있었다. 강물 바닥의 진흙은 이러한 은밀하고 야만적이며 정당한 복수를, 아무도 모르는 영웅적 행동을, 대낮의 전투보다도 위험하고 영예의 반향도 없는 무언의 공격을 어둠 속에 파묻어 버렸다.

왜냐하면 외국인에 대한 증오는, 언제나 하나의 사상을 위해서 죽을 각오가 되어 있으며 목숨을 걸고 앞뒤 가리지 않는 용감한 무리들에게 무기를 공급하기 때문이다.

요컨대 침입군은 엄격한 규율 아래 거리를 정복하고 있기는 했지만, 승전의 행군을 하는 동안 범했다는 그 소문난 잔학 행위를 이곳에서는 전혀 하지 않았기 때문에 시민들은 차츰 대담해졌다. 또한 이 고장 상인들의 마음속에 다시 장사를 하고 싶다는 욕구가 머리를 쳐들기 시작했다. 개중에는 프랑스 군이 점령하고 있는 르 아브르에 막대한 이익이 될 투자를 한 사람도 있었다. 그래서 그들은 디에프까지 육로로 가서 거기서 배를 타고 르 아브르 항구까지 가보려고 생각하게 되었다.

사람들은 이미 사귀어 놓은 프러시아 장교한테 부탁하여 사령관에게서 출발 허가증을 얻어냈다. 이 여행을 위해 한 대의 커다란 사두마차가 마련되고, 열 명의 손님이 좌석을 신청했다. 그들은 어느 화요일 아침, 몰려드는 사람들을 피하여 날이 새기 전에 떠나기로 결정했다.

얼마 전부터 기온이 영하로 떨어졌으므로 땅은 꽁꽁 얼어붙어 있었다. 월요일 3시쯤에 북쪽에서 커다란 검은 구름이 몰려와 눈이 내리기 시작하더니 밤새도록 쉴새없이 내렸다.

새벽 4시 반, 승객들은 노르망디 호텔 안마당에 모였다. 거기서 마차를 타기로 되어 있었던 것이다. 모두들 아직 잠이 깨지 않아 무릎 덮개를 뒤집어쓰고 추위에 오들오들 떨고 있었다. 어두워서 서로의 얼굴을 알아볼 수가 없었다. 모두들 두터운 겨울옷을 여러 겹 끼어 입었으므로 마치 길다란 옷을 입은 뚱뚱한 사제처럼 보였다. 그런데 두 사람이 서로 얼굴을 알아보았고, 거기에 세 번째 사람이 나타나자 이야기가 시작되었다.

"아내를 데려갑니다."

하고 한 사람이 말했다.

"나도 그렇습니다."

"나 역시 그래요."

맨 먼저 말한 사람이 덧붙여 말했다.

"우리는 절대 루앙으로 돌아오지는 않을 겁니다. 만약 프러시아 군이 르아브르에 접근해 온다면 영국으로 건너가겠어요."

모두가 같은 계획을 갖고 있었다. 비슷한 성질을 가진 사람들이었으니까.

그런데 좀처럼 마차에 말을 매지 않았다. 이따금 마부의 손에 들린 조그만 등불이 컴컴한 이쪽 문에서 나왔다가는 금방 다른 문으로 빨려 들어갔다. 말들이 발로 바닥을 찼지만 짚이 깔려 있기 때문에 조그만 소리밖에 나지 않았다. 말에게 말을 걸거나 욕하는 남자의 목소리가 건물 안에서 들려왔다. 가냘프게 들리는 방울 소리가 마구(馬具)를 만지고 있다는 것을 알려주었다. 그 소리는 곧 밝은 음색으로 바뀌어 말의 움직임에 따라 주위의 공기를 흔들어 놓았다. 그 소리는 이따금 멎는가 하면 땅을 밟는 둔한 소리와 함께 또 짤랑짤랑 하는 것이었다.

갑자기 문이 닫혔다. 모든 소리가 뚝 그쳤다. 승객들은 입을 다물고 추위에 얼어붙은 듯 몸을 꼿꼿이 하고 서 있었다.

끊임없이 내리는 하얀 눈송이들이 땅에 떨어지면서 줄곧 반짝반짝 빛나고 있었다. 그것은 모든 것의 형체를 지우고 주위를 얼음의 이끼로 감쌌다. 겨울이라는 옷 밑에 파묻힌 거리의 거대한 침묵 속에서, 어렴풋하게 눈이 사각거리는 소리밖에 들리지 않았다. 그것은 소리라기보다 느낌이었으며, 공간을 채우고 온 세상을 덮는 듯한 가벼운 분자의 뒤섞임이었다.

마부가 등불을 들고 다시 나타났다. 그는 마지못해 걸어오는 처량한 말의 고삐를 끌어당겼다. 그는 말을 마차채에 매고 멍엣줄을 걸고는 한참 동안 주위를 맴돌며 마구를 조사했다. 등불을 들고 있기 때문에 한쪽 손밖에 쓸 수가 없었던 것이었다.

그는 두 번째 말을 데리러 가려다가 승객들이 눈을 새하얗게 뒤집어쓰고 그 자리에 꼼짝 않고 있는 것을 보고 말을 걸었다.

"왜 마차에 타지 않으세요? 적어도 눈만은 피할 수 있을 텐데."

승객들은 거기까지는 생각도 못했는데 그 말을 듣고 보니 과연 그렇다 싶어 얼른 마차에 올라탔다. 아까 그 세 남자는 저마다 아내를 안쪽에 앉히고 뒤따라 올라탔다. 그 뒤를 이어 희미한 무엇인가를 쓴 사람 몇 명이 말도 주고받지 않고 나머지 자리에 앉았다.

바닥에는 짚이 깔려 있어, 그 속에 발을 파묻도록 되어 있었다. 안쪽에 탄 부인들은 가공탄(加工炭)을 피우는 작은 놋난로를 가지고 와서 불을 붙였다. 그리고 얼마 동안 낮은 목소리로, 벌써 오래 전부터 알고 있던 난로의 이점에 대해 이야기했다.

마침내 마차에 말을 매는 작업이 끝났다. 짐이 무겁다는 이유로 네 필이 아니라 여섯 필이 매어졌다.

밖에서 누군가가 외치는 소리가 들려왔다.

"여러분, 다들 탔나요?"

안에서 대답했다.

"아, 다 탔소."

이윽고 마차는 출발했다. 말은 잰걸음으로 천천히 나아갔다. 바퀴가 눈 속에 파묻혔다. 차체가 둔탁한 소리를 내며 삐걱거렸다. 말은 미끄러졌으며 콧김을 내뿜어 김이 무럭무럭 피어올랐다. 마부의 커다란 채찍이 쉴새 없이 철썩 소리를 내면서 사방으로 흩날렸고, 가느다란 뱀처럼 얽혔다가 다시 풀리곤 했다. 그리고 갑자기 불룩하게 솟아오른 어느 놈의 엉덩이를 후려갈겼다. 그러면 그 엉덩이는 왈칵 힘을 주어 불룩해지는 것이었다.

어느새 사방이 훤해지기 시작했다. 루앙 토박이인 한 여행자가 솜의 비라고 비유했던 가벼운 눈송이는 이미 멎어 있었다. 뿌연 햇빛이 무겁게 드리워진 어두운 구름 사이로 새어나와 들판의 흰 빛을 더욱 눈부시게 만들었다. 들판에는 이따금 흰 서리를 뒤집어쓴 키 큰 나무들의 행렬이 나타났고, 또 때로는 눈으로 두건을 쓴 초가집이 나타나기도 했다.

마차 안에서 사람들은 이 뿌연 새벽빛에 드러난 서로의 얼굴을 신기한 듯이 바라보고 있었다.

맨 안쪽의 제일 좋은 자리에는 그랑퐁 거리의 포도주 도매상인 루아조 부부가 마주 앉아 졸고 있었다. 루아조는 전에 점원이었는데, 그가 일하던 상점의 주인이 사업에 실패하자 그 주식을 사서 한밑천 잡은 인물이다. 그는 시골의 소매업자들에게 아주 나쁜 포도주를 헐값에 팔아, 아는 사람이나 친구들 사이에서는 몹쓸 놈이라고 정평이 나 있었다. 그리고 술책에 능하며 쾌활한 전형적인 노르망디 인이라는 소리를 듣고 있었다.

속임수에 능하다는 그에 대한 소문은 이미 자자하게 퍼져 있었다. 어느 날 밤, 도지사 관저에서 우화시와 샹송 작가이며 날카로운 야유꾼으로서 그 지방에 널리 알려진 투르넬 씨가 부인들이 조는 모습을 보고 '루아조 볼(새가 난다, 루아조가 훔친다는 두 가지 뜻이 있음)' 놀이를 하자고 제안했다. 그런데 이 말이 곧 도지사의 집에 모인 손님들을 통해 퍼지는 바람에 한 달 동안 이 지방의 모든 사람들을 웃게 만들었던 일도 있었다.

루아조는 그뿐만 아니라 온갖 종류의 익살스런 장난과 악의가 있든 없든 농담을 잘하기로 유명했다. 그래서 누구나 그가 말을 한 뒤에는 곧 이렇게 덧붙이곤 했다.

"정말 재미있는 녀석이야, 그 루아조는."

그는 몹시 키가 작고 배가 풍선처럼 튀어나왔으며, 불그스름한 얼굴은 희끗희끗한 구레나룻으로 둘러싸여 있었다. 그의 아내는 키가 크고 뚱뚱했으며, 날쌔고 목소리가 컸다. 또한 그녀는 빠른 결단력으로 남편이 유쾌하게 활동하여 활기를 띠게 하는 가게에 질서를 세워 일을 처리했다.

그들 곁에는 보다 상류 계급에 속하는 카레 라마동 씨가 위엄 있는 태도로 앉아 있었다. 그는 훌륭한 인물로서, 면업계(綿業界)의 고참인 데다 방직 공장을 세 개나 소유하고 있었으며, 레지옹 도뇌르 훈장까지 받은 도의원이었다. 그는 제정 시대에 늘 호의적인 야당의 당수를 지냈다. 그것은 그의 말에 의하면, 예의바른 무기를 가지고 공격한 데 대한 자기의 가담을 보다 값지게 하기 위한 것에 지나지 않았다. 카레 라마동 씨의 부인은 남편보다 훨씬 젊었으며 루앙의 주둔군에 파견되어 오는 상류 가정 출신의 장교들에게 있어서 위안이 되는 여인이었다.

남편과 마주 앉아 있는 그녀는 정말 귀엽고 아름다웠다. 그녀는 털옷에 파묻혀 초라한 마차 안을 한심스러운 눈초리로 둘러보고 있었다.

그 옆자리에 있는 위베르 드 브레빌 백작 부부는 노르망디에서 가장 유서 깊은 집안의 주인이었다. 백작은 훌륭한 풍채의 노신사로서 자신이 앙리 4세와 닮았다는 것을 한층 더 두드러지게 하려고 몸치장에 신경을 많이 쓴 듯했다. 이 가문의 영광스럽기 그지없는 어떤 전설에 의하면, 앙리 4세가 브레빌 집안의 어떤 부인을 임신케 했는데, 이 일로 인해서 남편은 백작의 칭호를 받았으며 지방 총독에 임명되었다는 것이다.

도의회에서 카레 라마동 씨의 동료인 브레빌 백작은 오를레앙 왕당파를 대표하고 있었다. 그가 낭트의 보잘것없는 선주의 딸과 결혼한 이야기는 지금까지 수수께끼로 남아 있다. 그러나 백작 부인은 훌륭한 귀족 풍속을 몸에 익혔으며 누구보다도 손님 접대에 능숙했다. 뿐만 아니라 루이 필립의 아들 중 한 사람으로부터 사랑을 받은 일까지 있었다는 것으로 알려져서 온 나라의 귀족이 그녀를 극진하게 대했다. 그래서 부인의 살롱은 이 지방에서는 첫손에 꼽혔고, 옛날의 범절이 그대로 남아 있는 유일한 곳으로서 출입하기가 몹시 까다로웠다. 브레빌 집안의 재산은 모두 부동산이며, 연수입은 50만 프랑에 이른다고 했다. 이 여섯 명의 인물이 마차의 맨 안쪽에 앉아 있었다. 이들은 연금을 받으며 편안하고 행복하며 권력을 갖는 사회, 종교와 온후한 도덕심을 가진 성실한 사람들을 대표하는 인물이었다.

기묘한 우연으로 여자들은 모두 같은 쪽에 앉아 있었다. 백작 부인 옆에는 두 명의 수녀가 앉아 있었다. 그녀들은 '파테르'와 '아베'를 입 속으로 외우면서 길다란 묵주를 만지작거리고 있었다. 그중 한 사람은 마치 아주 가까운 거리에서 얼굴 가득 파편을 맞은 것처럼 곰보 자국이 있는 늙은 수녀였다. 또 한 사람은 젊었지만 보기만 해도 병든 사람 같았으며, 순교자나 종교적인 환상가를 만들어 내는 그 열렬한 신앙에 좀먹힌 가슴 위로 예쁘지만 병적인 얼굴을 숙이고 있었다. 이 두 수녀의 앞자리에 앉아 있는 남자와 여자는 모든 사람들의 눈길을 끌었다. 남자는 잘 알려진 공화주의자인 코르뉴데였는데, 사회 명사들이 두려워하는 존재였다. 20년 전부터 그는 그 검붉은 위대한 수염을 민주적인 카페의 맥주잔에다 줄곧 적셔 왔다. 그는 과자 장수인 아버지에게서 물려받은 막대한 재산을 동지와 친구들과 함께 마셔 없애버렸다. 그리고는 이토록 혁명적인 소비로 인해 충분히 받을 자격이 있는 지위를 끝내 손에 넣기 위해 공화국의 도래를 기다리고 있었던 것이다.

9월 4일(1870년 제3공화제 성립의 날)의 사건 때, 아마 누군가의 짓궂은 장난이었겠지만, 그는 자신이 도지사로 임명된 줄로만 알고 있었다. 그러나 취임하려 했을 때 아무도 남지 않은 관청에서 상사나 된 듯 남아 있던 급사들이 그를 도지사로 인정하기를 거부했기 때문에 그는 어쩔 수 없이 물러나올 수밖에 없었다. 게다가 그는 퍽 상냥하고 악의가 없으며 남의 일에 발 벗고 나서는 성미였으므로 방어진을 조직하는 데 있어서는 비길 데 없이 열성적으로 활동했다. 그는 들판에 구덩이를 파게 하고 근처 숲에서 어린 나무들을 베어 놓았으며, 길목마다 덫을 놓게 하고는 적이 접근해 오면 자기가 차려 놓은 만반의 준비에 만족해하며 재빨리 시내로 철수했다. 지금 그는 새로운 방어 진지가 필요하게 될 르 아브르에 가는 것이 보다 보람이 있으리라 생각하고 있었다.

한편 여자는 소위 매춘부의 한 사람으로, 나이보다 일찍 뚱뚱해져서 '불 드 쉬프'(비계 덩어리라는 뜻 — 옮긴이 주)라는 별명이 붙어 있었다. 키가 작은 데다 온몸에 뭉실뭉실 비곗살이 찌고, 포동포동한 손가락들은 마디마디 잘록잘록 맺혀 있어서 마치 소시지를 묵주처럼 달아 놓은 것 같았다. 그러나 윤기가 흐르는 탄력 있는 피부와 옷 속에서 큼직하게 부풀어오른 유방이 남자들의 구미를 돋울 만큼 근사해서 그런 대로 인기가 있었다. 그만큼 그녀의 싱싱한 자태는 보는 사람의 눈을 즐겁게 했다.

얼굴은 빨간 사과나 금방 피어오른 모란꽃 봉오리 같았다. 이 얼굴 위에는 근사한 검은 눈이 열려 있었는데, 그것은 눈동자에 그림자를 드리우는 짙고 긴 속눈썹으로 덮여 있었다. 아래쪽에는 반짝이는 작은 이가 가지런한, 조그맣게 오므린 매혹적인 입술이 키스를 기다리는 듯 젖어 있었다. 그 밖에도 그녀는 헤아릴 수 없이 많은 장점을 갖고 있다고 알려져 있었다.

그 여자가 누구라는 것을 알자 곧 숙녀들 사이에서 속삭이는 소리가 들려왔다. '매춘부'라느니 '사회의 수치'라는 말이 꽤 크게 들렸으므로 여자는 얼굴을 들었다. 그리고는 도전적인 대담한 시선을 주위에 앉아 있는 사람들에게 보냈는데, 그러자 곧 깊은 침묵이 흐르고 루아조를 제외한 모든 사람들이 눈을 내리깔았다. 루아조만은 호기심 어린 태도로 여자 쪽을 살피고 있었다.

그러나 곧 세 부인들은 다시 끊어졌던 대화를 시작했다. 이 매춘부의 출현이 갑자기 그녀들을 친밀하게 하여 친한 친구처럼 만들어 버렸다. 그녀들은 파렴치한 매춘부를 앞에 놓고 유부녀로서의 위엄으로 뭉쳐야 한다는 생각이 들었던 것이다. 대개 합법적인 사랑은 언제나 자유로운 사랑을 경멸의 눈으로 바라보게 마련이니까.

세 남자들도 코르뉴데의 모습을 보자 보수당의 본능으로 적대시하며, 가난뱅이를 모욕하는 투로 돈에 대한 이야기를 시작했다. 브레빌 백작은 프러시아 군대로 말미암아 입은 자기의 손해, 도둑맞은 가축과 망쳐 버린 수확 때문에 일어난 손실에 대하여 모든 피해가 기껏해야 1년 정도의 수확이 타격임에 지나지 않는, 백만장자와 같은 태연한 어조로 말하는 것이었다.

카레 라마동 씨는 면업계에서 상당한 시련을 받고 있었으므로 조심성 있게 이미 영국에 60만 프랑을 송금해 놓았다고 했다. 그는 언제나 만일의 경우에 대비하는 신중한 인물이었던 것이다.

루아조는 광 속에 남아 있던 포도주를 몽땅 프랑스 군의 병참부에 팔도록 공작을 해두었기 때문에 국가는 그에게 막대한 돈을 지불해야 되는데, 그는 그것을 르 아브르에 가면 받게 되어 있다고 했다.

세 사람은 서로 정다운 시선을 재빨리 교환했다. 비록 신분은 달랐지만 금전에 의해서 형제 같은 기분이 들었던 것이다. 바지 호주머니에 손을 넣어 금화 소리를 내는 자들, 돈을 가진 자들의 위대한 동지 의식을 느꼈던 것이다.

마차의 속도가 너무 느려서 오전 10시가 되었었는데도 겨우 4마일밖에 가지 못했다. 남자들은 세 번이나 마차에서 내려 고개를 걸어 올라가야 했다. 모두들 슬슬 걱정이 되기 시작했다. 토트에서 점심 식사를 할 예정이었는데, 이러다가는 밤이 되기 전에 도착하기는 다 틀렸기 때문이다. 제각기 길가에 싸구려 선술집이라도 없나 하고 살피는 바람에 마차가 눈구덩이에 빠지는 것도 몰랐다. 그들은 마차를 끌어내는 데 두 시간이나 걸렸다. 심한 허기로 모두들 제정신이 아니었다. 그러나 싸구려 음식점이나 선술집 하나 없었다. 프러시아 군이 가까이 오고 있고 굶주린 프랑스 군이 지나가는 바람에 장사꾼들이 모두 겁을 먹고 문을 닫아 버린 것이었다.

남자들은 먹을 것을 구하려고 길가에 있는 농가를 쏘다녀 보았으나 빵한 조각 구하지 못했다. 닥치는 대로 가져가는 굶주린 병사들에게 빼앗길까 봐 농부들이 먹을 것을 모조리 숨겨 놓았기 때문이다.

오후 2시쯤, 루아조는 마치 밥통 속에 커다란 구멍이 뚫린 것 같다고 말했다. 사람들은 모두 벌써 오래 전부터 그와 같은 괴로움을 느끼고 있었다. 무언가 먹고 싶다는 강한 욕망이 시시각각으로 더해 가서 이야기하는 사람조차 없었다.

이따금 누군가가 하품을 하면 곧 다른 사람이 그 뒤를 따라 하품을 했다. 그리고 저마다 번갈아 가며 그 성격, 그 처세술, 그 사회적 지위에 따라 시끄러운 소리를 내며 입을 벌리거나, 혹은 허연 김을 토하며 벌어진 입에 얌전하게 얼른 손을 갖다 대곤 했다.

불 드 쉬프는 치맛자락 밑에서 무엇을 찾는 것처럼 몇 번이나 몸을 굽혔다. 그녀는 잠시 망설이다가 옆의 사람들을 쳐다보고는 조용히 몸을 일으켰다. 모두들 얼굴이 창백하게 질려 있었다. 루아조는 작은 햄 하나에 1천 프랑을 내도 아깝지 않겠다고 말했다. 그의 아내는 당치도 않은 말을 한다고 말하려는 몸짓을 하다가 그대로 입을 다물고 말았다. 돈을 낭비한다는 말만 들어도 질색을 하는 그녀에게는 그런 농담이 통하지 않았다.

"사실 나도 과히 기분이 좋지 않군. 어째서 먹을 것을 가져올 생각을 못했을까?"
하고 백작이 말했다.

사람들은 모두 똑같은 후회를 하고 있었다. 그러나 코르뉴데는 럼주가 가득 든 수통을 갖고 있었다. 그는 그것을 사람들에게 권했지만, 모두들 쌀쌀하게 거절했다. 루아조만이 한 모금 마시고 수통을 돌려주면서 인사를 했다.

"아무튼 술이란 좋은 거로군요. 몸이 더워지고 시장기를 잊게 해주니까요."

술기운이 돌자 기분이 좋아진 그는 노래에 나오는 작은 배 위에서 하는 것처럼 제일 살찐 사람을 잡아먹는 것이 어떠냐고 제의했다. 불 드 쉬프를 간접적으로 가리키는 이 농담은 교양 있는 사람들의 기분을 상하게 했으므로 아무도 맞장구를 치는 사람이 없었다. 단지 코르뉴데만이 빙그레 웃었을 뿐이었다.

두 수녀는 입 속으로 기도를 중얼거리던 것을 그만두고, 커다란 소매 속에 두 손을 찌르고는 꼼짝도 않고 고집스럽게 눈을 내리깔고 있었다. 그들에게 내린 이 고통을 하늘에 도로 바치고 있는 것 같았다.

드디어 3시쯤 마을 하나 보이지 않는 끝없는 평야 한가운데에 이르렀을 때였다. 불 드 쉬프는 재빨리 몸을 굽히고는 의자 밑에서 하얀 보자기를 씌운 커다란 바구니를 꺼냈다. 그녀는 먼저 바구니에서 조그만 접시와 날씬한 은잔, 그리고 커다란 사발을 꺼냈다. 사발 안에는 잘게 칼질되어 젤리에 절인 통닭 두 마리가 들어 있었다. 그밖에도 바구니 안에는 포장되어 있는 다른 맛있는 음식들이 있었다. 파이, 과일, 과자 등 객줏집 음식의 신세를 지지 않고도 사흘 동안 여행을 할 수 있도록 준비해 온 음식들이었다. 또한 네 개의 길다란 술병의 목이 음식물 사이로 삐죽이 나와 있었다. 그녀는 통닭의 날개 하나를 집어 들고 노르망디에서 '레장스'라고 부르는 작은 빵을 곁들여서 먹기 시작했다.

모든 시선이 여자 쪽으로 쏠렸다. 곧 주위에 음식 냄새가 퍼져 승객들의 콧구멍은 벌름거리고 입에 군침이 괴었으며, 귀밑의 턱이 아플 정도로 수축되었다. 창녀에 대한 부인들의 경멸은 극도에 달했다. 그녀를 죽여 버리든가, 아니면 잔과 바구니와 음식물들을 몽땅 눈 속으로 내던져 버리고 싶은 심정이었다. 그러나 루아조는 닭이 담긴 사발을 뚫어지게 바라보고 있었다.

"허 참, 준비성이 대단하시군요. 우리들보다 용의주도하십니다. 항상 만사를 깊이 생각할 줄 아는 사람들이 있거든요."

여자는 루아조 쪽으로 고개를 들었다.

"좀 드시겠어요? 아침부터 굶는다는 건 못 견딜 노릇이에요."

그는 허리를 굽실했다.

"이거 솔직히 말해서 사양할 수가 없군요. 이젠 도저히 더 참을 수가 없는걸. 전시에는 전시답게 행동해야지요. 그렇지요, 부인?"

그리고는 주위를 빙 둘러본 다음 덧붙여 말했다.

"이런 판국에 친절히 말해 주는 사람이 있다는 건 정말 반가운 일이지요."

그는 바지를 더럽히지 않도록 신문지를 펴놓고, 늘 주머니 속에 가지고 다니는 칼 끝으로 젤리가 묻어 번지르르한 닭다리 하나를 꽂아 들고 아주 흡족한 듯이 뜯어댔다. 그러자 누군가가 신음하는 듯한 큰 한숨소리를 냈다.

이어서 불 드 쉬프는 겸손하고 상냥한 목소리로 수녀들에게 함께 들자고 권했다. 두 수녀는 즉각 이 제의를 받아들여 여전히 눈을 내리깐 채 고맙다는 말을 중얼거리고는 얼른 먹기 시작했다. 코르뉘데 역시 옆자리에 앉은 여인의 권유를 거절하지 않았다. 그는 수녀들과 함께 옆자리에 신문지를 펴고 즉석 식탁을 만들었다.

쉴새없이 입이 벌어졌다가는 닫혔다. 맹렬한 기세로 집어넣고, 씹어 대고, 꿀꺽 삼켰다. 루아조는 한구석에서 부지런히 먹어 대다가 나직한 목소리로 아내에게 자기처럼 먹으라고 권했다. 아내는 한참 동안 거부했으나 창자 속에 경련이 일어나자 굴복하고 말았다. 남편은 정중한 말씨를 쓰려고 애쓰면서 '매혹적인 동행인'에게 자기 아내에게도 한 조각 나누어줄 수 없겠냐고 물었다. 여자는 애교 있는 미소와 함께 "좋습니다."라고 대답하고는 사발을 내밀었다.

첫 번째 보르도 산 포도주병의 마개를 뽑았을 때 좀 난처한 일이 일어났다. 공교롭게도 잔이 하나밖에 없었던 것이다. 그래서 잔을 잘 닦아 돌리기로 했다. 코르뉘데는, 여자에 대한 예절에서 그랬겠지만, 불 드 쉬프의 입술이 닿아서 젖은 자리에 자기 입술을 갖다 댔다.

음식을 먹고 있는 사람들에게 둘러싸여 음식 냄새에 숨이 막힐 것 같은 브레빌 백작 부부와 카레 라마동 씨 부부는 탄탈로스(그리스 신화에 나오는 제우스의 아들. 영원한 기갈에 허덕이는 형벌을 받았다 함—옮긴이 주)와 같은 끔찍한 고통에 시달리고 있었다. 갑자기 공장 주인의 젊은 부인이 한숨을 쉬었으므로 모두들 돌아보았다. 그녀의 얼굴은 밖에 있는 눈과 같이 창백했다. 눈을 감은 채 고개를 푹 숙였다. 정신을 잃었던 것이다. 남편은 당황해서 사람들에게 도와달라고 간청했다.

모두들 당황하여 어쩔 줄 모르고 있을 때, 나이 먹은 수녀가 환자의 머리를 받치고 불 드 쉬프의 잔을 그녀의 입술 사이에 들이대고 포도주 몇 방울을 먹였다. 미인으로 소문난 부인은 곧 몸을 움직이고 눈을 뜨더니 미소지으며, 이젠 괜찮다고 다 죽어가는 목소리로 말했다. 그러나 수녀는 재발하지 않도록 포도주 한 잔을 가득 따라서 억지로 마시게 한 다음 이렇게 덧붙였다.

"시장해서 그래요. 별일은 없을 거예요."

그러자 불 드 쉬프는 얼굴이 새빨개져서 굶고 있는 네 사람의 여행자들을 처다보며 더듬더듬 말했다.

"저 어른들과 부인들도 드시면 좋겠지만……."

여자는 실례가 될까 봐 두려워서 입을 다물었다. 루아조가 가로채서 말했다.

"뭐, 이런 판국에는 다들 동기간이나 다름없지요. 서로 돕는 것이 당연하죠. 자 부인들, 사양 마시고 호의를 받으십시오. 상관 있나요. 오늘밤에 지낼 집을 구할 수 있을지도 알 수 없어요. 이렇게 가다간 내일 정오까지도 토트에 도착하긴 다 틀렸다구요."

그래도 모두 주저하며 감히 '그럽시다.' 하고 나서는 사람이 없었다.

그러나 마침내 백작이 문제를 해결했다. 그는 겁을 먹고 있는 창녀 쪽으로 돌아앉아 귀족다운 거만한 태도를 보이면서 이렇게 말했다.

"고맙게 받겠소, 부인."

첫발을 들여놓기가 어려웠을 뿐, 일단 루비콘 강을 건너고 나니 모두들 체면이고 뭐고 없었다. 바구니는 어느새 바닥이 나고 말았다. 그러나 아직도 간으로 만든 파이, 종달새 파이, 훈제한 소의 혀, 크라산의 배, 퐁레베크의 향료빵, 작은 과자, 식초에 담근 오이와 양파가 가득 들어 있는 단지가 남아 있었다. 모든 여자들과 마찬가지로 불 드 쉬프도 생야채를 좋아했던 것이다.

여자에게서 음식을 얻어먹으면서 말을 건네지 않을 수는 없었다. 그래서 이런저런 이야기를 했다. 처음에는 신중하게 했으나, 의외로 여자가 얌전하다는 것을 알고는 좀더 경계심을 풀고 이야기를 하게 되었다. 처세술이 능한 브레빌 부인과 카레 라마동 부인은 예의를 벗어나지 않을 정도로 싹싹하게 대했다. 특히 백작 부인은 어느 누구와 접촉해도 흠잡을 데 없는 지체 높은 귀부인이 취하는 너그러운 태도를 보였다. 그러나 체구가 큰 루아조 부인은 헌병 같은 근성을 가진 사람이라 도무지 어울리려 하지 않았고, 말은 별로 하지 않는 대신 먹는 것만은 왕성하게 먹고 있었다.

이야기는 자연히 전쟁에 대한 것으로 돌아갔다. 프러시아 군의 잔학성과 프랑스 군의 용감한 활약이 화제가 되었다. 그리고 도망치고 있는 이 사람들은 이구동성으로 다른 사람들의 용기를 칭찬했다. 이윽고 개인의 경험담이 시작되었다. 불 드 쉬프는 이따금 창녀들이 그들의 자연스러운 분격을 표명할 경우에 보이는 열띤 말투로 루앙을 떠나오게 된 사연을 이야기했다.

"처음에는 그냥 남아 있을 생각이었어요. 집에 먹을 것도 잔뜩 준비되어 있었기 때문에 정처없이 시내를 빠져나가는 것보다는 병정 몇 명을 먹이는 편이 낫겠다고 생각했지요. 그런데 막상 그 프러시아 군들을 보니 그럴 수가 없더군요! 나도 모르게 울컥했지요. 온종일 분에 못 이겨 울었답니다. 내가 남자라면 그대로 두었겠습니까! 창문으로 흘겨봤지요. 뾰족한 철모를 쓴 살찐 돼지 같은 놈들을 말이에요. 그런데 하녀가 내 손을 잡더군요. 내가 놈들의 등짝에 방 안의 물건을 던질 기세였으므로 못하게 하려고 말이에요. 얼마 후 몇 놈이 내 집에 묵으려고 왔어요. 나는 다짜고짜 맨 먼저 들어서는 놈의 목을 겨누고 덤벼들었어요. 그놈들이라고 해서 목 졸라 죽이는 데 다른 사람보다 더 힘들 것은 없지 않겠어요? 누군가가 내 머리채를 잡아당기지 않았더라면 틀림없이 그놈을 죽이고 말았을 거예요. 그 일 때문에 나는 숨어야만 했어요. 그러던 중 마침 기회가 있어서 이렇게 떠나게 된 것이랍니다!"

여자는 모든 사람들로부터 크게 칭찬을 받았다. 그만한 용기를 보이지 못했던 승객들의 눈에 그녀는 갑자기 존경할 만한 여자로 비쳤던 것이다. 코르뉴데는 여자의 이야기를 들으면서 호인다운 찬성을 하는 듯한, 호의를 보내는 듯한 미소를 짓고 있었다. 마치 사제가 신을 찬양하는 신자의 말을 듣고 있는 것처럼. 대개 법의를 걸친 인간이 종교를 독점하듯이 수염을 길게 기른 공화주의자들은 애국심을 독점 판매할 작정인 것이다.

그는 자기가 이야기할 차례가 되자 점잖은 투로 매일 벽에 나붙는 포고문에서 따온 과장된 문구를 늘어놓으면서 이야기했다. 그러다가 나중에는 당당한 연설투가 되어 거만하게 '바댕게의 방탕자(나폴레옹 3세의 별명)'를 규탄했다.

그런데 갑자기 불 드 쉬프가 화를 냈다. 그녀는 보나파르트 파였던 것이다. 그녀는 버찌처럼 새빨개져서 분개한 나머지 말까지 더듬었다.

"당신네들이 그분의 위치에 있었다면 어떻게 했을지 보고 싶군요. 아마 훌륭하게 하셨겠지요! 그분을 배반한 건 바로 당신네들이 아닙니까! 당신들 같은 불한당들이 나라를 다스렸던들 프랑스에 남아 있을 사람이 하나라도 있을 줄 아세요?"

코르뉴데는 얼굴색 하나 바꾸지 않고 거만하게 경멸하는 미소를 띠고 있었는데, 금방이라도 난폭한 말이 튀어나올 듯한 기세였다. 그 순간 백작이 끼어들어 흥분한 창녀를 간신히 진정시켰다. 그러지 않았다면 더욱 심한 언쟁이 벌어졌을 것이다. 그러나 백작 부인과 면업가의 부인은 공화국에 대해서 상류 사회의 인사들이 지니고 있는 불합리한 증오심과, 전제 정부에 대해서 모든 여성들이 본능적으로 품고 있는 호감을 마음속에 지니고 있었으므로, 자기네들과 비슷한 감정을 지닌 위엄 있는 이 창녀에게 본의 아니게 호감을 느꼈다.

바구니는 비어 있었다. 열 명이 덤벼들었으니 먹어치우는 데 문제는 없었다. 바구니가 좀더 크지 못했던 것을 아쉬워하는 심정이었다. 세상 이야기가 한동안 계속되었지만, 음식을 다 먹고 난 뒤에는 약간 열이 식어 버렸다.

해가 지고 조금씩 어둠이 짙어졌다. 위에 음식이 들어가자 추위가 더욱 심하게 느껴져서, 살이 찐 불 드 쉬프까지도 오들오들 떨고 있었다. 그러자 브레빌 부인이 아침부터 몇 번이나 숯을 갈아 넣은 발난로를 쬐라고 내주었다. 불 드 쉬프는 발이 얼어붙는 것 같았으므로 사양하지 않았다. 카레 라마동 부인과 루아조 부인도 자기들 것을 수녀들에게 빌려 주었다.

마부는 벌써 초롱에 불을 켰다. 초롱불은 땀에 젖은 말들의 엉덩이에서 무럭무럭 피어오르는 김과 길 양쪽의 눈을 비추었다. 움직이는 불빛의 반사로 눈이 뒤로 마구 미끄러져 가는 것처럼 보였다.

마차 안은 이제 아무것도 분간할 수가 없게 되었다. 그런데 갑자기 불 드쉬프와 코르뉴데 사이에서 어떤 움직임이 일어났다. 어둠 속을 응시하고 있던 루아조는 수염을 기른 그 사나이가 소리 없이 따귀라도 맞은 것처럼 얼른 뒤로 물러나는 것을 본 듯했다.

도로의 앞쪽에 점점이 작은 등불이 나타났다. 토트였다. 열한 시간을 달렸는데, 말에게 귀리를 먹이고 숨을 돌리게 하느라고 네 차례 쉬었던 두 시간을 합치면 열세 시간이 걸린 셈이었다. 마차는 마을로 들어가서 오텔 뒤 코메르스(휴게소)라는 간판이 붙은 여관 앞에 멈춰섰다.

마차 문이 열렸다. 그 순간 귀에 익은 어떤 소리가 사람들을 섬뜩하게 했다. 칼이 땅바닥에 부딪히는 소리가 아닌가! 미처 생각할 겨를도 없이 어떤 프러시아 인이 뭐라고 외쳤다.

마차는 움직이지 않았지만 아무도 내리려 하지 않았다. 마치 내리기만 하면 죽기라도 할 것처럼. 그러자 마부가 초롱을 들고 나타났다. 마차 안으로 흘러 들어온 초롱불빛은 겁을 먹고 당황한 두 줄의 얼굴을 드러냈다. 입은 벌어지고 눈은 놀라움과 두려움 때문에 커다랗게 뜨고 있었다.

마부 곁에 한 프러시아 장교가 온몸에 불빛을 받으며 서 있었다. 몹시 마르고 금발머리에 키가 큰 젊은 장교였다. 그는 코르셋을 입은 처녀처럼 꼭 끼는 군복을 입고 초를 입힌 납작한 모자를 비스듬히 쓰고 있었다. 그 모자는 그를 영국의 호텔 보이처럼 보이게 했다. 곧고 긴 수염으로 이루어진 그의 코밑수염은 어울리지 않았으며, 양쪽으로 한없이 가늘게 뻗어가다가 마지막에는 단 한 올의 금빛 털로 끝나고 있었다. 그 끝은 너무 가늘어서 보이지 않을 정도였다. 수염은 볼을 잡아당기며 입가를 무겁게 짓누르는 듯했고, 입술 밑으로 처진 한 줄기의 주름살을 그어 놓고 있었다.

그는 알사스 사투리의 프랑스 말로 무뚝뚝하게 말했다.

"여러분, 내리십시오."

두 수녀가 모든 순종에 익숙한 동정녀 같은 온순함으로 제일 먼저 명령에 따랐다. 그 뒤를 이어 백작 부부가 내리고, 공장 주인과 그 아내가 따라 내렸다. 그리고는 루아조가 몸집이 큰 아내를 떠밀면서 나왔다. 그는 땅에 발을 내려놓으면서 예의라기보다는 조심성 있게 장교에게 "안녕하십니까?" 하고 말을 걸었다. 장교는 마치 절대적인 권력을 가진 사람처럼 건방지게 흘끔 돌아보았을 뿐, 대답은 하지 않았다.

불 드 쉬프와 코르뉴데는 출입구 가까이에 있었음에도 불구하고 맨 나중에 내렸다. 적을 앞에 두고 신중하면서도 거만한 태도를 취했던 것이다. 뚱뚱한 불 드 쉬프는 되도록 자신을 억제하며 냉정하려고 애썼다. 민주주의자는 약간 비극적인 떨리는 손으로 검붉은 턱수염을 줄곧 만지작거리고 있었다. 이런 경우, 누구나 조금은 자기 나라를 대표하고 있다고 느끼기 때문에 그들은 품위를 지키려고 하는 것이다. 그들은 승객들의 무기력함에 함께 분개하면서, 불 드 쉬프는 곁에 있는 숙녀들보다 한층 더 의연한 태도를 보이려 했고, 코르뉴데는 모범을 보여야 한다고 느끼면서 그의 모든 태도에 도로 파괴를 할 때부터 시작된 항전의 사명을 계속 나타내고 있었다.

그들은 여관의 널찍한 부엌으로 들어갔다. 독일 장교는 여행자의 성명, 인상, 직업이 적혀 있고 군사령관의 서명이 되어 있는 출발 허가증을 제출하라고 했다. 그런 다음 기재된 사항과 본인을 번갈아 대조하면서 오랫동안 그들을 조사했다. 그리고는 "좋소." 하고 무뚝뚝하게 한 마디하고는 나가 버렸다.

그제서야 사람들은 안도의 숨을 내쉬었다. 그들은 여전히 배가 고팠기 때문에 저녁 식사를 주문했다. 준비를 하는 데 30분이 걸린다고 했다. 두 하녀가 저녁을 차리는 동안 사람들은 방을 보러 갔다. 방은 모두 복도 안쪽을 따라 줄지어 있었으며, 번호(100 · 변소)가 표시된 유리문에서 끝나고 있었다.

마침내 식탁에 앉으려는데 여관 주인이 나타났다. 그는 전에 말장수를 했던 뚱뚱한 사나이로, 천식병 환자여서 줄곧 씩씩거리는 쉰 목소리를 냈으며, 목구멍에서는 가래 끓는 소리가 났다. 그는 아버지에게 포랑비(산 미치광이)라는 묘한 성을 물려받았다. 주인이 물었다.

"엘리자벳 루세 씨라는 분이 계십니까?"

불 드 쉬프가 흠칫 놀라 돌아보았다.

"나예요."

"프러시아 장교가 급히 할 말이 있답니다."

"나한테요?"

"네, 당신이 틀림없는 엘리자벳 루세 씨라면 말이에요."

여자는 당황하여 잠시 생각에 잠겼다. 그러다가 딱 잘라 이렇게 말했다.

"불렀을지 모르지만 난 가지 않겠어요."

주위 사람들이 웅성거리기 시작했다. 제각기 이 명령의 이유를 찾으려고 하면서 논의가 벌어졌다. 백작이 다가왔다.

"그래서는 안 됩니다, 부인. 아시겠습니까? 당신이 거절함으로써 비단 당신뿐만 아니라 동행한 우리들 모두에게 난처한 어떤 일이 생길지도 모르니까요. 강한 자에게 항거해서는 안 됩니다. 잠시 얼굴을 보이는 것뿐이라면 아무런 위험도 없을 겁니다. 아마 수속 절차에서 빠뜨린 것이 있겠지요."

모두들 백작과 합세해서 그녀를 달래고 타일러서 마침내 설득시키고야 말았다. 여자의 무모한 행동으로 인해 생길지도 모르는 어떤 말썽을 두려워했기 때문이다. 여자는 마침내 이렇게 말했다.

"그렇다면 여러분들을 위해서 가지요. 그럼 됩니까?"

백작 부인이 그녀의 손을 잡았다.

"정말 고마워요."

여자는 나갔다. 모두들 함께 식사를 하려고 그녀가 돌아오기를 기다렸다. 저마다 사납고 화 잘 내는 창녀 대신에 자기가 불려가지 않은 것을 속상해하면서 그들은 자기 차례가 와서 불려갈 경우에 대비하여 마음속으로 장교의 비위를 맞출 말들을 준비했다.

그런데 10분쯤 지나자 여자가 흥분하여 상기된 얼굴을 하고 숨이 막힐 듯이 씩씩거리며 나타났다.

"망할 녀석! 망할 녀석!"

그녀는 입 속으로 계속 중얼거렸다. 모두들 영문을 알고 싶어했지만, 여자는 한 마디도 하지 않았다. 백작이 끈덕지게 캐묻자 여자는 대답했다.

"아니에요. 당신들과는 아무 관계도 없는 일이에요. 말씀드릴 수 없어요."

그래서 모두들 양배추 냄새가 풍기는 우묵한 수프 그릇을 가운데 놓고 둘러앉았다. 간이 서늘해지는 사건이 있었음에도 불구하고 저녁 식사는 즐거웠다. 루아조 부부와 수녀들은 돈을 아끼느라고 사과주를 마셨고, 다른 사람들은 포도주를 청했다. 코르뉘데는 맥주를 시켰다. 그는 병마개를 따서 맥주에 거품이 일게 하고 잔을 기울이면서 찬찬히 바라보았다. 그리고는 특이하게도 그 빛깔을 보다 잘 감상하기 위해서 잔을 들어 램프에 비추어보았다. 그런 짓을 하는 데 있어 이 사나이는 독특한 방법을 가지고 있었다. 그가 맥주잔을 기울일 때, 그가 좋아하는 맥주와 비슷한 색깔을 하고 있는 긴 수염이 가볍게 떨리는 것 같았다. 그의 눈은 잠시도 맥주잔에서 떠나지 않으려고 곁눈질을 하고 있었다. 그의 태도는, 오로지 술을 마시기 위해 태어난 유일한 직책을 수행하고 있는 것 같았다. 그의 모든 생활을 차지하고 있는 두 가지의 커다란 정열, 즉 맥주와 혁명 사이의 어떤 친화력이 마음속에 자리잡고 있는 듯했다. 분명히 그는 한쪽을 생각하지 않고서는 다른 한쪽을 맛볼 수 없을 것이다.

포랑비 부부는 테이블 끝에서 식사를 하고 있었다. 고장난 기관차처럼 헐떡거리는 포랑비는 음식을 먹으면서 말을 할 수가 없었다. 가슴이 너무나 아팠기 때문이다. 그러나 그의 아내는 줄곧 지껄여 댔다. 프러시아 군이 들이닥쳤을 때의 인상을 죄다 이야기했다. 그들이 한 짓, 그들이 말한 것을 전부 털어놓았다. 그녀는 증오를 담고 이야기를 했는데, 그것은 그들 때문에 돈이 들었고, 군대에서 두 아들을 징발해 갔기 때문이었다.

그녀는 지체 높은 부인과 이야기하는 것이 좋았으므로, 특히 백작 부인에게 자주 말을 걸었다. 그리고는 목소리를 낮추어 온갖 미묘한 말을 지껄였다. 남편은 가끔 그녀의 말을 가로막았다.

"잠자코 있는 게 좋아, 그런 말은."

그러나 아내는 막무가내로 계속 말했다.

"그렇답니다, 부인. 그놈들은 감자하고 돼지고기밖에 먹을 줄 몰라요. 또 얼마나 지저분하다구요. 부인 앞에서 이런 말씀 드리긴 뭣하지만 아무 데서나 대소변을 본다니까요. 몇 시간이고 계속해서 훈련받는 것은 볼 만하지요. 모두 들판으로 나가서는 앞으로 갔다 뒤로 갔다, 이리 돌고 저리 도는 꼬락서니라니 정말 어처구니없지요. 하다못해 밭이나 갈고 자기네 나라로 돌아가서 집이라도 고친다면 오죽이나 좋겠어요! 정말이지 부인, 군인이란 누구한테도 쓸모가 없는 것이랍니다. 고작해야 사람 죽이는 짓이나 가르치는 군대를 가난한 백성이 먹여 살려야 한단 말씀이에요! 나는 교육도 받지 못한 늙은이지만, 아침부터 저녁까지 걷기만 해서 심신이 지친 그들을 볼 때마다 이런 생각을 한답니다. '사람들에게 도움이 되는 많은 발명을 하는 사람들이 있는가 하면 해로운 일을 위해 저토록 고생하는 사람들도 있구나!' 하고요. 정말이지 프러시아 사람이건, 영국 사람이건, 폴란드 사람이건, 프랑스 사람이건 간에 사람을 죽인다는 건 당치도 않은 일이지요. 나쁜 짓을 한 놈에게 보복을 하는 것도 금지되어 있어요. 보복을 하면 죄가 되지요. 그런데 총으로 우리 자식들을 짐승처럼 쏘아 죽이는 것은 괜찮은 일인가요? 제일 많이 죽인 놈이 훈장을 받고 있지 않습니까! 그런 일이 있을 수 있습니까? 나는 도무지 그것을 이해할 수 없답니다."

코르뉘데가 목소리를 높였다.

"전쟁은 평화로운 이웃 나라를 공격할 경우에는 야만 행위입니다. 그러나 조국을 지킬 경우에는 성스러운 의무가 된답니다."

노파는 고개를 숙였다.

"옳아요, 자신을 지키기 위해 그러는 것은 별문제지요. 차라리 자기네들 멋대로 그런 짓을 하는 온 세계의 왕들을 모두 죽여 버리는 것이 어떨까요?"

코르뉘데의 눈이 빛났다.

"장하오, 그렇게 나와야지!"

하고 그는 말했다.

카레 라마동 씨는 깊은 생각에 잠겨 있었다. 그는 명성이 혁혁한 장군들의 열렬한 숭배자였지만, 이 시골 여자의 양식(良識)이 그에게 어떤 일을 생각하게 했다. 만약 완성하는 데 몇 백 년이나 걸리는 대대적인 산업 공사에 헛되이 놀고 있는 군인들의 힘이나 비생산적으로 방치되어 있는 무위도식하는 자들의 힘을 사용한다면 한 나라가 얼마나 번영할 것인가 하고 생각해 보았다.

그런데 루아조가 자리에서 일어나 여관 주인한테로 가서 작은 소리로 이야기를 했다. 뚱뚱한 주인은 웃다가 기침을 하며 연신 가래를 뱉었다. 그의 불룩한 배는 상대가 농담할 때마다 즐거운 듯이 물결쳤다. 그는 봄에 프러시아 군이 철수하면 보르도 산 포도주를 여섯 통 사겠다고 약속했다.

모두 지쳐 있었으므로 저녁 식사가 끝나자마자 잠자리에 들었다. 그런데 여러 가지 사태를 관찰하고 있던 루아조는 아내를 먼저 잠자리에 들게 하고는 열쇠 구멍에 귀를 대보기도 하고 눈을 대기도 하면서, 말하자면 '복도의 비밀'을 알아내려고 애썼다.

한 시간 가량 지나 옷자락 스치는 소리가 들리자 그는 얼른 내다보았다. 불 드 쉬프의 모습이 보였다. 그녀는 하얀 레이스로 가장자리를 두른 파란 캐시미어 잠옷을 입었기 때문에 더욱 뚱뚱해 보였다. 그녀는 한 손에 촛대를 들고 아까 그 번호가 붙은 문 쪽으로 걸어가고 있었다. 이윽고 옆방 문이 삐죽이 열렸다. 2, 3분 후에 여자가 돌아오자, 멜빵을 한 코르뉴데가 그녀의 뒤를 따라갔다. 그들은 작은 목소리로 이야기를 하더니 걸음을 멈추었다. 방 안으로 들어가려는 남자를 불 드 쉬프가 한사코 막고 있는 것 같았다. 불행히도 루아조의 귀에 말소리가 들리지 않았지만, 나중에 그들의 언성이 높아졌으므로 두세 마디 알아들을 수 있었다. 코르뉴데가 무언가를 조르고 있었다. 그는 이렇게 말했다.

"이봐, 정말 바보로군. 당신에게는 별일 아니잖아, 당신 입장에서 볼 땐."

여자는 화가 난 듯이 이렇게 대꾸했다.

"안 돼요. 그런 짓도 할 수 없는 때가 있는 법이에요. 그리고 이런 데서 그런 짓을 하다니 수치스러운 일이에요."

아마 코르뉴데에겐 납득이 가지 않는 모양이었다. 그는 대체 무엇 때문에 그러느냐고 물었다. 그러자 여자는 발끈하여 더 거친 목소리로 쏘아붙였다.

"왜냐고요? 왜 그런지 그 이유를 모르겠다는 말이에요? 프러시아 군이 한지붕 밑에, 어쩌면 옆방에 있을지도 모른단 말이에요."

그는 입을 다물었다. 적이 가까이 있는 곳에서는 절대로 몸을 팔지 않겠다는 창녀의 애국적 결심이 땅에 떨어지려는 그의 위엄을 마음속에 일깨운 것 같았다. 코르뉴데는 여자에게 키스만 하고 발소리를 죽여 자기 방으로 돌아갔다. 몹시 흥분된 루아조는 열쇠 구멍에서 물러나더니 방 안에서 껑충껑충 뛰었다. 그리고는 나이트 캡을 쓰고 과히 신통치 않은 몸을 누인 채 자고 있는 아내의 담요를 들치며 키스를 퍼부어서 깨우고 말았다. "나를 사랑하지?" 하고 속삭이면서.

온 집 안이 조용해졌다. 그러나 곧 지하실에서인지 혹은 다락에서인지 분간하기 어려운 방향에서 세차고 단조롭고 규칙적인 울림소리가 들려왔다. 압력을 받고 주전자가 들썩이는 듯한 둔하고 여운이 긴 소리였다. 포랑비 씨가 잠을 자고 있는 것이었다.

이튿날은 8시에 떠나기로 되어 있었기 때문에 모두들 일찌감치 부엌으로 모였다. 그러나 말도 마부도 없이 포장 위에 눈이 쌓인 마차만이 마당 한가운데 쓸쓸히 놓여 있었다. 마구간으로, 사료 창고로, 차고로 마부를 찾아다녔으나 허사였다. 그래서 남자들은 온 마을 안을 찾아보기로 하고 밖으로 나갔다.

그들은 교회가 있는 광장에 이르렀는데, 광장 양편에는 나직한 집들이 늘어서 있고, 프러시아 군인들의 모습이 보였다. 처음 만난 프러시아 병정은 감자 껍질을 벗기고 있었다. 좀더 걸어가다가 만난 두 번째 병정은 이발소의 바닥을 닦고 있었다. 얼굴이 온통 수염투성이인 또 다른 병정은 우는 아이를 무릎 위에 올려놓고 달래고 있었다. '전쟁 중의 군대'에 남편들을 징발당한 뚱뚱한 시골 여자들은 손짓 발짓으로 유순한 정복자들에게 해야 할 일을 시키고 있었다. 장작을 패거나 수프를 만들거나 커피를 빻는 일이었다. 그중 하나는 여관집 안주인의 속옷까지 빨아줄 정도였다. 안주인이라는 사람은 전혀 팔다리를 쓰지 못하는 할머니였다.

백작은 깜짝 놀라 때마침 사제관에서 나오는 교회지기에게 물어보았다. 신심 깊은 늙은 교회지기는 이렇게 대답했다.

"아, 저 사람들은 나쁜 사람들이 아닙니다. 듣건대 프러시아 사람들이 아니라고 하더군요. 어딘지는 모르지만 더 먼 데서 왔대요. 모두들 고향에 처자식을 남겨 놓고 왔다는군요. 그러니 전쟁 같은 것이 즐거울 리가 없지요. 암, 그렇고말고요! 분명 저쪽에서도 남자들을 보내 놓고 울고 있을 겁니다. 우리도 그렇지만, 저 사람들 역시 전쟁 때문에 무척 비참하게 되었지요. 여기는 지금으로서는 그렇게 심하지 않아요. 저 사람들은 나쁜 짓을 하지 않고, 자기집에 있는 것처럼 일을 해준답니다. 네, 그렇지 않습니까? 가난한 사람끼리 서로 도와야 하지 않겠어요? 전쟁을 벌이는 것은 높은 양반들이니까요."

정복자와 피정복자 사이에 성립되어 있는 협조하는 태도를 보고 화가 난 코르뉴데는 여관에 처박혀 있는 편이 낫겠다면서 되돌아갔다. 루아조가 언제나처럼 농담을 했다.

"인구가 줄었으니 그들이 빈자리를 채우고 있는 거요."

카레 라마동 씨는 점잖게 말했다.

"속죄를 하고 있는 셈이죠."

그러나 마부는 보이지 않았다. 마침내 그들은 마을의 술집에서 장교 연락병과 사이좋게 식탁에 마주 앉아 있는 마부를 찾아냈다. 백작이 따지듯이 물었다.

"8시에 말을 매두라고 지시하지 않았는가?"

"네, 그렇습니다만 그 후 또 다른 지시가 있었답니다."

"무슨 지시 말인가?"

"절대로 마차에 말을 매지 말라고 했어요."

"누가 그 따위 지시를 했나?"

"프러시아 군이지요."

"어째서지?"

"모르겠습니다. 가서 물어보십시오. 나는 말을 매지 말라기에 안 맸을 뿐입니다."

"대장이 직접 자네한테 지시했나?"

"아니오. 대장님의 명령이라면서 여관 주인이 전해 주더군요."

"언제 그랬지?"

"어젯밤에 내가 자려고 할 때였어요."

세 남자들은 몹시 불안해하며 돌아왔다. 포랑비 씨를 만나려고 했으나 하녀가 대답하기를, 주인은 천식 때문에 10시 전에는 절대로 일어나지 않는다는 것이었다. 불이나 나면 모를까 그 시간 이전에 깨우는 것은 금하고 있다는 것이었다.

장교를 만나려고 했는데, 한집에 묵고 있다고는 하지만 이것이야말로 절대로 불가능한 일이었다. 군무 이외의 용건으로 그에게 말할 수 있는 것은 포랑비에게만 허락되어 있었다. 결국 기다리는 수밖에 없었다. 여자들은 방으로 돌아가서 이것저것 자질구레한 일로 시간을 보냈다.

코르뉴데는 불이 활활 타오르고 있는 부엌의 높다란 벽난로 앞에 자리잡고 있었다. 그는 그곳으로 카페에 있는 작은 테이블과 맥주병을 가져오게 하고 담배 파이프를 꺼냈다. 민주주의자들은 코르뉴데를 존중하는 것만큼이나 이 파이프를 존중하고 있었다. 마치 이 파이프가 코르뉴데에게 봉사함으로써 조국에 봉사하고 있기나 한 것처럼 말이다. 기막힐 만큼 담뱃진이 밴 이 해포석(海泡石) 파이프는 주인의 이빨처럼 까맣게 물들어 있었지만, 좋은 냄새와 멋지게 구부러진 형태, 그리고 반지르르한 윤기를 빛내며 주인의 몸의 일부가 되어 있었다.

그는 벽난로에서 타는 불길을 바라보기도 하고, 컵 위의 수북한 맥주 거품을 보기도 하면서 꼼짝도 하지 않고 있었다. 그는 술을 마실 때마다 길고 마른 손가락으로 기름이 묻은 긴 머리카락을 만족스레 쓸어 올리는 한편, 거품이 묻은 코밑수염을 혀로 빠는 것이었다.

루아조는 저린 다리를 푼다는 핑계로 이 고장 소매상들에게 포도주를 팔러 다녔다. 백작과 공장 주인은 정치 이야기를 시작했다. 그들은 프랑스의 미래를 예측하고 있었다. 한 사람은 오를레앙 당의 복귀를 믿고 있었고, 다른 한 사람은 아무도 알지 못하는 구세주, 모든 것이 절망에 빠졌을 때 나타나는 영웅을 믿고 있었다. 그 구원자가 뒤 게클랭 같은 사람일까, 또는 잔 다르크 같은 사람일까? 아니면 다른 또 하나의 나폴레옹 1세 같은 사람일까? 아, 황태자가 그렇게 어리지만 않았다면!

코르뉴데는 그런 말을 들으면서 운명의 말을 아는 사람처럼 빙그레 미소를 지었다. 그의 파이프가 온 방을 담배 냄새로 가득 채웠다.

시계가 10시를 치자 포랑비 씨가 나타났다. 그에게 질문이 쏟아졌다. 하지만 주인은 똑같은 말을 두세 번 되풀이할 수밖에 없었다.

"장교가 나한테 이렇게 말했지요. '포랑비 씨, 내일 저 손님들의 마차에 말을 매지 못하게 하시오. 내 명령 없이는 떠나지 못하게 할 작정이오. 알았소?' 라고 말이오."

그래서 모두들 장교를 만나려고 했다. 백작은 자기 명함을 장교에게 보냈다. 카레 라마동 씨는 거기다 자기 이름과 직함을 모조리 덧붙여 썼다. 프러시아 장교는 점심을 먹고 나서, 그러니까 1시경에 면담을 허락한다는 회답을 보내왔다. 방에 들어가 있던 부인들도 다시 나타나서, 모두들 불안하기는 했지만 그래도 조금씩 식사를 했다. 불 드 쉬프는 몸이 불편한지 마음이 안정되지 않는 것 같았다.

커피를 마시고 났을 때 연락병이 신사들을 부르러 왔다. 루아조도 그들과 함께 가기로 했다. 그들은 자신들의 진정에 한층 더 위엄을 갖추기 위해 코르뉘데도 같이 데리고 가려 했으나, 그는 프러시아 인과는 어떤 관계도 갖지 않을 작정이라고 딱 잘라 말했다. 그리고 맥주를 한 잔 더 주문하고는 난롯가로 돌아갔다.

세 사람은 이층으로 올라가 이 여관에서 제일 좋은 방으로 안내되었다. 장교는 안락의자에 길다랗게 누워서 다리를 벽난로 위에 올려놓고 사기 파이프로 담배를 피우며 그들을 맞이했다. 그는 화려한 빛깔의 실내복을 걸치고 있었는데, 아마 어느 저속한 취미를 가진 부자의 빈집에서 훔쳐 왔을 것이다. 그는 일어나지 않았고, 인사도 하지 않았으며, 그들을 쳐다보지도 않았다. 싸움에서 이긴 군인에게서 흔히 볼 수 있는 버릇없는 행동의 표본을 유감없이 보여주고 있는 것이었다.

한참 후에야 그는 이렇게 물었다.

"무슨 일로 왔소?"

백작이 입을 열었다.

"우리들은 출발해야겠는데요."

"안 됩니다."

"그 이유를 알고 싶습니다."

"떠나보내고 싶지 않기 때문이오."

"말대꾸 같아 죄송합니다만, 우리들이 디에프까지 가도 좋다는 출발 허가증을 귀하의 사령관이 발행하셨습니다. 그리고 우리는 이렇게 엄한 처분을 받을 만한 일은 전혀 하지 않았다고 생각합니다."

"떠나보내고 싶지 않기 때문이오. 그것뿐이오. 물러들 가시오."

세 사람은 허리를 굽실거리며 물러나왔다. 비참한 오후였다. 프러시아 장교의 변덕이 아무래도 이해가 가지 않았다. 더없이 이상한 상상이 차례차례 그들의 머리를 어지럽혔다. 모두들 부엌에 모여, 있을 것 같지도 않은 일들을 상상하면서 끝없는 논의를 거듭했다. 어쩌면 인질로 묶어둘 작정인지도 모른다, 하지만 무슨 목적으로? 포로로 데려가려는 것일까? 혹은 오히려 막대한 액수의 몸값을 요구하려는 것일까? 여기까지 생각이 미치자 모두들 도망치고 싶은 안타까운 마음뿐이었다.

가장 돈이 많은 사람이 그 누구보다도 두려워했다. 목숨을 구하기 위해서 이 건방진 군인들의 손에 황금이 가득 한 돈자루를 쏟아 붓지 않을 수 없는 자신들의 모습이 보이는 듯했다. 그들은 그럴듯한 거짓말을 꾸며 내느라고 머리를 짰다. 재산을 숨기고 지독한 가난뱅이로 행세하려면 어떻게 하면 좋을까 하고 고심했다. 루아조는 시계를 풀어서 주머니 속에 감추었다.

해가 지자 걱정은 더해만 갔다. 램프에 불이 켜졌지만, 저녁 식사 시간까지는 아직도 두 시간이나 남아 있었으므로 루아조 부인이 트럼프 놀이를 하자고 제의했다. 기분 전환이 될 것 같아서 모두들 찬성했다. 코르뉘데까지도 예의를 지켜 파이프의 불을 꺼버리고 게임에 끼어들었다.

백작이 카드를 돌렸다. 불 드 쉬프가 단번에 으뜸패를 잡아 버렸다. 잠시 후, 게임의 흥미가 그들의 머리를 괴롭히던 의구심을 진정시켜 주었다. 코르뉘데는 루아조 부부가 속임수를 쓰려는 것을 눈치채고 있었다.

식탁에 앉으려는 찰라에 포랑비 씨가 다시 나타났다. 그는 목에 가래가 걸려 있는 듯한 목소리로 이렇게 말했다.

"엘리자베스 루세 씨가 아직도 생각이 바뀌지 않았는지 프러시아 장교님이 물어보라고 합니다."

불 드 쉬프는 새파랗게 질려서 그 자리에 우뚝 서 있었다. 그러다가 갑자기 얼굴이 새빨개지면서 격분한 나머지 숨이 막혀 말을 하지 못했다. 그녀는 가까스로 외치듯이 이렇게 말했다.

"그놈에게 이렇게 말해 주세요. 그 더러운, 돼먹지 못한 부랑자 프러시아 놈에게 이렇게 말해 주세요. 싫다고요!"

뚱뚱한 여관 주인은 나갔다. 그러자 모두들 불 드 쉬프를 둘러싸고 간밤에 프러시아 장교를 만났을 때 무슨 일이 있었는지 말해 달라고 졸랐다. 그녀는 처음에는 완강히 거절했지만 마침내 분노에 못 이겨 부르짖었다.

"그놈이 무엇을 원했느냐구요? ……그놈이 무엇을 바랐느냐구요? ……나와 함께 자고 싶다는 거예요!"

노골적인 그녀의 말에 기분이 상한 사람은 하나도 없었다. 그만큼 모두들 심한 분노를 느꼈던 것이다. 코르뉘데는 맥주잔을 거칠게 테이블 위에 놓다가 깨뜨리고 말았다.

이 비열한 군인에 대한 비난의 아우성이, 분노의 숨결이 넘쳐흘렀다. 그녀에게 요구되었던 희생의 일부분을 저마다 강요당하기라도 한 것처럼 저

항을 위해 그들은 은연중에 단결했다. 백작은 놈들이 하는 짓이 옛날의 야만족과 똑같다고 내뱉듯이 말했다. 특히 부인들은 불 드 쉬프에게 격렬하고도 다정한 동정의 뜻을 나타냈다. 식사 때만 나타나는 수녀들은 얼굴을 숙인 채 한 마디도 하지 않았다. 차츰 분노가 가라앉자 어쨌든 식사를 했다. 하지만 말은 거의 하지 않고 모두 생각에 잠겨 있었다. 부인들은 일찍 방으로 물러갔다. 남자들은 담배를 피우면서 트럼프 판을 벌이고 포랑비 씨도 초대했다. 출발을 허락하지 않는 장교의 완강한 마음을 돌리기 위해 어떤 수단을 써야 좋을지 그에게 교묘하게 물어볼 생각이었다. 그러나 그는 트럼프에만 정신이 팔려서 남의 말은 듣지도 않고 아무 대답도 하지 않았다.

그는 줄곧 같은 말만 되풀이할 뿐이었다.

"자, 게임이나 합시다, 여러분. 게임이나 합시다."

그는 게임에 정신이 팔려 가래를 뱉는 것마저 잊고 있었다. 그래서 가끔 그의 가슴속에서는 걸걸 끓는 소리가 울려 나왔다. 이 사나이의 씩씩거리는 폐는 낮고 깊은 음표에서부터 어린 수탉이 억지로 소리를 지르느라고 짜내는 날카롭고 목쉰 소리에 이르기까지 천식의 모든 음계를 다 냈다. 졸려서 못 견디게 된 부인이 부르러 와도 그는 이층으로 올라가는 것을 거절했다. 그래서 그녀는 혼자 자러 갔다. 그녀는 언제나 태양과 함께 일어나는 새벽형인 데 비해, 남편은 언제나 친구들과 함께 기꺼이 밤을 새우려 드는 저녁형이었기 때문이다.

"내가 먹을 레 드 플(달걀을 탄 우유)이나 불에 올려놓아요."

그는 이렇게 소리치고는 또다시 게임을 시작했다. 이 사나이에게서 아무것도 알아낼 수 없다는 것을 알게 되자 모두들 잘 시간이 되었다고 하면서 각자 잠자리로 돌아갔다. 이튿날도 역시 모두들 꽤 일찍 일어났다. 막연한 희망으로 더욱 강해진 떠나고 싶다는 욕망과, 이 지긋지긋한 여관에서 또 하루를 지내야 한다는 두려움이 뒤섞인 그런 심정을 품고서.

아! 말은 여전히 마구간에 매여 있었고, 마부는 보이지 않았다. 사람들은 하릴없이 마차 주위를 서성거렸다.

아침 식사는 처량했다. 그런데 불 드 쉬프에 대해 일종의 쌀쌀한 공기가 떠돌았다. 하룻밤 자고 나면 좋은 지혜가 떠오르는 법이다. 하지만 간밤에 그들은 판단을 약간 바꾸었던 것이다. 지금 그들은 마차 탈 손님들에게 깜짝 놀랄 만한 뉴스를 들려주기 위해 그 프러시아 장교를 남몰래 찾아가지 않은 창녀에게 원망에 가까운 감정을 느꼈다. 참으로 간단한 일이 아닌가? 게다가 아무도 알지 못할 텐데. 일행이 난감해하는 것이 보기 딱해서 왔노라고 장교에게 말한다면 체면도 세울 수 있을 것이다. 이 여자에게 그런 것은 대단한 일도 아니지 않는가!

그러나 누구 하나 그런 생각을 입에 담지는 않았다.

오후가 되자 지루해서 견딜 수 없었으므로 백작이 마을 근처를 산책하자고 제안했다. 난롯가에 앉아 있는 편이 더 낫다는 코르뉴데와 교회나 사제관에서 하루를 보내는 수녀들을 빼놓고 이 작은 단체는 제각기 몸을 잘 감싸고 떠났다.

나날이 심해 가는 추위는 코와 귀를 에는 듯했고, 발이 시려서 한 걸음 한 걸음 옮겨놓기가 고통스러웠다. 들판이 보이는 곳에 이르자 끝없이 흰 눈에 덮인 경치가 너무나 무섭고 기분 나쁘게 보였으므로, 모두들 마음이 얼어붙고 가슴이 죄어드는 듯한 심정으로 일찌감치 돌아서고 말았다.

네 명의 부인이 앞장을 서고, 세 남자는 좀 떨어져서 따라갔다.

사태를 충분히 인식하고 있는 루아조가 갑자기, 저 '화냥년'이 언제까지나 우리들을 이런 곳에 붙들어둘 작정인가 하고 불쑥 말을 던졌다. 경우에 따라 여성에게 상냥한 백작은, 한 여성에게 그와 같은 괴로운 희생을 강요할 수는 없다, 결국 본인이 자진해서 가지 않으면 안 된다고 말했다. 카레라마동 씨는, 만일 프랑스 군이 자기들이 이야기했던 것처럼 디에프 쪽에서 반격해 온다면 양군의 충돌은 토트에서 벌어질 수밖에 없다는 점을 지적했다. 이 말을 듣자 두 사람은 갑자기 걱정이 되었다.

"걸어서 도망치는 것이 어떨까요?"

하고 루아조가 말했다.

"당치도 않은 소리, 이 눈 속에 여자들을 데리고? 게다가 달아난다 해도 곧 추격을 당해 10분도 못 되어 붙잡힐 겁니다. 포로가 되어 끌려와서 놈들에게 무슨 짓을 당할지 모르지요."

그것은 틀림없는 사실이었다. 모두들 입을 다물어 버렸다. 부인들은 옷차림에 대한 이야기를 하고 있었으나 어쩐지 거북하고 잘 어울리지 않는 것 같았다. 갑자기 길 저쪽에 장교가 나타났다. 끝없이 덮인 눈을 배경으로 하여 키가 크고 허리가 잘록한 군복 차림의 모습이 뚜렷이 나타났다. 그는 공들여 닦은 장화를 더럽히지 않으려는 군인 특유의 걸음걸이로 무릎 사이를 벌리고 걸어왔다.

그는 여자들 곁을 지나가면서 머리를 숙여 인사했다. 그러나 남자들에게는 멸시하는 듯한 눈길을 던졌을 뿐이었다. 남자들 쪽에서도 모자를 벗지 않은 채 위엄을 부리고 있었다. 그러나 루아조만은 모자에 손을 대는 몸짓을 해보였다.

불 드 쉬프는 귀밑까지 새빨개졌다. 결혼한 세 명의 부인들은 이 군인한테 무례하게 취급을 받은 창녀와 함께 있는 장면을 보인 것에 심한 모욕감을 느꼈다.

그래서 이 장교의 태도며 생김새에 대한 품평이 시작되었다. 많은 장교들을 알고 있을 뿐 아니라 훌륭한 안목으로 그들을 판단하는 카레 라마동 부인은, 이 장교가 제법 그럴듯하다고 했다. 프랑스 사람이 아닌 것이 유감스럽다고까지 말했다. 프랑스 사람이었다면 훌륭한 미남 경기병 장교로서, 틀림없이 모든 여자들이 반했을 것이라고 말하는 것이었다. 막상 여관에 돌아와 보니 할 일이 아무것도 없었다. 하찮은 일에도 가시돋친 말이 오가는 형편이었다. 저녁 식사는 침묵 속에서 일찍 끝났다. 저마다 방으로 돌아가서 잠자리에 들었다. 시간을 보내기 위해 잠이라도 자려는 것이었다. 다음날은 모두들 지친 얼굴로, 화난 가슴을 안고 내려왔다. 부인들은 불 드 쉬프에게 거의 말을 걸지 않았다.

종소리가 들려왔다. 세례식이 있었다. 뚱뚱한 창녀에게는 이브토의 농가에서 기르고 있는 아이가 하나 있었다. 1년에 한 번도 만나지 않았고 만나려고 생각한 일도 없었다. 그러나 지금 세례를 받으려고 하는 아이에 생각이 미치자 갑자기 자기 자식에 대한 격렬한 애정이 일어났다. 그녀는 세례식에 가보지 않고는 견딜 수 없는 심정이 되었다.

그녀가 나가자 모두들 얼굴을 마주보며 의자를 가까이 끌어당겼다. 이제는 무엇인가 결정해야 한다는 것을 느끼고 있었기 때문이다. 루아조가 갑자기 묘안을 내놓았다. 불 드 쉬프만 붙잡아 두고 다른 사람들은 떠나게 해달라고 장교에게 요청해 보자는 의견이었다.

포랑비 씨가 다시 심부름을 맡았다. 그러나 그는 곧 내려왔다. 인간의 본성을 잘 알고 있는 장교가 무뚝뚝하게 주인을 쫓아내고 말았던 것이다. 그의 욕망이 채워지지 않는 한 사람들을 모두 붙잡아 둘 작정이라는 것이었다.

그러자 루아조 부인의 천박스러운 성미가 터져 나왔다.

"늙어 죽을 때까지 여기에 있을 수는 없잖아요? 그 여자는 남자를 상대로 그런 짓을 하는 것이 직업이잖아요? 이 남자는 좋고 저 남자는 싫다고 할 권리는 없다고 생각해요, 그렇지 않습니까? 루앙에서는 닥치는 대로 손님을 받았답니다. 손님들 중에 마부까지도 있었다는 거예요. 정말이에요, 부인. 바로 도청의 마부랍니다. 나는 잘 알고 있어요. 우리 집에 술을 사러 오는 사람이니까요. 그런데 우리들을 궁지에서 빼내줘야 하는 이 마당에 점잔을 빼고 있단 말이에요, 그 갈보년이……. 나는 그 장교가 퍽 점잖다고 생각해요. 아마 오랫동안 여자를 가까이 하지 못했을 거예요. 그런데 여기에는 그녀 말고도 여자가 셋이나 있지 않습니까? 원래 같으면 틀림없이 우리들을 희생시켰을 거예요. 그런데 어떻게 했습니까? 그렇게 하지 않고 그 계집으로 만족하겠다는 거예요. 유부녀는 사양하고 있는 거라구요. 생각 좀 해보세요. 그는 뭐든지 할 수 있는 지위에 있는 사람입니다. '나의 뜻이다.' 하면 그만이죠. 병사들을 시켜서 강제로 우리를 겁탈할 수도 있단 말입니다."

듣고 있던 두 부인은 몸서리를 쳤다. 아름다운 카레 라마동 부인의 눈이 반짝 빛나더니 얼굴빛이 약간 창백해졌다. 마치 그 장교에게 붙잡히기나 한 것처럼.

조금 떨어진 곳에서 의논하고 있던 남자들이 가까이 다가왔다. 과격한 루아조는 '그 얄미운 계집'의 손발을 묶어서 적에게 넘겨주자고 말했다. 그러나 3대에 걸쳐 대사직을 지낸 가문의 출신이며 외교관 기질을 타고난 백작은 술책을 쓰는 편에 찬성하는 패였다. 그는 말했다.

"그 여자에게 스스로 결심하도록 해야 합니다."

그래서 사람들은 음모를 꾸몄다. 부인들은 서로 다가서서 목소리를 낮추었다. 모두들 자기 의견을 말했다. 그것은 매우 예의바른 의논이었다. 특히 부인들은 지극히 음탕한 것을 말하는 데 있어서 세련된 어법과 교묘하고도 매력적인 표현을 찾아냈다. 이 자리에서 논의되는 문제에 관계 없는 사람이 들으면 무슨 말을 하는지 전혀 알아들을 수 없었을 것이다.

그런데 사교계의 여성들이 누구나 가리고 있는 정숙이라는 얇은 베일은 표면만을 가리는 것이어서, 그녀들은 이 음란한 모험에 마음이 들떠 물고기가 물을 만난 듯한 심정으로 너무나도 즐거워하고 있었다. 식도락을 즐기는 요리사가 군침을 삼키면서 다른 사람의 식사를 준비하듯이, 그들은 정사에 대한 이야기를 주무르는 것이었다.

저절로 명랑한 기분이 되살아났다. 그만큼 나중에는 이야기가 기가 막히게 재미있게 여겨졌던 것이다. 백작까지도 다소 지나칠 정도로 농담을 했으나 너무 이야기를 잘해서 모두 미소를 지었다.

루아조는 루아조대로 한층 더 노골적이고 음란한 말을 했지만, 아무도 기분이 상하지는 않았다. 이 사나이의 아내가 노골적으로 표현했던 그 생각이 모두의 마음을 지배하고 있었다. 즉 '그 여자는 직업이 창녀인데 이 남자는 좋고 저 남자는 싫다고 거절할 수 없다.'는 것이다. 우아한 카레 라마동 부인은 자기가 불 드 쉬프라면 다른 남자들보다는 오히려 그 장교를 택하겠다는 생각까지 하는 것 같았다. 그들은 마치 요새라도 공략하는 것처럼 오랜 시간을 들여서 포위진을 갖추었다. 저마다 자기가 맡아야 할 역할, 내세워야 할 논법, 실행해야 할 작전 등을 결정했다. 이 살아 있는 성채를 적군에게 항복하게 하여 적을 맞아들이도록 하기 위한 공격의 계획과 사용해야 할 계략과 기습할 절차가 결정되었다.

그런데 코르뉴데는 혼자 떨어져 있으면서 이 음모에는 전혀 가담하지 않았다. 의논하는 데 모든 정신을 집중하고 있었기 때문에 불 드 쉬프가 들어오는 것도 깨닫지 못했다. 백작이 나직한 소리로 "쉿!" 했을 때에야 비로소 모두 눈을 들었다. 여자가 옆에 와 있었다. 모두들 황급히 입을 다물었다. 왠지 어색하고 당황해서 그녀에게 선뜻 말을 걸 수가 없었다. 다른 사람들보다는 표리부동한 사교 생활에 익숙해 있는 백작 부인이 불 드 쉬프에게 물었다.

"세례식은 재미있었나요?"

아직도 감동이 가시지 않은 뚱뚱한 창녀는 세세한 것까지 이야기했다. 사람들의 얼굴이며 태도에서부터 교회의 모습까지 모두 이야기하고는 이렇게 덧붙였다.

"가끔 기도를 한다는 것은 정말 기분 좋은 일이군요."

그러나 점심때까지 부인들은, 자기들의 충고에 대한 이 창녀의 신뢰와 순종을 증대시키기 위해서 그저 그녀에게 친절하게 대하는 것으로 만족했다.

식탁에 앉자마자 곧 행동이 개시되었다. 처음에는 자기 희생에 관한 막연한 대화였다. 옛날에 있었던 많은 사례들을 인용했다. 쥬디스와 오로페르느, 그리고 아무런 이유도 없이 류크레스와 섹스튜스의 이름이 튀어나오고, 다음에는 적장들을 모조리 자기 침실로 끌어들여서 노예와 같이 무릎을 꿇게 했던 클레오파트라의 이름이 나왔다. 그런 후에는 이 무지한 백만 장자들의 상상 속에서 우러나온 황당무계한 이야기가 전개되었다. 로마의 여성들이 카푸로 가서 한니발과 그의 부관들, 그리고 용병들을 그녀들의 품속에서 잠들게 했다는 이야기였다. 승리에 도취된 적을 저지시키기 위해 자기 육체를 지배의 수단으로, 무기로 삼았던 여성들, 영웅적인 애무에 의해 도깨비 같은 사나이와 흉악하고 가증스러운 남자를 정복하고, 복수와 헌신을 위해 자신의 정조를 희생시킨 모든 여성이 인용되었다.

애매한 표현으로 명문 출신의 어느 영국 여인에 대한 말도 나왔다. 그녀는 일부러 무서운 전염병에 걸려서 이것을 나폴레옹에게 옮기려 했으나 나폴레옹은 이 운명적인 밀회 시간에 갑자기 무기력해져서 기적적으로 생명을 구했다는 것이었다.

이 모든 사실을 예의와 절도에 벗어나지 않는 조심스러운 말로 이야기하기는 했으나, 경쟁심을 자극하기 위해 이따금 의식적으로 열변을 토하기도 했다.

마침내 이 세상에서 여자가 해야 할 유일한 역할은 끊임없이 자기 몸을 희생하는 일이며, 거친 병사들의 일시적인 욕정에 언제나 자기 몸을 내맡기는 수밖에 없다는 식으로 생각할 정도가 되었다.

두 수녀는 깊은 생각에 잠겨 아무것도 듣고 있는 것 같지 않았다. 불 드 쉬프는 한 마디도 말하지 않았다.

그날 오후 내내 사람들은 불 드 쉬프가 혼자 생각하도록 내버려 두었다. 그러나 지금까지 해왔던 것처럼 '마담'이라고 부르지 않고 간단하게 '마드

무아젤'이라고 불렀다. 아무도 그 이유를 분명하게 알지는 못했으나, 마치 이 여자가 억지로 기어오른 존경의 자리에서 한 단계 끌어내려 그녀의 수치스러운 신분을 자각시키려고 하는 것 같았다.

수프가 나왔을 때, 포랑비 씨가 다시 들어와서 전날 했던 말을 또 되풀이 했다.

"엘리자베스 루세 씨의 생각이 아직도 바뀌지 않았는지 프러시아 장교가 물어보라고 합니다."

불 드 쉬프는 무뚝뚝하게 대답했다.

"싫어요."

그러나 저녁 식사 때는 공동 작전이 약화되었다. 루아조가 서투른 말을 해버린 것이다. 저마다 새로운 예를 찾아내려고 지혜를 짜보았으나 헛수고였다.

이때 문득 백작 부인이, 미리 깊이 생각해서 한 말은 아니겠지만, 종교에 경의를 표하고 싶다는 막연한 욕구를 느끼고 나이 많은 수녀에게 성자(聖者)들의 위대한 생애에 대해 물었다. 그런데 많은 성자들은 우리들의 눈으로 볼 때 죄악으로 생각되는 행위를 범했었다. 그러나 교회는 그것이 신의 영광을 위해서나 이웃의 행복을 위해서 행해졌을 경우에는, 그러한 악행을 쉽게 용서했던 것이다. 이것은 유력한 논법이었다. 백작 부인이 그 점을 이용했다.

묵계가 있어서였는지, 아니면 법의를 입은 자라면 누구나 지니고 있는 그 뛰어난 무언의 이해에서였는지, 또는 단순하게 무지해서거나 무엇이든 기꺼이 돕는 어리석음의 결과였는지, 아무튼 이 늙은 수녀는 그들의 음모에 강력한 뒷받침을 해주었다. 수줍어하는 성격인 줄 알았는데 사실은 대담하고 수다스럽고 억센 여자였다. 일이 발생하면 일일이 양심에 비추어 종문의 가르침에 대한 조항과 대조하여 결정한다는 식으로 그녀의 교리는 철석 같았고, 그 신앙은 주저하는 법이 없었다. 그녀의 양심에는 약간의 의구심도 없었다. 그녀는 아브라함의 희생을 당연한 일로 생각하고 있었다. 자기는 지극히 높은 데서 내린 명령이라면 아버지건 어머니건 당장 죽여버릴 수 있다는 것이었다. 그녀의 의견에 의하면, 뜻하는 바만 훌륭하다면 주님이 기뻐하지 않는 일은 하나도 없다는 것이었다.

백작 부인은 뜻하지 않은 이 공범자의 성스러운 권위를 능숙하게 이용하여, '목적은 수단을 정당화한다.'는 도덕적 해설에 해당하는 설교를 한 차례 하게 했다. 부인은 이렇게 물었다.

"그렇다면 수녀님, 동기만 순수하다면 하느님은 모든 수단을 받아주시고, 어떤 일이든 용서해 주신다는 뜻인가요?"

"누가 그것을 의심할 수 있을까요, 부인? 그 자체는 비난받을 행위일지라도 그것을 행하게 한 생각에 따라서는 이따금 칭찬할 만한 것도 된답니다."

그녀들은 이렇게 하여 신의 뜻을 통찰하고 신의 심판을 예측하며, 사실 신과는 아무런 관계도 없는 일에 신을 결부시켜서 이야기를 계속해 나갔다.

토론은 노골적인 표현을 피하여 교묘하고 신중하게 행해졌다. 그러나 두건을 쓴 성스러운 여자의 말 한 마디 한 마디는 탄환이 되어 창녀의 분연한 항거에 구멍을 뚫어 놓았다.

그러다가 이야기의 방향이 빗나가서 묵주를 늘어뜨린 그 여인은 자기가 속해 있는 종파의 수도원에 대하여, 수도원장에 대하여, 그녀 자신에 대하여, 그리고 옆자리에 앉아 있는 사랑스러운 수녀 생 니세포르에 대하여 말했다.

이 두 수녀는 천연두에 걸려 입원해 있는 수백 명의 병사를 간호하기 위해 르 아브르로 불려가는 것이었다. 그녀는 그 불쌍한 병사들에 대해서 자세히 설명했다. 프러시아 장교의 변덕 때문에 이렇게 붙들려 있는 동안에 자기들 손으로 구할 수 있을지도 모르는 수많은 프랑스 병사가 죽어가고 있을 것이다! 병사들을 간호하는 것이 이 수녀가 해야 할 일이었다.

그녀는 크리미아, 이탈리아, 오스트리아 전쟁에도 종군했었다. 종군 이야기가 나오자 그녀는 갑자기 자신이 그 용감한 종군 수녀의 한 사람임을 밝혔다. 전장을 달리기 위해 태어난 것 같은 종군 수녀, 그녀들은 전투의 소용돌이 속에서 부상병을 돌보고, 규율이 문란한 난폭한 군인들을 말 한 마디로 그들의 대장보다도 더 능숙하게 다룬다. 그러한 참된 싸움터의 수녀, 수없이 구멍이 패어 만신창이가 된 그녀의 얼굴은 전쟁이 가져온 황폐함을 상징하고 있는 것 같았다.

수녀의 말이 끝나자 주위에서는 아무도 입을 여는 사람이 없었다. 그만큼 큰 감명을 받았던 것이다.

식사가 끝나자 모두들 서둘러 자기 방으로 올라갔다. 다음날 그들은 상당히 늦게 아래층으로 내려왔다.

점심 식사는 퍽 조용했다. 사람들은 그 전날 뿌린 씨가 싹이 터서 열매를 맺을 시간을 주고 있었다.

오후가 되자 백작 부인이 산책을 하자고 말했다. 그러자 미리 정해 놓았던 대로 백작은 불 드 쉬프의 팔을 잡고 다른 사람들보다 약간 뒤처져서 걸어갔다. 백작은 허물없는 아버지 같은, 그러나 성실한 신사가 창녀를 상대할 때처럼 약간 상대를 얕보는 듯한 투로 말했다. 즉 그녀를 "이봐요."라고 불렀고, 사회적 지위와 이론의 여지가 없는 명망으로 그녀를 다루었다. 그는 곧 문제의 핵심으로 파고들어 이렇게 말했다.

"그래 당신은 지금까지의 생애에서 흔히 해왔던 그 일, 즉 남자를 기쁘게 해주기 위해 승낙하기보다는 우리를 여기에 붙잡아두는 편이 좋다는 말이오? 프러시아 군이 지기라도 한다면 그들은 폭력을 행사하려 할 것이고, 그 결과 당신뿐만 아니라 우리 모두 위험에 처하게 될 것이 아니오?"

불 드 쉬프는 아무 대답도 하지 않았다.

백작은 감언이설로 꾀고, 도리에 호소하고, 감정에 호소했다. 그는 필요에 따라 은근히 비위를 맞추기도 하고 아첨도 하며, 요컨대 싹싹하게 행동하고 있었지만, 끝까지 '백작 나리'로 남아 있을 줄도 알았다. 그녀가 모두를 위해 행하는 봉사의 의의를 강조하고, 그들이 무척 고마워하리라는 점도 말해 주었다. 그런 다음 갑자기 명랑하고 친근감 있게 말했다.

"그리고 말이야, 그 장교 녀석이 자기 나라에서는 좀처럼 만나볼 수 없는 예쁜 여자를 경험했다고 자랑할지도 모르지 않소?"

불 드 쉬프는 아무 대답도 없이 일행을 따라갔다. 여관으로 돌아오자 그녀는 곧 자기 방으로 올라가서 두 번 다시 나타나지 않았다. 불안은 절정에 다다랐다. 어떻게 할 셈일까? 만약 계속 거절한다면 무슨 난처한 일이 생길지도 모른다!

저녁 식사 시간을 알리는 종이 울렸다. 모두들 불안한 마음으로 그녀를 기다렸다. 그때 포랑비 씨가 들어왔다. 그는 루세 양은 몸이 불편하니 먼저 식사를 시작하라고 말했다. 모두들 귀를 곤두세웠다.

백작은 주인 곁으로 다가가서 작은 소리로 물었다.

"허락했소?"

"네."

예의상 백작은 사람들에게 아무 말도 하지 않았다. 그저 고개를 끄덕여 신호를 했을 뿐이었다. 곧 안도의 한숨이 그들의 가슴에서 새어 나오고, 얼굴에는 기쁜 기색이 나타났다.

루아조가 외쳤다.

"만세! 이 여관에 샴페인이 있다면 한턱 낼 텐데."

주인이 샴페인 네 병을 두 손에 들고 돌아오는 것을 보고 루아조 부인의 얼굴이 핼쑥해졌다.

사람들은 갑자기 수다스러워지고 떠들썩해졌다. 음란한 기쁨이 사람들의 가슴을 채우고 있었다. 백작은 카레 라마동 부인의 아름다움에 눈을 뜬 것 같았고, 공장 주인은 줄곧 백작 부인의 비위를 맞추었다. 대화는 활기를 띠었고 유쾌했으며, 재치가 넘쳐흘렀다.

별안간 루아조가 걱정스러운 얼굴이 되어 두 팔을 들면서 조용히 하라고 외쳤다. 모두들 입을 다물었다. 깜짝 놀라고 겁에 질린 얼굴로…… 그러자 루아조는 두 손으로 "쉿!" 하고 모두를 말리는 시늉을 한 다음 귀를 곤두세우고 천장을 쳐다보았다. 그는 다시 귀를 기울이더니 평상시의 목소리로 돌아와 이렇게 말했다.

"걱정할 것 없습니다. 만사가 순조롭게 되어 가고 있으니까요."

모두들 처음에는 그 뜻을 이해하지 못했으나 이윽고 미소의 그림자가 스쳐갔다. 15분쯤 지나자 그는 또 똑같은 익살을 부렸다. 저녁 내내 몇 번이고 그 짓을 되풀이했다. 그는 이층에 있는 누군가를 부르는 듯한 시늉을 하면서 장사꾼의 근성을 드러내는 이중적인 의미의 충고를 하는 것이었다. 슬픈 듯한 태도로. "허참, 불쌍해라!" 하고 한숨을 쉬는가 하면, 이번에는 격분한 듯이 "제기랄, 불한당 같은 프러시아 놈!" 하고 중얼거렸다. 그리고 모두 잊고 있을 때쯤 되어서 목소리를 떨며 몇 번이고 "이제 그만 해! 그만 하라구!"라고 했다. 그리고 혼잣말처럼 "한 번 더 그 여자의 얼굴을 볼 수 있었으면 좋겠는데. 망할 녀석, 제발 부탁이니 그녀를 죽이지는 말아다오!"라고 덧붙였다.

상스러운 농담이었지만 모두들 재미있어 했으며, 아무도 기분을 상하지는 않았다. 대개 분노란 다른 모든 것과 마찬가지로 환경에 좌우되는 것이며, 그들 주위에서 서서히 조성된 분위기는 음란한 상상이 넘쳤다.

식사 후에는 부인들까지 재치 있고 조심스러운 풍자를 하게 되었다. 그들의 눈은 빛나고 있었다. 많은 술을 마신 뒤였다. 떠들어 대기는 했지만 백작은 역시 위엄 있고 당당한 태도를 잃지 않았으며, 북극 지방에서 마침내 남쪽으로 향하는 길이 열리는 것을 본 난파선 승무원들의 기쁨에 빗대어 퍽 재미있는 비유를 했다.

루아조는 신바람이 나서 샴페인 잔을 들고 일어나서 외쳤다.

"우리들의 해방을 위하여 건배!"

모두들 일어나서 그에게 갈채를 보냈다. 두 수녀들까지도 다른 부인들이 권하는 대로 한 번도 맛본 일이 없는 이 거품이 이는 술을 입술에 댔다. 그리고는 레몬 소다수와 비슷하긴 하지만 그보다 훨씬 맛이 좋다고 했다. 루아조가 그 자리의 분위기를 요약해서 이렇게 말했다.

"피아노가 없는 것이 유감이군. 카드리유(네 명이 한조가 되어 추는 무도곡) 한 곡을 치고 싶은데."

그때까지 코르뉴데는 한 마디도 하지 않았다. 손끝 하나 꼼짝하지 않았다. 그는 몹시 심각한 생각에 잠겨 있는 것처럼 보였다. 그리고 이따금 화가 난 듯한 손짓으로 긴 수염을 더욱 길게 훑어내렸다. 마침내 밤이 깊어 모두들 잠자리로 돌아가려 할 때, 루아조가 비틀거리면서 다짜고짜 코르뉴데의 아랫배를 치며 혀가 꼬부라진 소리로 이렇게 말했다.

"오늘 저녁에는 재미가 없으신 모양이군요. 어떻게 된 일입니까, 동지여? 왜 아무 말도 없지요?"

그러자 코르뉴데는 갑자기 얼굴을 치켜 들더니 무서운 눈으로 사람들을 노려보았다.

"여러분 모두에게 말하겠는데, 여러분은 치욕적인 행위를 저지른 것이오!"

그는 일어나서 문 쪽으로 가며 다시 한 번 되풀이하고는 나가 버렸다.

"치욕적인 짓을 말이오!"

처음에 사람들은 냉수를 뒤집어쓴 듯한 심정이었다. 루아조는 어리둥절하여 멍하니 서 있었다. 그러나 곧 정신을 차리고는 갑자기 미친 듯이 웃으면서 이 말을 되풀이했다.

"손에 닿지 않는 포도는 시지. 그래, 손에 닿지 않는 포도는 시단 말이야 (이솝 우화에 여우가 높아서 따먹을 수 없는 포도를 보고 분한 마음에 덜 익어서 시어 못 먹겠다고 투덜댔다는 이야기 — 옮긴이 주)!"

사람들이 무슨 뜻인지 이해하지 못하자 그는 '복도의 비밀'을 이야기했다. 그러자 사람들은 신이 나서 한바탕 떠들었다. 부인들은 미친 듯이 재잘거렸다. 백작과 카레 라마동 씨는 너무 웃어서 눈물이 났다. 그들은 믿을수 없다고 했다.

"뭐라고요! 정말입니까? 그 사람이 정말……."

"내 눈으로 봤다니까요."

"그래, 여자가 거절했다고요……."

"프러시아 장교가 옆방에 있어서 안 된다고 했지요."

"설마?"

"정말이오, 맹세코."

백작은 숨도 쉬지 못했다. 공장 주인은 두 손으로 옆구리를 눌렀다. 루아조는 말을 이었다.

"아시겠어요? 그래서 오늘밤은 기분이 좋지 않았던 거예요. 기분 좋을리가 없지."

세 사람은 또 웃음을 터뜨렸다. 웃다가 숨이 막혀서 콜록콜록 기침까지했다.

그리고 사람들은 각자 방으로 갔다. 그러나 천성이 쐐기풀 같은 루아조부인은 잠자리에 들어갈 때 남편에게, 그 '새침데기'인 카레 라마동 부인이저녁 내내 억지 웃음을 짓고 있었다고 주장했다.

"여자들이란 군복만 입고 있으면 프랑스 군인이건 프러시아 군인이건상관하지 않는단 말이에요. 정말 한심하다니까요."

그날 밤새도록 복도의 어둠 속에서 무슨 앓는 듯한 소리가 났다. 숨소리같기도 하고, 맨발로 살금살금 걷는 소리 같기도 하며, 어렴풋이 삐걱대는소리 같기도 한, 분간하기 어려운 가벼운 소리가 들려왔다.

가느다란 불빛이 오랫동안 문틈으로 새어나온 것을 보면 모두들 늦게서야 잠이 든 것이 분명했다. 샴페인은 잠을 방해하는 그런 효과를 지니고 있다.

이튿날은 겨울 햇살이 흰 눈을 눈부시게 비추고 있었다. 드디어 말이 매어진 마차가 문 앞에서 기다리고 있었다. 한 무리의 흰 비둘기가 두터운 깃털에 싸여 가슴을 불룩하게 하고 한가운데 검은 점이 있는 장밋빛 눈을 반짝이며, 여섯 마리의 말 다리 사이를 돌아다니면서 김이 나는 말똥을 파헤쳐 먹이를 찾고 있었다.

마부는 양털 옷을 입고 마부석에 앉아 담배를 피우고 있었다. 손님들은 모두 상쾌한 얼굴로 남은 여행을 위해 부랴부랴 음식을 챙기고 있었다.

이젠 불 드 쉬프를 기다릴 뿐이었다. 그녀가 나타났다.

그녀는 약간 당황해했으며, 부끄러워하는 것같이 보였다. 그녀가 조심스럽게 그들 쪽으로 걸어왔으나 사람들은 일제히 얼굴을 돌렸다. 마치 그녀를 보지 못한 것처럼. 백작은 위엄을 보이며 아내의 팔을 잡고, 불결한 것과 접촉하지 못하게 했다.

뚱뚱한 창녀는 어이가 없어 걸음을 멈추었다. 그러나 다음 순간 용기를 내어 공장 주인의 아내에게 다가가서 얌전하게 속삭이듯이 말했다.

"안녕하세요, 부인."

상대방은 머리만 약간 숙여서 거만하게 답례를 하고는 정절에 모욕을 받은 듯한 시선을 던졌다. 사람들은 모두 바쁜 시늉을 했으며, 마치 그녀가 치마 속에 병균이라도 묻혀 온 것처럼 멀리 떨어지려고 했다.

이윽고 사람들은 급히 마차에 탔으며, 그녀는 혼자 맨 나중에 그곳으로 가서 처음 앉았던 자리에 말없이 앉았다. 사람들은 그녀를 못 본 체했으며, 생전 만나본 적도 없다는 표정을 지었다. 그러나 루아조 부인은 멀리서 얄미운 듯이 여자를 쳐다보며 남편에게 작은 소리로 이렇게 말했다.

"저 여자 옆이 아니어서 다행이에요."

육중한 마차가 움직였고, 여행은 다시 시작되었다. 처음에는 아무도 말을 하지 않았다. 불 드 쉬프는 눈을 내리깐 채 들려고 하지 않았다. 그와 동시에 그녀는 자리에 같이 하고 있는 모든 사람들에게 분노를 느꼈고, 그들이 선을 가장하여 자기를 몰아가는 대로 프러시아 놈의 애무에 몸을 더럽히고 뜻을 굽히고 말았다는 것에 굴욕감을 느꼈다.

이윽고 백작 부인이 카레 라마동 부인 쪽으로 돌아앉아 이 어색한 침묵을 깨뜨렸다.

"데트렐 부인을 아시지요?"

"네, 내 친구예요."

"정말 좋은 분이지요."

"아주 멋있는 분이지요! 정말 훌륭한 성품에다 교양이 있고 철두철미한 예술가예요. 황홀할 정도로 노래를 잘 부르고, 전문가 뺨칠 만큼 그림도 잘 그린답니다."

공장 주인은 백작과 이야기를 했다. 마차 유리창이 덜컹거리는 사이사이에 이따금 이런 말이 들려왔다.

"배당 — 기한 — 기한부."

잘 닦지도 않은 테이블 위에서 5년이나 문질러 기름때가 묻은 여관집 트럼프를 훔쳐온 루아조는 아내와 함께 게임을 시작했다.

수녀들은 허리춤에 늘이고 있던 묵주를 집어 들고 함께 성호를 그었다. 그리고는 갑자기 입술이 빠르게 움직이더니, 점점 더 빨라져서 경쟁이라도 하듯이 알아들을 수도 없는 중얼거림으로 기도를 계속했다. 이따금 두 사람은 성패(聖牌)에 입을 맞추고 성호를 긋고 빠르고 연속적인 중얼거림을 다시 시작했다.

코르뉘데는 꼼짝도 하지 않고 생각에 잠겨 있었다.

마차로 세 시간쯤 달리고 난 뒤 루아조는 트럼프를 긁어모으며 말했다.

"배가 고프군."

그러자 아내는 끈으로 묶은 꾸러미를 풀어서 냉동한 송아지 고기 한 점을 꺼냈다. 그녀는 그것을 솜씨 좋게 얄팍하게 잘라서 남편과 함께 먹기 시작했다.

"우리도 먹을까요?"

하고 백작 부인이 말했다.

남편이 동의하자 그녀는 두 부부를 위해 준비한 음식물 꾸러미를 풀었다. 뚜껑에 사기로 만든 토끼가 달려 있는 길쭉한 항아리 속에는 가공된 고기가 담겨 있었다. 갈색의 살 사이로 돼지비계의 하얀 빛깔이 강줄기처럼 퍼져 있는 고기와 잘게 저민 다른 고기도 섞여 있었다. 먹음직한 그뤼에르치즈 토막이 신문지에 싸여 있었는데, 번지르르한 그 표면에는 '잡보(雜報)'라는 글씨가 찍혀 있었다.

두 수녀는 부추 냄새가 나는 둥근 소시지를 꺼내 놓았다. 코르뉴데는 헐렁한 외투 주머니에 두 손을 찔러 넣더니 한 손으로는 삶은 계란 네 개를, 다른 손으로는 빵조각을 꺼냈다. 그는 계란껍질을 벗겨 발 밑의 짚 속에 던져 버리고는 맛있게 먹기 시작했다. 수염 위에 떨어진 노른자 부스러기들이 마치 별들처럼 보였다.

불 드 쉬프는 허둥지둥 일어나 나왔기 때문에 아무 준비도 하지 못했다. 그녀는 분노로 숨이 막히고 화가 치밀어서, 태연하게 먹고 있는 사람들 모두를 노려보고 있었다. 처음에는 미칠 듯한 노여움으로 온몸에 경련이 일었다. 입술까지 올라온 욕설과 함께 그들이 한 행위를 소리치려고 입을 열었다. 그러나 말을 할 수가 없었다. 너무나 분해서 말문이 막혔던 것이다.

아무도 그녀 쪽을 쳐다보지 않았고, 생각해 주려고도 하지 않았다. 그녀는 자신이 이 뻔뻔스럽고 점잖은 체하는 무리의 경멸 속에 싸여 있다는 것을 느끼고 있었다. 처음에는 그녀를 희생물로 제공하고, 그리고 나서 더럽고 쓸모없는 물건처럼 내던져 버린 사람들이다. 그러자 그녀는 이들이 굶주린 거지처럼 달려들어 먹어치운 맛있는 음식이 가득 담겨 있던 자기의 커다란 바구니가 생각났다. 젤리를 바른 반지르르한 두 마리의 닭, 파이, 배, 네 병의 보르도 술이 생각났다.

팽팽히 당겨진 실이 끊어지듯이 갑자기 노여움이 사라지자, 그녀는 곧 울음이 터질 것만 같았다. 그녀는 필사적으로 애를 써서 몸을 꼿꼿이 하고 어린아이처럼 오열을 삼켰다. 그러나 눈물이 솟아나와 눈시울에서 반짝이더니 곧 두 개의 커다란 눈물방울이 조용히 볼을 타고 흘러내렸다. 이어서 다른 눈물이 보다 빨리, 마치 바위 사이에서 스며나오는 물방울처럼 흘러내려 가슴께의 불룩한 곡선 위에 규칙적으로 떨어졌다. 그녀는 사람들이 자기를 쳐다보지 않기를 바라면서, 눈을 똑바로 뜨고 창백한 얼굴로 꼿꼿이 앉아 있었다.

그러나 백작 부인이 그것을 알아차리고 눈짓으로 남편에게 알렸다. 백작은 어깨를 으쓱해 보였다. '할 수 없지, 내 잘못은 아냐.'라고 하는 것처럼.

루아조 부인은 말없이 승리에 찬 미소를 짓고 중얼거렸다.

"창피해서 우는 거야."

두 수녀는 남은 소시지를 종이에 싸놓고 나서 다시 기도하기 시작했다. 그러자 삶은 계란을 다 먹어치운 코르뉴데는 맞은편 의자 밑으로 그 긴 다리를 뻗고 몸을 뒤로 젖혀 팔짱을 꼈다. 그리고 무슨 재미있는 장난이라도 생각해낸 듯이 빙그레 웃으며 휘파람으로 라 마르세예즈(프랑스의 국가)를 부르기 시작했다.

사람들의 얼굴이 흐려졌다. 이 민중의 노래가 그들의 마음에 들지 않았던 것이다.

그들은 신경질이 나고 짜증이 나서, 풍금 소리를 들은 개처럼 금방 짖어댈 것만 같았다. 코르뉴데는 그것을 눈치채자 더욱 멈추지 않았다. 이따금 그는 휘파람을 멈추고 가사를 흥얼거리기도 했다.

성스러운 조국의 사랑이여!
이끌라, 떠받치라, 복수하는 우리의 팔을
자유, 그리운 자유여!
그대 전사들과 함께 싸우라.

눈이 단단하게 다져졌기 때문에 마차는 더욱 빨리 달렸다. 디에프에 닿을 때까지의 길고 음산한 여행 동안 내내 울퉁불퉁한 길에 흔들리며, 처음에는 저물어 가는 침침한 어둠 속에서, 그리고 다음에는 마차 안의 짙은 어둠 속에서, 그는 잔인한 집념을 발휘하여 그 단조로운 복수의 휘파람을 계속해서 불어 댔다. 사람들의 마음은 지치고 약이 올라 있으면서도 처음부터 끝까지 노래를 열심히 듣도록 강요되어, 한 박자마다 마음속에서 저절로 노래 가사를 떠올리게 되었다.

불 드 쉬프는 여전히 울고 있었다. 이따금 억누를 수 없는 흐느낌이 음절과 음절 사이에서 어둠 속으로 새어 나왔다.

핵심 정리

- **갈래** : 단편소설
- **시점** : 전지적 작가 시점
- **주제** : 인간의 추악한 탐욕과 위선
- **배경** : 시간적 – 보불 전쟁 중인 1870년경 / 공간적 – 프랑스의 루앙에
  서 디에프로 가는 역마차 안
- **등장인물** : 불 드 쉬프 – 창녀 엘리자베스 루세의 별명으로, '비계 덩어
  리'라는 뜻. 인정 많고 애국심이 있는 여자

  루아조 부부 – 남편은 포도주 도매상으로, 교활하고 능란한
  술책의 소유자, 아내는 큰 키에 건장한 몸집, 굵은 목소리를
  가진 거칠고 상스러운 여자

  카레 라마동 부부 – 남편은 레종 도뇌르 훈장을 받은 퇴역
  장교에 도의회 의원이자 재산가로 인망이 높다고 알려져 있
  지만, 실은 위선적인 인물. 그 아내는 작고 귀엽고 아름다운
  용모의 소유자지만, 질투심이 많고 부도덕한 여자

  위베르 드 브레빌 백작 부부 – 백작 역시 도의회 의원으로,
  카레 라마동과는 동료 사이. 노르망디 지방에서 가장 유서
  깊은 가문 출신으로 많은 재산을 가지고 있다. 능란한 말솜
  씨로 엘리자베스의 마음을 돌린다. 그 아내는 가난한 선주의
  딸로 태어나 사교계 최고의 인물이 된 여자

  코르뉘데 – 공화주의자. 공화주의 운동의 대가로 관청에서
  한 자리 얻으려는 속물. 엘리자베스를 따돌리는 사람들에게
  그 위선적인 행동을 깨닫게 한다.

두 수녀 – 늙은 수녀는 엘리자베스가 프러시아 군 장교의
요구를 받아들이게 하는 데 결정적인 역할을 하며, 한 수녀
는 예쁘고 병약한 얼굴에 늘 수동적인 태도를 보인다.

• **구성** : 발단 – 루앙 시가 프러시아 군에게 점령되자, 유력자 몇 명이 출
발 허가증을 구해 르 아브르행 마차를 예약한다. 눈 내리는
새벽, 일행은 출발을 위해 노르망디 호텔 뜰에 모인다.

전개 – 눈 때문에 마차가 예정보다 훨씬 늦게 가는 바람에, 마차
에 탄 사람들은 배고픔에 시달린다. 일행은 자신들과는 다른
부류라고 여기는 '불 드 쉬프'라 불리는 창녀 엘리자베스
루세에게 음식을 얻어먹고 허기를 면한다.

위기 – 그날 밤을 토트의 여인숙에서 보내게 된 일행은 뜻밖의
난관에 부딪친다. 프러시아 군 장교가 엘리자베스에게 동침
을 요구하다가 거절당하자 그들의 출발을 막았던 것이다.

절정 – 사흘째 발이 묶이게 되자, 일행은 그녀를 비난하며 프러
시아 장교와 동침하도록 일을 꾸민다. 어쩔 수 없는 상황에
몰린 엘리자베스는 마침내 프러시아 군 장교와 동침을 하고,
다음날 아침 기다리던 출발 허가가 떨어진다.

결말 – 일행은 자신들을 위해 희생한 엘리자베스를 마치 전염병
이라도 걸린 사람처럼 멀리한다. 그러자 코르뉴데는 일행의
위선을 나무라듯 프랑스 국가인 '라 마르세예즈'를 부르고,
분노와 굴욕감에 몸을 떨던 엘리자베스는 그 노래를 들으며
어린아이처럼 흐느낀다.

⊙ 줄거리 및 작품 해설

보불 전쟁 중 프러시아 군의 점령 아래 있는 루앙 시. 유력자 몇 명이 르 아브르로 탈출하기 위해 통행 허가증을 손에 넣고, 어느 눈 내리는 새벽 마차를 타고 길을 떠난다. 일행은 모두 10명으로, 포도주 도매상 루아조 부부, 퇴역 장교이자 도의회 의원 카레 라마동 부부, 명문 귀족 위베르 드 브레빌 백작 부부, 공화주의 운동가 코르뉘데, 두 명의 수녀, 그리고 '불 드 쉬프(비계 덩어리)'라는 별명으로 불리는 창녀 엘리자베스 루세였다.

눈 때문에 마차가 더디 가자, 그들은 예상치 못한 배고픔에 시달린다. 엘리자베스는 그들에게 자기가 준비한 음식을 나누어 준다. 창녀라고 멸 시하며 상대하지 않던 그들은 체면을 내던지고 덤벼들어 배를 채운다.

그날 밤 일행은 토트에 도착하여 여인숙에서 하룻밤을 보내게 된다. 그 런데 마을을 경비하던 프러시아 군 장교가 엘리자베스를 불러, 자기와 동 침하지 않으면 일행의 출발을 허가하지 않겠다고 한다. 프러시아 군이 싫 어서 피난을 가는 중이었던 그녀는 그 요구를 거절한다. 그러자 프러시아 군 장교는 단언한 대로 출발을 막는다. 사흘이나 여인숙에 갇혀 지내던 일 행은, 엘리자베스의 마음을 돌리기 위해 자기 희생이 얼마나 고귀한 것인 지 미사여구를 동원하여 끈질기게 설득한다. 결국 엘리자베스는 일행의 안전을 위해 프러시아 군 장교의 요구를 받아들인다.

그 희생 덕분에 일행은 다음날 아침 출발할 수 있게 된다. 그러나 그들 은 마치 전염병 환자라도 되는 것처럼 그녀를 멀리한다. 또 서둘러 출발하 느라 아무 준비도 없는 그녀는 거들떠보지도 않은채 자기들끼리만 음식을 먹는다. 엘리자베트는 분노와 굴욕감에 몸을 떨고, 코르뉘데는 휘파람으로 '라 마르세예즈'를 부른다. 그 소리에 섞여 그녀는 흐느낀다.

인물의 심리 변화와 상황 전개를 객관적으로 묘사해 프랑스 단편소설의 걸작으로 평가를 받고 있는 이 작품은 스승 플로베르로부터 '후세에 남을 걸작'이라고 극찬을 받았다. 이 작품에서는 훌륭한 단편소설의 조건인 절제와 균형을 엿볼 수 있다. 물론 착상과 구성 및 문체에는 플로베르의 체취가 짙게 배어 있으나, 그는 단순하게 스승을 모방한 것이 아니라 자기만의 것으로 만든 문학적 기술의 계승자였다.

마차 속 인물들, 곧 도의회 의원, 재력가, 귀족, 수녀 등 상류층 인간 군상들과, 그들 사이에 끼게 된 '불 드 쉬프'라고 불리는 창녀 엘리자베스. 이 작품에는 그들이 절박한 상황에서 벌이는 행동과 인간성이 예리하게 대비되어 있다. 그녀를 뺀 일행은 모두 부와 권력의 소유자로, 겉으로는 도덕적이고 품위 있고 애국심에 불타는 듯이 보이지만, 그 내면에 욕심과 비열한 본성과 음탕함을 감춘 이중인격자에 불과하다. 그런 자들이 온갖 감언이설로 사회적인 약자 불 드 쉬프의 희생을 강요한 후, 철저하게 무시하고 짓밟는 과정을 통해 인간의 이중적인 면모를 신랄하게 폭로하고 있다.

◎ 생각해 볼 문제

1. 마차 속 인물들이 엘리자베스의 희생을 강요하기 위해 사용한 방법은?
2. 일행들이 코르뉴데의 휘파람을 들으며 침울한 표정을 지은 까닭은?

해답

1. 온갖 감언이설과 회유, 심지어는 종교까지 동원한다.
2. 위선적인 자신들에 대한 조롱과 야유의 의미를 담고 있었기 때문이다.

두 · 친 구

 읽기 전에

>> 이 작품에서 엿볼 수 있는 작가의 인간관에 대해 살펴보자.

>> 전쟁이 불러일으키는 폭력성에 대해 생각해 보자.

파리는 포위되어 있고, 사람들은 굶주림에 허덕이고 있었다. 지붕 위의 참새도 눈에 띄게 줄었고, 하수구의 쥐들도 없어졌다. 사람들은 먹을 수 있는 것이면 뭐든지 먹었다.

맑게 개인 1월 아침, 본업은 시계상이지만 시국이 시국이니만큼 한가한 사람이 되어 버린 모리소 씨는 평상복 바지 주머니에 두 손을 찔러 넣고 변두리 동네의 큰길을 시큰둥한 표정으로 거닐고 있었다. 그러던 중 역시 그와 비슷한 모습으로 걷고 있던 한 남자와 마주치자 걸음을 멈추었다. 낯이 익은 얼굴이라고 생각했는데, 역시 그랬다. 소바주 씨라고, 강에서 알게 된 사람이었다.

전쟁이 일어나기 전까지만 해도 모리소 씨는 일요일마다 이른 새벽부터 한 손에는 낚싯대를 들고 어깨에는 깡통을 메고 집을 나서곤 했다. 그는 아르장퇴유 행 기차를 타고 콜롱브에서 내린 다음 걸어서 마랑트 섬까지 갔다. 꿈에도 잊지 못할 그곳에 도착하면 그는 곧 낚시를 시작하여 밤이 될 때까지 고기를 잡았다.

일요일마다 그는 그곳에서 살이 찌고 소탈하며 작달막한 남자를 만났는데, 그 사람이 소바주 씨였다.

그는 노트르담 드 로레트 거리에서 조그마한 잡화상을 하고 있었다. 그 또한 대단한 낚시광이었다. 그들은 나란히 줄을 드리우고 앉아 발을 물 위로 흔들거리면서 한나절을 보내는 일이 종종 있었다. 이렇게 하면서 그들은 사이가 좋아졌던 것이다.

어떤 때는 둘 다 한 마디도 하지 않는 날도 있었다. 그러나 취미가 비슷하고 생각하는 것도 같았기 때문에 말을 하지 않아도 놀랄 만큼 마음이 잘 통했다.

따뜻한 봄날 아침 10시경, 잔잔한 강에 아련한 아지랑이가 수면 위에 맴돌고, 원기를 회복한 태양이 낚시에 열중해 있는 두 낚시꾼의 등에 따스한 봄볕을 내리쬘 때면 모리소 씨는 생각난 듯이 옆자리의 일행에게 말을 건넸다.

"어떻소, 기분이 좋군요."

그러면 소바주 씨도 맞장구를 쳤다.

"이보다 더 행복할 수는 없지요."

겨우 그것만으로도 둘은 서로를 이해하고 마음을 주고받을 수가 있었던 것이다. 또 가을은 가을대로, 해질 무렵이면 피를 쏟아부은 것 같은 하늘이 진홍색 구름을 물에 던지고, 강물을 온통 붉게 물들였다. 지평선은 불처럼 타오르고, 두 친구도 불처럼 새빨갛게 되었다. 또 겨울의 기척에 떠는 단풍든 나무들도 금빛으로 물들어 버렸다. 그럴 때면 소바주 씨는 즐거운 듯이 미소를 지으며 모리소 씨에게 말을 건넸다.

　　"참으로 좋은 경치군요."

　　그러면 모리소 씨도 감탄하면서, 그러나 찌에서는 눈을 떼지 않고 대답했다.

　　"흥, 시내에 있는 사람들은 이런 기분을 알 수가 없지요."

　　이런 사이였으므로 두 사람은 서로를 알아보자마자 힘껏 악수를 했다. 너무나 다른 상황에서 우연히 만났다는 것에 무척 감격했던 것이다. 소바주 씨는 한숨을 내쉬며 중얼거렸다.

　　"어허 참, 생각할 수도 없게 되어 버렸습니다그려."

　　모리소 씨도 몹시 어두운 얼굴로 내뱉듯이 말했다.

　　"게다가 요새는 날씨까지 왜 이 모양인지. 어쨌든 오늘은 올해 들어 처음으로 날씨가 좋군요."

　　과연 하늘은 파랗고 맑은 빛이 가득했다. 그들은 깊은 생각에 잠긴 채 어깨를 나란히 하고 걷기 시작했다.

　　모리소 씨가 다시 말했다.

　　"어때요, 낚시는? 아! 참으로 그때가 좋았지요!"

　　소바주 씨가 물었다.

　　"언제 또 낚시를 할 수 있을까요?"

　　그들은 어떤 자그마한 카페로 들어가서 함께 압생트 한 잔을 마셨다. 그리고 나서 다시 거리를 천천히 거닐었다.

　　모리소 씨가 생각난 듯이 멈춰섰다.

　　"한 잔 더 어때요?"

　　소바주 씨도 찬성했다.

　　"좋습니다."

　　그들은 또 다른 술집으로 들어갔다.

그곳을 나왔을 때는 두 사람 모두 아주 기분이 좋아서 빈 속에 알코올을 부어 넣은 사람들답게 휘청거리고 있었다. 따뜻한 날씨였다. 산들바람이 그들의 얼굴을 간지럽혔다.

부드러운 바람을 쏘이고 더욱더 기분이 좋아진 소바주 씨가 걸음을 멈추었다.

"한번 가볼까요?"

"어디에 말입니까?"

"낚시질하러 말입니다."

"그렇지만 어디로 가죠?"

"물론 그때의 그 섬이지요. 프랑스 군의 전초(적진 가까이에 군대가 주둔할 때, 경계 임무를 띠고 전방에 배치되는 작은 부대 — 옮긴이 주)가 콜롱브 근처에 있어요. 내가 뒤물랭 대령을 알고 있으니까 문제없이 통과시켜 줄 겁니다."

모리소 씨도 낚시라면 참을 수가 없었다.

"좋소. 갑시다."

그래서 두 사람은 낚시 도구를 가지러 가기 위해 헤어졌다.

한 시간 뒤에 그들은 나란히 국도를 걷고 있었다.

얼마 안 되어 그들은 대령이 숙소로 쓰고 있는 별장에 도착했다. 대령은 두 사람의 부탁을 듣고 빙긋이 웃었으며, 그들의 들뜬 마음을 실망시키지는 않았다. 그들은 통행 허가증을 받고 다시 걷기 시작했다.

얼마 안 가서 그들은 전초선을 넘어 지금은 아무도 살지 않은 콜롱브 거리를 지나 센 강 쪽으로 나 있는 작은 포도밭에 이르렀다. 어느새 11시가 되어 있었다.

눈앞에 보이는 아르장퇴유 마을은 쥐 죽은 듯 고요했다. 오르즈몽과 사누아의 고원이 근처 일대를 내려다보고 있었다. 낭테르까지 이어진 광대한 평야는 쓸쓸한 벚나무 숲과 잿빛 땅만 있을 뿐 텅 비어 있었다. 소바주 씨는 산꼭대기를 가리키면서 중얼거렸다.

"프러시아 군은 저 높은 곳에 있습니다."

그러자 이 황량한 토지를 앞에 놓고 말할 수 없는 불안이 두 친구를 움츠러들게 했다.

프러시아 병사! 두 사람은 아직 그들을 본 적은 없었으나, 몇 달 전부터 파리 주위에서 약탈과 학살을 서슴지 않고 프랑스를 파괴해 가는 그들의 보이지 않는 강력한 힘을 느끼고 있었다. 또 그들이 알지도 못하는, 승리한 국민에 대해 품고 있는 증오심에는 일종의 미신 같은 공포가 덧붙여져 있었다.

모리소 씨가 머뭇거리며 말했다.

"어때요, 놈들과 갑자기 마주치기라도 한다면?"

소바주 씨는 이런 때도 바로 그 파리 사람다운 장난기를 섞어 대답했다.

"물고기 튀김이라도 만들어 주죠."

그러나 지평선 일대를 덮고 있는 기분 나쁜 침묵에 겁을 먹은 그들은 선뜻 들판으로 들어가지 못하고 있었다.

드디어 소바주 씨는 결심했다.

"자, 출발합시다! 그러나 조심하시오."

두 사람은 포도밭으로 내려갔다. 몸을 굽히고 기면서, 풀숲이 있으면 그 속에 숨어 몸을 가리고는 눈과 귀를 곤두세우고 나아갔다.

강가에 다다르려면 풀 한 포기 없는 광야를 가로질러야만 했다. 그들은 뛰기 시작했다. 그리고 강가에 닿자마자 얼른 마른 갈대 속에 웅크리고 앉았다.

모리소 씨는 근처에서 사람의 발소리라도 들리지 않나 땅바닥에 귀를 대어봤다. 아무 소리도 들리지 않았다. 확실히 그들뿐이었다. 두 사람 이외에는 아무도 없었다.

그들은 떨리는 가슴을 진정시키고 낚시질을 시작했다. 눈앞에는 아무도 없는 마랑트 섬이 있었으므로, 저편 강가에서는 그들의 모습이 보이지 않을 것이다. 그 작은 섬의 음식점들은 닫혀 있었다. 아마 몇 년 전부터 비워 둔 것 같았다.

소바주 씨가 먼저 모래무지를 낚아 올렸다. 모리소 씨가 다음 것을 낚아챘다. 그런 다음에는 두 사람 모두 은빛의 작은 물고기가 팔딱팔딱 뛰고 있는 낚싯대를 쉴새없이 들어올렸다. 정말 거짓말같이 많이 잡혔다.

그들은 낚은 물고기를 발밑의 물에 담가 놓은, 아주 가는 그물로 된 고기 바구니에 조심스럽게 넣었다. 그럴 때면 말할 수 없는 기쁨이 온몸에 퍼지는 것이었다. 그것은 오랫동안 금지되어 있던 도박이나 놀이를 다시 하게 되었을 때 느끼는 그런 기쁨이었다.

따뜻한 태양이 두 사람 사이로 온기를 흘려보내고 있었다. 이제 그들은 아무것도 들으려 하지 않았다. 세상일 같은 것은 완전히 잊은 채 오직 낚시질만 하고 있었다.

그런데 갑자기 땅밑에서 들려오는 듯한 둔탁한 소리가 지면을 흔들었다. 대포를 쏘아 대기 시작한 것이다.

모리소 씨는 뒤를 돌아보았다. 둑 너머 저 멀리 왼쪽에 발레리앙 산의 커다란 윤곽이 보이고, 그 전면에는 지금 막 토해낸 화약의 연기가 하얀 깃털 장식처럼 덮여 있었다.

다시 두 번째 불연기가 요새의 꼭대기에서 솟아올랐다. 그리고 2, 3초 후 또 폭음이 울렸다.

그 다음에는 연이어서 폭음이 진동하고, 산은 쉴새없이 죽음의 숨결을 내뿜으며 우윳빛 연기를 토해냈다. 그러면 그것은 하늘로 천천히 올라가 산 위에 한 뭉치의 구름을 만드는 것이었다.

소바주 씨는 어깨를 으쓱해 보이며 말했다.

"또 시작이군."

걱정스러운 얼굴로 낚시찌가 움직이는 것을 바라보고 있던 모리소 씨는 갑자기 화가 치밀었다. 그것은 서로 싸우고 있는 저 광인들에 대한 선량한 인간의 분노였다. 그는 중얼거렸다.

"저렇게 서로 죽이고 있으니 참으로 바보스럽지 않소!"

소바주 씨가 대답했다.

"짐승보다 못하지요."

모리소 씨는 마침 잉어 한 마리를 낚아 올리며 큰 소리로 말했다.

"요컨대 정부가 존재하는 한 전쟁은 사라지지 않을 겁니다."

소바주 씨는 그 말을 가로막고 말했다.

"그렇지만 공화국이라면 전쟁은 하지 않았을 텐데."

이번에는 모리소 씨가 가로채어 말했다.

"왕이 다스릴 때는 외국과 전쟁을 하고, 공화국일 때는 국내에서 전쟁을 하지요."

이리하여 그들은 단순하고 온화한 사람들이 갖는 건전한 양식으로 크나 큰 정치적인 문제를 풀어 가면서, 한가하게 이론을 전개했다. 그들은 결국 인간은 결코 자유로워질 수 없으리라는 점에 의견이 일치했다. 그러는 사이에도 발레리앙 산은 폭탄으로 쉴새없이 울려대면서, 프랑스의 집들을 파괴하고, 많은 생명을 죽음으로 몰아넣고, 많은 존재를 유린하며, 수많은 꿈과 기쁨과 행복을 끝장내면서, 아득히 먼 고향에 있는 아내의 마음에, 딸의 마음에, 어머니의 마음에 평생토록 아물 수 없는 상처를 입히고 있는 것이었다.

"이것이 산다는 것이지요."

라고 소바주 씨가 말을 던졌다.

"차라리 이것이 죽음이라는 것이지요, 하고 말하고 싶은걸요."

라고 모리소 씨는 웃으면서 대꾸했다.

그러나 그때 그들은 깜짝 놀라서 굳어 버리고 말았다. 지금 그들의 뒤에서 누군가가 걸어오는 것을 느꼈기 때문이다. 조심스럽게 눈을 돌려보니 그들의 등 너머에 네 명의 남자가 버티고 서 있는 것이 보였다. 하인의 옷차림에 납작한 군모를 쓰고 무장한 수염투성이의 남자가 총부리를 겨누고 있는 것이었다.

두 사람의 낚싯대가 손에서 미끄러져 강 아래로 흘러 내려갔다.

그들은 두 사람을 체포하여 결박한 채 끌고 가 조그만 배에 처넣고는 섬으로 데리고 갔다. 그들이 빈집이라고 생각했던 그 건물 뒤에 스무 명 정도의 프러시아 병사들이 있었던 것이다.

의자에 말타듯 걸터앉은 털복숭이 거한이 커다란 사기 파이프를 빨아대고 있었다. 그는 두 사람을 보고 세련된 프랑스 어로 물었다.

"어떻소, 여러분, 많이 잡았습니까?"

그러자 한 병사가 조심스레 가지고 온, 물고기가 가득 들어 있는 바구니를 장교의 발 밑에 놓았다. 프러시아 장교는 씩 웃었다.

"아, 이것 참, 굉장한데. 그러나 그건 그렇고, 내 말을 잘 들으시오. 걱정할 것은 없소. 내 생각에 당신들은 우리를 염탐하러 온 스파이들이오. 당신들은 총살형에 처해질 것이오. 당신들은 계획을 교묘하게 속이려고 낚시질을 하는 것처럼 꾸몄을 뿐이지. 당신들이 내 손 안에 들어온 것은, 당신들에게는 대단히 불행한 일이오. 이것이 전쟁이라는 것이오. 그런데 말이오,

당신들은 전초선을 빠져나왔으니 분명 돌아갈 때의 암호를 알고 있을 것이오. 그 암호를 나에게 가르쳐주면 당신들을 용서해 주겠소."

나란히 선 두 친구의 얼굴은 새파랗게 질렸고 손을 가볍게 떨면서 잠자코 있었다. 장교는 다시 말했다.

"아무도 그것을 알지 못할 것이고, 당신들은 무사히 돌아갈 수 있을 거요. 비밀은 당신들과 함께 사라져 버리는 거지. 그러나 만약 거절한다면 이 자리에서 총살되는 거요. 어느 편인지 빨리 결정하시오."

그들은 입을 다물고 꼼짝도 하지 않았다.

프러시아 장교는 냉정하게 한 손으로 강 쪽을 가리키면서 다시 말했다.

"잘 생각하시오. 5분 후에 당신들은 저 물 속에 있게 되는 거요. 5분 후! 당신들에겐 가족들도 있을 게 아니오?"

발레리앙 산은 여전히 흔들리고 있었다.

두 낚시꾼은 입을 다문 채 버티고 서 있었다. 프러시아 장교는 자기 나라 말로 무엇인가 명령을 내렸다. 그리고는 의자를 약간 뒤로 당겨 두 포로와 떨어져 앉았다. 열두 명의 병사가 총을 들고 20보 정도 떨어진 곳에 정렬했다.

장교가 다시 말했다.

"1분의 여유를 주겠소. 단 1초도 더 기다리지 않을 거요!"

그는 갑자기 일어나서 두 프랑스 인 옆으로 가까이 오더니 모리소 씨의 팔을 잡고 조금 떨어진 곳으로 끌고 가 목소리를 낮춰 속삭였다.

"자, 빨리 말하시오. 암호는? 당신 동료가 눈치챌지 모른다는 걱정은 안 해도 돼. 당신들이 가엾어져서 용서해 준 것으로 해둘 테니까."

모리소 씨는 아무 대답도 하지 않았다. 그러자 프러시아 장교는 소바주 씨를 끌고 가서 같은 질문을 했다.

소바주 씨도 대답을 하지 않았다. 그들은 다시 나란히 세워졌다. 그리고 장교는 명령을 내렸다. 병사들이 총을 들어 올렸다. 그때 문득 모리소 씨의 시선이 모래무지가 들어 있는 고기 바구니 위에 떨어졌다. 그것은 두세 걸음 떨어진 풀 위에 놓여 있었다.

한 줄기의 햇빛이 아직도 움직이고 있는 물고기들을 반짝이게 했다. 왠지 정신이 멍해졌다. 참으려고 했으나 눈물이 쏟아져 나왔다. 그는 더듬거리면서 말했다.

"소바주 씨, 잘 가시오."

소바주 씨도 말했다.

"모리소 씨, 잘 가시오."

그들은 서로 손과 손을 굳게 움켜쥐었으나, 여전히 머리에서부터 발끝까지 떨려와서 어떻게 할 수 없었다.

장교가 고함을 쳤다.

"쏴라!"

열두 방의 총알이 동시에 날아갔다.

소바주 씨는 털썩 엎어졌다. 키가 큰 모리소 씨는 비틀거리며 한 바퀴 굴러 친구 위에 모로 쓰러졌다. 가슴께를 맞아 피가 목덜미에서 세차게 쏟아져 나왔다.

프러시아 장교가 또 무언가를 명령했다. 병사들은 사방으로 흩어졌다가 곧 밧줄과 돌을 가지고 와서 두 시체의 발목에 묶었다. 그리고 시체를 강가로 옮겼다.

발레리앙 산은 여전히 울리고 있었고, 이제는 연기를 내뿜고 있었다.

두 병사가 모리소 씨의 머리와 발을 잡았다. 그리고 다른 두 병사가 똑같이 소바주 씨를 들어 올렸다. 두 시체는 잠시 좌우로 흔들리다가 멀리 던져졌다. 그것들은 곡선을 그리면서 발에 묶인 돌의 무게 때문에 선 채로 물속에 가라앉아 버렸다.

물이 솟구쳐 튀어 올랐다가 거품이 일며 흔들렸으나, 잠시 후 잔잔해졌다. 그리고 작은 물결이 강가에까지 밀려왔다. 약간의 피가 강물 위에 떠올랐다. 장교는 여전히 침착한 목소리로 중얼거렸다.

"자, 이제는 물고기들에게 맡기자."

그리고 숙사 쪽으로 돌아갔다.

그때 문득 풀 위에 뒹굴고 있는 모래무지의 고기 바구니가 눈에 띄었다. 그는 그것을 집어 올려서 바구니 안을 들여다보고는 자기도 모르게 미소를 지었다. 그는 소리쳤다

"빌헬름!"

하얀 앞치마를 두른 한 병사가 뛰어왔다. 프러시아 장교는 총살당한 두

낚시꾼이 잡은 물고기를 그 병사에게 던져주며 명령했다.

"아직 살아 있을 때 이 물고기들을 튀겨서 가져오게. 틀림없이 맛있을 거야."

그는 다시 파이프를 피우기 시작했다.

◎ 핵심 정리

- **갈래** : 단편소설
- **시점** : 전지적 작가 시점
- **주제** : 전쟁의 참상과 그로 인해 휘둘리는 인간들의 운명
- **배경** : 시간적 – 보불 전쟁 중인 1870년경 / 공간적 – 프랑스 파리
- **등장인물** : 모리소 – 시계상. 전쟁 전에는 일요일마다 이른 새벽부터 밤
  늦게까지 낚시를 즐겼다. 소바주와는 그 무렵 낚시터에서 만
  나 친해졌다. 파리가 포위된 가운데 우연히 다시 만나 함께
  낚시를 갔다가, 스파이로 몰려 프러시아 군에게 총살당한다.
  소바주 – 노트르담 드 로레트 가에서 잡화상을 하는 광적인
  낚시꾼. 모리소와 함께 전쟁 전에 항상 낚시하던 섬에 갔다
  가 역시 총살당한다.

- **구성** : 발단 – 보불 전쟁으로 파리가 포위된 가운데, 시계상 모리소가
  거리에 나갔다가 우연히 전쟁 전 함께 낚시를 하던 잡화상
  소바주를 만난다. 두 사람은 술을 마시며 옛날 일을 생각하
  다가, 낚시질을 가기로 뜻을 모은다.
  전개 – 두 친구는 통행증을 받아 가지고 전쟁 전에 항상 낚시를
  하던 강가로 간다. 프러시아 군인들을 만날지도 모른다는 생
  각에 한편으로는 불안했지만, 두 사람은 강물에 낚싯대를 드
  리우면서 뭐라고 말할 수 없는 기쁨을 느낀다.
  위기 – 한창 낚시에 열중하고 있는데, 프러시아 군인들이 소리없
  이 뒤에서 다가와 두 사람을 끌고 간다.

절정 – 두 사람을 스파이 혐의로 심문하던 프러시아 군인들은 프랑스 초소의 암호를 대면 살려 주겠다고 한다. 그러나 두 사람은 차라리 죽음을 택하겠다며 입을 열지 않는다.

결말 – 마침내 두 친구는 총살되어 강물 속으로 가라앉는다. 프러시아 군인들은 아무 일도 없었다는 듯 그들이 잡아 놓은 물고기를 먹을 궁리를 한다.

◉ 줄거리 및 작품 해설

프러시아와의 전쟁으로 파리는 포위되었고, 사람들은 굶주림에 고통받고 있던 1월의 어느 화창한 아침, 모리소와 소바주는 길에서 우연히 만나 반갑게 악수를 나눈다. 시계상 모리소와 잡화상을 하는 소바주는 소탈하고 평범한 소시민이다. 두 사람은 대단한 낚시광으로, 낚시를 통해 친구가 되었다. 전쟁이 일어나기 전까지 그들은 매주 일요일마다 근처에 있는 강가로 낚시를 하러 갔었다.

전쟁으로 낚시를 가지 못했던 이들은 술잔을 나누고 취기가 돌자 낚시하러 가기로 뜻을 모은다. 낚시터로 가는 길목에 프랑스 군의 전초가 있었으나, 소바주가 그곳의 책임자와 안면이 있어서 통행증을 얻어 무사히 통과한다. 전초선을 넘은 두 사람은 눈에 보이지 않는 프러시아 군에 대해 두려움을 느끼면서 조심스레 강가로 다가간다. 처음엔 가슴이 떨리기도 했으나, 그림 같은 주변의 경치와 연신 낚아 올리는 낚시의 재미에 빠져 오랫동안 맛보지 못한 기쁨을 느낄 수 있었다.

멀리서 포성이 울리고 화약 연기가 솟아오르자, 낚시에만 열중하던 그들은 전쟁이야말로 인간이 해서는 안 될 어리석은 행위라고 그들 나름의 단순하고 선량한 의견을 나눈다. 바로 그때, 그들은 소리없이 다가온 네 명의 프러시아 군에게 포위되어 장교 앞으로 끌려간다.

두 사람은 전초선을 통과할 때 필요한 암호를 대지 않으면 총살하겠다는 협박과 회유를 당한다. 소바주와 모리소는 끝내 암호를 말하지 않고 떨리는 목소리로 마지막 인사를 나눈다.

총살된 두 사람의 시체가 강물 속에 가라앉자, 발사 명령을 내렸던 장교는 아무 일도 없었다는 듯 취사병에게 두 친구가 잡은 물고기를 튀기라고 말한다.

사람들은 지극히 평범한 일상 속에서 작은 기쁨과 행복을 추구하며 산다. 그러나 전쟁은 바로 이와 같은 일상적인 삶을 파괴함으로써 사람들을 폭력적인 상황으로 몰아넣는다.

이 작품은 평범한 소시민의 일상적인 삶을 철저하게 파괴하는 전쟁에 대한 혐오감과 인간의 위선적인 모습을 정확한 관찰과 간결한 문체로 마치 한 폭의 수채화처럼 담담하게 그렸다.

강가에서 낚시를 즐기다가 단지 전쟁 중이라는 정치적 상황 때문에 죽임을 당하는 두 친구의 모습과 아무 일도 없었던 것처럼 일상으로 돌아가는 프러시아 군을 대비시켜, 전쟁의 잔인성과 그 전쟁으로 인해 상처받은 인간성을 세밀하게 묘사했다. 변명이 불가능한 상황, 인간이 인간을 대하는 방식의 냉혹함, 그물망에 들어 있던 물고기의 운명과 인간의 운명을 대조해 보여주는 기법 등에서 이 작품의 뛰어난 점을 느낄 수 있다.

모파상은 자신의 일상적인 체험을 주로 작품화했는데, 이 작품도 1870년 스무 살의 나이로 보불 전쟁에 참전한 작가의 경험이 주된 모티프가 되었다.

◉ 생각해 볼 문제

1. 이 작품에서 낚시가 의미하는 것은?
2. 작중 인물들에 대한 작가의 시선에 대해 생각해 보자.

해 답

1. 일상적인 삶 속의 작은 행복
2. 주관을 숨기고 객관적으로 보이는 대로 서술하고 있다. 이런 방식은 모든 판단을 독자에게 맡기는 동시에, 작품의 배경인 전쟁의 비정함과 비극성을 더욱 부각시킨다.

알퐁스
도데

알퐁스 도데(Alphonse Daudet, 1840~1897)

프랑스의 소설가·극작가. 남프랑스의 오래된 도시 님에서 태어났다. 리옹의 고등중학교에 들어갔으나, 견직물 제조업을 하던 아버지의 사업 실패로 중퇴하고, 알레스에 있는 중학교에서 사환으로 일하며 청소년 시절을 보냈다.

1857년 형 에르네스트가 있는 파리로 가서 문학 수업을 하다가, 이듬해 처녀 시집 《연인들》을 내면서 문단에 데뷔했다. 시집 출간을 계기로 입법의회 의장 모르니 공작의 비서가 되어 생활의 안정을 찾은 후, 소설, 희곡, 평론, 수필 등 많은 작품을 썼다.

1866년 풍부한 서정과 잔잔한 묘사로 애독되는 소설 〈별〉과 이 소설이 실린 자연주의 경향의 단편집 《풍차방앗간 편지》로 문학적 성공을 거두었다.

그는 플로베르, 졸라, 공쿠르, 투르게네프 등 친분을 쌓은 문인들과 더불어 자연주의의 일파에 속했으나, 선천적으로 민감한 감수성, 섬세한 시인 기질 때문에 시정이 넘치는 유연한 문체로 불행한 사람들에 대한 연민과 고향 프로방스 지방에 대한 애착심을 주제로 하여 인상주의적인 매력 있는 작품을 세웠다.

1873년 보불 전쟁의 참화를 목격한 뒤 이를 소설화한 두 번째 단편집 《월요 이야기》를 발표하며 사실주의로 전환한다. 〈마지막 수업〉이 그 대표적인 작품이다.

그 후 사실주의적 경향을 더욱 짙게 드러내는 〈나바브〉, 〈사포〉 등의 작품을 발표하며 활동하다가, 1897년 57세 때 지병인 척추장애로 세상을 떠났다.

주요 작품으로는 장편 〈쾌활한 타르타랭〉, 희곡 〈아를의 여인〉, 단편집 《풍차방앗간 편지》, 《월요 이야기》 등이 있다.

별

 읽기 전에

» 작품 속에서 밤이 어떤 역할을 하는지 살펴보자.

» 황순원의 〈소나기〉와 비교해 보자.

프로방스 지방의 어느 목동 이야기

뤼브롱 산에서 양을 치던 시절에는, 몇 주일씩이나 사람 그림자도 구경하지 못한 채, 홀로 라브리라는 개와 양떼들하고만 목초지에서 지내는 경우가 많았습니다.

이따금 몽드뤼르에 숨어 살 듯 사는 사람이 약초를 캐러 왔다가 그곳을 지나가기도 하고, 피에드몽에서 숯 굽는 사람의 까만 얼굴이 눈에 띄기도 했습니다. 하지만 그들은 혼자 사느라 말을 나눌 사람이 없어서 이야기를 나누고 싶다는 생각도 없었고, 산 아래에 있는 마을이나 읍에서 무슨 얘기들이 오가는지도 아는 게 전혀 없는 그런 단순한 사람들이었습니다.

그래서 나는 두 주일에 한 번씩 농장에서 보름치 식량을 갖다 주는 노새의 방울 소리가 산길에서 들릴 때라든가, 농장에서 일하는 꼬마 미아로의 명랑한 얼굴이나 나이든 노라드 아주머니의 적갈색 모자가 언덕 위로 조금씩 보이기 시작할 때면 세상에 그렇게 기쁠 수가 없었습니다.

누가 영세를 받았는지, 누가 결혼을 했는지, 골짜기에서 일어난 새로운 소식들을 이야기해 달라고 그들을 조르곤 했습니다. 그러나 무엇보다도 내가 가장 관심을 쏟고 있었던 것은, 이 근처에서 가장 예쁜 우리 주인집 따님인 스테파네트에 관한 얘기를 듣는 일이었습니다.

하지만 지나친 관심을 갖고 있는 것처럼 보이지 않게 하면서, 아가씨가 축제나 무도회에 많이 참석하는지, 구혼자들이 새로 나타나지 않았는지 알아보곤 했습니다. 가난한 양치기인 내게 그런 일이 무슨 관계가 있느냐고 묻는 사람들에게 해 주고 싶은 대답은, 내 나이 스물이고, 스테파네트는 지금까지 내가 본 여자들 중에서 가장 아름다웠다는 것이었습니다.

그런데 어느 일요일, 보름마다 배달되던 식량이 아주 늦게 도착했습니다. 아침나절에는 '대미사 때문에 늦는 거겠지.'라고 생각하고 있었습니다. 그런데 정오쯤에는 거센 비바람이 몰아쳤기 때문에, 아마 길이 좋지 않아서 노새가 출발을 못하고 있는 거라고 생각했습니다.

오후 3시쯤 되자 드디어 하늘이 말끔하게 개어, 온 산이 물기에 젖어 햇빛 속에서 눈부시게 빛나고 있을 때였는데, 나뭇잎에서 떨어지는 물방울 소리와 불어난 시냇물이 쫄쫄쫄 흐르는 소리에 섞여 노새의 방울 소리가 부활절에 울리는 교회의 종소리만큼이나 명랑하고 선명하게 들려왔습니다.

하지만 노새를 끌고 나타난 것은 꼬마 미아로도, 나이든 노라드 아주머니도 아니었습니다. 그건…… 누구였을까요? ……바로 주인집 딸 스테파네트가 노새 위 버들고리 바구니를 실은 가운데에 몸을 곧추세우고 앉아 있었습니다. 얼굴은 산 공기를 쐬고 비바람을 맞아 분홍빛으로 싱싱했습니다.

꼬마 미아로는 앓아 누웠고, 노라드 아주머니는 휴가를 얻어 자식들에게 가 있다는 것이었습니다. 아름다운 스테파네트는 노새에서 내리면서 내게 이런 이야기를 모두 들려주고는, 오다가 길을 잃어 늦어졌다고 덧붙였습니다. 하지만 꽃무늬 리본과 레이스와 눈부실 정도로 윤이 나는 치마로 잘 차려 입은 것으로 보아, 덤불 때문에 길을 찾느라 헤매다 늦은 것이 아니라 무도회 때문에 늦은 것처럼 보였습니다.

오, 그 모습이 아름다우면서도 얼마나 우아했는지 모릅니다! 나는 눈을 뗄 수가 없었습니다.

사실 지금까지 이렇게 가까이에서 그녀를 본 적이 없었습니다. 겨울이 되면 양떼를 몰고 들로 내려갔는데, 저녁을 먹으러 농장에 들어가면, 가끔 그녀는 재빨리 방을 가로질러 지나가곤 했습니다. 하인들에게도 좀처럼 말을 건네지 않고, 늘 예쁘게 차려입은, 약간 거만한 모습이었습니다…….

그런데 그녀가 지금 내 앞에 있는 것입니다. 바로 그녀와 나만 있었습니다. 그러니 내가 어떻게 아찔하지 않을 수 있었겠습니까?

스테파네트는 바구니에서 식량을 모두 꺼낸 뒤 신기한 듯 주위를 둘러보았습니다. 그녀는 스커트 자락에 흙이 묻지 않게 약간 들어올리고서는, 자는 곳을 보고 싶다며 양들의 우리 안으로 들어가, 양가죽을 깔아 놓은 밀짚 침대며, 벽에 걸려 있는 커다란 외투, 지팡이, 부싯돌로 불을 붙여 쏘는 구식 화승총들을 구경했습니다. 이런 것들을 보며 그녀는 마냥 즐거워했습니다.

"그러니까 여기가 당신이 살고 있는 곳이에요? 가엾어라, 목동 총각. 늘 이렇게 혼자 있으면 얼마나 따분할까! 뭘 하며 지내죠? 무슨 생각을 하나요?"

나는 이렇게 대답하고 싶었습니다.

'당신 생각을 하지요, 아가씨.'

그건 거짓말이 아니었습니다. 하지만 너무 당황해서 나는 한 마디도 말을 할 수가 없었습니다. 그녀는 내가 당황해 하고 있다는 걸 알아차리고는 점점 더 쩔쩔매는 모습을 즐기려고 짓궂게 묻는 것 같았습니다.

"그럼 애인이 당신을 보러 가끔 올라와요, 목동 총각? 당신 애인은 틀림없이 산꼭대기에서만 볼 수 있는 에스테렐 요정일 것 같아……."

이렇게 말할 때는, 그녀 자신이 에스테렐 요정이나 되는 것 같았습니다. 머리를 뒤로 젖히고 예쁘게 웃는다든지, 돌아가려고 서두르는 모습들 때문에 그녀는 더욱 요정의 나라에서 온 방문객처럼 보였습니다.

"잘 있어요, 목동."

"안녕히 가세요, 아가씨."

그리고 그녀는 빈 바구니를 가지고 가 버렸습니다.

그녀가 비탈진 오솔길로 내려가 사라져 가자, 노새 발굽 밑에서 구르는 조약돌들이 하나하나 내 심장으로 떨어지는 것 같았습니다. 나는 아주 오랫동안 그 소리에 귀를 기울였습니다. 해가 넘어갈 때까지, 이 꿈이 사라지는 게 두려워 감히 움직이지도 못하고 잠을 자는 듯한 상태 그대로 있었습니다.

저녁이 되면서 저 아래 멀리에 있는 깊은 골짜기들이 점점 푸른빛을 띠기 시작하고, 양들이 우리로 돌아가려고 한데 몰려 매애매애 울고 있을 때, 문득 비탈길 아래에서 누군가가 나를 부르는 소리가 들려왔습니다. 우리 어린 아가씨가 바로 조금 전에 웃고 있던 웃음은 없어지고, 흠뻑 젖어 추위와 두려움에 덜덜 떨고 있었습니다.

비탈길을 다 내려가니 비 때문에 소르그 개천에 물이 불어나 있었는데, 억지로 건너려다 그만 물에 빠진 모양입니다. 그리고 이미 땅거미가 진 뒤라 농장으로 돌아간다는 것은 생각도 할 수 없는 일이어서 더욱 난처하게 되었습니다. 아가씨 혼자 산을 내려가는 지름길을 찾는다는 건 말도 안 되는 일이었고, 내가 양떼를 두고 떠날 수도 없는 일이었기 때문이었습니다.

산에서 밤을 보내야 한다는 생각에 그녀는 몹시 고민했는데, 무엇보다도 가족들이 걱정할 것이라는 것 때문이었습니다. 나는 그녀를 안심시키기 위해 모든 노력을 다했습니다.

"7월이라 밤이 짧아요, 아가씨. 그러니 아주 잠깐만 참으시면 됩니다."

흠뻑 젖어 물이 뚝뚝 떨어지는 그녀의 발과 옷을 말리려고 서둘러 불을 피웠습니다. 그런 다음 우유와 치즈를 그녀 앞에 내놓았지만, 가여운 아가씨는 몸을 따뜻하게 할 생각도, 무얼 먹을 생각도 하지 않았습니다. 그녀의 눈 가득 괴는 눈물을 보니, 나도 그만 울고 싶었습니다.

그러는 사이에 훌쩍 어두워지고 말았습니다. 안개 낀 산꼭대기 위에는 저물어 가고 있는 태양과 희미한 장밋빛 노을만 남아 있었습니다. 나는 아가씨를 우리 안으로 데리고 들어가 쉬게 했습니다.

깨끗한 짚 위에 고운 새 모피를 깔고, 편히 자라고 인사한 다음 문밖으로 나와 앉았습니다. 사랑의 불길이 혈관을 태우는 듯했지만, 나쁜 생각은 들지 않았습니다. 하느님이 증인입니다.

그녀를 신기한 듯 바라보는 양들 바로 곁의 우리 한구석에서, 우리 주인댁 따님이, 그 어떤 양보다도 더 하얗고 더 소중한, 가장 소중한 양이, 내가 지켜주는 것을 믿고서 자고 있다는 것이 아주 자랑스럽게 느껴졌을 뿐입니다. 하늘이 그처럼 유난히 깊고, 별들이 그토록 맑게 보인 적은 없었습니다……

갑자기 우리의 문이 열리더니 사랑스런 스테파네트가 내 곁으로 다가왔습니다. 그녀는 잠을 이룰 수가 없었습니다. 양들이 뒤척이면서 지푸라기가 부스럭거렸고, 꿈을 꾸다가 매애매애 울곤 했으니까요. 그래서 차라리 불 곁으로 오는 편이 낫겠다고 했습니다. 나는 염소 모피를 벗어 그녀의 어깨를 덮어 주고, 불을 쑤셔 불길을 키웠습니다. 우리는 아무 말도 하지 않은 채 나란히 앉아 있었습니다.

만약 여러분이 밖에서 별빛 아래 밤을 지샌 적이 있다면, 우리 인간들이 잠들어 있는 시간에 어떤 신비로운 세계가 고독과 적막 속에서 눈을 뜬다는 사실을 잘 알고 있을 겁니다. 그때 개울은 더욱 맑은 소리로 노래하고, 연못 위에서는 조그마한 불빛들이 불꽃처럼 춤을 춥니다.

산속의 모든 정령들이 자유롭게 거닐고, 공기는 희미하게 살랑거리는 소리, 거의 알아듣기 힘든 소리들로 가득한데, 마치 가지에 싹이 트고 풀이 자라는 소리를 듣는 것 같습니다. 낮은 인간과 동물의 세계에 생명을 주지만, 밤은 죽은 것들의 세계에 생명을 줍니다. 이런 것에 익숙하지 않으면, 사람들은 놀라게 됩니다……

우리 아가씨도 두려움에 떨며 작은 소리만 들려도 그때마다 내게 바싹 기대는 것이었습니다. 한번은 우리 아래쪽 어슴푸레하게 빛나는 연못에서 길고도 구슬픈 울음소리가 커졌다가 작아지기를 계속했습니다.

바로 그 순간, 아름다운 별똥별이 머리 위를 지나 연못 위를 가로질렀습니다. 마치 조금 전에 들려온 그 구슬픈 소리와 아름다운 별똥별의 빛줄기는 각각 별개의 것이면서 상대를 자신 안에 품고 있는 것 같았습니다.

"저게 뭐예요?"

스테파네트가 작은 목소리로 내게 물었습니다.

"천국으로 들어가는 영혼이에요, 아가씨."

그렇게 대답하고 나는 성호를 그었습니다.

그녀도 성호를 긋더니 하늘을 쳐다보며 잠시 생각에 잠겼습니다. 그러더니 이렇게 말했습니다.

"그런데 당신 같은 목동들은 모두 마법사라던데, 사실이에요?"

"절대로 아니에요, 아가씨. 하지만 이곳에서는 별과 더 가까이 살고 있으니까 별들 사이에서 일어나는 일들을 평지 사람들보다 더 잘 알지요."

그녀는 낙원에서 온 작은 목동이나 되는 것처럼 염소 모피를 두르고 손으로 턱을 괸 채 여전히 하늘을 올려다보고 있었습니다..

"많기도 해라! 정말 아름답네! 별이 이렇게 많은 건 처음 봐……. 저 별들의 이름을 알고 있어요, 목동 총각?"

"물론이죠, 아가씨……. 보세요, 바로 우리 머리 위에 있는 것이 '성 자크의 길(은하수)'이에요. 프랑스에서 곧장 스페인까지 뻗어 있죠. 위대한 왕 샤를마뉴 대제가 사라센과 전쟁할 때 갈리시아의 성인인 자크 성자가 그에게 길을 가르쳐 주기 위해 저기에 놓아 두었대요.

더 멀리 보이는 것이 '영혼들의 마차(큰곰자리)', 빛나는 네 개의 바퀴축이 보이죠. 그 앞에 있는 별 세 개는 '세 마리의 야수', 그 세 번째 별 바로 곁에 있는 아주 작은 별은 '마부'라고 해요.

그 주위에 비처럼 쏟아지는 별들이 보여요? 저 별들은 하느님께서 곁에 두고 싶어하지 않는 영혼들이죠……. 그리고 저기, 조금 더 밑에 있는 별은 '갈퀴'라고도 하고 '삼왕성(오리온)'이라고도 해요. 우리 목동들은 저 별을 시계처럼 보죠. 저 별들을 쳐다보기만 해도 저는 지금 자정이 지났다는 것을 알 수 있어요.

그보다 약간 아래로 내려가면, 남쪽으로 있는 게, 횃불처럼 빛나는 '장 드 밀랑(시리우스)'이에요. 저 별에 관해 목동들이 하는 이야기가 있지요. 어느 날 밤, '장 드 밀랑'이 '삼왕성'과 '병아리집(북두칠성)'과 함께 친구 별의 결혼식에 초대를 받았지요.

그런데 '병아리집'은 빨리 가고 싶은 마음에 가장 먼저 길을 떠나 위쪽 길로 갔어요. 저기 있잖아요, 저 위, 하늘 한복판에. '삼왕성'은 그 아랫길로 가서 '병아리집'을 따라 잡았죠.

게으름뱅이 '장 드 밀랑'은 늦잠을 자다가 뒤로 처지고 말았어요. 화가 난 '장 드 밀랑'은 친구들을 멈추게 하려고 지팡이를 던졌어요. 그래서 '삼왕성'은 '장 드 밀랑의 지팡이'라고도 불러요······.

하지만 모든 별들 중에서 가장 아름다운 별은, 아가씨, 우리들의 별인 '목동의 별'입니다. 이른 새벽에 양떼들과 같이 나갈 때, 또 저녁에 양떼들과 돌아올 때, 우리를 비춰 주죠. 우리는 '마글론'이라고 부를 때도 있는데, 아름다운 마글론은 '프로방스의 피에르(토성)'를 뒤쫓아 가서 7년마다 한 번씩 결혼을 하죠."

"뭐라구요! 그럼 별들도 결혼을 해요, 목동 총각?"

"물론이죠, 아가씨."

그리고 그녀에게 별들의 결혼에 대해 설명하는 동안 내 어깨 위로 너무나 아름다운 것이 사뿐히 내려앉는 것을 느꼈어요. 리본과 레이스, 그리고 물결치는 머리카락이 예쁘게 구겨진 채로 그녀는 잠이 들면서 머리를 내 팔에 기댔습니다.

우리는 날이 밝아 별빛이 어슴푸레해지고 희미해질 때까지 꼼짝도 하지 않고 그대로 있었습니다. 나는 잠들어 있는 그녀를 바라보고 또 바라보았습니다. 마음속 깊은 곳에 약간 동요가 있었지만, 아름다운 생각만 하게 해 주는 밤의 깨끗하고 신성한 빛이 기적처럼 나를 막아 주었습니다.

주위에는 별들이 규모가 큰 양떼처럼 정연하게 고요한 행진을 계속하고 있었습니다. 그리고 가끔, 이 별들 중에서 가장 아름답고 가장 밝은 별 하나가 길을 잃어, 내 어깨에 기대어 잠들게 된 것 같았습니다······.

핵심 정리

- **갈래** : 단편소설
- **시점** : 1인칭 주인공 시점
- **주제** : 주인집 아가씨에 대한 목동의 순수하고 소박한 사랑
- **배경** : 시간적 – 7월의 어느 일요일 / 공간적 – 뤼브롱 산의 목장
- **등장인물** : 나 – 뤼브롱 산에서 양을 치는 목동. 평소 남몰래 사모하던 주인집 스테파네트 아가씨와 산에서 하룻밤을 지내며 밤하늘에 떨어지는 유성, 별자리 이야기를 들려준다.

  스테파네트 – 나의 주인집 딸. 하인 대신 목동의 식량을 가지고 산에 올라왔다가, 물이 불어난 강을 건너다 빠지는 바람에 산에서 하룻밤을 보내게 된다.

- **구성** : 발단 – 뤼브롱 산에서 혼자 양을 치는 나는 보름마다 식량을 가져다 주는 마차를 기다린다. 식량과 함께 주인집 딸 스테파네트 아가씨의 소식을 들을 수 있기 때문이다.

  전개 – 어느 일요일, 식량이 오기를 기다리던 내 앞에 뜻밖에도 스테파네트 아가씨가 나타난다. 사정이 생긴 꼬마와 아주머니 대신 아가씨가 왔던 것이다.

  위기 – 요정처럼 왔다가 숨 돌릴 겨를도 없이 산 아래로 내려갔던 스테파네트 아가씨는 저녁 무렵 흠뻑 젖은 채 다시 내 앞에 나타난다. 소나기로 불어난 강을 건너다 빠진 것이다.

  절정 – 나는 스테파네트 아가씨에게 따뜻하고 마른 잠자리를 마련해 주고, 양의 우리 밖에 나와 모닥불을 피운다. 잠을 이루

지 못한 스테파네트 아가씨가 밖으로 나와 내 곁에 앉는다.

결말 – 나는 스테파네트 아가씨에게 별 이야기를 들려준다. 스테파네트 아가씨는 내 어깨에 기대어 잠이 든다.

◉ 줄거리 및 작품 해설

뤼브롱 산에서 혼자 양을 치고 사는 나는 보름마다 식량을 실어다 주는 마차를 기다리는 것이 유일한 즐거움이다. 식량과 함께 남몰래 사모하는 주인집 스테파네트 아가씨의 소식을 들을 수 있기 때문이다.

어느 일요일, 그날은 아무도 오지 않아 궁금해하던 참에 소나기가 쏟아진다. 비 때문에 아무도 오지 못하겠거니 생각하고 있는데, 스테파네트 아가씨가 식량을 실은 노새를 타고 나타난다. 오는 도중 길을 잃어 늦어졌다고 말하면서 신기한 듯 목장 주위를 둘러보던 스테파네트 아가씨는 금방 떠난다. 그런데 잠시 후, 스테파네트 아가씨는 소나기로 불어난 강을 건너다가 빠져 흠뻑 젖은 채 다시 산 위로 돌아온다. 어쩔 수 없이 산에서 밤을 보내게 된 스테파네트 아가씨는 몹시 불안해한다. 나는 그녀를 안심시키려고 애쓰며 따뜻하고 마른 잠자리를 마련해 준다. 낯선 환경 탓에 쉽게 잠들지 못한 스테파네트 아가씨는 모닥불을 피워 놓고 있던 내 곁에 와서 앉는다. 나는 스테파네트 아가씨에게 별 이야기를 들려준다. 스테파네트 아가씨는 스르르 잠이 들어 내 어깨에 머리를 기댄다. 그 모습을 보며, 나는 밤하늘의 별 하나가 길을 잃고 내려와 내 어깨에 기대어 잠들었다고 생각한다.

〈별〉은 알퐁스 도데의 첫 단편집 《풍차방앗간 편지》에 수록된 작품이다. 순박한 한 목동의 젊은 날의 청순한 사랑을 그린, 도데 특유의 인간에 대한 애정이 담긴 단편으로, 끝까지 순수함과 절제를 잃지 않는 목동의 아름다운 영혼이 잔잔한 감동으로 다가온다.

'저 수많은 별들 중에서 가장 아름답고 가장 밝은 별 하나가 길을 잃어, 내 어깨에 기대어 잠들게 된 것 같았습니다.'

이 마지막 구절은 스테파네트 아가씨에 대한 목동의 마음을 단적으로 나타내고 있다.

목동은 스테파네트 아가씨를 바라보는 것만으로 가슴이 떨린다. 감히 가까이할 수 없는 고귀한 사랑이다. 마치 '별'처럼 까마득히 멀어 결코 이루어질 수 없는 사랑이지만, 그 자체만으로도 아름답고 순결하다. 소유하지 못하는 데서 오는 아쉬움이나 안타까움은 어디에서도 느낄 수가 없다.

작가는 이 작품에서 의도적으로 일년 중 별이 유난히 많이 보일 때인 '7월'이라는 시간적 배경, 마을에서 멀리 떨어진 뤼브롱 산의 한적한 '목장'이라는 공간적 배경을 설정했다. 낭만적이고 순수한 목동의 사랑을 더욱 효과적으로 만드는 구성이라고 할 수 있다.

◉ 생각해 볼 문제

1. 이 작품의 전개에 중요한 복선이 되는 것은?
2. 이 작품에서 별이 상징하는 것은?

해 답

1. 소나기
2. 순수하고 아름다운 사랑

마지막 수업

» 일제 치하의 우리 나라 상황과 비교하며 읽어 보자.

» 애국하는 방법에 대해 생각해 보자.

한 알자스 소년 이야기

그날 아침, 나는 학교에 많이 늦었습니다. 아멜 선생님께 꾸중을 들을까 봐 몹시 겁이 났지요. 게다가 선생님이 분사법에 대해 물어보겠다고 하셨는데, 나는 아는 게 하나도 없었습니다. 순간 수업을 빼먹고 들판으로 놀러 갈까 하는 생각이 들었습니다.

날씨는 아주 따뜻하고 맑았어요.

숲 근처에서 티티새 우는 소리가 들려왔고, 제재소 뒤 리페르 목장에서 프로이센 병사들이 훈련하는 소리가 들려왔어요. 모든 것들이 분사법 규칙들보다 더 마음을 끌었습니다. 그 유혹은 갈수록 더 커졌지만 나는 그것을 뿌리치고 학교를 향해 달려갔지요.

면사무소 앞을 지나가는데, 철망을 친 게시판 앞에 사람들이 모여 공고문을 읽고 있었어요.

2년 전부터 모든 나쁜 소식들은 이 게시판을 통해 발표되었어요. 전투에서 졌다는 소식이나 전선으로 보낼 사람들을 더 뽑아야 한다는 얘기, 점령군 사령부의 명령 같은 언짢은 것들이 전달된 곳이 이 게시판이었거든요. 그래서 나는 멈추지 않고 그냥 지나치면서 생각했습니다.

'이번엔 또 무슨 일이지?'

광장을 가로질러 달려가는데, 대장간의 바슈테르 아저씨가 견습공과 함께 게시판을 읽고 있다가 소리쳤어요.

"너무 서둘지 마라, 꼬마야. 어차피 지각할 염려는 없을 테니까!"

나는 아저씨가 나를 놀리는 거라고 생각했어요. 그래서 아무 말 없이 아멜 선생님의 작은 마당으로 헐떡거리며 뛰어들어 갔지요.

수업이 시작될 무렵이면 항상 한길까지 들릴 정도로 학교가 몹시 떠들썩했어요. 남자 아이들이 물건을 서로 던지는가 하면, 여자 아이들은 큰 소리로 떠들어 대고, 책상을 열었다 닫았다 하는 소리, 배운 내용을 외우려고 귀를 틀어막은 채 함께 큰 목소리로 되풀이해 읽는 소리로 북새통을 이루었습니다. 결국 선생님이 "좀 조용히 해!" 하면서 교탁을 커다란 자막대기로 두들기곤 했습니다.

나는 이런 소란한 틈을 타 아무도 모르게 내 자리에 가 앉으려고 했어요.

그런데 그날은 여느 날과 달랐습니다. 마치 일요일 아침처럼 모두가 조용했어요. 열려진 창문 너머로 친구들이 제자리에 얌전히 자리잡고 앉아 있는 모습과, 아멜 선생님이 무시무시한 쇠자를 팔 밑에 끼고 왔다갔다하는 것이 보였어요.

나는 문을 열고 이 어마어마하게 고요한 교실 가운데로 들어가야만 했어요. 내가 얼마나 얼굴이 새빨개지고, 마음이 조마조마했는지 여러분도 짐작할 수 있을 거예요.

그런데 겁낼 필요가 없었습니다. 아멜 선생님은 화난 기색도 없이 나를 보시면서 아주 부드럽게 말씀하셨어요.

"빨리 자리에 앉거라, 프란츠. 너를 빼놓고 수업을 시작할 뻔했구나."

나는 곧장 내 책상으로 가 앉았어요. 조금 진정이 되자, 나는 곧 선생님이 상을 주는 날이나 장학관이 오는 날 같은 특별한 날에만 입는 초록색 예복에 잘게 주름잡힌 가슴 장식을 달고, 수놓은 검은 모자를 쓰고 계시다는 것을 깨달았어요. 게다가 교실 전체가 조용하고 엄숙한 분위기였어요.

그러나 가장 놀라운 것은 마을 사람들 몇 분이 교실 뒤쪽, 평소에는 비어 있는 긴 의자에 우리처럼 조용히 앉아 있는 것을 보았을 때였어요. 삼각모자를 손에 든 오제르 할아버지, 전에 면장이었던 아저씨, 전에 우체국 직원이었던 아저씨, 그밖에 몇 분이 더 있었어요.

그분들은 모두 고개를 숙이고 앉아 있었습니다. 오제르 할아버지는 가장자리가 닳아빠진 낡은 철자법 책을 무릎 위에 펼쳐 놓고 있었습니다.

내가 이 모습을 보고 어리둥절해 있는 동안, 아멜 선생님은 교단 위로 올라가시더니, 아까 나를 맞이했을 때와 같이 부드럽고 근엄한 목소리로 말씀하셨어요.

"여러분, 이것이 내가 여러분을 가르치는 마지막 수업입니다. 알자스와 로렌 지방의 학교에서는 앞으로 독일어만 가르치라는 명령이 베를린에서 내려왔습니다. 새로운 선생님이 내일 도착하십니다. 오늘은 여러분의 마지막 프랑스어 수업입니다. 그러니까 정신차려 잘 들어 주세요."

이 몇 마디의 말에 나는 아찔했습니다. 아아! 이 못된 놈들! 면사무소 게시판에 붙어 있던 것이 바로 이것이었구나.

오늘이 마지막 프랑스어 수업이라니!

나는 프랑스어를 겨우 몇 자 쓰는 정도였습니다. 그런데 이제 프랑스어를 다시는 배울 수 없게 되었습니다.

그 동안 헛되이 보내 버린 시간들이 너무 후회되었습니다! 그 시간에 새 둥지를 찾아 뛰어다니거나 얼어붙은 자르 강에서 얼음을 지치며 놀았습니다. 조금 전까지만 해도 지루하게 느껴지고, 들고 다니기에 무겁던 문법책이며 역사책들이, 지금은 모두 오랜 친구처럼 느껴졌습니다.

이제는 그 책들하고도 헤어져야 합니다. 아멜 선생님도 마찬가지였어요. 선생님이 이곳을 떠난다는 생각, 다시는 보지 못할 거라는 생각에, 자로 매 맞던 일도, 벌받던 기억도 잊어버리고 말았습니다.

선생님이 가여웠어요! 가장 좋은 나들이옷을 입은 것도 이 마지막 수업에 예의를 갖추기 위한 것이었습니다. 그제야 마을 어른들이 교실 뒤쪽에 앉아 계신 이유를 이해할 수 있었어요. 그분들은 학교에 좀더 자주 와 보지 못했던 것을 후회하고 있는 것 같았습니다. 또 40년 동안 훌륭하게 근무하신 선생님께 감사의 마음을 전하고, 이제는 사라져 가는 조국에 대한 의무를 지키려는 것이었습니다.

이런 생각을 하고 있을 때 내 이름을 부르는 소리가 들렸습니다. 내가 외울 차례였어요.

저 어려운 분사법 규칙을 크고 똑똑한 소리로, 하나도 틀리지 않고, 끝까지 죽 외울 수만 있다면! 그러나 첫마디부터 막혀 버렸습니다. 슬픈 마음에 얼굴도 들지 못한 채 자리에서 몸을 비틀며 서 있었어요. 그때 아멜 선생님이 말씀하셨어요.

"프란츠, 나무라지 않겠다. 너는 벌을 받을 만큼 충분히 받은 셈이니까. 세상일이란 바로 이런 것이란다. 날마다 이렇게 말하곤 했겠지. '까짓것! 시간은 얼마든지 있으니까, 내일 하지 뭐.' 그러다가 일이 어떻게 되어 버렸는지는 네가 알고 있는 대로다. 아! 오늘 해야 할 일을 내일로 미루는 것은 우리 알자스의 커다란 불행이었다.

이젠 프러시아 인들이 우리에게 이렇게 말하겠지. '뭐라고! 너희들은 프랑스 사람이라고 우기더니. 자기 나라말을 읽지도 못하고 쓸 줄도 모른단 말이야!' 가엾은 녀석. 프란츠, 하지만 큰 죄를 지은 것은 너뿐만이 아니다. 우리 모두 스스로 반성해야 할 점이 많으니까.

부모님들은 너희들 교육에 별로 열의가 없었어. 몇 푼이라도 더 벌려고 너희들을 들이나 공장에 보내기를 더 좋아했지. 나 역시 꾸짖을 것이 전혀 없을까? 공부를 시켜야 할 시간에 정원에 물을 주라고 시킨 것도 여러 번이었고, 송어 낚시를 가고 싶어서 예사로 너희들을 한낮에 집으로 보내 버리고도 미안해하지 않았다."

이어서 아멜 선생님은 프랑스어에 대한 이야기를 해 주셨습니다. 프랑스어는 세상에서 가장 아름답고 가장 명확하며, 가장 확실한 언어라는 것, 이 언어를 우리 마음속에 간직하고 절대로 잊어서는 안 된다는 말씀을 하셨습니다.

왜냐하면 어느 민족이 다른 나라의 노예가 되더라도 자기 나라말을 잘 간직하고 있으면, 그것은 마치 자신의 감옥 열쇠를 자신이 쥐고 있는 것이나 다름없기 때문이라고 하셨어요. 그리고 나서 선생님은 문법책을 들고 다음 배울 것을 읽어 주셨습니다.

그때 나는 수업 내용을 너무나 쉽게 알아듣는 걸 깨닫고는 깜짝 놀랐습니다. 선생님이 하시는 말씀이 하나도 어렵지 않고 아주 쉽게 이해가 됐거든요. 또 지금까지 내가 그렇게 열심히 수업을 들은 적도 없었고, 선생님이 그렇게 정성을 다해 설명한 적도 없었어요.

가엾은 선생님은 마치 떠나기 전에 자기가 알고 있는 모든 지식을 한꺼번에 우리 머릿속에 넣어 주려고 하시는 것 같았습니다.

그 다음은 글씨 쓰기 시간이었습니다. 아멜 선생님은 우리를 위해 새 글씨본을 준비하셨는데, 아름답고 둥근 글씨체로 '프랑스, 알자스, 프랑스, 알자스'라고 써 있었어요. 그 종이들은 마치 책상에 매달려 온 교실 가득히 펄럭이고 있는 작은 깃발처럼 보였습니다.

모두가 얼마나 열중하고 있었는지, 게다가 또 얼마나 조용했는지! 종이 위에서 사각거리는 펜 소리 외에는 아무것도 들리지 않았어요. 순간 풍뎅이들이 날아들어 왔지만 거기에 정신을 빼앗긴 사람은 아무도 없었지요. 아주 어린 학생들까지 정성 들여 줄 긋는 연습에 여념이 없었어요. 학교 지붕 위에서는 비둘기들이 나지막하게 울고 있었어요. 그 소리를 들으면서 나는 이렇게 생각했어요.

'저 비둘기들에게도 독일어로 노래하라고 강요하지는 않을까?'

때때로 눈을 들어보면 아멜 선생님이 교단에서 꼼짝도 않고, 마치 자신의 눈 속에 이 작은 학교의 모든 것을 빠짐없이 담아 가기라도 하려는 듯이 주위 사물들을 뚫어지게 바라보고 계셨어요.

생각해 보세요! 40년 전부터 언제나 그 자리에서 보이던 정원, 언제나 똑같은 교실, 모두가 옛날 그대로였으니까요. 단지 걸상이며 책상들이 오랜 세월에 닳고 닳아서 반들거렸으며, 학교 마당의 호두나무들이 크게 자랐고, 선생님이 손수 심으신 홉 덩굴이 이제 지붕까지 자라나 창가를 장식하고 있을 뿐이었어요.

여동생이 위층 방에서 짐을 꾸리느라 왔다갔다하는 소리를 들으며, 이 모든 것들을 두고 떠나야 한다고 생각하니, 가엾은 선생님에겐 얼마나 가슴 아픈 일이었을까요! 내일이면 떠나야 했습니다. 이 땅으로부터 영원히……

그래도 선생님은 끝까지 수업을 계속하셨어요. 쓰기 연습이 끝난 다음에는 역사 시간이었습니다. 그 다음에는 하급반 학생들이 '바, 베, 비, 보, 부'를 함께 합창했어요. 교실 뒤쪽에서는 오제르 할아버지가 안경을 끼고 양손에 철자법 책을 든 채 어린 학생들과 한 자 한 자 떠듬거리며 읽고 있었어요. 그분 또한 최선을 다해 공부하고 있다는 것을 알 수 있었지요. 할아버지의 목소리는 감정이 복받치는지 떨리고 있었는데, 그 목소리가 너무나 이상해서 우리는 웃고 싶기도 하고, 울고 싶기도 했어요. 아! 나는 이 마지막 수업을 잊지 못할 거예요.

그때 갑자기 성당의 종소리가 12시를 알렸습니다. 그리고 나서 곧 삼종기도(천주 성자의 강생과 성모 마리아를 공경하는 뜻으로, 매일 아침·점심·저녁의 세 차례 종이 울릴 때마다 올리는 기도를 이르는 말―옮긴이 주)를 알리는 종소리가 울렸어요. 그와 동시에 훈련에서 돌아오는 프로이센 병사들의 나팔 소리가 교실 창문 밑에서 울려 퍼졌어요. 아멜 선생님은 창백한 얼굴로 교단에 섰습니다. 이제껏 선생님이 그렇게 커 보인 적은 한 번도 없었답니다.

"여러분, 나는, 나는…… 나는……."

하지만 무언가가 걸려 목이 메는 것 같았어요. 선생님은 끝내 말을 잇지 못하셨습니다. 그러자 칠판을 향해 몸을 돌리더니, 분필을 쥐고 온 힘을 다해 선생님이 쓰실 수 있는 가장 큰 글자로 이렇게 쓰시는 것이었어요.

'프랑스 만세!'

선생님은 벽에 머리를 기댄 채 움직이지 않고 그대로 서 있었어요. 그러고는 말 없이 우리에게 손짓으로 말씀하셨어요.

'이제 다 끝났다. 돌아가거라.'

핵심 정리

- 갈래 : 단편소설
- 시점 : 1인칭 주인공 시점
- 주제 : 나라를 잃은 설움과 국어의 소중함
- 배경 : 시간적 – 보불 전쟁 중인 1870년대 / 공간적 – 프랑스 알자스 로렌 지방의 한 작은 학교
- 등장인물 : 프란츠 – 학교 공부보다 들판에서 뛰어노는 것을 더 좋아하는 소년. 더 이상 프랑스어를 배울 수 없게 되자, 그간 헛되이 보낸 시간을 후회하며 마지막 수업에 열중한다.

  아멜 선생님 – 프란츠의 학교 선생님으로 엄격하고 무뚝뚝한 성격의 소유자. 마지막 수업 시간, 늘 내일로 미루고 게을렀던 자신을 반성하며 열심히 프랑스어를 가르친다.

- 구성 : 발단 – 어느 날 아침, 지각을 하여 헐레벌떡 학교로 뛰어간 나는 평소와는 다른 분위기에 의아해하며 교실로 들어갔다.

  전개 – 아멜 선생님은 야단치는 대신 부드러운 목소리로 자리에 앉으라고 말했다. 선생님은 오늘이 프랑스어로 하는 마지막 수업이라고 말한다.

  절정 – 아멜 선생님은 열성적으로 수업을 하며, 비록 나라를 잃더라도 국어만 잃지 않는다면 희망이 있다고 말한다. 나는 그간 시간을 헛되이 보낸 것을 후회하며 열심히 읽고 쓴다.

  결말 – 이윽고 괘종시계가 열두 시를 치자, 마지막 수업을 마친 아멜 선생님은 칠판에 '프랑스 만세!'라고 쓰고, 우리에게 돌

아가라고 손짓을 했다.

◎ 줄거리 및 작품해설

프러시아군이 점령한 프랑스 알자스의 한 시골 마을. 여느 날과 같이 학교에 지각하여 뛰어가던 프란츠는 면사무소 앞 게시판에 사람들이 모여 웅성거리는 것을 보고 분위기가 심상치 않음을 느꼈다. 학교도 마찬가지였다. 지각을 했다고 혼날 줄 알았는데, 선생님은 화도 내지 않고, 또 특별한 날도 아닌데 정장을 하고 있었다. 그런 데다가 교실 뒤에는 마을 사람들이 슬픈 표정으로 앉아 있었다.

아멜 선생님은 오늘이 마지막 프랑스어 수업이라고 하며 온힘을 다해 아이들을 가르친다. 프란츠가 분사규칙을 제대로 외우지 못해도 나무라지 않고, 그것은 아이들뿐 아니라 자신을 포함한 어른들의 잘못도 있다고 말한다. 그리고 늘 내일로 미루고 게을렀던 지난 시간들을 반성하자며, 나라를 잃더라도 국어만 잃지 않는다면 문제될 것이 없다고 말한다.

모두들 진지한 태도로 외우기와 쓰기 연습을 했다. 역사 시간에는 다 같이 교과서를 들고 합창했다. 프란츠는 이 마지막 수업을 평생 잊지 못할 것 같다는 생각을 한다. 이윽고 괘종시계가 열두 시를 알리고, 훈련을 마친 프러시아 군의 나팔 소리가 들려오자, 선생님은 목이 메어 말을 잇지 못하고 칠판에 '프랑스 만세!'라고 쓴 다음 아이들에게 돌아가라고 손짓을 한다.

1871년 알퐁스 도데가 보불 전쟁의 참상을 겪은 후 집필한 작품으로, 소년 프란츠의 눈을 통해 모국어를 빼앗긴 피점령국의 슬픔과 고통을 생생하게 그려내어 프랑스 국민들의 애국심을 불러일으킨 작품이다.

알퐁스 도데의 휴머니즘, 애국심, 따뜻한 인간애를 엿볼 수 있는 작품으로, 눈물과 분노와 사랑의 합주곡이라 불린다. 그러나 그와 같은 감정을 직접적으로 토로하는 것이 아니라, 미학적 구조 속에서 형상화시킴으로써 높은 평가를 받고 있다.

아멜 선생님은 혼신의 열정으로 마지막 수업을 하며, 아이들에게 다음과 같은 말로 나라 사랑, 국어 사랑의 중요성을 강조한다.

"한 나라가 남의 나라의 지배를 받게 되었을지라도, 자기 나라 말만 잘 간직하면 마치 감옥의 열쇠를 쥐고 있는 것이나 다를 바가 없다."

프랑스 사람뿐만 아니라, 일본에게 나라를 빼앗기고 비슷한 일을 겪은 우리나라 사람들에게도 큰 감동으로 다가오는 말이다.

◉ 생각해 볼 문제

1. 나라를 잃어도 국어를 잃으면 안 되는 이유를 본문에서 찾아보자.
2. 아멜 선생님이 알자스 지방에서 벌어진 일에 자신을 포함한 모두가 책임을 느껴야 한다고 말한 이유는?

해답

1. "한 나라가 남의 나라의 지배를 받게 되었을지라도, 자기 나라 말만 잘 간직하면 마치 감옥의 열쇠를 쥐고 있는 것이나 다를 바 없다."
2. 학생도, 학부형도, 선생님도 모두 앞을 내다보지 못한 채 언제나 교육을 내일로 미루었기 때문이다.

산문으로 쓴 환상시

 읽기 전에

>> 인생의 본질에 대해 생각해 보자.

>> 왕자가 죽음에 대해 취하는 대응 방식을 생각해 보자.

오늘 아침 문을 열었더니 새하얀 서리가 커다란 카펫처럼 풍차방앗간을 온통 뒤덮고 있었습니다. 풀잎들은 유리 조각처럼 반짝이며 와삭와삭 부서졌습니다. 언덕들이 모두 부들부들 떨고 있었습니다…….

하루 사이에 사랑스런 프로방스가 북쪽 나라로 변장을 한 것입니다. 나는 뾰족한 잎 끝이 서리로 하얗게 된 소나무들과 수정으로 변해 버린 라벤더 덤불 사이에서 조금은 독일풍의 환상적이고 자유로운 형식의 서사시인 발라드 두 편을 썼습니다.

그 동안 내 주위에서는 서리가 하얀 가루가 되어 반짝거리며 흩날렸고, 저 높이 맑게 갠 하늘엔 시인 하이네의 나라에서 온 황새들이 커다란 삼각 대형을 지어, 프로방스의 남쪽 카마르그 지방으로 날아가며 이렇게 외쳤습니다. '추워……. 추워…….'

왕자의 죽음

어린 왕자가 병들었습니다. 그 작은 왕자가 죽어가고 있습니다……. 왕국의 모든 교회에서는 성체를 누구나 볼 수 있는 곳에 밤낮으로 모셔 놓았고, 왕자의 회복을 비는 커다란 촛불을 켜 놓았습니다.

왕궁 주변의 거리는 조용하고 쓸쓸했으며, 성당의 종소리도 울리지 않았고, 마차도 사람의 걷는 속도에 맞춰 조심스럽게 오고 갑니다……. 호기심 많은 시민들은 왕궁으로 다가가서 창살 틈으로 금빛 띠를 두른 스위스 근위병들이 왕궁의 뜰에서 근엄한 모습으로 이야기하고 있는 것을 바라다봅니다.

왕궁은 혼란 상태입니다. 시종들과 집사장들은 급한 걸음으로 대리석 층계를 오르내립니다……. 복도에는 비단옷을 차려입은 신하들과 시동들로 가득합니다. 모두들 몇 명씩 모여 있는 무리 사이를 이리저리 옮겨다니며 속삭이는 목소리로 최근 소식을 묻습니다……. 널찍한 계단에는 시녀들이 수를 놓은 고운 손수건으로 눈물을 훔치면서 서로 허리 숙여 공손히 인사를 건넵니다.

오렌지 온실 안에서는 가운을 걸친 의사들이 수없이 비밀 회의를 계속합니다. 유리창 너머로 의사들이 길다랗고 까만 소매를 흔들며 커다란 가발

머리를 학자답게 끄덕이는 모습이 보입니다.

어린 왕자의 개인 교수와 시종 무관은 문 앞에서 서성거리며 의료진의 결정을 기다리고 있습니다. 부엌의 허드레 일꾼들이 인사도 하지 않고 그들 곁을 지나쳐 갑니다. 시종 무관 양반은 호되게 욕설을 내뱉고, 개인 교수는 호라티우스의 시 구절을 읊고 있습니다…….

그 사이에도 저 아래 마구간 쪽에서는 말이 구슬프게 울어 대는 소리가 들려옵니다. 마부들이 어린 왕자의 밤색 말에게 먹이 주는 것을 잊어버려 텅 빈 구유 옆에서 구슬프게 울고 있습니다.

그런데 왕은 어디 있는 것일까요? 국왕 폐하께서는 어디에 계신 것일까요? 폐하께서는 궁전 맨 끝에 있는 방 안에 혼자 틀어박혀 계십니다……. 다른 사람들에게 눈물 흘리는 모습을 보이고 싶지 않습니다……. 왕비의 경우는 다릅니다……. 어린 왕자의 머리맡에 앉았는데, 아름다운 얼굴이 눈물에 젖은 채 여느 장사치 부인네처럼 여러 사람 앞에서 큰 소리로 흐느끼고 있었습니다.

레이스로 장식된 침대에는 나이 어린 왕자가 베고 있는 베개보다도 더 창백한 얼굴로 누워 있습니다. 똑바로 누워서 눈을 감고 있지만 자고 있지는 않습니다……. 고개를 왕비 쪽으로 돌려 울고 있는 왕비를 보며 이렇게 말합니다.

"어머니, 왜 울고 계세요? 제가 죽을 거라고 정말로 믿고 계신 거에요?"

왕비는 대답하려고 했지만, 목이 메어 말이 나오질 않습니다.

"그럼, 울지 마세요, 어머니. 제가 왕자라는 걸, 왕자는 이렇게 죽을 수 없다는 걸 잊으셨군요……."

왕비는 더욱 소리 높여 웁니다. 그러자 어린 왕자도 무서워지기 시작합니다.

"거기 있는 이들은 모두 내 말을 들으시오!"

왕자가 말합니다.

"죽음이 이렇게 와서 데려가는 걸 나는 원치 않소. 죽음이 이 방에 들어오지 못하게 하는 방법을 나는 아주 잘 알고 있소……. 즉시 가장 힘센 군사 40명을 불러모아 내 침대 주변을 빙 둘러싸서 지키게 하시오……. 도화선에 불붙일 준비가 된 대포 1백 대가 밤낮으로 내 방의 창문 밑에서 지키도록 하시오! 그래도 죽음이 감히 내 가까이 온다면, 그에게 더 뜨거운 맛을 보여주겠소!"

왕자의 기분을 맞춰 주기 위해 왕비가 신호를 보냅니다. 즉시 커다란 대포들이 궁정 안으로 굴러 오는 소리가 들리고, 손에 창을 든 건장한 병사 40명이 방 안으로 들어와 방 주위에 빙 둘러섭니다. 모두들 나이 지긋하고 수염이 허옇게 센 경험 많은 병사들입니다. 어린 왕자는 그들을 보더니 손뼉을 칩니다. 왕자는 한 병사를 알아보고는 그를 부릅니다.

"로렝! 로렝!"

나이든 병사가 앞으로 한 걸음 나옵니다.

"로렝, 난 그대가 참 좋아……. 그대의 칼을 한번 보여주지 않겠나……. 죽음이 나를 데려가려고 하면, 반드시 죽여 버려야 해, 그렇지 않나?"

로렝이 대답합니다.

"그렇습니다, 전하!"

햇볕에 탄 뺨 위로 두 개의 커다란 눈물 방울이 주르륵 흘러내립니다. 때마침 궁정 신부가 어린 왕자에게 다가오더니 십자가를 보여주며 낮은 목소리로 오랫동안 이야기합니다. 어린 왕자는 몹시 놀란 표정으로 듣고 있다가 갑자기 끼어듭니다.

"예, 신부님 이야기는 잘 알겠소. 하지만 정말로, 내 친구 베포에게 많은 돈을 준다 해도, 녀석이 내 대신 죽는다는 게 불가능한가요?"

신부는 다시 낮은 목소리로 이야기를 계속합니다. 그러자 어린 왕자는 점점 더 놀란 얼굴이 됩니다.

신부님이 이야기를 모두 마치자, 어린 왕자는 크게 한숨을 내쉬며 말했습니다.

"신부님이 방금 하신 말씀은 하나같이 너무 슬퍼요. 하지만 한 가지는 나를 위로해 주었소. 그건 저 위 별들 사이에 있는 하늘의 낙원에서 나는 여전히 황태자일 거라는 것이오. 하나님은 나의 사촌이니 내 신분에 맞게 대우해 주실 거라는 걸 나는 잘 알고 있소."

그리고 왕비를 돌아보며 덧붙입니다.

"내 옷 중에서 제일 고운 옷을 가져오라고 해 주세요. 하얀 담비 가죽 저고리와 벨벳 신발 말이에요! 천사들 앞에서 가장 좋은 차림을 보여주고 싶어요. 왕자에게 어울리는 복장으로 천국에 들어가고 싶어요."

신부님이 세 번째로 어린 왕자에게 허리를 굽히고 낮은 목소리로 오랫동안 이야기합니다……. 마침내 왕자는 그를 가로막으며 화가 나서 소리칩니다.

"그럼, 왕자가 되었다는 게 아무것도 아니잖아요!"

그리고 더 이상 듣지 않겠다며 어린 왕자는 벽을 향해 돌아눕더니 슬프게 울고 있습니다.

⊙ 핵심 정리

- **갈래** : 단편소설
- **시점** : 3인칭 전지적 작가 시점(도입부는 1인칭 주인공 시점)
- **주제** : 인간의 한계와 삶의 참된 가치에 대한 깨달음
- **배경** : 왕이 사는 성안
- **등장인물** : 왕자 – 세상의 명예와 권력으로 죽음까지도 극복할 수 있다
   고 생각하는 천진한 소년

   왕 – 아들이 죽게 되자, 남에게 눈물을 보이기 싫어 성 끝에
   있는 방에 홀로 들어앉아 있다.

   왕비 – 아들의 죽음을 앞두고 보통의 어머니처럼 슬퍼하며,
   그 소원을 다 들어주려고 애쓴다.

   신부 – 왕자가 한 인간으로서 죽음을 자연스럽게 받아들일
   수 있도록 돕는다.

- **구성** : 발단 – 어린 왕자가 병들어 죽게 되자, 온 성안은 슬픔에 잠긴다.
   왕은 성 끝에 있는 방에 들어앉아 있고, 왕비는 왕자의 머리
   맡에 앉아 슬픔의 눈물을 흘린다.

   전개 – 두려워진 왕자는 죽음을 막으려고 안간힘을 쓴다. 힘센
   근위병들을 침대 주위에 배치시켜 달라고 하고, 친구에게 돈
   을 주고 대신 죽게 할 수는 없냐고 묻기도 한다.

   절정 – 신부는 왕자에게 죽음은 막을 수도 없고, 누군가 대신할
   수도 없으며, 또 천국에 가서는 왕자 행세를 할 수도 없다고
   말해 준다.

결말 – 실망한 왕자는 "왕자는 아무것도 아니군요!" 하며 흐느껴 운다.

줄거리 및 작품 해설

어린 왕자가 병들어 죽게 되자, 온 나라가 슬픔에 잠긴다. 모든 교회에서는 왕자의 회복을 위해 기도하고, 거리의 마차들도 조심스럽게 다니고, 성 안의 의사들은 회의를 되풀이하지만, 그 죽음을 돌이킬 수는 없다. 왕은 눈물을 보이지 않으려고 성 끝의 방에 틀어박히고, 왕비는 왕자의 머리맡에서 눈물을 흘리며 슬퍼한다.

왕자는 죽음을 막기 위해 왕비에게 대포와 근위병을 침대 주위에 배치시켜 달라고 부탁한다. 그러나 신부가 인간의 죽음은 누구도 막을 수 없으며, 다른 사람이 죽음을 대신할 수도 없으며, 천국에 가면 이 세상에서의 신분은 아무 소용이 없다고 이야기해 주자, 왕자는 절망하여 흐느껴 운다.

이 작품은 알퐁스 도데의 초기 단편집 《풍차방앗간의 편지》에 실린 단편으로, 환상적이고 시적인 문체로 인생의 보편적이고 근원적인 진리를 생각하게 하는 작품이다.

대부분의 사람들은 재물과 권력, 명예를 인생의 목표로 삼는다. 이 작품에 등장하는 왕자는 그것들을 모두 가졌다. 작가는 왕자를 통해 과연 인생의 진정한 가치는 무엇이며, 행복은 어디에서 찾을 수 있는가를 묻는다.

왕자는 자신의 명예와 권위를 과신하여, 죽음까지도 극복할 수 있다고 믿는다. 그러나 신부는 그러한 것은 아무 가치가 없다는 점을 일깨워 준다. 그렇다면 진정한 삶의 가치는 무엇일까. 작가는 그것을 직접 제시하지 않지만, 독자들은 "그렇다면 왕자란 아무것도 아니군요!"라는 왕자의 말을 들으면서 적어도 권력이나 명예나 재물이 인생의 전부는 아니라는 교훈을 얻을 수 있을 것이다.

◎ 생각해 볼 문제

1. 이 작품의 성격을 생각나는 대로 말해 보라.
2. 왕자의 자각을 보여주는 대목은?

해답

1. 서정적, 종교적, 철학적, 명상적, 비극적.
2. "그렇다면 왕자란 아무것도 아니군요."

빅토르

위고

빅토르 위고(Victor Marie Hugo, 1802~1885)

　프랑스의 시인, 극작가, 소설가. 브장송에서 나폴레옹 휘하 장군의 아들로 태어났다. 아버지는 군인이 되기를 바랐지만, 그는 문학에 흥미를 갖고 남몰래 글을 쓰며 작가의 꿈을 키웠다. 1817년 아카데미 프랑세즈의 콩쿠르, 1819년 투르즈의 아카데미 콩쿠르에서 시가 입상하면서 문학의 길로 들어섰다.

　1822년 어릴 적 친구였던 아델 푸세와 결혼하였고, 같은 해 《시가집》을 냈다. 그밖에도 시집 《오드와 발라드》, 《동방시집》, 소설 〈아이슬란드의 한〉, 희곡 〈크롬웰〉 등을 연달아 발표하였다. 이 무렵부터 그를 중심으로 낭만주의자들이 모여들어 이른바 '세나클(클럽)'을 이루어, 그들의 지도자가 되었다.

　그러나 1830년경 7월혁명 무렵부터는 인도주의와 자유주의로 기울었는데, 이때 소설 〈노트르담 드 파리〉를 발표했다.

　1851년 나폴레옹 3세의 쿠데타에 반대하다가 추방당하여, 벨기에를 거쳐 영국에서 19년 동안 망명생활을 했다. 나폴레옹 3세가 물러나고 새로운 공화정치가 시작되자, 프랑스로 돌아와 나폴레옹 3세를 비난하는 《징벌시집》, 1843년에 죽은 딸에 대한 추억과 철학사상을 노래한 《정관시집》, 인류의 진보를 노래한 서사 《여러 세기의 전설》, 장편소설 〈레 미제라블〉, 〈바다의 노동자〉 등을 발표하였다.

　그는 시, 소설, 희곡 등 여러 방면에 걸쳐 뛰어난 상상력과 천재적인 언어 구사력으로 수많은 주옥 같은 작품을 남기고, 인도주의와 자유정신, 박애주의라는 중심 사상 위에 서정적, 서사적, 풍자적인 작품세계를 이룸으로써 19세기 프랑스 문단의 최고작가로 인정받았다.

　1885년 세상을 떠나자 국민적인 대시인으로 추앙되어 팡테옹에 묻혔다.

가난한 사람들

 읽기 전에

>> 작가의 중심 사상에 대해 생각해 보자.

>> 가난이 인간에게 미치는 영향에 대해 생각해 보자.

폭풍우가 무섭게 몰아치는 어두운 밤이었다. 가난한 어부의 오막살이 안. 자니는 꺼져 가는 난로 옆에 앉아 넝마 조각을 잇대어 헐어빠진 돛을 깁고 있었다.

밖에는 여전히 사나운 바람이 휘몰아치는 가운데 장대비가 사정없이 유리창을 때렸다. 성난 파도가 바닷가 암벽에 부딪혀 철썩철썩 요란한 소리를 냈다. 자니는 그 무서운 소리를 몹시 싫어했다.

밖은 여전히 춥고 어두웠으며 몸서리쳐지는 폭풍우가 끊임없이 계속되었다. 그러나 가난한 어부의 오막살이는 더없이 포근하고 아늑했다. 방바닥은 비록 흙바닥이지만 먼지 하나 없이 깨끗했고 잘 정리되어 있었다.

난로 안에서 마른 나무들이 바지직 소리를 내며 활활 타고 있었다. 방 한쪽 구석의 찬장에는 하얗고 깨끗한 접시와 그릇들이 가지런히 놓여 있었다. 그리고 흰 매트를 깐 침대가 놓여 있었는데, 그 침대에는 아무도 누워서 잔 흔적이 없었다.

그러나 낡은 카펫이 깔린 방바닥에는 밖의 폭풍우와는 아무 상관없다는 듯 어부의 다섯 아이들이 쌔근쌔근 잠들어 있었다.

해진 돛을 깁고 있는 자니의 남편은 지금 고기를 잡으러 바다에 나가 있었다. 이렇게 춥고 비바람이 몰아치는 험한 날씨에 바다로 나가는 것은 위험한 일이다. 하지만 먹고 살기 위해서는 어쩔 수가 없다. 가만히 앉아 있는데 누가 먹을 것을 갖다 주겠는가? 식구들을 앉아서 굶어 죽게 할 수는 없는 노릇이었다.

바느질을 하면서도 자니의 마음은 줄곧 바다에 나가 있었다. 더구나 오늘밤처럼 날씨가 궂은 날이면 한시도 마음을 놓을 수가 없었다. 거센 폭풍우 사이로 간간이 어린애 울음소리 같은 갈매기 소리가 들려왔다. 비는 줄기차게 쏟아지고 있었다.

자니는 마음이 몹시 불안했다. 불길한 예감마저 들었다. 폭풍우에 배가 난파되는 무서운 장면이 계속 눈앞에 떠올랐다. 배는 암초에 걸려 산산이 부서지고…… 물에 빠진 사람들은 저마다 살려달라고 아우성을 친다.

'아아, 무서워!'

자니는 몸을 웅크렸다. 그때 낡은 괘종시계가 목쉰 소리로 땡땡…… 시간을 알렸다. 그러나 철부지 어린것들은 아무것도 모른 채 잠들어 있었다.

자니는 생각했다. 산다는 것은 결코 쉬운 일이 아니었다.

남편은 추위와 비바람을 무릅쓰고 바다에 나가, 자신의 몸을 돌보지 않고, 시시각각으로 죄어 오는 위험 속에 자신을 내맡기고 있다. 그리고 그녀는 이른 새벽부터 밤늦게까지 쉴새없이 이렇게 일하고 있다.

하지만 다른 한편으로 생각해 보면, 부지런히 일한다는 것은 얼마나 값지고 보람된 일인가!

어린것들은 사시사철 신발도 못 신은 채 늘 맨발로 다닌다. 그들에게는 검은 빵조차 고급스런 빵이다. 귀리밥이라도 매일 배불리 먹일 수만 있다면 얼마나 좋을까. 그래도 바다에 사는 덕분에 생선은 가끔 얻어먹을 수 있으니 다행이다. 아무튼 아이들이 아무 탈 없이 건강하게 자라주는 것만으로도 하느님께 감사할 뿐이다.

자니는 두 눈을 지그시 감고 마음속으로 기도했다.

'하느님! 그이는 지금 어디 있을까요? 제발 그이를 지켜 주세요.'

그러나 비바람은 점점 더 기승을 부렸다.

아직 잠자리에 들기는 일렀다. 자니는 참다못해 외투를 걸친 다음 램프를 켜 들고 밖으로 나갔다. 혹시 남편이 돌아오고 있는지…… 거센 파도가 조금 잔잔해졌는지…… 등대불은 켜져 있는지 알아보기 위해서였다.

밖은 여전히 추웠다. 폭풍우도 아직 그대로였다. 자니는 아랫마을을 향해 조금씩 내려가다가, 동네 어귀 해변 가까이 있는 낡은 초가집 앞까지 걸어 내려갔다.

무너진 벽의 앙상한 기둥에 의지하고 있는 낡은 문짝이 보였다. 그 문짝은 바람이 불 때마다 삐걱삐걱 이상한 소리를 냈다. 오늘밤 유난히 사나운 바람이 초가집을 한입에 삼킬 듯 세차게 몰아치고 있었다. 문짝은 쉬지 않고 삐걱거리고, 지붕을 덮은 낡은 지푸라기들은 마치 살려달라고 애원하듯 바스락거렸다.

자니는 한참 머뭇거리다가 생각했다.

'가엾은 사람! 이런, 내가 깜빡했네. 저 가엾은 사람을 진작 돌봐줬어야 하는 건데. 그이가 저 여자는 외롭고 아무도 돌봐줄 사람이 없다고 늘 걱정을 했었지.'

자니는 그 낡은 집의 문을 두드렸다. 그러나 안에서는 아무 대답이 없었다. 자니는 다시 머뭇거리며 생각했다.

'가엾기도 하지! 어린것들을 돌봐야 할 텐데…… 자신마저 앓아눕다니! 저 여잔 왜 저렇게 팔자가 사나울까! 둘째 아이를 임신한 채 과부가 됐으니…… 어린것들은 저 여자만 바라보고 사는 게 아닌가…… 아, 가엾어라!'

자니는 계속 문을 두드렸지만, 여전히 집 안에서는 인기척이 없었다.

"아무도 안 계세요? 대답 좀 해 보세요!"

하고 소리쳐 보았다.

"주무시는 건가요? 그럼 그냥 계세요."

자니는 돌아서려고 했다. 온몸이 비에 흠뻑 젖어 갑자기 와들와들 떨렸다. 막 발길을 돌리려고 하는 순간, 거센 바람이 자니의 외투를 날려 버릴 듯 사납게 몰아쳤다. 자기도 모르게 휘청대던 몸이 문에 부딪히면서 문이 활짝 열렸다.

그제야 자니는 그 집 안으로 들어갔다. 그녀의 손에 든 램프의 불이 어두운 그 집 안을 두루 비추었다. 말이 집이지…… 바깥보다 더 썰렁하니 냉기가 돌았다. 천장 이 구석 저 구석에서 빗물이 새어 흘러내리고 있었다. 문 뒤의 벽 근처에 지저분한 지푸라기 더미가 보였다. 그 위에 과부가 죽은 채 누워 있었다.

머리를 뒤로 젖힌 채 입을 크게 벌린, 싸늘하게 식은 그녀의 얼굴은 절망과 고뇌와 함께 꽁꽁 얼어붙어 있었다. 죽음 직전까지 뭔가를 붙잡으려고 애쓴 듯 쭉 뻗은 핏기 없는 손이 지푸라기 침대 아래로 맥없이 처져 있었다.

그런데 죽은 여인의 발치에 아이들이 때에 전 포대기에 싸인 채 누워 있었다. 파리하게 야위긴 했어도 금발의 곱슬머리에 예쁜 얼굴을 한 아이들이 미간을 찌푸린 채 서로 얼굴을 맞대고 잠들어 있었다. 시시각각으로 죽음의 그림자가 다가오는 줄도 모르고, 사나운 폭풍우는 까마득히 모르고…….

어머니는 죽음의 순간까지 아이들의 발을 큼직한 헌 이불로 감싸 주고, 자기 옷으로 그 몸을 덮어 준 모양이었다. 참으로 죽음보다 강한 어머니의 사랑이었다. 한 아이는 고사리 같은 뽀얀 손으로 뺨을 괴고 있었고, 다른 한 아이는 형의 목에 귀여운 얼굴을 맞대고 있었다. 아이의 숨소리는 금방이라도 꺼질 듯 조용하고 가냘팠다. 이 세상의 어느 누구도 아이들의 평온하고 달콤한 잠을 깨우지 못할 것 같았다.

밖에서는 비바람이 점점 더 사납게 몰아치고 있었다.

천장을 타고 내리던 빗물 한 방울이 죽은 여인의 얼굴에 툭 떨어져 뺨으로 주르륵 흘러내렸다. 마치 근심과 걱정을 남기고 어쩔 수 없이 죽어야 했던 어머니의 한스러운 눈물 같았다.

자니는 갑자기 무엇인가를 훔쳐 외투 속에 숨기고 도망치듯 그 집을 뛰쳐나왔다. 심장은 세차게 고동치고…… 누군가 뒤에서 쫓아오는 것만 같았다.

자니는 집으로 돌아오자마자 외투 속에 숨겨 온 것을 침대 위에 놓고 재빨리 이불로 덮었다. 그리고 정신없이 의자를 끌어당겨 주저앉아 침대 끝에 이마를 대고 엎드렸다. 그녀의 얼굴은 몹시 창백해져 있었고 흥분에 들떠 있는 것 같았다.

그녀는 마치 양심의 가책을 느껴 자신을 저주하고 있는 것처럼 보였다. 그리고 이따금 정신 나간 사람처럼 외쳤다.

"그이, 그이는 뭐라고 할까? 내가 도대체 무슨 짓을 한 거야? 아이들 뒤치다꺼리에 지쳐서……. 아, 흑흑…… 난 바보야, 바보라구……. 혹시 그이가 왔나? 아, 안 왔네! 차라리 그이가 와서 나를 실컷 때려 주기라도 했으면 좋겠어! 난 부질없는 짓을 했어. 아아, 그이, 차라리 내가!"

그때 문소리가 나더니 인기척이 들리는 것 같았다. 자니는 벌벌 떨며 의자에서 벌떡 일어났다.

"아, 안 왔네! 하느님! 제가 어쩌다 이런 짓을 했을까요? 이런 짓을 저지르고 어떻게 남편의 얼굴을 바로 볼 수 있을까요?"

자니는 온갖 고뇌에 가슴 조이면서 한동안 말없이 침대 옆에 앉아 있었다.

드디어 비가 멎고 먼동이 트기 시작했다. 그러나 바람은 아직도 세차게 불고 바다는 성난 듯 소리쳤다.

갑자기 문소리가 들렸다. 이윽고 문이 열리면서 축축하고 시원한 바람이 방 안으로 흘러 들어왔다. 그와 함께 큰 키, 햇볕에 그을린 건장한 몸집의 어부가 여기저기 찢어진 그물을 질질 끌며 집 안으로 들어왔다.

"자니, 나요!"

하고 그는 반가운 듯 말했다.

"아, 당신이군요!"

자니는 이렇게 대답했지만, 똑바로 일어서지도 못한 채 고개를 숙이고 말았다.

"지난밤은 정말 무서웠어! 날씨 한번 사납더군."

"그래요. 그래, 고기는 많이 잡았나요?"

"아니. 고기가 다 뭐야. 한 마리도 못 잡았어. 괜히 멀쩡한 그물만 다 찢고 돌아왔지. 머리털 나고 처음 보는 무서운 폭풍우였어. 뭐랄까, 마치 미친 악마 같았어! 배를 가지고 공놀이라도 하듯 마음대로 들었다 놓고, 밧줄을 끊고, 선체를 마구 흔들리게 하고…… 이렇게 살아 돌아온 것만도 다행이지…… 안 그래? 그런데 당신은 혼자 뭘 하고 있었던 거요?"

어부는 피곤한 듯 그물을 끌고 방 안에 들어와 난로 옆에 앉았다.

"글쎄, 그냥 이렇게……."

자니는 새파랗게 질린 얼굴로 남편을 쳐다보았다.

"뜨개질을 하고 있어요……. 간밤에 얼마나 비바람 소리가 무섭던지…… 정말 혼자 있기 겁났어요. 줄곧 당신 걱정만 했지요."

"그랬겠지, 정말 지독한 날씨였으니까. 그래, 어떻게 지냈어?"

남편은 걱정스럽게 물었다.

부부는 한동안 멍하니 앉아 있었다. 이윽고 자니는 큰 죄라도 지은 듯 잔뜩 겁에 질린 목소리로 더듬더듬 말을 꺼냈다.

"시몬 아주머니가 죽었어요. 언제 그렇게 됐는지는 몰라도……. 아마…… 당신이 그 집에 다녀온 엊그제쯤인 것 같아요……. 죽을 때 몹시 고통스러웠던 모양이에요. 어린것들을 생각하면 가슴이 찢어졌겠지요. 더구나 젖먹이 둘을 남겨놓고 죽었으니……. 큰아이는 기어다니기라도 하지만 작은아이는 아직 말도 못하는걸요."

자니는 갑자기 말을 그쳤다. 남편은 자니의 말을 듣다가 두 눈을 껌벅이며 엄숙한 표정을 지었다. 정직하고 순박한 그의 얼굴이 어둡게 굳어졌다.

"정말 딱하군! 앞으로의 일이 걱정인데……."

그는 정말 안쓰럽다는 듯 목덜미를 손으로 긁적이며 말을 이었다.

"어쩌면 좋을까? 그 아이들이라도 당신이 데려와야 하지 않겠어? 잠에서 깨면 엄마를 찾을 텐데……. 여보, 어서 가서 어린것들부터 데려와요."

그러나 자니는 말뚝에 묶인 사람처럼 그 자리에서 꼼짝도 하지 않았다.

"빨리 가라니까. 왜, 싫어? 마음이 내키지 않아? 자, 어서. 정말 당신답지 않군!"

그제서야 자니는 천천히 자리에서 일어섰다. 그리고 말없이 남편을 침대 곁으로 데리고 갔다. 그녀는 덮어 놓은 매트 자락을 걷어올렸다. 매트 속에는 죽은 여인의 두 아이가 얼굴을 맞댄 채 평화로운 모습으로 깊이 잠들어 있었다.

핵심 정리

- **갈래** : 단편소설
- **시점** : 전지적 작가 시점
- **주제** : 가난한 부부의 따뜻한 인간애
- **배경** : 시간적 – 19세기의 폭풍우가 몰아치는 어느 날 밤 / 공간적 – 가난한 바닷가 마을
- **등장인물** : 자니 – 어부의 아내. 가난하지만 따뜻한 마음씨를 지닌 채 주어진 환경에 감사하며 살아간다.

  어부 – 자니의 남편. 자신도 힘들게 살지만, 늘 불쌍한 이웃을 걱정하는 착한 마음씨의 소유자

- **구성** : 발단 – 무섭게 폭풍우가 몰아치는 어두운 밤, 자니는 고기잡이 나간 남편을 걱정하며 다섯 아이가 잠든 곁에서 낡은 돛을 깁고 있다.

  전개 – 폭풍우가 그치지 않고 더욱 심해지자, 자니는 남편 걱정에 참다못해 집을 나선다.

  위기 및 절정 – 바닷가에 나간 자니는 그 근처에 있는 병든 과부 시몬의 집에 들른다. 그런데 뜻밖에도 그녀는 두 아이를 남긴 채 죽어 있었다. 자니는 잠시 후 외투 자락에 무엇인가를 감춰 가지고 도망치듯 집으로 돌아온다.

  결말 – 이튿날 남편이 돌아오자, 자니는 시몬이 죽었다는 소식을 전한다. 남편은 가슴 아파하며 자니에게 아이들을 데려오라고 한다. 자니는 남편을 두 아이가 잠든 침대 곁으로

데려간다.

◉ 줄거리 및 작품 해설

무섭게 폭풍우가 몰아치는 밤, 가난한 어부의 아내 자니는 고기잡이를 나간 남편을 걱정하며 낡은 돛을 깁는다. 그녀는 다섯 아이들의 잠든 모습을 보며, 제대로 먹이고 입히지도 못하지만 건강하게 잘 자라주는 것에 감사한다.

날씨가 점점 더 험악해지자 자니는 걱정스러운 마음에 집을 나선다. 바닷가에 이른 그녀는 근처에 있는 병든 과부 시몬의 집에 들른다. 아픈 여인 혼자 험악한 날씨에 아이들과 잘 있는지 궁금했던 것이다. 그런데 뜻밖에도 그녀는 죽어 있고, 그 발치에는 어린아이 둘이 세상 모르고 잠들어 있었다. 잠시 후, 자니는 외투 자락에 무언가를 훔쳐 들고 도망치듯 그 집을 빠져나온다.

이튿날, 남편이 무사히 돌아오자 자니는 과부 시몬이 죽었다는 이야기를 전한다. 남편은 가슴 아파하며 자니에게 아이들을 데려오라고 한다. 자니는 침대의 매트를 걷어올리고 남편에게 잠든 두 아이를 보여준다.

가난하고 비참한 생활 속에서도 자니와 그녀의 남편은 가진 것에 감사하고, 자신들보다 더 불쌍한 이웃을 생각한다. 그리고 힘들고 어려운 가운데서도 사랑을 베풀며 살아간다. 이와 같이 고난 속에서 감사와 희생정신을 잃지 않게 하는 기본 조건은 사랑이다.

세월이 흐르고 시대가 달라져도 인간이 지켜야 할 보편적인 가치는 변하지 않는다. 행복의 조건도 마찬가지다. 물질적으로 풍부하다고 해서 행복을 느낄 수는 없다. 자니 부부처럼 가난하지만 자기가 가진 것에 감사하고 남을 위해 사랑을 베푸는 사람이 많아질 때, 이 세상은 행복하고 살 만한 곳이 된다.

인간의 본성은 착하다는 생각을 바탕으로 빅토르 위고가 평생 추구했던 박애정신, 가난한 사람들에 대한 연민 등이 잘 나타나 있는 작품으로, 현대인들의 이기적인 삶을 되돌아보게 한다.

◉ 생각해 볼 문제

1. 자니와 남편이 가난 속에서도 감사하며 살아갈 수 있게 하는 힘은?
2. 작가가 이 작품에서 인간이 갖추어야 할 기본적인 조건으로 내세운 것은?

해답

1. 가족과 이웃에 대한 사랑
2. 자신이 처한 상황에 상관없이 남을 생각하는 정신

안톤 체호프

─러시아편─

안톤 체호프(Anton Chekhov, 1860~1904)

19세기말 러시아 사실주의를 대표하는 소설가·극작가. 러시아 돈 강 하구의 타간로크에서 식료품 가게를 하는 소상인의 아들로 태어났다. 1879년 모스크바 대학 의학부에 입학, 그때부터 파산한 가족의 생계를 위해 짤막한 글들을 대중적인 오락잡지에 기고했다. 이 무렵 그는 〈관리의 죽음〉, 〈카멜레온〉 등 풍자와 익살이 가득한 많은 글들을 남겼다.

1888년 문예지 《세베르니 베스트니크》에 자전적인 작품 〈대초원〉을 완성하고, 이어 단편 〈지루한 이야기〉를 발표했다. 죽어가는 늙은 의학교수의 심리를 뛰어난 통찰력으로 파헤친 이 작품은 한 젊은이의 자살로 절정을 이루는 희곡 〈이바노프〉와 함께 환자의 상황을 심층적으로 탐구함으로써 의사이기도 한 작가의 진면모를 보여준다.

1890년 사회학적 조사를 위한 사할린 여행에서 돌아온 후 인간성 해방에 눈길을 돌린 그는 〈유형지에서〉, 〈6호실〉 등을 썼다. 여행으로 신병이 악화된 그는 1899년 요양차 크림 반도로 떠날 때까지 〈이웃사람들〉, 〈익명의 소설〉, 〈흑의의 수도승〉, 〈살인자〉, 〈아리아드네〉, 〈귀여운 여인〉, 〈개를 데리고 있는 부인〉 등을 썼다. 단편작가로서 그의 생애에서 가장 창조적인 시기였다.

체호프의 초기 희곡들은 주로 보드빌(Vaudeville) 단막의 익살극들이었으나, 그의 극작가로서의 명성을 높인 장막극은 〈이바노프〉 외에 1890년대의 상징주의·마르크스주의 등이 반영된 〈갈매기〉, 〈바냐 아저씨〉, 〈세 자매〉 그리고 인생의 진실을 시적인 경지까지 승화시킨 마지막 희곡 〈벚꽃 동산〉으로 그는 근대 연극사에 길이 빛나는 업적을 이루었다.

1900년 학술원 명예회원으로 피선되었으며, 1904년 요양지 독일의 바덴바덴에서 폐결핵에 의한 심장병으로 세상을 떠났다.

귀여운 여인

 읽기 전에

》 체호프의 활동기인 19세기 러시아 문학에 대한 이해를 갖추자.

》 특히 작가에게 영향이 컸던 톨스토이의 작품성 및 경향에 대해 알아보자.

퇴직한 팔등관 플레마니아코프의 딸 올렌카는 자기 집 뒤뜰로 내려가는 조그마한 계단에 앉아 생각에 잠겨 있었다. 날씨가 무더운데다, 파리까지 성가시게 달라붙어 이제 곧 저녁이 된다는 생각만으로도 기뻤다. 검은 비구름이 이따금 습기 머금은 바람을 일으키면서 동쪽에서 몰려들었다.

　안뜰 한가운데에는 치볼리 야외극장의 지배인 쿠킨이 서서 하늘을 쳐다보고 있었다. 쿠킨은 올렌카 집 별채에 세들어 살고 있었다.

　"또 비야?"

　그는 내뱉듯이 말했다.

　"하루라도 비가 오지 않으면 하늘이 무너진다는 말인가. 누가 일부러 그러는 것 같다니까! 차라리 목을 매는 게 낫겠어! 이래 가지고서야 파산 않고 배길 수 있겠냔 말이야! 날마다 엄청난 손해를 봐야 하니!"

　그는 두 손을 탁 치더니 올렌카를 향해 말을 이었다.

　"바로 이런 게 우리의 삶, 살아가는 모습입니다, 올가 세묘노브나. 울어도 시원치 않아요! 온갖 고생 다하면서 최선을 다하지요. 밤잠도 못 자면서 말입니다……. 조금이라도 나은 것을 만들려고 머리를 짜내지만, 결과는 뭡니까? 무엇보다 우선 저 구경꾼들…… 저 사람들은 교육도 못 받은 야만인들이다, 이 말씀입니다. 이쪽은 정성을 다해 고상한 오페레타니, 무언극, 훌륭한 가수들이 부르는 가요를 고르고 골라 무대에 올리지만 과연 그걸 원하기나 할까요? 그게 뭔지 알기나 하는 줄 아세요? 그 자들이 정말 원하는 것은 광대, 그저 광대를 요구할 뿐입니다. 저속한 유랑극단의 신파극 말입니다! 또 이 날씨 좀 보세요. 밤에는 반드시 비가 내려요. 오월 십일부터 오기 시작해서 오월, 유월 내내 비라니, 정말 이렇게 기막힌 일이 어디 있습니까! 구경꾼은 찾아볼 수도 없는데 나는 임대료를 물고, 배우들에게도 출연료를 지불해야 해요!"

　다음날에도 저녁 무렵이 되자 비구름이 몰려왔다. 쿠킨은 신경질적으로 웃으며 말했다.

　"그래, 실컷 쏟아지려무나! 세상을 온통 물바다로 만들어 나를 물 속에 처박든지! 이 세상의 행복, 아니 저 세상의 행복 따위라도 내가 상관할 게 뭐람! 배우들더러 고소하고 싶으면 고소하라고 해! 법원 따위, 뭐 말라비틀어진 거야? 시베리아로 유형을 보낸대도 괜찮아! 단두대도 두렵지 않아! 하하하!"

그 다음날도 마찬가지였다.

올렌카는 말없이 진지한 얼굴로 쿠킨의 말을 듣고 있었다. 가끔 그녀의 눈에 눈물이 고이기도 했다. 그녀는 쿠킨의 불행에 마음이 흔들려 마침내 그를 사랑하게 되었다. 쿠킨은 키가 작고 비쩍 마른 사나이로, 누런 얼굴에, 조금밖에 남지 않은 귀밑털을 산뜻하게 빗어 붙이고 있었다. 목소리는 가느다란 테너로, 말할 때는 입을 실룩거렸고, 얼굴에는 언제나 절망의 빛이 감돌고 있었다. 이 모든 것에도 불구하고 그는 그녀의 가슴에 진정한 깊은 감동을 불러일으켰다.

올렌카는 언제나 누군가를 사랑했고, 사랑 없이는 살지 못하는 여인이었다. 어렸을 때는 아버지를 몹시 따랐으나 그 아버지는 지금 병이 들어 어두컴컴한 방 안에서 팔걸이의자에 앉아 괴로운 숨을 몰아쉬고 있었다. 한때는 2년에 한 번쯤 브란스크에서 다니러 오는 숙모를 몹시 좋아했으며, 그보다 훨씬 전 여학교 시절에는 프랑스어 선생님을 사랑했었다.

그녀는 고운 마음씨에 착하고 다정다감한 처녀였다. 그윽하고 부드러운 눈매에 무척 건강한 편이었다. 토실토실한 장밋빛 뺨에, 하얀 목덜미에는 까만 점이 하나 있었다. 재미있는 이야기라도 들을 때면 그녀의 얼굴에는 상냥하고 귀여운 미소가 떠오르곤 했다.

'거 참 괜찮군……'

올렌카의 그 미소를 바라보면 사내들은 으레 속으로 중얼거리면서 덩달아 미소를 짓게 마련이었다. 상대방이 여자일 경우에는 이야기 도중에 갑자기 마음이 밝아져서 그녀의 손을 잡고 감탄하여 말하곤 했다.

"정말 귀여운 아가씨로군!"

그녀의 집은 도시의 끝 집시 마을에 있었고, 치볼리 야외극장에서 그리 멀지 않았다. 그녀는 태어나면서부터 줄곧 이 집에서 살아왔고, 아버지의 유언장에도 이 집은 그녀 앞으로 되어 있었다. 치볼리 야외극장에서는 매일 초저녁부터 밤늦게까지 음악을 연주하는 소리와 불꽃놀이를 하는 폭죽 소리가 들려왔다. 그 소리가 그녀에게는 쿠킨이 자신의 운명과 싸우는 소리처럼 들렸다. 그가 자신의 가장 큰 적인 냉담한 구경꾼들을 상대로 돌격하고 처부수는 소리로 말이다. 그럴 때면 그녀의 마음 가득 달콤한 전율이 일며 잠은 저만치 달아났다. 이른 새벽에 그가 집으로 돌아오면 그녀는 침실 창문을 조용히 두드리고는 커튼 사이로 얼굴과 한쪽 어깨만을 내밀면서 정답게 웃곤 했다.

쿠킨의 청혼으로 두 사람은 결혼했다. 올렌카의 아름다운 목덜미와 건강한 어깨에 쿠킨은 저도 모르게 두 손을 번쩍 쳐들며 소리쳤다.

"당신은 정말 귀여운 여자야!"

쿠킨은 행복했다. 그러나 결혼식 날에는 비가 왔고, 밤이 되어서도 비는 그치지 않았다. 결국 그의 얼굴에서는 결혼식 날에도 절망의 빛이 사라지지 않았다.

결혼 후 두 사람은 오순도순 잘 살았다. 올렌카는 입장권을 팔고, 장부 정리, 급료 지급 등 극장의 여러 일을 도왔다. 그녀의 장밋빛 뺨과 사랑스럽고 귀여운 미소가 사무실 창구에서 보이는가 하면 어느새 다음 순간에는 무대 뒤나 간이 판매대에 나타나곤 했다. 그녀는 언제나 극장 부근을 돌아다녔다.

그녀는 가까운 친지들에게 말했다. 이 세상에서 가장 훌륭한 것, 가장 소중하고 필요한 것은 다름 아닌 연극이라고, 연극을 통해서만 인간은 진정한 위안을 얻고, 인격적인 사람이 되는 길은 연극을 제외한 다른 것에서는 찾을 수 없다고. 그러면서 이렇게 말하곤 했다.

"하지만 과연 구경꾼들이 그걸 알아줄까요? 그 사람들이 원하는 것은 싸구려 유랑 극단의 광대극이에요! 어제 〈개작 파우스트〉를 무대에 올렸는데, 관람석이 거의 텅텅 비었답니다. 바니치카와 내가 뭔가 저속한 광대극을 올렸더라면 틀림없이 만원 사례였을 거예요. 내일은 바니치카하고 둘이서 〈지옥의 오르페우스〉를 공연합니다. 꼭 보러 오세요, 네?"

언젠가부터 그녀는 연극이나 배우에 대해 쿠킨이 말한 그대로를 다른 사람들에게 되풀이했다. 그녀 역시 관객들이 예술에 대해 냉담하고 무식하다고 하면서 업신여겼다. 또 무대 연습에 끼어들어, 대사나 포즈를 고쳐 주는가 하면 악사들의 태도에 대해 주의를 주기도 했다. 지방 신문이 자기들의 연극을 혹평하기라도 하면 그녀는 눈물을 뚝뚝 흘렸으며, 신문사에 직접 해명하러 가기도 했다.

배우들도 '또 하나의 바니치카', 또는 '귀여운 여인'이라고 하면서 올렌카를 좋아했다. 그녀도 그들을 보살펴주고, 그다지 많지 않을 경우 돈을 꾸어 주기도 했다.

도움을 청했던 사람이 약속을 어기는 일도 있었지만 이런 때도 그녀는 혼자 눈물을 흘릴 뿐, 남편에게 하소연하지는 않았다.

그해 겨울에도 두 사람은 잘 지냈다. 야외극장은 시내에 있는 극단이 공연하지 않는 대신 우크라이나 극단이나 마술사, 또는 지방의 아마추어 극단에게 짧은 기간 동안 빌려 주곤 했다.

올렌카는 점점 좋아지고, 얼굴빛도 점점 환해져 갔다. 그러나 쿠킨은 몸이 마르고 얼굴이 누렇게 떴다. 그해 겨울에는 사업이 잘되는 편이었는데도 그는 엄청난 손해를 보았다고 투덜거리곤 했다. 그는 밤마다 기침이 심했다. 그녀는 나무딸기 즙이나 보리수 꽃 즙을 그에게 먹였으며, 오드콜로뉴로 마사지를 하거나 푹신한 숄로 감싸 주었다. 그녀는 그의 머리를 쓰다듬으면서 진심으로 이렇게 말하곤 했다.

"당신은 좋은 분이에요! 사랑해요, 정말 사랑해요!"

사순절에 쿠킨은 단원을 모집하기 위해 모스크바로 떠났다. 밤이 되었지만, 그녀는 남편 없이는 잠을 이룰 수 없었다. 그래서 창가에 앉아 별을 헤아리면서 그녀는 자신을 암탉과 같다고 생각했다. 암탉 역시 닭장에 수컷이 없으면 쉽게 잠들지 못하고 걱정하지 않는가. 쿠킨은 모스크바에서 생각보다 시간이 오래 걸려 부활절 무렵에나 돌아갈 수 있으며 치볼리 야외극장에 관한 여러 가지 지시를 적은 편지를 보내왔다.

하루만 지나면 부활절의 수난 주간이 시작되는 월요일 밤이었다. 갑자기 대문 두드리는 소리가 났다. 왠지 불길한 소리, 누군가 쿵쿵 문을 두드리고 있었다. 하녀가 잠이 덜 깬 채로 물이 괸 마당을 철벅거리며 대문으로 달려갔다. 누군가 문 밖에서 굵고 거친 목소리로 말했다.

"문 좀 열어 주시오. 전보 왔어요!"

올렌카는 전에도 남편으로부터 전보를 받은 적이 있었다. 그런데 이번에는 전보라는 말에 정신이 아찔했다. 부들부들 떨리는 손으로 그녀는 전보를 펴들었다. 전보에는 '이반 페트로비치 금일 사망. 장례식 화요일. 지시 바람.'이라고 적혀 있었다. 보낸 사람은 소극단 감독 이름이 적혀 있었다.

"여보, 사랑하는 당신!"

올렌카는 울기 시작했다.

"사랑하는 바니치카! 나는 왜 당신을 만났을까요? 왜 당신을 알고 사랑했을까요? 당신은 이 가련한 올렌카를 버렸군요. 이제 난 누구를 의지해 살라는 거예요?"

화요일, 모스크바의 바가니코프 묘지에서 쿠킨의 장례식을 치르고, 수요일에 집으로 돌아온 올렌카는 자기 방으로 들어가자마자 침대 위에 쓰러져 통곡을 했다. 그 울음소리는 길거리와 이웃집 마당에까지 들렸다.

"정말 가여워!"

이웃집 사람들은 성호를 그으며 말했다.

"가여운 올렌카, 저렇게 슬퍼하다간 몸을 상할 텐데……!"

그로부터 석 달이 지난 어느 날이었다. 상복 차림의 올렌카는 미사를 마치고 쓸쓸하게 집으로 돌아가고 있었다. 우연히 바실리 안드레이치 푸스토발로프라는 이웃 남자가 그녀와 나란히 걷게 되었다. 그 역시 교회에서 집으로 돌아가는 길이었다. 그는 바바카예프 목재상 주인이었다. 흰 조끼에 금 시곗줄을 늘이고 맥고모자를 쓴 그는 상인이라기보다는 오히려 돈 많은 시골 지주 같았다.

그는 의젓하게 위로의 말을 했다.

"이 세상 모든 것에는 하느님이 정한 운명이 있지요, 올가 세묘노브나. 소중한 사람의 죽음도 하느님의 뜻일 수밖에 없습니다. 그래서 우리는 우리에게 주어진 슬픔을 꿋꿋하게 견뎌야만 합니다."

올렌카를 대문까지 바래다준 그는 작별 인사를 하고 돌아갔다. 그 후 그녀의 귓가에는 그의 의젓한 말이 맴돌기 시작했다. 눈을 감기만 해도 새까만 수염의 그의 모습이 눈앞에 어른거렸다. 그녀는 그가 몹시 좋아졌다.

그 사람 역시 그녀에게서 좋은 인상을 받은 것 같았다. 그를 만난 이삼 일 후 평소 그리 가깝지 않은 마을의 한 부인이 커피를 마시러 그녀의 집에 왔다. 그 부인은 테이블에 앉자마자 곧장 푸스토발로프의 얘기를 끄집어냈다. 그는 건실하고 좋은 사람이어서 그러면 어떤 여자라도 기꺼이 결혼하려 할 것이라는 그 부인의 얘기로 미루어 그렇게 짐작할 수 있었다.

사흘 뒤에는 푸스토발로프가 직접 찾아왔다. 그는 아주 잠깐 머물렀을 뿐 별다른 얘기도 하지 않았다. 그러나 올렌카는 이미 그를 사랑하고 있었다. 완전히 그에게 반해 마치 열병에라도 걸린 사람처럼 그날 밤을 뜬눈으로 새웠다. 그러고는 날이 새기가 무섭게 심부름꾼을 시켜 그 부인을 불러오는 등 소동을 피웠다. 두 사람은 곧장 약혼 예물을 교환하고 마침내 결혼식을 올렸다.

부부가 된 푸스토발로프와 올렌카는 매우 다정하게 지냈다. 그는 보통 점심때까지 상점에 있다가 그 후에는 일을 보러 나가곤 했다. 그럴 때면 올렌카는 그를 대신해 저녁때까지 사무실에 앉아 계산서를 정리하거나 직접 물건을 팔기도 했다.

"요즘은 해마다 목재 값이 20퍼센트씩이나 뛰어오르고 있답니다."

그녀는 목재를 사러 온 손님이나 아는 사람에게 이렇게 말하곤 했다.

"전엔 우리도 이 지방 목재를 취급했답니다. 하지만 요즘은 바시치카가 모길레프 현까지 목재를 사러 가야 하는데, 그 운반비가 또 엄청나요!"

그녀는 소름이 끼친다는 듯 두 손으로 자신의 볼을 감싸며 소리쳤다.

"아이구, 그 엄청난 운반비라니……."

올렌카는 벌써 오래 전부터 자신이 목재상을 해온 것처럼 느꼈고, 목재야말로 인간 생활에서 가장 중요하고 결코 없어서는 안 될 물건이라고 생각하게 되었다. 대들보, 통나무, 서까래, 판자, 각목, 창문 재료, 기둥, 톱밥 등 이런 말들이 어릴 적부터 귀에 익은 것처럼 다정하게 들렸다. 잠을 잘 때도 목재 꿈을 꾸었다.

차곡차곡 산처럼 쌓아올린 두껍고 얇은 판자더미, 도시 밖 어디론가 나무를 운반해 가는 우마차의 긴 행렬……. 지름 25센티미터에 길이가 8미터나 되는 통나무가 꼿꼿이 서서 마치 군인들처럼 목재 창고로 행진해 가는 꿈을 꾸기도 했다. 통나무, 들보, 판자 등의 말린 목재들이 한꺼번에 요란한 소리를 내고 서로 부딪히며 무너져 내렸다가는 다시 쌓아올려지는 꿈도 있었다. 이런 꿈을 꿀 때면 올렌카는 소스라치게 놀라 깨어나고, 푸스토발로프는 자다 깨어서도 마치 어린애를 달래듯 말하곤 했다.

"올렌카, 왜 그래? 자, 어서 성호를 그어요."

그들에게 남편의 생각은 바로 아내의 생각이었다. 남편이 방이 너무 넓다거나 장사가 시원치 않다고 생각하면, 그녀 역시 그렇게 생각했다. 남편은 오락이라곤 전혀 좋아하지 않았다. 공휴일에도 집에 틀어박혀 있었고,

물론 아내도 그렇게 지냈다.

"집하고 사무실에만 틀어박혀 있지만 말고, 극장 같은 데라도 좀 다녀보지 그래요?"

가까운 사람들은 그녀에게 이렇게 권하기도 했다. 그럴 때면 그녀는 아주 위엄 있는 목소리로 말하곤 했다.

"우리 바시치카와 난 극장에는 가지 않는답니다. 일하는 사람들은 그런 우스꽝스러운 것은 구경할 여유가 없어요. 극장 같은 데 가봤자 이로울 게 있어야죠."

그들 부부는 토요일 저녁 기도와 일요일 아침 미사에 참석했다. 교회를 나오면 두 사람은 환한 얼굴로, 아내는 사락거리는 비단옷을 입고 나란히 길을 걸었다. 남들의 눈에도 두 사람은 무척 행복해 보였다. 집에 돌아와서는 버터 빵에 잼을 발라 차와 함께 마셨다. 그 다음에는 케이크를 먹었다.

매일 점심 무렵에는 수프나 양고기, 오리고기를 굽는 냄새가 대문 밖 한 길까지 풍겨 나왔다. 육식을 금하는 날에는 생선으로 요리를 했다. 이 집 앞을 지나는 사람은 누구나 군침을 삼키지 않을 수 없었다.

사무실에는 언제나 사모바르가 끓고 있어서 찾아오는 손님들에게 차와 도넛을 대접했다. 이들 부부는 일주일에 한 번씩 목욕탕에 갔다가 얼굴이 발그레하게 상기되어 나란히 집으로 돌아왔다.

올렌카는 아는 사람을 만나면 이렇게 말했다.

"우리는 아주 잘 지내고 있답니다. 다른 사람들도 바시치카와 저처럼 행복하게 살 수 있게 해 달라고 하느님께 기도드리곤 하지요."

그러나 푸스토발로프가 목재를 구입하러 모길레프 현으로 떠나 있는 동안 그녀는 몹시 적적해했다. 그래서 밤에 잠도 자지 못하고 눈물만 짰다. 저녁에는 가끔 건넌방에 세 들어 살고 있는 군 부대의 수의관(獸醫官)인 젊은 스미르닌이 놀러오곤 했다. 그는 이런저런 이야기도 해주고 함께 트럼프를 하기도 해 그녀에게 많은 위안이 되었다.

스미르닌의 가정 얘기가 특히 그녀의 관심을 끌었다. 그에게는 아내와 아들이 하나 있는데, 아내는 행실이 좋지 못해 헤어졌다고 했다. 그는 아내는 밉지만, 아들의 양육비로 매달 40루블씩 보낸다고 했다. 그런 얘기를 들으며 올렌카는 한숨을 내쉬며 머리를 내저었다. 그의 처지가 마음 아팠던 것이다.

"당신을 위해 주님께 기도하겠어요."

층계까지 촛불을 들고 나와 그를 배웅하며 올렌카는 말했다.

"이렇게 와 주셔서 쓸쓸했던 기분이 가라앉았어요. 정말 고마워요. 그럼, 안녕히 가세요."

그녀의 말투는 남편의 말투 그대로 침착하고 위엄이 있었다. 수의관이 아래층 현관을 열고 나가려는데 그녀가 불러 세우고는 이렇게 충고했다.

"블라디미르 플라토니치, 부인과 화해하셔야 합니다. 아드님을 봐서라도 부인을 용서하세요! 어린 자식의 마음에 그늘을 만들어서는 안 된답니다."

푸스토발로프가 돌아오자, 그녀는 남편에게 수의관의 불행한 가정 이야기를 소곤소곤 들려주었다. 아들아이가 가여워 그들 내외는 한숨을 내쉬었다. 그 아이는 얼마나 아버지가 보고 싶을까. 남의 일 같지가 않았다. 그때 부부에게 한 가지 생각이 떠올랐다.

'왜 우리에게는 아이가 없을까?'

그들은 성상 앞에 무릎을 꿇고 자기들에게도 아이를 갖게 해 달라고 기도드렸다.

푸스토발로프 내외는 깊은 사랑 속에 말다툼 한 번 하는 일 없이 6년 동안 평화로운 나날을 보냈다. 그러던 어느 겨울날, 푸스토발로프는 감기에 걸렸다. 사무실에서 뜨거운 차를 한 잔 마시고 목재를 내가는 것을 지켜보기 위해 밖으로 나간 것이 그만 감기에 걸려 앓아누웠다. 유명한 의사들을 불러서 보였지만 병세는 나아지지 않았다. 그는 넉 달 동안 앓아누웠다가 그만 세상을 떠나고 말았다. 올렌카는 또 다시 과부가 되었다.

"여보, 나를 두고 당신 혼자 어디로 가신 거예요?"

남편의 장례식을 치르면서 그녀는 통곡했다.

"당신 없이 나 혼자 어떻게 살아요? 내가 불쌍하지도 않아요? 이웃의 여러분들이 나를 보살펴 주세요. 나는 이제 아무도 의지할 데 없는 고아가 되어 버렸어요!"

올렌카는 상장(喪章)이 달린 검은 옷에 모자나 장갑도 끼지 않았으며, 교회나 남편의 묘지에 가는 이외에는 밖으로 나오는 일이 없었다. 그녀는 마치 수도원의 수녀와 같은 생활을 했다.

푸스토발로프가 죽은 6개월 후 올렌카는 상복을 벗었다. 창문에 무겁게 닫혀 있던 덧문도 열렸다. 이따금 아침이면 하녀를 데리고 시장에 가는 그녀의 모습이 이웃 사람들 눈에 띄기도 했다. 그러나 그녀가 집 안에서 어떻게 지내고 있는지, 무슨 일이 일어나고 있는지는 전혀 알 수 없었다. 그저 이것저것 추측을 해보는 수밖에 없었다.

그녀가 뜰에 앉아 수의관과 함께 차를 마셨다거나, 수의관이 그녀에게 신문을 읽어 주고 있는 것을 누군가 보았다는 얘기가 떠돌았다. 어떤 사람은 우체국에서 올렌카가 친구를 만나 얘기한 내용을 의미심장하게 전하기도 했다.

"우리 고장에선 가축 관리가 제대로 되고 있지 않아. 그게 바로 여러 질병이 생기는 원인이야. 마시는 우유에서도 병을 얻고, 말이나 소도 사람에게 무서운 질병을 옮긴다는 사실 정도는 다들 알고 있어야 해. 사실 사람의 건강 못지않게 가축의 건강도 중요하다니까. 그래서 가축은 언제나 주의 깊게 살펴야 해."

올렌카는 어느새 수의관이 그녀에게 한 말 그대로를 옮기고 있었다. 그녀는 이제 무슨 일에서나 수의관과 같은 의견을 갖게 된 셈이었다. 그녀는 누군가 사랑하지 않고는 단 1년도 살아갈 수 없는 여자임이 분명했다. 그녀는 자기 집 건넌방에서 새로운 행복을 찾은 모양이었다.

이러한 변화가 다른 여자에게 나타났다면 사람들은 비난했을 것이다. 하지만 올렌카의 경우 아무도 나쁘게 생각하지 않았다. 그녀에게는 그것이 지극히 당연하고 자연스럽게 보였다.

올렌카와 수의관은 달라진 자신들의 관계를 아무에게도 말하지 않았다. 아니, 될 수 있으면 그 사실을 사람들에게 감추려고 했다. 그러나 그건 쉬운 일이 아니었다. 올렌카는 도대체 비밀이란 걸 가질 수 없는 여자였다.

같은 연대에 근무하는 수의관의 동료들이 집으로 놀러오면 올렌카는 차를 대접하기도 하고, 어떤 때는 야식을 차려 내기도 했다. 그런 자리에서 그녀는 가축의 질병이나 시의 도살장과 같은 시설에 대한 의견을 꺼내 놓기 일쑤였다. 그러한 그녀의 태도는 수의관에겐 무척 난처했으므로 손님들이 돌아간 뒤 화를 내며 그녀를 나무랐다.

"잘 알지도 못하는 그런 얘긴 제발 꺼내지 말아요. 우리끼리 얘기할 때는 나서지 말라고 하지 않았소! 내 꼴이 뭐가 되느냔 말이오!"

그러면 올렌카는 놀라움과 불안이 뒤섞인 표정으로 그를 쳐다보면서 물었다.

"그럼 볼로디치카, 난 무슨 말을 하면 좋아요?"

그리곤 눈물이 글썽해져서 그를 껴안으며 화를 내지 말라고 애원했다.

두 사람은 행복했다. 그러나 그 행복도 그리 오래 계속되지는 못했다. 연대가 아주 먼 곳으로 이동하게 되어 수의관도 연대와 함께 떠나 버렸다.

올렌카는 다시 혼자 남겨졌다. 이제 말 그대로 그녀는 외톨이가 되었다. 아버지도 이미 오래 전에 세상을 떠났고, 아버지가 앉아 있던 의자는 다리가 하나 부러진 채 지붕 밑 다락방에 처박혀 먼지만 뒤집어쓰고 있었다. 복스럽던 그녀의 얼굴도 이제 여위어 귀엽던 모습은 찾기 어려웠다. 거리에서 만나는 사람들도 예전처럼 그녀에게 미소를 보내지 않았다. 젊고 아름답던 시절은 지나가 버렸다. 그녀에게 젊음은 두 번 다시 돌아오지 않는다. 이제 행복 따위는 꿈에도 그려볼 수 없는 그늘지고 우울한 생활이 시작된 것이다.

해가 저물기 시작하면 올렌카는 현관 계단에 나와 앉아 있었다. 예전처럼 야외극장에서 연주하는 음악 소리와 폭죽 터뜨리는 소리가 들렸지만 지금은 아무런 감흥도 일지 않았다. 어떤 생각도 없고, 욕망조차 없이 그저 멍하게 텅 빈 정원을 바라보고 있었다. 그러다가 밤이 깊으면 잠자리에 들어 꿈속에서도 폐허 같은 자기 집 정원을 보았다. 먹는 것도 그저 마지못해 먹는 시늉만 할 뿐이었다.

무엇보다도 그녀를 불행하게 한 것은 이제 무슨 일에나 자기 의견을 가질 수 없다는 점이었다. 주위의 사물은 예전과 마찬가지로 지금도 그녀의 눈에 띄었다. 또 주위에서 무슨 일이 일어나는지 잘 알고 있었다. 그러나 그런 일들에 대해 자기 의견을 가질 수 없었다. 무슨 얘기를 해야 좋을지 전혀 갈피를 잡을 수 없었다. 자기 의견을 가질 수 없다는 것, 이것이 그녀에게 얼마나 무서운 일이었는지 모른다.

말하자면, 병이 하나 놓여 있거나, 비가 오거나, 농부가 달구지를 타고 가는 것들을 보아도 그녀는 그 병이 왜 있는지, 무슨 이유로 비가 오는지, 그 농부는 무엇 때문에 달구지를 타고 가는지 자신의 생각을 얘기할 수가 없었다. 아마 1천 루블을 줄 테니 말해 보라고 해도 그녀는 입을 뗄 수 없었을 것이다.

쿠킨이나 푸스토발로프, 아니 얼마 전 수의관과 함께 지낼 때만 해도 그녀는 그런 모든 일에 대해 나름대로 설명할 수 있었고, 그럴싸한 자기 의견을 말할 수 있었다. 그러나 이제 그녀의 머릿속과 가슴속은 그녀의 집 정원만큼이나 텅 비어 있었다. 그것은 정말 소름끼치도록 무섭고 괴로운 일이었다.

도시가 발전하면서 올렌카가 살고 있는 곳도 번화한 시가지가 되었다. 치볼리 극장과 제재소가 있던 자리에는 집들이 즐비하게 들어서고 골목길이 사방으로 뻗어 있었다. 정말 세월은 빠르기도 했다. 연기에 그을린 올렌카의 집은 지붕이 녹슬고, 헛간은 한쪽으로 기울어졌다. 뜰에는 잡초와 가시나무가 무성했으며, 집주인 올렌카의 얼굴에는 눈에 띄게 주름이 늘어났다.

올렌카는 여름철에는 층계에 나와 시름없이 앉아 있었고, 겨울에는 내리는 눈을 지켜보며 창가에 앉아 있었다. 따뜻한 봄바람이 불고, 그 봄바람을 타고 멀리 교회의 종소리가 들려오면 그녀는 문득 지난날의 추억이 되살아나 가슴이 미어지는 듯했다. 그리고 자기도 모르게 눈물을 흘리곤 했다.

그러나 눈물도 잠깐, 그녀의 가슴속에는 무엇 때문에 사는지도 알 수 없는 공허감이 다시 자리를 차지했다. 새까만 고양이 브리스카가 곁에 와 야옹야옹 재롱을 부렸지만, 그녀의 마음을 달래줄 수는 없었다. 그녀에게 고양이의 재롱 따위가 무슨 소용이란 말인가?

그녀에게 필요한 것은 사람이었다. 자기의 모든 존재, 자기의 이성과 영혼을 붙들어 생각할 수 있는 힘과 생활의 방향을 제시해 주는 그런 사람이 필요했다. 그런 사람이야말로 식어가는 그녀의 피를 다시 따뜻하게 해 줄 수 있을 것이다.

그녀는 옷자락에 매달리는 고양이를 밀어내며 짜증스럽게 소리쳤다.

"저리 가! 귀찮아!"

올렌카에게는 이렇게 날이 가고 해가 갔다. 아무 기쁨도, 아무런 의견도 없이 말이다. 그녀의 생활은 하녀 마브라가 하고 싶은 대로였다.

무더운 6월 어느 날 저녁이었다. 교외로 나갔던 가축들이 돌아오며 일으키는 먼지가 주위에 가득한 그런 시간이었다. 누군가 대문을 두드렸다. 올렌카가 나가서 문을 열었다. 그녀는 하마터면 기절할 뻔했다. 문밖에는 머리가 희끗희끗해진 민간인 복장의 수의관이 서 있었다.

순간 잊고 있던 과거가 생생하게 되살아났다. 그녀는 어쩔 줄 몰라 한 마디도 못하고 그의 가슴에 머리를 파묻은 채 흐느꼈다. 걷잡을 수 없는 흥분으로 그녀는 어떻게 집 안으로 들어오고 어떻게 식탁에 마주앉아 차를 마셨는지 기억할 수조차 없었다.

"당신이 오셨군요!"

기쁨에 떨리는 목소리로 그녀는 속삭이듯 말했다.

"블라디미르 플라토니치! 그 동안 어디 계시다 이렇게 오셨어요?"

"이젠 이 고장에서 살 생각입니다."

수의관이 입을 열어 말했다.

"군대는 그만두고, 이제 내 힘껏 일해 안정된 생활을 꾸려야지요. 아들 녀석도 학교에 보낼 때가 됐고요. 많이 컸지요. 알고 계신지 모르지만, 아내와는 화해했습니다."

"부인은 지금 어디 계세요?"

올렌카가 물었다.

"아들녀석과 함께 여관에 있습니다. 그래서 지금 셋방을 얻으러 다니는 길입니다."

"아니 셋방이라니, 우리 집에 계시면 되잖아요? 여기가 마음에 들지 않으세요? 방 값은 한푼도 받지 않을 테니 우리 집으로 오세요, 네?"

올렌카는 다시 흥분해서 눈물을 흘렸다.

"이 방을 쓰세요. 난 건넌방이면 충분해요. 그렇게 해주시면 너무나 좋겠어요."

이튿날, 지붕에는 벌써 페인트를 칠하고 벽도 하얗게 새로 바르도록 했다. 올렌카는 가슴을 펴고 두 손을 허리에 얹고, 집 안을 이리저리 다니며 감독을 했다. 얼굴에는 예전의 그 미소가 다시 떠올랐다. 마치 오랜 잠에서 깨어나기라도 한 것처럼 그녀는 활기가 넘쳤다.

수의관의 아내가 아들과 함께 왔다. 못생긴 얼굴에 짧게 자른 머리, 성미가 까다로울 것 같은 비쩍 마른 여인이었다. 아들 사샤는 열 살 난 아이치고는 키가 작고 통통한 편이었는데, 눈이 파랗고, 볼에는 귀여운 보조개가 있었다. 아이는 뜰에 들어서기가 무섭게 고양이를 쫓아 달려갔다. 이어 명랑하고 즐거운 웃음소리가 집 안을 울렸다.

"아줌마, 이거 아줌마네 고양이지요?"

사샤가 올렌카에게 소리쳐 물었다.

"새끼를 낳으면 한 마리 줘요. 우리 엄마는 쥐새끼를 세상에서 제일 싫어해요."

올렌카는 차를 따라주며 사샤와 이야기를 하고 있으면 가슴이 따뜻해지고, 마치 자기 자식처럼 사랑스러웠다. 저녁에 사샤가 책상에 앉아 복습이라도 하고 있으면 그녀는 그 모습을 대견스럽게 바라보며 속으로 감탄했다.

'귀엽기도 하지. 어쩌면 어린아이가 저렇게 똑똑하고 깔끔할까……!'

"섬은 사면이 바다로 둘러싸인 육지의 일종이다."

"섬은 사면이 바다로 둘러싸인 육지의……."

올렌카도 사샤가 읽는 글을 따라 읽었다. 여러 해 동안 침묵 속에서 자기 의견을 입 밖에 낸 적이 없던 그녀에게 이것은 오랜만에 자신을 갖고 소리 내어 말한 최초의 의견이었다. 이제 그녀도 비로소 자기의 의견을 가지게 되었다.

밤참을 먹을 때 그녀는 사샤의 부모와 이야기를 나누었다. 중학교 과목은 어렵기는 하지만, 직업 교육을 받게 하는 것보다는 기본적인 고전을 배울 수 있는 중학교 교육이 아이의 장래를 위해 더 좋다는 의견을 내놓았다. 중학교를 마치면 의사라든가 기사 등 자기가 원하는 대로 진출할 수 있는 길이 트이기 때문이라고 했다.

사샤는 중학교에 다니게 되었다. 아이의 어머니는 하르코프에 있는 자기 언니네 집에 가서 돌아오지 않았다. 아버지는 자주 가축 검사 때문에 출장을 나갔고, 어떤 때는 사흘씩 집을 비우기도 했다. 사샤는 자기 가정에서 거추장스러운 존재였다. 아니, 완전히 버림받은 것이나 다를 바 없었다.

올렌카는 사샤가 굶어 죽지나 않을까 걱정이었다. 그래서 그녀는 아이를 데려다가 자기가 사용하는 건넌방에 붙은 조그마한 방에서 지내도록 했다.

사샤가 올렌카에게 와서 살게 된 지도 벌써 반년이 지났다. 아침이면 그녀는 아이 방으로 들어갔다. 아이는 한쪽 뺨에 손바닥을 괴고 죽은 듯이 자고 있다. 아이를 깨우는 것이 가여워 그녀는 언제나 망설이곤 했다.

"얘, 사센카!"

애처롭지만 올렌카는 아이를 불러 깨운다.

"이젠 일어나야지, 학교에 갈 시간이다!"

사샤는 일어나 옷을 갈아입고 아침 기도를 드린다. 그런 다음 차를 세 잔 마시고 커다란 도넛 두 개, 버터를 바른 빵을 조금 먹는다. 아침을 먹을 때면 잠에서 미처 깨지 않아 아이는 뽀로통해 있기 일쑤였다.

"사센카, 너 학교에서 배운 우화를 잘 외우지 못하잖니?"

그녀는 마치 먼 곳으로 떠나 보내기라도 하는 것처럼 아이를 타이르고는 했다.

"네 일이 걱정이다. 열심히 공부하고, 선생님 말씀을 새겨들어야 한단다. 알겠니?"

"에이, 그런 말 이제 그만 좀 해요!"

사샤는 더 들으려 하지 않고 내쏘았다. 그러고는 자기 머리보다 더 큰 모자를 눌러쓴 채 책가방을 둘러메고 학교로 걸어갔다. 그러면 올렌카도 그 뒤를 따라 걸었다.

"사센카!"

그녀는 뒤에서 아이를 불러 세워서는 대추나 캐러멜을 손에 쥐어주기도 했다.

학교 골목길로 접어들면, 사샤는 나이 많은 여자가 자기 뒤를 따라오는 것이 부끄러웠다.

"아줌마, 이제 그만 가요. 나 혼자 갈 수 있단 말이에요."

올렌카는 멈춰 서서 소년이 학교 안으로 사라지는 것을 지켜보았다. 소년에 대한 그녀의 애정이 얼마나 깊은지 아는 사람은 이 세상에 아무도 없었다! 그녀는 과거에 사랑했던 어떤 사람에게도 이렇게 깊은 애정을 바친 적이 없었다. 어머니로서의 그녀의 사랑은 날이 갈수록 더욱 뜨거워졌다.

이렇게 헌신적이고 순결하며, 이렇게 충족한 기쁨을 안겨 주는 그런 사랑을 그녀는 아직 해본 적이 없었다. 이렇게 자신의 영혼을 독차지하는 그런 사랑은 처음이었다. 자기와는 한 방울의 피도 섞이지 않은 소년, 그녀는 소년의 볼에 오목하게 팬 보조개와 커다란 학생 모자를 생각하기만 해도 가슴이 저려 왔다. 그것에 한평생, 자기의 눈물과 기쁨을 바칠 수 있었다.

사샤를 학교에 바래다주고 올렌카는 흡족하고 평온한 마음으로 천천히 집으로 돌아왔다. 이 반년 사이에 한결 젊어진 그녀의 얼굴에는 밝은 미소가 떠올라 사라질 줄을 몰랐다. 길에서 만나는 사람들도 옛날처럼 친밀감을 느끼고 그녀에게 말을 걸기 시작했다.

"안녕하세요, 아리따운 올가 세묘노브나! 요새는 어떻게 지내세요?"

올렌카는 시장에서 사람들을 만나 이런 말을 하기도 했다.

"요즘 중학교 공부는 너무 어려워졌어요! 글쎄, 어제는 1학년 학생들에게까지 우화를 외워 오라느니, 라틴어 번역을 해 오라지 뭡니까. 거기다 수학 숙제까지 있죠! 아직 어린 학생들에게 너무 무거운 부담 아니겠어요?"

올렌카는 중학교 교원들이나 학과, 교과서에 대하여 사샤에게 들은 그대로를 늘어놓기 시작했다.

2시가 넘어서야 점심을 먹고, 저녁이 되면 사샤와 함께 예습을 하느라 진땀을 뺐다. 사샤를 잠자리에 눕히고 나서 그녀는 몇 번이나 성호를 긋고 기도를 드렸다. 그런 다음에야 자기도 잠자리에 누웠다. 그러고는 사샤가 대학을 마치고 의사나 훌륭한 기사가 되는 날을 상상했다.

'커다란 저택, 마구간과 마차 따위가 갖춰져 있다. 결혼도 해서 아이를 낳는다……'

이렇게 아득히 먼 미래의 일을 환상처럼 그려 보았다. 눈을 감고 그런 생각을 하는 그녀의 뺨에는 어느새 눈물이 흘러내렸다.

올렌카의 겨드랑이 밑에서는 고양이가 가랑가랑 코를 골고 있었다. 그때 느닷없이 대문 두드리는 소리가 들려왔다. 그녀는 겁에 질려 벌떡 자리에서 일어나 앉았다. 숨이 막혔다. 가슴에서 방망이질을 해댔다. 잠깐 사이를 두었다가 다시 두드리는 소리가 들려왔다.

'하르코프에서 전보가 왔구나!'

부들부들 떨면서 올렌카는 생각했다.

'사샤의 어머니가 자기 애를 보내라고 전보를 친 모양이야! 이 일을 어떡하면 좋아!'

올렌카는 절망에 빠져 들었다. 머리와 손발이 얼어붙는 것만 같고, 이 세상에서 자신처럼 불행한 사람은 없을 것이라는 생각이 들었다.

잠시 후 사람 소리가 들려왔다. 수의관이 클럽 외출을 나갔다가 돌아온 것이다.

"하느님, 감사합니다!"

그녀는 안도의 한숨을 내쉬었다. 가슴을 짓누르던 묵직한 것이 내려가는 것 같았다. 그녀는 옆방에서 곤히 잠든 사샤를 생각하며 다시 자리에 누웠다. 사샤가 잠꼬대하는 소리가 들려왔다.

"싫어, 저리 가! 때리지 말라니깐!"

◉ 핵심 정리

- **갈래** : 단편소설
- **시점** : 전지적 작가 시점
- **주제** : 사랑 없인 못 사는 한 여인이 삶을 통해 얻게 되는 진정한 사랑
- **배경** : 시간적 – 19세기 / 공간적 – 러시아의 한 지방 도시
- **등장인물** : 올렌카 – 언제나 누군가를 사랑하는 마음으로 살아가는 여인으로, 사랑 없이는 우울함의 나락에 빠져 버리는, 단순하면서도 따뜻한 인물

　　　　　쿠킨 – 올렌카의 첫 남편으로, 세상 모든 게 불평스러운 부정적인 성격으로 인하여 언제나 절망스러운 인물

　　　　　푸스토발로프 – 올렌카의 두 번째 남편으로, 취미나 여가활동 없이 사업과 가정밖에 모르는 성실한 인물

　　　　　스미르닌 – 아내와의 관계가 원만하지 못한 데다 바쁜 직무로 아들마저 제대로 돌보지 못하는 인물

　　　　　사샤 – 스미르닌의 아들로, 어머니와 아버지의 돌봄을 받지 못함으로써 올렌카에게 모성적 사랑을 느끼게 하고 인간에게 주어진 최선의 사랑인 이타적 사랑을 느끼게 하는 소년

- **구성** : 발단 – 마음씨 고운 올렌카는 극장 운영의 어려움에 불평을 터뜨리는 야외극장 지배인 쿠킨에게 연민을 느낀다.

　　　　　전개 – 쿠킨과 결혼한 올렌카, 행복한 결혼 생활을 하던 그녀에게 출장을 떠난 쿠킨의 갑작스런 사망 소식이 전해진다. 쿠킨의 죽음으로 비탄에 잠겨 있던 올렌카는 목재상 주인 푸스

토발로프를 만나 결혼, 활기를 되찾는다. 행복한 결혼생활 6년 만에 남편이 병으로 세상을 떠난다.

위기 – 남편과의 사별을 두 번이나 겪어 처절한 올렌카, 군대의 수의관 스미르닌을 만나 의지한다. 그러나 스미르닌은 군대를 따라 떠나고 올렌카는 다시 혼자 남는다.

절정 – 사랑 없이 혼자 남아 죽은 사람처럼 살던 올렌카 앞에 스미르닌이 아들 사샤, 아내와 함께 나타난다. 살 집을 찾던 스미르닌 일가는 올렌카의 권유로 함께 산다.

결말 – 올렌카는 버려진 아이처럼 혼자 있는 사샤에게 애정을 느껴 친아들처럼 돌보며 삶의 기쁨과 희망을 되찾는다.

◉ 줄거리 및 작품 해설

천성적으로 다정다감하고 친절한 올렌카는 잠시도 사랑 없이는 살지 못하는 여자다. 다정하게 웃는 그녀의 얼굴에 남자들은 물론 여자들까지도 귀여운 여인이라고 감탄했다.

올렌카는 운영의 어려움과 관객들의 저속함을 한탄하는 야외극장 지배인 쿠킨에게 연민과 사랑을 느껴 결혼한다. 결혼 후 그녀의 모든 관심은 남편과 극장 일에 집중된다. 결국 남편이 하는 말은 그대로 올렌카의 말이 되고 그의 의견은 그녀의 의견이 된다. 어느 날 쿠킨은 출장 중 갑작스럽게 죽고, 올렌카는 깊은 슬픔에 잠긴다. 그러나 그녀는 3개월 뒤 목재상 푸스토발로프의 다정한 위로에 그를 사모하여 결혼한다. 푸스토발로프에게 자신을 맞추어 가면서 행복한 결혼 생활을 하던 중 6년 만에 또 남편이 죽는다. 그녀는 6개월 후 셋방 사는 군 수의관에게 의지하지만, 그는 군대를 따라 떠나 버린다. 홀로 남은 그녀는 죽은 사람처럼 살아간다.

여러 해가 지난 어느 날 군대를 따라 떠났던 스미르닌이 아내와 아들 사샤를 데리고 와 올렌카와 함께 살게 된다. 그녀는 부모의 돌봄을 받지 못하는 사샤에게 모성적 사랑을 느끼고 보살핀다.

〈귀여운 여인〉에는 두 가지 사랑이 제시되어 있다. 자기 중심의 이기적 사랑과 남에게 베푸는 이타적 사랑이다. 젊은 시절의 올렌카는 자기 만족을 위해 사랑을 한다. 그러나 시간이 흐른 후 그녀의 사랑은 다른 사람을 위한 이타적 사랑으로 바뀐다. 사랑 없이는 살 수 없는 올렌카라는 전형적 인물의 창조를 통해 작가는 이타적인 사랑, 희생적인 사랑이 얼마나 귀한 것인가를 잘 드러내고 있다.

이 작품을 통해 작가가 말하려는 것은 나를 버리고 남을 위해 베풂으로써만 얻게 되는 이타적인 사랑, 곧 완전한 사랑이다.

◎ 생각해 볼 문제

1. 올렌카가 마침내 얻게 되는 사랑은?
2. 19세기 러시아 문학에서 체호프에게 커다란 영향을 미친 작가는?

해답

1. 이타적인, 그래서 완전한 사랑
2. 톨스토이

우
수

 읽기 전에

≫ 이 작품의 첫 문장, '내 슬픔을 누구에게 이야기하리?'가 인간의 어떤 감
   정 상태에 의한 것인지 생각하며 읽어보자.

내 슬픔을 누구에게 이야기하리?

황혼녘이다. 커다랗고 젖은 눈송이는 방금 밝혀진 가로등 옆을 너울거리면서, 지붕이며 말 잔등, 어깨, 모자 위로 떨어져 내려 얄팍하고 포근한 층(層)을 이룬다. 마부 요나 포타포프는 유령처럼 새하얗다. 그는 살아 있는 육체가 할 수 있는 최대한 구부린 자세로 마부석에 앉은 채 꼼짝도 하지 않는다. 그 위로 눈더미가 떨어져 내린다 해도, 그는 눈을 털어내려 하지 않을 것만 같다.

그의 말 역시 새하얗게 변해 버린 몸을 움직일 줄 모른다. 그 움직이지 않는 모난 자세, 말뚝처럼 곧은 다리 때문에 가까이에서 보아도 1코페이카짜리 설탕과자 말 같았다. 분명 말은 무슨 생각엔가 잠겨 있다. 쟁기가 벗겨지고 낯익은 일상의 풍물에서 떠나와, 괴물과 같은 불빛, 멈출 줄 모르는 소음, 부산하게 뛰어다니는 사람들로 뒤덮인 미로 같은 곳에 있는데, 어찌 생각에 잠기지 않을 수 있으랴.

요나와 그의 말은 벌써 오랫동안 그 자리에서 움직이지 않고 있다. 그들은 점심 전에 나왔지만, 아직 한 사람의 손님도 태우지 못했고, 아무것도 먹지 못했다. 거리에는 벌써 저녁 어스름이 덮이기 시작하고 있었다. 파리하던 가로등 불빛이 활기를 띠며 살아나고 거리의 혼잡은 점점 더해 갔다.

"마부, 브이보르그스카야까지!"

요나는 그저 듣고만 있다.

"마부!"

요나는 부르르 진저리를 치면서, 눈으로 뒤덮인 속눈썹 사이로 두건 달린 외투를 입은 군인을 본다.

"브이보르그스카야까지!"

군인은 되풀이 말한다.

"아니, 졸고 있나? 브이보르그스카야까지!"

알아들었다는 듯 요나는 고삐를 당긴다. 순간 말 잔등과 그의 어깨에 쌓인 눈의 층이 허물어지며 떨어진다. 군인이 썰매에 앉았다. 마부는 쯧쯧 입술과 혀끝에서 소리를 내고는 백조처럼 목을 빼고 몸을 일으켜, 습관적으로 회초리를 흔든다. 말도 길게 목을 빼고 말뚝처럼 꼿꼿한 다리를 구부려 어슬렁어슬렁 걸음을 옮긴다.

"이런, 어디로 달리는 거야!"

요나는 앞뒤에서 움직이는 새까만 사람들의 무리 속에서 고함 소리를 듣는다.

"악마 같으니! 어디로 가는 거야, 똑바로 다녀!"

"말을 몰 줄 모르오! 똑바로 가야지!"

군인도 화를 내며 소리친다.

사륜마차의 마부가 욕설을 퍼붓는다. 길을 건너려다 말 콧등에 어깨를 부딪친 행인이 소매에 묻은 눈을 털며 험상궂은 눈초리로 노려본다. 요나는 바늘방석에라도 앉은 듯, 마부석에서 팔꿈치를 양쪽으로 내밀고, 자기가 어디에 있으며 왜 이런 곳에 있는지 정말 모르겠다는 듯이 두 눈만 껌벅거리고 있다.

"바보들 같으니!"

군인이 투덜거린다.

"말에 부딪치거나, 그 밑으로 기어들고 싶어 저 야단들이지. 모두들 짜고 하는 짓들이야."

요나는 손님 쪽을 돌아보고 입술을 오물거린다. 무슨 말인지 하고 싶은 것 같았으나, 그의 목구멍에서는 코고는 듯한 소리만 났다.

"뭐라고?"

군인이 묻는다.

요나는 히죽이 웃으며 입술을 찡긋거리더니 목구멍에 힘을 주어 쉰 목소리로 말한다.

"저, 나리, 제 아들놈이 이번 주에 죽었답니다."

"으흠! 왜 죽었소?"

요나는 온몸을 손님 쪽으로 돌리며 말한다.

"그걸 누가 압니까만 열병인 것 같습니다. 사흘 동안 병원에 누워 있다 죽었으니까요. 하느님의 뜻이겠죠."

"똑바로 가, 이 악마야!"

이때 어둠 속에서 악다구니 소리가 들린다.

"이 늙은이, 눈이 멀었어? 눈은 뒀다 뭘 하자는 거야!"

"계속 가요, 가. 이래 가지곤 내일까지도 못 가겠소. 서둘러요!"

손님이 말한다.

마부는 또 목을 빼면서 몸을 일으키고는 익숙하게 회초리를 흔든다. 그 후에도 요나는 여러 번 손님 쪽을 돌아보지만, 손님은 눈을 감고 있었다. 손님에겐 그의 말을 들어줄 뜻이 전혀 없어 보인다.

브이보르그스카야에서 손님을 내려 주고, 요나는 음식점 옆에 말을 멈춘다. 그러고는 마부석에 몸을 구부려 앉고는 또다시 꼼짝도 않는다. 축축한 눈송이는 다시금 요나와 말을 새하얗게 뒤덮는다. 한 시간이 지나갔다. 그리고 또 한 시간…….

덧신으로 요란하게 포도를 울리며, 고래고래 고함을 지르면서 세 젊은이가 지나간다. 그중 두 사람은 키가 크고 말랐으며, 한 사람은 키가 작은 곱사등이이다.

"마부, 경찰교까지!"

째지는 듯한 목소리로 곱사등이가 외친다.

"세 사람에 20코페이카!"

요나는 고삐를 당기며 쯧쯧 입술과 혀끝에서 소리를 낸다. 20코페이카는 값이 아니다. 하지만 그는 값 같은 것에는 전혀 관심이 없다. 1루블이건, 5코페이카건 지금 그에게는 마찬가지다. 손님만 있으면 된다. 청년들은 서로 떠밀고 욕설을 주고받으며 썰매 옆으로 다가온다. 세 사람이 함께 좌석으로 기어오른다. 두 사람은 앉고 한 사람은 서야 했는데, 누가 설 것인가 하는 문제로 옥신각신 논쟁이 벌어진다. 한참 동안 욕설과 각자의 주장과 비난이 빗발친 다음, 작다는 이유로 곱사등이가 서게 됨으로써 해결을 보았다.

"자, 가자!"

자리를 잡고 선 곱사등이는 요나의 뒤통수에 입김을 불어대며 찢어지는 소리로 외친다.

"내리쳐, 영감! 도대체 그 모잔 뭐요! 페테르부르크를 모조리 뒤져도 그보다 나쁜 건 찾아내지 못하겠네."

"흐흐…… 흐흐……."

요나는 웃는다.

"맞습니다요……."

"맞다고요? 그럼 어서 몰아요! 이렇게 느릿느릿 갈 참이오? 응?"

"머리가 깨지는 것 같아. 어제 두크마소프 집에서 바시카와 둘이서 코냑을 네 병이나 마셨거든."

키다리 중 한 사람이 말한다.

"나쁜 자식, 왜 그런 거짓말을 해?"

또 한 명의 키다리가 화를 낸다.

"거짓말 아냐, 정말이야……."

"정말이라고? 이〔蝨〕가 기침을 한다는 그런 정말?"

"흐흐흐, 재미있는 분들이셔!"

요나가 웃는다.

"늙은 고릴라 같으니, 이게 달리는 거요? 힘껏 채찍을 내리쳐요, 쳐! 악마 같은 영감탱이!"

곱사등이가 마구 화를 낸다.

요나는 등 뒤로 곱사등이의 몸이 버둥거리며 목소리가 떨리는 것을 마치 보는 것처럼 느낀다. 그는 자기에게 퍼붓는 욕설을 들으며, 세 젊은이들의 기척을 살피는 동안, 자기의 무거운 고독감이 점점 사라져 감을 느낀다. 곱사등이는 실속 없이 떠들어 대던 욕설에 목이 잠겨 쿨룩쿨룩 기침을 한다. 두 명의 키다리는 나제지다 페트로브나라는 어떤 여자에 대해서 이야기를 시작한다.

요나는 가끔 뒤를 돌아본다. 잠시 젊은이들의 말이 끊어진 틈을 타, 다시 뒤를 돌아보며 중얼거리듯 어렵게 말을 꺼낸다.

"이번 주에 내 아들놈이 죽었습니다!"

기침을 한 곱사등이는 입술을 닦으면서 헐떡이는 소리로 말한다.

"사람들은 모두 죽게 마련이지. 영감, 어서 달려요, 달려! 이봐 친구들, 이렇게 간다면, 난 못 참아! 이 영감은 도대체 언제까지 우릴 데려다주려는 거지?"

"좀더 기운을 내라고 영감을 격려해 주렴, 목덜미를 후려갈기든지!"

"영감탱이가 말을 들어먹어야지? 모가지를 비틀어야 알 모양이야. 점잖게 있으니까, 걷는 것보다 나은 게 없잖아. 음흉한 능구렁이 영감, 듣고 있소? 아니면 우리 말을 아예 무시할 작정이오?"

문득 요나는 누군가가 자기 뒤통수를 때린다고 느끼기보다는 오히려 그들의 소리에 귀를 더 기울였다.

"흐흐흐…… 재미있는 분들이군. 제발 건강들 하쇼!"

요나는 웃는다.

"영감님, 마누라는 있소?"

키다리 중의 한 젊은이가 묻는다.

"나 말이오? 흐흐흐…… 재미있는 분이셔! 지금 내게 마누라가 있다면…… 축축한 땅 덩어리지요. 히히히…… 무덤요, 무덤! 아들놈도 죽었는데 나는 이렇게 살고 있답니다. 이상한 일이에요. 염라대왕께서 문을 잘못 찾았습죠. 나한테 올 텐데, 그만 아들놈한테……."

요나는 아들이 어떻게 죽었는가 이야기하기 전에 흘낏 뒤를 돌아보았다. 이때 곱사등이가 즐거운 듯이 목적지에 닿았다고 소리친다. 요나는 그만 한숨을 내쉬며 20코페이카를 받아 든다. 그 뒤에도 그는 한참 동안 어두운 통로로 사라져 간 주정뱅이들의 뒷모습을 바라보고 있었다.

다시 요나는 외톨이가 되고 정적이 다가온다. 잠시 가라앉았던 슬픔이, 우수(憂愁)가 다시 휩쓸어, 한층 날카롭게 가슴을 찢는다. 슬픔에 젖은 요나의 눈길은 양쪽 인도를 오가는 군중 위를 고통스럽고 불안하게 헤맨다. — 수천 명의 군중 속에서 그의 이야기에 귀 기울여 줄 단 한 사람이라도 찾을 수 없을까 하고. 그러나 군중은, 그와 그의 슬픔에는 아랑곳도 하지 않고 무심하고 분주하기만 하다. 슬픔은 끝없이 밀려들고, 한없이 크다. 그의 가슴이 터져 그 안에서 슬픔이 흘러나온다면, 그것은 온 세상을 가득 채우고도 넘칠 것이다. 그런데도 그 슬픔은 눈에 보이지 않는다. 환한 대낮에 불을 밝혀도 보이지 않는 껍질 속에라도 틀어박혀 있는 것이다.

요나는 문지기를 보고는 그에게 말을 걸어 보리라 마음먹는다.

"여보게, 지금 몇 시나 됐나?"

그는 묻는다.

"아홉 시가 넘었소. 뭣 때문에 이런 데 있소? 어서 가시오!"

요나는 몇 걸음 앞으로 나아가 등을 구부리고는 슬픔에 온몸을 내맡긴다. 더 이상 사람에게 말을 걸 수도 없고, 말을 걸어봤자 아무 소용도 없다고 체념한다. 그러나 5분도 채 지나지 않아 그는 몸을 곧추세우고, 날카로운 아픔이 찔러 오기라도 하듯 머리를 흔들고는 고삐를 잡아당긴다. 그는 더 이상 참을 수가 없다.

'숙소로 돌아가자, 숙소로!'

그는 생각한다. 말도 그의 마음을 짐작이라고 한 듯이 빠르게 달리기 시작한다.

그로부터 한 시간 반쯤 후, 요나는 크고 더러운 난롯가에 앉아 있다. 마루 위에도, 의자 위에도 사람들이 코를 골며 자고 있다. 공기는 탁하고 악취까지 난다. 그는 잠자는 사람들을 둘러보고 머리를 긁적이면서, 빨리 숙소로 돌아온 것을 후회한다.

'귀리 값도 못 벌었어. 그건 내 잘못이야. 자기 일은 자기가 알아서 해야지……. 말이 배를 주리지 않을 만큼은 벌어야 내 마음도 편하지.'

그는 생각한다. 그때 한쪽 구석에서 젊은 마부 한 사람이 벌떡 일어나더니 졸린 듯이 눈을 비비며 물통 쪽으로 손을 뻗친다.

"물 마시려고?"

요나가 묻는다.

"그래요, 물 마시고 싶어요!"

"그럼, 마시게, 마셔. 그런데 젊은이, 내 아들놈이 죽었다네. 자네 들었나? 이번 주 병원에서…… 세상이란……!"

요나는 젊은이에게 자기 말이 어떤 효과를 일으켰는가를 보려고 하지만, 아무것도 볼 수 없다. 젊은이는 머리까지 이불을 뒤집어쓰고 벌써 잠을 자고 있다. 노인은 한숨을 쉬면서 몸뚱이를 긁는다. 젊은이가 물을 마시고 싶듯, 그는 이야기를 하고 싶다. 아들이 죽은 지 한 주일이 되지만, 그는 아직 누구에게도 자상하게 아들에 대한 말을 한 적이 없다. 말하려면, 차근차근 자세히 하지 않으면 안 된다. 어떻게 병에 걸렸으며, 어떻게 고통스러워했는가. 죽기 전에 뭐라고 말했으며, 죽을 때는 어떠했는가 말하지 않으면 안 된다. 장례식이며, 죽은 아들의 옷을 찾으러 병원에 갔을 때의 일까지 말해야 한다. 시골에는 딸 아니시아가 있다. 그 딸에 대해서도 말하지 않으면 안 된다. 지금 그가 해야 할 말은 한두 가지가 아니다. 그의 말을 듣는 사람은 감동한 나머지 슬퍼하며, 한숨을 쉬고 통곡할지도 모른다. 여자라면 더욱 그렇다. 여자라면, 바보라 해도 두 마디만 듣고도 벌써 울음을 터뜨리고 말리라.

'말이라도 보러 가자. 잠은 언제라도 잘 수 있다. 그럼 얼마든지 잘 수가 있지.'

요나는 생각한다. 그러고는 옷을 걸치고 자기 말이 매여 있는 마구간으로 간다. 그는 귀리며, 건초며, 날씨에 대해 생각한다. 혼자 있을 때는 아들에 대해 생각해서는 안 된다. 아들에 대해 누구에게 이야기할 수는 있다. 하지만 자기 자신이 생각하거나 아들의 모습을 그려보는 것은 정말 견딜 수 없는 일이다.

"먹고 있냐?"

요나는 반짝반짝 빛나는 말의 눈을 바라보며 물어본다.

"그래, 먹어라, 먹어. 귀리 값을 못 벌면 건초라도 먹어야지. 그래, 난 마차를 몰기에는 너무 늙었어……. 아들놈이 끌어야 해, 내가 아니라……. 그 녀석은 정말 훌륭한 마부였어. 녀석이 살아 있다면……."

요나는 잠시 가만 있다가 다시 말을 잇는다.

"그렇다, 쿠지마 이바노비치는 이 세상에 없다! 먼 곳으로 가버렸어. 오래 살라고 했는데, 훌훌 떠나버렸어. 지금 망아지가 있고, 넌 그 망아지의 어미라고 하자. 그런데 갑자기 네 망아지가 어딘지 먼 곳으로 가 버렸단 말이다. 그런데도 넌 슬프지 않겠니?"

말은 먹이를 씹으며 귀를 기울이기도 하고, 주인의 손에 입김을 불기도 한다. 요나는 흥분한 어조로 말에게 모든 이야기를 한다.

◉ 핵심 정리

- 갈래 : 단편소설
- 시점 : 전지적 작가 시점
- 주제 : 아들을 잃은 슬픔을 하소연할 상대가 없는 마부 요나의 슬픔으로 형상화된 인간의 단절감과 비애
- 배경 : 시간적 − 19세기 / 공간적 − 러시아 황혼녘의 눈 오는 도시 거리
- **등장인물** : 요나 − 아들을 잃고 슬픔에 사로잡혀 자기 마음을 털어놓을 수 있는 곳을 애타게 찾는 인물

- **구성** : 발단 − 황혼녘, 가로등 아래 젖은 눈송이가 말 잔등이며 어깨에 쌓이도록 마부 요나는 꼼짝도 하지 않는다. 아들을 잃은 슬픔을 하소연할 데도 없이 벌써 오랫동안 부산한 도심의 거리 한 곳에서 부동 자세로 굳어 있다.

    전개 : 점심 전에 거리에 나와 어두워질 무렵에야 한 군인을 첫 손님으로 태운 요나, 운임보다 자신의 슬픔을 하소연하고 싶어 이야기할 기회만 노린다. 그러나 끝내 아들 잃은 슬픔을 풀어낼 의사 소통은 단절된 채 목적지에 이른다.

    위기 − 두 번째 손님으로 곱사등이를 비롯한 세 젊은이를 태운 요나, 자신의 이야기를 하기 위해 기회를 노리지만, 곱사등이로부터 거친 욕설만 듣는다. 그러나 욕설을 듣는 동안 자기의 고독감이 사라져 감을 느낀다. 이번에도 의사 소통에는 실패, 요나는 다시 외톨이가 되고, 잠시 가라앉았던 슬픔이, 우수가 한층 날카롭게 그의 가슴을 찢는다.

절정 - 더 이상 누구에게 말을 걸 수도 없고, 말을 걸어 봤자 아
    무 소용도 없다고 체념한 요나는 슬픔에 온 몸을 내맡긴다.
    그러나 곧 날카로운 아픔이 찔러오기라도 하듯 머리를 흔들
    고는 고삐를 잡아당긴다. 말도 그의 마음을 알아차린 듯 빠
    르게 달려 그는 숙소로 돌아온다.
결말 - 숙소에는 사람들이 코를 골며 자고 있다. 문득 물을 마시
    기 위해 잠을 깬 젊은 마부에게 이야기를 하려고 요나는 벼
    른다. 그러나 젊은이는 머리까지 이불을 뒤집어쓰고 벌써 잠
    을 자고 있다. 그는 마구간으로 나가 마침내는 말을 상대로
    자신의 슬픔을 하소연한다.

◉ 줄거리 및 작품 해설

요나 포타포프는 아들을 잃은 늙은 마부(馬夫)이다. 자기 대신 훌륭한 마부
가 되어 주리라 기대했던 아들이 병으로 죽자, 돈을 벌려는 의지조차 잃
고, 슬픔을 다른 사람에게 이야기하여 위안을 얻으려 한다.

　그가 바라는 것은 누구에겐가 아들의 죽음과 자신의 슬픔에 대해 말하
는 것이었다. 하지만 어느 누구도 그의 말을 들으려 하지 않는다. 손님을
태울 때마다 아들의 죽음을 이야기한다. 그러나 관심을 보이는 사람이 없
다. 숙소로 돌아와 동료 마부에게 이야기를 꺼내려 하지만 역시 뜻을 이루
지 못한다. 마침내 그는 마구간으로 나가 자기 말에게 아들이 죽은 사연을
털어놓는다.

이 작품은 체호프의 독특한 해학과 비극적 정조가 혼합된 초기 작품으로, 동물에게 인간적 교감을 구하기까지의 과정과 반어적인 결말을 통해 인간은 고독한 존재라는 사실을 해학과 비극적 정조 속에 드러내고 있다.

또 이 작품은 소설 기법의 하나인 극적 제시의 대표적인 일례라 하겠다. 작가는 마부 요나의 감정을 직접 분석해 보이거나 논평하지 않고 요나가 처한 상황을 객관적으로 제시할 뿐이다.

예를 들면 작품의 도입부에 요나가 눈을 잔뜩 뒤집어쓴 채 꼼짝도 하지 않고 마차에 앉아 있고 말 역시 그런 상태로 있는 것을 묘사한 후 손님이 목적지를 말하면서 거듭 불러야 마부와 말이 함께 움직이고, 또한 제대로 길을 찾지 못하고 허둥대는 모습을 묘사함으로써 마부인 요나가 무엇엔가 정신을 빼앗기고 있는 모습을 암시하는 것이다. 그러므로 요나의 슬픔을 작가가 직접 설명하는 것이 아니고 독자 스스로가 요나의 행동이나 대사를 통해 추리해 나가야만 한다.

다시 말해 극적 제시의 방법은 소설의 기법을 가리키는 것으로 극적 소설이란 소설 유형의 하나를 지칭하는 개념이다. 그러므로 둘 사이에 필연적 관련이 있는 것은 아니다. 작가가 작품 속에 개입해서 상황이나 사건의 의미를 직접 설명하지 않으면서 거리를 두고 객관적으로 형성화하는 것이 극적 제시 방법의 하나인 반면, 극적 소설은 행동 소설과 성격 소설을 종합한 것으로 인물과 사건 사이의 긴밀한 관련성을 특징으로 하는 소설 유형이다.

이 작품도 극적 소설은 아니지만 극적 제시의 방법을 쓰고 있다.

⊙ 생각해 볼 문제

1. 이 작품의 주제를 암시하고 있는 문장은?
2. 이 작품에서 작가의 서술 태도는?
3. 이 작품에 나타난 요나의 행동의 원인은?
4. 요나와 말의 관계는?

해답

1. 첫 문장, 내 슬픔을 누구에게 이야기하리?
2. 관조적인 묘사와 극적인 상황 제시
3. 아들의 죽음
4. 작품 전반부에서 요나와 말은 그저 마부와 요나가 소유하고 있는 생계 수단의 관계에만 머물러 있다. 그러나 요나가 자신의 슬픔을 다른 사람들과 함께하지 못한 채 고독하게 혼자 있을 때, 말에게 자신의 슬픔을 하소연하며 괴로움을 털어낸다. 이때 말과 요나는 깊은 정신적 교감 상태를 이루고 있으며, 이를 통해 작가는 인정이 메말라 가는 세태(世態)를 강하게 비판하고 있다.

사랑에 대하여

» 평소 남녀간의 사랑에 대해 어떤 생각을 가져 왔는지 한번 정리해 보자.

» 이혼율이 높아진 시대에 사는 우리이지만, 시대를 초월해 사랑이 지녀야 할
점은 없는지 생각해 보자.

다음날 점심 식탁에는 맛있는 파이와 가재 요리, 그리고 양고기 커틀릿(얇게 썬 쇠고기나 돼지고기 등에 밀가루·달걀·빵가루를 묻혀 기름에 튀긴 음식─옮긴이 주)이 나왔다. 식사를 하고 있을 때 요리사 니카노르가 손님들한테 저녁 식사로는 무엇이 좋은지 물으러 이층으로 올라왔다. 요리사 니카노르는 얼굴이 통통하고 눈이 작은 중키의 사내였다. 콧수염을 아예 뿌리째 뽑아 버린 듯한 면도 자국이 청결하고 매끈해 보였다.

알료힌은 아름다운 필라게야가 이 요리사를 좋아하고 있다는 얘기를 했다. 이 사내는 주정뱅이인데다가 성격이 거칠었기 때문에, 그녀는 결혼할 생각은 없었지만, 함께 산다는 데는 동의했다. 그러나 그는 종교적 신념 때문에 그렇게 사는 것을 받아들일 수 없었다. 그는 독실한 신자였다. 그래서 그는 정식 결혼을 해야 한다고 우겼다. 술이 취해 그녀에게 욕설을 퍼붓는가 하면, 심한 경우에는 두들겨 패기까지 했다.

그가 술에 취하면 그녀는 위층에 숨어서 혼자 울었다. 그럴 때는 알료힌과 다른 하인들도 집을 비우지 않았다. 만일의 경우 그녀를 보호해 주어야 했기 때문이다.

그 이야기 끝에 사랑이라는 것이 화제에 올랐다.

"사랑이란 어떻게 생기는 것일까요?"

알료힌이 말했다.

"어째서 필라게야가 자기 성격이나 용모에 어울리는 사람이 아니라, 도깨비 니카노르를 사랑하게 되었을까요? 참, 우리 집에선 니카노르를 도깨비라고 부른답니다. 사랑과 관련하여 개인의 행복이 얼마나 중요한가를 생각해 보지만, 잘 알 수 없지요. 그래서 누구나 자기 식으로 해석해 버려요. 그러나 사랑에 관한 확고한 진리는 하나밖에 없습니다. 바로 '사랑은 위대한 신비'라는 것이지요. 그밖에 사람들이 사랑에 관해 언급한 것은, 문제를 해결한 게 아니라 제기한 것에 지나지 않습니다. 어떤 한 경우에 맞는 설명이라도 다른 열두 경우엔 적용되질 않죠. 제 생각으론 각각의 경우를 따로 해석해야지, 일반적인 결론을 얻으려 해서는 안 됩니다. 의사들이 말하듯 각각의 경우를 따로 볼 필요가 있다는 말이지요."

"옳으신 말씀입니다."

부르킨이 동의했다.

"우리 존경할 만한 러시아인들은 해결되지 않은 문제들을 좋아합니다. 사람들은 흔히 사랑을 미화해서, 장미니 꾀꼬리니 하는 것으로 수식합니다만, 러시아인들은 사랑을 숙명적인 문제들로 치장합니다. 그것도 가장 재미없는 문제를 고르지요. 모스크바에서 대학 다닐 때 사랑스러운 여인과 동거한 일이 있었답니다. 그 여자는 나와 키스할 때마다 이 남자는 한 달에 생활비를 얼마나 줄까, 쇠고기는 지금 한 근에 얼마 하나 따위의 생각만 했습니다. 우리도 그 여자와 다를 게 없어요. 누구를 사랑하면, 이 사랑은 과연 떳떳한가, 현명한가, 결국에는 어떻게 될까 하는 따위의 문제를 쉴 새 없이 생각해 내 골치를 앓는단 말입니다. 이런 태도가 좋은지 아니면 나쁜지 알 수 없습니다만, 그런 생각이 사람을 불안하게 하고 화나게 한다는 것은 사실입니다."

알료힌은 무언가 하고 싶은 이야기가 있는 것 같았다. 혼자 사는 사람들은 늘 마음속에 말하고 싶은 무언가가 있다. 도시에 사는 독신자들은 마음속에 똬리를 틀고 있는 이야기를 기꺼이 남에게 털어놓고 싶어 일부러 목욕탕이나 레스토랑에 간다. 그리고 가끔 정말 재미있는 이야기를 목욕탕 일을 하는 사람이나 레스토랑 웨이터에게 들려주기도 한다. 그리고 시골에 사는 독신자들은 흔히 자기를 찾아온 손님들에게 속마음을 털어놓는다. 창밖으로 잿빛 하늘과 비에 젖은 나무들이 보이는 날엔 집 안에 들어앉아 이야기를 듣거나 하는 외에는 달리 할 일이 없었다.

"내가 소피노에 살면서 농사를 짓게 된 건 꽤 오래 전의 일입니다."

마침내 알료힌이 이야기를 시작했다. 다음은 그의 이야기다.

대학을 졸업하면서부터 줄곧 여기서 살고 있답니다. 내가 받은 교육으로 보나 타고난 성격으로 보나 나는 학문에 종사할 인간이었습니다만, 내가 여기 왔을 때 이 영지는 저당 잡혀 있었습니다.

그렇게 된 원인의 일부는 아버지가 내 교육에 너무 많은 돈을 들인 데 있다고 할 수 있지요.

나는 빚을 청산할 때까지 여기 남아 일하기로 했습니다. 그렇게 결정하고 일을 시작했습니다만, 솔직히 말해 약간의 망설임이 없지는 않았습니다. 이곳은 토질이 좋지 않아서, 손해를 보지 않고 농업 경영을 하려면 농노나 품팔이꾼을 써야 합니다. 어느 쪽이나 비슷하지요. 그것도 아니면 농부들처럼 온 가족이 직접 들일을 하는 수밖에 없습니다. 그 중간의 방법은 있을 수가 없지요.

당시 나는 그런 문제엔 구애받지 않았고, 단 한 평의 땅도 놀리지 않았습니다. 이웃 마을의 농부란 농부는 모두 그 아낙네들까지도 동원해 정말 악착스럽게 일했습니다. 나 자신도 그들과 함께 밭을 갈고 씨를 뿌리고 풀을 베고 했습니다. 물론 처음부터 좋아서 한 일이 아니었으므로 채소밭에서 오이를 훔쳐 먹은 고양이처럼 이맛살을 찌푸리기도 했습니다. 온몸이 쑤셨고 걸으면서 졸기 일쑤였지요.

처음 얼마 동안은 이러한 노동 생활을 내 문화적 습관과 조화시킬 수 있다고 생각했습니다. 그러기 위해 생활하는 데 몇 가지 규칙을 지키기만 하면 된다고 생각했었지요. 그래서 여기 이층의 가장 좋은 방을 쓰고, 아침과 점심 후에는 리큐르를 탄 커피를 내오게 했으며, 밤에 잠자리에 들기 전에 〈유러피언 헤럴드〉를 읽었습니다.

그러던 어느 날, 우리 교구의 이반 사제가 놀러와 집에 있는 리큐르를 전부 마셔 버렸습니다. 그리고 〈유러피언 헤럴드〉는 신부의 딸들 차지가 되었습니다. 여름, 특히 풀베기를 할 때는 어찌나 바쁜지 침실에까지 올라가지도 못하고 창고 안에 있는 썰매나 숲속 초막 같은 데 쓰러져 자곤 해서, 책 같은 걸 손에 들 겨를이 없었지요.

언젠가부터 나는 아래층에서 대부분의 시간을 보내게 되었고, 식사도 하인들과 함께 부엌에서 했습니다. 호화롭던 옛날 생활에 비해 달라지지 않은 것은, 여전히 많은 하인을 거느리고 있다는 사실이었습니다. 하인들은 모두 아버지 때부터 있던 사람들이어서 그들을 내보낸다는 것은 생각도 못할 일이었습니다.

나는 이 지방 명예 치안판사로 선출되었습니다. 그래서 이따금 읍내의 판사 회의나 지방 재판소 회의에 참석해야 했는데, 이 일은 기분 전환하기에 썩 좋았습니다. 특히 겨울철에 2, 3개월씩 농장에 틀어박혀 있으면 나중에는 검은 프록코트가 그리워진답니다. 지방 재판소에는 프록코트를 입은 사람이 있고, 연미복을 입은 사람도 있습니다. 모두들 교양 있는 법률가들로 누구와도 말이 잘 통합니다.

썰매 위에서 자고 하인들과 같이 부엌에서 식사를 하다가, 깨끗한 셔츠에 경쾌한 구두, 거기다 가슴엔 시곗줄까지 내려뜨리고 안락의자에 앉아 있으면 하늘에라도 오른 기분이지요.

읍내에서는 모두들 내게 친절했습니다. 그래서 나는 기꺼이 그들과 사귀었지요. 그중에서도 가장 가까운 사람은 지방 재판소 차장 루가노비치였습니다. 그 사람은 당신들도 잘 아시겠지만, 정말 좋은 사람이었습니다. 그 유명한 방화 사건 직후였습니다. 사건 심리가 이틀이나 계속되어 모두들 지쳐 버렸을 때 루가노비치가 내게 말했습니다.

"어떻습니까, 우리 집에 가서 식사라도 함께 하지 않으시렵니까?"

나로서는 뜻밖이었습니다. 그때까지 루가노비치와는 공식 석상에서 안면이 있을 뿐, 그의 집에는 한번도 가 본 일이 없었기 때문입니다

나는 잠깐 여관에 들러 옷을 갈아입고 그 집으로 갔습니다. 그때 루가노비치 부인 안나 알렉세예브나와 알게 되었습니다. 그때만 해도 그 여자는 젊어 아마 스물두어 살밖에 안 되었을 겁니다. 반 년 전에 첫아이를 낳았다고 하더군요. 오래 전 일이라 그 여자의 어디가 그렇게 특별해 보였는지, 어디가 그렇게 마음에 들었는지 지금은 말할 수가 없습니다만, 그날 저녁 함께 식사할 때 내겐 모든 게 매혹적이었습니다. 나는 그때까지 한번도 본 일이 없는, 아름답고 상냥하며 지적 매력을 지닌 젊은 여자를 만났습니다. 그녀를 본 순간 내겐 그녀가 옛날부터 잘 아는 사람처럼 친근했습니다. 소년 시절에 그 얼굴, 상냥하고 영리한 눈을 어머니 장롱 위의 앨범 속에서 본 적이 있는 것 같은 그런 기분이었습니다.

방화 사건의 피고는 네 명의 유태인이었는데, 그들은 모의해 방화한 것으로 인정되고 있었지만, 내가 보기엔 전혀 근거가 없었습니다. 식사하는 동안 나는 너무나 흥분해 괴로울 정도였습니다. 그때 무슨 말을 했는지 다 잊어버렸습니다만, 안나 알렉세예브나가 고개를 저으며 남편에게 이렇게 말하던 것만은 기억합니다.

"여보, 드미트리. 어떻게 그런 일이 일어났을까요?"

사람 좋은 루가노비치는 누구나 일단 재판을 받게 되면 그것은 그 사람에게 죄가 있다는 증거이고, 판결의 정당성에 의혹을 제기하는 것은 합법적 절차를 거쳐야만 가능한 것으로, 식탁에서나 사적인 대화에서는 피해야

한다는 의견을 지닌 고지식한 인간들 중의 하나였습니다. 그는 부드러운 어조로 말했습니다.

"당신이나 나나 방화를 한 일이 없어요. 그러니 우리는 선고받지 않을 것이고 감옥에도 가지 않을 거요."

그뿐 남편과 아내는 내게 저녁을 대접하는 데에만 마음을 썼습니다. 몇 가지 사소한 일들, 부부가 함께 커피를 끓인다든지, 말이 채 끝나기도 전에 상대방이 무슨 말을 하려는지 알아채는 것만 보아도 그들의 가정생활이 원만하고, 두 사람 모두 손님을 맞아 기뻐하고 있음을 알 수 있었습니다. 식사가 끝난 후에는 부부가 함께 피아노를 쳤습니다. 밤이 어두워진 뒤 나는 여관으로 돌아왔습니다. 이른 봄에 있었던 일입니다.

그 후 나는 여름 내내 소피노에서 지냈고, 읍내 일은 생각할 겨를도 없었습니다. 그러나 그 금발의 우아한 부인의 모습이 눈앞에 어른거리곤 했습니다. 그녀를 특별히 생각하지는 않았지만, 그녀의 가벼운 그림자 같은 것이 내 마음에 자리 잡고 있었습니다.

늦가을이었지요. 읍내에서 자선 공연이 있었습니다. 막간에 와 달라는 말이 있었기 때문에 나는 지방 재판소 차장이 앉아 있는 특별석으로 갔습니다. 거기에는 안나 알렉세예브나가 앉아 있었습니다. 그때도 그녀의 아름다움과 상냥한 눈빛은 감동적이었습니다. 나는 그녀에게 친근감까지 느꼈지요. 우리는 잠깐 동안 앉아 있다가 밖으로 나와 함께 복도를 거닐었습니다.

"그 동안 여위신 것 같아요. 어디 편찮으셨어요?"

그녀가 내 얼굴을 살피듯 쳐다보며 물었습니다.

"네, 어깨에 신경통이 좀 있어서, 비가 오는 밤이면 잠을 잘 못 잔답니다."

"기운이 없어 보여요. 지난봄에 저희 집에 오셨을 땐 활기차게 이야기도 잘하셔서 정말 재미있는 분이라고 생각했었죠. 솔직히 약간 마음이 끌리기까지 했어요. 지난 여름엔 가끔 당신 생각이 나기도 했었지요. 오늘도 집에서 나오면서, 어쩌면 당신을 만나게 될지도 모른다는 생각에 기분이 좋았어요. 그런데 오늘은 정말 기운이 없어 보이네요. 그래서 나이가 들어 보이기도 하고요."

이렇게 말하고 그녀는 소리 내어 웃었습니다.

이튿날 나는 루가노비치 집에서 점심 식사를 했습니다. 식사가 끝난 후 그들 부부는 월동 준비 때문에 별장으로 갔습니다. 물론 나도 함께 갔지요. 그들과 함께 다시 읍내로 돌아온 것은 한밤중이 되어서였습니다.

나는 벽난로가 빨갛게 타오르는 조용하고 가정적인 분위기에서 차 대접을 받았습니다. 젊은 주부는 딸아이가 잘 자는지 살피기 위해 몇 번이나 자리를 뜨고는 했습니다.

그날 이후부터 나는 읍내에 나갈 때마다 루가노비치의 집에 들르곤 했습니다. 그들은 따뜻하고 친절히 나를 맞아주었고, 나도 친숙한 태도로 그들을 대하게 되었습니다. 나는 하인에게 안내도 청하지 않고 한집안 식구처럼 그냥 안으로 들어가곤 했습니다. 그러면 안쪽에서 묻는 소리가 들려옵니다.

"누구세요?"

참으로 아름다운 그 목소리에 하녀나 유모가 이렇게 대답했습니다.

"파벨 콘스탄티노비치 씨께서 오셨습니다."

그러면 안나 알렉세예브나는 근심스런 얼굴로 다가와서 이렇게 묻곤 했습니다.

"왜 그렇게 오랫동안 안 오셨죠? 무슨 일이라도 있었나요?"

그녀의 눈길, 내게 내미는 우아한 손, 집안에서의 그녀의 옷차림, 머리 모양, 목소리, 발소리…… 그 집을 방문할 때마다 나는 이러한 모든 것에서 무언가 새로운, 희귀하고도 중요한 인상을 받곤 했습니다. 우리는 오랜 시간 이야기를 주고받거나, 각자 생각에 골몰해 말없이 앉아 있었으며, 그녀는 나를 위해 피아노를 치기도 했습니다. 나는 주인이 없을 때도 안으로 들어가 주인이 돌아오기를 기다리면서 아이들을 상대하거나 유모와 이야기를 했으며, 서재에 있는 소파에 누워 신문을 읽기도 했습니다. 그러다가 안나 알렉세예브나가 돌아오면 현관까지 달려가서 그녀가 들고 온 꾸러미들을 받아 들었습니다. 나는 그 꾸러미에 어린애처럼 기쁨을 느끼며 안으로 옮기곤 했습니다.

"농부의 아내가 심심하면 돼지새끼를 사들인다."는 속담처럼, 루가노비치 부부도 한가해서 나와 가까워졌던 것이지요. 오래 읍내에 나가지 않으면, 그들은 내가 앓고 있지는 않은가, 무슨 일이라도 일어난 게 아닌가 몹시 걱정했습니다.

그들은 상당한 교육을 받고 몇 가지 외국어도 할 줄 아는 내가 학문이나 문학 방면의 일을 하지 않고, 시골에 틀어박혀 쳇바퀴 돌리는 다람쥐처럼 뼛골이 빠지게 일하면서 돈 한푼 없이 쩔쩔매는 모습이 민망했던 모양입니다. 그래서 내가 활발하게 말을 하거나 웃어도 그것은 단지 괴로움을 숨기려는 것이라고 생각했던 모양입니다. 그래서 진정 유쾌한 순간에도 나는 그들의 살피는 듯한 시선을 느끼고는 했습니다. 무엇보다도 내가 감동했던 것은, 빚 독촉을 받거나 정기적으로 갚아야 하는 이자가 모자라 기분이 울적해 있을 때 그들이 보이는 태도였습니다. 그럴 때 두 사람은 창가에서 소곤소곤 얘기를 한 뒤 남편이 다가와 진지한 표정으로 이렇게 말합니다.

"파벨 콘스탄티노비치, 당신이 만일 지금 돈이 필요하시다면 사양하지 말고 우리 돈을 쓰십시오. 우리 두 사람이 함께 간청합니다."

그럴 때 그는 흥분한 나머지 두 귀가 빨개졌습니다. 또 이런 일도 종종 있었습니다. 창가에서 아내와 함께 소곤거린 후 두 귀가 빨개진 그는 나한테 옵니다.

"특별히 나와 아내가 간청합니다. 꼭 이 선물을 받아주셔야 합니다."

그는 커프스 버튼이나 담배 케이스, 램프 같은 것을 몹시 수줍어하며 내게 내밀고는 했습니다. 나는 답례로 시골에서 사냥해 잡은 새나 버터, 꽃 같은 것을 선물했습니다. 사실 그 두 사람은 상당한 재산을 가지고 있었습니다. 처음 얼마 동안 나는 남의 돈을 자주 빌려야만 했습니다. 빌려 주겠다는 사람이 있으면 누구의 돈이든 가리지 않았습니다. 그러나 아무리 급해도 루가노비치한테만은 도움 받지 않았습니다. 물론 이런 얘기는 하나마나입니다만……

나는 불행했습니다. 집에서나 밭에서나 헛간에서나 늘 그녀 생각만 했으니까요.

그처럼 젊고 아름답고 총명한 여자, 거의 노인이 다 된―그녀의 남편은 벌써 마흔이 넘었습니다―무미건조한 남자와 결혼해 아이까지 낳은 저 여자는 무엇을 생각하는 걸까? 선량하고 고지식한 남자, 상식적인 소리나 늘 어놓으며, 무도회에서도 높은 사람 곁에 붙어선 채 소같이 공손한 남자, 그러면서도 자기에겐 행복할 권리, 그녀에게 아이를 낳게 할 권리가 있다고 확신하는 남자, 그는 무엇을 생각하고 있을까? 나는 그걸 알고 싶었습니다. 그리고 그녀는 나 같은 사람이 아니라, 왜 그런 남자와 만나게 되었을까? 우리 인생에서 그런 무서운 착오가 일어나는 이유는 무엇일까 하고 생각했습니다.

읍내에 나가 그녀를 만날 때마다, 나는 그녀 역시 나를 기다리고 있었음을 그 눈빛으로 알았습니다. 그녀는 아침부터 내가 오리라는 예감이 들었다고 직접 말하곤 했지요. 우리는 오랫동안 이야기하고, 말없이 함께 시간을 보내기도 했습니다만, 서로의 애정을 고백하지는 않았습니다. 서로 감추려고만 했습니다. 그 비밀이 우리 앞에 드러날 것을 두려워했던 거지요. 나의 이 슬픈 사랑이 그녀의 남편과 아이들, 나한테 깊은 애정과 신뢰를 보인 이 집안의 행복을 깨뜨릴 수는 없다고 생각하기도 했습니다.

그렇게 된다면 과연 떳떳한 사랑일 수 있을까? 그녀는 나를 따를 것이고, 그러나 어디로 간단 말인가? 내가 아름답고 활기찬 삶을 살고 있다면, 조국의 해방을 위해 싸우는 투사이거나 유명한 학자, 아니면 배우나 화가였다면 물론 이야기는 다를 것이다. 그러나 나는 그녀를 단조로운 일상으로부터 그와 같은, 아니 그보다 더 못한 또 하나의 단조로운 일상으로 끌어들이는 것이다. 그런 상황에서 우리의 행복은 얼마나 지속될 수 있는가? 내가 병으로 죽거나 서로의 애정이 식기라도 한다면, 그때 그녀는 어떻게 될 것인가? 나는 이런 생각만 되풀이하고 있었습니다.

그 여자도 비슷한 생각을 했습니다. 그녀는 남편과 아이들, 그리고 남편을 자신의 아들처럼 사랑하는 자기의 어머니를 생각했습니다. 그녀가 자기의 감정에 무릎을 꿇는다면 거짓말을 하든가, 사실대로 말해야 했으니까요. 그러나 그녀에게는 그 어느 쪽도 불행이었습니다. 그리고 또 하나의 의문이 그녀를 괴롭혔습니다. 그녀의 애정이 과연 나에게 행복일 수 있을까, 그렇지 않아도 괴로운 내 생활을 더욱 혼란스럽게 만드는 것은 아닐까……. 그녀는 또 나에 비해 자기 나이가 너무 많고 새로운 생활을 하는 데 필요한 노동 의욕이나 능력이 자기에게는 부족하다고 생각했습니다. 그녀는 자기 남편에게 이런 말을 하곤 했습니다. 내 결혼 상대로는 훌륭한 살림꾼, 영리하고 착실한 아가씨이어야 한다고요. 그러면서 그런 아가씨는 온 읍내를 뒤져도 찾기 어려울 거라고 덧붙였습니다.

그러는 동안 몇 해가 지나갔습니다. 안나 알렉세예브나에겐 아이가 둘이나 생겼습니다. 내가 루가노비치의 집을 찾아가면 하녀들은 상냥한 미소로 맞아주었고, 아이들은 '파벨 콘스탄티노비치 아저씨'라고 소리쳐 부르며 내 목에 매달리곤 했습니다. 온 집안 식구가 나를 환영해 주었지요. 내가 무슨 생각을 하는지 알 리 없으니, 나도 자기들처럼 기뻐하는 줄로만 알았겠지요. 모두들 나를 인격자로 대했습니다. 그들은 나와 함께 있을 때는, 한 고상한 인간과 같이 있다고 느꼈고, 그것은 나를 대하는 그들의 태도에 매력을 부여했습니다. 내가 함께 있으면 그들의 생활도 순수하고 아름다워진다고 그들은 생각할 정도였습니다.

나와 안나 알렉세예브나는 둘이서 가끔 극장 구경을 갔는데, 언제나 걸어서 갔습니다. 특별석에 나란히 앉아 있으면 서로 어깨가 맞닿았습니다. 아무 말 않고 그녀의 손에서 오페라글라스를 받아들 때면 나는 그녀가 내 사람인 듯 친근감을 느꼈고, 우리 두 사람은 떨어질 수 없는 사이임을 확신했습니다. 그러다가 예기치 못한 오해로 극장에서 나오면 곧장 낯선 사람들처럼 헤어지곤 했습니다. 읍내에는 우리 두 사람에 대한 소문이 돌고 있었습니다만, 그것은 헛소문이었습니다.

마지막 몇 해 동안 안나 알렉세예브나는 자기 어머니와 언니를 만나기 위해 자주 여행을 했습니다. 그 무렵 그녀에게는 기분 좋지 않은 날이 많아졌고, 일생을 망쳤다는 불만과 우울함이 자주 얼굴에 드러나곤 했습니다. 그럴 때는 남편이나 아이들과도 만나지 않았습니다. 그녀는 이미 신경쇠약 증으로 치료를 받고 있었습니다.

우리는 거의 언제나 침묵을 지키고 있었습니다. 그런데 그녀는 다른 사람이 있는 자리에선 흔히 나에게 반감을 드러내곤 했습니다. 어쩌다 내가 말을 꺼내면 번번이 반대를 했고, 토론이 벌어질 때는 반드시 내 상대의 편을 들었습니다. 내가 무엇을 떨어뜨리거나 하면, 시치미를 떼고 차갑게 말했습니다.

"잘됐군요."

함께 극장에 갔을 때 내가 오페라글라스를 잊고 가져가지 않으면 그녀는 이렇게 말하곤 했습니다.

"그럼요, 틀림없이 잊고 올 줄 알았어요."

다행이라면 다행일 수도 있지만, 인생에 끝이 없는 경우란 없습니다. 그녀와 나에게도 이별의 날이 왔습니다. 루가노비치가 서부 러시아 한 지방의 재판소장에 임명되었던 것입니다. 그들은 가구와 말, 별장까지 모두 처분했습니다. 마지막으로 별장에 갔다가 초록빛 지붕과 정원을 돌아보고는 모두들 서글픈 심정이 되었습니다.

나는 그녀와도 이별해야 할 때가 온 것을 알고 있었습니다. 의사의 권고대로 안나 알렉세예브나는 8월 말에 크림 반도로 요양을 떠나고, 그 며칠 후에는 루가노비치가 아이들을 데리고 서부 지방의 부임지로 떠나기로 했습니다.

우리는 안나 알렉세예브나를 배웅하러 기차역으로 나갔습니다. 그녀가 남편과 아이들에게 작별 인사를 끝냈습니다. 세 번째 벨이 울리기까지 1분밖에 남지 않았을 때, 나는 그녀가 잊은 바구니를 선반에 얹어 주려고 기차 객실로 뛰어올라 갔습니다. 작별 인사를 해야 했습니다. 객실 안에서 서로의 눈이 마주치는 순간, 우리는 자제심을 잃고 말았습니다. 나는 그녀를 껴안았고 그녀는 내 가슴에 얼굴을 묻고 눈물을 흘렸습니다. 눈물에 젖은 그녀의 얼굴과 어깨와 손에 입을 맞추면서 — 아아, 그녀와 나는 얼마나 불행했던지 — 나는 내 가슴에 오랫동안 간직해 온 사랑을 고백했습니다.

그때 나는 가슴이 찢어지는 아픔 속에, 우리 사랑에 대한 방해물이 실은 모두 부질없고 무의미한 것이었음을 깨달았습니다. 사랑을 할 때는 사회적 통념에 의한 행복이나 죄악, 미덕이 아니라 보다 높고 중요한 두 사람만의 어떤 것으로부터 출발해야 하고, 그렇지 않으면 차라리 전혀 생각하지 않는 편이 낫다는 것을 깨달았습니다. 나는 마지막 키스를 했습니다. 그것이 우리의 영원한 이별이었습니다.

기차는 이미 움직이기 시작했습니다. 나는 옆 객실로 가 — 거기엔 아무도 없었습니다 — 기차가 다음 정거장에 닿을 때까지 혼자 울었습니다. 다음 정거장에서 내려 소피노까지 걸어서 돌아왔습니다……

알료힌이 이야기하는 동안 비는 그치고 구름 사이로 해가 나왔다. 부르킨과 이반 이바노비치는 발코니로 나왔다. 정원과 햇빛을 받아 거울처럼 빛나는 저수지의 수면이 아름다웠다. 두 사람은 아름다운 경치에 감탄하면서, 그처럼 솔직하게 이야기를 털어놓은, 선량하고 총명한 눈을 가진 그 사람이, 학문이나 자기 생활을 유쾌하게 할 수 있는 일을 하지 않고 넓은 영지를 다람쥐 쳇바퀴 돌듯 살고 있는 것이 못내 아쉬웠다.

그리고 그들은 알료힌이 기차 객실에서 그녀와 이별하며 얼굴과 어깨에 키스했을 때, 그녀의 슬픈 표정을 떠올리며 마음이 아팠다. 두 사람 다 읍내에서 그녀를 만난 적이 있었다. 특히 부르킨은 그녀와 잘 아는 사이였고, 전부터 그녀가 아름답다고 생각하고 있었다.

핵심 정리

- **갈래** : 단편소설
- **시점** : 전지적 작가 시점
- **주제** : 사랑은 사회적 통념에 의한 행복이나 죄악, 미덕이 아니라, 보다
  높고 중요한 것으로부터 출발해야 한다는 것
- **배경** : 시간적 – 19세기 말 / 공간적 – 러시아의 한 지방 도시
- **등장인물** : 알료힌 – 섬세한, 그러나 유약한 지식인으로, 안나를 사랑하
  면서도 사회적 통념을 깨뜨리지 못한 채 그녀를 떠나보내는
  소심한 인물

  안나 – 아름답고 총명한 여인이지만, 알료힌과의 나이 차이,
  남편과 아이들이 있는 자신의 처지를 뛰어넘을 수 없어 결
  국은 사랑을 포기하는 인물

  루가노비치 – 안나의 남편으로, 성실하고 따뜻한 성품이지
  만, 단순하고 고지식한 인물

- **구성** : 발단 – 알료힌의 집 요리사와 동거하는 여자에 대한 이야기 끝
  에 집주인 알료힌과 그의 손님들 사이에 사랑에 대한 토론
  이 벌어지고, 알료힌은 자기가 겪은 한 유부녀와의 사랑 이
  야기를 들려준다.

  전개 – 알료힌은 대학 졸업 후 시골 영지를 돌보면서 지방 명예
  치안판사로 선출되어 재판소 회의에 출석한다. 어느 날 지방
  재판소 차장 루가노비치의 집 식사에 초대되어, 차장의 아내
  안나 알렉세예브나와 사랑에 빠진다. 알료힌과 안나는 서로

사랑을 느끼면서도 두려워 마음을 드러내지는 못한다.

위기 – 남편 루가노비치가 서부 러시아 지방의 재판소장에 임명
　　되고, 안나는 크림 반도로 요양을 떠나게 되어 알료힌은 안
　　나와 이별하게 된다.

절정 – 안나가 탄 기차가 출발하기까지 1분밖에 남지 않았을 때,
　　알료힌은 객실로 뛰어올라 작별 인사를 한다. 알료힌은 안나
　　를 껴안고 눈물에 젖은 그녀에게 입 맞추면서 자기의 사랑
　　을 고백한다. 가슴이 찢어지는 아픔 속에, 사랑에 대한 세상
　　의 방해란 무의미하다는 생각과 함께 사랑은 사회적 통념에
　　의한 행복이나 죄악, 미덕이 아니라, 보다 높고 중요한 두
　　사람만의 어떤 것으로부터 출발해야 한다는 것을 깨닫는다.

결말 – 알료힌은 안나에게 마지막 키스를 하고 옆 객실에서 혼
　　자 눈물을 흘린다. 그것이 두 사람의 영원한 이별이었다.

◉ 줄거리 및 작품 해설

아름다운 필라게야와 알료힌의 집 요리사인 니카노르에 대한 이야기 끝에
집주인 알료힌과 그의 손님들 사이에 사랑에 대한 토론이 벌어진다. 이때
알료힌은 자기가 겪은 유부녀와의 사랑 이야기를 들려준다.

　알료힌은 대학 졸업 후 아버지 뒤를 이어 영지를 돌보면서 지방 명예
치안판사로 선출되어 재판소 회의에 출석한다. 어느 날 지방 재판소 차장
루가노비치의 집 식사에 초대되어, 차장의 아내 안나 알렉세예브나와 사
랑에 빠진다. 알료힌과 안나는 서로의 사랑을 느끼면서도 두려워 마음을

드러내지 못한다. 안나는 알료힌과의 이룰 수 없는 사랑으로 하여 신경쇠약증까지 앓게 된다.

안나의 남편 루가노비치가 서부 러시아 지방의 재판소장에 임명되어 가족이 떠나게 되고, 안나는 크림 반도로 요양을 떠나게 되어 알료힌은 안나와 이별하게 된다. 안나가 탄 기차가 출발하기까지 1분밖에 남지 않았을 때, 알료힌은 기차 객실로 뛰어올라 작별 인사를 한다. 알료힌은 그녀를 껴안고 눈물에 젖은 그녀의 얼굴과 어깨에 손에 입을 맞추면서 가슴에 간직해 온 사랑을 고백한다. 그리고 가슴 찢어지는 아픔 속에, 사랑에 대한 세상의 방해란 무의미하다는 생각과 함께 사랑은 사회적 통념에 의한 행복이나 죄악, 미덕이 아니라, 보다 높고 중요한 두 사람만의 어떤 것으로부터 출발해야 한다고 깨닫는다. 알료힌은 안나에게 마지막 키스를 하고 옆 객실로 가 혼자 눈물을 흘린다. 그것이 두 사람의 영원한 이별이었다.

작가는 이 작품에서 남녀 두 쌍의 사랑 이야기를 통해 사랑에 대한 성찰을 보여준다. 즉, 사랑은 사회적 통념에 의한 행복이나 죄악, 미덕이 아니라, 보다 높고 중요한 두 사람만의 어떤 것으로부터 출발해야 하고, 그렇지 않으면 차라리 전혀 생각지 않는 편이 낫다고 주장한다.

◉ 생각해 볼 문제

1. 이 작품에서 작가가 사랑에 대하여 주장하는 내용은?
2. 주인공 알료힌은 어떠한 사람인가?
3. 주인공 알료힌의 사랑 이야기에 대해 그의 손님들이 갖는 생각은?

해답

1. 사랑은 사회적 통념이 아닌, 사랑하는 두 사람만의 어떤 것에서 출발해야 한다.

2. 선량하고 총명한, 그러나 우유부단한 지식인이다.

3. 자신과 어울리지 않는 알료힌의 삶과 안나의 슬픔에 동정적이며 마음 아파한다.

톨스토이

톨스토이(Lev Nikolaevich Tolstoi, 1828~1910)

러시아의 소설가, 사상가. 남러시아 툴라 근처의 야스나야폴랴나에서 명문 백작가의 4남으로 태어난 그는, 카잔 대학을 중퇴하고 고향 영지의 농민 생활을 개선하려 했으나 그의 이상주의는 실패, 얼마 동안 방탕한 생활에 빠지기도 했다. 1852년 처녀작 〈유년시대〉를 익명으로 발표, 문단에 데뷔한다.

1850년대 후반 그는 야스나야폴랴나에 농민의 자녀를 위한 학교를 세웠고, 1862년 중산층 가정의 소냐 안드레예브나 베르스와 결혼, 행복한 생활과 함께 영지를 관리하면서 〈전쟁과 평화〉, 〈안나 카레니나〉를 완성했다.

이 무렵부터 그는 삶에 대한 무상감(無常感)으로 종교에 의탁했다. 만년의 종교적 개혁가로서의 사상을 '톨스토이주의'라 하며, 이후 그는 도덕적인 목적을 지닌 글들을 썼다. 〈사람은 무엇으로 사는가〉, 〈두 노인〉, 〈악은 유혹하나 선은 인내한다〉 등 이때의 글들은 이전 소설에서와 같은 풍부한 세부 묘사 없이 건조한 문체로 씌어졌다. 71세에 쓴 장편 〈부활〉은 그가 '개종'한 이후 완성한 대표적인 작품이다.

개종 이후 그 누구도 타인의 노동으로만 살아서는 안 된다고 믿으면서 직접 밭일을 하고 자신의 장화를 손수 짓는 등 가능한 한 자급자족하는 삶을 영위하려 했다. 이러한 그를 만나기 위해 러시아는 물론 세계 각국에서 수백 명이 야스나야폴랴나를 찾아왔다.

톨스토이 부부는 자주 말다툼을 했다. 소유 재산을 농민들을 위해 포기하려는 그의 희망과는 달리 아내는 소유 재산을 포기하지 않았고 금욕적인 생활 방식을 찬성하지도 않았다. 가족이 누리는 삶과 종교적 은둔 생활 사이의 괴리를 고통스럽게 느낀 만년의 톨스토이는 어느 날 밤 집을 나왔으며, 1910년 11월 20일 외딴 마을 아스타포보의 간이역에서 폐렴으로 세상을 떠났다.

사람은 무엇으로 사는가

 읽기 전에

》 19세기 러시아 문학에 대한 이해, 특히 톨스토이와 쌍벽을 이룬 문호 도스토 예프스키에 대한 이해를 갖자.

》 작가의 사상적인 면을 살펴보고 톨스토이주의가 무엇인지 알아보자.

1

한 구둣방 주인이 아내와 아이들을 데리고 어느 농부의 집에 세들어 살고 있었다. 집도 땅도 없는 그는 구두를 짓고 고치는 일을 하면서 가족과 함께 살아갔다. 곡식은 비싼데 구두를 짓거나 고치는 삯은 쌌기 때문에 번 돈은 모두 식량과 식품비로 나갔다. 그는 외투가 한 벌밖에 없어 아내와 번갈아 입었으며, 그것도 다 해져 이젠 누더기였다. 그래서 새 외투를 지을 양가죽을 사려고 2년째 벼르고 있었다.

가을로 접어들면서 구둣방 주인에게는 약간의 돈이 모였다. 장롱 속에 3루블이 있었고, 마을 사람들에게 빌려 준 5루블 20코페이카가 있었다. 그래서 그는 아침부터 외투 만들 양가죽을 사러 갈 채비로 바빴다. 조반을 마친 그는 루바슈카(러시아풍의 남자 저고리—옮긴이 주)에 아내의 면내의를 껴입었으며, 그 위에 외투를 걸치고 3루블을 호주머니에 넣었다. 그런 다음 나뭇가지를 하나 꺾어 지팡이를 만들어 들고 길을 떠났다.

마을에 이르러 구둣방 주인은 돈을 빌려 준 농부 집으로 갔다. 바깥주인은 없었고, 그 아내가 일주일 안으로 주인 편에 보내 드리겠다고 할 뿐 돈을 갚지 않았다. 그래서 다른 농부 집으로 갔다. 그 농부는 정말 돈이 없다고 하느님께 맹세까지 하면서 장화 고친 값 20코페이카만을 주었다. 구둣방 주인은 외상으로라도 양가죽을 사려고 했다.

"돈을 가져와요. 그러면 마음에 드는 좋은 것으로 드릴 테니까. 외상은 안 되겠어요. 받기가 너무나 어려워요."

가죽 장수는 머리를 내저으며 외상은 주지 않겠다고 했다.

결국 구둣방 주인은 헛수고만 했다. 겨우 그는 밀린 구두 수선비 20코페이카를 받고, 한 농부에게서 헌 펠트 구두에 가죽을 대어 수선하는 일을 맡았을 뿐이었다.

그는 속이 상해 20코페이카를 몽땅 털어 보드카를 마셔 버리고 양가죽도 사지 못한 채 집을 향해 걸음을 옮겼다. 아침에 집을 나설 때는 날씨가 좀 추운 것 같았다. 그러나 술이 한잔 들어가서인지 가죽 외투를 입지 않았는데도 따뜻했다.

구둣방 주인은 한 손으로는 지팡이를 잡고 얼어붙은 땅을 두드리며, 다른 한 손에는 수선할 펠트 구두를 쥐고 휘두르며 혼자 중얼거렸다.

"가죽 외투를 입지 않아도 따뜻하기만 하네. 작은 보드카 한 병으로 온몸이 후끈해. 그까짓 외투 따윈 없어도 좋다니까. 난 그런 사나이야! 그럼, 그런 건 없어도 돼! 가죽 외투 따윈 필요 없어. 다만, 마누라가 걱정이지. 난 열심히 일하는데 왜 날 업신여기지. 이번에도 돈을 안 주면 모자를 벗겨 버리겠어. 그럼, 그렇게 하고말고. ……말이 돼? 20코페이카씩 찔끔찔끔 주면, 아, 그걸로 뭘 하란 말이야? 보드카나 마실 수밖에……. 생활이 어렵다고? 그럼, 나는? 이봐, 네게는 집도 있고 소도 있고 말도 있잖아? 나는 빈털터리야. 넌 네 빵을 먹지만 난 사먹어야 해. 아무리 절약해도 일주일에 빵값 3루블은 나가야 한다니까. 집에 빵이 없으니 또 1루블 반은 내놔야 해. 어때? 내 돈 갚아 줘야겠지?"

마침내 구둣방 주인은 길모퉁이 교회까지 왔다. 언뜻 교회 뒤쪽으로 무언가 하얀 물체가 보였다. 찬찬히 살폈으나 이미 날이 저물기 시작하여 하얀 물체가 무엇인지 알 수가 없었다.

"저기에 돌 같은 건 없었는데, 가축인가? 아냐, 그런 것 같지는 않아. ……사람 같은데? 그런데 사람 머리가 왜 저렇게 하얄까? 그리고 사람이 이런 곳에 있을 리 없지."

구둣방 주인은 머리를 갸웃거리며 가까이 다가갔다. 물체가 똑똑히 보였다. 그런데 이게 웬일인가? 하얀 물체는 사람이었다. 살았는지 죽었는지 벌거벗은 그 사람은 교회 벽에 기대앉아 꼼짝도 하지 않았다. 구둣방 주인은 갑자기 무서운 생각이 들었다.

'누군가 이 사람이 가진 걸 다 빼앗고 옷까지 벗겨 여기에 버린 게 분명해. 여기서 어물거리다가는 나중에 무슨 일을 당할지 몰라!'

겁에 질린 구둣방 주인은 서둘러 그곳을 지나쳤다. 교회 모퉁이를 돌아서자 그 사람의 모습은 보이지 않았다. 조금 더 걷다가 그는 잡아당기는 듯해 뒤를 돌아보았다. 좀 전까지 꼼짝 않던 그 사람은 벽에서 몸을 일으켜 움직이는 것 같았다. 어쩐지 이쪽을 지켜보는 것 같았다. 그는 멈춰서서 생각했다.

'다시 가봐야 하나? 아니, 이대로 그냥 가자. 다시 갔다가 봉변을 당할지도 몰라. 어떤 사람인지 알 수도 없고, 그래, 좋은 일 하고 이런 데 쓰러져 있을 리 없지. 가까이 가면 벌떡 일어나 내 목을 조를지도 몰라. 그럼 난 죽는 거지. 아니, 죽진 않더라도 좋지 않은 일을 당할 거야. 저 벌거숭이를 어쩐담? 옷을 벗어 줄 수도 없고……. 그래, 그냥 가자!'

구둣방 주인은 걸음을 재촉해 교회 앞을 지나쳤다. 그러나 곧 양심의 가책을 느꼈다. 그는 길 한가운데 멍하니 서서 스스로에게 말했다.

'세몬, 지금 넌 무얼 하고 있지? 사람이 죽어갈지도 모르는데 그냥 지나치려 하다니. 뭐를 겁내는 거야? 부자라서 재산을 빼앗길까 겁나? 세몬, 그래선 안 돼. 그럴 순 없는 거야!'

세몬은 걸음을 돌렸다.

2

세몬은 그 사람을 자세히 살폈다. 그는 튼튼해 보이는 젊은이였다. 얻어맞은 흔적 같은 것도 보이지 않았다. 다만 추위에 얼어서인지 벽에 기댄 채 눈을 뜰 힘도 없는 것 같았다.

그러나 다가선 그의 기척을 느꼈는지 그 젊은이는 갑자기 고개를 돌리며 그를 바라보았다. 그 눈매를 보는 순간 세몬은 그 젊은이가 마음에 들었다. 세몬은 펠트 신발을 땅바닥에 내동댕이치더니, 입고 있던 얇은 외투를 벗었다.

"여보시오, 이야긴 나중에 하고, 옷이나 입읍시다, 어서요!"

세몬은 젊은이를 부축하여 일으켰다. 날씬하고 깨끗한 몸매에, 손발도 곱고 얼굴도 귀여운 편이었다.

세몬은 그 젊은이에게 낡고 얇은 외투를 걸쳐 주었다. 젊은이는 소매에 팔을 넣을 줄도 모르고 그냥 멍하니 서 있었다. 세몬은 젊은이의 두 팔을 움직여 외투를 입혀 주고 옷자락을 여민 뒤 허리끈을 매어 주었다. 그리고 헌 모자를 벗어 그에게 씌워 주려 했다. 순간 찬바람에 드러난 자신의 머리가 선뜩해 그는 목을 움츠렸다. 그러고는 생각했다.

'나는 대머리지만 이 젊은이는 고수머리가 보기 좋게 자라 있잖은가. 그래, 모자를 쓰지 않아도 안 추울 거야.'

그는 다시 자신의 모자를 썼다.

'그보다 신발을 신겨 주어야겠군.'

세몬은 젊은이를 앉히고는 펠트 장화를 신겨 주었다.

"이젠 됐군. 젊은이, 좀 움직여 몸을 녹이도록 하게. 다음 일이야 내가 거 들지 않더라도 잘될 거네. 여보게, 걸을 수는 있겠나?"

젊은이는 일어나 감격한 눈으로 세몬을 바라보았다. 그러나 말은 한 마 디도 하지 않았다.

"왜 그러나? 집으로 가야지, 여기서 겨울을 날 순 없잖은가? 기운이 없 어서 그러나? 그럼, 내 지팡이를 짚게. 어서, 걸어 봐!"

젊은이는 세몬의 말에 따라 걸음을 떼어 놓았는데, 성큼성큼 잘 걸었다.

세몬은 젊은이와 함께 길을 걸으며 물었다.

"자네는 어디서 왔나?"

"이 고장 사람이 아닙니다."

"그건 그렇지. 이 고장 사람은 내가 다 알지. 그런데 왜 여기까지 왔나?"

"그건 말씀드릴 수 없습니다."

"누구한테 당했지?"

"아닙니다. 하느님께 벌을 받았습니다."

"물론 모든 게 하느님의 뜻이지. 이제 좀 쉬어야겠군. 자넨 어디로 갈 건 가?"

"갈 곳이 없습니다. 저는 어디라도 좋습니다."

세몬은 놀랐다. 젊은이는 나쁜 사람 같지도 않고 말씨도 온순한데 자기 에 대한 이야기를 하려 하지 않았다.

'그래, 세상에는 말 못할 일도 많지.'

세몬은 이렇게 생각하며 머리를 끄덕이고는 젊은이에게 말했다.

"그렇다면 우리 집으로 가세나. 언 몸을 녹일 수는 있으니까."

세몬은 집을 향해 발걸음을 서둘렀다. 낯선 젊은이도 뒤처지지 않고 잘 따라왔다.

찬바람이 루바슈카 밑으로 스며들어 술기운이 깨면서 이가 딱딱 마주치 게 추웠다. 그는 코를 훌쩍이며 루바슈카 아래 껴입은 아내의 면내의를 여 미면서 생각했다.

'이 일을 어떡한담. 가죽 외투 만들 양가죽을 사러 간 사람이 다 낡았다고는 하지만, 마누라와 함께 입던 하나뿐인 외투를 없애고, 낯선 젊은이까지 데리고 가게 됐으니. 마트료나, 한참 잔소리해대겠는걸!'

아내 마트료나 생각을 하니 세몬은 기분이 우울해졌다. 그러나 옆에서 걷고 있는 젊은이를 보는 순간 그가 교회 벽에 기대 자기를 바라보던 눈길이 떠오르며 세몬의 가슴은 기쁨으로 뛰기 시작했다.

3

세몬의 아내는 서둘러 집 안을 치웠다. 장작을 패고 물을 길었다. 그리고 아이들에게 저녁을 먹인 뒤, 자기도 밥을 먹으면서 생각했다.

'빵은 언제 구울까? 오늘, 아니 내일? 아직 큰 덩어리가 하나 남아 있고, 세몬이 점심을 먹고 온다면 저녁은 많이 먹지 않겠지. 그렇다면 내일 빵은 이것으로 충분한데……'

마트료나는 빵 조각을 입에 떼어 넣으며 또 생각했다.

'오늘은 빵을 굽지 말자. 밀가루도 얼마 남지 않았는데, 이걸로 금요일까지 버텨 보자.'

마트료나는 빵을 치우고 식탁에 앉아 남편의 해진 옷을 깁기 시작했다. 그러면서 가죽 외투를 만들 양가죽을 사오기로 한 남편을 생각했다.

'양가죽 장수에게 속아선 안 되는데. 사람이 너무 어수룩해. 누굴 속이지 못할 뿐만 아니라 어린아이한테도 속는다니까. 8루블이면 적지 않은 돈이니 좋은 가죽을 살 수 있을 거야. 제일 좋은 것은 아니더라도 따뜻한 가죽 외투를 마련할 수 있을 거야. 지난 겨울엔 가죽 외투가 없어서 얼마나 고생했는지! 아무 데도 나갈 수 없었어. 오늘처럼 남편이 옷이란 옷은 다 입고 나가면 나는 걸칠 옷도 없으니까. 이제 올 때가 됐는데……. 이 양반이 술이라도 마셔 버린 게 아닐까?'

마트료나가 이런 생각을 하고 있을 때 현관 계단이 삐걱거렸다. 마트료나는 바늘을 꽂고 현관 쪽으로 갔다. 두 사람이 집 안으로 들어서고 있었다. 세몬과 그리고 모자도 쓰지 않은 낯선 젊은이였다.

마트료나는 남편에게서 풍겨 오는 술냄새를 맡았다.

'역시 마셨군!'

낡은 외투는 어디다 두었는지 루바슈카만 걸친 남편을 보는 순간 마트료나의 가슴은 미어질 것만 같았다. 더구나 남편의 손에는 아무것도 들려 있지 않았다.

'다 털어 마신 모양이구나. 얼굴도 모르는 이 사나이와 어울려 퍼마시고 그것도 부족하여 집까지 데려왔구나.'

마트료나는 두 사람을 집 안으로 맞아들이다가 낯선 젊은이가 입고 있는 외투가 자기네 것임을 알았다. 그는 외투 밑으로 셔츠도 보이지 않았고 모자도 쓰고 있지 않았다.

집 안으로 들어선 젊은이는 그 자리에 우두커니 선 채 고개를 들지도 않았다.

마트료나는 이 젊은이가 잘못을 저질러 겁을 내고 있다고 생각했다. 그녀는 얼굴을 찡그린 채 난로 쪽으로 가서 못마땅한 눈길로 두 사람을 지켜보았다.

세몬은 모자를 벗고 태연하게 의자에 앉으며 말했다.

"여보 마트료나, 어서 저녁 준비를 해야지."

마트료나는 못 들은 척하면서 난로 옆에 그대로 서 있었다.

세몬은 화가 나 있는 아내에게서 눈길을 돌려 젊은이의 손을 잡고 미안한 듯 말했다.

"젊은이, 앉아요. 저녁을 먹어야지."

젊은이는 세몬이 이끄는 대로 힘없이 의자에 앉았다.

"여보, 아무것도 만들지 않았소?"

마트료나는 더이상 화를 참지 못하고 소리쳤다.

"왜 안 만들어요? 하지만 당신을 위해 만든 건 아니에요. 당신은 이제 염치마저 마셔 버린 모양이구려. 양가죽을 사러간 사람이 오히려 입고 갔던 외투마저 없애고, 그것도 모자라 낯선 건달까지 데려오다니……. 당신들 같은 주정뱅이에게 줄 저녁은 없어요."

"그만해요, 마트료나. 잘 알지도 못하면서 함부로 말하면 되나. 먼저 무슨 일이 있었는지 물어봐야 하잖소."

"아침에 가져간 돈은 어디 있어요?"

세몬은 주머니를 뒤져 꺼내 보이며 말을 이었다.

"돈은 여기 있소. 도리포노프한테서는 돈을 못 받았는데, 내일은 주겠다고 약속했어요."

그래도 마트료나는 화가 가라앉지 않았다.

'양가죽도 사지 못했으면서 하나밖에 없는 외투마저 알지도 못하는 벌거숭이에게 벗어 주고 뭘 잘했다고 집에까지 데려와!'

마트료나는 세몬이 꺼내 놓은 식탁 위의 돈을 챙기면서 계속 잔소리를 퍼부었다.

"저녁은 없어요! 벌거숭이 주정뱅이에게까지 누가 밥을 준답디까?"

"또 함부로 말하는구려. 마트료나, 제발 내 얘길 좀 들어 봐요."

"생각 없는 주정뱅이 말은 들어 뭐해요. 당신 같은 주정뱅이하고는 정말 결혼하지 말았어야 했는데……. 어머니가 주신 옷감까지 술값으로 마셔 버리더니, 이번엔 외투 만들 양가죽 값까지 마셔 버렸단 말예요?"

세몬은 자기가 마신 술값이 겨우 20코페이카밖에 되지 않으며, 젊은이와 함께 오게 된 사정을 말하려 했다. 그러나 마트료나는 한꺼번에 두 마디씩 지껄여 댐으로써 말을 꺼내지도 못하게 했다. 심지어는 10년 전 일까지 들추어내면서 한참 입에 거품을 물더니 아내는 세몬에게 덤벼들어 그의 옷자락를 부여잡았다.

"내 옷 내놔요. 한 벌밖에 없는 내 속옷마저 벗겨 가더니. 빨리 벗어, 이 거지 같은 영감아!"

세몬이 루바슈카를 벗기 시작하는데 마트료나가 거칠게 잡아당기는 바람에 솔기가 터지고 말았다. 마침내는 자기 옷을 빼앗듯이 건네어 받고는 문 쪽으로 달려가던 마트료나는 그 자리에 우뚝 섰다. 화가 치밀긴 했지만 젊은이가 누군지 궁금했던 것이다.

4

선 자리에서 고개만 돌린 채 마트료나가 말했다.

"나쁜 짓을 하지 않았다면 멀쩡한 사람이 한겨울에 벌거숭이로 있을 리 있어요? 어떻게 이 추운 날 내의조차 못 입어요? 당신도 나빠요. 어디서 무슨 일로 이 사람을 데려왔는지 말해 주어야 할 게 아녜요. 숨길 만큼 부끄러운 일이 아니라면 말예요."

"물론 그렇지. 나도 아까부터 그 이야길 하고 싶었다니까. 집으로 오는데 꽁꽁 언 몸으로 이 사람이 교회 옆에 있었어. 여름도 아닌데 벌거벗은 채 말이야. 하느님이 나를 이끄신 거였어. 하느님의 뜻이 아니었다면 이 사람은 얼어 죽었을지도 몰라. 여보, 당신 같으면 이런 때 어떡하겠소? 마트료나, 당신도 이제 그만 마음을 가라앉히고, 이 사람 처지도 한번 생각해 봐요. 사람이 일생 동안 살다가 무슨 일을 당할지 누가 알겠소!"

마트료나는 버릇처럼 욕설을 퍼부으려다가 낯선 젊은이를 흘끗 보고는 입을 다물었다. 젊은이는 의자 끝에 엉덩이만 걸친 채 꼼짝도 하지 않았다. 두 손을 무릎 위에 올려놓고 머리를 숙였는데, 눈을 감은 채 괴로운 듯 얼굴을 찡그리고 있었다.

세몬이 말을 이었다.

"마트료나, 당신에게는 하느님도 소용없소?"

마트료나는 세몬의 말을 들으면서 무심결에 다시 한번 젊은이를 살폈다. 그때였다. 그녀의 잔뜩 화가 나 있던 마음이 순식간에 누그러졌다. 그녀는 난로가 놓인 구석으로 가서 저녁 준비를 했다. 컵을 식탁 위에 놓고 즈바스(곡물로 만든 러시아 음료 – 옮긴이 주)를 따르고, 남겨진 마지막 빵을 내놓았다. 그리고 나이프와 포크를 놓으면서 말했다.

"어서 저녁들 하세요."

세몬은 싱긋 웃으며 젊은이를 식탁으로 데려갔다.

"앉아요, 젊은이."

세몬은 빵을 잘게 잘라 젊은이와 함께 먹기 시작했다.

마트료나는 한 손으로 턱을 괴고 식탁 곁에 앉아 낯선 젊은이를 지켜보았다. 문득 젊은이가 불쌍해지면서 보살펴 주고 싶은 생각이 들었다. 그때였다. 젊은이가 괴로운 듯 찡그리고 있던 얼굴을 펴고는 마트료나 쪽으로 눈길을 돌리며 밝게 웃었다.

식사가 끝나고 나서 식탁을 치운 마트료나는 낯선 젊은이에게 물었다.

"젊은이는 어디서 왔소?"

"나는 이곳 사람이 아닙니다."

"그런데 어떻게 여기 오게 되었소?"

"그건 말씀드릴 수 없습니다."

"강도를 만났군요?"

"아닙니다. 하느님께 벌을 받았습니다."

"그래서 이 추위에 벌거벗은 채 그렇게 있었소?"

"예, 그래서 얼어 죽을 뻔했지요. 다행히 주인어른께서 불쌍하게 여겨 입고 있던 외투를 벗어 주고 여기까지 데려왔답니다. 거기다 아주머니께서도 저를 불쌍하게 생각해 먹고 마실 것을 주셨습니다. 하느님께선 두 분께 은 총을 내리실 것입니다!"

마트료나는 자리에서 일어나 좀 전에 기워둔 세몬의 셔츠를 젊은이에게 가져다주었다. 그리고 바지도 챙겨 주었다.

"이제 보니 셔츠도 없네. 이걸 입어요. 그리고 침대 위든 난롯가에서든 자요."

젊은 나그네는 외투를 벗고 셔츠와 바지를 입은 다음 침대 위에 누웠다.

마트료나는 불을 끈 뒤 외투를 가지고 남편 곁으로 갔다. 그리고 외투 자락을 덮고 누웠으나 잠이 오지 않았다. 젊은이에 대한 생각이 쉽게 머릿속에서 떠나지 않았던 것이다. 젊은이가 남았던 마지막 빵을 먹어 버렸으니 내일 먹을 빵이 없었다. 또한 셔츠와 바지를 준 것에 생각이 미치면서 살림 걱정으로 우울해졌다. 그러나 빙그레 웃던 젊은이의 모습이 떠오르자 마음이 편안해지며 밝아졌다.

마트료나는 오랫동안 잠을 이루지 못했다. 세몬도 잠을 이루지 못하는지 외투 자락을 잡아당기는 기척이 나곤 했다.

"세몬!"

"응?"

"남은 빵은 다 먹어 버리고 반죽도 해놓지 않았는데, 내일은 어떡하죠? 이웃집 말라냐에게 좀 꾸어 달랠까요."

"그렇게 합시다. 설마 산 입에 거미줄이야 치겠소."

마트료나는 한동안 가만히 누워 있다가 불쑥 말했다.

"저 젊은이, 나쁜 사람은 아닌 것 같은데 왜 자기 신분을 밝히지 않는 걸까요."

"글쎄, 말 못할 사정이 있겠지."

"세몬!"

"왜 그래?"

"우리는 남을 도우려 하는데, 남들은 왜 우리를 도와주지 않죠?"

세몬은 뭐라고 대답해야 좋을지 몰랐다.

"뭐하러 그런 생각을 하오. 그만 잠이나 잡시다."

세몬은 돌아누워 잠들어 버렸다.

5

이튿날 아침 세몬은 일찍 잠에서 깨었다. 아이들은 아직 잠들어 있었고, 아내는 빵을 얻으러 이웃집에 가고 없었다. 어제 함께 왔던 젊은이는 낡은 바지와 셔츠를 입은 채 의자에 앉아 천장을 쳐다보고 있었다. 표정은 어제보다 밝아 보였다.

세몬이 말했다.

"잘 잤나, 젊은이. 빵을 주지 않으면 배에서는 쪼르륵 소리가 나고 몸에는 옷을 걸쳐줘야 하네. 그러니 우리 모두 일을 해야 하지 않겠나. 자넨 어떤 일을 할 줄 아나?"

"할 줄 아는 것이 없습니다."

세몬은 속으로 혀를 찼으나 곧 친절하게 말했다.

"아무 일도? 아니지, 하려는 마음만 있으면 못할 게 없지. 사람은 무슨 일이든 배울 수 있다네."

"모두 일을 하는데 저도 무슨 일이든 하겠습니다."

"자네 이름은 뭔가?"

"미하일입니다."

"미하일, 자네는 자기에 대해 아무것도 말하려 하지 않는데, 그건 아무래도 좋아. 하지만 밥벌이는 해야겠지. 시키는 대로 일을 하면 밥은 먹여 주겠네.”

“고맙습니다. 열심히 배우겠습니다. 뭐든 가르쳐 주십시오.”

“어려울 건 없어. 자, 보게…….”

세몬은 옆에 있던 실을 들어 손가락에 감더니 매듭을 지어 보였다. 미하일은 가만히 들여다보더니 세몬이 하던 대로 손가락에 실을 감아 매듭을 지었다. 이어 실 찌는 법을 가르쳐 주었다. 미하일은 그것도 곧 배웠다. 다음에는 가죽 다루는 법과 깁는 법을 가르쳤고, 미하일은 그것도 쉽게 배웠다.

세몬이 무엇을 가르치든 미하일은 금방금방 배웠다. 사흘째부터 미하일은 오랫동안 구두를 만들어 온 사람처럼 능숙하게 구두 짓는 일이며 수선하는 일을 해나갔다. 그는 일을 시작하면 쉬지도 않았고, 식사도 조금밖에 하지 않았다. 쉴 때는 말없이 천장만 쳐다볼 뿐, 밖에 나가는 일도 없었고 쓸데없는 말도 하지 않았으며 웃는 법도 없었다. 미하일이 웃었던 것은 처음 마트료나가 그에게 식탁을 차려 주던 날뿐이었다.

6

하루가 가고, 일주일이 갔으며, 한 해가 갔다. 그 동안 미하일은 세몬의 집에서 구두 짓는 일을 열심히 하고 있었다. 미하일만큼 멋지고 튼튼하게 구두를 짓는 사람은 없다는 소문이 사방에 퍼졌고, 이웃 마을에서까지 구두를 맞추려고 사람들이 몰려왔다. 그래서 세몬의 수입은 점점 늘어만 갔다.

어느 겨울날이었다. 창문으로 가게 앞에 마차가 멈춰 서는 것이 보였다. 마부석에서 젊은 사람이 뛰어내려 문을 열었다. 털외투를 입은 신사가 마차에서 내려 세몬네 집 층계를 올라왔다.

마트료나가 달려나가 문을 열었다. 신사는 몸을 구부리고 안으로 들어섰다. 머리는 거의 천장에 닿을 듯했고, 몸집은 방 안을 가득 채울 것만 같았다. 일어나서 손님을 맞던 세몬은 깜짝 놀랐다. 지금까지 이렇게 몸집이 거대한 사람을 본 일이 없었기 때문이다.

세몬과 미하일도 마른 편이었고, 더구나 마트료나는 명태처럼 바싹 여위어 있었다. 신사는 분명 이들과는 다른 나라에서 온 사람 같았다. 벌건 얼굴에는 반질반질 기름이 흘렀으며 목은 황소만 했다. 그뿐 아니라 거대한 몸뚱이는 무쇠인 것만 같았다.

신사는 숨을 몰아쉬고는 의자에 앉으며 말했다.

"구둣방 주인이 누구요?"

세몬이 나섰다.

"제가 주인입니다, 나리."

신사는 함께 온 하인에게 소리쳤다.

"페지카. 물건을 가져와."

하인은 마차로 달려가 작은 꾸러미를 가져왔다. 신사는 그것을 작업대 위에 놓으면서 말했다.

"풀어 봐."

하인이 꾸러미를 풀었다. 그 안에서는 가죽이 나왔다. 신사는 그 가죽을 손가락으로 찌르며 세몬에게 말했다.

"이봐, 이게 무슨 가죽인지 알겠나?"

세몬은 가죽을 만져 보고 나서 대답했다.

"예, 나리, 아주 좋은 가죽이군요."

"아무렴, 좋은 가죽이고말고! 주인장 같은 사람이야 평생 동안 이런 가죽 보지도 못해. 이건 독일젠데, 20루블이나 줬지."

세몬은 겁을 집어먹고 떨리는 목소리로 말했다.

"우리 같은 사람이 어디서 그런 걸 구경이라도 하겠습니까."

"그야 그렇겠지. 그런데 주인장, 이걸로 내 발에 맞는 장화를 만들 수 있겠나?"

"만들 수 있다마다요, 나리."

신사는 세몬에게 겁이라도 주려는 듯 큰소리로 말했다.

"주인장, 만들 수 있다고 했겠다! 하지만 알아 두게. 주인장이 누구의 구두를, 어떤 가죽으로 만드는지를. 나는 1년을 신어도 모양이 변치 않고 실밥이 터지지 않는 장화를 원하니까 그렇게 할 수 있으면 가죽을 자르고, 할수 없으면 맡지 말게. 이 조건을 지키지 못하면 감옥에 처넣을 거고, 잘하면 만든 값으로 10루블을 주지."

세묜은 겁이 나서 선뜻 대답하지 못하고, 곁에 있는 미하일을 돌아보았다. 그러고는 팔꿈치로 쿡쿡 찌르면서 귀엣말로 물었다.

"맡을까?"

미하일은 맡으라는 뜻으로 잠자코 머리를 끄덕였다. 미하일의 자신 있어 보이는 모습에 세묜은 1년 안에 모양이 변하지도 실밥이 터지지도 않는 장화를 만들기로 했다. 신사는 하인을 불러 자신의 왼쪽 신발을 벗기라고 하더니 발을 내밀었다.

"발을 재게!"

세묜은 널찍하게 종이를 이어붙여 바닥에 깐 다음 무릎을 꿇고 앉았다. 신사의 양말에 때를 묻히지 않으려고 앞치마에 손을 잘 문지른 다음 치수를 재기 시작했다. 발바닥을 재고, 발등까지 재었다. 그리고 종아리를 재려는데 종이 양끝이 닿지 않았다. 신사의 장딴지가 통나무처럼 너무 굵었던 것이다.

"주인장, 거길 좁게 해서는 안 되네. 그렇게 되면 발이 아프니까."

세묜은 다시 다른 종이를 덧대었다. 신사는 치수를 재도록 앉은 채 발가락을 꼬물거리며 방 안을 둘러보다가 미하일을 발견하고 물었다.

"저 친구는 누군가?"

"우리 집에서 일하는 사람인데, 나리의 구두를 만들 것입니다."

신사는 미하일에게 말했다.

"이봐, 자네도 잘 알아 두게나. 1년은 끄떡없어야 한다는 걸."

세묜도 미하일을 돌아보았다. 그러나 미하일은 신사를 보지 않고 그의 뒤쪽 구석만 살피고 있었다. 누군가를 꿰뚫어 보기라도 하려는 듯이. 그러더니 미하일은 갑자기 웃음을 띠며 얼굴이 환하게 밝아졌다.

"바보같이, 혼자 웃긴 왜 웃어? 기한 내에 잘 만들 수 있게 정신 바짝 차리라구."

미하일이 말했다.

"네, 그렇게 하겠습니다."

"그럼, 됐어!"

신사는 장화를 신고 털외투를 입은 뒤 문 쪽으로 갔다. 깜박 잊고 허리를 굽히지 않아 그만 문설주에 머리를 부딪치고 말았다. 신사는 욕설을 퍼붓더니 머리를 문지르고는 마차를 타고 떠나 버렸다.

신사가 떠난 뒤 세몬이 말했다.

"차돌같이 단단해. 몽둥이로 후려쳐도 꿈쩍 않겠어. 머리를 세게 부딪쳤는데 아프지도 않은가 봐."

마트료나가 옆에서 말했다.

"저렇게 잘사는데 어찌 안 그렇겠어요. 귀신도 저런 사람한테는 꼼짝 못한다고요."

7

세몬은 아무래도 맡은 일이 걱정스러운지 미하일에게 말했다.

"맡기는 했지만, 솔직히 걱정이야. 가죽은 비싼데다 나리는 서릿발 같은 성질이니……. 자넨 나보다 눈도 밝고 솜씨도 좋으니 자네가 재단하게. 나는 겉가죽을 맡겠네."

미하일은 아무 말 없이 가죽을 받아 작업대 위에 두 겹으로 포개 놓은 다음 재단하기 시작했다. 미하일 곁으로 간 마트료나는 깜짝 놀랐다. 미하일은 장화 모양과는 달리 가죽을 둥글게 자르고 있었던 것입니다.

마트료나는 한마디 하려다 참고는 속으로 생각했다.

'내가 잘못 들었는지도 몰라. 나보다 미하일이 더 잘 알고 있겠지.'

가죽을 자르고 나서 미하일은 어느새 바늘에 실을 꿰어 작업을 해나갔다. 그런데 장화가 아닌 단화를 꿰맬 때처럼 두 겹 실이 아니라 한 겹이었다. 마트료나는 이번에도 깜짝 놀랐으나 역시 아무 말도 하지 않았다. 미하일은 쉬지 않고 일을 했다.

점심때가 되었다. 자리에서 일어나던 세몬은 미하일이 신사의 가죽으로 단화를 한 켤레 만들어 놓은 것을 보았다. 그는 땅이 꺼지도록 한숨을 내쉬었다.

'어떻게 된 일인가. 일년 동안 실수 한 번 한 적 없는 미하일이 하필 이런 때 일을 저지를 게 뭐람. 나리는 장화를 주문했는데 단화를 만들어 놓다니……. 이런 가죽은 쉽게 구할 수도 없고, 이젠 정말 죽었군!'

세몬은 울상이 되어 미하일에게 말했다.

"자네, 이게 무슨 짓인가? 내 목을 자르기로 작정했나! 나리는 장화를 주문했는데 지금 자넨 무엇을 만들어 놓았나?"

이때, 계단을 쿵쿵 울리는 다급한 발소리가 나더니 누군가가 문을 두드렸다. 창으로 내다보니 누군가가 타고 온 말을 매어 놓고 문 앞에 서 있었다. 바로 그 장화를 주문한 신사의 하인이었다.

"안녕하십니까?"

"예, 그런데 무슨 일로?"

"장화 때문에 주인마님 심부름을 왔습니다."

"장화 때문이라고요?"

"장화는 이제 필요 없습니다. 나리는 돌아가셨어요."

"예?"

"집으로 가는 마차에서 돌아가셨어요. 집에 도착해 내리려는데 나리는 짐짝처럼 나뒹굴고 계셨어요. 벌써 세상을 떠나 있었단 말입니다. 마님께서, '구둣방 주인에게 가서 전해라. 아까 나리께서 주문하신 장화는 필요 없으니, 죽은 사람이 신는 단화를 빨리 만들어 달라고. 만드는 동안 기다렸다가 가지고 오너라.' 해서 이렇게 급히 왔답니다."

미하일은 남은 가죽을 둘둘 말았다. 그리고 다 만든 단화를 들고 탁탁 치더니 앞치마에 문지른 다음 하인에게 내주었다. 젊은 하인은 단화를 받아 들고 인사했다.

"그럼, 안녕히 계십시오, 여러분!"

8

그 뒤로 1년이 지나고 2년이 지나, 미하일이 온 지도 벌써 6년이 되었다. 미하일은 여전히 아무 데도 가지 않고 쓸데없는 말도 하지 않았다. 그 동안 웃는 모습, 환한 얼굴은 두 번밖에 볼 수 없었다. 한 번은 이 집에 처음 오던 날 마트료나가 저녁을 준비할 때였고, 또 한 번은 죽은 신사가 장화를 맞추러 왔을 때였다.

세몬은 미하일이 자랑스럽기도 하고 너무도 좋았다. 그래서 이제는 미하일이 어디서 왔는지 굳이 알려 하지 않았다. 오히려 어딘지 알 수 없는 곳으로 가 버리지나 않을까 걱정했다.

어느 날은 온 가족이 집에 있었다. 마트료나는 화덕에 냄비를 올려놓고 음식을 만들고 있었으며, 아이들은 의자 사이를 뛰어다녔다. 세몬은 창가에 앉아 구두를 짓기 위해 가죽을 꿰매고 있었고, 미하일은 다른 쪽 창가에서 구두 굽을 붙이고 있었다.

그때였다. 세몬의 아들이 의자를 넘어 미하일 곁으로 와서 창밖을 내다보더니 그의 어깨를 흔들며 말했다.

"미하일 아저씨, 저기 좀 봐. 한 아주머니가 여자애들 둘을 데리고 오고 있어요. 한 아이는 절름발이예요."

아이의 말에 미하일은 일손을 멈추고 창밖을 내다보았다. 세몬은 놀랐다. 지금까지 미하일이 창밖을 내다본 일이 한 번도 없었기 때문이었다. 그런데 지금은 창문에 얼굴을 바짝 갖다 붙이고 무언가를 열심히 보고 있었다. 그래서 세몬도 창밖을 내다보았다.

한 부인이 자기 집 쪽으로 오고 있었다. 말쑥한 옷차림의 그 부인은 털외투에 숄을 두른 두 여자아이의 손을 잡고 있었다. 여자아이들은 얼굴이 닮아 쉽게 분간할 수 없었다. 한 아이가 다리를 조금 저는 것만이 달랐다.

부인은 층계를 올라와 현관문을 열고는 아이들을 먼저 들여보내고, 자기도 뒤따라 들어왔다.

"안녕하세요!"

"어서 오세요. 무슨 일로 오셨습니까?"

부인은 탁자 옆에 앉았고, 두 여자아이는 낯가림을 하는지 부인의 무릎에 매달리듯 서 있었다.

"이 아이들이 봄에 신을 구두를 부탁드리려고요."

"아, 예. 그렇게 작은 구두는 만들어 보지 않았지만, 물론 만들어 드리지요. 가장자리에 장식이 달리게 할 수도 있고, 안에 천을 대드릴 수도 있습니다. 우리 집 미하일은 솜씨가 보통이 아니랍니다."

세몬은 자랑스러운 얼굴로 미하일을 돌아보았다. 그런데 미하일은 하던 일까지 멈추고 두 여자아이들에게서 눈을 뗄 줄 몰랐다. 미하일의 그런 모습에 세몬은 놀랐다. 실은 그도 두 여자아이가 귀여웠다. 까만 눈동자에 살구빛 뺨은 정말 예뻤다. 그리고 아이들이 입고 있는 털외투도 숄도 앙증맞고 훌륭했다. 하지만 그렇다고 저렇게 뚫어지게 바라보는 미하일을 이해할수는 없었다. 옛날부터 두 아이를 잘 알고 있는 것만 같았다.

세몬은 고개를 갸웃거리면서 돌아서서 그 부인과 값을 정하고 아이들의 발을 재려 했다. 부인은 다리가 불편한 아이를 무릎에 앉히며 말했다.

"이 아이 발로 둘의 것을 재면 돼요. 먼저 불편한 발을 재서 한 짝 만들고, 이 발로는 세 짝을 지어 주세요. 두 아이는 발이 같거든요. 쌍둥이예요."

세몬은 치수를 재고 나서 다리가 불편한 아이를 가리키며 말했다.

"참, 귀엽기도 하다. 그런데 이 아이는 어쩌다 이렇게 됐나요? 나면서부터 그런가요?"

"아니에요. 태어났을 때 제 어머니에게 눌려서 그래요."

"그럼 부인은 이 아이들의 어머니가 아니세요?"

그때 마트료나가 끼어들며 물었다. 그 부인이 누구이며 쌍둥이는 누구의 아이인지 알고 싶어 견딜 수 없었던 것이다.

"나는 애들의 어머니도, 친척도 아니랍니다. 난 애들을 양딸로 삼았지요."

"배 아파 낳은 아이도 아닌데 정말 귀여워하시네요!"

"내 젖 먹여 키웠으니까요. 내게도 아이가 있었는데 하느님이 데려가셨어요. 그래도 가엾다고 생각하지 않았는데, 애들은 정말 가여워요."

"그럼 대체 뉘 집 애들인데요?"

9

그 부인은 이야기를 시작했다.

"6년 전이었어요. 이 아이들은 일주일 사이에 고아가 되었답니다. 아빠는 화요일에, 엄마는 금요일에 세상을 떠났어요. 애들은 아빠가 죽은 사흘만에 태어났고, 엄마는 하루도 못 살았으니까요. 그때 나는 남편과 농사를 지으며 살았지요. 애들의 부모는 옆집에 살고 있었고요. 애들 아빠는 농사꾼이었는데 숲속에서 일하다가 나무에 깔려 집으로 옮기긴 했으나 곧 세상을 떠났습니다. 사흘 후 그의 아내가 쌍둥이를 낳았고요. 워낙 가난하고 외로운 처지여서 애들 엄마를 도와줄 사람이 없었습니다. 혼자 애들을 낳고 혼자 죽어간 것이지요. 이튿날 아침에 내가 그 집에 들렀을 때는 가엾게도 애들 엄마는 숨이 끊어진 뒤였습니다. 게다가 엄마는 애를 깔고 있었어요. 그래서 한쪽 다리를 못쓰게 되었지요."

생각만 해도 가슴이 아픈지 그 부인은 잠깐 말을 끊었다가 다시 이었다.

"마을 사람들이 관을 만들어 장사를 지내 주었습니다. 이제 두 갓난애만 남았는데 보낼 데가 없었습니다. 마을 여자들 중에 젖먹이가 있는 건 나 혼자여서 내가 임시로 이 아이들을 맡게 되었답니다. 그때 나는 낳은 지 8주밖에 안 된 아들이 있었지요. 마을 사람들이, '마리아, 당신이 이 아이들을 맡아 줘요. 조금만 돌봐 주면 우리가 이 아이들 문제를 생각해 볼 테니까.' 하고 내게 말했습니다. 나는 성한 아이에게만 젖을 주고 다리를 저는 아이에게는 주지 않을 생각이었습니다. 살아날 가망이 없다고 생각했기 때문이지요. 그러다 천사 같은 어린 영혼이 왜 죽어야 하나 그 이유를 생각하게 되었고, 마침내 나는 이 아이에게도 젖을 먹이기 시작했습니다. 그래서 내 아이와 이 두 아이 해서 세 아이에게 젖을 먹였습니다. 하느님 덕분에 젖은 충분했고, 두 아이는 잘 컸지요. 그런데 내 아이는 두 살 때 하늘나라로 가 버렸답니다. 그 뒤로 다시는 내게 자식을 주지 않으셨어요. 지금은 이 마을 방앗간에서 일하고 있는데 생활은 넉넉한 편입니다. 하지만, 이 아이들이 없었다면 나 혼자 무슨 재미로 살겠어요! 그러니 애들을 어찌 사랑하지 않을 수 있겠습니까. 애들은 내게 촛불과도 같아요."

그 부인은 한 손으로 다리가 불편한 아이를 안고, 다른 한 손으로는 뺨에 흐르는 눈물을 닦았다. 마트료나는 한숨을 쉬며 말했다.

"부모 없이는 살아가도 하느님 없이는 살아갈 수 없다는 말이 정말인 것 같군요."

잠시 이야기를 주고받은 뒤, 부인은 가려고 일어났다. 세몬과 마트료나는 부인과 아이들을 전송하며 미하일 쪽을 돌아보았다. 그는 무릎 위에 손을 얹고 천장을 올려다보며 빙그레 웃고 있었다.

세몬은 미하일 곁으로 다가가 왜 그러고 있느냐고 물었다. 미하일은 의자에서 일어나 일감을 놓고 앞치마를 벗은 다음, 세몬과 마트료나에게 말했다.

"이제 헤어질 때가 된 것 같습니다, 주인 아저씨, 아주머니. 하느님께서 용서하셨으니 두 분께서도 용서해 주십시오."

세몬과 마트료나는 미하일의 몸에서 빛이 나는 것을 보았다. 세몬은 일어나 미하일에게 정중하게 머리를 숙이며 말했다.

"미하일, 자네는 보통 사람이 아니라는 걸 분명하게 알겠네. 자네를 붙잡을 수도 없고, 그 동안 궁금했던 모든 걸 물어볼 수도 없겠지. 하지만 하나만 대답해 주게. 내가 자네를 집으로 데려오던 때 자네는 무척 우울했는데 아내가 밥상을 차려 주자 빙그레 웃음을 띠어 보였네. 왜 그랬는지 그 이유가 궁금하네. 그 후 신사가 장화를 주문했을 때 자네는 다시 빙그레 웃었지? 그리고 지금 자네는 세 번째로 웃었고 온몸에서는 빛이 나고 있네. 미하일, 어째서 자네 몸에서 빛이 나며, 왜 세 번 웃었나."

미하일이 대답했다.

"내 몸에서 빛이 나는 것은 하느님의 용서를 받았기 때문입니다. 또 내가 세 번 웃었던 것은 하느님께서 말씀하신 세 가지 진리를 깨달았기 때문입니다. 하느님의 첫번째 진리는 주인 아주머니께서 나를 가엾게 여기며 보살펴 줄 마음이 생겼을 때 깨달았습니다. 그래서 처음으로 웃었습니다. 또 두 번째 진리는 부자 나리가 장화를 주문하러 왔을 때 깨달았습니다. 그래서 두 번째로 웃었지요. 마지막 세 번째 진리는 방금 두 여자아이를 보았을 때 깨달았습니다. 그래서 세 번째로 웃었습니다."

세몬이 다시 물었다.

"미하일, 자네는 무슨 죄로 하느님께 벌을 받았으며, 하느님의 그 세 가지 진리가 무엇인지 말해 줄 수 없겠나."

미하일이 대답했다.

"나는 하늘나라의 천사였는데 하느님의 말씀을 어겼습니다. 하루는 하느님께서 어느 여인의 영혼을 빼앗아 오라고 분부하셔서 세상에 내려와 보니 그 여인은 아파서 누워 있었습니다. 쌍둥이 딸을 낳았던 것입니다. 갓난아기들은 엄마 곁에서 보채고 있었으나 엄마는 젖을 줄 힘이 없었습니다. 여인은 울면서 내게 말했습니다. '천사님! 제 남편은 숲에서 나무에 깔려 며칠 전에 죽었습니다. 내게는 이 아이들을 키워 줄 고모도 이모도 할머니도 없습니다. 제발 이 애들을 제 손으로 키우도록 영혼을 가져가지 마십시오. 아이들은 부모 없이는 살 수 없습니다!' 나는 한 아이에게 젖을 물려주고, 한 아이는 어머니의 팔에 안겨 준 뒤 하늘나라로 올라가 하나님께 말했습니다. '저는 산모의 영혼을 가져올 수 없었습니다. 남편은 나무에 깔려 죽고, 여자는 방금 쌍둥이를 낳고는 자기 영혼을 거두어 가지 말아 달라고 빌었습니다. 아이들이 클 때까지 키우게 해달라, 아이들은 부모 없이는 살 수 없다고 하면서 말입니다. 저는 산모의 영혼을 데려오지 못했습니다.' 하느님께서는 이렇게 말씀하셨습니다. '다시 가서 산모의 영혼을 가져오너라. 너는 세 가지 진지를 알게 되리라. 사람의 마음속에는 무엇이 있는가? 사람에게 허락되지 않은 것은 무엇인가? 사람은 무엇으로 사는가? 이 세 가지를 알게 될 것이다. 이 세 가지를 알게 되면 넌 다시 하늘나라로 돌아오게 되리라.' 나는 다시 세상으로 내려와 산모의 영혼을 빼앗았습니다. 갓난아이들은 어머니의 가슴에서 떨어졌습니다. 어머니의 시체가 침대 위에 뒹굴며 한 아이를 짓누르는 바람에 한쪽 다리를 못쓰게 만들었습니다. 나는 여자의 영혼을 데리고 하느님께 올라가려 했습니다만, 그때 바람이 휘몰아치면서 내 날개를 꺾어 버렸습니다. 그래서 그 여자의 영혼만 하느님께로 가고, 나는 땅 위로 떨어졌습니다."

11

세몬과 마트료나는 자신들과 함께 살아온 사람이 누구인지를 알고는 두려움과 기쁨으로 눈물을 흘렸다.

천사는 말을 이어갔다.

"나는 벌거숭이가 되어 홀로 들판에 버려졌습니다. 그때까지 나는 인간의 부자유도, 추위도, 굶주림도 몰랐는데 갑자기 인간이 된 것입니다. 들판에서 나는 하느님의 교회를 발견하고 그리로 갔습니다. 그러나 교회는 잠겨 있어 안으로 들어갈 수 없었습니다. 날은 점점 어두워지는데 춥고 배고프고 온몸이 쑤셔 왔습니다. 그때 장화를 신은 한 사람이 혼자 중얼거리며 걸어왔습니다. 내가 인간이 되어 처음 본 그 사람은 시체와 같은 얼굴이었습니다. 그는 이 추운 겨울에 몸을 감쌀 옷과 처자식을 먹여 살리려면 어떻게 해야 하느냐고 중얼거리고 있었습니다. 그때 '나는 춥고 배가 고프다. 그런데 저기 오는 사람은 가족이 입을 옷과 빵 걱정만 하고 있다. 저 사람은 나를 도울 수 없다.'라고 생각했습니다. 그는 나를 발견하고는 더욱 무서운 얼굴이 되어 지나가 버렸습니다. 나는 실망했습니다. 그때 그가 되돌아오는 소리가 들렸습니다. 그런데 좀 전에 본 그 사람이 아닌 것 같았습니다. 좀 전까지 죽음의 그림자가 드리워져 있던 얼굴에는 생기가 돌고 있었습니다. 나는 그 얼굴에서 하나님의 모습을 보았습니다."

세몬은 숨소리까지 죽이며 천사의 다음 말을 기다렸다.

"그 사람은 다가와 내게 자기 옷을 입혀 주고 집으로 데려갔습니다. 집에 도착하자 한 여자가 나왔습니다. 그 여자의 얼굴은 더 무서웠고, 죽음의 입김을 내뿜어 나는 숨 쉬기도 어려웠습니다. 그 여자는 나를 추운 밖으로 몰아내려 했습니다. 그때 나를 내쫓았다면 그 여자도 죽었을 것입니다. 그때 남편이 하느님 얘기를 하자 그 여자의 태도가 바뀌었습니다. 그 여자는 우리에게 저녁상을 차려 주었는데, 그 얼굴에 죽음의 그림자는 사라지고 생기가 돌고 있었습니다. 나는 그 얼굴에서 하느님의 모습을 보았습니다. 나는 '사람이 마음속에 있는 것이 무엇인지 알게 되리라.'는 하느님의 첫 말씀을 생각하면서, 사람의 마음에 있는 것이 사랑임을 깨달았습니다. 나는 하느님이 내게 약속하신 것을 깨우쳐 주셨다는 생각에 너무나 기뻐 처음으로 웃었습니다. 그러나 아직 하느님이 말씀하신 두 가지 진리, 사람에게 허락되지 않은 것은 무엇인가? 사람은 무엇으로 사는가? 하는 물음에 대해서는 알지 못했습니다."

천사의 이야기는 물 흐르듯 이어졌다.

"1년이 지난 어느 날 한 신사가 와서 1년이 지나도 변하지 않을 튼튼한 장화를 만들어 달라고 했습니다. 나는 그의 등뒤에 있는 내 친구 죽음의 천사를 보고, 그날이 저물기 전에 그 신사의 영혼이 떠나리라는 것을 알았습니다. 1년 신어도 변하지 않을 튼튼한 장화를 주문한 그 사람은 오늘 저녁 안으로 자기가 죽는다는 것을 몰랐습니다. 그때 나는 '사람에게 허락되지 않은 것은 무엇인가.'라는 하느님의 두 번째 말씀을 깨닫게 되었습니다. 사람은 자기에게 필요한 것이 무엇인지 알 수 없습니다. 그래서 나는 두 번째로 웃었습니다. 그러나 아직 나머지 한 말씀은 깨닫지 못했습니다. 나는 하느님께서 마지막 말씀을 깨우쳐 주실 때를 기다렸습니다. 6년이 지났고 두 분도 아시다시피 한 여자가 쌍둥이 계집아이를 데리고 왔습니다. 나는 죽지 않고 살아 있는 두 아이들을 보았습니다. 그리고 그 여자가 남의 자식을 위해 진심으로 눈물 흘릴 때 살아 계신 하느님을 보았고, 사람은 무엇으로 사는가를 깨닫게 되었습니다. 하느님께서 마지막 말씀을 깨우쳐 주시고 용서해 주신 것을 알았을 때 나는 세 번째로 웃었습니다."

마침내 천사의 모습이 드러났는데, 온몸이 빛으로 둘러싸여 똑바로 쳐다볼 수 없었다. 미하일은 더 큰소리로 말했다. 그 소리는 마치 하늘에서 울려오는 것 같았다.

"사람은 자신에 대한 걱정으로 살아가는 것이 아니라 사랑으로 살아간다. 어머니는 아이들이 살아가는 데 필요한 것이 무엇인지 알 수 없었고, 부자 신사는 자기에게 무엇이 필요한지 알 수 없었다. 내가 인간이 되었을 때 살아남게 된 것은 내 자신의 걱정에 의해서가 아니라 길 가던 사람과 그 아내의 마음에 사랑이 있어 가엾게 여기고 보살피려는 마음이 있었기 때문이다. 두 고아가 살아남게 된 것도 그들 자신의 걱정에 의해서가 아니라, 그 여자의 마음에 사랑이 있어 그들을 불쌍히 여기고 사랑했기 때문이다. 모든 사람은 자기 자신의 걱정에 의해서가 아니라 사랑으로 살아간다. 이제 한 가지를 더 깨닫게 되었으니, 하느님께서는 사람들이 떨어져 사는 것을 원치 않아 각자 자기에게만 필요한 것이 무엇인지 깨우쳐 주지 않았으며, 함께 모여 살아가기를 원해 사람들에게 자신과 모든 사람에게 필요한 것이 무엇인지를 가르쳐 주셨다. 사람들은 자신에 대한 걱정으로가 아니라, 사랑으로 살아간다. 사랑으로 살아가는 사람은 하느님 안에 있으며, 하느님은 그 사람 안에 계신다. 하느님은 곧 사랑이시다."

이어 천사는 하느님께 찬송을 드렸다. 그 목소리로 집이 흔들리더니 천장이 갈라지면서 불기둥이 하늘로 치솟았다. 세몬 내외와 아이들은 땅바닥에 엎드렸다. 천사의 등에서는 날개가 펼쳐지더니 하늘로 올라갔다.

세몬이 다시 정신을 차렸을 때 집 안에는 전과 달라진 것이 없었다. 그리고 방 안에는 그들 가족 이외엔 아무도 없었다.

핵심 정리

- **갈래** : 단편소설
- **시점** : 전지적 작가 시점
- **주제** : 인간의 마음에 깃들여 있는 사랑과 그 사랑에 의해 살아가는 인간의 삶
- **배경** : 시간적 – 19세기 / 공간적 – 러시아
- **등장인물** : 세몬 – 구두 수선공으로, 가난하지만 마음이 여리고 인정이 많으며 하느님에 대한 믿음이 두터운 인물

    마트료나 – 세몬의 아내로, 잔소리가 심하지만 가난한 생활을 알뜰하게 꾸려가는, 검소하고 인정 많은 시골 아낙네

    신사 – 눈앞에 닥친 자신의 죽음을 알지 못하는 인간의 전형적인 약점을 지닌 거만하고 무례한 인물

    쌍둥이 자매의 양모 – 부모를 잃은 쌍둥이 자매를 양녀로 삼아 자신의 아이처럼 키우는 인정 많은 여인

- **구성** : 발단 – 가난한 구둣방 주인 세몬은 외투용 양가죽을 사기 위해 외출하는데, 외상값을 받지 못해 볼 일을 보지 못한 채 돌아온다.

    전개 – 돌아오는 길에 세몬은 추운 날씨에 벌거벗은 채 교회 뒤 벽에 기대앉아 얼어 죽은 것 같은 젊은이를 발견하고는 못 본 체 걸음을 재촉한다. 그러나 곧 걸음을 돌려 자기의 낡은 외투를 벗어 입히고는 젊은이를 집으로 데려온다.

    위기 – 세몬의 아내 마트료나는 세몬이 양가죽은 사오지 않고

술에 취해 벌거벗은 낯선 젊은이와 함께 돌아오자 한바탕 잔소리를 해댄다.

절정 – 낯선 젊은이 미하일은 세몬의 집에서 구두 짓는 일을 하며 같이 산다. 어느 날 부자 신사가 장화를 만들어 달라며 까다로운 주문을 한다. 세몬은 미하일에게 장화를 만들게 하지만 미하일은 장화가 아닌 단화를 만들어 놓는다. 세몬이 미하일을 나무라는 참에 신사가 죽어서 장화는 필요 없으니 단화를 만들어 달라고 하인이 와서 말한다. 그 1년 후 쌍둥이 자매를 양녀로 키우는 여인이 아이들의 구두를 맞추러 온다.

결말 – 미하일은 하느님에게 벌을 받아 인간 세계로 내려온 천사로, 이제 떠날 때가 되었다고 말한다. 세몬의 질문에 대답한 후 천사 미하일은 하늘로 올라간다.

⊙ 줄거리 및 작품 해설

가난한 구둣방 주인 세몬은 외투용 양가죽을 사기 위해 집을 나선다. 그러나 외상값을 받지 못해 양가죽을 사지 못한다. 속이 상한 세몬은 외상값으로 받은 20코페이카로 술을 한잔 마시고 집으로 향한다.

집으로 돌아오는 길에 교회 뒤에서 벌거벗은 젊은이를 발견하지만 못 본 체 발걸음을 재촉한다. 그러나 양심의 가책을 느끼고 다시 젊은이에게 다가가 자신의 겉옷을 벗어 입혀 주고는 집으로 데려오게 된다.

집에서 세몬이 돌아오기만을 기다리던 마트료나는 양가죽은 사오지 않고 술에 취해 낯선 청년과 함께 집으로 들어서는 세몬에게 잔소리를 한바탕 퍼붓는다. 마트로나는 화가 누그러진 후 그 낯선 젊은이에게 먹을 것을 주고 잠자리를 마련해 준다.

낯선 청년 미하일은 그 후 그들과 함께 살게 되고 세몬에게서 일을 배운다. 미하일은 일을 배우는 속도가 빨랐을 뿐만 아니라 그 솜씨가 뛰어나 이웃 마을에서까지 주문이 밀려들 정도였다. 1년이 지난 어느 날 부자 신사가 찾아와 거만하고 무례한 태도로 1년을 신어도 모양이 변하지 않고 실밥이 터지지 않는 장화를 만들어 달라고 부탁한 후 돌아간다. 세몬은 미하일에게 장화를 만들라고 한다. 그런데 미하일은 장화가 아닌 단화를 만든다. 그것을 보고 세몬이 미하일을 나무라는 순간 부자 신사의 집에서 심부름꾼이 와서 신사가 갑자기 죽어서 그러니 단화를 만들어 달라고 한다.

6년이 되는 어느 날 쌍둥이 자매를 양녀로 키우는 여인이 찾아와 아이들의 구두를 맞춘다. 여인이 돌아간 후 미하일은 이제 자신이 떠날 때가 되었다고 세몬에게 말한다. 그리고 자신은 하느님에게 벌을 받아 인간 세계로 내려온 천사라고 밝힌다. 자신은 하느님께서 말씀하신 세 가지 진리를 깨달았으므로 하늘로 올라가게 되었다고 덧붙인다. 세몬의 질문에 답을 한 뒤 미하일은 하늘로 올라간다.

하느님의 말씀을 거역한 벌로 인간 세계로 추방당한 천사 미하일의 입을 통해 작가는 사람의 마음속에는 무엇이 있는가? 사람에게 허락되지 않은 것은 무엇인가? 사람은 무엇으로 사는가? 하는 물음과 답을 제시한다. 작가는 이 작품을 통해 사랑을, 사람은 자신에 대한 걱정으로 살아가는 것이 아니라 사랑으로 살아감을 강조하고 있다.

⊙ 생각해 볼 문제

1. 이 작품의 궁극적인 주제는?
2. '사람은 자신에 대한 걱정으로 살아가는 것이 아니라 사랑으로 살아간 다'는 작가의 사상을 한마디로 표현한다면?
3. 19세기 러시아 문학의 양대 산맥으로 일컬어지는 작가는?

해답

1. 다른 사람의 아픔과 괴로움을 함께하는 이타적인 사랑
2. 박애사상
3. 톨스토이와 도스토예프스키

고
골
리

고골리(Gogol', Nikolai Vasil'evich, 1809~1852)

러시아의 소설가, 극작가. 본명은 고골리야노프스키.

러시아 우크라이나의 소귀족 집안에서 태어났으며, 1828년 관리가 되려고 페테르부르크로 갔다가 글을 쓰기 시작했다. 우크라이나 민속을 다룬 단편집 〈디칸키 근교 농촌 야화(夜話)〉(1831~1832, 2권)를 발표하여 러시아 문단을 사로잡았다. 1835년 〈미르고로트〉와 〈아라베스키〉를 완성했다.

고골리는 1836년 푸슈킨이 주간하는 문학지 《소브레멘니크》에 풍자적이고 해학적인 단편 〈사륜마차〉, 〈코〉 등을 썼다. 이후 그는 19세기 러시아 사실주의 전통의 토대가 되는 대표작 〈검찰관〉, 〈죽은 혼〉, 〈외투〉 등을 썼다.

푸슈킨의 비극적 죽음 뒤 고골리는 러시아 문학의 지도자로 떠올랐다. 신이 자신에게 문학적 재능을 주신 목적은 웃음을 통해 사회악을 응징하고 사람들이 바르게 살아갈 길을 밝히기 위해서라고 믿었던 그는 〈죽은 혼〉의 후속편 집필에 착수했다. 그러나 자신의 창조적 재능이 사라져 버렸음을 깨닫고는 러시아 국민의 도덕적 생활을 위한 설교자로서 〈친구와의 왕복서한 발췌〉(1847)를 펴냈다. 이 책은 보수적인 러시아 교회와 지배권력을 찬양하고 있어, 그에게 찬사를 보냈던 사람들까지 그를 비난했다.

러시아 문학의 사실주의 창시자로 평가받는 고골리는 처음으로 소인(小人)을 문학의 주인공으로 하고, 속악한 현실에서도 인간적 감정을 찾아냄으로써 이후 러시아 문학의 특징인 인도주의적 경향의 선구를 이루었다. 그의 이러한 성과는 톨스토이와 도스토예프스키에게로 이어졌으며, 특히 도스토예프스키는 "우리는 모두 고골리의 〈외투〉에서 나왔다."고까지 말하고 있다.

외투

 읽기 전에

» 19세기 러시아 문학에 대한 이해를 갖자.

» 고골리를 러시아 사실주의의 창시자라고 부르게 된 다른 작품도 함께 읽어
보도록 하자.

어느 관청, 아니, 어느 관청인지는 밝히지 않는 편이 나을 것 같다. 어느 성(省), 어느 연대, 어느 재판소를 막론하고 한 마디로 말해 관리란 족속들처럼 화를 잘 내는 친구들도 없으니까 말이다. 요즘 들어 자기 한 개인이 느끼는 모욕을 마치 사회 전체 구성원에 대한 모욕으로 오해하는 경향이 있다.

최근에도, 무슨 도시인지 이름은 생각나지 않는데, 어느 도시 경찰서장이 상부에 진정서를 제출했다. 그는 그 진정서에서, 국가의 법률 질서가 땅에 떨어져 있으며, 자기의 신성한 직함마저 번번이 모욕을 당하고 있다고 적나라하게 진술했다고 한다. 그는 자기의 주장이 사실임을 입증하기 위해 참조 문서라는 이름으로 방대한 분량의 장편소설을 진정서에 첨부해 제출했다. 그 소설에는 거의 10페이지마다 경찰서장이 등장한다고 하면서, 그 인물을 곤드레만드레 만취한 모습으로 묘사하는 대목이 몇 군데나 있다는 주장이었다. 이런 불쾌한 일을 피하려면 지금 이야기하려는 관청도 그 이름을 거론하지 않고 그저 어느 관청이라는 식으로 모호하게 하는 게 무난할 듯하다.

아무튼, 어느 관청에 관리 한 사람이 근무하고 있었다. 그는 남보다 뛰어난 점이라곤 눈 씻고 찾아봐도 한 군데도 없는 그런 사내였다. 작달막한 키에 약간 얽은 얼굴, 붉은 빛이 도는 머리카락, 근시로 보이는 눈, 약간 벗어진 이마, 두 볼은 주름투성이였다. 거기에다 얼굴빛은 치질 환자를 연상시켰다. 하지만 그런 건 그로서도 어찌할 수 없는 일, 그저 페테르부르크의 고르지 못한 날씨를 탓할 수밖에.

그의 직급으로 말하면 이른바 만년 구등관(九等官)이었다. 아무래도 러시아에서는 한 인간에 대해 말하려면, 직급부터 밝혀둘 필요가 있다. 자신을 위해 반격할 만한 능력도 없는 사람을 사정없이 짓밟는 버릇이 있는 글쟁이들이 특히 좋아하는 게 바로 이들 만년 구등관들이다. 글쟁이들이 이들 구등관을 마음껏 조소하고 풍자하기 좋아한다는 건 이미 널리 알려진 사실이다.

이 구등관의 성은 바쉬마치킨이었다. 이 성이 바쉬마크(구두, 단화)에서 나왔으리라는 건 누가 봐도 분명하다. 하지만 어느 시대에, 무슨 이유로 하필이면 바쉬마크라는 단어에서 성을 만들어 냈을까, 그 까닭은 누구도 알 길이 없다. 구등관의 아버지나 할아버지, 심지어 처남까지 바쉬마치킨 집

안 사람들은 모두 장화를 신고 다녔다. 신창을 갈아 신는다고 해야 기껏 1년에 두세 번 정도였다.

그의 이름은 아카키 아카키예비치였다. 독자들에게는 이 이름이 무척 기묘하게 들릴지도 모른다. 뭔가 다른 의도가 있어서 지은 이름이라고 생각할 수도 있다. 그러나 결코 의도를 갖고 지은 이름은 아니었다. 다만 이 이름 외에 다른 이름을 붙여 줄 수가 없는 자연스럽고도 특별한 사정이 있었을 뿐이다. 그 사정이란 다음과 같다.

기억이 틀리지 않다면, 아카키 아카키예비치는 3월 23일 밤에 태어났다. 이미 고인이 된, 더할 나위 없이 마음씨가 곱고 관리의 아내였던 그의 어머니는 갓난아기에게 세례식을 베풀어 주기로 했다. 산모는 아직 방문 맞은편 침대에 누워 있었다. 그 오른쪽에는 아이의 대부가 될 이반 이바노비치 예로쉬킨이라는, 전에 원로원에서 과장으로 일한 적이 있는 훌륭한 어른이 서 있었다. 왼쪽에는 대모(代母)가 될, 지구 경찰서장 부인 아리나 세묘노브나 벨로브류쉬코바라는 보기 드물게 정숙한 부인이 자리하고 있었다. 그들은 산모에게 갓난아기의 이름으로 '모키'나 '소시', 아니면 순교자 '호즈다자트' 세 가지 가운데 마음에 드는 걸 고르라고 했다.

아이의 어머니는 생각했다.

'틀렸어! 무슨 이름이 모두 그 따위람!'

산모를 만족시키기 위해 달력의 다른 곳을 들춰 이번에도 이름 세 개를 골라냈다. '트리필리', '두르다', 그리고 '바라하시'였다.

"하나님 맙소사! 어쩌면 그렇게 괴상한 이름만 튀어나올까요? 생전에 한 번도 들어본 적이 없는 이름들뿐이군요. '바르다트'나 '바루흐'라면 몰라도 '트리필리'니 '바라하시'니 하는 이름을 도대체 어떻게……?"

이미 중년 고개를 넘긴 산모는 자기도 모르게 불만스러운 마음을 입밖에 내어 버렸다. 그래서 달력을 또 한 장 넘겼더니 이번에는 '파프시카히'와 '바흐치시'가 나타났다.

아이 어머니는 말했다.

"알겠어요. 이것도 이 아이의 운명인 모양이군요. 그런 이름을 붙이느니 아이 아버지 이름을 따서 붙이는 것이 낫겠어요. 아버지 이름이 아카키니까 이 아이도 아카키라고 하지요."

아카키 아카키예비치라는 이름은 바로 이렇게 해서 생겨났다. 갓난아기는 세례를 받을 때 얼굴을 잔뜩 찌푸리면서 울어 댔다. 훗날 만년 구등관이 되리라는 걸 그때 예감했는지도 모른다. 이야기하려는 구등관 이름의 유래는 바로 이러하다. 내가 왜 이런 얘기를 하느냐 하면, 이미 언급한 바와 같은 부득이한 사정으로 이 사나이에게 다른 이름을 붙이는 게 불가능했다는 점을 독자들이 이해해 주었으면 하는 바람에서이다.

그가 그 관청에 언제 어떻게 해서 들어가게 됐는지, 누가 그를 그 자리에 앉혔는지를 기억하는 사람은 아무도 없었다. 그 동안 국장이나 과장들은 수없이 바뀌었지만, 그는 언제나 같은 자리, 같은 등급인 서기라는 직책을 맡고 있었다. 그래서 나중에는 모두들 그가 마치 어머니 뱃속에서부터 머리가 벗겨지고 관리 제복을 입은 채 태어나기라도 한 것처럼 무심하게 생각하게 되었다.

그가 일하는 관청에서는 어느 누구도 그를 존중하지 않았다. 수위들조차 그가 앞을 지나갈 때는 자리에서 일어나려 하지 않았다. 마치 파리 새끼가 한 마리 날아가기라도 하는 듯한 태도로 거들떠보지도 않았다. 상관들은 그에게 위압적이고 전제적인 태도를 취했다. 부과장이라는 자는 아예 예의상 필요한 최소한의 말 한 마디 없이 다짜고짜 그의 코앞에 서류를 불쑥 들이밀곤 했다. '이거 정서 좀 해줄래요?', '이거 제법 재미있는 일감인 것 같은데요.' 하는 의례적인 표현조차 아카키 아카키예비치에게는 생략해 버렸다.

그러면 아카키 아카키예비치는 일을 맡기는 사람이 누구인지, 그 사람에게 그런 일을 시킬 권리가 있는지 하는 따위에는 아예 관심도 기울이지 않았다. 다만, 자기 코앞에 디밀어진 서류를 흘끔 보고는 받아 즉석에서 정서(淨書)를 시작하곤 했다.

젊은 관리들은 이른바 관청 식의 위트를 최대한 발휘하여 그를 골리고 풍자하기에 바빴다. 그들은 전혀 근거도 없는 얘기를 만들어 내 그의 앞에서 떠들어 대곤 했다. 그의 하숙집 주인은 나이가 70이 넘은 노파였는데, 젊은 관리들은 그걸 끌어다 붙여 아카키 아카키예비치가 그 노파에게 얻어맞고 지낸다고 하면서, 결혼식은 언제 올릴 계획이냐는 등 짓궂게 묻곤 했다. 심지어는 잘게 찢은 종잇조각을 그의 머리에 뿌리면서 눈이 내린다고 낄낄거리기도 했다.

아카키 아카키예비치는 젊은이들의 짓궂은 장난에도 전혀 내색을 하지 않았다. 마치 그런 모습이 자기 눈에는 보이지 않는 것 같은 태도였다. 사실 그런 장난은 그의 일에 별로 방해가 되지 못했다. 그렇게 심한 장난과 조롱 속에서도 그는 서류에 글자 하나 틀리게 쓰는 법이 없었다. 다만 장난이 도를 지나쳐 사람들이 그의 팔꿈치를 건드리는 등 일을 방해하면 그도 더 이상 참지 못하고 중얼거리곤 했다.

"나를 좀 내버려 두시오. 왜들 이렇게 못살게 구는 거요!"

이렇게 말할 때 그의 목소리와 말투에는 뭔가 이상한 느낌이 있었다. 사람의 동정심을 이끌어 내는 그 무엇인가가 말이다.

언제인가 그 관청에 새로 부임한 젊은 관리가 다른 친구들과 함께 그를 놀려 대다가 갑자기 무엇에 찔리기라도 한 것처럼 놀라며 장난을 그만둔 일이 있었다. 그리고 그때부터 이 젊은이의 눈에는 모든 사물이 달리 보이기 시작했다. 초자연적이라고 할 수 있는 어떤 힘이 그에게 그가 여태까지 교제해 온 동료들에게 거리감을 느끼게 했다. 그 후 오랫동안 그 젊은이는 더할 나위 없이 유쾌한 시간을 보내다가도 갑자기 이마가 벗겨지고 키가 작달막한 그 관리의 모습과 함께 사람의 폐부를 찌르는 듯한 애처로운 말이 문득 떠오르곤 했다.

"나를 좀 내버려 두시오. 왜들 이렇게 못살게 구는 거요!"

애처로운 그 말에서 젊은이는 '나도 당신의 형제 아닙니까?' 하는 아픈 하소연을 느끼곤 했다. 그럴 때면 이 가엾은 젊은이는 자기도 모르게 손으로 얼굴을 가렸다. 그 후 평생을 통하여 인간의 내면에는 얼마나 많은 비인간적인 요소가 잠재되어 있는가를 알게 되었고, 그때마다 무서운 전율을 느끼곤 했다. 교양 있고 세련된 상류 사회 사람들, 심지어 세상으로부터 고결한 사람이라고 평가를 받는 사람들도 예외는 아니었다. 그런 사람들의 내면에도 그런 잔인한, 거대한 야수성이 자리 잡고 있는 모습을 그는 보았다.

과연 아카키 아카키예비치만큼 자기 직무에 충실한 사람이 얼마나 있을까? 사실 그의 일에 대한 태도는 직무에 충실하다는 표현만으로는 부족하다. 그는 자기 업무에 강한 애착을 가지고 있었다.

그는 공문서를 정서하는 하찮은 일에서도 즐거움을 찾아내는 탁월한 능력이 있어서 언제나 즐거운 표정이었다. 그는 글자 중에서도 몇몇 글자를 유난히 좋아해 서류에서 그 글자가 나오면 금방 얼굴이 환해지면서 눈을 찡긋거리며 입술까지 씰룩거렸다. 그의 얼굴만 봐도 지금 그의 펜이 무슨 글자를 쓰고 있는지 알아맞힐 수 있을 정도였다.

만약 관청이 일에 대한 각자의 열성에 따라 포상을 했다면, 아마 틀림없이 오등관은 되어 있을 것이다. 물론 스스로는 이해할 수 없어 깜짝 놀라겠지만 말이다. 그러나 그렇게 오랫동안 열성적으로 근무한 결과 그가 얻은 것은 짓궂은 동료들의 말마따나 관리 제복의 단추와 치질 외에는 아무것도 없었다.

그 오랜 세월 동안 그에게 관심을 보인 사람이 전혀 없었던 것은 아니다. 공정한 성품의 국장이 그에게 공문서 정서라는 평범한 일이 아닌, 보다 중요한 일을 맡기려 한 적이 있었다. 국장은 그의 장기 근속을 표창하려 했던 것이다.

그에게 새로 맡겨진 일은, 이미 작성된 서류를 기초로 하여 다른 관청에 보낼 보고서를 작성하는 것이었다. 새로운 일이라고는 하지만, 전혀 색다른 일은 아니었다. 새로운 제목을 붙이고, 몇 군데 동사를 일인칭에서 삼인칭으로 바꾸는 정도였다. 그러나 아카키 아카키예비치에게는 이 일이 어려웠다. 새로운 일을 하는 동안 그는 땀을 뻘뻘 흘리면서 손수건으로 계속 이마를 문질러 대더니 마침내 비명을 지르며 하소연했다.

"이 일은 못하겠습니다. 저는 정서를 하는 것이 좋겠습니다."

그때부터 그는 영원히 정서 업무만 하게 되었다. 그에게는 정서 일 외에는 이 세상에 아무것도 존재하지 않는 것 같았다. 그는 자신의 옷차림 따위에는 전혀 무관심했다. 원래 초록색이었던 그의 제복은 이제 붉은 빛이 감도는 누런색으로 변해 있었다. 목이 긴 편도 아닌 그는, 옷깃이 워낙 좁은 탓인지 목이 위로 쑥 빠져나와 있는 것처럼 보였다. 그래서 러시아에 와 있는 외국인들이 몇 십 개씩 머리에 이고 다니며 파는, 석고 고양이 새끼처럼 목이 유난히 길어 보였다.

그뿐 아니었다. 그의 제복에는 언제나 마른 풀잎이나 실오라기 같은 게 붙어 있었다. 게다가 그에게는 또 아주 특수한 재능이 하나 있었다. 길거리를 걸을 때 사람들이 창문으로 쓰레기를 버리는 바로 그 순간에 딱 맞추어 그 창문 밑을 지나가는 그런 재능 말이다. 그래서 그의 모자에는 언제나 수박이나 참외 껍질 따위가 얹혀 있곤 했다.

그는 날마다 거리에서 일어나는 일에 대해서는 일생 동안 단 한번도 관심을 가져본 적이 없었다. 누구나 알다시피, 눈치 빠른 젊은 관리들은 그런저런 일에 관심이 많아 건너편 길을 걷는 사람의 허리띠가 헐거워 바지가 느슨하게 내려간 것까지도 재빨리 알아채고는 미소짓는다. 그러나 아카키 아카키예비치는 설사 눈으로 뭔가 보고 있다 하더라도 진짜 보는 것이 아니라 단정하게 씌어 있는 자신의 필적을 볼 뿐이었다. 느닷없이 어깨 너머로 말머리가 튀어나와 콧김을 내뿜어야 비로소 자기가 관청의 서류 더미 속이 아닌 길 한가운데 서 있다는 것을 깨닫곤 했다.

집에 돌아오면 그는 곧 식탁에 앉아서 굶주린 듯 서둘러 수프를 먹었으며, 맛에 상관없이 고기와 양파를 씹어 삼켰다. 파리건 무엇이건 식탁에 있는 것이면 무엇이든 목구멍으로 쑤셔 넣었다. 배가 불러 오면 식탁에서 일어나 잉크병을 꺼내 놓고 집에 들고 온 서류를 정서하기 시작했다. 처리해야 할 서류가 없을 때는 보관해 둘 문서의 사본을 만들기도 했다. 문체의 아름다움과는 상관없이 새로운 인물이나 높은 위치에 있는 사람에게 가는 서류라는 점에서 주목할 가치가 있을 경우 반드시 복사해서 보관하는 것이 그의 원칙이었다.

페테르부르크의 잿빛 하늘이 완전히 어두워지면 관리들은 자신의 봉급과 취향에 따라 적당한 저녁 식사를 했다. 그러고 나서야 비로소 여가를 즐겼다. 관청에서 종이 위를 미끄러지는 펜촉 소리, 자기 자신과 다른 사람의 일, 또는 자진해서 떠맡은 필요 이상의 온갖 용무에서 벗어나 이제 모두 다리를 뻗고 쉴 때, 활기찬 사람들은 즐기기 위해 극장으로 달려갔다. 어떤 사람은 거리를 지나는 여자들의 모자를 구경하려고 외출하고, 또 어떤 사람은 소박한 관리 사회의 스타인 예쁜 처녀에게 잘 보이기 위해 저녁 파티 장소를 찾았다.

물론 대부분의 사람들은 만찬이나 나들이 따위는 생각지도 못했다. 그 대신 아파트 삼층이나 사층쯤에 있는 친구들 집에 놀러 갔다. 돈을 아껴서 사들인 램프나 기타 물건으로 유행에 맞춰 애쓴 흔적이 엿보이는 그런 집 실내에는 작은 방 두 개와 부엌, 현관이 있었다.

대부분의 관리들은 이런 집 좁은 방에 자리 잡고 트럼프 놀이를 하거나 싸구려 과자 조각에 홍차를 홀짝거리거나 파이프 담배를 피웠다. 카드를 돌리는 동안에는 상류 사회의 온갖 소문들을 화제에 올렸다. 상류 사회의 소문이야말로 러시아 사람이라면 어떤 환경에서도 끊지 못하는 화제였다.

그런 화제조차 없을 때는 한 경비 사령관에게 팔코네가 만든 동상의 말꼬리가 떨어져 나갔다는 보고가 들어왔다는 등 케케묵은 에피소드를 재탕삼탕 우려먹었다. 한마디로 페테르부르크의 모든 관리, 모든 사람들이 나름대로 즐거움을 찾아 헤매는 그런 시간에도 아카키 아카키예비치는 결코 그런 즐거움에는 끼어들지 않았다. 우연으로라도 그를 어떤 야회석상에서 보았다는 소문조차 들려오지 않았다.

마음이 흐뭇해지도록 정서를 하고 나서 그는 내일도 하느님께서 내게 일거리를 주시려니 하는 생각에 미리부터 내일 일을 그려 보면서 미소를 지었다. 그는 이렇게 즐거운 마음으로 잠자리에 들었다. 연봉 400루블의 초라한 자기 운명에 만족할 줄 아는 인간은 이렇게 나날의 생활을 평온하게 보냈다.

인생 항로 여기저기에 놓인 덫과 같은 불행만 없었다면, 그의 이러한 생활은 늙어 죽을 때까지 계속되었을지도 모른다. 물론 불행은 우리의 구등관이 아니더라도, 삼등관이나 사등관, 칠등관 가리지 않고 모든 관등의 인간들에게도 잠깐 사이에 찾아들게 마련이다. 심지어 다른 사람에게 충고하지 않고, 자기 스스로도 다른 사람의 충고를 받지 않는 그런 인간들에게도 불행은 예외 없이 찾아왔다.

페테르부르크에서 기껏 연봉 400루블 정도로 생활하는 모든 인간에게 공통적으로 무서운 적이 하나 있었다. 그 강적은 다름 아닌 북쪽 지방 특유의 지독한 추위였다. 물론 이 추위가 건강에 이롭다는 주장도 없는 것은 아니었지만.

아침 여덟 시 정도 출근하는 관리들이 도시의 거리를 가득 메웠다. 이 무렵이면 혹독한 추위가 어찌나 매섭게 몰아닥치는지, 가엾은 우리 관리 나리들은 어디다 코를 두어야 할지 모른 채 쩔쩔맸다. 지위가 높은 양반들조차 추위에 머리가 띵하고 눈물이 글썽해지는 판이니 가엾은 구등관 따위야말로 아무런 대책 없이 고스란히 당할 수밖에 없었다. 한 가지 방법이 있다면, 초라한 외투로나마 단단하게 감싸고 빠른 걸음으로 대여섯 개의 골목을 지난 뒤 관청 수위실로 뛰어드는 것이었다. 그러고 나서 추위에 꽁꽁 얼어붙은 사무 능력이나 재주가 제자리에 돌아오도록 몸을 녹이는 수밖에 없었다.

아카키 아카키예비치 역시 출근 거리를 될 수 있으면 단축하려 했다. 그러나 문득 등과 어깨가 시리도록 추워 견디기 어려웠다. 그는 마침내 자신의 외투가 잘못되었는지도 모른다는 생각을 하게 되었다.

집에 돌아오자마자 그는 외투를 벗어 찬찬히 살폈다. 그 결과 외투의 등과 어깨 두서너 군데가 마치 모기장처럼 얇아진 것을 발견했다. 천이 닳을 대로 닳아 훤히 비칠 지경이었다. 물론 안감도 갈기갈기 해져 있었다.

이쯤에서 그의 외투 역시 동료 관리들의 놀림감이었다는 점을 지적해 두어야겠다. 그것은 이미 '외투'라는 고상한 이름을 박탈당하고 '싸개'라는 해괴망측한 낱말로 지칭되었는데, 사실 그 말이 더 어울렸다. 그의 외투는 해가 갈수록 깃이 작아졌다. 외투 깃을 잘라 해진 데를 기워야 했기 때문이다. 재봉사의 솜씨도 그리 신통치 못한 터라 해진 데를 누덕누덕 기운 외투는 보릿자루처럼 볼썽사나웠다.

외투를 살펴본 아카키 아카키예비치는 또 페트로비치에게 가져가야겠다고 생각했다. 페트로비치는 뒤쪽 계단으로 올라가는 사층 집 구석진 방에 살고 있는 재봉사였다. 그는 애꾸눈에다 곰보였는데, 말단 관리나 그밖의 별 볼일 없는 사람들의 윗도리와 바지 등을 고쳐 주는 솜씨가 제법 쓸모 있었다. 물론 그가 술에 취해 있지 않고, 다른 돈벌이에 정신이 팔려 있지 않아야 하지만 말이다.

이런 재봉사 이야기까지 길게 늘어놓을 필요는 없을 것 같다는 생각도 든다. 하지만 소설에서 한 인물이 등장할 경우 그 성격을 완전히 묘사하는 것이 정설처럼 되어 있다. 그러므로 썩 내키지는 않지만, 페트로비치에 대해 좀더 자세히 소개해야겠다.

원래 그는 그레고리라는 이름으로만 불렸다. 한 귀족의 영지에 매인 농노 신분이었기 때문이다. 그러던 그가 페트로비치라고 불리게 된 것은 농노 해방 증서와 함께 자유의 몸이 된 뒤였으며, 그것도 축제 때마다 취하도록 술을 마시면서부터였다. 처음에는 큰 축제 때만 술을 마셨다. 그러나 얼마 지나지 않아 달력에 십자가 표시가 있는 날이면 단 하루도 빼놓지 않고 곤드레만드레 취했다. 이 점에서 그는 자기 조상들의 관습에 무척 충실했다.

그는 또한 아내와 다툴 때는 더러운 계집이라거나, 독일 계집이라고 거친 욕설을 마구 내뱉곤 했다. 얘기가 나온 김에 그의 아내에 대해서도 두서너 마디 덧붙여야겠지만 유감스럽게도 그녀에 대해서는 거의 알려진 바가 없었다. 페트로비치에게 아내가 있고, 그녀는 머릿수건 대신 모자를 쓴다는 정도가 알려져 있을 뿐이었다. 그다지 내세울 만한 얼굴은 아니었던 듯, 그녀가 옆을 지나칠 때 콧수염을 쫑긋거리고 요상한 소리를 내면서 모자 아래의 얼굴을 힐끗거리는 것은 기껏 말단 근위병뿐이었다.

페트로비치의 방으로 통하는 뒤쪽 계단은 온통 구정물투성이였다. 물론 나름대로는 깨끗하게 걸레질을 한 것이었지만. 게다가 페테르부르크의 아파트 뒷계단들이 으레 그렇듯이 지독한 알코올 냄새를 풍기고 있었다. 뭐 이런 사실이야 누구나 다 알고 있는 것이다.

아카키 아카키예비치는 계단을 올라가며 페트로비치가 외투 수선 비용으로 얼마를 요구할지 벌써부터 걱정이었다. 그는 2루블 이상은 절대 내지 않겠다고 작정했다. 문은 열려 있었다. 그럴 수밖에 없는 것이 페트로비치의 아내가 생선을 굽는지 박쥐조차 날아다니기 힘들 정도로 부엌에 연기가 가득 차 있었다.

아카키 아카키예비치는 주인 마누라가 보지 않는 틈을 타 잽싸게 부엌을 지나서 작업 방으로 들어갔다. 마침 페트로비치는 나무로 만든 커다란 작업대에 터키 총독처럼 책상다리를 하고 앉아 있었다. 대부분의 재봉사들처럼 페트로비치도 일을 할 때는 언제나 맨발이었다.

제일 먼저 아카키 아카키예비치의 눈에 띈 것은 이미 몇 번이고 보아온 페트로비치의 엄지발가락이었다. 비뚤어진 발톱은 거북 등처럼 두껍고 단단해 보였다. 그는 헌옷을 무릎 위에 펼쳐놓고 명주실과 무명실 타래를 목에 걸고 있었다. 벌써 3분 동안이나 바늘에 실을 꿰려 했지만 제대로 되지 않자 방이 어둡고 실이 말을 듣지 않는다고 투덜거리는 참이었다.

"제기랄, 지독하게도 애를 먹이는군. 성미가 못된 계집년처럼 말이야!"

아카키 아카키예비치는 페트로비치의 기분이 몹시 언짢아 보이는 것이 마음에 걸렸다. 페트로비치가 거나하게 취해 있거나, 그 마누라의 말대로 '애꾸눈이 싸구려 보드카에 푹 젖어 있을 때' 일을 맡기는 것이 좋았다. 그러면 페트로비치는 수선비를 이쪽에서 말하는 대로 선선히 받아들일 뿐만 아니라, 가끔은 일을 맡겨 고맙다는 인사까지 덤으로 얹기도 했다. 물론 나중에 그의 마누라가 찾아와 남편이 술김에 그런 헐값으로 일을 맡았다고 우는소리를 하기 일쑤지만, 그때도 10코페이카 동전 한 닢이면 해결되었다.

오늘처럼 페트로비치의 정신이 맨송맨송할 때면 흥정이 어려웠다. 수선비를 얼마나 달라고 할지 짐작조차 할 수 없었다. 아카키 아카키예비치가 이런 상황을 재빨리 눈치 채고 얼른 돌아서려고 했으나, 이미 때는 늦었다. 페트로비치가 하나밖에 없는 눈을 가늘게 뜨고 이쪽을 쳐다보고 있었던 것이다. 아카키 아카키예비치는 자기도 모르게 그에게 말을 걸었다.

"안녕하신가, 페트로비치!"

"어서 오십쇼, 나리!"

페트로비치는 대꾸를 하는 한편 아카키 아카키예비치의 손을 곁눈질로 살폈다. 무슨 일감을 가져왔는지 알아보려는 것이다.

"뭐, 이건…… 아니, 오늘 온 건…… 페트로비치, 그게 말이지……."

참고로 말하지만, 아카키 아카키예비치는 뭔가 설명해야 할 경우 전치사와 부사, 심지어는 아무 의미도 없는 조사까지 이것저것 늘어놓는 버릇이 있었다. 까다로운 일일 때는 한참을 '그건 분명히, 전혀, 그러니까 또, 뭐랄까……' 따위 말로 더듬거리며 횡설수설하다가 정작 할 말은 꺼내지도 않았다. 자기 딴에는 할 이야기를 다했다고 생각하는지 그냥 입을 다물어 버리는 것이다.

"무슨 일로 오셨는데요?"

페트로비치는 입버릇처럼 말하면서 하나밖에 없는 눈으로 아카키 아카키예비치의 제복을 옷깃에서부터 소맷자락, 어깨, 옷자락, 단추 구멍에 이르기까지 훑어 내려갔다. 그 옷은 페트로비치 자신이 만든 것으로 너무나 눈에 익었다. 그러나 손님을 대하면 일단 그렇게 살피는 것이 재봉사들의 몸에 밴 직업적 습관이었다.

"다름이 아니고, 그게, 페트로비치…… 그래, 내 외투가 좀…… 아니 그러니까, 겉이…… 그래, 다른 데는 멀쩡한데…… 먼지가 앉아 고물처럼 보이지만…… 응, 그럼, 아직 새 옷이나 마찬가지 아냐? 한두 군데…… 그래, 등과 어깨가 약간 그렇고, 이쪽 어깨가 좀…… 알겠나? ……다른 데야 뭐 손볼 데가 있겠나?"

페트로비치는 싸개라는 별명이 더 어울리는 그 외투를 받아 작업대 위에 펼쳐놓았다. 그러고는 이리저리 살펴보더니, 고개를 흔들면서 손을 뻗어 창틀에서 동그란 담배통을 집었다. 담배통에는 한 장군의 초상화가 있었으나, 얼굴이 있어야 할 자리에 구멍이 뚫려 네모난 종이가 붙여져 있었다. 그래서 초상화의 장군이 누구인지는 알 수 없었다.

페트로비치는 코담배를 한 번 들이마시고 나서 두 손으로 싸개를 들어 밝은 빛 속에서 찬찬히 살피더니 다시 고개를 저었다. 그리고 장군 초상화가 있는 담배통 뚜껑을 열고 담배를 코로 가져갔다. 그런 다음 담배통 뚜껑을 닫아 치우고는 침통하게 입을 열었다.

"안 됩니다요. 이건 고칠 수가 없습니다. 너무 낡았습죠."

아카키 아카키예비치는 가슴이 덜컥 내려앉았다.

"아니, 왜 안 된다는 건가, 페트로비치? 어깨 쪽이 좀 해졌을 뿐인데……. 자네한테 적당한 헝겊이 있을 게 아닌가. 그렇지?"

어린아이가 절실하게 무언가를 애원하는 것 같은 간절한 어조로 아카키 아카키예비치는 말했다.

"헝겊이 있으면 뭡니까? 대고 기울 수가 없는데요. 하도 낡아 바늘로 건드리기만 해도 금방 찢어지고 말겠어요."

페트로비치가 말했다.

"찢어져도 괜찮네. 그럼 또, 거기에 다른 천을 붙이면 되지 않겠나."

"다른 천을 어떻게 붙입니까? 바닥 천에 바늘을 꽂으려 해도 꽂을 수가 없다니까요. 듣기 좋게 말해 옷이지, 바람만 좀 세게 불어도 찢어져 버릴 것 같은뎁쇼."

"그러지 말게, 그 좋은 솜씨로, 응, 어떻게 좀 해보게나. 이건 그래도…… 거 뭐랄까!"

그러나 페트로비치는 딱 잘라 말했다.

"도저히 안 됩니다! 바닥 천이 워낙 낡아서, 어떻게 해 볼 수가 없는뎁쇼. 차라리 잘라 각반이라도 만드는 편이 낫겠습니다요. 겨울이 되면 점점 추워질 것이고, 양말만으로는 발이 시리잖습니까. 그 각반이라는 물건이 독일놈들이 돈을 긁어모으려고 재주를 부린 것이긴 합니다만. (페트로비치는 기회 있을 때마다 독일 사람들을 욕하기를 즐겼다.) 외투는 아무래도 새로 하나 장만하셔야겠습니다요."

'새 외투'라는 말에 아카키 아카키예비치는 눈앞이 캄캄해졌다. 방 안에 있는 물건들이 모두 뒤엉켜 흐릿하게 흔들렸다. 단지 담배통 뚜껑의, 얼굴에 종잇조각이 붙은 장군의 모습만이 뚜렷했다.

꿈속을 헤매는 듯한 기분으로 아카키 아카키예비치는 말했다.

"새로 장만해? 무슨 수로? 그만한 돈이 어디 있다고?"

"겨울을 나려면, 나리, 새 외투가 있어야 합죠."

페트로비치는 잔인하게 보일 만큼 냉정한 말투였다.

"그렇지만…… 여보게, 새로 하나 맞춘다고 하면, 도대체 그게 말일세, 그러니까 그게, 뭐랄까……."

"돈 말씀이세요?"

"그래, 맞아."

"글쎄, 아무래도 150루블은 있어야 할 걸요. 거기에 수고비도 좀 생각하셔야지."

페트로비치는 의미심장하게 말하고 나서 입술을 굳게 다물었다. 그는 극적인 효과를 무척 좋아했다. 갑자기 느닷없는 말을 내뱉어 상대방을 당황하게 하고 곁눈질로 자기 말에 대한 효과를 살필 때면 그는 온몸이 긴장될 만큼 즐거웠다.

"외투 한 벌에 150루블?"

가엾은 아카키 아카키예비치는 비명처럼 소리쳤다. 그건 아마 그가 태어난 이후 가장 큰 목소리였는지도 모른다. 언제나 낮은 목소리로 얘기하는 게 그의 특징이었으니까.

"그렇습죠. 그보다 비싼 외투도 얼마든지 있답니다. 깃에다 담비 가죽을 대고, 모자 안쪽에 비단을 대면 적어도 200루블은 먹히지요."

페트로비치가 말했다.

"페트로비치, 안 되네. 나 좀 봐주게. 얼마 동안만이라도 입고 다닐 수 있게 제발 좀 고쳐 주게나."

아카키 아카키예비치는 페트로비치가 말하는 새 외투의 효과 따위는 전혀 귀에 들어오지도 않았다. 거듭 애원하는 목소리로 사정을 했다.

"소용없는 일입니다요. 헛수고하고, 돈만 날릴 뿐입죠."

페트로비치의 냉정한 말이었다.

아카키 아카키예비치는 풀이 죽어서 밖으로 나왔다. 페트로비치는 손님이 돌아간 뒤에도 단호하고 의미심장한 표정으로 입술을 다물고 일거리에는 손도 대지 않은 채 그 자리에 오랫동안 앉아 있었다. 재봉사의 기술을 값싸게 넘기지 않음으로써, 스스로의 권위를 손상시키지 않은 자신이 무척 대견하고 흐뭇했던 것이다.

아카키 아카키예비치는 큰길에 나와서도 뭔가 나쁜 꿈이라도 꾸고 있는 듯했다. 그는 혼자 중얼거렸다.

"큰일났네! 이런 일이 있으리라고는 꿈에도 생각지 못했어!"

조금 있다가 다시 중얼거렸다.

"결국 이렇게 되고 말았어. 이건 정말 전혀 생각지도 못했던 일이란 말이야!"

한동안 침묵을 지키다가 다시 되뇌었다.

"음, 그래? 결국 그렇단 말이지? 어떻게 생각인들 할 수 있었겠어? 정말 이런 변을 당하게 될 줄…… 누가 알았겠어!"

그는 중얼거리며 거의 무의식적으로 집과는 완전히 반대 방향으로 걷기 시작했다.

길을 걷다가 굴뚝 청소부와 부딪쳐 그의 어깨는 온통 새까매지고 말았다. 이어 한창 짓고 있는 건물 지붕에서 석회 가루가 쏟아져 그의 머리는 하얀 모자를 뒤집어쓴 것처럼 되어 버렸다. 그는 자신의 그런 모습을 전혀 알아차리지 못했다. 얼마를 더 걷다가 경찰관과 부딪혔을 때야 그는 간신히 제정신으로 돌아올 수 있었다.

경찰관은 옆에 총을 세워놓고 커다란 주먹으로 쇠뿔 파이프에서 담뱃재를 털어내고 있는 중이었다.

"어쩌자고 사람 코앞에 불쑥 나타나는 거요? 도대체 눈은 어디다 두고 인도로 다니지 않소?"

경찰관은 호통을 쳐서 그의 정신을 되돌려놓았다. 그때서야 그는 비로소 정신을 차리고 주위를 둘러보았다. 그리고 걸음을 되돌려 집 쪽으로 향했다. 비로소 그는 생각을 가다듬고 자신의 현재 상황을 살필 수 있었다. 밑도 끝도 없이 끊기는 단편적인 생각이 아니라, 모든 일을 털어놓고 상의 할 수 있는 친구와 얘기하듯 자신의 상황에 대해 스스로에게 얘기하기 시작했다.

'아냐, 오늘은 페트로비치에게 사정해 봐야 소용없어. 그 친구, 오늘 마누라하고 한바탕 한 모양이야. 일요일 아침에 다시 찾아가는 게 낫겠어. 토요일 저녁에 한잔 걸치고 나서 해장술 생각이 간절할 그런 때 말이야. 해장술을 하고 싶어도 그 마누라는 돈을 줄 리 없어. 그럴 때 10코페이카쯤 쥐여 주면 금방 고분고분해지겠지. 그렇게 되면 내 외투도⋯⋯.'

아카키 아카키예비치는 이렇게 생각하고 스스로 용기를 북돋우며 일요일까지 기다렸다. 그리고 일요일 아침, 페트로비치의 마누라가 집을 나와 어디론가 가는 걸 확인한 다음 곧장 페트로비치를 찾아갔다.

아카키 아카키예비치의 예상대로 페트로비치는 토요일 저녁에 한잔 걸치고 나서 아직 잠이 덜 깬 듯, 눈이 게슴츠레하고 목을 길게 늘여 금방이라도 다시 드러누울 것 같은 자세였다. 그러나 아카키 아카키예비치가 일찍 찾아온 용건을 듣자마자 금세 태도가 돌변했다. 마치 악마란 놈이 느닷없이 그를 흔들어 깨운 것 같았다.

"나리, 그건 안 된다니까요. 새로 맞추시라굽쇼!"

페트로비치가 말했다.

아카키 아카키예비치는 생각했던 대로 10코페이카짜리 동전 한 닢을 슬쩍 페트로비치 손에 쥐어 주었다.

"감사합니다요, 나리! 이걸로는 나리의 건강을 위해 한잔 들기로 합죠. 하지만 외투에 대해서는 더 이상 말씀 마세요. 그 외투는 이제 어디에도 쓸데가 없어요. 아예 새것으로 한 벌 잘 지어드릴 테니까, 외투 얘긴 이걸로 끝난 겁니다, 나리."

아카키 아카키예비치는 그래도 외투를 수선해 달라고 고집을 부렸다. 페트로비치는 그의 말을 들으려고도 하지 않았다.

"나리 맘에 꼭 들도록 지어드릴 테니까, 믿으십쇼. 가진 기술을 모두 발휘하겠습니다요. 요즘 유행에 따라 꾸미고, 옷깃도 은으로 도금한 그럴싸한 단추를 달겠다니까요."

아카키 아카키예비치는 외투를 새로 맞추는 것 외에는 다른 방법이 없다는 사실을 분명히 깨닫고는 완전히 풀이 죽고 말았다. 사실 돈이 어디 있어서 외투를 새로 맞춘단 말인가? 물론 명절 때 상여금이 나오기 때문에 기대를 할 수도 있다. 하지만 그 돈은 이미 오래 전부터 쓸 데가 정해져 있었다.

새 바지도 사야 하고, 장화에 가죽 밑창을 댔던 구둣방 외상값도 갚아야 했다. 그밖에 셔츠 세 벌과, 활자로 된 글에서 언급하기는 쑥스러운 속옷도 두어 벌 샀바느질하는 여자에게 맡겨야 했다. 상여금은 이렇게 받는 즉시 그 자리에서 사라질 수밖에 없었다. 국장이 자비를 베풀어 40루블의 상여금을 45루블이나 50루블로 올려준다 해도 결과는 마찬가지였다. 더구나 외투를 새로 맞추기에는 바다에 물 몇 방울 더해도 아무 흔적 없는 것처럼 전혀 도움이 될 수 없었다.

또한 페트로비치는 변덕을 부려 터무니없이 비싼 값을 부르는 버릇이 있었다.

"당신 미쳤수? 지난번에는 공짜나 마찬가지로 일을 해주더니 이번에는 또 그렇게 말도 안 되는 비싼 값이야? 당신 몸뚱이를 내다 팔아도 그 돈은 못 받아!"

그 마누라까지 가끔 이렇게 고함을 치는 일이 있었고, 아카키 아카키예비치도 그런 사실을 잘 알고 있었다.

페트로비치가 80루블 정도로 일을 맡아줄 것임을 아카키 아카키예비치는 잘 알고 있었다. 그렇다고 해도 80루블이라는 거액을 어디서 만들어 낸단 말인가? 그 절반 정도라면 혹시 가능할지도 모른다. 반액 정도, 아니 그보다 약간 더 많아도 만들어 낼 수 있지만, 나머지 절반은 어디에서 구한단 말인가?

여기서 독자들은 아카키 아카키예비치가 가능하다고 하는 절반의 돈이 어디서 나온 것인지 알아둘 필요가 있다. 그는 1루블을 쓸 때마다 2코페이카씩 저금하는 습관이 있었다. 뚜껑에 구멍이 뚫리고 열쇠로 잠그게 되어 있는 조그만 상자에 동전을 집어넣었으며, 반년마다 한 번씩 그 동안 모은 동전을 지폐로 바꾸곤 했다.

이렇게 몇 년 동안 꾸준히 저축해 왔기 때문에 거의 40루블은 되었다. 절반의 돈이란 바로 이것을 말했다. 하지만 나머지 절반, 부족한 40루블은 어디에서 마련한단 말인가? 그는 머리를 싸매고 고민한 끝에 앞으로 적어도

1년 동안은 생활비를 더욱 줄여야겠다고 결심했다.

아카키 아카키예비치는 저녁마다 마시던 홍차도 생략하고, 밤에는 촛불도 켜지 않기로 했다. 뭔가 일을 해야 할 때는 하숙집 주인 노파의 방에서 하기로 했다. 돌로 포장된 길에서는 구두바닥이 덜 닳도록, 뒤꿈치를 들고 살금살금 걸었다. 옷을 세탁소에 보내는 횟수도 줄이고, 집에 돌아오면 모조리 벗고는 두꺼운 무명 잠옷 하나만 입었다. 옷이 빨리 해지는 것을 막기 위해서였다. 이 잠옷은 이제 노후 연금을 받아도 좋을 만큼 오래된 물건이었다.

아카키 아카키예비치도 처음엔 허리띠 졸라매기가 여간 불편하지 않았다. 그러나 얼마 후 습관이 된 뒤로는 별로 불편을 느끼지도 않았다. 나아가 저녁 한 끼는 거르고도 지낼 수 있었다. 그 대신 그에게는 앞으로 외투가 생긴다는 희망이 있었다. 그 희망은 그에게 정신적인 양식이 되어 주었다.

아카키 아카키예비치는 이때부터 자기의 존재가 충실해짐을, 마치 결혼이라도 해서 다른 한 사람이 줄곧 옆에 있는 듯, 이제는 혼자가 아니라 즐거운 동반자와 함께 인생 항로를 나아가는 느낌이었다. 그 동반자는 바로 그의 희망이기도 한 새 외투였다. 두껍게 솜을 대고, 절대로 닳아 해지지 않는 질긴 감으로 안을 받친 그런 외투 말이다.

그는 활발해졌고 인생의 확실한 목적을 가진 사람처럼 성격마저 굳건해졌다. 망설임과 우유부단, 그러니까 흐리멍덩함이 그의 얼굴이나 태도에서 사라졌다. 때로는 두 눈을 반짝이면서 외투 깃에 담비 가죽을 다는 것은 어떨까 하는, 그로서는 대담하기 짝이 없는 생각을 하기도 했다. 이런 생각들은 그를 방심으로 이끌어 한번은 서류를 정서하는 도중에 글씨를 틀리게 쓸 뻔해 목구멍에서 튀어나오는 '억!' 소리를 간신히 참은 일도 있었다. 그는 부랴부랴 성호를 그었다.

한 달에 한 번이긴 했지만, 달이 바뀔 때마다 그는 페트로비치를 찾아가 어디에서 옷감을 사고, 색깔은 어떤 것으로 하며, 감을 어느 정도 필요한지 등을 상의했다. 아직도 걱정되기는 했지만, 머지않아 진짜로 외투를 지어 입게 될 날이 오리라 생각하면 언제나 흐뭇한 마음이 되어 집으로 돌아오곤 했다.

외투를 만드는 일은 예정보다 빠르게 진행되었다. 국장이 40루블이 아닌,

무려 60루블이나 되는 상여금을 지급했기 때문이다. 아카키 아카키예비치에게 새 외투가 필요하다는 걸 국장이 알아차린 것인지, 아니면 우연히 그렇게 된 것인지 아무튼 그의 손에는 20루블의 여유가 생겼다. 이렇게 나머지 절반을 모으는 계획은 더욱 빠르게 진행되었다.

두세 달 정도 더 배를 곯은 뒤 아카키 아카키예비치는 80루블을 손에 쥘 수 있었다. 항상 평온하기만 했던 그의 심장도 이번만은 거세게 뛰었다. 바로 그날 그는 페트로비치와 함께 옷감을 사러 갔다. 그들은 좋은 옷감을 살 수 있었다. 반년 동안을 오직 이 일만 생각해 온데다, 거의 매달 가게에 들르곤 했으니 그럴 수밖에 없었다.

재봉사 페트로비치 역시 이보다 더 좋은 나사는 찾을 수 없다고 했다. 안감으로는 포플린을 쓰기로 했다. 페트로비치는 포플린은 올이 가는 고급 천이어서 보기에도 좋고, 반지르르한 것이 비단보다 낫다고 했다. 담비 털가죽은 너무 비싸 가게에 갓 들어온 제일 좋은 고양이 털가죽을 골랐다. 이것 역시 멀리서 보면 담비 털가죽으로 생각할 만큼 좋은 물건이었다.

페트로비치는 외투를 만드는 데 꼬박 2주일 걸렸다. 솜 넣는 데를 꼼꼼히 누비지 않았어도 그렇게까지 오래 걸리지는 않았을 터이다. 바느질삯으로 그는 12루블을 받았다. 절대로 그보다 싸게 할 수는 없다고 몇 번이나 말했다. 하긴 명주실만을 써서 촘촘하게 이중으로 꿰맸고, 꿰맨 자리마다 일일이 이빨 자국을 내가며 꼼꼼하게 줄을 세우기까지 했으니까.

몇 월 며칠이었는지는 정확하지 않다. 아무튼 페트로비치가 새 외투를 가지고 온 날은 분명 아카키 아카키예비치 생애 최고의 날이었다. 그는 아침 일찍 외투를 들고 왔다. 마침 출근 시간 조금 전이었다. 어떻게 그리 시간을 맞춰 외투를 가져왔는지 모르겠다. 벌써 추위가 만만치 않았지만, 앞으로는 더욱 추워질 것이었기 때문이다.

페트로비치는 일류 재봉사와 같은 자랑스러운 모습으로 외투를 싸들고 나타났다. 그의 얼굴에는 아직까지 아카키 아카키예비치가 한번도 본 적이 없는 그런 자부심이 어려 있었다. 자기가 만든 것이 결코 시시한 물건이 아님을 과시하는 듯했다. 기껏 안감이나 깁고, 낡은 옷이나 수선하는 그런 재봉사와 이렇게 새로운 외투를 직접 짓는 자기는 엄청난 차이가 있다는 사실을 말하고 싶어 견딜 수 없는 그런 표정이었다고나 할까.

그는 외투를 싸들고 온 커다란 보자기를 풀었다. 보자기는 세탁소에서 방금 가져온 것이어서, 다시 접어 호주머니에 집어넣고는 외투를 펼쳐 들고 자못 자랑스러운 얼굴로 다시 한번 살폈다. 그는 익숙한 솜씨로 아카키 아카키예비치의 어깨에 걸쳐 주었다. 그러고 나서 등에서부터 아래로 옷자락을 반듯하게 당겨 주고 앞섶이 약간 벌어지게 잡아 주었다. 아카키 아카키예비치는 불안해 소매 길이를 확인하려 했다. 소매 역시 흠잡을 곳이 없었다. 외투는 맵시 있게 몸에 꼭 맞았다.

그러는 동안 페트로비치는 하고 싶은 말을 하나도 놓치지 않고 다했다. 자기가 뒷골목에서 간판도 없이 일하는 처지이고, 더욱이 아카키 아카키예비치와는 오래 전부터 아는 사이이기 때문에 싼값으로 만들어 주었지만, 만약 네프스키 거리에서 만들었다면 품삯만 해도 75루블은 주어야 한다는 얘기였다.

아카키 아카키예비치는 이 점에 대해 더 얘기하고 싶지 않았다. 뿐만 아니라 페트로비치가 터무니없이 불러 대는 엄청난 액수는 말만 들어도 겁부터 났다. 그는 고맙다고 인사한 후 새 외투를 입은 채 출근을 서둘렀다.

페트로비치는 아카키 아카키예비치를 뒤따라 나와 거리에 서서 한참 동안 자기가 만든 외투를 지켜보았다. 그런 다음 일부러 골목길을 달려 큰 거리로 나와서 자기가 만든 외투를 다른 방향, 곧 정면에서 다시 한번 바라보았다.

한편 아카키 아카키예비치는 더없이 흐뭇했다. 그는 순간순간 자신의 어깨를 통해 새 외투의 황홀한 감촉을 느끼고 있었다. 너무 흡족해 그는 몇 번이나 혼자 미소를 지었다. 사실 자신의 새 외투에는 두 가지 좋은 점이 있었다. 우선 따뜻했고, 다른 하나는 멋이 있었다. 어디를 어떻게 걸었는지도 모르는 사이에 그는 이미 관청에까지 와 있었다.

아카키 아카키예비치는 수위실에서 외투를 벗어 위에서 아래까지 자세히 살펴본 후 잘 간수해 달라고 수위에게 점잖게 부탁했다. 순식간에 그 유명한 '싸개'가 사라지고 새 외투가 생겼다는 소문이 퍼졌다. 모두들 새 외투를 구경하려고 수위실로 몰려왔다. 앞다투어 축하와 칭찬의 말을 퍼부어 그는 흐뭇한 얼굴로 미소를 지었으나 나중에는 면구스럽기만 했다. 모두들 그를 둘러싸고 새 외투를 장만했으니 축하하는 의미에서 한잔 사야 한다느니, 동료들을 위해 파티를 열어야 한다느니 떠들어 댔다.

아카키 아카키예비치는 어떻게 해야 좋을지, 뭐라고 대답을 해야 할지, 무슨 구실을 붙여 적당히 거절해야 할지 난처하기만 했다. 거의 5, 6분 동안을 시달린 뒤에야 그는 간신히 이건 그리 좋은 물건이 아니라 중고품이나 다름없다고 어린애 같은 옹색한 거짓말로 곤경을 모면하려 했다.

그때 동료들 가운데 한 사람이 나섰다. 그는 부과장이었는데, 자기는 결코 거만한 사람이 아니며, 부하들과도 스스럼없이 어울리는 사람임을 과시하고 싶었는지 그럴싸한 제의를 했다.

"아카키 아카키예비치 대신 내가 오늘밤에 파티를 열겠소. 오늘 저녁엔 다들 우리 집에 모여 차라도 한잔 합시다. 마침 오늘이 내 세례명 축일이거든……."

사람들은 그 자리에서 부과장에게 축하 인사를 하고, 기꺼이 그의 초대를 받아들였다. 아카키 아카키예비치는 적당한 구실을 붙여 빠지려고 했지만 불가능했다. 모두들 나서서 그건 실례라느니, 수치스런 일이라느니, 체면을 생각하라느니 떠들어 댔기 때문이다. 그 역시 밤에 새 외투를 입고 외출할 기회가 생겼다는 생각에 오히려 기분이 좋아졌다. 그날 하루는 그에게 명절이나 다름없는 즐거운 날이었다.

행복한 기분으로 집에 돌아온 아카키 아카키예비치는 외투를 벗어 조심스럽게 걸어 놓고는 다시 한 번 겉감과 안감을 두루 만져 보았다. 그런 다음 일부러 전에 입던 낡은 '싸개'를 꺼냈는데, 비교해 보는 순간 저절로 웃음이 터져 나왔다. 하늘과 땅 차이였기 때문이다.

저녁 식사를 하면서도 그는 싸개의 꼬락서니를 생각하면서 입가에 쓴웃음을 떠올렸다. 유쾌한 기분으로 식사를 마친 그는 평소의 버릇인 식후의 서류 정서 따위는 까맣게 잊어버리고 어두워질 때까지 침대에 누워 뒹굴며 시간을 보냈다. 날이 어두워진 뒤 그는 옷을 갈아입고 외투를 걸친 다음 거리로 나갔다.

유감스럽게도 그날 저녁에 동료들을 초대한 그 관리가 어디에 살고 있는지 분명하지 않았다. 페테르부르크의 거리와 집들이 한 데 뒤엉켜 머릿속에서 뒤죽박죽이었다. 그런 속에서 한 가지라도 분명한 모습으로 끄집어낸다는 것은 정말 어려웠다. 하지만 그 관리가 고급 주택가에 살고 있었던 것만은 분명했다. 따라서 아카키 아카키예비치 집에서는 무척 먼 거리였다. 그는 처음에 어두컴컴하고 인적이 드문 길을 걸었으나, 관리의 집이 가까워짐에 따라 거리에 활기가 넘치는 것을 느낄 수 있었다. 조명도 밝아졌다.

거리에 사람들도 많아졌다. 그중에 화려하게 차린 귀부인들과 수달피 깃을 단 남자들도 눈에 띄었다. 빙 둘러 도금한 못을 박은, 격자 모양의 손잡이가 달린 초라한 영업용 마차들은 점차 모습을 감추었다. 그 대신 새빨간 벨벳 모자를 쓴 멋진 차림의 마부들이 곰 가죽 무릎 덮개를 간 고급 마차들이 점점 더 많이 눈에 띄었다. 화려하게 장식한 자가용 마차들이 눈 위를 활기차게 달려갔다.

아카키 아카키예비치는 그런 모습들을 놀라 신기한 듯 지켜보았다. 그는 벌써 몇 년 동안이나 밤거리에 나와 본 적이 없었다. 등불이 휘황한 상점 진열대 앞에 멈춰선 그는 신기한 듯이 안에 붙여진 포스터를 들여다보았다. 거기에는 구두를 벗고 날씬한 다리를 허벅지까지 드러낸 아리따운 미녀의 모습이 그려져 있었다. 그 아가씨 뒤에는 삼각형 콧수염을 멋들어지게 기른 사나이가 문으로 목을 들이밀고 미녀를 쳐다보는 그림이었다.

아카키 아카키예비치는 고개를 끄덕이며 히죽 웃고는 다시 걷기 시작했다. 그는 왜 웃었을까? 전혀 본 적도 없는 것들이지만, 그 역시 인간이기 때문에 그런 모습을 보고 자기 내면에서 감정이 꿈틀대는 것을 느꼈는지도 모른다. 아니면 그 역시 다른 관리들처럼 이렇게 생각했을 수도 있다.

'프랑스 녀석들은 정말 어쩔 수 없어! 마음 내키면 못할 짓이 없단 말씀이야!'

어쩌면 아무런 생각도 하지 않았는지도 모른다. 사람의 마음속에 들어가 그가 무엇을 생각하는지 하나하나 남김없이 들춰본다는 것은 불가능한 일이다.

마침내 그는 부과장이 살고 있는 아파트에 도착했다. 부과장의 거처는 호화스러웠다. 계단에는 불이 환하게 밝혀져 있고, 침실은 이층이었다. 현관에 들어선 아카키 아카키예비치는 마룻바닥에 줄지어 있는 여러 켤레의 고무 덧신을 보았다. 그 너머 응접실에서는 사모바르가 하얀 김을 내뿜으며 끓고 있었다. 벽에는 외투와 레인코트가 걸려 있었는데, 그중에는 수달 피나 벨벳 깃을 댄 것도 있었다.

건너편 방에서 떠들썩한 소리가 들려왔다. 그때 마침 문이 열리며 하인이 빈 컵과 크림 접시, 비스킷 등이 담긴 쟁반을 들고 밖으로 나왔다. 그 바람에 소리가 더욱 크게 들렸다. 동료 관리들이 모인 지는 꽤 된 듯 이미 차한 잔씩 마신 모양이었다.

아카키 아카키예비치는 자기 손으로 외투를 걸어 놓고 방으로 들어갔다. 순간, 여러 개의 촛불과 동료들, 담배 파이프, 트럼프 놀이 탁자 등이 한꺼번에 눈에 들어왔다. 그리고 사방에서 왁자지껄 얘기하는 소리와 의자를 잡아당기는 소리 등이 귀를 울렸다. 그는 어색하기 짝이 없는 모습으로 방한가운데 우두커니 서 있었다. 동료들은 곧 그를 발견하고 환성을 지르며 환영했다.

그들은 소란스럽게 현관으로 몰려나가 그의 외투를 다시 한번 구경했다. 아카키 아카키예비치는 약간 얼굴을 붉히기는 했지만 원래 순진한 사람이었기 때문에 모두들 자기 외투를 칭찬하는 소리에 기쁘기만 했다. 그러나 얼마 후에는 모두들 그의 외투 따위는 까마득하게 잊고 다시 트럼프 놀이 탁자에 둘러앉았다.

시끄럽게 떠드는 방 안의 이야기 소리, 북적거리는 사람들, 모든 것이 아카키 아카키예비치에게는 이상하고도 놀랍기만 했다. 무엇을 해야 좋을지, 손발이나 몸을 도대체 어디에 두어야 할지 전혀 알 수가 없었다. 생각 끝에 그는 놀고 있는 사람들 옆으로 가서 앉아서는 트럼프 패를 들여다보기도 하고, 이 사람 저 사람 얼굴을 바라보기도 했다. 그러나 곧 하품이 나오기 시작했다. 침대에 들어갈 시간이 훨씬 지났으니 당연한 일이었다.

그는 주인한테 인사를 하고 돌아가려 했다. 그러나 사람들이 그를 붙잡고 새 외투가 생긴 것을 축하하는 샴페인을 마셔야 한다고 우겼다. 한 시간 정도 지나서야 밤참이 나왔다. 야채 샐러드와 차가운 쇠고기, 고기만두와 파이에 샴페인이 곁들여 나왔다.

아카키 아카키예비치는 사람들이 권하는 대로 커다란 유리컵으로 샴페인을 두 잔이나 마셨다. 술이 돌고 나서 방 안의 분위기는 더욱 흥겨워졌다. 하지만 벌써 열두 시가 넘었다. 집에 돌아갈 시간이 지났다는 생각을 털어 버릴 수 없어 아무도 몰래 살그머니 방을 빠져나왔다. 방을 빠져나온 그는 마룻바닥에 떨어져 있는 자기 외투를 보았다. 기분이 언짢아진 그는 외투의 먼지를 잘 털어 내고는 걸쳐 입고 밖으로 나왔다.

길거리는 밝았다. 귀족의 하인들과 그밖의 온갖 하층민들이 모여드는 구멍가게들은 아직 문을 열어 놓고 있었다. 덧문을 닫아 건 상점들도 문틈으로 불빛이 새어 나오고 있었다. 그 안의 단골손님들은 아직 돌아갈 생각을 않는 모양이었다. 그 안에는 근처의 하녀들과 하인들이 모여 집에서 자기를 찾고 있을 주인 생각 따위는 까맣게 잊고 잡담을 나누느라 정신이 팔려 있으리라.

아카키 아카키예비치는 전에 없이 들뜬 기분으로 거리를 걸었다. 정확히 이유는 모른 채 한 귀부인의 뒤를 쫓아 달려가려는 생각까지 했다. 그 귀부인은 번개처럼 그의 옆을 스쳐 지나갔다. 마치 온몸에 율동이 가득 차 넘치는 듯 재빠르고 아름다운 움직임이었다.

그는 걸음을 멈추고 자기가 왜 그녀를 쫓아 달려가려고 했는지 의아했다. 다시 천천히 걸음을 옮기기 시작한 그는 얼마 후 인적이 드문 텅 빈 거리에 이르렀다. 그 근처는 낮에도 별로 기분이 좋은 곳이 아니었으며 저녁이면 으스스함이 한층 더했다. 게다가 지금은 호젓하고, 음산했으며, 불이 켜져 있는 가로등도 점점 줄어들고 있었다. 가로등의 기름이 다해 가고 있기 때문일 것이다.

목조 건물과 울타리가 이어질 뿐 어디를 보아도 사람의 그림자는 눈에 띄지 않았다. 길 위에 쌓인 눈이 하얗게 반짝이고, 지붕이 납작한 집들은 덧문까지 걸어 잠그고 서글픈 분위기 속에 음산한 모습으로 잠들어 있었다.

이윽고 그는 넓은 광장으로 나왔다. 지금까지 걸어온 거리는 끝나고, 건너편 집들은 보일 듯 말 듯 아득하게 멀었다. 광장은 마치 무서운 사막처럼 보였다. 경찰 초소의 불이 멀리서 깜박이고 있었다. 그러나 그곳은 아득하게 멀어, 마치 지평선 저 끝인 것만 같았다. 아카키 아카키예비치의 흥거웠던 기분도 차츰 가라앉았다. 그는 광장을 걸어가면서 본능적으로 공포에 사로잡혀 뒤를 돌아보고, 좌우를 둘러보았다. 마치 바다 한가운데 떠 있는 느낌이었다.

'차라리 아무것도 보지 않는 게 낫겠어.'

그는 이렇게 생각하며 눈을 감은 채 걸었다. 이제 거의 광장을 지나왔겠지 하고 눈을 뜬 순간, 눈앞에, 그것도 바로 코앞에 수염을 기른 사내들이 버티고 선 것을 발견했다. 어떤 녀석들인지 분간할 틈도 없이 눈앞이 캄캄해지고 가슴은 두방망이질했다.

"야, 이건 내 외투다!"

그 가운데 한 사람이 아카키 아카키예비치의 먹살을 움켜쥐며 장독 깨지는 것 같은 소리를 질렀다. 그가 사람 살리라고 소리치려고 하자 다른 한 사람이 마치 관리의 머리만큼이나 큰 주먹을 그의 입에 들이대며 으르렁거렸다.

"소리치면 알지?"

아카키 아카키예비치는 외투를 벗기고 무릎을 차인 것까지는 알았다. 그러나 그 뒤로는 눈 위에 나동그라진 채 아무것도 느끼지 못했다. 몇 분이 지나서야 그는 정신을 차리고 일어났다. 그러나 이미 그 사내들의 그림자조차 보이지 않았다. 광장이 몹시 춥다는 것, 자기의 외투가 사라졌음을 비로소 알아차리고 그는 뒤늦게 고함을 지르기 시작했다. 그러나 그 소리는 광장 저 끝까지는 미치지 못했다. 그는 있는 힘을 다해 미친 듯이 부르짖으며 광장을 가로질러 경찰 초소로 달려갔다.

초소 앞에는 경찰관 한 명이 장총에 몸을 기대고 서서, 도대체 어떤 자식이 저렇게 소리를 지르며 달려오나 호기심어린 눈으로 바라보고 있었다. 아카키 아카키예비치는 경찰관 앞으로 달려가 숨을 헐떡이며 경찰이 감시는 하지 않고 졸고 있었기 때문에 강도들이 날뛰고 있다고 고함을 질렀다.

경찰은 광장 한가운데서 두 사내가 그를 불러세우는 것은 보았지만 친구들이라고 생각해 눈여겨보지 않았다고 했다. 경찰관은 자기한테 공연히 욕만 퍼부을 것이 아니라, 내일 파출소장을 찾아가 사정 얘기를 하면 외투를 찾아줄 것이라고 했다.

아카키 아카키예비치는 미친 사람처럼 되어 집으로 돌아왔다. 관자놀이와 뒤통수에 조금 남아 있던 머리카락이 어지럽게 흐트러져 있었으며, 옆구리와 가슴팍, 바지는 온통 눈 범벅이었다. 하숙집 주인 노파는 요란하게 문 두드리는 소리에 놀라 슬리퍼를 한 짝만 걸치고 문을 열어 주러 나왔다. 한 손으로 잠옷 앞섶을 여민 채였다.

문을 연 노파는 아카키 아카키예비치의 모습에 기겁을 하고 뒤로 한 걸음 물러섰다. 이야기를 듣고 난 노파는 직접 본서 서장을 찾아가야 한다고 했다. 파출소장 따위는 말로만 약속할 뿐, 뒤에서는 딴 짓 하기 일쑤라고 했다. 그러니 직접 본서 서장을 찾아가는 게 최고라는 것이다.

다행히 자기는 본서 서장과 잘 아는 사이라고 했다. 전에 자기 집 하녀로 있던 핀란드 여자인 안나가 현재 서장 댁 유모로 있다는 것이었다. 뿐만 아니라 자기도 서장이 집 앞을 지나가는 것을 여러 번 본 일이 있고, 또 서장은 일요일마다 어김없이 교회에 나오는데, 거기서도 누구에게나 상냥한 얼굴이라고 했다. 이런 여러 가지로 미루어 볼 때 틀림없이 서장은 마음씨 좋은 사람임에 틀림 없다고 했다.

노파의 긴 얘기를 듣고 나서 아카키 아카키예비치는 슬픔에 잠겨 자기 방으로 돌아왔다. 그날 밤 그가 어떻게 보냈을지는, 다소나마 다른 사람의 심정을 이해할 수 있는 사람들의 판단에 맡길 수밖에 없겠다.

이튿날 아침 일찍 그는 서장을 찾아갔다. 서장이 아직 잠자리에서 일어나지 않았다고 해서 열 시쯤 다시 가보았다. 그러나 이번에도 대답은 마찬가지였다.

"주무십니다."

열한 시에 다시 갔더니 이번 역시 허탕이었다.

"서장님은 외출 중이십니다."

하는 수 없이 점심시간에 다시 찾아가 보니, 이번에는 서장 부속실 비서가 그를 들여보내려 하지 않았다. 도대체 무슨 일로 왔느냐, 도대체 무슨 사건이냐고 귀찮게 캐물었다. 아카키 아카키예비치도 더 이상 참을 수 없었다.

나는 서장을 직접 만나야 할 필요가 있어서 찾아왔다, 그러니 너희들이 나를 들어가지 못하게 할 수는 없다, 나는 관청에서 공무 때문에 찾아왔다, 너희들이 못 들어가게 한다면 그때는 상부에 보고할 수밖에 없다, 그러니 알아서 하라고 한바탕 을러댔다. 그는 태어나서 처음으로 다른 사람에게 자기가 만만찮은 존재라는 것을 보여준 셈이었다.

아카키 아카키예비치가 이렇게 나오자 비서들은 아무 소리 못하고 서장에게 보고했다. 서장은 외투를 강탈당했다는 얘기를 이상한 의미로 받아들였다. 그는 사건 따위에는 전혀 관심도 기울이지 않고, 오히려 그에게 무엇 때문에 그렇게 늦게 집으로 돌아갔느냐, 어디 점잖지 못한 곳에 갔던 게 아니냐 하고 엉뚱한 질문만 해댔다.

아카키 아카키예비치는 자기의 방문이 외투를 되찾는 데 무슨 효과가 있었는지, 또는 효과가 전혀 없었는지조차 알지 못한 채 그냥 물러나오고 말았다. 그는 그날 하루 관청에 나가지 않았다. 이런 일은 그의 일생을 통해 단 한번밖에 없었다.

이튿날 그는 더욱 을씨년스러워 보이는 그 헌 '싸개'를 걸치고 핼쑥한 얼굴로 출근했다. 물론 이런 경우에도 그를 조롱하는 사람이 있기는 했다. 그러나 대부분의 동료들은 외투를 강탈당했다는 얘기에 그 자리에서 그를 돕기 위한 성금을 모으기로 했다. 그러나 정작 모인 금액은 얼마 되지 않았다. 관리들은 여기저기 뜯기는 돈이 많았기 때문이다. 국장의 초상화를 사야 하는가 하면, 과장의 친구라는 사람이 쓴 책을 예약해야 하기도 했던 것이다.

동료들 가운데 한 사람은 그에게 조금이나마 힘이 되어 주고 싶어 친절하게도 서장을 찾아가 봤자 아무 소용없다고 가르쳐 주었다. 가령 서장이 상부에 잘 보이려고 어떤 방법으로든 외투를 찾아낸다 하더라도 그에게는 도움이 되지 않는다고 했다. 그 외투가 자기 것이라는 법적 증거를 내놓지 못하면 외투는 경찰서에서 보관하게 된다는 것이었다. 이 사건을 해결하기 위해서는 고위 관리에게 부탁하는 게 가장 좋다고 했다. 고위 관리가 사건 담당경찰에게 편지를 보내 잘 처리할 수 있게 된다는 설명이었다.

아카키 아카키예비치는 달리 좋은 방법도 없었으므로 동료가 말해 준 고관을 찾아가기로 했다. 그 고관이 어떤 사람이고, 어떤 지위에 있는지는 아직 밝혀지지 않았다. 참고로 말해 둔다면, 그가 그 지위에 오른 것은 극히 최근의 일이었다. 그 전까지는 그야말로 하찮은 존재에 불과했으며, 지금의 지위도 다른 중요한 지위에 비하면 하잘것없다고 할 수도 있었지만, 다른 사람들이 보기에 별로 대단치 않은 지위라도 스스로는 아주 대단한 것으로 여기는 그런 인간들이 이 세상에는 언제나 있었다.

더욱이 그 고관은 자신의 지위를 더욱 높여 보려고 여러 수단을 동원하는 중이었다. 자기가 출근할 때 부하 직원들 모두 현관에까지 마중 나오게 한 것도 그런 노력 가운데 하나였다. 또한 어떤 사람도 자기 방에 함부로 들어오지 못하게 하고, 관련된 업무를 정해진 규칙과 순서에 따라 처리하도록 하는 등 엄격한 내부 규칙을 만들기도 했다. 십사등관은 십이등관에게, 십이등관은 구등관에게 보고하는 등 순서를 밟아 모든 안건이 자신에게 올라오도록 만들어 놓았던 것이다.

우리의 신성한 나라 러시아는 모든 것이 흉내내기에 의해 이루어지고 있다. 그래서 사람들은 자기 상관이 하는 일을 그대로 흉내내고 있다. 심지어는 이런 얘기도 있다. 어떤 구등관이 조그만 독립 관청의 책임자로 임명되었다. 그는 당장 사무실 한 쪽을 막아 '집무실'이란 간판을 내건 다음 붉은 깃에 금테를 두른 수위를 문 앞에 세워놓고 사람이 올 때마다 일일이 문을 여닫게 했다. 그 집무실이란 책상 하나를 겨우 들여놓을 크기였는데 말이다.

앞서 말한 고관의 태도 역시 어마어마할 만큼 위엄에 가득 차 있었다. 그렇다고 복잡했던 것은 아니고, 그 체계의 기본은 엄격성이었다.

"엄격하게, 더욱 엄격하게, 모든 것을 엄격하게!"

이 말은 그의 입버릇이나 마찬가지였다. 그는 이렇게 뇌까리면서 잔뜩 거드름을 피우며 주위를 노려보았다. 사실 그렇게까지 할 필요는 없었다. 왜냐하면 그 고관 아래 일하고 있는 몇 십 명의 관료들은 항상 공포심에 사로잡혀 있었기 때문이다. 그들은 멀리서 그 고관이 나타나기만 해도 벌떡 일어나 그가 지나갈 때까지 부동 자세로 꼼짝도 하지 않았다.

부하들과의 일상적인 대화에서 그가 사용하는 말은 단 세 마디로 엄격하게 한정되어 있었다.

"자네가 감히 그렇게 할 수 있는가?", "자네는 지금 누구와 얘기하고 있는지 알고 있는가?", 그리고 "지금 자네 앞에 있는 사람이 누구인지 알고 있는가?"

이 세 마디가 바로 그것이었다.

그 역시 본심은 무척 착한 인간이었다. 사람과 잘 사귀었고 남의 일도 잘 보살펴 주는 편이었다. 칙임관이라는 직위가 그를 그렇게 만들었다고 해야 할 것 같다. 칙임관에 임명된 뒤 그는 이성을 잃고 흥분해 자기가 어떤 태도를 취해야 할 것인지 헷갈렸을 뿐이다.

그는 자기와 대등한 지위의 사람을 상대할 때는 의젓한 태도를 취하기도 했다. 또 여러 가지 점에서 총명한 구석도 있었다. 그러나 자기보다 단 한 계급이라도 낮은 사람들이 있는 곳에서는 어색해지고, 곧 시무룩한 표정으로 입을 다물어 버리곤 했다. 그러면서도 그는 이 사람들과 지금보다는 더 재미있는 시간을 보낼 수 있다는 생각을 하고 있었다. 그래서 그의 현재 상태는 더욱 가여웠다.

이러한 그도 가끔 재미있는 대화나 놀이에 끼어들고 싶은 욕구를 느끼기도 했다. 그러나 그때마다 자신의 입장에서 지나친 행동을 하는 것은 아닌지, 아랫사람에게 지나치게 허물없이 대하는 것은 아닌지, 그래서 자기 위신이 깎이는 것은 아닐까 하는 두려움이 그를 가로막았다. 이런 생각 때문에 그는 어디서나 꿀 먹은 벙어리 시늉이었다. 어쩌다가 입을 연다 해도 짧은 한 외마디 소리여서 주변 사람들 모두 그를 따분하기 짝이 없는 괴상한 친구라는 딱지를 붙이고 말았다.

아카키 아카키예비치가 찾아간 고관은 이런 인물이었다. 게다가 그는 가장 좋지 않은 때 그 고관을 찾아갔다. 하지만 아카키 아카키예비치에게 가장 좋지 않은 때였지만, 그 고관에게는 오히려 때맞추어 찾아간 셈이었다. 고관은 마침 자기 서재에서 몇 년 만에 어릴 적 친구를 만나 이야기꽃을 피우고 있었다. 하필이면 바로 이런 때 바쉬마치킨이라는 자가 찾아왔다는 보고를 받았다.

"도대체 뭐하는 친구야?"

그는 퉁명스럽게 비서에게 물었다.

"공무원이랍니다."

비서가 대답했다.

"그래? 지금은 바쁘니 조금 기다리게 해."

고관은 말했다. 하지만 고관의 말이 거짓이었다는 점을 이야기해 둘 필요가 있겠다. 그와 그의 어릴 적 친구는 이미 할 말을 다 해 버리고, 지루한 침묵 가운데 이따금씩 서로의 무릎을 두드리면서,

"글쎄 말일세, 이반 아브라모비치!"

"그게 그렇게 됐단 말인가, 스체판 바를라모비치!"

하는 식으로 같은 말만 되풀이하고 있었다.

그런데도 고관이 관리를 기다리게 한 것은 이미 오래 전에 공직에서 물러나 시골집에 틀어박힌 친구에게 뭔가 보여주고 싶었기 때문이다. 자기를 만나려면 대기실에서 결코 적지 않은 시간을 기다려야 한다는 사실은 친구에게 자랑할 만한 일이었던 것이다.

마침내 두 사람은 등받이가 달린 푹신한 소파에 푹 기대앉아 담배를 피웠다. 방에는 침묵이 흘렀다. 이때 고관은 문득 생각난 듯 보고 서류를 들고 문 옆에 서 있는 비서에게 말했다.

"아 참, 밖에서 기다리라고 한 친구 있지? 이제 들어와도 좋다고 하게."

조심스럽게 들어서는 아카키 아카키예비치의 온순한 모습과 낡아빠진 제복을 흘끔 본 고관은 딱딱 끊어지는 것 같은 차가운 말투로 대뜸 물었다.

"무슨 일이오?"

이것은 고관이 칙임관이라는 관등을 수여받고, 현재의 직위로 부임하기 일주일 전부터 자기 방에 틀어박혀 거울 앞에서 혼자 연습한 말투였다. 들어서기 전부터 위축되어 있던 아카키 아카키예비치는 딱딱한 고관의 말투에 몹시 당황해했다. 하지만 그는 두려움과 수줍음 때문에 굳어 버린 혀를 억지로 움직여 겨우겨우 말을 끄집어냈다.

"실은, 저 그게 그러니까……."

그는 자기가 새로 맞춘 외투를 얼마 전에 야만적인 강도들에게 빼앗겼다는 것, 그래서 자기를 위해 경찰국장이나 그밖의 적당한 지위에 있는 사람들에게 몇 자 적어 주시면 외투를 찾는 데 힘이 되겠다는 얘기를 무척 어렵게 끝냈다.

정확한 이유는 모르지만, 고관은 아카키 아카키예비치의 말하는 태도가 무척 예의에 벗어났다고 판단한 모양이었다. 고관은 예의 그 딱딱 끊어지는 말투로 입을 열었다.

"그래, 자네는 일의 순서라는 것도 모르나? 지금 어딜 찾아온 거야? 관청 일이라는 게 어떤 순서를 밟아 진행되는 것인지 알고 있을 것 아닌가? 그런 문제라면 관련 창구에 탄원서를 제출하는 게 우선이지! 그렇게 하면 탄원서는 계장, 과장을 거쳐 비서한테 넘겨지겠지. 그 다음에 비서관이 내게 그 문제를 가져오게 되어 있단 말이야!"

온몸에 진땀을 흘리는 아카키 아카키예비치는 남은 기력을 쥐어 짜내듯 힘들여 말했다.

"하지만, 각하! 감히 외람되게…… 이렇게 각하께 부탁을 드리는 것은…… 다름이 아니옵고, 각하, 실은 비서관들이…… 그렇습니다, 도무지 믿을 수 없는 사람들이어서……."

고관은 소리쳤다.

"뭐, 뭐라고? 도대체 어디서 그따위 썩은 정신을 털어놓는 건가? 어디서 그따위 사상을 배워 왔느냐 말이야? 요즘 젊은 사람들 사이에선 상관에게 불손하게 대하는 그런 사상이 퍼져 있어 정말 큰일이라니까!"

고관은 아카키 아카키예비치가 이미 쉰 고개를 넘은 사람이라는 사실을 깨닫지 못한 모양이었다. 그를 젊은 사람이라고 할 수 있다면, 그건 70이 넘은 노인 앞에서나 통하는 얘기일 것이었다.

"지금 자넨 누구 앞에서 그런 소리를 하는 건지나 알고 있나? 자네 앞에 있는 사람이 누구인지 알고 있느냐 말이야, 응? 알고 있어, 모르고 있어?"

고관은 발까지 구르며, 아카키 아카키예비치가 아니더라도 겁을 집어먹지 않을 수 없을 만큼 목소리를 높여 고함을 쳤다. 그는 거의 넋을 잃고 비틀비틀 두어 걸음 물러섰으나 온몸이 후들후들 떨려 더 이상 서 있기조차 힘들었다. 수위가 재빨리 달려와 부축해 주지 않았다면 그는 그대로 방바닥에 쓰러지고 말았을 것이다. 거의 인사불성이 된 채 그는 밖으로 끌려나왔다.

고관은 자기의 태도가 기대 이상의 효과를 거둔 데 만족했다. 자기의 말한 마디가 상대방을 기절 직전까지 몰고 갈 수도 있다는 사실에 도취되었다. 그는 곁눈으로 힐끔힐끔 친구의 눈치를 살폈다. 친구 역시 얼이 빠진 듯했으며, 공포감마저 느끼는 눈치였다. 고관은 무척 흡족했다.

아카키 아카키예비치는 어떻게 계단을 내려와 거리로 나왔는지 아무것도 기억할 수 없었다. 팔이나 다리에도 전혀 감각이 없었다. 그는 지금껏 상관에게, 그것도 다른 부처의 상관에게 그렇게 호되게 꾸중 들은 적은 한 번도 없었다. 놀라움으로 입을 딱 벌린 그는 자꾸만 인도 밖으로 헛나가는 자신의 걸음을 제어하지 못한 채 비틀거리며 소용돌이치는 눈보라 속의 거리를 걸어갔다.

원래 페테르부르크의 날씨가 그렇긴 하지만, 그날도 사방으로 뚫린 골목길이란 골목길 모두로부터 찬바람은 그에게로만 휘몰아쳤다. 대번에 편도선이 부어오르기 시작하여 집으로 돌아왔을 때는 한 마디 말도 할 수 없었다. 그는 곧장 잠자리에 들었다. 상관의 꾸지람 한 마디가 이렇게 엄청난 위력을 발휘하기도 한다!

이튿날 그는 엄청난 고열에 시달렸다. 페테르부르크의 날씨가 충실하게 도와준 덕분에 그의 병세는 예상보다 훨씬 빠르게 악화되었다. 의사가 진맥을 하러 왔으나 맥을 한 번 짚어보고는 고개를 저었다. 병자가 의술의 도움도 받지 못하고 죽었다는 말이나 듣지 않도록 찜질이라도 해주라고 한 뒤, 하루나 하루 반나절밖에 더 살아 있지 못할 것이라고 하면서 하숙집 주인 노파에게 말했다.

"할머니, 더 기다릴 것도 없어요. 지금 곧 소나무 관이라도 하나 주문하세요. 참나무 관은 과분할 테니까 말입니다."

이런 말들이 아카키 아카키예비치의 귀에도 들렸는지는 알 수 없다. 설사 들렸다 하더라도 과연 그것이 얼마나 충격을 주었는지, 그가 자기의 비참한 일생을 과연 슬퍼했는지 하는 것은 전혀 알 도리가 없었다. 그는 그동안에도 줄곧 혼수상태에 빠져 헛소리만 하고 있었기 때문이다.

아카키 아카키예비치의 눈앞에는 끊임없이 환상이 나타났다. 재봉사 페트로비치가 나타나, 침대 밑에 도둑놈이 숨어 있는 것 같으니, 그놈을 체포할 수 있게 올가미가 달린 외투를 만들어 달라고 부탁했다. 또 이불 속에서 도둑놈을 끌어내 달라고 하숙집 노파를 소리쳐 부르기도 했다. 그러다가 새 외투가 있는데 왜 저 낡아빠진 '싸개'가 저기 걸려 있느냐고 묻기도 했다. 그러다가 이번에는 자기가 칙임관 앞에서 꾸지람을 듣고 있다고 생각하는 모양이었다.

"죄송합니다, 각하!"

이렇게 사과를 하기도 했으나, 결국 그는 입에 담기도 어려운 무서운 욕설을 마구 퍼부어 댔다. 아직까지 그렇게 무서운 욕을 들어 보지 못한 주인 노파는 놀라 성호를 긋기까지 했다. 더욱이 그런 욕설이 '각하'라는 말에 이어 잇달아 튀어나와서 노파가 겁을 내는 것은 당연했다.

마침내 아카키 아카키예비치는 전혀 의미도 없는 말을 중얼거리기 시작했다. 그 말은 아무도 알아들을 수 없었다. 다만 그의 두서없는 말과 생각이 외투라는 하나의 물건을 중심으로 맴돌고 있다는 것만은 짐작할 수 있었다.

가엾은 아카키 아카키예비치는 고열과 환상에 시달리다가 숨을 거두었다. 그가 죽은 뒤 그의 방이나 소지품을 봉인하지는 않았다. 우선 유산 상속인이 없었기 때문이다. 다음으로는 유산이라고 할 만한 것이 없었기 때문이다. 거위 깃 펜이 한 묶음, 관청에서 쓰는 백지 한 권, 양말 세 켤레, 바지에서 떨어진 단추 세 개, 그리고 독자들도 잘 알고 있는 그 '싸개'뿐이었다. 이런 물건들이 누구의 손에 들어갔는지는 알 수 없고, 솔직히 말해 필자 자신도 그런 데에는 흥미가 없다.

마침내 아카키 아카키예비치의 주검은 묘지에 매장되었다. 그가 없어져도 페테르부르크는 여전히 번화한 모습 그대로였다. 마치 그런 인간은 처음부터 이 번화한 도시에는 존재하지 않았던 것 같았다.

그리하여 누구의 도움도 받지 못하고, 그 누구도 소중하게 여기지 않았으며, 누구의 흥미도 끌지 못했던 존재, 흔해빠진 파리조차도 핀으로 꽂아 현미경으로 관찰하는 박물학자의 주의조차 끌지 못한 존재, 관청에서 온갖 조롱과 모욕을 참아내면서 이렇다 할 업적 하나 이루지 못한 채 무덤으로 간 그 존재는 이 세상에서 영원히 사라져 버렸다. 그의 생애가 끝나기 직전, 외투라는 기쁜 손님이 환한 모습으로 나타나 그의 초라한 인생에 잠시나마 활기를 불어넣기도 했지만, 세상의 힘센 존재들에게도 예외 없이 닥쳐오는, 피할 수 없는 불행이 그에게 닥쳐오고야 만 것이다.

아카키 아카키예비치가 죽은 지 3, 4일 뒤, 관청의 수위가 즉각 출두하라는 국장의 명령을 전하러 그의 하숙집을 찾아왔다. 수위는 그대로 돌아가서 그 사람은 두 번 다시 출근할 수 없게 되었다는 보고를 하지 않을 수 없었다. 국장은 물었다.

"어째서?"

국장의 질문에 수위는 이렇게 대답했다.

"어째서가 아니라 그 사람은 죽었습니다. 벌써 사흘 전에 장사를 치렀답니다."

이렇게 해서 관청에서도 아카키 아카키예비치가 죽었다는 사실을 알게 되었다. 그 이튿날에는 벌써 아카키 아카키예비치의 후임인 새 관리가 그 자리에 앉아 있었다. 키가 더 크고, 반듯한 필체가 아니라, 비스듬히 기울어진 그런 필체의 사나이였다.

그러나 아카키 아카키예비치에 관한 이야기는 여기서 끝난 것이 아니었다. 아무에게서도 인정받지 못한 그 인생에 대한 보상이라도 받으려는 듯, 그는 죽은 뒤 며칠 동안 요란스러운 소동을 일으켰다. 그가 죽은 뒤 이상한 생존을 계속할 운명이었다는 것은 정말 어느 누구도 생각지 못한 일이었다. 하지만 그런 일이 현실에서 일어나, 이 서글픈 이야기는 뜻밖에도 환상적인 결말을 맺게 된다.

페테르부르크에는 갑자기 이상한 소문이 퍼졌다. 칼린킨 다리와 그 근처에서 관리 행색의 유령이 매일 밤 나타난다는 것이었다. 그 유령은 자기 외투를 도둑맞았다고 하면서, 관등이나 신분을 가리지 않고 지나가는 사람의 외투를 빼앗는다는 것이었다. 고양이 가죽이나 담비 가죽, 깃 달린 외투, 솜을 누빈 외투, 여우나 너구리·곰 가죽 외투 등 몸을 감싸는 물건이라면 그 종류를 가리지 않고 모조리 벗겨 간다는 소문이었다.

어느 관리 한 사람은 그 유령을 목격했다고 했다. 그는 첫눈에 유령이 아카키 아카키예비치라는 것을 알아봤지만 겁이 나서 죽을 힘을 다해 도망쳤다고 했다. 하지만 멀리서 유령이 손가락을 치켜세우고 자기를 위협하는 시늉만은 분명히 보았다고 했다.

그 이후 외투 강도 사건이 자주 발생하는 바람에 구등관은 말할 것도 없고, 칠등관들까지도 어깨와 등이 추위에 얼어붙을 지경이라고 호소했다. 이렇게 되어 경찰에서도 더 이상 지켜볼 수만은 없었다. 살아 있는 것이건 죽은 것이건 그 유령이라는 것을 반드시 체포하여 극형에 처하라는 명령이 떨어졌다. 사실 이 명령은 거의 성공할 뻔했다.

한 경찰이 키류쉬킨 골목에서 유령의 범행 현장을 덮쳤다. 마침 유령은 한때 플루트를 연주한 전직 악사의 외투를 빼앗고 있었다. 경찰은 유령의 멱살을 틀어쥐고 동료 두 사람을 소리쳐 불러 유령을 붙잡고 있게 했다. 그러고 나서 장화 속에서 자작나무 껍질로 만든 코담배 상자를 꺼냈다. 그는 그 동안 무려 여섯 번이나 동상에 걸린 코를 잠시나마 담배 냄새로 위로하려 했던 것이다.

담배 냄새가 너무 지독해 유령조차 견딜 수 없었던지 경찰관이 오른쪽 콧구멍을 손가락으로 누르고 왼쪽 콧구멍으로 담배 냄새를 들이마시는 순간 유령이 재채기를 했다. 그 바람에 유령을 둘러싸고 있던 경찰관 세 사람의 눈에 담배 가루가 들어갔다. 그들이 손으로 눈을 비비는 사이에 유령은 자취도 없이 사라져 버렸다. 경찰들은 자기들이 정말 유령을 잡았는지조차 의심스러워졌다.

그때부터 경찰관들은 유령에 대해 두려움을 느꼈다. 그래서 살아 있는 사람조차 붙잡을 생각을 못하고, 그저 멀리서 고함만 질러 댈 뿐이었다.

"이봐, 왜 거기서 꾸물거리는 거야? 빨리 갈 길이나 가!"

덕분에 관리 행색의 유령은 칼리킨 다리 너머에까지 마음대로 쏘다녔다. 이제 대담한 사람이 아니고는 그 근처를 다니기조차 꺼릴 지경이었다.

우리는 앞에서 얘기한 그 고관에 대해서는 그만 까맣게 잊고 있었다. 사실 그 고관이야말로 이 꾸밈없는 실화가 환상적인 분위기를 띠게 만든 장본인인데 말이다. 공정하기 위해, 이 고관이 가엾은 아카키 아카키에비치가 자기에게 힐책당하고 물러간 다음 연민 비슷한 심정을 느꼈다는 점을 말해 두고자 한다. 그 역시 동정심과 인연이 아주 없는 그런 인간은 아니었다. 대부분의 경우 그의 마음은 선량한 감정을 받아들일 수 있을 만큼 충분히 너그러웠다. 다만 자신의 직위 때문에 겉으로 나타내지 못할 뿐이었다.

시골에서 왔던 친구가 돌아가자마자 그는 불쌍한 아카키 아카키에비치에게 생각이 미쳤다. 그 후 거의 날마다, 그리 대단치 않은 꾸중조차 견디지 못하던 그의 창백한 얼굴이 눈앞에 어른거렸다. 그 불쌍한 관리를 생각하기만 해도 마음이 괴롭고 불안했다. 일주일 후 그는 부하 직원을 보내 그 관리가 어떤 인간이며, 어떻게 지내고 있는지, 그리고 실제적으로 그를 도울 방법이 있는지 알아보고 오도록 했다. 그런데 그가 갑자기 열병으로 죽어 버렸다는 보고에 그는 심한 충격을 받았으며, 온종일 양심의 가책에 시달렸다.

그 고관은 울적한 마음을 풀고, 불쾌한 생각들을 잊어버리기 위해 어느 날 밤 친구가 연 파티에 참석했다. 그 파티에는 점잖은 사람들이 참석해 있었으며, 다행스럽게도 그들 대부분은 고관과 같은 관등의 사람들이어서 전혀 마음에 거리낄 것이 없었다. 이것이 그의 정신 상태에 놀랄 만한 효과를 나타냈다. 그는 마음이 풀려 친구들과의 대화에도 즐겁고 상냥한 기분으로 함께 할 수 있었다.

고관은 그날 저녁을 무척 즐겁게 보냈다. 밤참이 나왔을 때는 샴페인도 두 잔이나 마셨다. 잘 알려진 사실이지만, 샴페인은 마음을 흥겹게 하는 데 상당한 효과를 나타낸다. 샴페인을 마시고 난 고관은 호탕해지면서 좀 더 과감한 행동을 해보고 싶어졌다. 곧장 집으로 가지 않고 전부터 가까이 지내는 카롤리나 이바노브나에게 들르기로 했다. 독일 출신의 이 여성에 대해 그는 문자 그대로 친근한 마음을 가지고 있었던 것이다.

여기서 말해 두지만, 고관은 이미 젊다고는 할 수 없는 나이였다. 그는 가정에서는 충실한 남편인 동시에 훌륭한 아버지였다. 두 아들 가운데 하나는 벌써 관청에 근무하고 있었고, 들창코이긴 하지만 귀엽고 예쁘장한 딸 역시 올해 열여섯 살이었다.

"아빠, 안녕!"

자식들은 날마다 그에게 애정에 넘치는 인사를 했다. 그리고 아직도 생기에 넘치는, 더구나 밉상이 아닌 그의 아내는 자기 손에 키스하게 한 다음, 그 손을 그대로 뒤집어 자기도 남편의 손에 키스를 하곤 했다. 고관은 이렇게 행복한 가정생활을 누렸고, 또 그 생활에 매우 만족하고 있으면서도 다른 한편으로는 시내의 다른 지역에 여자 친구를 둔 것을 당연하게 생각하고 있었다. 단순한 교제에 불과하다는 생각 때문이었다.

여자 친구는 그의 아내보다 그다지 젊거나 아름답지도 않았다. 또한 이런 일이야 세상에 워낙 흔해빠진 터, 우리가 군이 이러니저러니 따질 일은 아니다. 어쨌든 친구네 집 계단을 내려와 마차에 오른 고관은 마부에게 말했다.

"카롤리나 이바노브나에게 가자!"

고관은 마차 안에서 두툼한 외투에 따뜻하게 몸을 감싸고, 러시아 사람 특유의 즐거운 충족감에 빠져 들었다. 일부러 생각하지 않아도 달콤한 상념이 떠올라, 그저 기분 좋고 편안한 상태였다. 그는 더없이 흡족했고, 방금 떠나온 파티에서의 즐겁고 재미있었던 일들이 계속 떠올랐다. 그는 익살을 부려 친구들이 배를 붙잡고 웃게 했던 상황을 돌이켜보고는 그 익살을 입속으로 되풀이해 보았다.

'지금 생각해도 역시 그 익살은 재치 있고, 사람을 웃길 수밖에 없었어.'

그는 자기 자신도 친구들과 함께 큰 소리로 웃어 댄 것은 지극히 당연한 일이라고 생각했다. 그러나 이따금 갑작스럽게 들이치는 찬바람이 그의 달콤한 기분을 방해했다. 찬바람은 갑자기 불어닥쳐 차디찬 눈가루를 흩뿌려 놓았다. 외투 깃을 마치 돛처럼 펄럭이게 하여, 그의 얼굴을 사정없이 후려쳤다.

고관은 문득 뒤에서 자기 외투 깃을 움켜잡는 무서운 힘을 느꼈다. 그는 뒤를 돌아보았다. 거기에는 다 떨어진 낡은 제복을 입은 작달막한 사나이가 서 있었다. 그 사나이가 바로 아카키 아카키예비치라는 것을 알아보는 순간 가슴이 덜컥 내려앉았다. 사나이의 얼굴은 눈처럼 창백해 언뜻 보기에도 죽은 사람, 유령이라는 것을 알 수 있었다.

유령은 입을 일그러뜨리고는 송장 냄새를 내뿜으며 말했다.

"이제야 널 만났구나! 난 네 외투가 필요해! 나를 도와주기는커녕 호통을 쳐? 자, 네 외투를 내놓아라!"

고관은 공포에 사로잡혀 거의 숨이 끊어질 지경이었다. 그는 평소 관청의 부하들 앞에서는 언제나 늠름하고 위엄이 있는 모습을 보이고자 애를 썼고, 또 그의 그런 모습을 본 사람들은 누구나 감탄하곤 했다.

"정말 위풍당당하시네!"

하지만 지금 이 상황에서 그는 호걸다운 풍모를 지닌 사람들이 대부분 그렇듯, 극도의 공포감에 당장이라도 발작을 일으키지 않을까 싶을 정도였다.

그는 허겁지겁 외투를 벗어던지고 마부에게 큰소리로 명령했다.

"마차를 돌려 당장 집으로 가자! 전속력으로 달려라!"

마부는 주인의 명령이 떨어지자 채찍을 휘둘러 쏜살같이 말을 몰았다. 그러면서 두 어깨와 목을 잔뜩 움츠렸다. 주인의 이런 목소리는 긴급한 순간에 나오는데다, 대개는 목소리보다 훨씬 효과가 높은 매서운 행동이 뒤따랐기 때문이다.

6분 정도 지났을까, 고관은 벌써 자기 집 현관 앞에 도착해 있었다. 외투를 잃고 겁에 질려 얼굴이 창백해진 그는 그날 밤을 불안 속에서 꼬박 샜다.

이튿날 아침 차를 마실 때 딸이 걱정스러운 얼굴빛으로 물었다.

"아빠, 안색이 좋지 않아요."

그러나 그는 아무 대답도 하지 않았다.

그는 어제 저녁에 어디를 갔었는지, 어디를 가려고 했는지, 그리고 자기한테 무슨 일이 일어났는지에 대해 단 한 마디도 하지 않았다. 그에게 엄청난 충격을 준 이 사건 후 그는 부하 관리들에게,

"자네가 감히 그렇게 할 수 있단 말인가? 지금 자네 앞에 있는 사람이 누군지나 아나?"

하는 말을 전보다 훨씬 덜 하게 되었다. 그런 말을 하게 되어도 상대방의 사정부터 들어보고 나서 하게 되었다. 그보다 더 중요한 사실은, 그날 밤 이후 그 관리 행색의 유령은 두 번 다시 나타나지 않았다. 고관의 외투가 유령에게 딱 맞았던지 그 뒤로 외투를 빼앗겼다는 소문은 더 이상 들려오지 않았다.

하기는 소심하고 지나치게 꼼꼼한 친구들은 아무래도 안심이 안 되는지, 아직도 시의 변두리에서는 그 관리 행색의 유령이 나타난다고 수군거렸다. 사실 콜로멘스코예의 경찰관 한 사람은 어느 집 모퉁이에서 그 유령이 나타나는 것을 직접 본 일이 있다고 했다. 하지만 이 경찰관은 원래가 심약한 사람이었다. 언젠가 한 번은 절반 정도 자란 돼지새끼 한 마리가 달려나오며 그의 다리를 들이받았는데, 그 자리에 벌렁 나자빠져 근처에 있던 영업 마차 마부들이 배를 움켜쥐고 웃어댄 일조차 있었다. 그때 그는 마부들이 자기를 모욕했다고 한 사람당 1코페이카씩 강제로 거둬들였었다.

이렇게 약골인 그는 유령을 보고도 불러 세울 용기가 없어 그대로 어둠 속을 뒤따라갔다. 유령은 얼마쯤 걷다가 우뚝 멈춰서더니 뒤를 돌아보았다.

"넌 뭐냐?"

유령은 사람의 것이라고는 하기 어려울 커다란 주먹을 경찰관에게 불쑥 내밀었다.

"아니, 전 아무것도 아닙니다."

경찰관은 이렇게 대답하고는 얼른 돌아섰다.

그 유령은 키도 아카키 아카키예비치보다 훨씬 더 크고, 콧수염까지 기르고 있었는데, 오브호프 다리 쪽으로 가는 것 같더니, 밤의 어둠 속으로 사라졌다고 했다.

⊙ 핵심 정리

- **갈래** : 단편소설
- **시점** : 전지적 작가 시점
- **주제** : 부패한 관료 사회에서 성실하기 때문에 오히려 조소받는 하급 관리의 비극적 상황
- **배경** : 시간적 – 어느 겨울 / 공간적 – 러시아 페테르부르크
- **등장인물** : 아카키 아카키예비치 – 성실한 하급 관리로, 처세술이 부족할 뿐만 아니라 소심하고 고지식한 인물

  페트로비치 – 주정뱅이 재봉사로, 자기 기술에 대한 자부심이 강한 인물

  고관 – 권위 의식과 허세가 심한 전형적인 고위 관료로, 자신보다 약한 사람에게 강압적이지만 동정심은 있는 인물

- **구성** : 발단 – 페테르부르크의 관청에서 서류 정서를 하는 아카키 아카키예비치는 처세술이 부족한 사람으로, 직장 동료들에게 조롱을 당하기도 하지만 자신이 맡은 일을 성실히 한다.

  전개 – 가난한 월급쟁이 아카키 아카키예비치는 낡은 외투를 수선하려 하나 재봉사는 너무 낡아 수선할 수 없다고 새로 맞추라고 한다. 가난으로 새 외투를 맞출 길이 없던 그는 상여금과 저축을 합쳐 새 외투를 장만한다.

  위기 – 아카키 아카키예비치가 새 외투를 입고 출근하자 동료들은 축하하고, 그날 밤 부과장 집에서 축하 파티를 열어 주었다. 파티에 참석하고 돌아오는 길에 그는 강도에게 새 외투

를 빼앗긴다.

절정 - 절망에 빠진 아카키 아카키예비치는 빼앗긴 외투를 찾기 위해 고관을 찾아가지만 무시만 당한다. 그대로 자리에 누운 그는 앓다가 죽고, 그의 죽음은 사람들의 기억 속에서 사라지고 만다.

결말 - 아카키 아카키예비치가 죽은 후 도시에는 밤마다 이상한 일이 일어난다. 아카키예비치의 유령이 나타나 사람들의 외투를 빼앗아 갔다. 사람들은 불안에 떨 뿐 대책이 없다. 유령은 자신의 부탁을 거절했던 고관의 외투를 빼앗은 뒤 다시는 타나나지 않는다.

줄거리 및 작품 해설

페테르부르크의 한 관청에서 서류 정서를 하는 아카키 아카키예비치는 처세술과 요령이 부족한 사람이다. 그는 동료들에게 조롱당하기도 하지만 상관하지 않고 맡은 일에만 성실했다. 페테르부르크의 겨울은 혹독하게 추웠다. 가난한 월급쟁이 아카키 아카키예비치는 추위를 막아줄 외투가 낡아 수선하려 한다. 주정뱅이 재봉사 페트로비치는 너무 낡아 수선할 수 없으니 새로 맞추라고 하고, 아카키 아카키예비치는 상여금과 저축을 합쳐 마침내 새 외투를 장만한다.

새 외투를 입고 출근한 아카키 아카키예비치를 동료들은 반기며 축하한다. 그날 밤 부과장과 동료들은 그를 축하해 주고자 파티를 열고, 파티에서 집으로 돌아오는 길에 그는 강도에게 새 외투를 빼앗긴다.

아카키 아카키예비치는 빼앗긴 외투를 찾기 위해 고관을 찾아가지만 무시만 당한다. 낙담한 그는 앓다가 죽고 만다. 그가 죽은 후 도시에는 밤마다 이상한 일이 일어난다. 아카키예비치의 유령이 나타나 사람들의 외투를 빼앗아 가곤 했다. 사람들은 불안에 떨 뿐 대책이 없었다. 그런데 아카키예비치 유령은 자신의 부탁을 거절했던 고관의 외투를 빼앗은 뒤 사라진다.

고골리의 작품 〈외투〉에는 당시 관료 계급의 위선과 부패상에 대한 풍자, 소외 계층에 대한 작가의 휴머니즘 정신이 잘 나타나 있다. 이 작품은 하급 관리를 소재로 하는 박애주의 문학의 효시를 이루어 도스토예프스키의 〈가난한 사람들〉의 모델이 되었으며, 러시아 휴머니즘 문학의 진보를 한 걸음 앞당겼다.

◉ 생각해 볼 문제

1. 이 작품의 의의는?
2. 작가가 이 작품에서 풍자하고 있는 대상은?
3. 이 작품에서 외투가 갖는 중요성은?

해답

1. 19세기 러시아 비판적 사실주의의 대표 작품
2. 부패한 러시아의 관료 사회
3. 극한의 러시아에서 생존의 필수품인 동시에 사회적 신분의 표현

고리키

고리키(Maxim Gorki, 1868~1936)

러시아의 소설가. 본명은 알렉세이 막시모비치 페슈코프. 필명 막심 고리키는 '최대의 고통'으로, 러시아 민중의 고통스러운 삶을 함께한다는 뜻에서 지어졌다고 한다. 볼가 강 중류 니주니노브고로트에서 태어났으며, 네 살 때 아버지를 여의고 가난 속에 각지를 방랑하면서 성장했다. 독학으로 문학 공부를 하면서 거듭되는 실망과 절망감으로 자살을 시도하기도 했다.

1892년 그는 〈마카르 추드라〉를 발표함으로써 인정받았으며, 이어 발표한 작품 〈첼카슈〉로 성공을 거두기 시작했다. 제정 러시아의 밑바닥에서 허덕이는 사람들의 생활을 묘사한 그는 프롤레타리아 문학의 선구로 손꼽히게 되었다.

1899~1906년 고리키는 사회민주당을 지지하는 마르크스주의자가 되었다. 1901년 차르 타도를 외치며 지하 인쇄소 사건에 개입, 체포되었다. 1905년 '피의 일요일' 사건에 개입되어 투옥되었지만 전세계 지식인들의 항의로 곧 석방되었다. 1906년 러시아를 떠난 뒤 러시아 혁명을 다룬 장편 〈어머니〉를 완성했으며, 이후 7년 동안 망명 생활을 했다.

1913년에 러시아로 돌아왔고, 이후 10년 동안 그의 위대한 걸작인 자전적 3부작 〈유년시대〉, 〈세상 속으로〉, 〈나의 대학들〉이 발표되었다. 독일과 그밖의 여러 곳을 돌아다녔으나 그는 러시아에는 돌아가지 않았다. 혁명 이후의 러시아에 환멸을 느꼈기 때문이다. 그러나 1928년 귀국하라는 압력에 굴복하여 자신의 60회 생일을 축하하는 공식행사에 참석했으며, 이듬해 귀국했다. 러시아 문단의 지도자로서 그의 명성은 어느 때보다도 확고하여 1934년 소비에트 작가동맹 초대 위원장이 되었으며, 사회주의 리얼리즘을 제창하여 소비에트 문학의 기수가 되었고, 1936년 6월 8일 폐렴으로 세상을 떠났다.

2인조 도둑

 읽기 전에

≫ 사회주의 리얼리즘 및 소비에트 문학에 대한 이해를 넓히자.

≫ 프롤레타리아 문학의 선구자로서의 막심 고리키의 작품을 읽어보자.

한 사람은 플라시 노가, 다른 한 사람은 우포바유시치였다. 이 두 사람은 도둑이었다.

두 사람은 읍내를 벗어난 외딴 곳에 살고 있었다. 산골짜기 언저리에 진흙과 잔가지들을 반반씩 섞어 엮어 놓은 초라한 오두막들이 마치 조개탄을 나르다 내동댕이친 것처럼 여기저기 어지럽게 흩어져 있었다. 그 가운데 한 채의 오두막이 두 사람의 거처였다.

두 사람의 일터는 주로 읍내에서 가까운 마을들이었다. 읍내에서는 아무래도 도둑질하기가 어려웠고, 자기네들의 거처에서 가까운 마을엔 훔칠 만한 것이 없었다. 두 사람 다 조심성이 많았다. 훔쳐 내는 것이라고는 헝겊 나부랭이나 낙타털 외투, 또는 도끼나 마구(馬具), 루바슈카(러시아 남자가 입는 블라우스풍의 윗옷—옮긴이 주), 그런 것이 아니면 닭 따위가 고작이었다. 그렇지만 뭐든 한번 '들어내기'만 하면 얼마 동안 그 마을에는 절대 나타나지 않는 것을 그들은 원칙으로 하고 있었다.

그렇게 철저하게 자신들의 원칙을 지키며 신중에 신중을 거듭했지만, 읍내를 벗어난 변두리 농민들은 그들을 잘 알고 있어서 기회만 오면 반은 죽여 놓겠다고 벼르고 있었다. 그러나 그 기회는 농민들에게 끝내 주어지지 않았다. 농민들의 협박을 끊임없이 들어온 지도 벌써 여섯 해가 되는데, 아직 두 사람의 뼈대가 멀쩡하게 남아 있는 것을 보면 알 수 있는 일이다.

플라시 노가는 후리후리한 키에 등이 굽고 말랐지만 근육과 뼈대가 불거진, 마흔 살쯤 되어 보이는 사내였다. 걸을 때면 고개를 숙이고 긴 팔로 뒷짐을 진 채 점잖게 뚜벅뚜벅 걸음을 떼어 놓았다. 그러나 언제든지 불안하게 눈을 껌벅이며 사방을 빈틈없이 살피며 두리번거렸다. 짧게 깎은 머리에 깨끗하게 민 턱수염, 입술까지 내리덮은 희끗한 콧수염이 얼굴에 노기를 띤 듯, 성질까지 사나워 보이게 했다. 왼쪽 다리는 아마도 삐었거나 부러졌거나 뼈가 어긋난 것을 그냥 두어 나아 버렸는지 오른쪽 다리보다 길었다. 그래서 걸을 때 왼발을 들면 공중에 떠올라 제풀에 방향을 바꾸고는 했다. 걸을 때의 이 모습이 바로 그가 '춤추는 발'이란 별명을 얻게 된 이유였다.

우포바유시치는 단짝보다는 대여섯 살 더 들어 보였다. 키는 조금 작았으나 어깨가 떡 벌어진 듯이 보였다. 그는 자주 쿨룩거렸으며, 광대뼈가 나오고 반백의 턱수염이 보기 좋은 얼굴은 병자처럼 누렇게 떠 있었다. 커다랗고 검은 눈동자는 눈길이 머물 때마다 마치 잘못을 사과라도 하듯 부드럽게 빛났다. 걸음을 옮길 때면 다소 성난 듯이 입술을 깨물지만, 곧 슬픈 노랫가락을 휘파람으로 불곤 하는데, 그 가락은 언제나 같았다.

우포바유시치는 온갖 색깔의 헝겊 조각들을 모아 만든 짤막한 누더기 옷을 어깨에 걸치고 다녔는데, 언뜻 솜을 넣은 루바슈카같이 보였다. 그와는 달리 플라시 노가는 허리띠를 매게 되어 있는 회색의 기다란 농사꾼 외투를 걸치고 있었다.

우포바유시치는 농사꾼이었다. 그러나 그의 단짝은 성당지기의 아들로 음식점이라든가 당구장에서 일한 적이 있었다. 두 사람은 1년 열두 달을 붙어 다녔다. 그래서 그들의 모습을 보면 근처 마을 농부들은 으레 이렇게 빈정거리곤 했다.

"또 겨리(소 두 마리가 끄는 큰 쟁기 — 옮긴이 주) 짝이 나타났군. 저보라니까, 아주 붙어 버렸어!"

이들 인간 겨리는 어느 지역에서든 날카롭게 사방을 두리번거리며 사람들과 잘 마주치지 않도록 시골길로만 다니곤 했다. 우포바유시치는 쿨룩거리면서도 버릇이 된 휘파람을 계속 불어 댔으며, 공중에서 춤을 추는 플라시 노가의 왼발은 자기 주인을 위험으로부터 안전하게 안내하는 길잡이 같았다. 그들은 때로는 숲이나 밀밭, 또는 골짜기 한 구석에 그대로 드러누워 먹고 살기 위해 어떻게 도둑질을 할 것인지 진지하게 의논하기도 했다.

겨울이 되면 두 친구의 경우와는 달리 생존을 위한 싸움에서 훨씬 더 유리한 조건을 가진 늑대까지도 생활고에 허덕였다. 바싹 말라 뼈대가 드러난 늑대들은 허기로 눈을 흡뜬 채 냄새를 맡으며 길을 쏘다닌다. 늑대한테는 제 몸을 지킬 수 있는 발톱과 이빨이 있다. 더구나 늑대는 무엇과도 타협하지 않는다. 타협하지 않는 이 특징은 인간에게도 아주 필요하다. 생존을 위한 싸움에서 살아남기 위해 인간은 많은 지혜를 지녀야 하는데, 그것이 없을 때는 야수의 근성이라도 지녀야 한다.

겨울이 된 뒤로 두 친구의 형편은 몹시 좋지 않았다. 해지기를 기다려, 그들은 함께 번화한 읍내 사거리로 나가, 경찰의 눈을 피해 가면서 오가는 사람들의 소맷자락에 매달리곤 했다. 도둑질로 생계를 꾸리기란 이제 여간 어려운 일이 아니었다. 이 마을 저 마을 누비듯 쏘다니는 것이 힘들기도 하고, 또한 견딜 수 없이 추웠다. 게다가 눈 위에 발자국이 또렷하게 남게 되기 때문이다. 그뿐 아니라 모든 것이 눈에 덮여 마을을 뒤지고 다녀 보았자 허탕을 칠 게 뻔했다. 그래서 겨울이 되면 거리 짝인 이들은 허기와 싸우면서 몹시 쇠잔해졌으며, 어서 봄이 오기만을 기다렸다. 이 두 사람처럼 미칠 듯이 봄을 가다리는 사람은 이 세상 어디에도 없으리라.

겨우 봄이 저만큼 다가오고 있었다. 여위어 병자같이 보이는 그들은 골짜기의 오두막에서 기어 나와 그야말로 반갑고 기쁨에 들떠 들판을 바라보았다. 들판에서는 하루가 다르게 쌓인 눈이 녹으면서 여기저기 검붉은 흙이 드러났다. 바야흐로 웅덩이는 거울처럼 반짝거리기 시작했고, 개울에서는 맑고 투명한 소리와 함께 차가운 물이 흘렀다. 태양은 따스하게 땅 위로 내리쬐었다. 햇살을 온몸으로 받으며 그들은 힘이 솟았다. 눈 녹은 땅이 완전히 마르려면 얼마나 걸리고, 언제쯤 마을로 '사냥'을 하러 갈 수 있을지 생각하면서……

불면증이 심했던 우포바유시치는 날이 샐 무렵이면 단짝을 두들겨 깨웠다. 그리고는 즐거운 듯이 그리치(까마귀의 일종 — 옮긴이 주)가 찾아왔다고 일러준 적이 한두 번이 아니었다.

"이봐! 어서 일어나게……. 그리치가 찾아왔네!"

"그리치가 왔다고?"

"그렇다니까! 들어 보게, 저 울음소리를."

오두막을 나선 그들은 봄을 알리는, 빛깔 검은 새가 큰 울음소리로 찬 공기를 뒤흔들면서 바쁘게 새로운 보금자리를 만들거나 묵은 둥지를 손질하는 모습을 싫증도 내지 않은 채 지켜보고 있었다.

"이번엔 종달새 차례일세."

낡은 그물을 손질하면서 우포바유시치가 말했다.

정말 종달새가 나타났다. 곧장 들판으로 나간 그들은 적당한 장소에 그물을 쳐놓았다. 그런 다음 온몸이 진흙투성이가 되도록 들판을 뛰어다니기 시작했다. 멀리서 날아와 지치고 허기져, 이제 막 녹기 시작한 질척한 땅에서 먹이를 찾고 있는 새들을 그물 속으로 몰아넣었다. 이렇게 새를 잡으면 그들은 5코페이카나 10코페이카씩 받고 팔았다. 다음에는 어저귀 나물이

돋아났다. 그들은 그것을 뜯어 장터 채소 가게로 가져갔다.

봄은 날마다 두 사람에게 새로운 것을 베풀어 주었다. 보잘것은 없었지만, 그들에게 새로운 돈벌이가 생겼던 것이다. 또한 그들은 무엇이든지 닥치는 대로 따먹을 수 있었다. 버들개지, 승아, 샴피니온, 딸기, 버섯 등 그 어떤 것도 두 사람의 눈길을 벗어날 수는 없었다. 군인들이 사격 연습을 나가면, 끝나기를 기다렸다가 두 사람은 참호 속으로 숨어 들어가 탄알을 주워 모았다. 그것들을 한 푼트에 12코페이카씩 받고 팔아넘겼다.

아무리 애를 써도 이와 같은 풋나물 정도로는 아사지경(餓死之境)에 이른 두 사람이 포식의 기쁨을 누리기엔 아직도 많이 부족했다. 포만감이 주는 만족감, 입으로 넘긴 음식물을 삭이려는 활발한 밥통의 움직임 등을 두 사람이 즐길 수 있는 날은 너무 더디 오고 있었다.

4월 어느 날, 바야흐로 나뭇가지에 새싹이 움트고, 숲은 아직도 짙은 남색의 희미한 빛에 싸여 있으며, 흠씬 햇볕을 쬔 갈색의 기름진 들에 새싹들이 고개를 갸웃이 내밀었을까 말까 할 무렵이었다. 두 친구는 기운 없이 넓은 신작로를 걷고 있었다. 직접 만든 질 낮은 궐련을 푹푹 피워대며 이야기를 주고받았다.

"자네 기침 소리가 더욱 심해지는군!"

플라시 노가가 걱정스럽게 말했다.

"이 정도야 아무것도 아닐세. 이렇게 햇볕을 쬐면 저절로 낫겠지……."

"그렇긴 하지만, 여보게, 병원에라도 한번 가봐야 하지 않겠나?"

"무슨 소린가! 병원에 가봤자 아무 소용 없네. 죽을 목숨이라면, 그걸 누가 막을 수 있겠나?"

"그야 그렇네만……."

그들은 자작나무가 늘어선 신작로를 걷고 있었다. 자작나무의 잔가지 그늘이 두 사람의 어깨 위에 무늬를 만들고 있었다. 참새가 길 위로 날면서 힘차게 짹짹거렸다.

"걸으면 더 좋지 않지?"

잠시 묵묵히 걷던 플라시 노가가 슬쩍 물었다.

"그야 숨이 가빠지니까 그렇지."

우포바유시치가 설명했다.

"요즘엔 공기가 설렁이는데다가 습기가 많지 않은가. 그래서 숨쉬기가 더 힘이 들지."

우포바유시치는 말하다 말고 걸음을 멈추며 기침을 해댔다. 기침 때문에 몸을 비비꼬며 가슴을 쥐어뜯는데, 얼굴빛까지 파랗게 질렸다. 플라시 노가는 옆에 서서 담배를 피우며 걱정스러운 눈길로 지켜보았다.

"목구멍에 구멍이라도 날 모양이야."

연달아 기침을 하면서 우포바유시치는 이렇게 중얼거렸다.

두 사람은 참새를 쫓듯이 앞으로 나아갔다.

"처음으로 노릴 곳은 무히나네렷다……."

피우던 담배를 던져 버리면서 침을 내뱉더니 플라시 노가가 말했다.

"무히나네 뒤곁을 뒤져 보세. 제법 쓸모 있는 게 있을지도 모르니 맘 놓고 있는 틈을 타서 해치우세. 그러고는 시프초비야 숲가에 사는 구즈네치 하네를…… 그 다음에는 말코프카네를 둘러보세. 그 정도라면 한번 돌아볼 수 있지 않겠나."

"그렇게 하려면 30베르스타쯤 걸어야겠군. 그래도 빈손으로 돌아가게 되지는 않겠지."

우포바이시치의 대꾸였다.

길 왼쪽으로는 숲이었다. 숲은 거무스레하고 칙칙해 선뜻 발을 들여놓을 마음이 나지 않았다. 헐벗은 나뭇가지에는 눈을 즐겁게 해줄 푸른 기운이 아직은 전혀 보이지 않았다. 숲 언저리에 솜털이 부수수한 망아지가 서성거리고 있었다. 옆구리 갈비뼈가 뼈대대로 드러나 있어 흡사 나무통에 테를 씌운 것 같았다. 두 친구는 발길을 멈추고 망아지를 지켜보았다. 망아지는 땅바닥에다 코를 비벼 대다가 느릿느릿 발을 옮겼다. 그러더니 샛노란 싹을 입에 물고 다 자라지 않은 이빨로 잘근잘근 씹었다.

"저놈도 삐쩍 말랐군."

우포바유시치가 혀를 차며 말했다.

"이리 오럼! 워, 워!"

플라시 노가가 망아지를 향해 손짓을 했다.

망아지는 소리 나는 쪽을 힐끗 쳐다보더니 싫다는 듯이 머리를 내젓고는 다시 땅 쪽으로 내려뜨렸다.

"저 녀석이 자네는 싫은가 보네."

우포바유시치는 망아지의 몸짓을 친구에게 풀이해 들려주며 웃었다.

"해치우세! 저놈을 타타르 사람들한테 끌고 가면 7루블쯤은 문제없네. 어떤가?"

머릿속에서 빠르게 계산을 끝낸 플라시 노가가 제안했다.

"그렇게는 안 될 걸세. 그만한 값어치가 없잖은가."

"가죽이 있지 않나?"

"가죽? 가죽 값이라고 했나? 고작해야 3루블이나 줄까?"

"그럴 리가!"

"생각해 보게! 망아지의 저 꼴이라니……. 어찌 저걸 가죽이라 할 수 있 겠는가. 누더기로 만든 발싸개라 하는 게 낫겠네."

플라시 노가는 단짝을 뚫어지게 바라보더니 걸음을 멈추고는 혼잣말하 듯 물었다.

"그럼 어떡한다?"

"힘들겠어!"

우포바유시치가 머리를 내저으며 말했다.

"뭐가 말인가?"

"발자국이 남을 거야……. 땅이 이렇게 질퍽거리니…… 어느 쪽으로 갔 는지 금방 드러나고 말걸……?"

"망아지 녀석한테 짚신을 신겨 볼까?"

"그거 괜찮은 생각일세."

"그럼, 그렇게 결정된 걸세! 저 녀석을 숲속으로 몰아넣고 골짜기에 숨 어 밤까지 기다리기로 하세. 어두워진 다음에 끌어내 타타르 사람들한테로 끌고 가는 거야. 멀지도 않아. 3베르스타쯤이나 될까?"

우포바유시치는 망아지를 잡으려 서두르는 몸짓이면서도 불안한 듯 고 개를 갸웃거렸다.

"이 일이 잘 될까?"

플라시 노가가 자신 있게 말했다.

"해치우세! 못해도 5루블은 되겠지. 그저 들키지만 않도록 조심하세."

두 사람은 주위를 휘 둘러보고는 길을 가로질러 숲으로 향했다. 망아지는 가까이 오는 두 사람을 보고 콧소리를 내며 꼬리를 쳐들었다. 그러나 곧 다시 드문드문 나 있는 싹을 뜯어먹는 데 마음을 빼앗겨 버렸다.

숲속에서 조금 비껴들어간 골짜기 안쪽은 어슴푸레했으며, 공기가 서늘하고 고요했다. 시냇물의 속삭임이 그 고요함을 깨뜨리며 들려왔다. 가파른 낭떠러지에는 호두나무, 인동 따위의 마디진 가지들이 늘어져 있었다. 흙 위로 드러나 있는 부분은 눈 녹은 물에 씻겨 드러난 나무뿌리인 듯했다. 골짜기 안쪽보다 더 괴괴한 것은 숲이었다. 황혼의 어슴푸레함이 죽음과도 같은 숲의 색채에 단조로움을 더하면서 숲을 마치 묘지처럼 음산하고 엄숙한 적막으로 물들이고 있었다.

골짜기 후미진 흙더미에 서 있는 몇 그루의 백양나무 그늘, 그 괴괴하고 습기 찬 어둠 속에 두 친구는 한참 전에 자리를 잡았다. 그들 사이에는 모닥불이 빨갛게 타고 있었다. 그 위로 손을 뻗어 불을 쬐면서 그들은 마른 가지를 조금씩 던져 넣고 있었다. 연기를 내지 않고 모닥불이 끊임없이 잘 타오르게 하기 위해서였다.

그들 가까운 곳에 망아지가 서 있었다. 우포바유시치의 누더기 옷에서 찢어 낸 소맷자락으로 망아지 대가리를 씌워 가리고, 나무줄기 하나에 고삐를 매어 놓았다. 우포바유시치는 편안한 자세로 감개무량한 듯 불꽃을 지켜보다가 버릇처럼 휘파람을 불곤 했다. 춤추는 발 플라시 노가는 버들개지를 한 다발 베어다가 부지런히 바구니를 만들고 있었다. 입 한번 뗄 수 없을 만큼 손놀림이 바빴다.

낮은 시냇물 소리와 불행한 사나이의 나직한 휘파람 소리만이 황혼녘 숲의 고요 속을 감돌고 있었다. 때때로 모닥불 속에서 나뭇가지가 타면서 소리를 냈다. 톡톡거리며 튀기도 하고 한숨이라도 쉬듯 '쉬잇' 소리를 내기도 했다. 불에 타서 사라지는 자기네들보다 더 괴로운 이 두 사람의 삶에 깊은 동정을 표하기라도 하듯이 말이다.

우포바유시치가 지나가는 말처럼 툭 던졌다.

"이제 슬슬 움직여 볼까?"

플라시 노가는 더욱 일손을 바쁘게 움직이며 친구에게 눈길도 주지 않은 채 대꾸했다.

"아직 이르네. 더 어두워진 뒤에 떠나야 해."

우포바유시치는 한숨을 내쉬더니 다시 기침을 했다.

잠자코 바구니만 만들고 있던 단짝이 갑자기 말했다.

"왜 그런가? 자네 추운가 보군. 그렇지, 응?"

"아니야…… 처량한 마음이 들면서 괜히 정신이 없네 그려."

"몸이 좋지 않아 그럴 걸세."

"그럴지도 모르지……. 아니, 다른 원인인지도 모르겠어."

기운 없는 친구의 말에 플라시 노가가 타이르듯 말했다.

"자네, 제발 너무 외곬으로만 생각지 말게."

"뭘 말인가?"

"뭣이든 말일세."

우포바유시치는 갑자기 기운이 숫구치는 듯 말소리를 높였다.

"그게 뜻대로 돼야지. 난 생각을 않곤 못 견디는 성미라서…… 그래, 저런 걸 봐도……."

망아지를 가리키며 말을 이었다.

"혼자 생각하지…… '참 궁상맞게도 생겼다. 하지만 생활하는 데는 꽤 쓸모가 있는 놈이지!' 이렇게 말일세. 나도 버젓한 살림을 꾸린 적이 있다네. 그땐 나도 정말 부지런했었네."

플라시 노가는 짐짓 냉정하게 따지듯 말했다.

"그럼 무슨 벌이라도 했단 말인가? 자네한테 그런 쓸모없는 소릴 듣고 싶지 않네. 휘파람 불고 한숨을 쉬어 봤자 무슨 소용이란 말인가?"

우포바유시치는 대꾸도 하지 않고 자잘하게 꺾은 마른 가지 한 움큼을 모닥불에 던져 넣었다. 그리고는 펄럭이며 솟아올라 축축한 대기 속으로 사라지는 불꽃을 지켜보았다. 순하게 눈을 껌벅이던 그의 얼굴에 어두운 그림자가 스쳐 갔다. 그는 망아지가 매어 있는 쪽으로 고개를 돌렸다. 망아지는 땅에 붙박인 것처럼 꼼짝도 하지 않았다.

퉁명스럽게, 그러나 타이르는 듯한 어조로 플라시 노가가 말을 이었다.

"무슨 일이든 단순하게 생각지 않으면 안 되네. 우리의 생활이란, 낮이 가면 밤이 오고, 그렇게 하루가 끝나! 먹을 것이 있으면 다행이고, 없으면 주린 배로 눈물을 찔끔거리다 엉벙덤벙 끝나게 돼 있어. 그런데 자넨 모든 걸 어렵게만 생각하네……. 난 지겹네. 모든 게 자네 병 탓이겠지만 말일세."

"그래, 병 탓인지도 모르겠네."

우포바유시치는 고개를 끄덕이더니 한마디 덧붙였다.

"따지고 보면, 맘이 약한 탓인지도 모르겠네."

"맘이 약한 것도 병 때문일세."

플라시 노가가 단정하듯 말했다. 그러면서 작은 가지를 이빨로 물어 끊더니 그것을 공중에 휘두르며 말을 이었다.

"보게나, 난 건강해. 그 따위 걱정은 절대 없네!"

그때 망아지가 발을 굴렀다. 그 바람에 나뭇가지가 부러진 듯 흙덩이가 개울로 떨어지면서 고요하던 물의 흐름에 새로운 가락을 더했다. 그와 함께 산새 한 마리가 푸드덕 날아올라 멀리 날아가 버렸다.

우포바유시치는 날아가 버린 산새 쪽을 지켜보면서 낮은 소리로 입을 떼었다.

"무슨 새일까? 뜸부기라면 숲에 둥지를 틀지 않았을 게고……. 그렇다면 저건 스월리스테리일까……?"

플라시 노가가 건성으로 대꾸했다.

"아냐, 때까치일 걸세."

"때까치라면 제철이 아니잖나. 더구나 때까치는 소나무 숲에 사니까 이런 데 올 리가 없지……. 저건 스월리스테리가 틀림없네."

"그래, 그럼 그렇다고 해두지!"

"틀림없어."

우포바유시치는 고개를 끄덕였다. 그러나 곧바로 푹 한숨을 몰아쉬었다. 말을 하는 중에도 플라시 노가의 두 손은 날쌔게 움직이고 있었다. 바구니 밑바닥은 이미 끝나 있었고, 이젠 몸통이 엮어지고 있었다. 줄기를 알맞게 자르고 이빨로 끊어 다듬은 뒤, 손가락을 재치 있게 놀려 구부리거나 얽어 갔다. 숨을 내쉴 때마다 콧수염이 하늘거렸다.

우포바유시치는 친구의 손놀림을 바라보다가 머리를 숙인 채 화석처럼 굳어 있는 망아지를 바라보았다. 그러다가 하늘을 올려다보았다. 하늘은 거의 어둠에 싸여 있었으나, 아직 별은 보이지 않았다. 갑자기 그는 들뜬 목소리로 입을 열었다.

"농사꾼이 망아지를 찾으러 와서 없어진 걸 알면…… 여기저기 찾아보다가 망아지가 사라져 버린 걸 알게 되면 어쩌지?"

우포바유시치는 두 손으로 무언가를 열심히 찾는 시늉을 해 보였다. 멍한 표정이면서도 눈만은 무언가 눈부신 것을 보고 있는 듯 계속 껌벅였다.

"자넨 왜 그런 말을 하나?"

사나운 기세로 플라시 노가가 나무랐다.

"응, 그러게……. 옛일이 생각나서 그만."

변명이라도 하듯 우포바유시치가 더듬거렸다.

"옛일이라니?"

"그러니까, 말을 도둑맞은 일이었네. 우리 집 마부가 말일세…… 미하일라라고 덩치가 큰 농사꾼이었는데 곰보였어. 그 녀석이 말을 도둑맞지 않았겠나. 꼴을 먹이려고 풀어놓았는데 그만 없어져 버린 거야! 말이 없어졌다는 걸 알고는 미하일라란 놈, 글쎄, 땅바닥에 꽝 하고 쓰러지더니만 엉엉 울며 한바탕 소란을 피웠네. 여보게, 그때 놈이 얼마나 처절하게 통곡했는지 아나? 발목을 꺾인 사람처럼 쓰러진 채로 말일세."

"그래서?"

"그래서? 응, 그렇지. 놈은 말을 간수하지 못한 제 자신을 그 뒤로도 계속 뉘우쳤다네."

"그래서 자넨 어쨌는데?"

우포바유시치는 친구의 날카로운 질문에 더듬거리며 자기 마음을 털어놓았다.

"그래서 이런 생각이 드는 거야……. 말을 잃어버린다는 것은 농사꾼에겐 팔이 잘리는 거나 똑같다는 생각 말이네."

우포바유시치를 쏘아보면서 플라시 노가는 꾸짖듯이 말을 이었다.

"자네한테 다시 한 번 다짐해 두겠네만, 그런 소리 하지 말게. 내색도 하지 말게! 그런 엉터리 수작이 득이 되는 일은 절대로 없네. 알겠나? 마부니 미하일라니 떠들어 봤댔자 다 쓸데없는 노릇일세."

플라시 노가의 말에 어깨를 들먹이며 우포바유시치가 대들었다.

"하지만 불쌍하지 않은가?"

"불쌍해? 그럼, 우린 불쌍한 인간들 아닌가?"

"아니, 아니네. 그냥 생각이 나서…… 그래, 그냥 해본 이야기일세."

"제발 이젠 그런 쓸데없는 소릴랑 집어치우게. 좀 있다가 떠나야 하네."

"금방 말인가?"

"그래……."

우포바유시치는 모닥불 곁으로 다가앉아 나뭇가지로 불더미를 들썩였다. 그러고 나서 바구니 엮는 데 정신이 없는 플라시 노가를 곁눈질하더니 다시 부탁의 말을 꺼냈다.

"여보게, 망아질 풀어 주는 게 좋을 성싶지 않은가."

손놀림을 멈추지 않은 채 생각할수록 딱하다는 듯 플라시 노가가 소리쳤다.

"자네가 그토록 비겁한 인간인 줄은 정말 몰랐네! 이건 나쁜 짓을 하자는 게 아닐세!"

강경한 친구의 말에도 우포바유시치는 낮은 목소리로 끈기 있게 상대방을 설득하려 했다.

"생각해 보게. 이건 여간 위험한 짓이 아니야! 4베르스타나 끌고 가서 말일세, 타타르 사람들이 안 사겠다고 하면, 그땐 어떡할 셈인가?"

"그렇게 된다면 그땐 내가 책임지지!"

"할 수 없군. 그냥 풀어 주면 좋겠는데……. 저렇게 더럽고 말라빠진 망아지……."

플라시 노가는 아무 말도 들리지 않는 것처럼 더욱 재빠르게 손을 놀리고 있었다.

"저 따위 것에 누가 목돈을 내놓겠나. 이러고 있을 게 아니라, 이제 곧 어두워질 텐데, 여보게, 좀더 실속 있는 일을 찾는 편이 낫지 않겠나."

우포바유시치는 나직하게, 그러나 끈질기게 물고 늘어졌다. 그의 끈질긴 주장이 쉼 없는 개울 소리에 뒤섞이면서 부지런히 손을 놀리고 있는 플라시 노가의 속을 뒤집기 시작했다. 입술을 짓씹으며 참고 있는데, 잘 엮이지 않던 매듭이 손끝에서 뚝 하고 부러졌다.

"지금쯤은 아낙네들도 마전터로 나갔을 게고……."

그때 망아지가 길게 울음을 뽑더니 대가리를 빼려고 안간힘을 썼다. 대가리에 누런 기를 씌워 놓아서인지 한결 가련해 보였다. 플라시 노가는 망아지 쪽을 흘깃 돌아보고 불더미에 퉤 하고 마른 침을 뱉었을 뿐 말없이 하던 일을 계속했다.

"망아지까지도 묶여 있는 게 싫어 몸부림을 치는군……."

"자네, 그 넋두리 언제까지 계속할 건가?"

모가 난 말투였지만, 하던 일을 멈추지는 않은 채 플라시 노가가 다그쳤다.

"그렇지 않나? 그렇게 화낼 일이 아니라고. 여보게, 망아질 그냥 숲으로 쫓아 버리자고. 나쁜 짓을 하자는 게 아니니까."

"자네, 오늘은 배가 안 고픈 모양이군."

플라시 노가가 소리쳤다.

"아니, 그건 아니고……."

화난 단짝의 말에 우포바유시치는 어물어물 대꾸했다.

"그렇다면 군소리 말게. 지금 이쪽이 굶어 죽을 판인데, 난 겁날 게 없네!"

우포바유시치는 그렇게 말하는 친구를 지켜보았다. 친구는 버들개지를 한데 그러모아 다발로 동여매고 있었다. 숨소리가 거칠었으며, 불꽃에 비쳐 드러난 텁석부리 얼굴이 벌겋게 달아 있었다.

우포바유시치는 눈길을 돌리면서 괴로운 듯 한숨을 지었다.

"잘 듣게. 난 전혀 두렵지 않네……. 내 뜻대로 하겠어. 미리 말해 두지만, 자네가 몸을 사린다면, 그걸로 나오는 손을 끊은 셈일세! 그게 낫겠어! 자네가 어떤 위인지 내가 잘 알지. 한마디로 말해……."

분명하고 거센소리로 플라시 노가가 단호하게 말했다.

"한마디로 말해 변덕쟁이란 말이지……."

"바로 그래!"

순간 우포바유시치는 몸을 웅크리며 쿨룩거리기 시작했다. 괴롭도록 발작적인 기침이 가라앉자 큰 숨을 내쉬면서 그는 다시 입을 열었다.

"꼭 그래서만은 아닐세. 아무래도 오늘 밤은 감이 안 좋아! 저놈의 망아지랑 함께 있다가는 뭔 일을 당할 것만 같다니까."

"제발 그만 해!"

플라시 노가가 버럭 소리를 질렀다. 그는 버들개지 다발을 어깨에 메고는 아직 못다 엮은 바구니를 겨드랑이에 끼더니 벌떡 일어섰다. 우포바유시치도 따라 일어서며 친구를 흘끔 쳐다보고는 조용히 망아지 쪽으로 다가 갔다.

"워, 워! 괜찮아…… 걱정할 것 없다!"

우포바유시치의 말소리가 음산한 산골짜기로 메아리쳤다.

"똑바로 서야지! 자아, 가자꾸나. 음, 그렇지, 그렇지!"

플라시 노가는 망아지 대가리에 씌웠던 누더기를 벗겨 주면서 마냥 꾸물거리는 친구를 보며 콧수염을 실룩거렸다. 그는 발걸음을 내디디며 나직하게 말했다.

"뭘 하는 건가, 빨리 하잖고!"

우포바유시치가 대꾸했다.

"응, 다 되었네."

이윽고 두 사람은 우거진 떨기나무들을 헤치며, 골짜기에 들어찬 어둠을 뚫고 말없이 움직이기 시작했다. 망아지도 그들의 뒤를 따르고 있었다.

얼마 후, 뒤에서 개울물 소리를 깨뜨리고 풍덩 하는 소리가 들려왔다.

"아뿔싸, 저놈의 망아지 좀 봐라…… 개울로 뛰어들었어!"

우포바유시치가 투덜거렸다.

플라시 노가는 치미는 화를 참아 내려는 듯 코를 벌름거렸다.

골짜기의 어둠 속으로, 세상을 뒤덮는 침묵 속으로 이제 상당히 멀어진 숲 언저리 떨기나무들의 산들거림이 바람결에 흘러왔다. 그 가까이에서 사위어 가는 모닥불의 빨간 불꽃이 성내거나 조롱하는 도깨비의 눈 같았다.

달이 떠올랐다. 투명한 달빛이 안개 같은 빛살로 골짜기를 가득 채우고 있었다. 모든 물체의 그림자가 드리워지면서 숲은 더욱더 깊어 갔다. 정적이 짙어지면서 한층 엄숙해졌다. 달빛을 받아 은색으로 빛나는 자작나무의 흰 줄기가 참나무, 느릅나무, 그밖의 잡목들의 검은 바탕을 배경으로 촛불처럼 모습을 드러냈다.

두 친구는 말없이 골짜기를 걸어갔다. 길이 험해서 걸음을 떼어 놓기도 힘들었다. 미끄러지거나 수렁에 빠지곤 했다. 그러는 동안에도 우포바유시치는 쉴새 없이 쿨룩거렸다. 가슴 속이 피리처럼 울리는가 하면 쌕쌕거리다가 비명에 가까운 소리를 지르기도 했다. 앞서 가는 플라시 노가의 커다란 그림자가 우포바유시치 위로 드리워 춤을 추었다.

갑자기 플라시 노가가 퉁명스러운 말투로, 그러나 자꾸만 뒤처지는 친구의 힘을 돋우기 위해 격려하듯 말했다.

"정신 차리고 걷게, 여보게! 지금 뭐 찾는 거라도 있나?"

우포바유시치는 숨을 몰아쉬면서 아무 대꾸도 없었다.

"요새는 밤이 참새 주둥이보다도 짧다네. 날이 샐 무렵까지는 마을에 돌아가야지. 그래 가지고야 어디 그럴 수 있겠나? 그야말로 마님들 행차로군."

"괴로워서 그래, 여보게!"

나직하게 우포바유시치가 숨차며 말했다.

"괴롭다니? 왜?"

비꼬듯이 플라시 노가가 소리쳤다.

"숨 쉬는 게 여간 힘들어야지……."

병든 도둑의 정말 숨찬 대답이었다.

"숨 쉬는 게? 도대체 왜 숨 쉬는 게 힘들담?"

"병 때문에 그럴 거야……."

"거짓말 말게! 얼이 빠진 탓이지."

플라시 노가는 걸음을 멈추고 돌아서더니 친구의 코끝에 손을 갖다 대며 덧붙였다.

"자네 얼이 빠져 숨조차 제대로 못 쉬는 게지…… 안 그런가?"

우포바유시치는 머리를 숙이며 사과라도 하듯이 중얼거렸다.

"알겠네……."

우포바유시치는 무언가를 좀더 말하려 했으나, 그때 또 기침이 터져 나왔다. 두 손으로 나무줄기를 부여잡은 그는 발을 구르고 머리를 흔들면서 입을 딱 벌린 채 쉴새없이 쿨룩거렸다. 플라시 노가는 피골이 상접한 친구의 얼굴, 달빛에 비쳐 흙빛으로 보이는 그 얼굴을 말없이 바라보고 있었다.

"그렇게 요란하게 쿨룩거려서야 숲속의 온갖 환상들이 다 깨겠네!"

플라시 노가는 암담한 상황에 제 성깔을 이기지 못하고 쥐어박듯이 내뱉었다.

그제야 우포바유시치는 기침의 발작을 멈추고 머리를 흔들어 바로 세우고는 큰 숨을 내쉬었다. 플라시 노가가 친구에게 말했다.

"좀 쉬었다 가세!"

두 사람은 축축한 땅바닥에 주저앉았다. 우거진 떨기나무의 그늘 아래였다.

플라시 노가는 잎담배를 말더니 피워 물었다. 그리고는 담배 불꽃을 보면서 말했다.

"집에 뭣이든 먹을 게 있다면야 우리도 집으로 돌아가지……."

"그야 말할 나위도 없지!"

우포바유시치가 맞장구를 쳤다.

플라시 노가는 흘끗 친구를 쳐다보며 말을 계속했다.

"그 집구석엔 곡식 한 톨 없으니, 어떡하겠나? 가는 데까지 가봐야지."

"음……."

우포바유시치가 한숨을 내쉬었다.

"가봤자 뾰족한 수 없으리란 걸 알지. 눈이 번쩍 뜨일 좋은 곳이 있는 것도 아니니까. 따지고 보면 다 우리가 못난 탓! 얼마나 못난 놈들인지 정말 어이가 없네!"

플라시 노가의 들뜬 목소리가 밤공기를 찢는 듯했다. 그 기세에 불안이라도 느꼈는지 우포바유시치는 몸을 비비꼬다가 큰 숨을 몰아쉬며 목구멍에서 괴상한 소리를 내곤 했다.

"하지만 먹지 않고 살 재주가 있어야지. 갈수록 먹을 것 생각뿐이야. 뱃속에서 쪼르륵 소리가 나는데 어떤 놈이 견딜 수 있단 말인가!"

플라시 노가는 세상을 나무라듯 노여움이 가득한 말을 끝냈다. 그때까지 괴로움으로 어쩔 줄 모르던 우포바유시치는 결심을 새롭게 한 듯 벌떡 일어났다.

"어딜 가려고?"

플라시 노가가 소리쳤다.

"어서 가세."

"어찌된 셈인가? 그렇게 앞장서다니……."

"그래, 가보는 거야!"

"옳거니, 가보세! 생각나는 곳도 없지만……."

플라시 노가도 일어섰다.

"상관있나, 될 대로 되라지."

우포바유시치는 절망적으로 손을 내저었다.

"웬걸 신명이 났네그려!"

"당연하지. 마냥 자네한테 구박을 당한데다가 된서리까지 맞았으니……
제기랄!"

"하지만 어째서 그렇게 생각하게 되었지?"

"어째서냐고?"

"그래, 어째서야?"

"불쌍한 생각이 들었다고나 할까?"

"뭐라고! 누가?"

"인간이 말일세! 인간이란 게 불쌍해졌어."

"인간이?"

플라시 노가가 느릿하게 되묻더니 폭포수처럼 말을 쏟기 시작했다.

"허참, 자넨 어쩌자고 그런 호인이 됐나? 인간이란 놈들이 자네한테 뭔
가? 자네 알고 있나! 인간이란 놈들은, 자네 목덜미를 움켜잡고 벼룩을 죽
이듯 손톱으로 터뜨리는 놈들이라네! 그래도 인간들이 가여운가? 그렇다
면 자네는 일부러 바보 수작을 하는 거야. 이쪽의 선심을 인간이란 놈들은
뭣으로 보답하는 줄 아나? 온 집안을 못살게 할 따름이야. 간단하지. 내가
내 손으로 오장 육부를 긁어내고, 난도질을 해 뼈에 붙은 살점을 뜯어내는
셈이지. 여보게, 불쌍한 건 자네 아닌가! 그렇다면 신령님께 부탁하는 게
낫지. 자비심은 일없으니까 당장에 죽여 달라고 하게. 내 말이 어떤가? 억
수 같은 빗물에 녹여 없애 달라고 하든지! 불쌍하다니? 제기랄!"

플라시 노가는 흥분해 몸까지 떨었다. 그의 날카로운 외침이 친구에 대
한 비난과 멸시를 과시하듯 숲으로 메아리쳤다. 나뭇가지들은 이 통쾌하고
확신에 찬 말에 동감의 뜻을 나타내듯 수런거리며 부스럭거렸다.

우포바유시치는 떨리는 다리에 힘을 주어 내디뎠다. 각각의 손을 반대편
소매 속에 쑤셔 넣고 가슴 언저리까지 머리를 푹 숙인 채 힘없는 발걸음을
옮기고 있었다. 마침내 그가 입을 열었다.

"기다리게! 이젠 틀렸을까? 마을이라도 나오면, 괜찮아질지 모르겠지
만, 거기까지 가서, 혼자 가서, 자넨 안 따라오는 게 좋겠네. 뭣이든 닥치는
대로 우선 집어내 집으로 가겠네! ……빨리 가서…… 한숨 자야겠네! 도저

히 못 견디겠어……."

거기까지 말하는데도 숨이 차서 우포바유시치의 가슴에서는 쌕쌕거리는 소리가 요란했다. 플라시 노가는 의심쩍은 눈길로 친구를 훑어보더니 걸음을 멈추고 무슨 말인가 하려고 했다. 그러나 곧 손을 한번 흔들고는 말없이 다시 걷기 시작했다.

두 사람은 그 뒤로 한참을 말없이 걸어갔다. 얼마 후 구슬픈 종소리가 멀리 마을 성당에서 흘러와 숲의 침묵 속으로 파묻혀 갔다. 희뿌연 달빛 속에 거대한 검은 점처럼 떠 있는, 커다란 새가 듣기 싫은 날갯짓소리를 내며 골짜기를 지나갔다.

"부어론(까마귀의 일종 — 옮긴이 주)일까? 아니 그라치란 놈일지도 모르겠군."

플라시 노가가 한눈을 팔면서 말했다.

"안 되겠어……. 자넨 어서 가보게. 난 여기 남아 있겠네……. 이젠 더이상 못 걷겠어. 숨이 막히고 눈이 가물거려서……."

털썩 땅바닥에 쓰러지면서 우포바유시치가 말했다.

"또 시작인가? 도저히, 어떻게 해도 걸을 수 없다는 겐가?"

플라시 노가가 퉁명스럽게 내지르듯 말했다.

"못 걷겠어……."

"낭패야!"

"난 아주 지쳐 버렸네."

"조금만 더 가면 돼! 이러고 있다가는 또 아침부터 밥 한술 못 먹고 싸다녀야 해."

"난 안 되겠네…… 난 끝장일세! 이것 보게. 피가 이렇게 나오는걸!"

우포바유시치는 플라시 노가 앞으로 거무스레하게 더럽혀진 제 손바닥을 내밀었다. 친구는 그 손을 곁눈으로 흘낏 보면서 목소리를 낮추어 물었다.

"그럼 어떡하면 좋겠나?"

"자네 혼자 가게……. 난 여기 있겠네. 이젠 일어나지 못할 것 같네……."

"자네 혼자라니, 내가 혼자 어딜 간단 말인가? 나 혼자 마을 놈들한테……. 인간들한테 말을 걸어 봤자 무슨 신통한 일이 있겠나?"

"그야 눈에 띄기만 하면 맞아 죽을 판이지."

"이 일을 어째야 하나! 이대로 있다간, 마을 놈들한테 들킬 뿐인데."

무거운 기침 소리와 함께 핏덩이를 토하면서 우포바유시치가 뒤로 나자 빠졌다.

"또 피가?"

플라시 노가는 그렇게 묻기는 했으나, 눈은 딴 곳을 향한 채 그 옆에 서 있기만 했다.

"그래 피야. 또 나와."

우포바유시치는 들릴락 말락 말하고는 또다시 쿨룩거렸다.

플라시 노가는 선 자리에서 발이라도 구르며 울고 싶은 심정에 짐짓 큰 소리를 쳤다.

"의원이라도 불러왔으면 좋겠구먼!"

"의원을?"

우포바유시치의 가냘픈 소리였다.

"하지만 의원보다는, 여보게, 일어나 걸어 보지 않겠나. 아주 천천히라도 말이네."

"아니, 가망 없네."

플라시 노가는 친구의 머리맡에 쭈그리고 앉아 근심스럽게 그의 얼굴을 들여다보았다. 그의 가슴은 불규칙하게 물결치며 쌕쌕거리는 둔한 소리를 냈다. 눈두덩도 푹 꺼져 있으며, 입술은 말라붙은 피로 이상하게 굳어 있었다. 아직도 피가 가늘게 턱으로 흘러내리고 있었다.

"아직도 나오나?"

플라시 노가가 물어보는데, 그 말투에는 슬픔을 품은 정감이 어려 있었다.

우포바유시치의 얼굴이 부들부들 경련을 일으켰다.

"그래, 자꾸 나와……."

가냘프고도 죄어드는 듯한 우포바유시치의 목소리였다.

플라시 노가는 무릎 사이로 머리를 처박은 채 말이 없었다.

두 사람의 머리 위로 솟아오른 골짜기의 벼랑에는 눈 녹은 물이 몇 갈래 흐르고 있었다. 벼랑 위에서 산발한 머리 같은 마른 나무가 달빛 속에 골짜기를 기웃거리고 있었다. 다른 쪽 벼랑은 온통 떨기나무로 뒤덮여 있고 더한층 가팔랐다. 시꺼먼 떨기나무 숲 군데군데에 뻗쳐 있는 흰 나무줄기 메마른 가지에 그라치의 둥우리가 보였다. 달빛이 비 오듯 가득한 골짜기는 생명을 잃고, 몽롱한 꿈속 같기만 했다. 더욱이 쉬지 않고 흘러내리는 개울 소리가 푸른 정적에 음영을 더해 적막한 분위기를 고조시켰다.

"우리 이젠 헤어져야 할 때네!"

겨우 알아들을 만한 소리로 우포바유시치가 말했다. 그러나 이어 큰 소리로 또렷하게 되풀이했다.

"이제 우린 헤어져야 해, 스테판!"

플라시 노가의 온몸이 부르르 떨리며 숨소리마저 거칠어졌다. 그제야 목을 무릎 사이에서 꺼낸 그는 방해하고 싶지 않다는 듯 작은 목소리로 말했다.

"그런 쓸데없는 말을…… 염려할 거 없네, 여보게!"

"예수님!"

우포바유시치가 괴롭게 숨을 몰아쉬며 소리쳤다.

"아무것도 아닌데 뭘 그러나! 조금만 참으면 가라앉을 거야. 조금만 있으면, 응? 여보게!"

친구의 얼굴을 내려다보면서 플라시 노가는 기도라도 하듯 말했다.

우포바유시치가 쿨룩거리기 시작하고, 가슴에서 새로운 소리가 났다. 마치 젖은 헝겊이 갈비뼈에 엉기는 것 같은 그런 소리였다. 플라시 노가는 수염을 실룩거렸다.

기침이 멎자 우포바유시치는 숨을 거칠게 내쉬었다. 마치 온 힘을 다해 어디론가 뛰어가는 그런 숨결이었다. 한동안 그렇게 숨을 쉬더니, 이윽고 입을 열었다.

"용서해 주게, 응? 스테판……. 뭣 때문에 난, 난 망아지를 그렇게까지……. 날 용서해 주게나, 여보게!"

"나야말로 자네에게 용서를 비네!"

플라시 노가가 친구의 말을 가로막았다. 그러고 나서 이렇게 덧붙였다.

"난 이제, 난 어디로 가나? 어떻게 살아야 하나?"

"그까짓 것 아무것도 아닐세! 자네가 행복하도록 내가……."

우포바유시치는 숨을 몰아쉬더니, 말을 다 끝내기도 전에 힘없이 입을 다물었다. 그런 뒤 쌕쌕거리는 소리만 들리더니 두 다리를 쭉 폈다. 이어 한 다리가 다른 쪽으로 기울었다.

플라시 노가는 눈도 깜박이지 않고 친구를 지켜보고 있었다. 몇 분인가 침묵이 흘렀다. 여러 시간이 지나지 않았나 싶을 만큼 긴 시간이었다. 그때 우포바유시치가 갑자기 고개를 쳐들었다. 그러나 그 고개는 곧 힘없이 뚝 떨어졌다.

"왜 그러나, 응? 여보게?"

플라시 노가는 친구 위로 몸을 기울였다. 그러나 그는 아무 대답도 없었다. 조용해졌으며 움직이지 않았다.

한동안 친구 곁에 앉아 있던 플라시 노가는 일어나 모자를 벗고 성호를 그은 뒤 서서히 골짜기 쪽으로 걸음을 옮겼다. 그의 표정은 험악했으며, 눈썹도 콧수염도 화가 난 듯했다. 한 걸음 한 걸음 땅바닥을 차듯, 땅바닥을 아프게 해주고야 말겠다는 듯 맺히도록 억센 걸음걸이였다.

날은 벌써 밝아 있었다. 잿빛으로 흐린 하늘에, 골짜기에는 무거운 정적이 내려앉아 있었다. 오직 개울물만이 단조롭고도 알아듣기 어려운 이야기를 쉬지 않았다.

갑자기 큰 소리가 숲을 울렸다. 흙더미가 골짜기로 굴러 떨어지는 소리였는지도 모른다. 골짜기의 눅눅하고 싸늘한 공기에 부딪친 소리는 그리 오래 머물지 못했다. 소리가 났는가 싶더니, 이내 사라지고 주위는 정적에 휩싸였다.

⊙ 핵심 정리

- **갈래** : 단편소설
- **시점** : 전지적 작가 시점
- **주제** : 생존을 위해 도둑질을 업으로 하는 두 도둑의 우정과 삶의 질곡
- **배경** : 러시아 한 읍내 외곽의 숲속
- **등장인물** : 우포바유시치 - 2인조 도둑 중 한 명인 우포바유시치는 질병의 고통 속에 있으면서도 휘파람을 불고, 또 망아지를 훔쳐 팔아야 당장 생계 걱정을 덜 수 있으면서도 망아지를 잃어버린 농부를 더 걱정하는 이상주의자

  플라시 노가 - 2인조 도둑 중 한 사람으로, 우포바유시치에 비해 현실적이지만, 그 역시 인정 많고 따뜻한 사람. 친구를 잃은 뒤 숲을 울리는 큰 소리로 죽음을 택한다.

- **구성** : 발단 – 읍내 외곽 외딴 곳에 살면서 이 마을 저 마을 돌며 작은 물건들을 도둑질하여 생계를 꾸려가는 플라시 노가와 우포바유시치, 겨우내 극한의 굶주림을 견디며 어렵게 지낸다.

  전개 – 봄이 되고 어렵게 나날을 보내던 중 하루는 들판을 헤매는 망아지 한 마리를 발견한 두 사람은 망아지를 훔쳐 내다 팔기로 하고 숲속에 숨어 밤을 기다린다.

  위기 – 망아지를 잃고 충격 받을 농부 생각에 마음이 바뀐 우포바유시치는 망아지를 돌려주자고 플라시 노가를 설득한다. 하지만 거절한 플라시 노가는 망아지를 훔쳐 끌고 가던 중 망아지가 물에 빠지는 사고가 나 모든 계획이 수포로 돌아

간다. 내내 기침을 하며 움직이기 힘들어하던 우포바유시치
는 더이상 못가겠다고 피를 토하며 쓰러지고 만다.

절정 – 망아지를 놓아주라고 떼를 쓴 자신을 용서해 달라는 우
포바유시치의 마지막 말에 플라시 노가 역시 용서를 구하며
이제 혼자 어떻게 살아가야 하느냐고 통탄한다.

결말 – 마지막 말도 다 하지 못한 채 숨을 거둔 우포바유시치의
주검 앞에 성호를 그은 뒤 골짜기 쪽으로 걸음을 떼어 놓는
플라시 노가. 이어 갑자기 큰 소리가 숲을 울렸다. 흙더미가
골짜기로 굴러 떨어지는 소리였는지도 모르는 큰 소리가.

◉ 줄거리 및 작품 해설

2인조 도둑인 플라시 노가와 우포바유시치. 이들은 읍내 외곽 외딴 곳에 살
며 읍내에서 가까운 마을들에서 헝겊 나부랭이나 도끼, 양복저고리 등 너절
한 물건들을 훔치며 산다. 하지만 추운 겨울엔 그나마 훔칠 물건도 없고 눈
위에 발자국이 남아서 도둑질조차 할 수가 없어 겨울이 오면 늘 굶주림에
시달리며 힘겹게 살고 있다.

봄이 되어 겨우 목숨을 지탱하던 중 외딴 숲 근처에서 풀을 뜯고 있는
망아지 한 마리를 발견한 두 사람은 망아지를 훔쳐 내다 팔기로 하고 숲
에서 숨어 날이 어두워지길 기다린다. 그 사이 우포바유시치는 심적인 변
화를 느껴 플라시 노가에게 망아지를 풀어주자고 부탁하지만, 플라시 노
가는 화를 내며 거절한다. 밤이 되고 망아지를 훔쳐 골짜기 길을 재촉해
가다가 얼마를 받든 팔아야 하는 망아지가 그만 개울에 빠지고 만다.

자꾸만 기침을 하며 힘들어하던 우포바유시치도 결국 쓰러져 피까지 토한다. 망아지를 놓아주라고 한 자신을 용서해 달라는 우포바유시치에게 플라시 노가 역시 용서를 구하며 이제 혼자 어떻게 살아가야 하느냐고 통탄하는 사이 우포바유시치는 마지막 말도 채 다하지 못하고 죽어간다. 친구의 주검 앞에 성호를 그은 뒤 골짜기 쪽으로 한 걸음 한 걸음 땅바닥을 차듯, 억센 걸음을 떼어놓는 플라시 노가, 이어 갑자기 큰 소리가 숲을 울렸다. 흙더미가 골짜기로 굴러 떨어지는 소리였는지도 모르는 큰 소리가.

막심 고리키는 프롤레타리아 문학의 선구자로서 삶의 질곡에서 허덕이는 사람들에 대한 묘사로 유명하다. 이 작품 또한 소외된 계층에 대한 내용으로, 2인조 도둑 우포바유시치와 플라시 노가 두 인물을 묘사하는 작가의 시선은 애정에 가득 차 있다.

⊙ 생각해 볼 문제

1. 비참한 두 등장인물을 통해 작가가 전하려는 내용은?
2. 작가 고리키의 문학적 경향은?
3. 고리키의 대표 작품은?

해답

1. 소외된 사람들의 삶의 질곡을 드러냄으로써 진정한 인간 삶의 길을 강조
2. 프롤레타리아 문학
3. 〈어머니〉〈유년시대〉〈사람들 속에서〉〈그들도 한때 인간이었다〉 등

투르게네프

투르게네프(Ivan Sergeyevich Turgenev, 1818~1883)

러시아 소설가. 오룔에서 퇴역 기병 장교인 아버지와 부유한 어머니 사이에서 태어났다. 전제적 기질의 어머니는 자신의 영지와 함께 어린 아들의 생활까지 지배했다. 1833년 모스크바 대학 문학부에 입학하고, 다음해 페테르부르크 대학 철학부 언어학과로 옮겼다. 1836년 대학을 졸업, 1838년 독일로 유학, 베를린 대학에서 헤겔 철학 등을 배웠다. 이듬해 귀국하여 철학박사 시험에 합격하고 1843년 장시 〈파라샤〉로 비평가 벨린스키의 격찬을 받았다.

1847년 〈동시대인〉 1호에 농노의 비참한 생활을 그린 〈호르와 칼리니치〉를 발표, 러시아 농민 생활을 사실적으로 그린 작품으로 호평을 받았다. 그리고 1850년 말 어머니의 죽음과 동시에 그는 영지의 농노를 해방시켰으며, 농노제에 대한 신랄한 단편 〈무무〉를 썼다. 농노제에 대한 작가의 이러한 사상은 연작 〈사냥꾼의 일기〉로 이어졌으며, 1852년 8월 단편집 《사냥꾼의 일기》가 출판되었다. 이로 인해 당국의 미움을 산 그는, 고골리의 죽음을 애도하는 글이 계기가 되어 체포, 고향에 연금되기도 했다.

1856년 이후 10여 년에 걸쳐 작가는, 초초의 장편소설 〈루딘〉, 몰락하는 귀족 계급에 대한 〈귀족의 보금자리〉, 농노 해방 전야의 혁명적 청춘남녀를 그린 〈전야〉, 농노 해방 후의 반동 귀족과 급진주의자를 풍자한 장편 〈연기(煙氣)〉를 발표했다.

작가의 마지막 시기 작품으로 〈광야의 리어 왕〉, 〈봄의 급류〉, 〈푸닌과 바부린〉 등의 아름다운 단편, 나로드니키를 비판한 〈처녀지〉, 단편 〈사랑의 개가〉, 조국 러시아와 러시아 어의 아름다움을 찬미한 마지막 작품 〈산문시〉(1978~82) 등이 있다. 1883년 9월 3일 척추암으로 파리 근교의 비아르도 부인 별장에서 사망했다.

사랑의 개가

 읽기 전에

≫ 투르게네프는 도스토예프스키, 톨스토이와 함께 러시아의 3대 작가로 일컬어
진다. 이들 작가의 활동 및 문학적 특성을 비교해 봄으로써 이해의 폭을 넓
히자.

다음의 이야기는 내가 이탈리아의 옛 기록에서 읽은 것이다.

1

16세기 중엽의 이탈리아 페르라라 시 ─ 당시 이 도시는 문학과 예술 애호가인 공후들의 통치 아래 번영하고 있었다 ─ 에 두 젊은이 파비와 무츠이가 살고 있었다. 나이가 비슷하고 가까운 친척이기도 한 그들은 그때까지 한 번도 떨어져 지낸 적이 없었다. 어릴 때부터 진정한 우정으로 결속되어 있었던 두 사람, 그들의 비슷한 운명이 그 결속을 더욱 단단하게 만들었다.

두 사람 모두 부유한 명문가 태생으로, 구속이라는 것을 모르는 자유로운 젊은이들이었다. 더구나 그들에게는 가족이 없었으며, 좋아하는 대상과 취미마저 비슷했다. 무츠이는 음악을 공부하고, 파비는 그림을 그렸다. 이러한 두 젊은이는 궁중에서나 귀족 사회, 아니 그 도시의 총아로서 페르라라 시민의 사랑을 독차지하고 있었다.

두 젊은이는 체격이나 용모 모두 균형잡힌 미남이었다. 그러나 구체적인 생김새만은 달랐다. 파비는 후리후리한 키에 하얀 얼굴, 아마빛 머리카락이 부드러웠으며, 파란 눈이 맑아 보는 이로 하여금 저절로 미소가 떠오르게 했다.

이와는 달리 무츠이는 약간 검은 얼굴에 까만 머리카락과 깊은 암갈색 눈에서는 파비에게서 느낄 수 있는 기쁨이 없었다. 그의 입술에는 상냥한 미소도 없었다. 그뿐 아니라 눈까풀을 뒤덮은 그의 짙은 눈썹은 파비의 깨끗하고 시원한 이마에 가느다란 반원형의 금빛 눈썹과는 조금도 닮지 않았다. 이야기할 때도 무츠이는 활기가 없었다.

그러나 두 젊은이는 기사도의 겸손함과 화사함을 지니고 있어서 모든 귀부인들로부터 한결같은 사랑을 받고 있었다.

당시 페르라라 시에는 발레리야라는 처녀가 살고 있었다. 그 처녀는 교회에 갈 때만 외출하고, 대제(大祭)가 와야 산책을 할 정도로 조용하고 정적(靜的)인 생활을 즐겼다. 그래서 사람들의 눈에 띄는 일이 거의 없었다. 그러나 그녀가 빼어난 미인이라는 소문은 이미 널리 퍼져 있었다.

발레리야는 어머니와 함께 살고 있었다. 어머니는 미망인으로 그다지 부유하지는 않았지만 훌륭한 가문 출신이었고, 발레리야는 그녀의 외동딸이었다. 누구든지 발레리야를 보는 순간 자기도 모르게 빠져들어 부러운 눈길을 보내곤 했다. 그러나 그녀는 자신의 아름다움에 전혀 마음을 두지 않았다. 이렇듯 그녀는 겸손한 성품이기도 했다.

물론 어떤 사람은 그녀의 얼굴빛이 약간 창백하다고도 한다. 살며시 내리깐 그녀의 눈길은 내성적인 성격 때문이라기보다 두려움을 느끼기 때문이었다. 이따금 입술을 벌리고 방긋 웃을 때가 있었다. 하지만 그것도 살짝 미소짓는 것일 뿐, 그녀의 목소리를 들어 본 사람은 아무도 없었다. 그러나 더 없이 아름다운 그녀의 목소리에 대한 소문만은 떠돌고 있었다. 페르라라 사람들이 고요히 잠들어 있을 이른 아침, 그녀는 자물쇠를 채운 방에서 홀로 칠현금을 켜며 옛 노래를 부른다는 것이었다. 발레리야의 얼굴은 창백했으나, 그녀의 몸에서는 건강함이 넘쳐흘렀다.

"아, 사람 손이 닿지 않은 꽃봉오리, 이 봉오릴 꺾는 젊은이는 얼마나 행복하랴!"

노인들까지도 그녀를 보면, 이렇게 감탄을 아끼지 않았다.

파비와 무츠이가 처음 발레리야를 본 것은 호화로운 대제전 때였다. 이 제전은 유명한 루크레즈이 보르지아의 아들인 당시 페르라라 공후 에르코르의 명에 의해 베풀어졌다. 프랑스 왕 루이 12세의 왕녀인 에르코르 공후 부인의 초대로 멀리 파리에서 오는 귀족들을 환영하기 위해서였다. 페르라라 대광장에는 화려한 귀부인석이 마련되었고, 발레리야는 어머니와 나란히 그곳에 앉아 있었다. 파비와 무츠이는 바로 그날 발레리야에게 한눈에 반하고 말았다.

파비와 무츠이는 서로 아무것도 감추는 일이 없었다. 그래서 두 사람 다 서로의 마음속에 무슨 일이 일어나고 있는지 알 수 있었다. 두 젊은이는 함께 발레리야를 사귀다가 그녀가 둘 중 누군가를 택하면, 남은 한 사람은 아무런 이의 없이 그 선택에 따르기로 약속했다.

몇 주 후 두 젊은이에게는 발레리야를 만날 수 있는 기회가 왔다. 그녀의 어머니가 그들에게 딸을 방문해도 좋다고 허락했던 것이다. 그때부터 그들은 날마다 발레리야를 방문했으며, 서로 만나 이야기를 주고받았다.

두 젊은이의 가슴속에 타오르기 시작한 사랑의 불길은 날이 갈수록 더해 갔다. 발레리야는 그들의 방문을 꺼리지 않았으며, 어느 한 사람에게만 관심을 보이지도 않았다. 그녀는 무츠이와 함께 음악을 즐겼다. 그러나 파비하고 더 많은 이야기를 주고받았다. 그녀는 파비에게는 더 많은 것을 털어놓을 수 있었던 것이다.

마침내 두 젊은이는 지신의 운명을 알아보기로 하고, 각자 발레리야에게 편지를 보냈다. 두 사람 모두 그녀에게 청혼을 하고, 누구의 청혼을 받아들일 것인지 알려달라고 씌어 있었다. 발레리야는 편지를 어머니에게 보이고, 자기는 결혼하지 않고 처녀로 살고 싶다고 말했다. 그러나 어머니께서 꼭 결혼을 하라고 한다면, 어머니의 마음에 드는 사람과 결혼하겠다고 덧붙였다.

마음이 어진 미망인은 사랑하는 딸과 헤어져야 한다는 생각에 잠시 눈물을 글썽였다. 그러나 구혼자들을 거절할 수는 없었다. 구실도 없었거니와 두 젊은이 모두 사윗감으로는 훌륭했기 때문이다. 그러나 어머니의 마음 한구석에는 파비 쪽을 더 좋아하는 감정이 있었다. 그 젊은이라면 발레리야도 마음에 들리라 생각하고 결국 어머니는 파비를 택했다.

이튿날 파비는 발레리야로부터 기쁜 소식을 받았다. 무츠이는 약속한 대로 그녀의 선택에 따르지 않을 수 없었다. 하지만 그는 경쟁자의 승리를 눈앞에서 보면서 그 증인으로 남아 있을 수는 없었다. 그는 대부분의 재산을 정리하여 금화 수천 두카트를 마련한 뒤 먼 동쪽 나라를 향해 여행길에 올랐다. 떠나기 전에 그는 파비에게 자기 정열의 마지막 흔적이 사라졌다고 느껴지기 전에는 절대로 귀국하지 않겠다고 맹세했다.

파비도 어릴 때부터 한번도 떨어져 지낸 적이 없는 친구와 헤어진다는 것은 여간 고통스러운 일이 아니었다. 그렇지만 가까이 다가온 행운에 대한 즐거운 기대는 순식간에 다른 모든 감정을 없애 버리고 말았다. 그는 사랑의 기쁨에 모든 것을 내맡겼다.

얼마 뒤 파비는 발레리야와 결혼했다. 결혼하고 나서 그는 아내의 가치를 더욱 절실하게 깨닫게 되었다. 그는 페르라라에서 가까운 곳에 녹음이 우거진 정원이 아름다운 훌륭한 별장을 가지고 있었다. 그는 장모를 모시고 아내와 함께 그곳으로 옮겨 갔다. 그곳에서 보낸 나날은 즐겁고도 행복했다.

신혼 생활의 따사로운 분위기 속에 발레리야는 많은 미덕들을 발휘했다. 파비는 저명한 화가가 되었다. 단순한 애호가가 아니라 이미 당당한 중진화가가 되어 있었다. 발레리야의 어머니는 행복한 두 사람의 모습에 무척 기뻐하며 하느님께 감사를 드렸다.

어느덧 4년이란 세월이 흘러 버렸다. 행복한 이들 부부에게 한 가지 슬픔이 있었다면, 그것은 자식이 없다는 것이었다. 그러나 그들은 결코 희망을 버리지 않았다. 그런데 정말로 커다란 슬픔이 그들을 사로잡고 말았다. 발레리야의 어머니가 며칠 동안 시름시름 앓다가 그만 세상을 떠나버린 것이다.

발레리야는 며칠 동안 울음을 멈추지 못했으며, 한동안 이 불행에 익숙해질 수 없었다. 그렇게 한 해가 지나고 나서 그들의 생활은 다시 예전의 모습을 되찾았다. 발레리야도 잃었던 웃음을 되찾았다.

그러던 어느 아름다운 여름날 저녁이었다. 무츠이가 아무에게도 알리지 않고 아주 조용하게 페르라라로 돌아왔다.

3

무츠이가 페르라라를 떠난 뒤 5년 동안 그의 행적에 대해 아는 사람은 아무도 없었다. 마치 지구 위에서 사라져 버리기라도 한 것 같았다. 그래서 파비가 페르라라의 한 거리에서 옛 친구를 만났을 때는 몹시 놀랐다. 그러나 곧 너무 기쁜 나머지 함성을 지를 뻔했다. 그는 즉시 무츠이를 자기 별장으로 초대했다. 별장 정원에는 본채에서 조금 떨어진 별관이 있었는데, 그는 친구에게 그 별관을 숙소로 쓰도록 했다.

무츠이는 친구의 호의를 받아들여, 그날로 하인을 데리고 그곳으로 옮겨

왔다. 그의 하인은 말레이 인으로 혀가 잘려 말을 하지 못했다. 그러나 귀머거리는 아니었으며, 눈매가 또렷또렷하여 무척 영리한 사람인 것 같았다. 하인과 함께 그는 수십 개의 트렁크를 가져왔는데, 그 속에는 여행하는 동안 수집한 갖가지 보물이 들어 있었다.

발레리야도 무츠이의 귀국을 기뻐했다. 무츠이도 그녀에게 다정하게 인사했다. 그의 태도는 자연스러웠으며 침착해 보여, 파비와의 약속은 잘 지켜진 듯했다.

무츠이는 낮 동안에 하인과 함께 별관에서 자기가 가지고 온 물건들을 정돈했다. 카펫, 비단, 찻잔, 접시, 에나멜을 칠한 쟁반, 진주와 보석을 박은 장식품, 호박과 상아로 조각된 상자, 빛깔 고운 병, 향료, 약, 짐승 가죽, 이상한 깃털 등 여러 가지가 있었다. 모두 사용법을 알 수 없는 신비로운 것들뿐이었다.

보석 중에는 진주 목걸이가 있었는데, 무츠이의 신기한 재주에 감탄한 페르시아 왕이 하사한 것이라고 했다. 그는 목걸이를 발레리야의 목에 걸어 주고 싶은데, 그렇게 해도 되겠느냐고 물었다. 묵직해 보이는 그 목걸이는 신비하게도 따스함이 느껴졌다. 이윽고 목걸이는 발레리야의 목에 걸렸다.

점심을 먹고 별장 테라스의 올레안드르와 계수나무 그늘에 앉아 무츠이는 자기가 겪은 여행 이야기를 시작했다. 그는 자기가 가본 먼 나라들과 높은 산, 물 없는 사막, 바다와 같은 큰 강들에 대해 이야기했다. 큰 건축물과 사원들, 천년 묵은 고목, 무지갯빛 새, 그리고 자기가 찾아가 만났던 도시와 민족에 대해 이야기했다. 아득히 먼 그곳의 이름을 듣는 것만으로도 동화 속 나라가 연상되었다.

무츠이는 동방 나라들에 대해 재미있게 이야기해 주었다. 그는 페르시아와 아라비아에서는 다른 어떤 동물보다도 말을 가장 귀엽고 훌륭한 것으로 여기고 있었으며, 인도 내륙 지방으로 들어가니 거기 사람들은 커다란 나무와 비슷했고, 중국과 티베트 경계선에 이르니 그곳에서는 달라이 라마라는 생불(生佛)이 눈을 감고 묵상하는 인간의 모습으로 살고 있더라고 했다. 들으면 들을수록 신기한 이야기들뿐이었다. 파비와 발레리야는 얼빠진 사람처럼 그의 말을 듣고 있었다.

무츠이는 그다지 변한 것 같지 않았다. 다만, 어릴 때부터 거무스레하던 얼굴이 햇볕에 타서인지 한층 더 검어지고, 눈이 예전보다 깊숙이 들어간 것같이 보일 뿐이었다. 그러나 단 한 가지 그의 얼굴 표정만은 완전히 달라져 있었다. 여러 위험, 캄캄한 밤 호랑이의 포효(咆哮)에 놀라거나, 낮에 으슥한 산길에서 길가는 나그네를 노리는 산적을 만났다는 이야기를 할 때도 빈틈없이 단호한 그의 얼굴은 흔들리지 않았다. 그의 목소리는 나직하면서도 차분했고, 손놀림을 비롯한 그의 움직임에서도 이탈리아 민족 특유의 쾌활한 가벼움은 찾아볼 수 없었다.

무츠이는 온순하고 민첩한 말레이 인 하인의 도움으로 두 사람에게 몇 가지 요술을 보여주었다. 그 요술은 인도 바라문한테서 배웠다고 했다. 한 예를 들면, 그는 자기 몸을 휘장으로 가리더니 수직으로 세운 대나무 지팡이에 손끝을 가볍게 얹어 의지하면서 공중에 책상다리를 하고 앉은 모습으로 나타났다.

파비도 놀랐지만, 발레리야의 놀라움은 말로 다할 수가 없었다.

'아니, 저 분은 마법사가 된 게 아닐까?'

그녀는 속으로 생각했다. 무츠이가 퉁소를 불어 뚜껑이 달린 광주리에서 뱀을 불러 낼 때, 그 뱀이 혀를 날름거리며 얼룩무늬의 천 아래서 까맣고 납작한 대가리를 쳐들며 도사릴 때, 발레리야는 무서워서 뱀을 치워 달라고 애원했다.

저녁 식사 뒤, 무츠이는 목이 긴 둥근 병에 든 시라즈의 술을 파비 부부에게 권했다. 술은 향기롭고 짙었으며, 파르스름한 기운과 함께 금빛으로 빛났다. 더구나 작은 벽옥의 잔에 따라놓아서인지 더욱 아름다운 빛을 띠었다. 술맛은 유럽 술과는 달리 달고 향기가 짙었다. 조금씩 몇 모금 들이켰을 뿐인데 온몸이 달콤한 잠에 빠져들었다. 무츠이는 파비와 발레리야에게 다시 한 잔씩 권하고 자기도 마셨다. 그때 그는 발레리야의 잔으로 몸을 숙이고 손가락을 떨면서 무엇인가 중얼거렸다. 발레리야는 그 모습을 보면서도, 그의 태도와 행동이 전과는 달랐으므로 그다지 마음에 두지 않았다.

'이 분은 인도에서 새로운 종교를 받아들인 게 아닐까, 그렇지 않으면 그곳 풍속이든지.'

이렇게 생각했을 뿐이다.

잠시 후 발레리야가 무츠이에게 물었다.

"당신은 여행 중에도 계속 음악을 하셨나요?"

무츠이는 대답 대신 하인에게 인도의 바이올린을 가져오라고 했다. 그 바이올린은 요즘 것과 그다지 다르지는 않았다. 단지 현이 네 개가 아니라 셋이었고, 위는 푸릇푸릇한 뱀가죽으로 싸여 있었으며, 삼으로 만든 가늘고 긴 반원형의 활이 달려 있었다. 활 끝에는 뾰쪽한 보석이 반짝였다.

무츠이는 먼저 몇 곡의 슬픈 노래를 연주했다. 그 지방의 민요라고 하는데, 두 이탈리아 인 파비와 발레리야의 귀에는 이색적이기보다 오히려 조잡한 느낌이었다. 금속 현의 음향은 나직하고 구슬프게 울렸다. 그러나 무츠이가 마지막 노래를 시작했을 때, 그 음향은 갑자기 높아져서 힘차게 울리기 시작했다. 힘 있게 활을 올리고 내릴 때마다 타는 듯 열정적인 곡이 흘러나왔다. 바이올린을 싸고 있는 뱀가죽 본래의 꿈틀거림처럼 아름답게 굽이쳐 한결 분위기를 더했다.

파비와 발레리야는 가슴이 벅차올라 눈에 눈물이 괴었다. 그만큼 무츠이가 연주하는 곡은 정열과 환희에 불타고 있었다. 그러나 무츠이 자신은 몸을 구부려 바이올린에 머리를 가져다 댄 채 뺨은 차츰 파리해지고, 두 눈썹은 한일자로 단호하게 굳어 있었다. 그의 얼굴은 한층 더 엄숙해 보였다. 활 끝의 보석은 신기한 곡의 불길에 타오르기라도 하듯 시종 반짝이는 불꽃으로 일렁이고 있었다.

연주를 마친 무츠이가 바이올린을 턱과 어깨 사이로 힘 있게 틀어넣으며 활을 쥐고 있는 손을 내렸다. 감동에 벅찬 모습으로 파비가 소리쳤다.

"여보게, 지금 자넨 무슨 곡을 연주했나?"

발레리야는 아무 말도 하지 않았지만, 그녀의 감동을 억누르지 못하는 모습 역시 남편과 같은 질문을 하고 있었다.

무츠이는 바이올린을 내려놓고 가볍게 머리를 흔들더니 정답게 미소 지으며 말했다.

"이 곡 말인가? ……스리랑카에서 들었지. 그곳에선 행복한 '사랑의 개가(凱歌)'라고 해서 많은 사람들이 부르고 있었네."

"한 번 더 들려주게."

파비가 속삭이듯 청했다.

"안 돼, 되풀이할 순 없네. 그리고 너무 늦었네. 발레리야께서도 주무셔야 할 거고, 나도 몹시 고단하군."

무츠이는 부드럽게 그러나 단호하게 거절했다.

그날 무츠이가 발레리야를 대하는 태도는, 어디까지나 정중한 옛 친구로서의 것이었다. 그렇지만 헤어질 때, 그는 힘 있게 그녀의 손을 잡고 얼굴이 닿을 만큼 가까이에서 뚫어지게 바라보면서 그녀의 손바닥을 손가락으로 강하게 눌렀다. 그녀는 얼굴을 들지는 못했지만 확 타오르는 자기 볼 위로 무츠이의 눈길을 느꼈다. 그녀는 말없이 자기 손을 빼내고는, 그가 걸어나간 문 쪽을 바라보았다. 그녀는 전에 무츠이가 얼마나 강렬했던가를 떠올렸다. 그리고 무엇보다 지금의 그를 믿을 수 없었다.

무츠이는 자기 숙소를 돌아가고, 파비 부부는 그들의 침실로 갔다.

4

발레리야는 쉽게 잠을 이룰 수 없었다. 온몸의 피가 괴롭게 물결치고, 머릿속은 종이라도 울리듯 뒤흔들렸다. 이러한 현상은 그녀가 추측한 대로 이상한 술 때문이기도 했지만, 무츠이의 이야기와 바이올린 연주도 원인일 듯싶었다. 그녀는 새벽녘에야 겨우 잠들었는데, 곧 이상한 꿈을 꾸었다.

그녀는 천장이 나직하고 널찍한 방 안에 들어와 있는 자신을 느꼈다. 그녀는 지금까지 이런 방을 본 적이 없었다. 사방의 벽은 금빛 풀 무늬의 가느다란 청색 타일로 장식되고, 우아하게 조각된 석고 기둥이 천장을 떠받들고 있었다. 그 천장은 투명해 보였다.

사방에서 연한 분홍빛이 모든 사물을 신비롭게 물들이면서 방 안으로 비쳐 들고 있었다. 거울같이 미끄러운 마루 한복판의 폭 좁은 카펫 위에는 비단 방석이 있었고, 방구석에는 괴물 모양의 커다란 향로에서 가느다란 향이 피어오르고 있었다. 어디에도 창문은 없었다. 벨벳 커튼을 드리운 문은 움푹 들어간 벽 위에 검은빛으로 자리하고 있었다.

갑자기 커튼이 가볍게 흔들리더니 무츠이가 들어왔다. 그는 인사를 하고 두 손을 벌리며 빙긋 웃었다. 이윽고 그의 무쇠 같은 두 손이 그녀를 끌어

안으며 메마른 입술이 그녀의 온몸을 더듬었다. 그리고 그녀는 방석 위로 쓰러졌다.

무서운 악몽 속에 발레리야는 고통스럽게 신음하다가 간신히 눈을 떴다. 그녀는 자기가 어디 있는지, 무슨 일이 일어났는지 알 수 없어, 침대에서 반쯤 몸을 일으키고 사방을 둘러보았다. 그녀는 오싹 소름이 끼쳤다. 파비는 그녀 옆에 누워 잠들어 있었다. 창문으로 비쳐 드는 환한 달빛으로 파리한 그의 얼굴은 죽은 사람 같았다. 아니, 죽은 사람의 얼굴보다 더 슬퍼 보였다. 발레리야는 남편을 깨웠다.

잠을 깬 남편은 발레리야에게 물었다.

"왜 그러오?"

"무서운 꿈을 꾸었어요."

아직도 부들부들 떨면서 발레리야가 말했다.

그때였다. 별관 쪽에서 힘찬 멜로디가 울려왔다. 두 사람, 파비도 발레리야도 그것이 무츠이가 연주한 '사랑의 개가'임을 알았다. 파비는 곤혹스러운 눈길로 발레리야를 바라보았다. 발레리야는 눈을 감고 얼굴을 돌렸다. 두 사람은 숨을 죽이고 노래가 끝날 때까지 듣고 있었다. 마지막 선율이 끊어졌을 때, 달이 구름 속으로 기어들어 방 안은 갑자기 어두워졌다. 부부는 말없이 자리에 누웠다. 그리고 누가 먼저인지 모르게 잠들었다.

5

다음날 아침 무츠이는 아침 식사를 하러 왔다. 그는 만족스러운 표정으로 발레리야에게 즐겁게 인사했다. 발레리야는 말을 더듬으며 살짝 그를 훔쳐보았다. 그 만족스러운 얼굴과 날카로운 눈초리가 그녀에게 두려움을 주었다.

무츠이가 이야기를 시작하려 했다. 그러나 파비가 그의 말을 가로챘다.

"잠자리가 바뀌어 자넨 잘 자지 못했던 모양이지? 아내와 함께 어젯밤 자네가 연주하는 노래를 들었네."

무츠이는 무언가에 홀린 듯 중얼거렸다.

"자네도 들었나? 그래, 나는 그 곡을 켰어. 그런데 여보게, 한잠 자다가 난 굉장한 꿈을 꾸었다네."

발레리야는 솔깃하여 귀를 기울였다.

"무슨 꿈이었는데 그러나?"

파비가 물었다.

"난 굉장한 꿈을 꾸었어."

무츠이는 발레리야를 물끄러미 바라보며 말을 이었다.

"난 말일세, 천장이 낮은 동양식으로 꾸며진 넓은 방에 들어갔다네. 조각된 기둥이 천장을 떠받들고 벽은 타일로 붙여졌더군. 창문도 등불도 없었지만, 장밋빛 광선이 방 전체에 넘쳐흘러 그 방은 마치 투명석으로라도 만든 것 같았어. 방구석에는 중국 향로가 놓이고, 마루 위에는 비단 방석이 카펫 위에 놓여 있었지. 나는 커튼을 내린 문을 통해 들어갔는데, 다른 문에서도 나를 향해 어느 부인이 걸어오지 않겠나. 그 부인은 한때 내가 사랑했던 여자로, 아주 아름다웠어. 나도 모르게 예전의 사랑이 불타올랐을 정도였다네."

무츠이는 입을 다물었다.

발레리야는 꼼짝도 못하고 차츰 얼굴만 파랗게 질려 갈 뿐이었다.

무츠이가 말을 이었다.

"그때 잠이 깨어서 나는 그 곡을 켠 거라네."

"그 부인은 누군가?"

파비가 굳은 얼굴로 물었다.

"그 부인이 누구냐고? 인도 사람의 부인이야. 나는 부인을 델리에서 만났었지. 그런데 그 여자는 이미 이 세상 사람이 아니야."

"남편은?"

파비는 날카로운 어조로 물었다.

"글쎄, 소문에 듣기로는 남편 역시 죽었다더군. 두 사람 다 너무 빨리 죽었어."

"이상해! 내 아내도 어젯밤 이상한 꿈을 꾸었다더군."

파비가 외쳤다. 그 말에 무츠이는 뚫어질 듯이 발레리야를 바라보았다.

"아내에게 꿈 이야기를 듣지는 못했지만."

파비가 덧붙였다.

그때까지 말이 없던 발레리야는 자리에서 일어나 밖으로 나갔다. 무츠이도 아침 식사를 마치고 페르라라에 볼 일이 있어서 밤에야 돌아오겠다고 말하고는 나가 버렸다.

무츠이가 돌아오기 몇 주 전, 파비는 성녀 체칠리야 모습으로 아내의 초상화를 그리기 시작했다. 그의 그림 솜씨는 그 동안 눈에 띄게 좋아져 있었다. 레오나르도 다 빈치의 문하생이며 유명한 화가인 루이니는 자주 파비를 찾아와서 많이 도와주었기 때문이다. 또한 레오나르도 다 빈치의 가르침을 파비에게 전달하기도 했다. 초상화는 거의 완성되어 얼굴 부위를 조금만 손보면 되었다. 이 그림이 완성되면 정당하게 자기의 재능을 평가받을 수 있으리라고 그는 기대하고 있었다.

파비는 무츠이가 페르라라로 떠난 다음, 자기 화실로 발을 옮겼다. 화실에는 언제나 발레리야가 먼저 와 자기를 기다리고 있었기 때문이다. 그런데 오늘 화실에서는 발레리야의 모습을 찾을 수 없었다. 소리쳐 불렀으나 대답이 없었다. 그는 불안감에 사로잡혀 발레리야를 찾기 시작했다. 집 안에는 없었다. 정원으로 뛰어나갔다. 그리고 멀리 떨어진 가로수 길에서 그녀의 모습을 찾아냈다. 긴 머리칼을 늘어뜨린 그녀는 두 손을 무릎 위에 올려놓고 벤치에 앉아 있었다. 그녀 뒤에서는 힘상궂은 비웃음으로 얼굴을 찡그린 대리석 괴물이 카마에키파리스의 짙은 녹색더미에서 튀어나와, 그 까부라진 입술을 갈대 피리에 갖다 대고 있었다.

발레리야는 남편을 기다리기라도 한 듯 몹시 반가워했다. 어떻게 된 일이냐는 남편의 질문에 머리가 좀 아프기는 하지만 이젠 화실로 가고 싶다고 했다. 파비는 그녀를 화실로 데려다가 앉힌 다음 붓을 들었다. 그러나 그는 자기가 원하는 얼굴을 완성시킬 수 없었다. 그녀의 얼굴이 파리하고 피곤해 보였기 때문만은 아니었다. 그렇지는 않았다. 언제나 그의 마음을 충족하게 했던 얼굴, 그로 하여금 성 체칠리야의 모습으로 재현해 보고 싶은 의욕을 일으켰던 그 순결한 모습을 그는 오늘 그녀에게서 찾을 수 없었다. 그는 붓을 던졌다. 그림을 그릴 기분이 나지 않는다면서, 그는 아내에게 얼굴빛이 좋지 않으니 좀 쉬라고 말했다. 그러고 나서 조심스럽게 초상화를 벽에 기대 세웠다. 그녀는 쉬라는 남편의 말에 따라, 정말 머리가 아프다고 되풀이 말하고는 침실로 사라졌다.

파비는 혼자 화실에 남았다. 어떤 확실하지 않은 불안감이 가슴을 옥죄어 왔다. 그 자신이 청해 무츠이를 별관에 머무르게 했는데, 이제 그것이 화근이 되려 했다. 그는 질투하는 게 아니었다. 어떻게 발레리야를 질투할 수 있으랴. 그러나 그는 자기 친구가 예전의 친구가 아니라는 것을 직감적으로 알 수 있었다. 친구가 머나먼 나라에서 가지고 온 여러 가지 신기한 물건들, 알지 못할 물건들 ─ 그의 피와 살에 각인된 요술, 노래, 이상한 술, 벙어리 말레이 인, 게다가 친구의 옷이며 머리카락, 숨쉴 때 내뿜는 향기, 이 모든 것이 파비의 마음을 불안하게 했다.

'어째서 말레이 인은 그렇게 불쾌한 눈초리로 나를 노려보는 것일까? 어쩌면 그는 이탈리아 어를 이해할지도 모른다. 무츠이는, 그 사람이 혀를 대가로 한 막대한 희생 끝에 지금은 굉장한 힘을 가지고 있다고 했다. 어떤 힘으로, 또 어떻게……? 정말 모를 일이다!'

파비는 아내의 침실로 갔다. 그녀는 옷을 입은 채 침대에 누워 있었다. 그러나 자고 있지는 않았다. 파비의 발소리를 듣고 그녀는 몸을 떨었으나, 곧 정원에서처럼 기뻐했다. 파비는 침대맡에 앉아 그녀의 손을 잡은 채 잠시 침묵하다가 물었다.

"어젯밤 꿈이 당신을 놀라게 한 모양이구려. 그래, 그 꿈은 무츠이가 한 이야기와 같은 것이었소?"

그녀는 얼굴을 붉히며 급히 머리를 내저었다.

"오, 아니에요! 내가 본 것은…… 이상한 괴물이 나를 잡아먹으려 한 그런 거였어요."

"괴물이라니? 그 괴물이 사람의 탈을 쓰고 있었소?"

파비가 물었다.

"아니에요, 짐승…… 짐승이었어요."

그녀는 대답하고 나서 갑자기 돌아눕더니 빨갛게 달아오른 얼굴을 베개

속에 파묻었다. 파비는 잡고 있던 아내의 손에 자기 입술을 갖다 대고는 밖으로 나왔다.

그들 부부는 불쾌한 기분으로 그날 하루를 보냈다. 그들 머리 위로 무엇인지 검은 것이 내리누르는 듯했다. 그러나 그것이 무엇인지 그들은 알 수 없었다. 그들은 서로 떨어지고 싶지 않았다. 마치 알 수 없는 위험이 그들을 위협하기라도 하듯이. 그들은 서로 무슨 말을 해야 할지 갈피를 잡지 못했다. 파비는 다시 초상화를 그리려다가, 페르라라에서 출판되어 온 이탈리아를 휩쓸고 있는 아리오스토의 서사시를 읽어 보려 했다. 그러나 그 어느 것도 손에 잡을 수 없었다.

무츠이는 밤늦게 저녁 식사를 할 무렵에야 집으로 돌아왔다.

7

무츠이는 여전히 침착하고 만족스러워 보였다. 그러나 말을 많이 하지는 않았다. 그는 파비에게 옛 친구들의 소식이며, 독일 원정, 카를 대제의 일들을 물었다. 그러더니 신임 교황을 알현하기 위해 로마에 가고 싶다는 희망을 말하기도 했다. 그는 또다시 시라즈의 술을 발레리야에게 권했고, 그녀로부터 거절당했다.

"이젠 필요가 없군."

그는 혼잣말처럼 중얼거렸다.

파비는 아내와 함께 침실로 돌아와 잠이 들었다. 문득 잠이 깨었는데, 자기 옆에 누워 있어야 할 아내가 보이지 않았다. 그는 급히 몸을 일으켰다. 바로 그때, 잠옷 차림의 아내가 정원 쪽에서 걸어 들어왔다. 눈을 내리깔고 죽은 듯한 얼굴에 공포의 빛을 떠올리면서 손을 내밀어 침대를 더듬더니 털썩 누워 버렸다.

파비는 아내에게 말을 걸었으나 반응이 없었다. 금방 잠이 든 듯싶었다. 아내의 잠자리를 바로잡아 주려던 그는 깜짝 놀랐다. 그녀의 잠옷이며 머리카락은 비에 젖어 축축했고, 맨발의 발바닥에는 모래가 묻어 있었다. 그는 벌떡 일어나 반쯤 열린 문을 박차고 정원으로 달려갔다. 무서울 정도로 밝은 달빛이 조용하게 내리비추고 있었다. 순간 그는 좁다란 모랫길 위에 나 있는 두 사람의 발자국을 보았다. 한 사람은 맨발이었다. 그 발자국을 따라가니, 별관과 본관과의 중간쯤 되는 재스민이 가득한 정자에 이르렀다. 그는 놀란 마음으로 걸음을 멈추었다. 그때 어젯밤 들었던 그 곡이 다시 울려 나오지 않는가!

파비는 부르르 몸을 떨고는 별관 안으로 뛰어들었다. 무츠이는 방 한복판에 서서 바이올린을 켜고 있었다. 파비는 그에게 달려들었다.

"자네 정원에 나갔었지? 자네 옷은 비에 젖어 있어."

"아니…… 난 나가지 않은 것 같은데……?"

파비의 뜻하지 않은 질문에 놀란 듯 무츠이는 더듬거렸다.

파비는 그의 손을 잡아 흔들면서 물었다.

"왜 자넨 그 곡을 또 켜고 있어? 그 꿈을 꾸었나?"

무츠이는 놀라움에 사로잡혀 멀뚱멀뚱 파비를 바라볼 뿐 말이 없었다.

"대답해 봐!"

"달은 방패처럼 둥글고, 강은 별처럼 반짝이노라. 친구는 눈을 뜨고 적은 잠잔다. 독수리는 병아리를 낚아챈다. 살려다오!"

무츠이는 정신이 나간 사람처럼 주문을 외우듯 느릿느릿 중얼거렸다. 놀란 파비는 두어 걸음 물러나 친구의 혼이 빠진 듯한 모습을 지켜보며 생각에 잠겼다. 그러다가 머리를 내저으며 그대로 침실로 되돌아왔다.

발레리야는 머리채를 흩뜨린 채 힘없이 두 손을 벌리고는 악몽을 꾸듯 신음하며 잠들어 있었다. 파비는 그녀를 흔들어 깨웠다. 잠에서 깨어난 그녀는 남편의 가슴에 몸을 던지고 힘껏 그 목을 끌어안았다. 그녀는 온몸을 부들부들 떨고 있었다.

"왜 그러오? 정신 좀 차려요! 당신, 무슨 일이 있었소?"

파비는 진정시키려고 그녀를 감싸안으며 되풀이해 물었다. 그러나 그녀는 남편의 가슴에 안긴 채 더욱 기운을 잃어 갔다.

"정말 무서운 꿈을 꾸었어요."

그녀는 남편의 가슴에 얼굴을 파묻으며 중얼거렸다. 그는 그녀에게 물어보고 싶은 말이 많았다. 그러나 그녀는 심하게 몸을 떨었다. 그리고 더 이상 아무 대답도 없었다. 그녀가 그의 팔에 안겨 다시 잠들었을 때는 이미 아침 햇살에 창문이 붉게 물들고 있었다.

8

이튿날 무츠이는 아침부터 보이지 않았다. 발레리야는 수도원에 다녀오겠다고 남편 파비에게 말했다.

"몸도 좋지 않은데, 갑자기 웬 수도원엘 가겠다는 거요?"

무뚝뚝한 파비의 물음에 모든 것을 신부님에게 고백하고, 요즈음 이상한 일들 때문에 고통을 받고 있는 마음의 무거운 짐을 털어 버리고 싶다고 말했다. 아내의 수척한 얼굴과 목멘 소리에 그는 선선히 머리를 끄덕였다. 특히 존경하는 신부님 로렌초라면 그녀에게 유익한 충고를 해주고, 그녀의 고통과 걱정을 해결해 주리라는 기대도 있었다.

발레리야는 네 명의 하인과 함께 수도원으로 떠났다. 혼자 집에 남은 파비는 정원을 거닐면서 아내에게 어떤 일이 있었는가를 끈기 있게 생각해 보았다. 두려움과 분노가 치밀어 혼자 얼굴을 붉히면서, 떨쳐 버릴 수 없는 의심으로 가슴 찌르는 고통을 느꼈다. 고통을 더 이상 참기 어려울 때면 그는 별관으로 갔다. 그러나 무츠이는 아직 돌아와 있지 않았다. 말레이 인 하인이 우상을 섬기는 듯한 비굴한 자세로 — 파비로서는 그렇게밖에 생각되지 않았다 — 그러나 청동색 얼굴에 수수께끼 같은 비웃음을 띤 채 멀리서 그를 노려보고 있었다.

한편, 수도원에 이른 발레리야는 부끄러움보다는 오히려 공포에 떨면서 숨기지 않고 모든 것을 신부님에게 고백했다. 신부는 주의 깊게 그 고백을 듣고는 자기도 모르게 저지른 죄를 용서해 주고, 그녀를 축복해 주었다. 그러나 신부는 마법이나 요술 따위를 그대로 내버려 둘 수는 없다고 생각했다. 그래서 발레리야와 함께 파비의 별장으로 왔다.

파비는 갑작스런 신부님의 방문에 어쩔 줄 몰랐다. 경험 많은 늙은 사제는 파비가 당황하지 않도록 발레리야가 고백한 비밀을 되풀이하지는 않으면서, 가능한 한 빨리 손님을 멀리하라는 충고를 했다. 그 손님의 이야기와 노래 때문에 발레리야의 상상이 혼란을 일으키고 있다고, 무츠이는 오랫동안 그리스도교의 빛을 받지 못한 나라들을 돌아다녀서 이단(異端)의 병독을 가져올 수 있고, 게다가 그는 마법의 도를 닦았을지도 모른다고 했다. 오랜 우정을 끊기는 힘들지만, 총명한 이성으로 친구와의 이별이 불가피함을 헤아릴 수 있을 것이라고 신부는 충고를 끝냈다.

파비는 존경하는 신부의 의견에 동의했다. 발레리야도 남편으로부터 신부의 권고를 전해 듣고 무척 기뻐했다. 로렌초 신부는 파비 부부로부터 수도원과 가난한 사람들을 위한 많은 선물과 마음에서 우러나온 감사를 받으며 별장을 떠났다.

파비는 저녁 식사 후 무츠이에게 떠나줄 것을 이야기하려 했다. 그러나 기다리는 손님은 저녁때가 되어도 돌아오지 않았다. 파비는 이야기를 다음 날로 미루고, 아내와 함께 침실로 갔다.

9

발레리야는 눕자마자 잠들어 버렸다. 그러나 파비는 잠을 이룰 수 없었다. 지금까지의 일들이 밤의 정적과 어둠을 통해 머릿속에 생생하게 떠올랐기 때문이다. 그는 아직까지 대답을 얻을 수 없었던 문제들을 자신에게 다시 묻고 있었다.

'무츠이는 정말 마법사가 된 것일까? 벌써 발레리야를 해치지는 않았을까? 발레리야는 앓고 있는데, 그건 어떻게 치유해야 할까?'

파비가 머리에 손을 얹고 괴로운 생각에 사로잡혀 있는 동안 달은 다시 맑게 갠 하늘 위로 떠올랐다. 그리고 달빛과 함께 반투명의 창문을 통해 향기 높은 흐름과도 같은 숨결이 별관 쪽에서 흘러 들어왔다. 아니, 파비에게 그렇게 느껴졌다. 게다가 숨가쁜 정열의 속삭임마저 들려오지 않는가.

바로 그때였다. 파비는 오싹 소름이 끼쳤다. 발레리야가 조금씩 움직이고 있었던 것이다. 그녀는 반쯤 몸을 일으키더니, 먼저 오른쪽 다리를, 다음엔 왼쪽 다리를 침대 아래로 내려놓았다. 그리고 몽유병자와 같은 흐리멍덩한 눈으로 두 손을 뻗친 채 정원으로 나가는 문을 향해 걸어갔다.

파비는 재빨리 다른 문을 통해 날쌔게 밖으로 나가 정원으로 통하는 문을 밖에서 잠갔다. 간신히 자물쇠를 채웠는데, 안에서 문을 열려고 애쓰는 기척이 느껴졌다. 계속 문을 미는 것 같더니, 나중에는 떨리는 신음 소리까지 들려왔다.

'무츠이는 아직 돌아오지 않았나?'

생각나는 대로 파비는 별관으로 달음질쳤다. 이때 그는 무엇을 보았을까? 달빛을 가득 안은 정원의 길을, 파비 쪽을 향해 몽유병자와 같이 두 손을 앞으로 뻗친 채 흐리멍덩한 눈으로 걸어오는 것은 바로 무츠이가 아닌가……. 파비는 무츠이 쪽으로 달려갔다. 무츠이는 파비를 알아보지 못하고 한 걸음 두 걸음 절도 있게 걸음을 옮기고 있었다. 달빛을 받은 그의 움직이지 않는 얼굴은 말레이 인과 같은 알 수 없는 불쾌한 웃음을 떠올리고 있었다.

파비는 소리쳐 그의 이름을 부르려고 했다. 그때, 자기 뒤 침실 쪽에서 창문 두드리는 소리를 들었다. 그는 돌아보았다. 침실 창문이 활짝 열려 있었다. 그리고 발레리아가 창문 안에 서 있었다. 그녀의 손은 무츠이를 부르는 듯했고, 그녀는 온몸으로 무츠이에게 이끌려 가고 있었다.

갑자기 분노의 불길이 휘몰아쳐 파비의 가슴을 뒤흔들었다.

"이 저주받을 마법사 녀석!"

그는 미친 듯이 외치면서 한 손으로 무츠이의 목덜미를 움켜잡았다. 그리고 다른 손으로 허리띠에서 단검을 빼들어 무츠이의 옆구리를 향해 힘껏 찔렀다. 무츠이는 날카로운 비명과 함께 손바닥으로 상처를 누르고는 비틀거리며 별관 쪽으로 되돌아갔다. 그런데 무츠이를 찌른 바로 그 순간, 발레리아도 처참한 소리를 지르며 나뭇단처럼 털썩 쓰러졌다.

파비는 달려가서 아내를 안고 침대로 갔다. 그리고 아내에게 이야기하려 했다. 그러나 정신을 차리지 못했다. 침대에 누운 채 한참 동안 움직이지 않던 그녀는 이윽고 눈을 떴다. 죽음에서 방금 깨어난 사람처럼 거칠게 한숨을 내쉬었다. 남편을 알아본 그녀는 두 손으로 그의 목을 끌어안았다.

"여보, 여보……."

차츰 그녀의 팔에서 힘이 빠지더니 머리가 베개 위로 떨어졌다.

"이제 마음이 편안해졌어요. 하지만 무척 고단해요."

그녀는 행복한 미소를 머금고 소곤거리며 깊은 잠 속으로 빠져 들었다.

그러나 그것은 괴로운 꿈이 계속되는 조금 전의 잠은 아니었다.

10

파비는 아내의 침대맡에 앉아 파리한, 그러나 지금은 편안해 보이는 그녀의 얼굴을 물끄러미 내려다보았다.

'도대체 무슨 일이 일어났는가……. 뿐만 아니라, 무츠이를 어떻게 할 것인가? 내가 무츠이를 죽였다면…….'

칼날이 얼마나 깊이 들어갔는지 너무나 생생하게 느끼고 있는 그는 무츠이의 죽음을 의심할 여지가 없었다.

'만일 무츠이를 죽였다면……. 도저히 숨길 수는 없다! 공후와 재판관에게 신고하지 않으면 안 된다. 그렇지만 어떻게 설명할 것인가. 이렇게 괴이한 사건을 어떻게 설명한단 말인가? 자기 집에서, 자기의 둘도 없는 친구를 죽였다! 무엇 때문에? 어떤 동기로? 다들 묻겠지. 그러나 만일 무츠이가 죽지 않았다면?'

파비는 그 사실을 확인하지 않고 그대로 있을 수 없었다. 잠들어 있는 발레리야를 다시 한번 살펴보고는 조용히 일어나 밖으로 나왔다. 그리고는 별관으로 향했다. 별관은 고요했다. 다만, 하나의 창문에서 불빛이 새어나올 뿐이었다. 그는 바깥문을 열었다. 문 위에는 피 묻은 손자국이 있었고, 모래가 깔린 길 여기저기에는 핏방울이 검게 굳어 있었다. 캄캄한 첫번째 방을 지나던 그는 소스라치게 놀라 걸음을 멈추었다.

방 한복판 페르시아 카펫 위에 무츠이가 베개에 머리를 얹고 검은 테두리의 빨간 숄을 덮고 누워 있었다. 눈을 내리감고, 눈꺼풀이 파랗게 변한 채 황랍 같은 얼굴은 천장을 향하고 있었다. 그의 발치에 빨간 숄로 몸을 감싼 말레이 인이 무릎을 꿇고 앉아 양치류인 듯한 알지 못할 식물 줄기를 왼손에 들고 앞으로 몸을 숙인 채 주인을 바라보고 있었다. 마루에 놓인 작은 등잔불은 파르스름한 불길로 간신히 방 안을 비추고 있었다. 등잔불은 잔잔했으며, 연기도 나지 않았다.

말레이 인은 들어서는 파비를 흘끗 쳐다보았을 뿐 다시 무츠이에게로 시선을 돌렸다. 그는 이따금씩 손에 든 식물 줄기를 공중에서 흔들었다. 그의 입술이 슬금슬금 열리더니, 마치 소리 없는 이야기를 하듯 씰룩거렸다. 말레이 인과 무츠이 사이의 마루 위에는 파비가 찌른 단검이 놓여 있었는데, 그는 피묻은 칼날을 식물 줄기로 한 번 내리쳤다. 1분이 지났다. 그리고 또 1분…….

파비는 말레이 인에게 다가서서 몸을 굽히고 나직하게 물었다.

"죽었나?"

말레이 인은 머리를 끄덕이고는 숄 밑에서 오른손을 꺼내 명령하듯 문을 가리켰다. 파비는 다시 한번 묻고 싶었다. 그러나 말레이 인의 손은 다시 문 쪽을 가리켰다. 파비는 놀란데다가 화가 치밀기도 했지만, 그의 손이 가리키는 대로 밖으로 나왔다.

발레리야는 그때까지도 곤하게 잠을 자고 있었다. 그 얼굴은 어느 때보다 편안해 보였다. 파비는 창가에 턱을 괴고 앉아 생각에 잠겼다. 훤히 밝아오는 아침 해가 그를 비추었지만, 그는 그대로 앉아 있었다. 아내도 잠에서 깨어나지 않았다.

11

파비는 발레리야가 일어나면 함께 페르라라로 떠나리라 생각하고 있었다. 그때 갑자기 침실 문을 가볍게 두드리는 소리가 들려왔다. 별장 관리인인 안토니오 노인이었다.

"나리, 말레이 인이 와서 무츠이 나리께서 앓으시기 때문에 일단 시내로 옮기고 싶다고 합니다. 그래서 짐 나르기 위한 인부가 필요하다고요. 정오까지는 짐 실을 말과 사람이 탈 말, 그리고 안내인을 알선해 달라고 하는데, 주인님, 어떻게 할까요?"

노인이 말했다.

"말레이 인이 그런 말을 했어요? 어떻게 말할 수 있소? 벙어리인데."

파비가 놀란 얼굴로 물었다.

"이 종이를 보십시오, 나리! 이탈리아 어로 씌어 있는데, 하나도 틀린 데가 없습니다."

"자넨 무츠이가 앓는다고 했지?"

"네, 대단하신 모양입니다. 그래서 만나뵐 수도 없다더군요."

"의사를 부르러 보냈나?"

"아닙니다. 말레이 인이 안 된다고 해서요."

"이건 확실히 말레이 인이 쓴 거요?"

파비는 노인이 가지고 온 종이를 살피며 물었다.

"네, 그렇습니다."

파비는 종이와 하늘을 번갈아 바라보며 한동안 말이 없었다. 마침내 그
는 말했다.

"그럼 도와 드리도록 하시오."

안토니오 노인은 물러갔다.

파비는 복잡한 뜻이 담긴 눈길로 노인의 뒷모습을 한참이나 바라보았다.

'그럼 죽지 않았구나!'

파비는 이렇게 생각하며, 이 일을 기뻐해야 할지 아니면 슬퍼해야 할지
갈피를 잡을 수 없었다.

'앓는다고? 바로 몇 시간 전만 해도 분명 무츠이는 죽은 사람이지 않
던가?'

파비는 발레리야에게로 돌아왔다. 그녀는 눈을 뜨고 머리를 들었다. 두
사람은 뜻깊은 눈초리로 서로를 바라보았다.

"그분은 안 계세요?"

발레리야가 침묵 끝에 물었다.

그 말에 파비는 몸을 부르르 떨었다.

"여보, 그분은 떠나셨어요?"

그녀는 재촉하듯 물었다.

"아니, 아직 있소. 오늘 떠날 거요."

파비는 무겁게 말했다.

"앞으로 그분을 만나지 않아도 되지요?"

"그렇소!"

"다시는 그런 꿈도 꾸지 않겠죠?"

"물론 안 꿀 거요!"

확신에 찬 어조로 그는 말했다. 깊은 한숨을 내쉬는 그녀의 입가에 다시 행복한 미소가 떠올랐다. 그녀는 남편에게 두 손을 내밀었다.

"우리 이제부터는 그분 얘기 절대로 하지 않기로 해요. 난 그분이 떠날 때까지는 이 방에서 나가지 않겠어요. 내 몸종을 보내주세요. 잠깐만! 여보, 저것을 가져가세요."

그녀는 무츠이에게서 받은, 화장대 위에 놓여 있는 진주 목걸이를 가리키며 말을 이었다.

"그것을 깊은 우물 속에 던져 버리세요! 여보, 나를 안아줘요. 난 당신의 발레리야예요. 그리고 여보, 그분이 떠날 때까지 여기에 다시 오시지 않게 해주세요."

파비는 진주가 투명해 보이지 않는 목걸이를 들고 아내의 말대로 실행했다. 그는 멀리서 별관 쪽을 바라보며 정원을 산책했다. 별관 주위에선 짐을 꾸리고 있었다. 짐을 나르는 하인도 있고, 마차에 말을 메는 사람도 있었다. 그러나 말레이 인의 모습은 찾아볼 수 없었다. 파비는 한 번 더 별관 안을 보고 싶은 마음을 억누를 수 없었다. 그는 문득 정자 뒤에 있는 비밀 문을 떠올렸다. 그 문을 지나면 오늘 아침 무츠이가 누워 있던 방으로 갈 수 있었다.

파비는 걸음을 떼어 놓았고, 다행히 문은 잠겨 있지 않았다. 그는 묵직한 커튼을 젖혔다.

12

무츠이는 카펫 위에 누워 있지 않았다. 그는 값비싼 옷을 입고 안락의자에 앉아 있었다. 그러나 어제 보았을 때와 같이 무츠이는 송장 같았다. 돌처럼 무거운 머리는 안락의자 뒤로 늘어지고, 손바닥을 위로 하여 뻗은 두 손은 무릎 위에서 움직이지 않았다. 숨도 쉬는 것 같지 않았다. 안락의자 주위와 마른풀이 흩어진 마루 위에는 액체가 든 몇 개의 납작한 잔이 놓여 있었다. 그 속에서 독한, 숨 막힐 듯한 냄새가 풍기고 있었다. 그 잔들의 주위에는 작은 구릿빛 뱀이 금빛 눈을 반짝이며 돌돌 말려 있었다.

무츠이 앞으로 두어 걸음 떨어진 곳에 말레이 인이 우뚝 서 있었다. 그는 비단 가운 차림으로 뱀 꼬리 허리띠를 묶고, 머리에는 뿌리가 뻗친 관 모양의 높직한 모자를 쓰고 있었다. 꿇어 엎드려 기도하는가 하면, 온몸을 꼿꼿이 일으켜 발꿈치로 서기도 하고, 손을 벌려 열심히 무츠이를 향해 움직이기도 했다.

그러고는 위협하는 것인지 명령하는 것인지, 눈썹을 찌푸리고 발을 구르기도 했다. 이 동작에 굉장한 노력과 고통이 필요한 것 같았다. 말레이 인의 호흡은 거칠어지고, 그의 얼굴에서는 구슬 같은 땀이 흘러내렸다. 갑자기 장승처럼 굳어지더니 그는 가슴 가득히 공기를 들이마시고는 이맛살을 찌푸리며 말고삐라도 쥔 듯 움켜잡은 손을 천천히 자기 쪽으로 끌어당겼다.

순간 파비는 깜짝 놀랐다.

무츠이의 머리가 천천히 안락의자 등받이를 떠나 말레이 인의 손이 움직이는 대로 끌려오고 있었다. 그가 손을 놓으니 무츠이의 머리는 덜컥 뒤로 떨어졌다. 그가 다시 운동을 되풀이하니 무츠이의 머리도 그에 따라 움직였다. 그러는 동안 잔 속의 검은 액체가 끓어오르고, 잔 그 자체가 가냘픈 소리를 내며 울리기 시작했다. 그리고 구릿빛 뱀들이 잔 주위에서 구불구불 물결쳤다.

그때 말레이 인은 한 걸음 앞으로 나서며 눈을 부릅뜨고는 무츠이의 머리를 흔들었다. 순간 죽은 사람의 눈꺼풀이 떨리면서 서서히 열리고, 그 밑에서 흐릿한 눈동자가 나타났다.

말레이 인의 얼굴은 개선장군 같은 웃음으로 빛났다. 그는 입을 커다랗게 벌리고, 길게 끄는 신음 소리를 목구멍 속에서 삼켰다. 무츠이의 입술도 같이 열렸다. 그리고 짐승 같은 그의 외침에 따라 무츠이의 입술에서도 약한 신음 소리가 새어나왔다.

파비는 더 이상 참을 수 없었다. 악마의 저주에 휩쓸려드는 듯해 고함을 지르고는, 뒤도 돌아보지 않고 기도를 드리고 성호를 그으며 쏜살같이 도망쳤다.

13

세 시간 뒤 안토니오 노인이 와서, 모든 준비가 끝나 무츠이 나리께서 떠나려 한다고 알려왔다. 파비는 노인에게 아무 말도 하지 않고 테라스로 나왔다. 짐을 실은 말이 몇 필 별관 앞에 서 있었고, 현관 옆에는 건강한 검은 말이 두 사람을 태울 만한 넓은 안장을 얹은 채 서 있었다. 또한 머리에 아무것도 쓰지 않은 하인들과 무장을 한 안내인도 서 있었다.

이윽고 별관 문이 열리고, 평상복으로 갈아입은 무츠이가 말레이 인의 부축을 받으며 이끌려 나왔다. 그의 얼굴은 죽은 사람 같았고, 손도 송장처럼 힘없이 늘어뜨려져 있었다. 그러나 그는 걸음을 옮겼고, 말에 올라 몸을 바로 세웠을 뿐만 아니라, 손으로 더듬어 말고삐를 잡았다. 말레이 인은 그의 발을 발판에 괴고, 스스로 안장 뒤로 뛰어올라 무츠이의 허리를 안았다. 이윽고 행렬이 움직이기 시작했다. 말들이 움직이기 시작해 집 앞을 돌아갈 때, 파비는 무츠이의 검은 얼굴에서 두 개의 하얀 반점이 번쩍이는 것을 보았다. 무츠이가 눈동자를 돌려 그를 마지막으로 보았던 것이리라……. 말레이 인도 파비에게 인사를 했다. 여전히 비웃는 듯한 웃음이 그의 얼굴에 떠올라 있었다.

발레리야도 이 모든 광경을 보았을까? 그녀의 방문은 닫혀 있었다. 그러나 그녀는 창문 뒤에 서 있었는지도 모른다.

14

점심때 발레리야는 식당으로 왔다. 안정되고 명랑해 보이는 얼굴빛이었다. 아직도 피곤하다고 했지만, 그녀에게 불안한 기색은 전혀 찾아볼 수 없었다. 어제까지 그녀를 괴롭혔던 놀라움도 공포심도 없었다.

무츠이가 떠난 다음날 그녀의 초상화를 그리기 시작한 파비는 그녀의 모습에서 다시 순결함을 찾을 수 있었다. 그 모습을 잃어버리고 한동안 얼마나 괴로워했던가……. 그런데 지금은 붓도 가볍게 화폭 위를 달렸다.

파비 부부는 다시 예전의 생활로 되돌아왔다. 무츠이는 그들에게 이 세상에 존재하지 않았던 것처럼 사리지고 없었다. 파비도 발레리야도 무츠이에 대해서는 한 마디도 하지 않기로 했으며, 그의 운명에 대해서도 결코 묻지 않기로 했다. 무츠이의 운명은 다른 모든 사람에게 비밀로 남아 있었다. 그는 땅 속으로 들어간 듯 사라지고 말았던 것이다.

어느 날 파비는 그날 밤에 있었던 숙명적인 사건을 발레리야에게 이야기해야 한다고 생각했다. 그녀는 남편의 뜻을 알아챘는지 숨조차 죽이고, 마치 무슨 타격의 충격을 기다리듯 눈을 가늘게 뜨고 있었다. 남편은 그녀의 마음을 헤아려 결국 그 타격을 가하지 못하고 말았다.

아름다운 가을밤, 파비는 성녀 체칠리야의 초상화를 완성했고, 발레리야는 오르간 앞에 앉아 있었다. 그녀의 손가락이 건반 위로 미끄러졌다. 그녀도 모르는 사이에 그녀의 손가락 아래서는 무츠이가 들려주었던 사랑의 개가가 울려나왔다. 순간 그녀는 결혼 후 처음으로 새롭게 눈뜬 생명의 고동을 느꼈다. 그녀는 몸부림치며 오르간 치던 손을 멈추었다.

"내가 왜 이럴까? 아니, 그렇다면……."

기록은 여기서 끝나 있었다.

핵심 정리

- **갈래** : 단편소설
- **시점** : 전지적 작가 시점
- **주제** : 순결하고 완전한 사랑
- **배경** : 시간적 – 16세기 중엽 / 공간적 – 이탈리아의 페르라라 시
- **등장인물** : 파비 – 후리후리한 키에 하얀 얼굴, 부드러운 머리카락, 파란
  눈이 보는 이로 하여금 저절로 미소가 떠오르게 하는 인물
  무츠이 – 검은 얼굴, 깊은 암갈색 눈, 미소 없는 표정에 이
  야기할 때도 활기가 없다. 파비에 비해 어두운 인상의 인물
  발레리야 – 뛰어난 미인으로, 조용하고 정적(靜的)인 생활을
  즐기는 순결한 여인

- **구성** : 발단 – 16세기 중엽 이탈리아 페르라라 시에 파비와 무츠이가
  시민의 사랑을 독차지하며 살고 있었고, 또한 뛰어난 미인
  발레리야가 살고 있었다.

  전개 – 파비와 무츠이는 발레리야를 처음 본 순간 사랑에 빠졌다.
  그들은 각자 그녀에게 청혼하여 발레리야가 두 사람 중 누군
  가를 택하면 그 선택에 따르기로 하고 그녀에게 편지를 보낸
  다. 그녀는 파비를 택했고, 무츠이는 약속에 따랐다. 상심한
  무츠이는 여행을 떠났고, 파비는 발레리야와 결혼해 행복하게
  살았다. 5년 뒤 무츠이가 말레이 인 벙어리 하인과 함께 왔다.
  무츠이는 저녁 식사 뒤, '사랑의 개가(凱歌)'를 연주했다.

  위기 – 새벽녘에야 잠든 발레리야는 이상한 꿈을 꾼다. 악몽에 눈

을 뜬 그녀는 남편을 깨웠다. 그때, 별관 쪽에서 무츠이가 연주하는 '사랑의 개가'가 들려왔다. 그날 밤, 파비는 잠에서 깨어 정원 쪽에서 들어오는 아내를 보았다. 아내의 잠옷과 머리카락은 축축했고, 맨발에는 모래가 묻어 있었다. 정원으로 달려간 그는 모랫길 위에 나 있는 두 사람의 발자국을 보았다. 그때 어젯밤 들었던 '사랑의 개가'가 다시 들려왔다. 다음 날 밤, 자고 있던 아내가 몽유병자처럼 정원으로 나가려 하자 재빨리 정원으로 통하는 문을 잠갔다. 그리고 정원을 걸어오는 무츠이를 보았다. 파비는 단검으로 무츠이의 옆구리를 찔렀고 그 순간, 발레리야도 비명을 지르며 쓰러졌다.

절정 – 다음날 별장 관리인이 무츠이가 몸이 아파 시내로 옮긴다고 했다는 말레이 인의 말을 전했다. 친구를 죽였다고 괴로워하던 파비는 자기도 모르게 별관으로 향했다. 그리고 거기서 마법을 행하는 말레이 인의 이상한 모습과 송장처럼 안락의자에 앉아 있는 무츠이를 보고 깜짝 놀란다. 죽은 사람 같던 무츠이의 머리가 말레이 인의 손 움직임에 따라 움직였다. 파비는 고함을 지르고는, 뒤도 돌아보지 않고 도망쳤다.

결말 – 무츠이가 떠난 다음 날 초상화를 그리기 시작한 파비는 아내의 모습에서 다시 순결함을 찾는다. 오르간 앞에 앉은 발레리야의 손가락이 건반 위로 미끄러지자 무츠이가 들려주었던 사랑의 개가가 울려나온다. 순간 그녀는 결혼 후 처음으로 새롭게 눈뜬 생명의 고동을 느낀다.

줄거리 및 작품 해설

16세기 중엽 이탈리아 페르라라 시에 시민의 사랑을 독차지하고 있던 파비와 무츠이가 살고 있었다.

당시 페르라라에는 아름다운 발레리야가 살고 있었다. 파비와 무츠이는 아름다운 그녀에게 반하고, 그들은 발레리야가 두 사람 중 누군가를 택하면, 남은 한 사람은 그 선택에 따르기로 약속하고 각자 그녀에게 청혼의 편지를 보냈다. 이튿날 파비는 기쁜 소식을 받았고, 무츠이는 약속한 대로 그 선택에 따랐다.

무츠이는 동쪽 나라로 여행을 떠났고, 파비는 발레리야와 결혼해 행복한 나날을 보냈다. 5년 뒤 무츠이가 돌아왔다. 파비는 기꺼이 친구에게 별장의 별관을 숙소로 쓰도록 했고, 무츠이는 말레이 인 벙어리 하인을 데리고 그곳으로 옮겨 왔다. 무츠이는 두 사람에게 동방 나라들에 대해 이야기하며, 요술도 보여주었다. 저녁 식사 뒤, 시라즈의 술을 파비 부부에게 권했으며, 인도의 바이올린으로 '사랑의 개가(凱歌)'를 연주해 주었다.

새벽녘에야 겨우 잠든 발레리야는 악몽에 놀라 남편을 깨웠다. 그때, 별관 쪽에서 무츠이가 연주하는 '사랑의 개가'가 들려왔다. 다음날 밤, 파비는 잠에서 깨어 정원 쪽에서 들어오는 아내를 보았다. 아내의 잠옷과 머리카락은 축축했고, 맨발에는 모래가 묻어 있었다. 정원으로 나간 그는 모랫길 위에 나 있는 두 사람의 발자국을 보았다. 그때 어젯밤 들었던 '사랑의 개가'가 다시 들려왔다.

악몽의 밤 이후 발레리야는 수도원을 찾아 신부 로렌초에게 모든 것을 고백하고 용서를 받았다. 그날 밤, 잠들어 있던 아내가 몽유병자처럼 두 손을 뻗은 채 정원으로 나가려 하자 파비는 정원으로 통하는 문을 잠갔다.

그리고 달빛 가득한 정원의 길을, 몽유병자처럼 걸어오는 무츠이를 보았다. 무츠이는 파비를 알아보지 못했다. 그때, 침실 쪽에서 창문 두드리는 소리, 발레리야는 온몸으로 무츠이에게 이끌리는 듯했다. 분노에 휩싸인 파비는 단검을 빼들어 친구의 옆구리를 힘껏 찔렀다. 무츠이를 찌른 바로 그 순간 발레리야도 비명을 지르며 쓰러졌다.

다음날 아침, 별장 관리인이 무츠이 나리께서 앓으시기 때문에 시내로 옮긴다고 했다는 말레이 인의 말을 전했다. 친구를 자기가 찔러 죽였다고 괴로워하고 있던 파비는 벌떡 일어나 별관으로 향했다. 그리고 거기서 마법을 행하는 말레이 인의 이상한 모습을 보게 된다.

무츠이는 안락의자에 죽은 사람처럼 앉아 있었다. 머리는 안락의자 뒤로 떨어지고, 숨도 쉬지 않는 듯 가슴도 전혀 들먹이지 않았다. 말레이 인은 뱀 꼬리 허리띠에, 뿌리가 뻗친 관 모양의 높직한 모자를 쓰고 마법을 걸고 있었다. 그의 호흡은 거칠어지고, 얼굴에서는 구슬 같은 땀이 흘러내렸다. 갑자기 그는 움켜쥔 손을 천천히 자기 쪽으로 끌어당겼다. 파비는 깜짝 놀랐다. 힘없이 떨어져 있던 무츠이의 머리가 천천히 말레이 인의 손 움직임에 따라 움직였다. 말레이 인이 눈을 부릅뜨고는 무츠이의 머리를 흔들었다. 순간 죽은 듯한 사람의 눈꺼풀이 떨리면서 열리고, 흐릿한 눈동자가 나타났다. 말레이 인이 길게 끄는 신음 소리를 목구멍 속에서 삼켰다. 무츠이의 입술에서도 약한 신음 소리가 새어나왔다. 파비는 고함을 지르고는, 뒤도 돌아보지 않고 도망치며 성호를 그었다.

무츠이가 떠난 다음 날 아내의 초상화를 그리기 시작한 파비는 그녀의 모습에서 다시 순결함을 찾을 수 있었다. 아름다운 가을밤, 파비는 성녀 체칠리야의 초상화를 완성했고, 발레리야는 오르간 앞에 앉아 있었다. 손가락이 건반 위로 미끄러지며 그녀도 모르는 사이에 무츠이가 들려주었던 사랑의 개가가 울려나왔다. 순간 그녀는 결혼 후 처음으로 새롭게 눈뜬 생명의 고동을 느꼈다.

투르게네프의 작품은 미학적 완벽성에, 문학적 상상력과 사회적 비판 정신이 함께 어우러진 진선미 총체로서의 '문학'이었다. 특히 이 작품은 두 젊은이의 순결한 사랑 이야기를 동양의 마법 등 환상적인 장치 속에 드러내 강력한 호소력을 지닌다.

◉ 생각해 볼 문제

1. 무츠이가 연주했던 '사랑의 개가'와 마지막 대목에서 발레리야가 자기도 모르게 연주한 '사랑의 개가'는 어떻게 다른가?
2. 작가가 제목에서 나타내는 '사랑의 개가'는 누구의 것이겠는가?
3. 이 작가의 대표작은?

해답

1. 무츠이의 '사랑의 개가'는 마법이란 장치를 통한 왜곡된 사랑, 발레리야의 '사랑의 개가'는 남편이 자기의 초상이기도 한 성녀의 초상화를 완성한 후 새롭게 눈뜬 생명의 고동이 느껴지는 사랑에 대한 것.
2. 발레리야의 '사랑의 개가'
3. 〈사냥꾼의 일기〉 〈루딘〉 〈전야〉 〈아버지와 아들〉 등

토마스 만

독일편

토마스 만(Thomas Mann, 1875~1955)

독일의 소설가 · 평론가. 토마스 만은 뤼베크의 부유한 곡물상 집안에 태어났으며, 젊은 시절 보험회사에서 일하면서 뮌헨 대학에서 미술사, 문학사 등을 청강하는 한편 소설을 쓰기 시작했다.

그의 초기 단편집 《꼬마 프리데만 씨》(1898)에 수록된 작품은 주로 창조적 예술가의 문제, 예술의 형상화에 전념하면서 존재의 무의미함에 대결하는 치열한 갈등을 다루고 있다. 이 상반되는 갈등의 감정은 첫 장편소설 〈부덴브로크가〉(1901)에 잘 드러나 있다.

제1차 세계대전 발발 후, 서유럽식 민주주의에 반대하고 독일 문화를 옹호하는 그의 논문 〈어느 비정치적 인간의 고찰〉(1918)은 독일의 국가사회주의(나치즘)로 나아간 '혁명적 보수주의' 전통과 맥락을 같이했다. 그러나 1919년 바이마르 공화국 수립 후 자신의 생각을 바꾸었으며, 그의 새로운 생각은 제1차 세계대전 후에 완성된 장편 〈마의 산〉에 영향을 미쳤다. 초기 단편집에서 〈마의 산〉에 이르기까지의 창작 활동에 의해 그는 독일의 소설예술을 세계적 수준으로 높였고, 1929년에는 노벨 문학상을 받았다.

나치 정권에 반대하여 프랑스, 스위스 등을 거쳐 미국에 정착한 그는 당대의 문화적 위기를 반영하는 작품, 곧 구약성서 〈창세기〉에서 취재한 4부작 〈요셉과 그 형제들〉을 발표했다. 1943년에 쓰기 시작한 〈파우스투스 박사〉는 인간성 상실을 다루고 있지만, 이어 발표한 〈선택된 인간〉(1951)은 인간성 회복을 묘사한 걸작이다.

독일의 문화와 정신을 꽃피운 가장 독일적인 작가 토마스 만은 또한 20세기의 가장 중요한 세계적 작가 중 한 사람이다. 1955년 8월 12일 실러 사망 150주년 기념식 참석을 위한 여행에서 발병, 81세를 일기로 취리히에서 사망했다.

묘지로 가는 길

 읽기 전에

» 1, 2차 세계대전과 관련하여 토마스 만의 사상적 변화를 생각해 보자.

» 몰이해와 소통의 부재가 한 인간을 얼마나 처참하게 전락시키는지 이 작품을 통해 알아보자.

묘지로 가는 길은 국도를 따라 곧게 뻗어 있었다. 길 양쪽으로는 집들이 있었는데, 아직 짓고 있는 집들도 눈에 띄었다. 그 집들을 지나면 들판이었다.

국도를 따라 한동안은 마디가 심한 해묵은 너도밤나무가 숲을 이루고 있었으며, 길의 반은 포장되어 있었으나 반은 아직 흙길 그대로였다. 그러나 묘지로 가는 길에는 자갈이 깔려 있어 포장된 것이나 다를 게 없었다. 국도와 묘지로 가는 길 사이에는 풀과 꽃으로 뒤덮인, 물 없이 말라 버린 도랑이 있었다.

때는 늦봄으로, 여름이 바로 문턱 가까이 다가와 있었다. 세상이 하느님의 축복에 싸여 있는 듯 화창한 날씨로, 하늘에는 솜털 같은 뭉게구름이 피어오르고, 너도밤나무 숲에서는 갖가지 새들이 지저귀고 있었다. 그리고 상쾌한 훈풍이 들을 가로지르며 불어왔다.

마을에서는 한 대의 마차가 도시 쪽으로 국도를 달리고 있었다. 한쪽 바퀴는 포장이 된 길을, 다른 바퀴는 포장이 안 된 길을 구르고 있었다. 마부는 편하게 다리를 뻗고는 곡조도 잘 맞지 않는 휘파람을 불었다. 마차 뒤로는 누런 강아지가 마차가 달리는 반대쪽 국도를 바라보며 제법 의젓하게 앉아 있었다. 그 앙증맞은 모습이 안아 주고 싶을 만큼 귀여웠다. 그러나 강아지는 이 이야기와는 아무 관계가 없으니 이쯤에서 접겠다.

먼지를 일으키며 병사들이 열을 지어 왔다. 병사들은 약간 떨어져 있는 병영에서 군가에 발 맞춰 행진해 오고 있었다. 도시 쪽에서 달려오던 두 번째 마차가 마을로 들어갔다. 마부는 졸고 있었고, 강아지도 없어 구경거리가 되지는 못했다. 막노동꾼으로 보이는 두 젊은이가 국도로 오고 있었다. 한 젊은이는 꼽추였으며, 다른 젊은이는 체구가 건장해 실팍해 보였다. 그들은 장화를 벗어 어깨에 둘러멘 채 맨발로 마차 뒤를 따르면서 마부와 농담을 주고받았다. 국도는 알맞게 붐벼 혼잡하지 않았으며, 그래서 사고가 일어날 염려도 없었다.

묘지로 가는 길에는 한 사나이가 걷고 있었다. 그는 고개를 떨어뜨린 채 검은 지팡이에 몸무게를 나눠가며 천천히 걷고 있었다. 그는 로프고트 피프삼이었다. 그의 이름은 기억해 둘 필요가 있다. 피프삼이라는 사내는 정말 괴상한 모습이었으니까.

피프삼은 검은 상복 차림이었는데, 사랑하는 사람들을 찾아 묘지로 가는 길임에 분명했다. 낡아 뻣뻣해진 실크 모자에, 반질반질 윤이 나도록 닳아 빠진 프록코트, 통이 좁고 짧은 바지를 입고 있었다. 손에는 에나멜 칠을 했으나 여기저기 구멍이 뚫린 장갑을 끼고 있었다. 유난히 큰 울대뼈에 가늘고 길어 껑충한 그의 목이 낡은 스탠딩 칼라 위로 삐죽 내민 채 건들거렸다. 그는 가끔 고개를 쳐들어 묘지가 얼마나 남았나 살피곤 했는데, 그때마다 표정이 이상했다. 그런 그의 얼굴은 쉽게 잊을 수 없을 만큼 특이했다.

면도를 깨끗이 한 그 얼굴은 푸른 기운이 날 정도로 창백했다. 움푹한 양 볼 사이에 유난히 붉고 뭉툭한 콧날, 더구나 나머지 얼굴 여기저기에 작은 종기가 나 있어 우스꽝스럽기까지 했다. 붉은 코가 깡마르고 창백한 얼굴과 대조되어 더욱 불균형하게 보였다. 사육제 때의 가면코를 연상시킬 만큼 익살스럽고 이상했다.

지금까지는 그래도 재미있게 보아줄 만한 모습이었다. 양끝이 처진 커다란 입을 꽉 다물고 남은 길을 살필 때마다 희끗희끗한 눈썹이 모자챙에 부딪쳤다. 그리고 붉게 충혈된 음울한 눈에는 수심이 가득 실려 있어 언뜻 보기만 해도 누구나 동정할 수밖에 없는 그런 얼굴이었다.

로프고트 피프삼의 용모는 한 마디로 말해 기분 좋은 편이 아니었다. 더구나 이렇게 맑고 화창한 날씨에는 전혀 어울리지 않았다. 사랑하는 사람의 묘지를 찾아가는 사람임을 감안하고 보아도 너무나도 비참한 모습이었다.

그러나 피프삼에게는 그럴 만한 충분한 이유가 있었다. 우리는 그 점을 이해해야 한다. 그는 지금까지 억눌린 삶을 살아왔다. 왜 그렇게 살아야 했는지, 여러분처럼 모든 일이 즐겁기만 한 사람들에게 그 까닭을 설명하기란 정말 쉬운 일이 아니다.

그래, 불행했던 거야. 왜 그렇지 않겠어? 세상에서 버림받았다는 게 어디……. 여러분은 이렇게 보이는 대로 단순하게 생각할지도 모른다. 피프삼은 그의 겉모습에서도 알 수 있듯이, 비참한 처지에 있었다. 결국 이야기해야겠지만, 그는 술을 좋아했다. 그럭저럭 살다가 아내를 잃고 홀아비가 되었으며, 세상에서 버려졌다. 이 세상에 사랑하는 사람이라고는 단 한 사람도 남아 있지 않았다.

레프첼트 가문에서 태어난 그의 아내는 거의 반년 전에 셋째 아이를 낳다가 세상을 떠났다. 그렇게 태어난 셋째 아이마저 제 어미 뒤를 따랐고, 이어 다른 두 아이도 잃고 말았다. 한 아이는 장티푸스로, 다른 아이는 병이랄 것도 없이 시름시름 앓다가 죽었다. 아마 영양실조가 아니었을까 하고 짐작할 뿐이다. 그에게 불운은 그것으로 끝나지 않았다. 얼마 안 되어 직장에서 불명예스러운 일로 쫓겨났다.

피프삼의 생애에서 계속되는 불행이 그의 마음을 멍들게 하고 시들게 했다. 물론 그도 처음에는 고난을 참고 견디며 이기려 했다. 하지만 때때로 어렵고 힘든 자신의 처지가 그를 우울하게 했고, 그래서 약간의 술을 마셨다. 그러던 중 아내와 자식들을 잃고 마음 의지할 곳마저 없어져 버렸다. 그 이후 좋지 않은 습성이 몸에 배고, 이를 이겨나갈 의지력마저 잃고 말았다.

그는 한 보험회사에 일자리를 얻었다. 월급이라고는 90마르크에 불과한 말단 서기였지만, 그는 이 직책에서마저 쫓겨나고 말았다. 심신이 혼란스러워 몇 번 실수를 저질렀고, 그때마다 견책을 받다가 마침내는 불신을 받아 쫓겨나게까지 되었던 것이다.

이렇게 피프삼은 마음을 다잡을 기회를 잃은 채 몰락의 구렁텅이로 떨어져 갔다. 다들 아시겠지만, 불행은 사람의 신용까지 잃게 한다. 이런 경우에는 좀 자세하게 살펴보는 게 좋을지도 모른다. 대개는 그럴 만한 이유, 불가항력적인 사정이 있는 법이니까.

이런 경우 스스로 결백함을 부르짖어도 믿는 사람이 없다. 그래서 불행에 빠지면 인간은 자신을 학대한다. 자기 학대와 타락과는 뗄래야 뗄 수 없는 관계로 서로 손을 맞잡고 있으며, 마침내는 가공할 결말을 초래한다. 피프삼의 예가 바로 그러했다.

그는 자기 혐오감 때문에 술을 마셨다. 그런 날이 거듭되어 순진한 마음에 때가 끼고, 결국에는 자기 학대로 이어졌다. 그의 집 장롱에는 노란색 독약이 든 병이 있었다. 조심해야 하니까 그 약 이름을 밝히지 않는다. 그는 장롱 앞에서 벌써 몇 번을 무릎 꿇은 채 혀 깨물고 숨을 끊으려 했으나 아직 성공하지 못하고 있었다. 이런 이야기는 굳이 말할 필요도 없고 하고 싶지도 않으나, 참고가 될 듯해 말씀드린다.

그런 피프삼이 지금 검은 지팡이를 의지해 묘지로 가는 길을 걷고 있다. 그의 얼굴을 어루만지듯 상쾌한 미풍이 스쳤으나, 그는 느끼지 못했다. 그저 눈썹을 치켜세우고 슬픔 가득한 눈을 앞으로 향한 채 걷고 있을 뿐이다. 그는 비참할 정도로 몰락한 사람이었다.

그때 등 뒤에서 무슨 소리가 들려왔다. 그는 귀를 기울였다. 그 소리는 멀리서부터 점점 가까워지고 있었다. 그는 걸음을 멈추고 돌아섰다. 그것은 자전거가 달려오는 소리였다. 자전거 바퀴가 자갈길을 달리면서 강한 마찰음을 내고 있었다.

빠른 속도로 달려오던 자전거는 피프삼 때문에 속도를 늦추었다. 자전거를 타고 있는 사람은 한 젊은이였다. 그는 세상 근심 모르는 소풍객, 자기가 위대한 사람이나 유명 인사가 되는 일 같은 건 생각해 본 적이 없었다. 그는 어느 공장 제품인 중질의 자전거, 잘해야 200마르크가 될 자전거로 소풍을 나섰다. 도심을 벗어나자마자 반짝이는 페달을 힘껏 밟으며 하느님의 축복이 내린 자연 속을 달리던 참이었다. 자, 신나게 달리자!

젊은이는 멋진 셔츠에 회색 코트, 그리고 운동용 각반을 찬데다, 머리에는 모자를 쓰고 있었다. 갈색 줄무늬가 있고, 한가운데에 단추가 달린 이상한 모자였다. 모자 밑으로 금발이 흘러내렸으며, 반짝거리는 파란 눈이 번갯불 같았다.

젊은이는 힘차게 달려온 속도를 그대로 유지하고 싶어 시끄럽게 벨을 울렸다. 벨소리에도 비킬 줄 모르고 피프삼은 활기 넘친 젊은이를 빤히 바라보았다. 화가 난 젊은이는 피프삼을 쏘아보고는 옆으로 지나치려 했다. 피프삼은 다시 걸음을 내딛다가 젊은이가 그의 앞에 이르자, 무거운 어조로 천천히 입을 열었다.

"9707번이렷다!"

피프삼은 자기를 노려보는 젊은 친구의 눈길을 피하듯 다른 곳을 바라보았다.

젊은이는 뒤의 안장까지 잡고 천천히 자전거를 몰면서 물었다.

"뭐라는 거예요?"

"9707번이라고 그랬지."

피프삼은 말을 이었다.

"뭐 별다른 뜻이 있는 건 아니네. 다만, 자네를 고발할 생각일 뿐!"

"나를 고발하겠다고요?"

젊은이는 몸을 돌려 페달을 밟으면서 물었다. 자전거 속도가 거의 나지 않았으므로 핸들을 잡고서야 몸의 균형을 유지했다.

"물론, 고발해야지."

피프삼은 짐짓 넘겨짚었다.

"무엇 때문에 고발하죠?"

젊은이는 자전거에서 내려서며 물었다. 엉뚱한 말에 실제로 매우 궁금한 모양이었다.

"본인이 더 잘 알 텐데?"

"아뇨, 전혀 모르겠는데요."

"시치밀 뗀다고 되나?"

"정말 모르는 일이니, 좋을 대로 하시지."

젊은이는 이렇게 말한 뒤 자전거를 다시 타고는 급히 떠나려 했다.

"난 고발하겠어! 자넨 분명 이 길을 자전거로 달렸어. 저기 국도를 놔두고, 묘지 가는 길을 자전거로 달리다니?"

"여보세요, 여기 다른 자전거 자국도 있소. 여긴 누구나 자전거를 타고 다니는 길이잖소?"

화가 치민 젊은이는 그러나 화를 억누르고 억지로 웃으면서 말했다.

"그런 건 난 모르는 일이야!"

"그러세요? 그럼, 어서 고발해요! 그게 당신 취미인가요?"

젊은이는 소리치고는 다시 자전거에 올라탔다. 자칫 넘어져 웃음거리가 되는 일은 없을 만큼 능숙하게 올라타더니 힘껏 페달을 밟았다.

"그래도 자네는 계속 자전거를 타겠다 이건가? 그럼, 할 수 없지. 고발할 수밖에."

피프삼은 소리쳤는데, 목소리가 사뭇 떨려 나왔다. 젊은이는 딱하다는 듯이, 그러나 개의치 않고 다시 속도를 내려 했다.

누구라도 이때의 로프고트 피프삼의 얼굴을 보았더라면 숨이 턱 막히도록 놀라지 않을 수 없었을 터이다. 입술을 어찌나 힘주어 앙다물었던지 새빨개진 두 볼에, 일그러진 코, 치켜올린 눈썹 밑으로 두 눈을 부릅뜨고는 떠나는 자전거를 노려보았다. 그러더니 느닷없이 몸을 날려 자전거를 붙들고 늘어졌다. 자전거는 계속 앞으로 달리기 위해 비틀거리고. 이 모습에 사람들은 누구나 심술난 그가 자전거 타는 젊은이를 방해하거나, 아니면 자전거에 매달려 가다가 자기도 올라타 함께 하느님께서 창조한 대자연 속을 달리겠다는 게 아닌가 하고 의심할 수밖에 없다.

이제 젊은이의 기세가 험악해졌다. 그는 한쪽 다리만으로 몸을 가누면서 오른손으로 피프삼의 가슴을 내리쳤다. 그 바람에 자전거와 함께 비틀거리면서도 그는 소리쳐 피프삼에게 위협을 가했다.

"이 작자가 술 취했나? 한 번만 더 그랬단 봐라, 죽도록 때려 줄 테니! 뼈를 부러뜨릴 거야. 명심하라고!"

젊은이는 소리치고는 모자를 눌러썼다. 그런 다음 다시 자전거에 오르더니 페달을 힘껏 밟으며 쓱쓱 앞으로 나아갔다.

피프삼은 멍하니 선 채 거품을 내뿜으면서 젊은이의 뒷모습을 노려보았다. 젊은이는 아무 일도 없었다는 듯 상쾌하게 달리고 있었다. 넘어지지도 않았고 다른 사고도 없었다. 타이어도 그대로였으며, 돌멩이 하나 방해하지 않았다.

그런 젊은이의 뒤를 향해 피프삼은 마구 욕설을 퍼부었다. 그것은 짐승이 으르렁거리는 절규이지 사람의 목소리가 아니었다.

"당장 내려! 그 길로 가서는 안 돼. 썩 저쪽 길로 가란 말이야! 내 말 안 들려? 네 놈을 고발할 테다! 야, 당장 곤두박질이나 처라! 이 우라질 건달패야! 그냥 뭉개 버릴 테다. 구둣발로 짓이겨 버리겠어, 후레자식!"

그는 목이 터져라 외쳤다.

일찍이 이런 광경을 본 사람은 아마 없을 터이다. 묘지 입구에서 마구 욕설을 퍼붓는 사나이, 머리가 헝클어진 채 악악대며 길길이 날뛰는 사나이를 본 일이 있겠는가?

이제 자전거는 완전히 피프삼의 시야에서 멀어졌다. 그러나 그는 제자리에서 날뛰면서 여전히 악담을 퍼붓고 있었다.

"저놈, 저 나쁜 놈을 잡아라! 흉측한 놈이 묘지 길을 자전거를 타고 갔다! 저 날강도 같은 놈! 저런 놈은 껍질을 벗겨 놓아야 해. 그래야 내 속이 시원해. 이 개 같은 불한당아! 이 천치밥통 무식한 깡패 녀석! 당장 내려서, 당장! 저자를 붙들어 쓰레기통에 처넣을 사람 없소? 저 악당! 뭐 산책을 한다고? 묘지 입구에서 무슨 개수작이야! 뻔뻔스러운 강도 같으니…… 되지 못한 원숭이새끼! 번개 같은 푸른 눈깔 녀석! 그래 네 녀석이 무엇을 어떻게 한다고? 귀신이 네 녀석 눈깔을 뽑겠다. 무식한 녀석! 개 같은 악질!"

피프삼은 흉내도 낼 수 없는 기세로 사라져 버린 젊은이에게 마구 욕설을 퍼부었다. 게거품을 내뿜으면서 찢어지는 목소리. 거의 광적인 발광이었다.

국도 쪽에서 바구니를 낀 아이들과 테리어 종 개 한 마리가 달려왔다. 도랑을 넘어 일그러진 얼굴로 목청껏 고함을 지르는 피프삼을 에워싸고 호기심에 가득 찬 눈으로 바라보고 있었다. 조금 떨어진 신축 공사장의 일꾼들과 점심을 먹으러 돌아오던 농부들까지 분위기가 심상치 않음을 알아채고 달려왔다. 나중에는 아낙네들까지 길을 건너 사람들이 모여 있는 곳으로 서둘러 달려왔다.

피프삼은 여전히 악을 쓰는데, 점점 그 정도가 심해졌다. 발을 동동 구르며 하늘을 향해 미친 듯이 두 주먹을 휘둘렀다. 빙빙 정신없이 돌다가 고래고래 소리를 지르며 날뛰기도 했다. 계속 욕설을 퍼붓느라 숨은 언제 쉬는지 그저 놀라울 뿐이었다. 그리고 그 욕설이 어디서 다 나오는지…….

그러는 동안 그의 얼굴은 무섭게 부어올랐다. 실크 모자는 제 자리를 벗어나 목덜미에 걸리고, 셔츠 옷깃도 조끼에서 빠져나와 너풀거리고 있었다.

이제 그는 이번 일과는 전혀 무관한, 엉뚱한 말을 지껄이기 시작했다. 자기의 부도덕한 생활을 끄집어내기도 하고, 생뚱맞은 신앙 이야기를 떠들어대기도 했다. 그러면서도 틈틈이 퍼붓는 욕설은 그치지 않았다. 그는 큰 소리로 외쳤다.

"자, 다들 모여! 너희들은 물론이고 다른 놈들도 어서 모여! 모자를 눌러쓰고 번개 같은 푸른 눈 녀석들은 모두 모이란 말이야. 귓구멍이 아프도록 내가 일러줄 말씀이 있다. 정신이 번쩍 들 말씀 말이다. 얼치기 같은 놈들! 왜들 웃어? 그래, 난 술주정뱅이다. 듣고 싶은 놈들은 다 들어라. 나는 마시고 또 마시고, 폭음도 한다! 그래, 그게 어쨌다는 거냐? 네놈들, 아직 마음 놓기는 일러……. 언젠가 하느님께서 너희를 심판하시는 날이 온다. 이 넋 빠진 쓰레기 인간들아! 아! 구세주가 구름 속으로 오시는 날, 이 바보 악당들아! 구세주 그분의 공의(公義)는 이 세상에 속한 것이 아니니, 네놈들 모두 천길 암흑 속에 던지질 터이다. 이 녀석들, 거기서 울고불고 해도, 죽는다 해도……."

공사장에서, 그리고 건너편 국도에서 자꾸만 사람들이 몰려왔다. 마부한 사람은 마차를 세워 놓고 채찍을 손에 든 채 도랑을 건너 달려왔다. 한남자가 피프삼의 팔을 잡고 정신을 차리게 했으나 피프삼은 꿈쩍도 하지않았다. 지나가던 병사들도 호기심 어린 미소와 함께 몰려선 사람들 위로목을 뽑아 이 이상한 소동을 건너다보았다. 테리어 종의 개는 마침내 앞발을 땅바닥에 버티고 꼬리를 사리며 피프삼을 맞대놓고 짖어대기 시작했다.

로프고트 피프삼은 계속 소리쳤다.

"어서 내려! 이 녀석, 썩 내리지 못해! 이 무식한 건달!"

그는 한 팔을 쳐들어 허공에 커다란 원을 그리듯 휘저으면서 그 자리에털썩 주저앉더니, 그만 그대로 뒤로 벌렁 넘어졌다.

호기심에 가득 찬 사람들이 에워싼 줄을 풀 생각도 않고 지켜보는데, 소리치며 뒤로 넘어진 피프삼은 일어날 줄 몰랐다. 그렇게 소리쳐 대던 입을굳게 다문 채 시커먼 덩어리처럼 꿈쩍 않고 누워 있었다. 땅바닥에 떨어져구르던 그의 뻣뻣한 실크 모자도 저만치에서 한번 멎은 채 꿈쩍도 하지 않았다.

꿈쩍 않는 피프삼 위로 두 명의 미장이가 다가와 몸을 구부리더니, 노동자다운 단순하고 순진한 말씨로 무슨 일이냐고 물었다. 그 말에 둘러서 있던 사람들 속에서 누군가가 그 자리를 빠져나가 어디론가 급히 달려가고, 남은 사람들은 그의 의식이 있는지 확인하기 위해 건드려 보기도 하고, 물통에있는 물을 끼얹기도 했다. 어떤 사람은 술병에서 술을 따라 그의 관자놀이를 부드럽게 문지르기도 했다. 그 어떤 시도에도 그는 꿈쩍도 하지 않았다.

꽤 오랜 시간이 흐르고, 마차 한 대가 바퀴 소리도 요란하게 달려오고 있었다. 양쪽에 커다란 붉은 십자가가 그려져 있고, 귀여운 두 필의 말이 끄는 구급마차였다. 현장에 와서 멎은 마차 마부석에서 몸에 꼭 끼는 제복을입은 두 남자가 내렸다. 한 남자는 마차 문을 열고 들것을 가지러 뒤쪽으로가고, 다른 남자는 묘지로 가는 길의 구경꾼들을 밀쳐냈다. 그들은 사람들의 도움을 얻어 피프삼을 들것에 눕힌 채 마치 빵을 가마 속에 넣듯 마차속에 밀어 넣고 문을 쾅 닫았다. 그리고 두 남자는 다시 마부석에 올라앉았다. 그들은 연극이라도 하듯 모든 일을 익숙한 솜씨로 순식간에 해치웠다.

이렇게 피프삼은 구급마차에 실려 떠났다.

⊙ 핵심 정리

- 갈래 : 단편소설
- 시점 : 전지적 작가 시점
- 주제 : 묘지로 가는 길로 비유된 예술가의 생애에서처럼 몰이해로 인한 인간 관계의 단절
- 배경 : 묘지 근처의 길
- 등장인물 : 피프삼 – 끊이지 않는 불행으로 처참하고 남루한 모습인 채 사람들의 몰이해 속에 놀림감으로 전락하는 인물
  젊은이 – 세상 근심이라곤 모르고 갈등도 없는 젊은이로, 피프삼의 이해할 수 없는 행동과 말에 상식적으로 대처하는 인물

- 구성 : 발단 – 늦은 봄, 묘지로 가는 길에 남루하고 괴상하게 생긴 피프삼이라는 사람이 걸어가고 있다. 그의 얼굴에는 근심이 가득하다.
  전개 – 피프삼은 거듭되는 불행으로 인해 삶의 의욕을 완전히 상실한 채 자기혐오에 빠져 언제든 자살을 하기 위해 독약을 준비하고 있다. 그러다 자전거를 탄 젊은이와 마주친다.
  위기 – 자전거를 탄 젊은이는 가던 길을 가기 위해 비켜 달라고 하지만 피프삼은 알 수 없는 행동과 말을 한다.
  절정 – 피프삼의 행동을 이해할 수 없었던 젊은이는 피프삼을 내리친 후 자전거를 타고 달아나 버리고 피프삼은 미친 사람처럼 온갖 욕설을 퍼붓다가, 그만 쓰러지고 만다.

결말 – 사람들의 응급조치에도 꿈쩍하지 않은 피프삼을 구급마
차가 싣고 간다.

줄거리 및 작품 해설

늦은 봄, 묘지로 가는 길에 남루하고 괴상하게 생긴 피프삼이라는 사람이
걸어가고 있다. 그의 얼굴에는 근심이 가득하다. 피프삼은 거듭되는 불행
으로 인해 삶의 의욕을 완전히 상실한 채 자기혐오에 빠져 언제든 자살을
하기 위해 독약을 준비하고 다닌다. 그러다 자전거를 탄 젊은이와 마주치
게 된다.

자전거를 탄 젊은이는 길을 비켜 달라고 하지만 피프삼은 알 수 없는
행동과 말을 한다. 피프삼의 행동을 이해할 수 없었던 젊은이는 피프삼을
내리친 후 자전거를 타고 달아나 버리고 피프삼은 미친 사람처럼 온갖 욕
설을 퍼붓고, 자기 분에 못 이겨 쓰러지고 만다. 사람들의 응급조치에도
꿈쩍하지 않은 그를 구급마차가 싣고 간다.

이 작품은 한 인간의 전인생을 통해 한 사람에게 의미 있는 것들이 타
인에게는 얼마나 몰가치한 것인지를 보여주고 있다. 현대 사회의 가장 맹
점인 이기주의는 이렇듯 타인과의 소통 부재에서 비롯되는 것이라 할 수
있는데, 이 작품에서도 불행으로 절망한 한 인간이 타인과의 벽으로 인해
얼마나 철저하게 무시당하는지 잘 나타나 있다.

해학과 반어, 패러디가 풍부한 문체, 섬세하고 다층적인 구성으로 이루
어져 있으며, 사실주의적 수법과 함께 상징주의 수법이 교차되어 나타나

는 이 작품에서, '묘지로 가는 길'이라는 피프삼에게만 특별한 길을 통해 인간에게는 저마다 다른 의미가 있는 것들이 존재한다는 것을 그려내고 있다. 이 작품은 더 이상 불행할 수 없는 데까지 불행한 한 인물을 그리면서 작가 토마스 만 자신이 갈 예술의 길에 대한 이야기를 하고 있다.

◉ 생각해 볼 문제

1. '묘지로 가는 길'이 상징하는 것은?
2. 토마스 만의 대표작은?
3. 우리가 살고 있는 시대의 소통 부재로 인한 병폐에 대해 간단하게 써 보자.

해답

1. 운명적인 길, 곧 예술가로서의 길. 예술가로서의 길이란 피프삼처럼 몰 이해 속에서도 걸어가야 할 길
2. 〈부덴브루크 가의 사람들〉〈마의 산〉〈요셉과 그 형제들〉〈파우스투스 박사〉〈선택된 인간〉〈사기꾼 펠릭스 크룰의 고백〉 등
3. 이웃에 누가 사는지도 모르는 우리 전래의 공동체적 삶의 붕괴 사례를 들고, 그에 대한 자신의 견해를 적는다.

카프카

카프카(Franz Kafka, 1883~1924)

　체코 태생의 독일 작가. 부유한 유태 상인으로 가부장적인 아버지는 그의 작품 또는 상상 속에서 거인족의 일원으로, 폭군적으로 나타난다. 유태인으로 프라하의 독일인 사회에서 고립되고, 현대 지식인으로 유태 유산으로부터도 소외됨으로써 사회적 고립과 근거 상실 속에 개인적으로 불행했던 그는 1902년 비평가 막스 브로트를 만났고, 브로트는 카프카의 문학적 · 편집자적 후견인으로서 충실한 역할을 해냈다.

　이후 카프카는 1905년 〈어떤 싸움의 기록〉, 1906년 〈시골의 결혼 준비〉 등의 단편을 썼으며, 같은 해 프라하 대학에서 법학 박사 학위를 받았다. 이후 지방 보험국 직원으로 근무하면서 《휴페리온》 지에 8편의 산문을 발표했다. 1912년 초 〈실종자〉(〈아메리카〉로 개제)를 착수했고, 9월에 〈심판〉, 연말에 〈변신〉을 썼다. 1914년, 〈유형지에서〉와 〈실종자〉를 완성했고, 1916년에는 단편집 〈시골 의사〉를 탈고했다. 그는 아버지가 자신의 삶의 의지를 꺾어 버렸다고 느꼈는데, 이러한 아버지와의 갈등을 반영한 작품이 〈판결〉이다.

　1917년 9월, 폐결핵 진단을 받고 정양하면서 환상적인 작품세계를 보이는 〈성〉, 〈배고픈 예술가〉를 비롯해 많은 단편을 썼다. 사후 출판된 소설 가운데 특히 장편 〈심판〉과 〈성〉 등은 20세기 인간의 불안과 소외를 그린 뛰어난 작품이다. 무력한 인물들과 그들에게 닥치는 기이한 사건들을 통해 20세기의 불안과 소외를 다룸으로써 현대 인간의 실존적 체험을 극한에 이르기까지 표현한 카프카는 사르트르와 카뮈에 의해 실존주의 문학의 선구자로 평가받았다.

　카프카는 브로트에게 출판되지 않은 원고는 없애고 이미 출판된 작품은 재판 발행을 중지해 달라고 유언했다. 브로트는 그의 유언을 따르지 않았고, 그로 인해 카프카의 이름과 작품은 오히려 그의 사후에 세계적 명성을 얻었다.

법 앞에서

》 작가 카프카의 가족 및 사회적 환경을 문학적 성취와 관련하여 살펴보자.

》 접근하기 어려운 의미(법)에 대한 통찰을 보여주는 〈법 앞에서〉는 장편 〈심판〉
　에 삽입된 이야기이다. 폭넓은 이해를 위해 〈심판〉도 읽어 보도록 하자.

법의 문 앞에 문지기가 서 있었다. 한 시골 남자가 문지기에게 다가와 법 안으로 들어가게 해달라고 부탁했다. 문지기는 지금은 법으로 들어가는 것을 허락할 수 없다고 한마디로 거절한다. 그 말에 시골 남자는 생각하고 또 생각한다. 그러고 나서는, 그렇다면 나중에는 들어갈 수 있느냐고 물었다.

"그럴 수도 있겠지요. 하지만 지금은 들어갈 수 없어요."

문지기가 대답했다.

법으로 들어가는 문은 여느 때와 마찬가지로 열려 있었고, 문지기는 문 옆으로 걸어가더니 멈추어 섰다. 문 너머에 무엇이 있는지 진작부터 보고 싶었던 시골 남자는 몸을 구부리고 안쪽으로 길게 목을 빼어 기웃거렸다. 그 모습을 보고 문지기가 웃으며 말했다.

"그렇게 들어가고 싶거든, 내 금지를 어기고라도 한번 들어가 보든지요. 하지만 한 가지 알아둘 게 있어요. 내 힘이 무척 세다는 것과, 그런데도 나는 가장 말단의 문지기에 지나지 않는다는 걸 말이오. 안으로 들어가는 군데군데 문지기들이 서 있는데, 들어갈수록 문지기들 힘이 세어진단 말이오. 세 번째 문을 지키는 문지기라면 나도 감히 그 얼굴을 쳐다볼 수도 없을 정도라오."

그런 어려움이 있으리라곤 시골 남자는 전혀 생각지도 못했다.

'법은 모든 사람들에게 항상 접근 가능하다고들 하던데……'

시골 남자는 생각했다. 그러나 지금 모피 외투를 걸치고 있는 문지기를 자세하게, 그러니까 그의 커다란 뾰족 코와 길고 성긴 까만 타타르인 같은 수염을 바라보고 나니, 허락을 받을 때까지 조용히 기다리는 것이 낫다는 결론을 내렸다. 문지기는 그에게 등받이 없는 의자 하나를 주고는 문 옆에 앉도록 해주었다.

시골 남자는 그곳에서 며칠이 지나고 몇 년이 지나도록 줄곧 기다리며 앉아 있었다. 그 동안 그는 허락을 받아내기 위해 온갖 방법을 다 동원하고 문지기에게 수시로 간청을 했다. 그의 집요한 간청에 지긋지긋해진 문지기는 듣기도 전에 머리부터 내젓곤 했다.

문지기는 때때로 그에게 이것저것 간단한 심문을 하기도 했다. 그의 고향에 대해, 그리고 다른 많은 것들에 대해 캐물었는데, 사실 그 질문들은 모두 형식적일 뿐이었다. 마치 높은 양반들이 아랫사람들에게 던지는 무심한 질문처럼 말이다. 간단한 심문 때마다 문지기의 결론은 언제나 '아직은 들여보내 줄 수 없다'는 말의 되풀이였다.

시골 남자는 이 여행을 위해 많은 값진 물건들을 준비해 왔다. 그런데 그 물건들은 문지기를 매수하기 위해 거의 다 써버리고 말았다. 문지기는 그가 무엇을 주든 마다하지 않고 다 받았다. 물건들을 받아 챙기면서도 문지기는 언제나 이렇게 말하는 것을 잊지 않았다.

"내가 이렇게 물건들을 받는 건 당신을 위하는 마음에서요. 아무 노력도 하지 않았다고 후회하며 가슴 아파하는 당신의 모습을 내가 어떻게 본단 말이오."

여러 해가 지나는 동안 시골 남자는 문지기를 자세히 관찰했다. 그러면서 다른 문지기들에 대해서는 다 잊어버렸다. 그래서 이 첫번째 문지기를 자기가 법으로 들어가는 것을 가로막는 유일한 존재라고 생각했다. 처음에는 자신에게 닥친 이 불운을 큰 소리로 저주했다. 그러나 해가 가고 또 가 점점 나이 들고 늙어가면서 그는 단지 혼자 중얼거리며 투덜거릴 뿐이었다.

더욱 나이 든 시골 남자는 마침내 어린아이처럼 되어 버렸다. 되풀이해 문지기를 자세히 관찰하면서 문지기가 입은 모피 외투 깃에 벼룩이 살고 있는 것을 알아냈을 때 그는 벼룩에게 자신을 도와달라고 부탁했다. 문지기의 기분을 바꿔 자기가 법의 문 안으로 들어갈 수 있게 해달라고 말이다.

너무 나이든 시골 남자는 시력이 극도로 약해져, 주변이 정말 어두워진 것인지 아니면 자신의 눈만이 그렇게 보이는 건지도 알지 못했다. 그럼에도 불구하고 그는 지금 겹겹이 닫혀 있는 법의 문 안으로부터 꺼지지 않는 빛이 자신을 둘러싼 어둠으로 흘러나오고 있음을 알아차렸다.

이제 그 남자는 더 이상 오래 살지 못할 것 같았다. 죽음 가까이에서 그의 머릿속에는 이제까지 문지기에게 물어보지 못했던, 그의 전생애에 걸친 의문이 하나의 질문으로 떠올랐다. 이제 몸이 굳어 자신의 몸을 스스로 일으켜 세울 수조차 없는 그는 문지기에게 눈짓을 보냈다.

문지기가 이야기를 듣기 위해서는 그에게 다가와 몸을 낮게 수그려야만 했다. 두 사람은 이제 키 차이만으로도 남자 쪽이 훨씬 불리하게 되어 있었다.

문지기가 남자의 입 가까이 몸을 수그리며 물었다.

"당신은 지금 무엇이 더 알고 싶소? 정말 지칠 줄도 모르는 사람이오, 당신은."

시골 남자가 문지기에게 물었다.

"세상 모든 사람들은 나처럼 법을 구하고 있습니다. 그런데 이렇게 여러 해 동안 나말고는 한 사람도 법 안으로 들어가려 하지 않다니, 그건 어찌된 영문이오?"

문지기는 그 남자의 죽음이 이미 가까이 와 있다는 것을 알아차리고는 그의 귀에 대고 큰 소리로 말했다.

"여긴 당신이 아닌 다른 사람은 들어갈 수 없소. 이 문은 오직 당신만을 위해 있었던 것이니까. 나도 이제 그만 떠나야겠소. 이 문을 닫고 말이오."

핵심 정리

- **갈래** : 단편소설
- **시점** : 전지적 작가 시점
- **주제** : 보편적인 삶에서 인간 누구나 맞닥뜨리게 되는 접근 불가능한 대상
- **배경** : 법의 문이라는 가상의 공간
- **등장인물** : 시골 남자 – 법의 문으로 들어가려 하나 결국 그 앞에서 삶을 다하는, 우리 삶의 과정에서 접근 불가능성을 체험해 보이는 지극히 소시민적인 인물

  문지기 – 부패 관리의 전형이며, 법으로 들어가는 것을 가로막는 장애로 상징되는 인물

- **구성** : 발단 – 시골 남자 하나가 법 앞에 와서 문지기에게 안으로 들어가게 해달라고 청하지만 문지기는 입장을 허락하지 않는다.

  전개 – 문지기는 문이 열려 있으니까 자기 말을 어기고라도 들어갈 수 있을지 모르지만 방을 하나씩 지날 때마다 점점 더 문지기가 막강해질 거라고 한다.

  위기 – 시골 남자는 문지기가 내주는 의자에 앉아 기다리기 시작한다. 그는 안으로 들어가기 위해 뇌물도 주지만 문지기는 받을 건 다 받으면서 허락하지 않는다.

  절정 및 결말 – 세월이 흘러 시골 남자는 죽어가면서 문지기에게 왜 자신 외에는 아무도 들어가길 원하는 사람이 없느냐고 묻는다. 문지기는 이 문은 다른 누구도 들어갈 수 없고

오직 당신만을 위한 것이었다고, 이제 자기는 문을 닫고 가겠다고 한다.

줄거리 및 작품 해설

시골 남자 하나가 법 앞에 와서 문지기에게 안으로 들어가게 해달라고 청하지만 문지기는 입장을 허락하지 않는다. 문지기는 문이 열려 있으니까 자기 말을 어기고라도 들어갈 수 있을지 모르지만 방을 하나씩 지날 때마다 점점 더 문지기가 막강해질 거라고 한다.

시골 남자는 문지기를 살피다가 차라리 허락받을 때까지 기다리는 게 낫다고 생각하고, 문지기가 내주는 의자에 앉아 기다리기 시작한다. 그는 안으로 들어가기 위해 뇌물도 주지만 문지기는 받을 건 다 받으면서도 허락하지 않는다.

세월이 흘러 시골 남자는 늙고 쇠약해져 죽음을 맞는다. 그는 죽어가면서 문지기에게 왜 자신 외에는 아무도 들어가길 원하는 사람이 없느냐고 묻는다. 문지기는 이 문은 다른 누구도 들어갈 수 없고 오직 당신만을 위한 것이었고, 이제 자기도 문을 닫고 가겠다고 한다.

〈법 앞에서〉는 시골에서 올라온 한 남자가 법의 문으로 들어가려고 온갖 애를 쓰지만 결국은 들어가지 못하고 법 앞에서 죽어가는 과정을 그린 짧은 이야기이다. 시골 남자가 접근 불가능성으로 찾지 못한 법은 우리 삶의 과정에서 보이지 않는 삶의 원리일 수 있고, 또는 신의 세계에 대한 추구일 수도 있다.

카프카의 소설을 난해하다고 한다. 〈법 앞에서〉도 난해하다. 이는 카프카가 난해한 것이 아니라 우리 삶이 난해하다는 다른 말일 수 있다. 삶의 의미에 대한 접근 불가능성으로 삶이 아무리 난해하더라도, 그래서 인간이 부조리한 존재임을 인식한다 하더라도 우리 각자에게 한번뿐인 삶에 최선을 다해야 한다는 것이 이 작품을 읽은 느낌이 되어야 할 것 같다.

◎ 생각해 볼 문제

1. 〈법 앞에서〉는 카프카의 다른 작품에 들어 있던 것을 따로 떼어 제목을 붙인 것이다. 원래 실려 있던 작품은?
2. 사르트르와 카뮈는 카프카를 어떻게 보고 있는가?

해답

1. 〈심판〉(〈소송〉이라고 옮겨지기도 함.)
2. 실존주의 문학의 선구자

볼프강 볼트헤르트

볼프강 보르헤르트(Wolfgang Borchert, 1921~1947)

독일의 소설가 · 시인 · 극작가. 북부 독일의 항구 도시 함부르크에서 태어난 보르헤르트는 10대 중반부터 〈기사의 노래〉 등의 서정시를 쓰기 시작했으며, 드라마 작품을 쓰기도 했다. 연극을 좋아해 무대에 오르기도 하면서 문학 예술에 대한 꿈을 키우던 그는 19세 때 징집되어 러시아의 혹한 속에서 심한 질병에 걸렸다. 야전 병원에서 치료받던 중 나치스 비방 죄명으로 투옥되어 감방 생활을 했으며, 다시 전선에 투입되어 동부 전선에서 부상당했다. 이렇게 병원과 감방, 그리고 전선을 오가다가 1945년 독일 패전 뒤 고향 함부르크로 돌아왔다. 그는 조국 독일이 일으킨 제2차 세계 대전의 희생물이었다.

입원해 있던 그는 1946년 1월 대표적 단편 〈민들레〉 외에 약 24편의 글을 썼다. 그리고 1947년, 일주일 만에 세상을 감동시킨 희곡 〈문 밖에서〉를 완성했고, 그밖에 〈쥐들도 밤이면 잠을 잔다〉, 〈많고도 많은 눈〉, 〈이번 화요일에〉, 〈독본 이야기〉 등 많은 단편을 썼다. 이들 작품은 모두 전쟁과 전쟁의 비인간성을 고발하는 작가 자신의 절규였다. 병세가 악화되어 스위스로 옮겨 치료를 받으면서 그는 유명한 반전 선언문 〈그렇다면 선택은 오로지 하나뿐〉을 썼다.

작가 보르헤르트는 간결하고 함축적인 문체와 따사로운 유머로 전쟁의 부조리와 비인간성, 그 책임과 진실의 문제를 세상에 고발하고 있다. 그래서 전후 젊은 세대들의 대변자이기도 했던 그는 병으로 쓰러질 때까지 약 2년 동안 자신의 작품 대부분을 썼다. 그밖의 작품으로는 시집 〈가로등과 밤과 별〉(1946)과 사후 유고를 묶은 보르헤르트 전집이 있다.

전장에서 귀향한 지 2년 반 만인 1947년 11월 20일, 낯선 스위스 요양원에서 그는 늦가을의 찬바람 속에 세상을 떠났다. 이때 그의 나이 26세였다.

독본 이야기

>> 전쟁은 인간에게 내재된 잔혹성과 파괴성, 이기심에서 기인한다는 작가의 메
  시지를 생각하며 작품을 읽어 보자.

>> 에피소드들을 엮어 놓은 것 같은 구성법을 취한 이 작품의 효과를 생각하며
  읽어보자.

"모든 사람들은 재봉틀과 라디오, 아이스박스, 그리고 전화를 가지고 있다. 그러니 우리는 이제 무엇을 만들지?"

공장 주인이 물었다.

"폭탄을 만들어요."

발명가가 대답했다.

"전쟁을 일으켜요."

장군이 말했다.

"다른 일이 전혀 안 되면, 그래, 그땐 그렇게 하지."

공장 주인이 말했다.

하얀 가운을 걸친 사람이 서류에 숫자를 적었다. 그 아래 아주 작고 반듯한 글자들을 더 써넣었다.

그리고 나서 하얀 가운을 벗고 창가에 있는 꽃을 한 시간 동안이나 정성껏 돌보았다. 꽃 한 송이가 시든 것을 발견하고, 그는 눈물을 흘렸다.

서류에는 숫자가 적혀 있었다. 이 숫자에 의하면…… 다만 0.5그램만으로 두 시간 안에 천 명의 사람을 죽일 수 있었다.

햇빛이 꽃을 비추고 있었다.

숫자가 적혀 있는 서류에도 비추었다.

두 명의 남자가 이야기를 하고 있다.

"견적을 낼까요?"

"타일로 할 경우 말이오?"

"물론 파란 타일로 할 때의 견적이지요. 4만 마르크입니다."

"4만 마르크요? 좋소. 그런데 말이오, 내가 적당한 시기에 초콜릿 생산을 화약 생산으로 바꾸지 않았더라면, 지금 이 4만 마르크를 지불하지 못했을 거요."

"그럼, 물론 나도 이런 욕실을 지어 드리지 않았을 겁니다."

"파란 타일을 쓴 욕실 말이오?"

"파란 타일을 쓴 욕실 말이오."

두 남자들은 헤어졌다.

공장 주인과 건축업자였다.

전쟁 중이었다.

구주희(九住戲:나인핀스. 병 모양으로 된 9개의 곤봉을 세워 놓고 공을 굴려서 이것을 무너뜨림. 현재의 볼링이 됨 — 옮긴이 주) 놀이장에서 두 남자가 이야기를 하고 있다.

"아니, 선생님. 검은 옷을 입으셨군요. 장례식에라도 다녀오셨나요?"

"아니, 그렇지 않습니다. 송별연이 있었습니다. 젊은이들이 전쟁터로 갔거든요. 그래서 짤막한 연설을 좀 했소. 스파르타를 회상하고, 클라우제비츠(프로이센의 장군이자 철학자로 〈전쟁론〉이 있음 — 옮긴이 주)를 인용했답니다. 조국이니 명예니 하는 개념을 주입시켜 주었고, 횔덜린을 읽으라고 했고, 랑에마르크(제1차 세계대전 때 자원한 많은 독일 청년군들이 전사한 처절한 전투가 있었던 도시. 랑에마르크의 전설로 불림 — 옮긴이 주)를 회상했소. 감동적인 송별연이었소. 정말 감동적이었지요. 젊은이들은 '무쇠를 자라게 하시는 하느님'이란 노래를 불렀는데, 눈들이 빛났어요. 감동적이었소. 정말 감동적이었다고요."

"제발, 선생님, 그만하십시오. 무서워요."

갑작스러운 제지에 선생님은 놀란 눈빛으로 상대방을 뚫어지게 바라보았다. 그는 이야기를 하는 동안 종이에 작은 십자가들을 그리고 있었다. 아주 작은, 수없이 많은 십자가들을. 선생님은 웃으면서 일어났다. 그리고는 다시 구주희 공을 들고는 힘껏 굴렸다. 나직이 천둥 같은 소리가 났다. 그와 함께 뒤쪽에 늘어서 있던 구주가 쓰러졌다. 쓰러진 구주는 모두 조그만 젊은이들의 모습이었다.

두 남자가 이야기를 하고 있다.

"그런데 어떻게 되어 가오?"

"그저 그렇습니다."

"여분이 있소?"

"기껏해야 4천이나 될까?"

"내게 얼마나 줄 수 있소?"

"많아야 팔백 드릴 수 있소."
"그 이상이어야 하는데."
"그럼, 1천으로 해드리죠."
"고맙소."
두 사람은 헤어졌다.
그들의 대화는 인간에 대한 것이었다.
두 사람은 장군들이었다.
전쟁 중이었다.

두 남자가 이야기를 하고 있다.
"당신도 지원했소?"
"물론이오."
"몇 살이오?"
"열여덟. 당신은?"
"나도."
두 남자는 헤어졌다.
두 남자는 군인이었다.
두 남자 가운데 하나가 쓰러졌다. 그는 죽었다.
전쟁 중이었다.

전쟁이 끝나고 군인들이 집으로 돌아왔다. 그러나 그들에겐 빵이 없었다. 그때 한 군인이 빵을 가진 사람을 보았다. 그래서 그 사람을 때려죽였다.
"너는 사람을 때려죽여서는 안 된다."
판사가 말했다.
"왜 안 됩니까?"
군인이 물었다.

평화 회담이 끝나고, 장관들이 시가지를 지나고 있었다. 그들은 어느 오락용 사격장 앞을 지나갔다.
"한 번 쏴 보세요, 나으리들."

입술을 빨갛게 칠한 아가씨가 소리쳤다. 장관들은 모두 한 자루씩 총을 들고 마분지로 만든 작은 남자들을 겨누어 쏘았다.

이때 한 노부인이 와서 장관들에게서 총을 빼앗았다. 장관들 중 한 사람이 총을 뺏기지 않으려 했다. 노부인은 그의 따귀를 한 대 갈겼다. 노부인은 자식을 둔 어머니였다.

언제인가 두 남자가 살았다.

두 살 때, 이들은 서로 주먹질을 했다.

열두 살이 되었을 때, 그들은 막대기로 서로를 치며, 돌멩이를 던졌다.

스물두 살이 되었을 때, 그들은 총으로 서로를 쏘았다.

마흔두 살이 되었을 때, 그들은 서로 폭탄을 던졌다.

예순두 살이 되었을 때, 그들은 서로 세균을 썼다.

여든두 살 때, 두 사람은 죽었다. 그리고 나란히 묻혔다.

백 년 후 지렁이 한 마리가 그들의 무덤을 파고 지나갔다. 지렁이는 거기에 서로 다른 두 사람이 묻혀 있다는 것은 알지 못했다. 그냥 흙이었다. 모두가 같은 흙이었다.

서기 5000년, 두더지 한 마리가 땅에서 머리를 내밀어 둘러보고 안심했다.

여전히 나무는 나무였다.

까마귀는 아직도 까옥까옥 울었다.

개는 네 발이었다.

빙어들과 별들,

이끼와 바다,

그리고 모기들.

이 모든 것들도 여전했다.

그리고 가끔,

아주 가끔 인간을 만날 수 있었다.

◉ 핵심 정리

- **갈래** : 우화 형식의 단편선
- **시점** : 전지적 작가 시점
- **주제** : 황금 만능주의에 의한 인간의 잔혹성으로 인류의 멸망을 예견하는 속에, 그래도 생명에 대한 강력한 희망
- **배경** : 전쟁을 일삼는 호전적인 나라
- **등장인물** : 발명가, 공장 주인, 과학자, 화약 공장 사장, 유력한 정부 인사, 장군들, 장관들 – 경제적인 이득을 위해서라면 기꺼이 전쟁을 일삼는 황금 만능주의자들
   병사들 – 물질 만능주의에 찌든 사회 지도층의 왜곡된 행위에 맞서지도 못하는 힘없고 의지 박약한 인물들

- **구성** : 발단 – 경제적인 이득을 목적으로 사람들(장군, 발명가, 공장 주인 등)이 전쟁을 일으킨다.
   전개 – 전쟁 중이다. 과학자는 사람을 죽이는 보다 효과적인 무기를 만들면서 자신이 기르는 꽃이 시들었다고 눈물을 흘리고, 초콜릿을 만들던 공장 주인은 화약 생산으로 업종을 전환해서 그 수익으로 호화로운 욕실을 짓는다.
   위기 – 유력 인사는 젊은이들을 전쟁터로 내보내는 파병식이 감동적인 송별연이었다고 하고, 장군들은 무기를 암거래한다. 전쟁이 끝난 후 제대한 군인은 먹을 것이 없어 살인을 하여 법정에 서고, 장관들은 여전히 전쟁놀이를 한다.
   절정 – 두 살 때 주먹질을 한 두 남자가 평생 싸우다가 죽어 나

란히 묻히고, 흙이 된다. 지렁이 한 마리가 아무것도 알지 못하고 그들의 무덤을 파는데, 그냥 흙, 같은 흙일 뿐이다.

결말 – 서기 5000년, 모든 것들이 여전한 가운데, 아주 가끔 인간을 만날 수 있다.

◉ 줄거리 및 작품 해설

과학자는 수천 명을 죽일 수 있는 생화학 무기를 오로지 경제적인 이득을 위해 만들어 내면서 자신의 꽃 한 송이가 시들었다고 눈물을 흘린다. 초콜릿 공장 주인은 전쟁 중 화약 생산으로 업종 전환을 한 덕분에 호화로운 욕실을 지으며 좋아한다. 유력한 정계 인사는 젊은이들을 전쟁터로 내보내는 파병식에서 연설을 하고 돌아와 구주희를 즐기면서 감동적인 송별연이었다고 한다. 장군들은 전쟁 중에 뒷전에서 몰래 무기를 사고판다. 전쟁이 끝난 후 제대한 병사는 먹을 빵이 없어서 사람을 죽이고 법정에 서는데, 장관들은 여전히 전쟁놀이를 즐긴다. 두 살 때부터 주먹질을 시작한 두 남자는 평생을 싸우다가 나란히 묻혀 흙이 되고 먼 훗날 이 땅에는 얼마 남지 않은 사람들만이 살아남는다.

밀도 짙은 단문으로 '잃어버린 세대'의 전형을 그린 이 작품은 제2차 세계 대전에 참전하고, 전쟁을 일으킨 인류 문명에 대한 비판 의식을 지닌 작가가 전쟁이 인류에게 끼치는 폐해, 전쟁의 부조리함을 우화 형식을 빌려 표현하고 있다. 작가는 인간의 잔혹성과 파괴성을 주관적인 개입 없이 상황만 보여줌으로써 설득력 있게 그리고 있다. 이 작품을 통해 전쟁의 부조리함을 보다 잘 느낄 수 있다.

◉ 생각해 볼 문제

1. 전쟁을 일으키는 사람들의 공통된 특징은?
2. 인간에의 본성에서 인류의 멸망까지 예견할 수 있게 하는 것은?
3. 우화소설의 특징은?

해 답

1. 이기적이며 자신의 이익을 위해서는 어떤 짓도 할 수 있다.
2. 잔혹성, 호전성, 파괴성 등.
3. 인간 세계를 풍자하기 위한 소설적 기법으로, 인간 이외의 동물이나 식물, 사물 등에 인간의 감정을 부여함으로써 빚어지는 유머와 풍자를 통해 보다 효과적으로 교훈 등의 효과를 거둘 수 있다.

후안 발레라

— 스페인편 —

후안 발레라(Juan Valera, 1827~1905)

　19세기 에스파냐(스페인)의 대표적 소설가 · 시인 · 비평가. 대학에서 법률을 공부한 뒤 수개 국어에 능통하여 외교관으로서 여러 나라에 주재했으며, 정치가로서도 활동했다. 1884년, 처녀작 〈시에 관한 수상(隨想)〉으로 시인 · 비평가로서의 명성을 얻었으나, 소설에 전념했다.

　그는 초기부터 심리주의적인 경향의 작품을 썼다. 소설도 시의 한 형식이라고 주장했던 그는 자연주의에 대해서는 비판적이었으며, 예술을 위한 예술을 강조했다. 그의 소설의 특징은 작중 인물, 특히 여성에 대한 깊은 심리적 분석이었다. 이러한 그의 작품으로는 1874년의 간결한 문체와 인물 묘사가 뛰어난 서간체 소설 〈페피타 히메네스〉가 있다. 1879년에 완성한 〈도냐루스〉에서는 〈페피타 히메네스〉와는 반대로 육체적인 사랑에 대한 정신적 사랑의 승리를 다루고 있으며, 이 작품에서도 종교적 · 철학적 논의가 전개된다.

　그밖에 그의 작품으로는 소설 〈파우스티노의 환상〉, 〈터줏대감 멘도사〉, 〈관대한 여인 화니타〉, 〈해마(海馬) 사랑〉 등, 〈돈 키호테〉, 〈파우스트〉를 비롯한 작품들에 대한 문학 비평서, 〈아타후알파의 복수〉 등의 희곡, 종교 · 철학 · 역사 · 정치에 관한 방대한 양의 평론이 있다. 그가 마르셀리노 메넨데스 이 펠라요, 레오폴도 데 쿠에토 등의 지식인에게 보낸 편지는 당대의 여러 문제들에 대한 그의 생각을 짐작케 하는 가치 있는 기록들이다.

　19세기 지적인 작가로 평가되는 후안 발레라의 대표작으로는 스페인의 근대적 심리소설의 원조가 된 〈페피타 히메네스〉와 〈이중의 희생〉, 〈관대한 여인 화니타〉 〈도냐루스〉, 그리고 만년에 장님이 되어 쓴 단편집 〈기질과 풍자〉 등이 있다.

이중의 희생

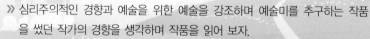

>> 심리주의적인 경향과 예술을 위한 예술을 강조하며 예술미를 추구하는 작품
   을 썼던 작가의 경향을 생각하며 작품을 읽어 보자.

>> 〈돈 키호테〉의 세르반테스를 비롯한 스페인 문학사에 대한 이해를 넓히자.

구테레스 신부가 돈 페피트에게 보낸 편지
— 말라가에서 1842년 4월 4일

그리운 제자에게

누이동생에게 그 말을 듣고 나서 몹시 괴롭네. 20여 년 동안 그곳에서 살았던 누이동생이 아이도 없는 몸으로 홀로 된 뒤 벌써 2년째 나와 함께 살고 있네.

누이동생은 지금도 그곳 분들과 정을 나누고 있어 때때로 오는 편지로 그곳 소식이 내게도 전해지고 있다네.

전에 내 강의를 들으러도 오고, 나 또한 열심히 철학 윤리를 가르친, 성실하고도 신앙심 두터운 젊은이였던 자네가 오늘날 그렇게 죄 많은 생활을 하고 있으리라고는 전혀 생각지 못했네. 어떻게 자네가 길이 아닌 길로 빠져 백발의 노인을 괴롭히고, 그 여생에 돌이킬 수 없는 화근까지는 아니더라도 그 동기가 될 수 있는 위험한 다리를 건너고 있다는 말인가. 그 생각을 하면 소름이 끼칠 뿐이네.

부농(富農) 돈 그레고리오 부인인 도냐 푸와나에게 미쳐 자네는 부인을 쫓아다니며 그 굳은 지조를 유린하려 한다니, 이게 어찌 있을 수 있는 일인가. 그곳에서 자네는 농업 기사의 직분을 가장하고 포도주 제조와 포도 품종 개량에 대해 지도하고 있다는데, 그렇다면 자네의 그 '지도'조차 비난받아야 마땅하고, 자네가 술을 만드는 일은 한 노인에게 비탄과 굴욕의 원천이 될 뿐이네.

노인은 훌륭한 사람이라 할 수 있네. 굳이 노인의 잘못을 말한다면, 아름답고 남자를 좋아하는 정도가 약간 심한 젊은 부인을 맞이했다는 것뿐일세. 지금 자네는 정말 곤란한 일을 하고 있네. 제발 부탁하네. 좋지 않은 생각 같은 것은 말끔히 털어 버리고 말라가로 돌아와 주게. 자네에 대한 내 마음을 다소라도 안다면, 그리고 그것을 헛되지 않게 하려면, 바라건대 나의 충고에 귀 기울여 주길 바라네.

(제1신) 돈 페피트가 구테레스 신부에게

— 비랴레그레에서 4월 7일

존경하는 선생님께

그곳에 술과 기름을 배달하는 파코 할아범으로부터 4일자 선생님의 편지를 받았습니다. 서둘러 회답을 씁니다. 부디 안심하시고, 저에 대한 오해도 풀어 주십시오.

저는 도냐 푸와나에게 마음을 빼앗기지 않았으며, 더구나 쫓아다니다니요? 전혀 그렇지 않습니다. 그쪽에서 자기 혼자 그렇게 생각하는 것에 지나지 않습니다. 말씀드려 둡니다만, 도냐 푸와나에게는 색다른 면이 있습니다. 그러니까 좀 위험한 여성이라고 할 수 있습니다.

6년 전, 서른 살이 조금 안 되어 돈 그레고리오와 결혼한 그 여자를 부정한 여자라고 하는 사람은 없습니다. 하지만 남편을 온갖 말로 구슬러 자기 뜻대로 한다는 것에는 누구 하나 반대할 사람이 없습니다. 자만심이 강하다고나 할까요, 자기에게 반하지 않은 남자는 하나도 없다고 아주 당연하게 생각합니다. 어떤 남자도 자기를 보자마자 사랑에 빠져 자기를 노리고 있다고 스스로 생각하며, 남편에게도 그렇게 생각하게 한답니다.

솔직하게 말해, 도냐 푸와나가 못난 여자는 아닙니다만, 그렇다고 뛰어난 미인이라고도 할 수 없습니다. 키가 커서, 아니면 작아서, 또는 말라서, 아니면 살집이 좋아 그런 따위로 돋보이는 것이 아닙니다. 그 여자의 눈짓, 몸가짐이 색다를 뿐입니다. 그렇다는 것은 아마 그 여자 스스로는 알지 못하는 일이겠습니다만, 아무튼 그 여자는 사람의 마음을 움직이려고 필사적인 노력을 하는 쪽입니다. 볼에는 연지, 얼굴과 목덜미에는 하얗게 분칠을 합니다. 그리고 아이섀도로 검은 눈에 윤을 내고는, 더구나 그 눈을 쉴새없이 깜박이며 바람기를 흩뿌려대는 겁니다.

도냐 푸와나에 대해 굳이 세상을 향해 크게 떠들어 댈 필요는 없습니다만, 산책할 때나 사람들이 모이는 자리, 교회 같은 데서 남자들은 특별한 이유도 없이 그녀에게 끌려 다니게 됩니다. 그러면서 이상한 기분에 사로잡히는 것이지요. 이렇게 그녀는 쉽게 몇몇 남자들을 사로잡고 있습니다.

적지 않은 남자들, 특히 다른 나라 사람으로 처음 만나는 남자들이 그녀

후안 발레라 _ 이중의 희생 ••• 585

에 대해 자기 좋은 쪽으로 상상을 하게 합니다. 그래서 그녀의 비위를 맞추는 말을 하고, 끝내는 있을 수 없는 소망을 품고 무례하기 짝이 없는 신청을 하게 되는 것이지요. 그녀는 그것을 멋지게 이용합니다. 동성(同性)의 친구들에게 그녀는, 어디를 보아야 할지 몸둘 곳을 모르겠다고, 불행히도 자기에게는 사람을 끄는 힘이 있어서 만나는 남자들 모두 자기를 따르며 사랑을 요구하면서 귀찮게 굴어 몹시 난처하다고, 그래서 주인 돈 그레고리오를 안심시켜 주지 못한다고 자랑스럽게 불평을 늘어놓습니다.

그 증상이 심해져 도냐 푸와나는 자기에게 단 한 마디의 말도 걸지 않은 남자들까지 자기를 그리워하고 있다고 단정합니다. 불행하게도 저도 그런 사람 중의 하나입니다. 지난 해 여름, 카라트라카 온천에서 도냐 푸와나를 처음 만나 인사를 나누게 되었습니다. 그 뒤 내가 이곳으로 왔기 때문에 자기를 따라왔다고 엉뚱한 생각을 하고 있는 것입니다.

그 여자가 그렇게 생각한다는 건 참 곤란한 일입니다만, 생각을 고쳐 달라고 할 수는 없지 않습니까. 저로서는 이곳을 떠나 말라가로 돌아갈 수도 없으며, 또 돌아갈 생각은 하지 않고 있습니다. 사실은 제게 너무나도 중요한 일 때문에 꼼짝도 못하고 있습니다. 다음 편지에 자세히 말씀드리겠으며, 오늘은 이만 줄이겠습니다.

(제2신)

ㅡ4월 10일

존경하는 선생님께

사실을 말씀드리면 저는 사랑 때문에 괴롭습니다. 그 상대는 도냐 푸와나가 아닙니다. 이름은 이사베리타, 아름답고 얌전하고 순진하고 교양도 있는 흔하지 않은 여성입니다. 볼품 없는 뚱보 돈 그레고리오와 같은 사람에게서 어떻게 그렇게도 얌전하고 아름다운 딸이 태어났는지 이상할 정도입니다. 돈 그레고리오의 첫번째 부인의 딸입니다. 계모 도냐 푸와나는 언제나 두 눈 부릅뜨고 그녀에게 심하게 굴면서 제멋대로 억누르고는 자기 동생 돈 안부로시오와 결혼시키려 합니다. 이사베리타에게는 죽은 어머니의 유산이 있으므로 태평하고 놀기 좋아하는 도락자(道樂子) 돈 안부로시오에게는 아주 좋은 혼담입니다. 게다가 이 마을에서는 그만한 상대를 찾기도 어렵습니다. 도냐 푸와나는 제멋대로 생각하고 있습니다. 자기와 피를 나눈 돈 안부로시오와 결혼시키기 위해, 이사베리타가 돈 안부로시오에게 애정을 갖고 있으며, 결혼까지 하고 싶어한다고 혼자 정했습니다. 그리고 돈 그레고리오에게도 그렇게 얘기한 것이지요. 이사베리타는 그녀가 두려워 반박도 못합니다. 나에게 호감을 가지고 있으면서도 분명한 의사 표시조차 하지 못하고 있습니다.

도냐 푸와나가 하루 종일 전처의 딸을 감시하는 눈을 번득이고 있어서 나는 이사베리타를 만나지도 못하고, 편지를 쓸 수도 없습니다. 어렵게 써 보낸다고 해도 그녀에게 전달되어 읽힐 수나 있을까 싶습니다.

지난해 여름 카라트라카에서 만난 뒤로 나는, 이사베리타가 나의 사랑을 받아들이고 있다고 확신합니다. 나의 시선, 그녀를 향한 뜨거운 나의 시선을, 그녀는 감사와 애정이 가득 찬, 그러면서도 천진난만한 눈길로 나에게 돌려줍니다. 선생님도 뻔히 아시는 구실을 만들어 이곳에 온 것도 이러한 그녀의 사랑을 믿었기 때문입니다.

그런데 한 유력한 조력자가 아니었더라면 저는 그만 어릿광대의 역을 연출했을지도 모릅니다. 유력한 조력자란 나이 지긋한 유모 라몬시카입니다. 라몬시카는 돈 그레고리오의 먼 친척으로, 그 집 살림을 맡아보면서 자기가 기른 이사베리타를 진심으로 귀여워하고 있습니다. 그녀는 도냐 푸와나가 딸에게 못되게 구는데다, 더구나 이사베리타를 돌봐주는 일까지 못하게 했기 때문에 도냐 푸와나를 좋지 않게 생각하고 있습니다.

저는 우연한 기회에 라몬시카와 이야기를 하게 되었습니다. 그때 그녀에게서 이사베리타가 나를 사랑하고 있다는 말을 들었습니다. 그러나 지나치게 수줍은 이사베리타는 애인으로서 제게 편지를 쓴다든가, 저를 만나는 일, 그러니까 아버지나 계모의 동의 없이 창을 사이에 두고 밖과 안에서 이야기를 나누는 것까지도 애써 하려 하지 않았습니다.

저는 창을 사이에 두고라도 이사베리타와 어떻게 만날 수 없을까 하고 라몬시카에게 부탁해 보았습니다. 그러나 그 일은 불가능하다고 했습니다. 이사베리타는 구석진 방에 있기 때문에 아무래도 도냐 푸와나의 침실을 지나지 않으면 안 되며, 그러기 위해서는 열쇠를 얻지 않으면 안 된다는 것입니다. 그 열쇠는 침실 문을 잠그고 나서 도냐 푸와나가 제 손으로 간직한다고 합니다.

지금 이와 같은 상황입니다만, 저는 단념하지 않습니다. 희망도 버리지 않습니다. 라몬시카는 어리석은 짓은 하지 않을 현명함이 있습니다. 그리고 도냐 푸와나를 한번 혼내 주려고 벼르고 있습니다. 저는 라몬시카에게 희망을 걸고 있습니다.

(제3신)

—4월 15일

존경하는 선생님께

라몬시카는 확실히 놀라운 수완을 가진 노파였습니다. 하지만 제게는 고마운 동지입니다. 어떻게 손을 썼는지 내일 밤 열 시에 이사베리타와 만날 수 있게 해주겠다고 합니다. 라몬시카가 문을 열어 나를 집 안으로 들어갈 수 있게 해주겠다는 것입니다. 도냐 푸와나로부터 안전하게 그녀를 어디론가 가 있게 할 것입니다. 모든 준비는 갖추어졌고 조금도 위험하지 않으니 안심하라는 라몬시카의 말에 감사하며, 그녀의 수완과 지혜에 모든 것을 맡기려 합니다.

저로서는 라몬시카가 꾸민 일이 실패하리라고는 생각도 하기 싫습니다. 그 자체로 좋건 나쁘건 간에 수단은 목적하는 바에 따라 명분이 선다고 생각합니다. 제가 뜻하고 있는 목적에는 손톱만큼도 부끄러운 점이 없습니다. 이 일이 어떻게 진행되려는지요.

(제4신)

—4월 18일

존경하는 선생님께

저는 그 시각에 약속한 장소로 갔습니다. 약속대로 라몬시카는 주의 깊은 태도로 문을 열었고, 저는 집 안으로 들어갔습니다. 그녀에게 손을 잡힌 채 캄캄한 어둠 속에 층계를 오르고 긴 복도를 지난 뒤, 다시 두 개의 객실을 지났습니다. 이윽고 우리는 두 개의 남포가 켜진 커다란 방으로 들어갔습니다. 거기서는 옆으로 잇대어 있는 한 침실이 들여다보였습니다.

라몬시카는 대단한 계획을 세운 것 같습니다. 저는 그녀를 믿기는 했습니다만, 그 실행에는 동의하지 않았습니다. 실은 그 자리에서 어떤 일이 일어났는지 선생님은 상상도 못하실 것입니다.

그날 밤, 돈 그레고리오는 농장에 묵고 있었습니다. 그렇다고는 하지만, 라몬시카는 참으로 어처구니없는 일을 저질렀습니다. 나를 속여 도냐 푸와나의 방으로 끌어들였던 것입니다. 도냐 푸와나 따위는 생각지도 않았던 저는 놀라움과 분노로 그만 숨이 막힐 지경이었습니다. 도냐 푸와나도 비명을 지르며 분노하고 괴로워하는 한편, 제가 이룰 수 없는 사랑의 노예라 생각되어서인지 제게 대해 자신만만하면서도 가여워하는 빛도 보였습니다. 저는 그 우스꽝스러운 그녀의 태도에 아연하면서도, 어떻게든 설명해야 한다는 마음이었습니다. 그러나 뜻대로 되지 않았습니다.

이 장면에 대해 더 이상 길게 보고하는 일은 삼가겠습니다. 최악의 사태는 그것으로 끝난 게 아니었습니다. 라몬시카의 못된 장난은 이것에 그친 것이 아니었답니다.

온화하지만 체면에 대해 남달리 신경을 쓰는 돈 그레고리오에게 익명으로 편지를 보낸 자가 있었습니다. 부인이 밤 열 시에 저와 밀회하고 있다고 말입니다. 돈 그레고리오는 아내가 잘못을 저지를 리 없다고 굳게 믿어 중상모략이라고 생각하면서도 돈 안부로시오와 함께 달려왔습니다. 말에서 내려 처남을 거느리고는 소리도 없이 계단을 올라왔습니다. 행운인지 불행인지, 그렇지 않으면 만사를 빈틈없이 꾸민 라몬시카의 계획에 의해서인지 어둠 속에서 돈 그레고리오는 통로를 막고 있던 의자에 부딪혔습니다. 돈 그레고리오는 털썩 넘어지면서 고함을 질렀고, 게다가 의자 쓰러지는 소리가 요란했습니다.

다친 데는 없었던지 돈 그레고리오는 급히 일어나 아내의 방으로 걸음을 재촉했습니다. 방 안에 있던 세 사람도 고함 소리와 의자 쓰러지는 소리를 들었습니다. 사실이야 어찌됐든 죄인으로 몰릴 판인 우리는 정말 어찌할 바를 몰랐습니다.

"이 일을 어떡해!"

도냐 푸와나는 절망스럽게 소리를 질렀습니다.

"제발 살려 주세요! 이 방에서 나가요. 남편이 오잖아요!"

그러나 방을 나가면 돈 그레고리오와 부딪칠 터, 이 방 안에 숨든가 옆방 이사베리타에게 도망치는 수밖에 다른 방법이 없었습니다. 라몬시카는 기다렸다는 듯 제 팔을 붙들더니 이사베리타의 방으로 끌었습니다. 저로서는 기쁘기도 하고 가슴이 철렁 내려앉기도 했습니다. 돈 그레고리오는 어쩔 줄 모르는 부인의 모습에 사태가 심상치 않다고 느낀 듯했습니다. 옆에 서 있는 처남과 함께 그는 이사베리타의 방으로 왔습니다.

순간 라몬시카가 나서며, 이사베리타와 저를 연인이라고 하고, 자기가 중매역을 했다고 하면서 무릎을 꿇고 사죄했습니다. 그리고 이렇게 된 이상 결혼으로 일체의 보상을 하겠노라고 다시 용서를 구했습니다.

잠자코 이야기를 듣고 난 뒤, 돈 그레고리오는 저의 가정 형편과 재산의 정도 등을 물었습니다. 그러더니 고개를 끄덕이면서 하루라도 빨리 결혼하는 게 어떠냐고 했습니다. 도냐 푸와나는 자기의 입장을 정당화하기 위해서라도 우리의 결혼을 승낙하지 않을 수 없었습니다. 더구나 도냐 푸와나는 제가 자신을 구하기 위해 기꺼이 희생했다고 감사하고 있습니다. 그리고 돈 안부로시오를 사랑하면서도 자기를 위해 희생해 주었다고 이사베리타에 대해서도 감사를 표했습니다.

선생님, 라몬시카가 꾸민 계획은 결코 훌륭하다고 할 수는 없을지도 모릅니다. 그렇지만 저에게, 아니 우리에게 아주 좋은 일을 해주었습니다. 제가 도냐 푸와나를 사랑하고 이사베리타 또한 돈 안부로시오를 사랑한다는데, 저와 약혼녀인 이사베리타가 함께 이곳에 머문다는 것은 네 사람 다 불편한 일일 것입니다. 그래서 교회에서 식이 끝나는 대로 이 마을을 떠나겠습니다. 도냐 푸와나와 같은 불쾌한 남매의 곁을 떠나려는 생각은 지극히 당연한 것 아니겠습니까.

도냐 푸와나가 구테레스 신부의 누이동생 미카엘라에게 보낸 편지

—5월 4일

친애하는 벗에게

이번에는 내 가슴에 쌓인 모든 것을 털어놓고 후련해지고 싶습니다. 나는 언제나 조심스럽게 살아왔습니다. 내가 예쁘다든가 매력이 있다든가 하는 생각은 정말 해본 적도 없습니다. 그런데 어떻게 그런 일이 있을 수 있을까요. 나도 모르게 내 두 눈에서는 남자들을 미치게 하는 악마의 불이 내뿜어지나 봅니다. 당신에게 이미 말했지만, 카라트라카에서 내게 홀딱 반한 돈 페피트에게 구애를 받고 얼마나 괴로웠는지 모릅니다. 그분은 나를 뒤쫓아 이곳에 오셨지요.

말씀드려 둡니다만, 내가 저 한결같은 마음의 젊은이를 지난번의 그 절박한 사건을 일으키도록 몰아넣은 것은 아닙니다. 정말 아무 예고 없이 주인도 없는 내 방에 들어와 내게 덤비려고 했답니다. 그때 나는 정말 위태로웠지요. 생각지도 않았는데 주인이 돌아왔거든요. 주인이 의자에 부딪혀 넘어지면서 크게 떠들어 댄 덕분에, 가까스로 피할 수 있었지요. 만약에 그러지 않았다면 현장을 들키고 말았을 것입니다. 다행히 라몬시카의 약삭빠른 솜씨로 시끄러운 일 없이, 피비린내 나는 사건도 일어나지 않고 잘 끝났습니다. 둔한 몸으로 결투라도 하게 되었다면 주인은 어떻게 되었을까요. 생각만 해도 소름이 끼칩니다.

기민하게도 라몬시카가 돈 페피트를 이사베리타의 방으로 안내했답니다. 그래서 우리는 아무 일 없이 그 어려운 상황을 넘겼습니다. 정말 라몬시카에게 감사하고 있습니다. 그보다 더 고마운 일은, 격정의 사나이 돈 페피트가 나를 위해 이사베리타의 애인이 되어 주었고, 또 전처 딸이 돈 안부로시오에 대한 사랑을 단념하고 돈 페피트를 사랑한다고 말해 준 것입니다. 내게 언제나와 마찬가지로 주인의 신뢰에 보답할 수 있는 여자로 있게 하기 위해 두 사람은 이중의 희생을 감내한 것입니다.

어제 결혼식을 마쳤습니다. 이제 얼마 안 있으면 그곳으로 갈 것입니다. 두 사람 모두 멀리 떠나 나를 위해 서로가 괴로웠던 이곳을 빨리 잊어주었으면 합니다. 불같이 사랑하는 연정은 없어도 평온한 애정으로 언제까지나

서로를 감싸며 살아가기를 바랄 뿐입니다. 그것이 부부 사이에 가장 어울리는, 그리고 오래 지속될 애정이 아닐까 합니다.

　나는 아직 마음의 동요를 완전히 지워 버리지 못하고 있습니다. 내 눈으로부터, 생각지도 않게 뿜어지는 뜨거운 불길을 두려워하며 마음을 다스리고 있습니다. 이제부터는 사람들의 얼굴을 보지 않고 언제나 눈을 내리뜬 채 살아가야겠습니다.

　아무쪼록 몸조심하시고, 그 일 이래 잃어버린 마음의 평화를 돌이킬 수 있도록 하나님께 기도드려 주십시오.

핵심 정리

- **갈래** : 단편소설
- **시점** : 일인칭 주인공 시점
- **주제** : 사랑에 대한 착시 현상을 극복한 진실한 사랑
- **배경** : 시간적 – 19세기 / 공간적 – 말라가와 소식이 오가는 스페인의
  농촌 비랴레그레
- **등장인물** : 도냐 푸와나 – 빼어난 자신의 미모 때문에 어떤 남자들이라
  도 한번만 보면 사랑에 빠져 버린다고 괴로워하는 자기 중
  심적이고 독선적인 인물
  라몬시카 – 이사베리타의 유모로, 어려운 사태를 슬기롭게
  풀어나가는 뛰어난 수완과 기지를 가진 인물
  돈 페피트 – 신앙심이 깊고 성실한 젊은이로 이사베리타를
  사랑하는 인물
  이사베리타 – 수줍어 자기의 마음도 나타낼 줄 모르는 순진
  하고 얌전한 처녀
  돈 그레고리오 – 온화한 성격에 부유한 시골 노인으로 체면
  과 명예를 중하게 여기는 인물

- **구성** : 발단 – 구테레스 신부는 신앙심이 두터운 돈 페피트가 말라가의
  부농 그레고리오 영감의 부인 도냐 푸와나를 연모하여 그
  뒤를 좇는다는 누이의 말을 듣고 깜짝 놀라 돈 페피트에게
  편지를 보낸다.
  전개 – 구테레스 신부의 편지를 받고 돈 페피트는 깜짝 놀라 도

냐 푸와나를 좋아한 적이 없고, 자기가 정말 좋아하는 사람
은 도냐 푸와나의 의붓딸인 이사베리타인데 도냐 푸와나의
감시로 만나기가 힘들다고 하소연한다. 이사베리타의 방은
도냐 푸와나의 방을 통과해야 들어갈 수 있기 때문에 도저
히 접근을 할 수 없었던 것이다. 그런데 그레고리오가 농장
에서 잔다는 어느 날, 돈 페피트는 라몬시카의 안내로 이사
베리타를 만나기 위해 라몬시카가 열어 주는 집 안으로 들
어간다.

위기 – 돈 페피트는 라몬시카의 계략으로 도냐 푸와나 방으로
들어간다. 도냐 푸와나와 돈 페피트가 당황해하는데, 농장에
서 잔다던 그레고리오가 갑자기 돌아온다. 방 안에 있던 사
람들은 더욱 정신이 없다. 도냐 푸와나는 돈 페피트에게 어
서 이 방에서 나가 달라고 애원한다.

절정 – 라몬시카는 기다렸다는 듯 돈 페피트의 손을 잡고 이사
베리타의 방으로 들어간다. 방 안으로 들어온 그레고리오는
도냐 푸와나의 변명 따위는 듣지 않고 이사베리타의 방으로
들어간다. 라몬시카가 돈 페피트와 이사베리타 두 사람은 서
로 사랑하고 있다고 변명을 하며 자기가 중매 역할을 했다
고 사죄한다.

결말 – 그레고리오는 결혼을 승낙하고, 도냐 푸와나는 신부의 누
이동생에게 돈 페피트가 자기를 구하기 위해 별로 마음에도
없는 이사베리타와 결혼하는 '이중의 희생자'라고 고마워하
는 편지를 보낸다.

⊙ 줄거리 및 작품 해설

구테레스 신부는 신앙심이 두터운 돈 페페트의 소식을 누이동생으로부터 듣고 깜짝 놀라 편지를 보낸다. 돈 페피트가 말라가의 부농인 그레고리오 부인 도냐 푸와나를 연모한다는 말을 들은 것이다. 스승인 구테레스 신부의 편지를 받고 돈 페피트는 도냐 푸와나를 좋아한 적이 없고, 자기가 정말 좋아하는 사람은 도냐 푸와나의 의붓딸 이사베리타라고 고백하고, 도냐 푸와나의 감시로 만나기조차 힘들다고 하소연한다. 이사베리타의 방은 도냐 푸와나의 방을 통과해야 들어갈 수 있기 때문이다.

그런데 이사베리타의 유모 라몬시카의 호의로 몰래 만나기로 약속하고, 그레고리오가 농장에서 자는 어느 날 돈 페피트는 라몬시카가 열어 주는 집 안으로 들어간다. 한편 라몬시카는 그레고리오에게 부인이 밤에 돈 페피트와 밀회하고 있다는 익명의 편지를 보내두었다.

라몬시카의 안내로 집으로 들어간 돈 페피트는 라몬시카의 계략으로 도냐 푸와나 방으로 들어간다. 도냐 푸와나와 돈 페피트는 당황해하는데, 농장에서 잔다던 그레고리오가 갑자기 돌아온다. 방 안에 있던 사람들은 더욱 정신이 없다. 도냐 푸와나는 돈 페피트에게 어서 이 방에서 나가 달라고 애원한다. 라몬시카는 기다렸다는 듯 돈 페피트의 손을 잡고 이사베리타의 방으로 들어간다.

서둘러 방 안으로 들어온 그레고리오는 당황해하는 도냐 푸와나의 변명은 듣지도 않고 이사베리타의 방 안으로 들어간다. 라몬시카가 돈 페피트와 이사베리타를 가리키며, 이들 두 사람은 서로 사랑하고 있다고 변명하며 자기가 중매 역할을 했다고 사죄한다.

나쁜 소문을 두려워하는 그레고리오는 금방 결혼을 승낙하고, 위기를 넘긴 도냐 푸와나는 신부의 누이동생 도냐 미카엘라에게 돈 페피트가 자기를 구해 주고 마음에도 없는 이사베리타와 결혼하는 '이중의 희생자'라고 미안해하면서 안도하고 감사하는 편지를 보낸다.

이 작품은 서간체 소설이 지닌 인물의 성격, 심리 묘사에 대한 제한성을 극복하고, 도냐 푸와나나 라몬시카와 같이 개성적인 인물을 생생하게 성공적으로 그려내고 있다. '이중의 희생'이라는 역설적 표현으로 사악하게 얽힐 뻔했던 사랑을 해학적이면서도 진솔하게 마무리한 결말 부분은 압권이다.

생각해 볼 문제

1. 이 작품의 제목이 된 이중의 희생자는 누구인가?
2. '이중의 희생자'에 대한 각자의 느낌을 정리해 보자.
3. 서간체 소설의 제한점은?

해답

1. 돈 페피트, 이사베리타
2. '이중의 희생'이 지닌 역설적인 표현에 주안점을 두어 정리해 본다.
3. 인물 묘사와 사건 전개 등의 과정에서 다른 형식보다 부자유함.

루쉰

― 중국편 ―

루쉰(魯迅, 1881~1936)

중국 현대 문학의 창시자로, 자 위차이(豫才). 본명 저우수런(周樹人), 루쉰은 필명. 청나라 말기 저장성(浙江省) 사오싱(紹興) 지주 집안에서 출생, 격변하는 혁명의 시기에 진보적 작가로 활동했다.

1898년 난징 강남 수사학당에 입학, 헉슬리의 진화론 등 당시 신학문의 영향을 받았다. 1902년 일본에 유학, 고분(弘文) 학원을 거쳐 1904년 센다이(仙臺) 의학 전문학교에 입학했으나, 문학의 중요성을 통감한 그는 국민성 개조를 위한 문학으로 방향을 바꾸었다.

1918년 문학 혁명을 계기로 백화소설 〈광인일기〉를 발표, 정신 착란자의 두 눈을 빌려 중국 사회를 아이를 잡아먹는 '식인(吃人)' 사회로 규정하고 있다. 이 작품에서 작가는 주인공의 절규를 통해 암울한 봉건적 사고가 지배하는 중국의 현실을 고발하고 있다. 이어 〈공을기(孔乙己)〉, 〈고향〉, 〈축복〉 등의 단편 및 산문시집 〈야초〉를 발표, 중국 근대 문학을 확립했다. 특히 대표작 〈아큐정전〉은 작가로서 그의 지위를 확립시켰다.

1926년 베이양(北洋) 군벌의 문화 탄압과 격돌한 학생 운동 뒤 그는 베이징을 탈출, 아모이 대학(廈門大學) 등에서 교편을 잡았다. 이후 그는 1927년 10월 상하이로 탈출해 혁명 문학을 주창하는 급진파와 우익인사의 논전을 통해 사회 단평(短評) 문체를 확립했으며, 소비에트 작품을 번역, 중국 문학계에 프롤레타리아 문학을 소개했다. 1930년 좌익 작가연맹의 지휘자가 되었다.

단편집 〈외침〉(1923), 〈방황〉(1926) 외에 〈루쉰전집〉(20권, 1938), 〈루쉰 30년집〉(10권, 1941)이 출판되었고, 중국에서도 주석을 붙인 또 다른 〈루쉰전집〉(10권)이 간행되었다.

고향

 읽기 전에

» 루쉰이 의학 공부를 단념하고 문학을 택할 수밖에 없었던 당시의 중국 상황 및 국제 정세에 대한 이해를 넓히자.

» 중국의 문학 혁명, 곧 신문학, 백화 문학 및 프롤레타리아 문학 등에 대한 이해를 갖자.

나는 혹독한 추위를 무릅쓰고 2천여 리나 떨어진 곳에서 20여 년 만에 고향에 돌아가기 위해 길을 떠났다.

때는 이미 추운 겨울이었다. 고향이 점점 가까워짐에 따라 날씨는 음산하게 흐려지고 찬바람이 씽씽 소리를 내며 선실 안에까지 불어 들어왔다. 선창으로 밖을 내다보니 흐린 하늘 밑에 쓸쓸하고 초라한 마을이 활기라고는 조금도 없이 여기저기 가로놓여 있었다. 그러자 나도 모르게 마음속으로부터 슬픔이 치밀어 올랐다.

아아! 이것이 내가 20년 동안 못내 그리워하던 고향인가?

내가 그리던 고향은 결코 이렇지는 않았다. 내가 살던 고향은 훨씬 더 아름다웠다. 나는 고향의 아름다움을 생각해 내고 그 장점을 말하고 싶지만 도리어 영상이 사라져 버려 할말을 잃었다. 아마 고향이란 다른 시골과 그다지 다르지 않은 그저 그런 것인가 보다. 그래서 나는 스스로 위로했다. 고향은 원래 이랬던 것이다 — 전보다 나아진 것도, 내가 느낀 것 같은 슬픔도 없다. 이렇게 느낀 것은 다만 나의 심경이 변했기 때문이다. 왜냐하면 나는 이번에 그다지 즐거운 마음으로 돌아온 것은 아니었으니까.

이번에 나는 고향과 이별을 하러 온 것이다. 우리 일가들이 여러 해 동안 즐겁게 살아온 묵은 집을 이미 상의해서 남에게 팔아 버렸다. 집을 비워 주어야 할 기한도 금년 말까지라 정월 초하루가 되기 전에 낯익은 고향 집과도 영원히 이별하고, 또 정든 고향을 멀리 떠나 내가 생계를 꾸려 나가고 있는 타향으로 이사를 하지 않으면 안 되는 것이다.

이튿날 이른 아침에 나는 우리 집 문 앞에 도착했다. 기와틈으로 꺾어진 수많은 마른 풀 줄기가 바람에 떨고 서 있는 품이 이 묵은 집의 주인이 바뀌지 않으면 안 될 이유를 설명해 주는 것 같았다. 한 집에 살던 친척들은 대부분이 벌써 이사를 갔는지 퍽 쓸쓸했다. 내가 우리 집 모퉁이에 이르렀을 때 어머니는 벌써 마중을 나와 계셨고 뒤따라 여덟 살 먹은 조카 굉아(宏兒)도 뛰어나왔다.

어머니는 대단히 반가워하셨으나 어쩐지 착잡한 심정을 숨기지 못하는 기색이 엿보였다. 나를 편히 앉혀 놓고 차를 따라 주면서도 이사하는 이야기는 입 밖에 내지 않으셨다. 굉아는 전에 나를 본 일이 없었으므로 멀찍이 한쪽 구석에 서서 쳐다보고 있었다. 그러나 우리는 마침내 이사에 대한 이야기를 하기 시작했다. 나는 이사갈 곳에 벌써 셋집을 얻어 두고 가재도구도 조금 마련했으나 그밖의 것은 집에 있는 목기를 전부 팔아서 장만하자고 말했다. 어머니도 좋다고 찬성하셨다. 그리고 짐도 대충 정리해 놓았고, 목기같이 운반하기 어려운 것은 조금 팔아 버렸으나 돈은 얼마 되지 않는다고 말씀하셨다.

"하루 이틀 푹 쉬어라. 그리고 일가친척에게 인사나 한 다음 떠나기로 하자."

"네."

"그리고 윤토(閏土) 말이다. 우리 집에 올 때마다 네 이야기를 묻곤 하는데 네가 매우 보고 싶은 모양이더라. 내가 너 도착할 날을 미리 얘기해 주었으니까 아마 곧 올게다."

이때 나의 머릿속에 갑자기 하나의 영상이 떠올랐다. 새파란 하늘에는 황금빛 둥근 달이 걸려 있고, 그 아래 바닷가의 모래톱에는 온통 끝도 보이지 않을 만큼 파란 수박밭이 펼쳐져 있다. 그 사이에 열한두 살쯤된 소년이 목에는 은목걸이를 걸고 손에는 쇠갈퀴를 들고 서 있다. 그러던 중 한 마리의 차(수박을 잘 갉아먹는 동물. 원래 음만 있고 글자는 없었으므로 루쉰이 만들었다─옮긴이 주)를 발견하고는 그 쇠갈퀴로 힘껏 찔렀으나 그 차는 몸을 홱 돌리더니 그 아이의 가랑이 밑으로 빠져 달아나 버린다.

이 소년이 바로 윤토이다.

내가 그를 알게 된 것은 불과 열두세 살 때였으니, 지금으로부터 약 30년 전의 일이다. 그때는 아버지도 살아 계셨고 집안 형편도 넉넉해서 나는 어엿한 도련님이었다. 그해는 우리 집에서 큰 제사를 지낼 차례였다. 이 제사는 삼십 몇 년 만에 한 번 돌아오는 것이기 때문에 대단히 정중한 것이었다. 정월에 조상의 상(像) 앞에 제사를 지낼 때는 제물도 퍽 많고 제기도 훌륭한 걸 쓰며, 제사에 참석하는 사람도 무척 많아서 제기를 도둑맞지 않도록 경계할 필요가 있었다. 우리 집에는 망월(忙月)이 단 한 명 있었다─우리 고향에선 남의 일을 해주는 사람을 세 가지로 구분한다. 1년 동안 집에서 일하는 사람을 '장년(長年)'이라 부르고, 그날그날 남의 일을 해주는 품팔이꾼을 '단공(短工)'이라 하며, 자신이 농사를 지으면서 과세할 때나 단오절을 지낼 때 또는 도조를 거둘 때만 일정한 집에서 일하는 사람을 '망월(忙月)'이라고 부른다 ― 그런데 그는 너무나도 바쁜 탓에 자기 아들 윤토에게 제기를 지키게 하는 것이 좋겠다고 아버지에게 말했다.

아버지는 그것을 허락하셨다. 나도 무척 기뻤다. 나는 벌써부터 윤토라는 이름을 들어왔고, 또 그는 나와 같은 또래라는 걸 알았기 때문이다. 그는 윤달에 태어나 오행(五行) 중 토(土)가 빠졌기 때문에 그의 아버지가 윤토라고 불렀다. 그는 덫을 놓아 참새를 잘 잡았다.

그래서 나는 날마다 설날을 기다렸다. 설날이 되면 윤토가 온다. 드디어 연말이 되었고 어느 날 어머니께서 윤토가 왔다며 나를 부르셨다. 그는 때마침 부엌에 있었는데 붉고 둥근 얼굴에 머리에는 조그마한 털모자를 쓰고 목에는 번쩍번쩍하는 은목걸이를 걸고 있었다. 이것만 보더라도 그의 아버지가 아들을 무척 사랑하고 있다는 것을 알 수 있었다. 아들이 죽지 않도록 신령과 부처 앞에 기도하여 목걸이를 걸어 줌으로써 그애를 보호하고 있는 것이었다. 그애는 사람을 보면 퍽 수줍어했으나 내게는 그렇지 않았고 곁에 사람이 없을 때는 말을 걸기도 했다. 한나절도 못 되어서 우리는 곧 친해졌다.

우리가 그때 무슨 이야기를 했는지는 모르지만 다만 윤토가 매우 기뻐했으며 성안에 와서 여러 가지 못 보던 것을 보았다고 말한 것만은 똑똑히 기억하고 있다.

그 이튿날 내가 새를 잡아 달랬더니 그는 이렇게 말했다.

"그건 안 돼. 눈이 많이 와야지. 우리 동네에선 모래밭에 눈이 오면 한군데를 쓸고 빈 터를 만든 후 커다란 대나무 바구니를 짧은 막대기로 받쳐 놓고 쌀겨를 뿌려 놓는단다. 그랬다가 새들이 와서 먹을 때쯤 먼발치에서 막대기에 묶어 놓은 새끼줄을 잡아당기면 그 새들은 그만 큰 바구니에 갇히고 말지. 무슨 새든지 다 잡을 수 있어. 참새, 잣새, 비둘기, 파랑새……."

나는 그래서 눈이 오기를 기다렸다.

윤토는 또 나에게 말했다.

"지금은 너무 춥지만 너 여름에 한번 우리 동네에 와봐라. 우리는 낮엔 바닷가로 조개껍질을 주우러 간단다. 빨간 것, 파란 것, 도깨비조개, 부처손 같은 조개 등 여러 가지 조개를 주울 수 있지. 그리고 밤이면 난 아버지하고 수박밭을 지키러 가는데 너도 가자."

"도둑을 지키니?"

"아니야. 길을 가다가 목이 말라 수박을 따먹는 사람은 우리 동네에선 도둑으로 치지 않아. 지켜야 할 것은 너구리나 고슴도치나 차 같은 것이야. 달밤에 바스락바스락 소리가 나면 그것은 차가 수박을 갉아먹는 것인데, 그러면 바로 작살을 들고 살금살금 걸어가서……."

나는 그때 차라는 것이 어떤 것인지 몰랐다 ─ 지금도 모르지만 ─ 다만 어렴풋이 강아지같이 생기고 아주 흉악하고 사나운 것으로 여겨졌다.

"그놈이 사람을 물지는 않니?"

"쇠갈퀴가 있는데 뭐! 살금살금 다가가서 차를 보기만 하면 찌르는 거야. 그런데 그놈은 아주 약아서 도리어 사람한테 달려와서는 가랑이 밑으로 싹 빠져나가 버리는 거야. 그놈의 털은 기름처럼 매끄럽지……."

나는 세상에 이처럼 신기한 일이 많이 있는 줄은 몰랐다. 바닷가에는 오색의 조개껍질이 있고 수박에도 이런 위험한 일이 있을 줄이야! 나는 지금까지 수박은 과일 가게에서 파는 것으로만 알았을 뿐이다.

"우리 동네 모래밭에 밀물이 밀려올 때면 수많은 날치가 펄쩍펄쩍 뛴단다. 모두 청개구리처럼 다리가 두 개씩 달렸지."

아아! 윤토의 가슴속에는 무궁무진하고 신기한 이야기가 가득 차 있었다. 모두 내 주변 친구들은 모르는 일이다. 그들은 이런 일을 모른다. 윤토가 바닷가에 있을 때 그들은 나처럼 안마당에서 높은 담으로 둘러싸인 네모진 하늘만 쳐다봤을 뿐이다.

아쉽게도 설은 지나고 윤토는 집으로 돌아가야만 했다. 나는 응석을 부리며 큰 소리로 엉엉 울었다. 그도 부엌에 숨어 울면서 나오려고 하지 않았다. 그러나 결국 윤토는 그의 아버지 손에 끌려가고 말았다. 그는 후에 그의 아버지에게 부탁해서 조개껍질 한 꾸러미와 예쁜 새의 깃털 몇 개를 나한테 보냈다. 나도 두어 번 그에게 물건을 보내 주었다. 그러나 그 후로는 다시 만나지 못했다.

지금 어머니가 그의 이야기를 꺼내셨으므로 나는 이러한 어릴 적의 기억이 갑자기 되살아나 아름다운 내 고향을 눈앞에서 본 것 같았다. 그래서 나는 대답했다.

"정말이에요? 그는…… 지금 어떻게 지냅니까?"

"그 사람? ……그 사람 형편도 말이 아닌가 보더라……."

어머니는 말씀하시면서 밖을 내다보셨다.

"누가 또 온 모양이다. 말로는 목기를 산다지만 어정어정하다가 제멋대로 집어 가 버리니까 내가 나가 봐야겠다."

어머니는 일어나 밖으로 나가셨다. 문 밖에서 몇몇 여자들의 목소리가 들렸다. 나는 쾅아를 불러 가까이 오게 하고 심심풀이로 그와 이야기를 했다.

"글씨를 쓸 줄 아니? 이사가는 게 좋니?"

"우리는 기차를 타고 가지."

"그래, 기차를 타고 가지."

"배는요?"

"처음에는 배를 타고……."

"어머나! 이렇게 변했구려! 수염도 이렇게 자라고!"

갑자기 날카로운 소리가 들려왔다.

나는 깜짝 놀라서 얼른 고개를 들었다. 광대뼈가 쑥 튀어나오고 입술이 얄팍한 오십 세 전후의 여인이 내 앞에 서 있었다. 양손을 허리에 짚고 치마도 안 입은 채 두 다리를 벌리고 선 모양이 꼭 제도 기구 중 다리가 가느다란 컴퍼스 같았다. 나는 깜짝 놀랐다.

"나를 몰라보겠수? 내가 그래도 곧잘 안아 주었는데!"

나는 더욱 놀랐다. 다행히 그때 어머니가 들어오셔서 말씀하셨다.

"저애가 오랫동안 객지로 돌아다니느라구 모두 잊었나 보우. 너 생각 안 나니?"

하고 나를 향해 말씀하셨다.

"이 분은 길 건너에 사시는 양씨네 둘째 아주머니다……, 두부집을 하던!"

아, 나도 생각이 난다. 내가 어렸을 때 길 건너 두부집에 하루 종일 앉아 있던 양씨네 둘째 아줌니라는 여인이 분명히 있었다. 사람들은 모두 두부집 서시(西施)라고 불렀다. 그러나 그때에는 분을 하얗게 발랐고 광대뼈도 이처럼 튀어나오지 않았으며 입술도 이렇게 얇지 않았고, 또 온종일 앉아 있었기 때문에 나는 컴퍼스 같은 자세는 못 보았다. 그때 사람들이 말하기를 그 여자 때문에 이 두부집의 장사가 잘 된다고 했다. 그러나 아마 나이가 어렸기 때문인지 그녀는 내 기억 속에서 까맣게 잊혀져 있었다. 그러나 그녀는 대단히 불만인 듯 경멸하는 기색을 역력히 나타냈다. 그리고 마치 프랑스 사람이 나폴레옹을 모르고 미국 사람이 워싱턴을 모르는 것을 비웃기나 하는 듯 코웃음을 치며 말했다.

"잊었수? 귀인은 눈이 높으시니까……."

"그럴 리가 있어요……. 저는……."

나는 당황하여 일어서며 말했다.

"그러면 내 좀 말하겠소. 신(迅) 도련님, 부자가 되었다구요. 이사하기도 불편할 텐데 이런 다 부서진 목기를 무엇에 쓰려고 그러우? 나나 주구려. 우리 같은 가난한 사람들에게는 쓸모가 있을 테니."

"내가 부자가 되었다니요. 나는 이런 것이라도 팔아야만 다시……."

"아이구, 세상에! 당신은 지사까지 되고도 부자가 아니라고요? 첩을 셋이나 두고 출입할 때는 팔인교(八人轎)를 타고 다닌다면서 부자가 아니라고요? 흥, 무슨 소리로도 나는 못 속여요."

나는 더 말할 것도 없겠기에 입을 다물고 묵묵히 있었다.

"부자가 되면 될수록 인색해진다더니……. 인색하니 더 부자가 될 수밖에……."

그녀는 단단히 화가 나서 무어라고 중얼거리다가 어슬렁어슬렁 밖을 향해 걸어나갔다. 나가는 길에 어머니의 장갑을 바지춤에 쑤셔 넣고 가버렸다. 그 후에도 또 집 근처의 일가 친척들이 나를 찾아왔다. 나는 그들을 접대하면서 틈틈이 짐을 꾸렸다. 이렇게 3, 4일이 지나갔다.

어느 날 몹시 추운 오후, 나는 점심을 먹고 앉아서 차를 마시고 있었다. 밖에 누군가 들어오는 인기척이 났으므로 돌아다보았다. 그 순간 나는 나도 모르게 깜짝 놀라 황급히 일어나 맞으러 나갔다.

윤토가 온 것이었다. 나는 첫눈에 바로 윤토인 줄은 알았으나 내 기억 속의 윤토는 아니었다. 그는 키가 두 배는 더 자랐고, 그전에 붉고 둥글던 얼굴은 이미 누렇게 변했으며, 그 위에 매우 깊숙한 주름살이 잡혀 있었다. 눈도 그의 아버지와 비슷하였으며 언저리가 모두 부어서 불그레했다. 바닷가에서 농사짓는 사람들은 온종일 바닷바람을 쐬서 대개가 이렇게 되는 줄은 나도 알고 있다. 그는 낡은 털모자를 쓰고 아주 얇은 솜옷만을 입고 있었으며, 초라한 모습으로 추위에 덜덜 떨고 있었다. 손에는 종이 봉지와 긴 담뱃대를 들었는데 그 손도 내가 기억하고 있던 붉고 통통하게 살찐 손은 아니었다. 굵다랗고 거칠고 험하게 갈라진 것이 마치 소나무 껍질 같았다.

나는 매우 흥분했으나 뭐라고 말해야 좋을지 몰라 그저 나오는 대로 외쳤다.

"아아! 윤토 형…… 왔구려……."

연달아 많은 말들이 염주처럼 이어져 나오려 했다. 참새, 날치, 조개, 차……. 그러나 어쩐지 무엇인가에 꽉 막힌 것처럼 머릿속에서만 뱅뱅 돌 뿐 입 밖으로는 튀어나오지 않았다.

그는 우두커니 서 있었다. 얼굴에는 기쁨과 처량한 기색이 나타나고, 입술은 움직이고 있었으나 말소리는 들리지 않았다. 그는 마침내 공경하는 태도로 분명히 불렀다.

"나리!"

나는 소름이 끼치는 것 같았다. 우리들 사이에는 이미 슬프게도 두터운 장벽이 가로막혀 있음을 나는 깨달았다.

그는 머리를 돌리며 뒤에 숨어 있던 아이를 불렀다.

"수생(水生)! 나리한테 절하거라."

그애야말로 20년 전의 윤토와 꼭 닮았다. 다만 얼굴빛이 누르고 파리하며 목에 은목걸이가 없을 뿐이다.

"이놈이 다섯째 아이입니다. 집 밖의 세상을 모르는 아이라 수줍어하지요……."

어머니와 홍얼이 2층에서 내려왔다. 아마 우리 말소리를 들으셨던 모양이다.

"마님! 편지는 벌써 받았습니다. 저는 어찌나 기뻤던지, 나리가 돌아오신다고 해서……."

윤토가 말했다.

"아니 왜 그리 어색하게 서 있나. 자네들, 전에는 형이니 아우니 부르지 않았나? 그전처럼 신이라고 부르게."

어머니는 기분이 좋아서 말씀하셨다.

"원, 마님두 참……, 그런 법이 어디 있습니까? 그때는 철부지라 아무것도 몰라서……."

윤토는 이렇게 말하면서 수생에게 절을 시키려고 하였으나 그 아이는 더 부끄러워하며 윤토 등뒤에 찰싹 달라붙을 뿐이었다.

"얘가 수생인가? 다섯째지? 모두 낯선 사람들이니까 서먹서먹해하는 것도 무리가 아니지. 꽝아, 너 애하고 나가 놀아라!"
하고 어머니가 말씀하셨다.

꽝아가 이 말을 듣고 바로 수생한테 손짓을 하자 수생도 선뜻 그와 함께 나가 버렸다. 어머니가 윤토에게 앉으라고 권했다. 그는 한참 망설이다가 겨우 앉으며 긴 담뱃대를 탁자에 기대 세우고는 종이 봉지를 꺼내 놓으며 말했다.

"겨울이라 아무것도 없습니다. 얼마 안 됩니다만 이 청대콩은 제 집에서 농사지은 거라 나리께……."

나는 그에게 사는 형편을 물었다. 그는 다만 머리를 흔들 뿐이었다.

"아주 엉망입니다. 여섯째 놈까지 거들기는 하지만 그래도 먹고살기도 부족합니다……. 또 세상도 시끄럽고……. 어디서나 돈을 뜯기죠, 법도 없고, 농사도 시원찮습니다……. 농사지어서 팔러 가면 몇 번씩 세금을 바쳐야 하니 본전까지 없어지고 그렇다고 안 팔자니 또 썩기만 합니다……."

그는 그저 머리만 흔들었다. 얼굴에는 많은 주름살이 있었으나 조금도 움직이질 않아 마치 석상(石像) 같았다. 그는 아마 괴로움을 느끼면서도 표현을 못하겠는지 잠깐 말이 없다가 담뱃대를 들고 묵묵히 담배를 피웠다.

어머니가 물어보니 그는 집안일이 바빠서 내일 곧 가봐야 한다는 것이었다. 또 아직 점심도 안 먹었다고 하여 손수 부엌에 가서 밥을 데워 먹도록 일렀다.

그는 나갔다. 어머니와 나는 그의 형편에 대해 탄식했다. 애들은 많고 흉년에다 가혹한 세금, 병정, 도둑, 관리, 양반, 이 모든 것이 그를 괴롭혀 무능한 사람으로 만들어 버렸다. 어머니는 나에게 가지고 갈 만한 물건이 못 되는 건 그대로 그를 주어 그의 마음대로 고르도록 하자고 말씀하셨다.

오후에 그는 몇 가지 물건을 골라냈다. 긴 탁자 두 개, 의자 네 개, 향로와 촛대 한 쌍, 큰 저울 하나, 그리고 짚재도 모두 달라고 했다―우리 고향에서는 밥을 지을 때 짚을 때는데 그 재는 모래땅의 비료가 된다 ― 우리가 떠나갈 때 그는 배를 가지고 와서 실어 가겠다고 했다.

밤에 우리는 또 세상 이야기를 했으나 모두가 중요하지 않은 이야기뿐이었다. 다음날 아침 그는 수생을 데리고 돌아갔다.

그로부터 아흐레가 지나 우리가 떠날 날이 되었다. 윤토는 아침 일찍 왔다. 수생 대신 이번에는 다섯 살 먹은 여자아이를 데리고 와서 배를 지키게 하였다. 우리는 하루 종일 매우 바빴기 때문에 이야기할 틈도 없었다. 손님도 적지 않았다. 전송하러 온 사람, 물건을 가져가려고 온 사람, 그리고 전송 겸 물건을 가지러 온 사람도 있었다. 저녁나절 우리들이 배에 오를 무렵에는 이 묵은 집에 있던 깨지고 낡은 크고 작은 물건들은 이미 하나도 남지 않고 깨끗이 치워졌다.

우리가 탄 배는 앞으로 나아갔다. 양쪽 언덕의 푸른 산들은 황혼 속에서 모두 검푸른 빛으로 변하며 연달아 배 뒤쪽으로 사라졌다.

굉아는 나와 함께 선창에 기대어 서서 밖의 어슴푸레한 풍경을 바라보고 있다가 갑자기 묻는 것이었다.

"큰아버지, 우리는 언제 돌아오나요?"

"돌아오다니? 너는 왜 아직 가지도 않아서 돌아올 생각부터 하니?"

"그렇지만 수생이 나한테 자기 집에 놀러 오라고 한걸……."

굉아는 크고 검은 눈동자를 동그랗게 뜨고 멍하니 생각에 잠겼다.

어머니도 나도 모두 어리둥절해졌다. 굉아의 말에 우리는 다시 룬투 이야기를 하기 시작했다. 어머니 말씀은 그 두부 서시라는 양씨네 둘째 아주머니가 짐을 꾸리기 시작한 때부터 날마다 오더니 그저께는 잿더미 속에서 대접과 접시를 10여 개나 찾아내고는 이러쿵저러쿵 따지면서 이것은 윤토가 감춰둔 것으로, 그가 재를 실어갈 때 함께 가지고 가려던 것이 틀림없다고 했다는 것이다. 그리곤 이것을 발견한 것은 자기의 공이라며 구기살(拘氣殺) ― 우리 고향에서 양계하는 기구인데 목판 위에 우리를 치고 안에 모이를 담아 주면 닭은 목을 들이밀고 쪼아먹을 수 있지만 개는 그럴 수 없으므로 그저 바라만 보다가 지치게 된다 ― 을 가지고 나는 듯 달아났는데, 그 작은 발에 굽 높은 신을 신고도 재빨리 도망쳤다는 것이다.

옛집은 나와 점점 멀어져 간다. 고향의 산하도 모두 점점 내게서 멀어져

간다. 그러나 나는 아무런 미련도 갖지 않았다.

나는 다만 보이지 않는 높은 담에 둘러싸여 나를 고독하게 만드는 것을 느끼고 몹시 마음이 괴로웠다. 저 수박밭에 은목걸이를 걸고 있는 작은 영웅의 그림자가 그전에는 아주 뚜렷하더니 지금은 갑자기 어슴푸레해져, 이 것 또한 나를 몹시 슬프게 했다.

어머니와 굉아는 모두 잠이 들었다.

나는 드러누워 뱃전에 철썩철썩 하는 물소리를 들으면서 이제 내 갈 길을 가고 있음을 깨달았다. 나는 생각했다.

나와 윤토는 결국 이처럼 멀리 떨어져 버렸으나 우리의 아이들은 아직 하나로 이어져 있지 않은가. 굉아는 지금 수생을 그리워하고 있지 않은가. 나는 아이들이 나같이 되지 말고, 또 모든 사람이 서로 사이가 멀어지지 않기를 바란다……. 그러나 나는 또 그들이 헤어지지 않으려고 나처럼 고달픈 방랑의 생활을 하는 것도, 또 윤토와 같이 괴로움에 지친 생활을 하는 것도 원하지 않는다.

그들에게는 우리들이 아직 경험해 보지 못한 새로운 생활이 있어야만 한다.

희망이라는 것에 생각이 미쳤을 때 나는 갑자기 두려워졌다. 윤토가 향로와 촛대를 달라고 했을 때 난 그가 우상숭배의 미신을 언제까지고 버리지 못하는구나 하고 마음속으로 비웃었다. 그러나 내가 지금 말하는 희망이란 것도 나 자신이 만든 우상이 아닐까? 다만 그의 소원은 가장 가까운 곳에 있고 나의 소원은 아득하고 먼 곳에 있을 뿐이다.

내가 생각에 깊이 잠겨 있을 때 눈앞에는 한 조각의 초록색 모래땅이 펼쳐졌고, 그 위의 진한 쪽빛 하늘에는 황금빛 둥근 달이 걸려 있었다.

나는 생각했다. 희망이란, 마치 땅 위의 길과 같은 것이다. 사실 땅 위에 처음부터 길이 있는 것은 아니다. 다니는 사람이 많아지면 곧 길이 되는 것이다.

⊙ 핵심 정리

- **갈래** : 단편소설
- **시점** : 일인칭 주인공 시점
- **주제** : 발전 없이 삭막하게 변해 버린 고향, 그 고향과 함께 변한 그립고 정다운 것들에 대한 아쉬움과 서글픔
- **배경** : 시간적 – 1900년대 / 공간적 – 한겨울 추위 속에 황폐하고 낙후한 중국의 한 지방

- **등장인물** : 나 – 따뜻한 감수성에 냉철한 안목과 판단력을 지닌 인물로 현실에 절망하지 않고 미래에 희망을 두는 인물
  윤토 – 모험심 많고 슬기로운 소년이었으나 수천 년 내려온 봉건적 관습으로 농사꾼이 되어 버린 인물

- **구성** : 발단 – 매섭게 추운 어느 날, 나는 20여 년 만에 고향으로 돌아온다.
  전개 – 초라한 고향 마을, 발전도 없이 모든 것이 변한 고향은 이미 어린 시절의 추억이 살아 있는 그런 곳은 아니었다. 고향을 아주 떠나야만 하는 나는 즐겁지 않았다. 어머니는 어린 시절 나와 가까웠던 윤토가 나를 보러 올 것이라고 전한다.
  위기 – 나도 윤토가 보고 싶었다. 신기한 일들에 대해 많이 알고 있던, 신비로운 소년이었던 윤토. 마침내 윤토가 왔지만 그는 내가 알고 반갑게 만나고 싶었던 옛날 소년이 아닌 가난에 찌든 현실적인 농사꾼으로 변해 있었다. 윤토의 다섯째 아이

가 오히려 윤토의 어릴 적 모습 그대로였다. 그 아이는 또 나의 조카와 다정한 사이였다. 마치 어릴 적 윤토와 나처럼.

절정 – 고향 사람들은 나를 출세한 사람으로 대하면서 무언가 얻어가기를 바란다. 양씨네 둘째 아주머니는 어머니의 장갑을 슬쩍 집어넣는 모습을 나에게 보이기까지 한다.

결말 – 고향을 떠나는 배 안에서 나는 생각한다. 나와 윤토는 세월을 뛰어넘지 못하고 멀어졌지만, 윤토의 다섯째 아이와 내 조카는 나와 같은 단절을 겪지 않은 채 언제까지라도 지금처럼 다정하기를.

● 줄거리 및 작품 해설

20여 년 만에 돌아온 고향은 이미 어린 시절의 추억도 사라져 버렸고 발전도 없이 모든 것이 변해 있었다. 고향을 아주 떠나게 된 나는 즐거운 마음일 수 없다.

어머니와 나는 일가친척에게 인사도 하고 짐을 챙겨 떠나기로 했다. 어머니는 어린 시절 나와 가까웠던 윤토가 나를 보러 올 것이라고 전한다. 신기한 일들에 대해 많이 알고 있던, 그래서 신비로운 소년이었던 윤토. 마침내 그가 왔지만 그는 가난에 찌든 현실적인 농사꾼으로 변해 있었다. 윤토의 다섯째 아이가 오히려 윤토의 어릴 적 모습 그대로였다. 그 아이는 나의 조카와는 다정한 사이였다. 마치 어릴 적 윤토와 나처럼.

고향 사람들은 모두 나를 출세한 사람으로 대했다. 그러면서 무엇인가 얻어가기를 바랐다. 옛날 '두부집 서시(西施)'라고들 했던, 양씨네 둘째 아주머니는 어머니의 장갑을 슬쩍 집어넣는 모습을 나에게 보이기까지 했다.

고향을 떠나는 배 안에서 나는 생각한다. 나와 윤토는 세월을 뛰어넘지 못하고 멀어졌지만, 윤토의 다섯째 아이와 내 조카는 언제까지라도 지금처럼 다정하기를……. 나처럼 고달픈 생활을 하지 않고, 또 윤토처럼 어렵고 그래서 굳어 버린 생활을 하지 않기를…….

소설집 《방황》에 수록되어 있는 이 작품은 작가가 1919년 베이징에서 고향에 돌아와 가사를 정리할 때의 경험을 바탕으로 하고 있다. 작가는 낡은 사회로부터 새로운 사회로 이행해 가는 과도기에 볼 수 있는 가치관의 혼란 상태를 따뜻한 시각으로 묘사하고 있다. 루쉰의 작품은 그를 둘러싼 절망적인 현실 때문에 어둡지만, 그는 부정적 현실에 대한 비극적인 자기 확인을 통해 암흑 속에서 광명의 미래를 향한다.

◉ 생각해 볼 문제

1. 변해 버린 고향을 나타내는 주요 인물은?
2. 윤토에게서 찾아볼 수 있는 것은?
3. 작가는 미래에 대한 희망을 어디에서 찾으려 하는가?

해답

1. 윤토
2. 수탈과 착취에 찌든 과거 중국 농촌 사회의 피폐함.
3. 윤토의 다섯째 아이나 나의 조카로 대변되는 다음 세대

공을기

 읽기 전에

» 공을기로 대표되는 중국 유생(儒生)의 문화와 우리 옛 선비 문화를 비교, 고찰
  해 보자.

» 최근 시대 조류를 타지 못한 유생 공을기에 대한 재해석으로 옛것을 지키려
  는 지식인이라는 평가가 이루어지고 있다. 이러한 시각으로 작품을 읽어보자.

노진(魯鎭)에 있는 술집들의 구조는 다른 마을과는 달랐다. 대부분이 길쪽을 향해 기역자 모양의 큼직한 술청이 있고, 술청 안쪽에는 끓는 물이 늘 준비되어 있어 언제든지 술을 데울 수가 있었다. 막벌이꾼들이 점심때나 저녁때, 일이 끝나는 대로 제각기 동전 네 푼을 털어 한 잔의 술을 사서 — 이것은 20년 전 일이며 지금쯤은 한 잔에 열 푼 정도로 올랐을 것이다 — 술청에 기대선 채 따뜻한 술을 들이마시며 쉬는 것이다.

만약 한 푼을 더 쓰면 삶은 죽순 한 접시나 회향두(茴香豆) 안주를 먹을 수 있었고, 열 푼만 더 내면 고기 요리도 먹을 수 있었다. 그러나 이 집에 오는 고객의 대부분은 옷도 변변히 입지 못하는 사람들로 대개 그렇듯 호화로운 씀씀이꾼은 못 된다. 다만 긴 두루마기를 입은 사람들만이 호기롭게 들어와 술청 옆방에서 술을 청하고 안주를 청해서는 마냥 마셔 대는 것이다.

나는 열두 살 때부터 노진 입구에 있는 함형(咸亨) 술집에서 종업원 노릇을 했다. 그런데 주인은 내가 너무나 둔하기 때문에 점잖은 단골손님들을 잘 대접하지 못한다며 밖에서만 일을 하라고 했다. 밖의 어수룩한 손님들은 대접하기는 쉬웠으나 그중에는 꽤 까다로운 사람도 적지 않았다. 그들은 가끔 내가 황주를 술독에서 뜰 때 직접 감시를 하고 술병 밑바닥에 물이 있는가 없는가도 살피며, 또 술병을 데우려고 더운 물에 넣는 걸 직접 보아야만 마음을 놓았다. 이렇게 엄중한 감독하에서 물을 탄다는 것은 그리 쉬운 일이 아니다.

그래서 며칠 뒤 주인은 또다시 내가 이 일에 소질이 없다고 말했다. 다행히 나를 소개한 분과 안면이 있는 터라 내쫓지는 못한 채 술만 데우는 단순한 일을 내게 맡기게 되었다.

그로부터 나는 하루 종일 실수할 일도 없지만 일이 너무 단조롭고 지루해서 조금도 흥미가 나지 않았으며, 심심하기까지 했다. 주인은 무섭게 얼굴을 찡그리고 있고 단골손님들도 매우 퉁명스러웠기 때문에 나는 늘 우울했다. 다만 공을기(孔乙己)가 술집에 나타나야 비로소 웃음소리가 터져나오곤 했는데, 그래서 아직도 그를 기억하고 있다.

공을기는 서서 술을 먹는 사람들 중에서 긴 두루마기를 입고 있는 유일한 사람이었다. 그는 키가 유난히 컸으며 창백하고 주름진 얼굴에는 언제나 상처자국이 잡혀 있었다. 턱에는 희끗희끗한 반백의 수염이 텁수룩하였고, 입고 있는 옷은 긴 두루마기임엔 틀림없지만 더럽고 낡은 게 아마 10년 이상이나 꿰매기는커녕 세탁도 한 일이 없는 것 같았다.

그의 이야기는 전부가 문자투성이여서 사람들은 알 듯하면서도 알 수 없었다. 그는 성이 공(孔)이었기 때문에 사람들은 붓글씨 책에 쓰여 있는 '상대인 공을기(上大人 孔乙己)'라는 뜻도 모르는 문구에서 별명을 따붙여 그를 '공을기'라고 부르게 되었다. 공을기가 술집에 오기만 하면 술 마시던 다른 사람들은 모두 그를 놀렸다. 어떤 사람은 소리를 크게 지르면서 말했다.

"공을기, 자네 얼굴엔 또 새로운 상처가 늘었군."

그는 대꾸도 하지 않고 술청 안을 향해 말했다.

"술 두 잔만 데워 주시오! 그리고 회향두 한 접시하고."

그리고는 동전 아홉 푼을 꺼내놓았다. 그러면 술꾼들은 일부러 큰 소리로 이렇게 떠들어 댔다.

"자네 또 남의 것을 훔쳤군!"

그러면 공을기는 눈이 휘둥그레져서 대들었다.

"당신들은 무엇 때문에 터무니없이 나에게 누명을 씌우려는 거요?"

"뭐 누명을 씌워? 내가 그저께 이 눈으로 똑똑히 봤어! 하씨네 책을 훔치려다가 거꾸로 매달려 매맞는 것을 말이야."

이렇게 말하자 공을기는 얼굴이 붉어지며 이마의 푸른 힘줄을 한 가닥 한 가닥 세우면서 항변했다.

"책을 훔치는 것은 도둑질이 아니야……. 책을 훔치는 것은…… 독서하는 사람의 일이야. 그러니 도둑질이라고 할 수 없어."

그리고는 알아듣기 힘든 말로 무슨 '군자 고궁(君子固窮)'이니 '자호(者乎)'니 하는 바람에 사람들은 "와아!" 하고 웃음보가 터져 나와서 술집 안팎이 흥겹고 유쾌한 공기로 가득 찼다.

사람들이 수군대는 소문에 의하면 공을기는 본래 글줄이나 읽던 선비였다. 그러나 어찌 된 일인지 끝내 과거에는 급제를 못하고 말았다. 그래서 차차 집안은 가난해지고 마침내 밥을 빌어먹을 정도가 되어 버렸다. 다행히 글줄이나 쓸 줄 아는 덕택으로 남의 책을 베껴 주고 밥 한 사발과 바꿔 먹곤 했다. 그러나 안타깝게도 그에게는 나쁜 버릇이 한 가지 있었는데 그것은 마시기만 좋아하고 게으른 것이었다. 일을 시작한 지 며칠이 못 가서 사람과 책·종이·붓·벼루까지 함께 행방불명이 되고 마는 일이 종종 있었다.

이런 일이 몇 차례를 거듭하는 동안 그에게 책을 베껴 달라는 사람도 없어지고 말았다. 공을기는 하는 수 없이 가끔 도둑질을 하게 되었다. 하지만 그는 우리 술집에서는 품행이 다른 사람들보다 점잖아서 외상값을 질질 끄는 일이 없었다. 간혹 현금이 없어서 칠판에 써놓지만 불과 한 달이 안 되서 반드시 청산하고 칠판에서 공을기 이름을 지워 버렸다.

그는 술을 반 잔쯤 마시는 동안 붉게 올랐던 얼굴이 점차 원래대로 돌아갔다. 그러면 옆 사람이 또 물었다.

"공을기, 자네 정말 글자를 아나?"

공을기는 묻는 사람의 얼굴을 쳐다보면서 대꾸하는 것조차 귀찮다는 표정을 지었다. 그러면 그들은 곧 다시 물었다.

"그렇다면 자네 어째서 과거에도 급제를 못했지?"

그러면 공을기는 별안간 당황해서 불안한 표정을 지으며 얼굴빛이 더욱 창백해졌다. 그리고는 입으로 무슨 소린지 중얼거렸는데, 이번에야말로 문자투성이여서 조금도 알아들을 수가 없었다. 그러면 군중들의 폭소가 다시 터져 나와 술집 안팎은 유쾌한 공기로 충만하는 것이었다.

이런 때는 나도 함께 웃었고 주인도 결코 나무라지 않았다. 오히려 주인은 공을기를 볼 때마다 언제나 그런 말을 물어서 사람들로 하여금 웃음보가 터지게 만들곤 했다. 공을기는 자기 자신이 그들과 이야기 상대가 안 된다는 것을 알기 때문에 아이들을 상대로 했다. 한번은 공을기가 내게 이런 말을 했다.

"너 글을 배운 적이 있니?"

나는 고개만 끄덕였다.

"글을 읽었다고……. 그럼 내가 시험을 좀 해볼까? 회향두의 회(茴)자를 어떻게 쓰지?"

나는 이런 거지 같은 사람이 나를 시험할 자격이 있는가 싶어 곧 얼굴을 돌려 버리고 다시는 상대하지도 않았다. 공을기는 한참 기다리고 있다가 매우 친절하게 말했다.

"쓸 줄 모르나 본데…… 내가 가르쳐 줄 테니…… 기억해 뒤! ……이런 자는 알아둬야 해요. 다음에 주인이 되었을 때 장부 기록에 필요하니까."

나는 가만히 생각해 보았다. 내가 주인과 같은 위치가 되려면 아직 까마 득하지 않은가? 그리고 우리 주인도 지금까지 회향두를 장부에 올려 본 일이 없다. 도대체 우습기도 하고 귀찮기도 했지만 그래도 참고 대답해 주 었다.

"누가 당신보고 가르쳐 달랬어요? 초두 밑에 돌아올 회자 아니에요?"

공을기는 대단히 유쾌한 듯이 두 손가락의 길게 자란 손톱으로 술청을 두들기며 고개를 끄덕이고 말했다.

"그렇지! 맞았어……. 그런데 회자도 쓰는 방법이 네 가지가 있는데 아 는가?"

나는 더 이상 짜증을 참을 수 없어서 입을 삐쭉해 보이고는 멀리 가버렸 다. 공을기는 손톱으로 술을 찍어서 술청 위에다 글자를 쓰려다가 내가 조 금도 관심을 보이지 않자 한숨을 쉬고 대단히 유감스럽다는 듯이 애석한 표정을 지었다.

몇 번인가 이웃집 애들이 웃음소리를 듣고 구경하러 몰려와서 공을기를 둘러쌌다. 그러면 그는 아이들에게 회향두를 나누어 주는데 한 아이에 한 알씩이었다. 아이들은 콩을 먹고서도 접시만 쳐다볼 뿐 돌아가려고는 하지 않았다. 그러면 공을기는 황급히 다섯 손가락을 펴 접시를 덮고는 허리를 구부리면서 말했다.

"이젠 없다. 얼마 남지 않았어!"

허리를 펴면서 슬쩍 콩을 보고는 고개를 흔들며 다시 말했다.

"이젠 없다! 없어! 많은가? 많지 않도다."

그제야 이 한 무리의 아이들은 모두 깔깔대며 뿔뿔이 흩어져 달아났다. 공을기는 이와 같이 여러 사람들을 유쾌하게 해주었다. 그러나 그가 없다 고 해서 다른 사람에게 별지장이 있는 것도 아니었다.

아마 중추절을 2, 3일 앞둔 어느 날이었을 것이다. 주인은 천천히 장부의 셈을 맞추어 보다가 별안간 칠판을 치면서 말했다.

"공을기가 오랫동안 안 오는구나. 아직도 열아홉 푼이나 외상값이 남았 는데!"

나도 그제야 비로소 그가 정말 오랫동안 모습을 보이지 않았다는 생각이 들었다. 그때 술을 먹고 있던 한 사람이 말했다.

　"그놈이 어떻게 올 수가 있나? 그놈은 다리가 부러졌어!"

　"허! 그래요."

　주인은 놀란 표정을 지었다.

　"그자가 또 도둑질을 했어요. 이번엔 정신이 돌았는지 정거인(丁擧人) 집에 도둑질하러 들어갔지 뭐요. 그 집 물건을 어떻게 훔칠 수가 있겠어요?"

　"그래, 어떻게 되었나요?"

　"어떻게 됐냐구요? 우선 사죄서를 쓰고는 두들겨맞았죠. 밤중까지 두들겨맞아 나중에는 다리가 부러졌대요."

　"그리고는 어떻게 되었나요?"

　"다리가 부러졌다니까요."

　"다리가 부러져서 어떻게 됐나요?"

　"어떻게 됐느냐구요? ……누가 압니까? 아마 죽었는지도 모르죠."

　주인도 더 이상 묻지 않고 다시 천천히 장부 계산을 했다.

　중추절이 지나고부터는 가을 바람이 점점 쌀쌀해져 초겨울이 가까워졌음을 실감할 수 있었다. 나는 온종일 불 곁에 있는데도 솜옷을 입지 않고는 견딜 수 없게 되었다.

　어느 날 오후, 손님도 없고 해서 눈을 감고 앉아 있는데 갑자기

　"술 한 잔 데워 주시오!"

하는 소리가 들렸다. 그 음성은 지극히 낮았으나 매우 귀에 익은 목소리였다. 눈을 뜨고 보았으나 아무도 없었다. 벌떡 일어나서 밖을 내다보았다. 그랬더니 공을기가 술청 아래에 문턱을 향해서 앉아 있는 것이 보였다. 그의 얼굴은 검었고 말라서 꼴이 말이 아니었다. 너덜너덜한 겹옷을 입고 책상다리를 한 채 새끼줄로 어깨에 매달고 다니던 가마니를 깔고 앉아 있었다. 나를 보더니 그는 또,

　"술 한잔 데워 주시오!"

하고 말했다.

　이때 주인이 머리를 쑥 내밀고 말했다.

　"공을기인가? 자넨 아직도 열아홉 푼의 외상이 남아 있네."

공을기는 처량하게 힘없이 위를 쳐다보며 말했다.

"그것은…… 다음에 갚지요. 오늘은 현금입니다. 술은 좋은 것으로 주시오!"

주인은 그전이나 다름없이 웃으면서 그에게 말했다.

"공을기, 자네 또 도둑질을 했군그래!"

그러나 그는 이번에는 별 변명도 없이 다만

"농담 마시오!"

하고 한 마디했다.

"농담이라니! 도둑질을 안했으면 다리는 왜 부러졌나?"

"넘어졌습니다, 넘어져서……."

공을기는 나지막한 목소리로 말은 했으나 그의 눈빛은 주인에게 더 묻지 말기를 애원하는 듯하였다. 그 무렵 벌써 여러 사람이 모여들어 주인과 함께 웃어대기 시작했다. 나는 술을 데워서 문턱 위에 놓아주었다. 그는 해진 주머니를 뒤적거리더니 동전 네 푼을 꺼내서 내 손에 놓았다. 그의 손은 온통 진흙투성이였다. 그는 그 손으로 기어왔던 것이다. 잠시 후 술잔을 비운 그는 옆 사람들이 웃고 떠들고 하는 사이를 다시 그 손으로 기어서 천천히 사라져버렸다.

그로부터 오랫동안 공을기를 보지 못했다. 연말이 되어 주인은 칠판을 떼면서 중얼거렸다.

"공을기는 아직도 열아홉 푼의 외상이 있는데!"

그 다음해 단오에도 또 주인은 말했다.

"공을기는 아직 열아홉 푼의 외상이 있는데!"

그러나 중주철이 되어서는 아무 말도 하지 않았다. 다시 연말이 돌아와도 그를 볼 수가 없었다.

나는 지금까지도 끝내 그를 보지 못했다. 아마 공을기는 죽었을 것이다.

핵심 정리

- **갈래** : 단편소설
- **시점** : 일인칭 관찰자 시점
- **주제** : 자신이 봉건제도의 희생물인 줄도 모른 채 살다 허무하게 사라지는 하층 지식인에 대한 풍자적 폭로
- **배경** : 시간적 – 청 제국 멸망 전후 / 공간적 – 중국의 노진(魯鎭)
- **등장인물** : 공을기 – 배운 유생(儒生)이라는 헛된 망상 속에 격변하는 시대를 바로 살지 못하고 몰락하는 인물

    나 – 12살 때부터 술집에서 종업원 노릇을 하지만 너무나 둔해서 술만 데우는 단순한 일을 하는 인물

- **구성** : 발단 – 노진의 한 술집. 무서운 얼굴의 주인, 상냥하지 않은 손님들로 나의 기분은 언제나 명랑하지 못했다. 반백의 사나이 공을기가 술집에 나타나야만 비로소 술청에 웃음소리가 났다.

    전개 – 선술 손님 중 유일하게 두루마기를 입는 공을기가 술집에 나타나면, 사람들은 모두 그를 놀려 댔다. 그가 술을 청하고 동전을 내면 모두들 훔친 것 아니냐고, 그제도 책을 훔치다 얻어맞는 것을 보았다고 떠들었다. 그는 책 훔치는 것은 도둑이 아니라고, 독서를 하는 사람의 일이라며 알아들을 수 없는 문자를 써서 사람들은 웃음보를 터뜨린다.

    위기 – 추석 2, 3일 전, 주인이 장부를 맞추다가 공을기가 오랫동안 오지 않았고, 아직 외상값이 남아 있다는 혼잣말에 한 손님이 또 훔치려다 들켜 다리가 부러져 올 수 없다고 한다.

절정 – 초겨울, 시커멓게 마른 공을기가 다친 다리를 끌고 왔다. 외상이 있다는 주인의 말에, 그건 나중에 청산하고, 오늘은 돈을 내겠다고 했다. 주인은 또 도둑질했느냐, 다리는 왜 부러졌냐고 묻자 그는 넘어졌다면서 동전 네 푼을 주었다. 그의 손은 진흙투성이였다. 그는 기어서 거기까지 왔던 것이다.

결말 – 그 후 공을기는 오랫동안 그곳에 오지 않았다. 연말이 되어도, 또 다음 해 연말이 되어도 공을기는 나타나지 않았다.

◉ 줄거리 및 작품 해설

노진의 한 술집. 별 볼일 없는 손님들, 그나마 두루마기를 입은 사람들만이 술청 옆방에서 술을 마시곤 했다. 무서운 얼굴의 주인, 불친절한 손님들 때문에 나의 기분은 언제나 우울했다. 반백의 사나이 공을기가 술집에 나타나야만 술청 안엔 비로소 웃음소리가 났다.

텁수룩한 수염에 낡은 두루마기를 입은 그가 술집에 나타나면, 사람들은 모두 그를 놀려 댔다. 그가 술과 음식을 먹고 나서 돈을 내자 모두들 훔친 것 아니냐고, 그제도 책을 훔치다가 얻어맞는 것을 보았다고 떠들어 댔다. '책 훔치는 것은 도둑이 아니야, 독서하는 사람의 일이야'라는 알아들을 수 없는 문자에 사람들이 웃는다. 그는 과거에 급제하지 못한 유생으로 생계가 어려워 남의 책을 베껴 주고 약간의 벌이를 했는데, 마시기 좋아하고 게을러 그나마 있던 일거리조차 끊어지자 도둑질을 하지 않을 수 없게 되었다.

추석 2, 3일 전, 주인이 장부를 맞추다가 그가 오랫동안 오지 않았고, 아직 외상값이 남아 있다는 혼잣말에 한 손님이 이젠 올 수 없다고, 훔치려다 들켜 다리가 부러졌다고 했다.

   추석이 지난 초겨울, 시커멓게 메마른 얼굴에 불편한 다리를 이끌고 공을기가 나타났다. 아직 외상이 있다는 주인의 말에, 외상은 나중에 청산하고, 오늘은 돈을 내겠다고 하자 주인은 또 도둑질했느냐, 다리는 왜 부러졌느냐 물었다. 넘어졌다면서 동전을 건네는 그의 손은 진흙투성이였다. 그는 기어서 거기까지 왔던 것이다. 그 후 공을기는 오랫동안 그곳에 오지 않았다. 연말이 되어도, 다음 해 연말이 되어도 공을기는 나타나지 않았다.

   봉건제도의 희생물인 하층 지식인 공을기를 통해 중국인이 격변하는 세계의 격류를 거슬러 꿋꿋하게 서기를 바라는 작가의 안타까운 마음이 반어법과 풍자적인 수법에 의해 더욱 생생하게 느껴진다.

◉ 생각해 볼 문제

1. 이 작품의 주인공 공을기는 어떤 인물인가?
2. 공을기라는 인물을 통해 작가는 무엇을 말하고 있는가?
3. 루쉰의 대표작은?

해답

1. 몰락해 가는 중국 지식인상. 시대의 조류를 타지 못했던 공을기가 옛것을 지키려는 지식인이라는 재평가가 이루어지고 있다.
2. 구제도 · 구사상의 폐해에서 벗어나기 위한 반제 · 반봉건
3. 〈아큐정전〉

아쿠다카와 류노스케

일본편

아쿠다카와 류노스케(芥川龍之介, 1892~1927)

　　일본의 소설가. 도쿄에서 니바라 도시조의 장남으로 출생, 외삼촌 아쿠타가와의 양자가 되었다. 도쿄 대학 영문과에 재학 중 동인지 〈신사조〉에 발표한 단편소설 〈코(鼻)〉(1916)가 나쓰메 소세키의 격찬을 받으면서 등단했다.

　　복잡한 가정사와 병약한 체질은 그의 생애에 어두운 그림자를 드리워 일찍부터 염세적이고 회의적인 인생관을 가졌다. 당시 자연주의의 주류를 이루었던 사소설(私小說)을 외면했으나, 1923년 이후 사소설도 시도했다. 인간의 절망적인 운명을 한탄한 〈한 덩어리의 흙〉이 그러한 경향의 작품이다.

　　이 무렵부터 그는 신경 쇠약으로 인한 강박 관념에 시달렸다. 1926년의 작품 〈점귀부(点鬼簿)〉는 죽은 육친을 회상하며 자신의 죽음의 그림자를 느끼는 심경을, 1927년의 〈겐카쿠 서재〉는 병상의 노인 심경과 그의 죽음 뒤의 파문을, 〈신기루〉와 〈톱니바퀴〉는 병적인 그의 심경을 묘사하고 있다. 이들 작품은 작가가 자신의 정신 착란 상태를 드러낸 것으로, 문단의 극찬을 받았다. 그밖에 풍자소설 〈갓파(河童)〉, 그리스도교에 관한 고찰 〈서방 사람〉, 자전적 소설 〈어떤 바보의 일생〉 등의 작품을 썼다.

　　일본 문단의 귀재로 평가받고 있던 그는 1927년 7월 24일 도쿄 자택에서 수면제를 복용하고 35살의 젊은 나이로 세상을 떠났다. 유서 〈어떤 옛 친구에게 보내는 수기〉에는 자살 동기를 '막연한 불안'이라고 쓰고 있다. 그러나 프롤레타리아 문학의 대두 등 시대의 동향에 적응하지 못한 초조, 불안으로 인한 작가의 신경 쇠약을 간과할 수는 없다. 그는 자연주의 이후의 다이쇼(大正) 작가 중 시대의 불안을 가장 명확하게 인식한 작가이다. 그의 문학성을 기리기 위해 문예춘추사에 의해 제정된 '아쿠타가와 상'은 일본에서 가장 권위 있는 문학상의 하나이다.

라쇼몬

읽기 전에

» 아쿠타가와가 활동했던 당시의 일본 문학에 대한 이해를 갖자.

» 작가의 자살 동기가 된 '막연한 불안'을 작가 자신의 염세적 세계관 외에 시
   대적 배경에서 찾아보자.

어느 날 저녁 무렵이었다. 천민으로 보이는 사나이가 라쇼몬(일본 헤이안 시대의 수도였던 교토의 남쪽 정문) 아래서 비가 멎기를 기다리고 있었다. 넓은 문 아래에는 이 사나이밖에 아무도 없다. 군데군데 붉은 칠이 벗겨진 굵은 기둥에 귀뚜라미가 한 마리 앉아 있을 뿐이다. 라쇼몬이 스자쿠(朱雀) 대로에 있기 때문에 이 사나이 외에 비를 피하기 위한 장돌뱅이 여자나, 삿갓 쓴 사람들이 두셋 정도는 더 있을 법하다. 그런데 지금 이 사나이 외에는 아무도 없다.

최근 2, 3년 동안 교토에는 지진, 회오리바람, 큰 불, 기근 따위의 재난이 꼬리를 물고 일어났다. 그래서 문안의 시내는 말할 수 없을 정도로 황폐해 있었다. 옛 기록에 의하면 불상(佛像)이나 사찰의 기구 등을 부수어, 단청이나 금은박이 그대로 남아 있는 나뭇조각들을 한길 가에 쌓아 놓고, 땔감으로 팔았다고 한다.

수도인 문안의 형편이 이러했으니 라쇼몬의 수리 같은 것은 누구 하나 신경 쓰지 않았다. 내버려 둔 채 아무도 돌보는 사람이 없으니 이렇게 황폐해질 수밖에 없었다. 게다가 그 틈을 타 여우와 너구리가 기어들고 도둑이 숨어 살았다. 마침내는 연고자 없는 시체를 이 문으로 떠메고 와서 버리는 일까지 생겼다. 그 뒤로는 날이 어두워지면 사람들은 두렵고 섬뜩한 기운에 이 문 가까이에 가지 않게 되었다.

언젠가부터 까마귀가 떼로 몰려오곤 했다. 한낮에 보면, 수많은 까마귀들이 원을 그리며, 지붕 위 용마루 주변을 날면서 울어 대곤 했다. 특히 문 위의 하늘이 저녁놀을 받아 벌겋게 물들기라도 하면, 몰려든 까마귀의 모습은 마치 들깨를 뿌린 것같이 뚜렷해졌다. 까마귀는 버려진 시체의 살을 쪼아 먹으려고 그렇게 몰려드는 것이다.

오늘은 시간이 늦은 탓인지 그 많던 까마귀조차 한 마리도 보이지 않는다. 허물어져 가고 있는, 그 허물어진 틈새로 길게 풀이 웃자란 돌층계 위에 까마귀 똥이 드문드문 하얗게 말라붙어 있었다.

사나이는 계단이 일곱 개인 층계 맨 위에 앉아 있었다. 빛바랜 감색 옷자락을 깔고 앉아, 오른쪽 뺨에 돋아 있는 커다란 여드름을 만지작거리며 멍하게 내리는 빗줄기를 바라보고 있었다.

필자는 이 글 처음에서 한 사나이가 '비 멎기를 기다리고 있었다'고 썼다. 그러나 사나이는 비가 멎은 뒤에 어떻게 하겠다는 생각이 없었다. 물론 다른 때 같으면, 주인집으로 돌아갔을 것이다. 그러나 사나이는 며칠 전에 주인집에서 해고를 당했다.

오랫동안 일하고 있던 주인집에서 나와야 하는 건 여간 고통스러운 일이 아니다. 그러나 당시 형편으로는 어찌할 수가 없었다. 많은 가게들이 문을 닫았고, 재난은 뒤를 이어 계속되었기 때문이다.

그렇기 때문에 '사나이가 비 멎기를 기다리고 있었다'고 하는 것보다는 '비를 만난 사나이가 갈 곳이 없어 망설이며 방황하고 있었다'고 하는 편이 옳을 것이다. 더구나 그날의 날씨도 헤이안 시대(794년 교토 청도 이후 가마쿠라바쿠후 성립까지의 기간)의 이 사나이의 감상적인 마음에 적지 않은 영향을 주었다.

신시(申時:3시에서 5시까지의 동안 — 옮긴이 주)가 지나면서부터 내리기 시작한 비는 아직 갤 기미가 보이지 않았다. 사나이는 당장 내일부터 생계를 어떻게 마련해야 할 것인가 궁리에 궁리를 거듭하고 있었다. 자신의 힘으로는 어떻게도 해볼 수 없는 일을 어떻게든지 해보려 하는, 막막하기만 한 생각에 사로잡힌 채 아까부터 스자쿠 대로에 내리는 빗소리를, 듣는다고 할 것도 없이 멍하니 듣고 있었다.

비는 라쇼몬을 감싸며 쏴 하는 소리를 휘몰아 왔으며, 하늘은 짙어지는 저녁 어스름과 함께 점점 낮게 내려앉았다. 위를 쳐다보면 문의 지붕 비스듬히 내민 기와 끝이 검게 부푼 구름을 무겁게 떠받치고 있었다.

어떻게 해도 할 수 없는 일을, 어떻게든지 해내야 한다. 선택의 여지란 없다. 그러지 않는다면 축대 밑이나 한길 바닥에 웅크린 채 굶어 죽을 수밖에 없다. 그러고 나서 이 문으로 실려와 개처럼 버려진다 — 사나이의 생각은 몇 번이나 같은 길을 헤매다가는 결국 막다른 골목에 이른다. 그러나 이 '않는다면'은 언제까지나 '않는다면'으로 끄떡도 않는다.

사나이는 수단과 방법을 가릴 수 없는 현실을 인정하면서도 이 '않는다면'의 결단을 내릴 용기가 없었다. '않는다면' 뒤에 따라오게 되는, '도둑이 될 수밖에 없다'는 당연한 결과를 인정할 용기가 아직 생기지 않았다.

사나이는 커다랗게 재채기를 하고는, 귀찮은 듯 허리를 펴면서 몸을 일으켰다. 저녁이 되어 서늘해진 바람으로 교토의 날씨는 벌써 화로가 그리울 만큼 쌀쌀했다. 바람은 문기둥과 기둥 사이를 저녁 어둠과 더불어 사정없이 휘젓고 다녔다. 붉은 칠을 한 기둥에 앉아 있던 귀뚜라미도 어느새 어디론가 사라져 버렸다.

사나이는 몸을 움츠리면서, 누런 여름 윗도리 위에 껴입은 옷자락을 추켜올리면서 새삼스럽게 주위를 둘러보았다. 비바람이 들이치지 않고, 사람의 눈에 뜨일 염려도 없는, 그래서 하룻밤 편히 잠잘 수 있는 장소가 있다면 거기서 오늘밤을 보내야겠다고 생각한 것이다.

그때 다행하게도 문 위 다락으로 올라가는 사다리가 눈에 띄었다. 폭이 넓은, 역시 붉은 칠을 한 사다리였다. 그 위에 사람이 있다고 해도, 이미 죽은 사람일 뿐…….

사나이는 허리에 차고 있던 나무 손잡이의 초라한 장검이 칼집에서 빠져나오지 않도록 조심하면서 짚신 신은 발을 사다리에 올려놓았다. 그로부터 몇 분인가 지났다. 라쇼몬의 다락 위로 오르는 폭 넓은 사다리 위에서 사나이는 고양이처럼 몸을 웅크린 채 숨을 죽이며 다락 위를 살피고 있었다.

다락 위에서 비치는 불빛인지 희미한 밝음이 사나이의 오른쪽 뺨을 드러냈다. 짧은 수염 속에 벌겋게 곪은 여드름을 알아볼 수 있었다. 사나이는 처음에, 위에는 사람 시체가 있을 뿐이라고 마음을 놓고 있었다.

사나이가 사다리를 두서너 칸 위로 올라섰을 때였다. 누군가 밝혀 놓은 불빛이 눈에 들어왔다. 더구나 그 불은 이곳저곳으로 움직이고 있었다. 흐릿하고 누런 불빛이 구석구석 거미줄이 처진 천장을 드러내면서 흔들리고 있었다. 비 내리는 이런 밤에, 라쇼몬 문루 위에서 불을 밝히고 있다면, 분명 정상적인 사람은 아닐 터였다.

사나이는 도마뱀처럼 발소리를 죽인 채 조심조심 가파른 사다리를 맨 위까지 올라갔다. 몸을 되도록 납작 엎드리고는 목을 최대한 앞으로 뽑아내 슬금슬금 다락 안을 살폈다.

다락 위에는 소문으로만 들었던 것이 사실임을 입증이라도 하듯 몇 구인가의 시체가 나뒹굴고 있었다. 불빛이 비치는 범위가 생각보다 좁아 그 수가 얼마나 되는지는 알 수 없었다. 희미한 빛 속에 벌거숭이와 옷을 입은 시체가 섞여 있다는 것만은 알 수 있었다. 물론 그 가운데는 여자와 남자 시체가 뒤섞여 있었으며, 시체들은 모두 흙으로 빚어 만든 인형처럼 입을 벌리기도 하고 손을 뻗치기도 한 모습으로 뒹굴고 있었다.

시체들의 그런 모습은 그것들이 한때나마 살아 있는 인간이었다는 사실조차 믿기 어려울 지경이었다. 어깨나 가슴의 솟은 부분으로 희미한 불빛을 비쳐서, 낮은 부분의 그늘이 한층 짙어 보이는 시체들은 영원한 벙어리처럼 침묵을 지키고 있었다.

사나이는 언뜻 풍겨오는 썩은 냄새에 코를 막았다. 그러나 다음 순간 그는 손으로 코를 막는 간단한 동작조차 잊어버렸다. 강한 호기심이 사나이의 후각을 마비시켜 버렸다.

사나이의 눈은 그때 시체들 사이에 웅크리고 있는 살아 있는 사람의 모습을 보았다. 짙은 자줏빛 옷에 몸집이 작고 비쩍 마른, 머리가 하얀 원숭이처럼 생긴 노파였다. 노파는 오른손에 관솔불을 들고 어떤 시체를 유심히 살피고 있었다. 머리가 긴 것으로 보아 여인의 시체였다.

사나이는 6할의 공포감보다 나머지 4할의 호기심에 이끌려 한동안 숨 쉬는 것조차 잊고 있었다. 옛사람의 기록대로 말한다면 '머리카락이 곤두서는 듯한' 느낌이었다. 노파는 불이 붙은 솔가지를 마루 틈새에 꽂고 그때까지 들여다보던 시체의 머리에 두 손을 대고는 마치 어미 원숭이가 새끼의 이를 잡아주듯 작은 손동작으로 긴 머리카락을 뽑기 시작했다. 머리카락은 손만 대면 그대로 쑥쑥 뽑혀 나오고 있었다.

머리카락이 한 올씩 뽑히는 것을 지켜보는 동안 사나이의 마음에서는 두려움이 조금씩 사라졌다. 그와 함께 노파에 대한 무서운 증오심이 일어났다 ─ 아니 노파에 대한 증오심이라기보다 모든 악에 대한 반감이 순간순간 강도를 더해 갔다.

이때 누군가가 아까의, 굶어 죽느냐 도둑질을 하느냐고 되묻는다면 사나이는 아무 미련 없이 굶어죽는 쪽을 택했을 것이다. 그만큼 악에 대한 사나이의 증오심은 노파가 마룻바닥에 꽂아 놓은 관솔불처럼 무섭게 타오르고 있었다.

사나이는 노파가 왜 죽은 사람의 머리카락을 뽑는지 알지 못했다. 따라서 선과 악 어느 쪽으로 해석해야 할지 합리적으로 파악할 수 없었다. 그러나 사나이에게는 비오는 밤에 라쇼몬 위에서 죽은 사람의 머리카락을 뽑는다는 것만으로도 이미 용서할 수 없는 악이었다. 물론 사나이는 조금 전까지 도둑이 될 생각이었던 것은 까맣게 잊고 있었다.

　사나이는 두 발로 사다리를 차며 번개처럼 뛰어 올라갔다. 그리고는 장식도 없는 칼자루를 손으로 잡고 성큼성큼 노파 앞으로 다가갔다. 노파는 놀라 사나이를 보자마자 마치 활시위가 퉁기듯 펄쩍 뛰었다.

　"어디로 달아나!"

　사나이는 달아나려다가 시체에 걸려 넘어진 노파를 막아서며 고함을 질렀다. 노파는 그래도 사나이를 떠밀고 달아나려 했다. 사나이는 놓칠세라 노파를 다시 떠밀었다.

　노파와 사나이는 이렇게 시체들 속에서 한동안 실랑이를 벌였다. 그러나 승패는 처음부터 뻔했다. 마침내 사나이는 노파의 팔을 비틀어 가볍게 넘어뜨렸다. 마치 닭다리와도 같이 뼈와 가죽뿐인 팔목이었다.

　"뭘 하고 있었어? 말해, 말하지 않으면 이거야. 알아?"

　사나이는 긴 칼을 쑥 뽑아 하얀 칼날을 노파의 눈앞에 들이댔다. 두 손을 부들부들 떨면서 노파는 말이 없었다. 어깨로 숨을 몰아쉬면서, 눈알이 튀어나올 만큼 눈을 부릅뜨고 벙어리같이 고집스럽게 입을 다물고 있었다.

　그 모습에 사나이는 노파의 목숨이 자기의 마음먹기에 달려 있다는 사실을 명백히 의식했다. 순간 지금까지 험악하게 타오르던 증오심은 어이없게도 사그러져 버렸다. 뒤에 남은 것은 어떤 일을 원만히 이루었을 때의 자긍심과 만족감뿐이었다. 그는 노파를 내려다보며 조금 누그러진 목소리로 말했다.

　"나는 범죄자를 다루는 관청의 관리도 아니고, 이 문을 지나가던 나그네일 뿐, 너를 잡아가거나 하지 않는다. 밤중에 여기서 무엇을 하고 있었는지 그것만 말하라. 그러면 놓아준다."

　노파는 눈을 크게 뜨고 뚫어지게 사나이의 얼굴을 바라보았다. 눈꺼풀이 벌건, 매와 같이 날카로운 눈이었다. 주름으로 거의 코에 달라붙은 것 같은 입술이 마치 무엇을 씹기라도 하듯 움직이고, 가느다란 목에 뾰족하게 솟아오른 울대가 움직였다. 그리고 까마귀 울음소리 같은 헐떡이는 소리가 사나이의 귀에 들려왔다.

　"머리카락을 뽑아서, 이 머리카락을 뽑아서 말이지, 가발을 만들려고 그래."

사나이는 노파의 너무나도 평범한 대답에 실망했다. 실망스러움에 이어 차가운 모멸감과 함께 좀전에 느꼈던 증오심이 되살아났다. 그 느낌이 전해졌는지 노파는 한쪽 손에 시체에게서 뽑은 긴 머리카락을 움켜쥔 채 두꺼비 같은 소리로 우물거리며 말을 이었다.

"물론, 죽은 사람의 머리카락을 뽑는 건 좋은 일은 아니다. 하지만 여기 시체들은 그만한 일을 당해도 싸. 내가 머리카락을 뽑은 이 계집만 해도 뱀을 토막 내 말린 것을 생선이라고 하면서 동궁을 지키던 무사들에게 팔러 다녔어. 염병에 걸려 죽지 않았다면 지금도 팔고 다녔겠지. 게다가 이 여자가 파는 말린 생선은 맛이 좋다고 갈 때마다 무사들이 다투어 사갔다는 거야. 이 여자가 한 일을 나쁘다고 생각지는 않아. 그렇게 하지 않으면 굶어 죽게 생겼는데 어떻게 안해? 내가 한 일도 나쁘다고 생각지 않아. 이렇게 하지 않으면 굶어 죽는데 어쩌란 말이냐. 어쩔 수 없어 그러는 걸 이 여자도 알 테니까, 너그럽게 생각할 거야."

노파는 대강 이런 이야기를 했다.

사나이는 칼을 칼집에 꽂고 칼자루를 왼손으로 누르며 이 말을 듣고 있었다. 오른손으로는 고름이 잡힌 뺨의 커다란 여드름을 만지고 있었다. 노파의 말을 듣는 동안 사나이의 마음에는 차츰 용기가 솟구쳤다. 좀전의 문 아래서는 찾을 수 없었던 용기이다. 그 용기는 또 문 위로 올라와 노파를 붙잡았을 때의 용기와도 달랐다. 사나이는 이미 굶어 죽느냐, 도둑질을 하느냐로 망설이지 않았다. 이제 굶어 죽는다는 생각 따위는 의식 밖으로 멀리 밀려나 있었다.

"정말 그렇단 말이지?"

사나이는 비웃듯 노파에게 다그쳐 물으면서 한 걸음 다가섰다. 그러더니 오른손을 여드름에서 떼어 노파의 목덜미를 움켜쥐고는 물어뜯을 듯이 소리쳤다.

"내가 네 껍질을 벗겨가도 원망하지 말렷다! 나도 그렇게 하지 않으면 굶어 죽을 판이니 말이야."

사나이는 벼락 치듯이 노파의 옷을 벗기고는 발목을 붙잡고 매달리는 노파를 거칠게 걷어차 버렸다. 사다리까지는 불과 다섯 걸음 안팎, 사나이는 빼앗은 짙은 자줏빛 옷을 옆구리에 끼고 눈 깜짝할 사이에 가파른 사다리를 넘어 땅바닥으로 뛰어내렸다.

　죽은 듯이 엎드려 있던 노파가 시체들 가운데서 벌거벗은 몸을 일으킨 것은 그로부터 얼마 지나지 않아서였다. 노파는 중얼거리며, 신음하며 아직도 타고 있는 불빛에 의지해 사다리 입구까지 기어갔다. 그리고 거기서 짧은 머리카락을 거꾸로 하면서 다락 아래를 살폈다. 아래는 다만 칠흑 같은 밤이 있을 뿐이었다.

　그 이후 사나이가 어디로 갔는지는 아무도 모른다.

◎ 핵심 정리

- **갈래** : 단편소설
- **시점** : 전지적 작가 시점
- **주제** : 살기 위해서는 파렴치한 짓도 서슴지 않는 인간의 탐욕스럽고도 이기적인 본능
- **배경** : 시간적 – 11세기 / 공간적 – 일본 헤이안 시대의 교토
- **등장인물** : 사나이 – 노파의 파렴치한 행위에 분노하기도 하지만, 살기 위해서라는 변명에 나도 살기 위해서라고 옷을 빼앗는, 선의를 지향하기도 하나 추악한 본성을 지닌 보편적인 인간

  노파 – 살기 위해서는 무슨 일이라도 할 수 있다고 생각하는 이기적이고 탐욕스러운 인물

- **구성** : 발단 – 지진과 큰 불이 자주 발생한 교토의 라쇼몬은 방치되어 짐승과 도둑들의 은거지가 되었고, 임자 없는 시체가 버려지기도 했다. 시체를 뜯어먹기 위해 까마귀떼들이 새까맣게 모여드는 곳, 해만 지면 사람들은 가까이 가기를 꺼려했다.

  전개 – 한 사나이가 라쇼몬 돌층계에 앉아 비를 피하고 있었다. 날은 어두워지는데 비는 갤 기미가 보이지 않았다. 사나이는 내일의 생계를 걱정하며 층계 맨 위에 빛바랜 감색 옷자락을 깔고 앉아, 멍하니 내리는 빗줄기를 바라보고 있었다. 그는 비가 멎은 뒤에 어떻게 한다는 생각이 없었다. 그는 며칠 전에 주인집에서 해고를 당했던 것이다.

  위기 – 사나이는 일어나 주위를 둘러보았다. 오늘밤을 보낼 적당

한 장소를 찾기 위해서다. 그때 문 위 다락으로 올라가는 사다리가 눈에 띄었다. 그 위에 사람이 있다고 해도, 이미 죽은 사람일 뿐……. 그는 가파른 사다리를 타고 맨 꼭대기까지 올라갔다.

절정 – 그 위에는 썩은 시체들로 가득했다. 한 노파가 시체의 머리카락을 뽑고 있었다. 사나이는 달아나려는 노파를 붙잡아 무슨 짓을 하는지 물었다. 노파는 시체에서 머리를 뽑아 가발을 만들려 한다고, 굶지 않으려면 할 수 없다고 말한다.

결말 – 사나이는 노파의 옷을 재빨리 벗겨서는 옆구리에 끼고 어둠 속으로 달려간다.

◉ 줄거리 및 작품 해설

교토에 지진과 큰 불이 자주 발생하자, 돌보는 이 없는 라쇼몬은 짐승과 도둑들의 은거지가 되었다. 그리고 언제부터인가 임자 없는 시체가 버려지는 장소가 되기도 했다. 시체를 뜯어먹기 위해 까마귀떼들이 새까맣게 모여드는 그곳, 그래서 해만 지면 사람들은 이곳에 가까이 가기를 피했다.

비가 내리던 날, 천민으로 보이는 한 사나이가 라쇼몬 층계에 앉아 비를 피하고 있었다. 오후 4시가 지나면서부터 내리기 시작한 비는 어두워지는 지금도 아직 갤 기미가 보이지 않았다. 사나이는 당장 내일부터 생계를 어떻게 할 것인가 궁리에 궁리를 거듭하면서 계단이 일곱 개인 층계 맨 위에 앉아 있었다. 빛바랜 감색 옷자락을 깔고 앉아, 멍하게 내리는 빗줄기를 바라보았다. 그는 비가 멎은 뒤에 어떻게 한다는 생각이 없었다.

그는 며칠 전에 주인집에서 해고를 당했다.

편히 잠잘 수 있는 장소가 있다면 거기서 오늘밤을 보내야겠다고 생각한 그는 자리에서 일어나 주위를 둘러보았다. 그때 다행하게도 문 위 다락으로 올라가는 사다리가 눈에 띄었다. 폭이 넓은, 역시 붉은 칠을 한 사다리였다. 그 위에 사람이 있다고 해도, 이미 죽은 사람일 뿐……. 그는 가파른 사다리를 타고 맨 꼭대기까지 올라갔다.

그 위에는 썩은 시체들이 가득했다. 한 노파가 어떤 시체 위에서 머리카락을 뽑고 있었다. 사나이는 극도의 증오심으로 장검을 뽑아 노파 앞에 들이댔다. 노파는 시체에서 머리를 뽑아 가발을 만들려고 한다면서 굶어 죽지 않으려면 할 수 없다고 자신의 행위가 정당한 것처럼 말한다. 자기도 굶어 죽지 않아야 하니 할 수 없다는 말과 함께 사나이는 노파의 옷을 재빨리 벗겨 옆구리에 끼고 어둠 속으로 달려가 버렸다.

일본 문학계의 귀재로 알려진 아쿠다가와 류노스케의 처녀작이자 출세작인 이 작품은 전쟁과 기근이 극심했던 11세기 일본 헤이안 시대를 배경으로 사나이와 노파를 통해 인간 에고이즘의 추악함을 섬뜩하도록 적나라하게 그려내고 있다.

◉ 생각해 볼 문제

1. 이 작품은 어느 시대의 이야기인가?
2. 라쇼몬 문루에서 노파는 무슨 일을 했고, 또 자기의 행위를 어떻게 합리화하는가?

3. 아쿠타가와 류노스케의 문학성을 기리기 위해 문예춘추사에 의해 제정된 상은?

해답

1. 헤이안 시대

2. 시체의 머리카락을 뽑고 있었으며, 굶어 죽지 않기 위해서라고 추악하고 타락한 자신의 이기심을 합리화한다.

3. 아쿠타가와 문학상